DAG VAN DE SAMENZWERING

Van dezelfde auteur:

De dag na morgen
Dag van bekentenis
Dag van vergelding

ALLAN FOLSOM

DAG VAN DE SAMENZWERING

2007 – De Boekerij – Amsterdam

Oorspronkelijke titel: The Machiavelli Covenant (Tom Doherty Associates)
Vertaling: Joost van der Meer en William Oostendorp
Omslagontwerp: HildenDesign, München

ISBN 978-90-225-4780-9

Deze roman is fictie. Namen, personages, plaatsen en gebeurtenissen zijn ofwel het product van de verbeelding van de auteur ofwel fictief gebruikt. Enige gelijkenis met werkelijke gebeurtenissen of bestaande personen berust geheel op toeval.

Voor Karen en Riley

ZONDAG 2 APRIL

1

Washington
George Washington-ziekenhuis, intensive care, 22.10 uur

Het trage kloppen van Nicholas Martens hart dreunde als gedempte slagen tegen zijn trommelvliezen en zijn ademhaling leek het geluidsdecor van een film te vormen. Net als het vermoeide gehijg van Caroline, die in het bed lag.

Voor de tiende keer in half zoveel minuten, zo leek het, keek hij naar haar. Haar ogen waren nog altijd gesloten en haar hand rustte licht in de zijne. Het had net zo goed een handschoen kunnen zijn, zo levenloos. Slechts een handschoen.

Hoe lang was hij nu in Washington? Twee dagen? Drie? Bijna onmiddellijk nadat Caroline hem had gebeld met het verzoek haar te komen opzoeken, had hij thuis, in Manchester, de deur achter zich dichtgetrokken. Al meteen toen hij haar stem hoorde, had hij geweten dat er iets helemaal mis was. Ze klonk bang, angstig en hulpeloos. Daarna had ze het hem verteld: ze leed aan een uiterst agressieve stafylokokkeninfectie die niet te behandelen was en ze had nog hooguit een paar dagen te leven.

Naast afschuw en schrik had hij nog iets anders in haar stem horen doorklinken: woede. Ze hadden haar iets aangedaan, had ze hem plotseling toegefluisterd, alsof ze bang was dat iemand het zou horen. Wat de doctoren ook mochten beweren, ze wist zeker dat deze dodelijke infectie door bacteriën was veroorzaakt waarmee ze opzettelijk was besmet. Aan de achtergrondgeluiden te horen, was er op dat moment iemand in de kamer verschenen, waarna ze haar verhaal abrupt had afgekapt, hem had gesmeekt om zo snel mogelijk naar Washington te komen, en had opgehangen.

Marten stond voor een raadsel. Hij wist alleen dat ze in doodsangst verkeerde en dat de hele toestand nog eens werd verergerd door het recente overlijden van haar echtgenoot en haar twaalfjarige zoon toen het zakenvliegtuigje waarin ze zaten voor de Californische kust in zee was gestort. Gezien de emotionele en lichamelijke schok die dit drama bij haar teweeg had gebracht, en het ontbreken van verdere informatie, kon Marten onmogelijk inschatten of haar bange vermoeden juist was. Hoe dan ook, feit was dat ze doodziek was en ze hem aan haar bed wilde hebben. En afgaand op wat hij in haar stem had gehoord, wist hij dat hij maar beter zo snel mogelijk het vliegtuig kon pakken.

En dat had hij gedaan: binnen één dag van het Noord-Engelse Manchester naar Londen, en van daaruit naar Washington, en vervolgens met een taxi van de internationale luchthaven Dulles linea recta naar het ziekenhuis, en daarna naar een hotelkamer in de buurt. Dat Caroline wist wie hij in werkelijkheid was, en het risico kende waarmee ze hem had opgezadeld door hem te smeken naar Amerika af te reizen, was niet ter sprake gekomen. Maar dat was ook niet nodig. Ze zou het hem nooit hebben gevraagd als er niet iets vreselijk mis was.

En dus was hij teruggesneld naar het land dat hij vier jaar eerder, terwijl hij vreesde voor zijn leven en dat van zijn zus, was ontvlucht. En nu, na al die jaren en de verschillende richtingen die hun levens op waren gegaan, was hij weer terug. Caroline was immers ooit, en nog steeds, zijn grote liefde. Hij hield meer van haar dan van welke andere vrouw ook die hij ooit had gekend, en op een manier die hij maar moeilijk kon omschrijven. En hoewel ze lange tijd gelukkig getrouwd was geweest, wist hij dat ze diep in haar hart dezelfde gevoelens voor hem koesterde.

Hij keek verstoord op toen de kamerdeur opeens openvloog. Er kwam een forse verpleegster binnen, gevolgd door twee mannen in een donker pak. Een van hen had brede schouders, was begin veertig en had donkere krullen. 'Ik moet u verzoeken de kamer te verlaten, meneer,' sprak hij beleefd.

'De president komt eraan,' klonk het kortaf uit de mond van de verpleegster. Ze gedroeg zich alsof ze opeens het gezag voerde over de mannen in pak. Een agente van de geheime dienst.

Marten voelde dat Carolines hand de zijne steviger omklemde. Hij keek haar aan en zag dat ze haar ogen had geopend. Ze stonden helder en waren groot, keken hem aan zoals op de dag dat ze elkaar voor het eerst hadden ontmoet: ze waren zestien en zaten op de middelbare school.

'Ik hou van je,' fluisterde ze.

'En ik van jou,' fluisterde hij terug.

Ze keek hem nog even aan en sloot haar ogen. Haar hand ontspande zich.

'Het spijt me, meneer, maar u moet nu toch echt weg,' zei een van de mannen in pak. Op dat moment verscheen een lange, slanke man met zilvergrijs haar die gekleed was in een donkerblauw pak in de deuropening. Het leed geen twijfel wie deze man was: John Henry Harris, de president van de Verenigde Staten.

Marten keek hem recht in de ogen. 'Toe,' sprak hij zacht, 'gun me nog even een momentje met haar. Ze is zojuist...' – de woorden bleven in zijn keel steken – '... overleden.'

Heel even vonden hun ogen elkaar. 'Natuurlijk,' antwoordde de president zacht en meelevend. En met een gebaar naar zijn twee beschermheren van de geheime dienst draaide hij zich om en verliet de kamer.

2

Een halfuur later, met het hoofd tussen de schouders en zich nauwelijks bewust van waar hij heen liep, slenterde Nicholas Marten die zondagavond door de zo goed als verlaten straten van de stad.

Hij wilde niet aan Caroline denken; niet de pijn voelen die hem vertelde dat ze er niet meer was; dat het nog geen drie weken geleden was dat ze zowel haar man als haar zoon had verloren; de gedachte dat ze misschien opzettelijk iets toegediend had gekregen wat een fatale infectie had veroorzaakt.

'Ze hebben me iets aangedaan.' Plotseling weerklonk haar stem weer in zijn gedachten, alsof ze hem op dat moment iets toefluisterde, en er klonken dezelfde angst en kwetsbaarheid in door als toen ze hem in Engeland had gebeld.

'Ze hebben me iets aangedaan.' Opnieuw die woorden. Alsof ze hem nog steeds probeerde te bereiken, ze hem ervan wilde overtuigen dat ze niet zomaar ziek was geworden, maar was vermoord.

Wat dat 'iets' precies was, of wat ze vermoedde dat het was, en hoe het was begonnen, had ze hem het eerste van de slechts twee heldere momenten na zijn komst toevertrouwd.

Het was gebeurd na de dubbele begrafenis van haar man, Mike Parsons, tweeënveertig jaar en een vooraanstaand congreslid uit Californië, bezig aan zijn tweede ambtstermijn; en hun zoon Charlie. Ze was heus sterk genoeg om zich erdoorheen te slaan en ze had talloze vrienden bij haar thuis uitgenodigd om het leed te verzachten, maar de schok, de bijna ondraaglijke druk van de begrafenis en de drommen goed bedoelende mensen waren haar te veel geworden en ze had zich in tranen en bijna hysterisch in haar slaapkamer opgesloten, terwijl ze tierde dat iedereen moest opdonderen en ze weigerde mensen binnen te laten.

Onder de rouwenden bevond zich predikant Rufus Beck, de congrespredikant en tevens dominee van hun parochie. Onmiddellijk waarschuwde hij Lorraine Stephenson, Carolines huisarts. Dr. Stephenson was snel ter plaatse en met de hulp van de predikant had ze Caroline kunnen overhalen haar binnen te laten. Even later had ze haar 'een soort kalmeringsmiddel' toegediend. Ze kwam bij in een privékliniek waar dr. Stephenson haar een aantal dagen rust had voorgeschreven en waarna ze zich 'nooit meer de oude voelde'.

Hij sloeg een donkere zijstraat in, en daarna nog een, terwijl hij in gedachten de uren die hij aan haar ziekenhuisbed had doorgebracht nog eens de revue liet passeren. Met uitzondering van die ene keer dat ze bij was geweest en met hem had gepraat, had ze alleen maar geslapen, en had hij naast haar bed over haar gewaakt. Tijdens die lange uren hadden de artsen en verplegers met tussenpozen haar toestand gevolgd en waren vrienden even kort op ziekenbezoek geweest, waarbij hij zichzelf aan hen had voorgesteld en daarna stilletjes de kamer had verlaten.

Ook waren er nog twee andere bezoekers geweest, het tweetal dat meteen te hulp was geschoten toen Caroline thuis was ingestort. Te beginnen met een bezoekje in de vroege ochtend van de vrouw die haar het 'kalmeringsmiddel' had toegediend en die haar verblijf in de kliniek had geregeld: haar huisarts, dr. Lorraine Stephenson, een aantrekkelijke, lange dame van halverwege de vijftig. Ze had even een praatje met hem gemaakt, vervolgens een blik op Carolines status geworpen en met een stethoscoop haar hart en longen beluisterd, waarna ze weer was vertrokken.

Die middag volgde een bezoekje van predikant Rufus Beck, een lange, vriendelijke Afro-Amerikaan met een zachte stem, bijgestaan door een jonge en aantrekkelijke blanke vrouw met zwart haar en een cameratas over haar schouder, die zich tamelijk op de achtergrond had gehouden. Net als huisarts Stephenson had ook predikant Beck zich aan hem voorgesteld en hadden ze even met elkaar gesproken. Terwijl Caroline sliep, had hij kort gebeden, had daarna afscheid van Marten genomen en was samen met de jonge vrouw weer weggegaan.

Het begon wat te miezeren, en hij bleef even staan om de kraag van zijn jasje omhoog te zetten. In de verte zag hij de hoge obelisk van het Washington

Monument. Voor het eerst had hij een concreet besef van waar hij was. Washington behelsde niet alleen het interieur van een kamer op de intensive care, maar was tevens een grote metropool die toevallig de hoofdstad van de Verenigde Staten was. Hij was hier nog nooit geweest, ondanks het feit dat hij zijn hele leven in Californië had gewoond alvorens hij naar Engeland was gevlucht, en hij in het verleden gemakkelijk de stad had kunnen bezoeken. Om de een of andere reden voelde hij zich hier onmiddellijk thuis, verbonden met zijn geboorteland. Het was een gevoel dat hij nog niet eerder had ervaren en hij vroeg zich af of het moment ooit zou komen waarop hij zijn leven als banneling in Manchester vaarwel kon zeggen.

Hij liep verder. Op dat moment viel zijn oog op een auto die hem met een slakkengangetje tegemoet reed. Een beetje vreemd, gezien het feit dat de straten zo goed als verlaten waren. Het was zondagavond laat en het regende. De spaarzame automobilisten zouden toch het liefst zo snel mogelijk op de plaats van bestemming willen zijn? De auto kwam naderbij en op het moment dat deze hem passeerde wierp hij een blik op de bestuurder. De man was van middelbare leeftijd met zwart haar. De wagen reed langs en Marten keek hem na terwijl het voertuig met dezelfde slakkengang zijn weg door de straat vervolgde. Misschien was de man dronken of stoned of... Opeens betrok hij de situatie op zichzelf: wie weet was het iemand die zojuist een dierbare had verloren, zelf even helemaal de weg kwijt was, en zich enkel bewust was van het feit dat hij aan het rijden was.

3

Martens gedachten gingen terug naar Caroline, echtgenote van een zeer vooraanstaand congreslid dat in Washington steeds geliefder was geworden en dat toevallig een goede jeugdvriend van de president was geweest. Het plotselinge, tragische overlijden van haar echtgenoot en zoon maakte dat de politieke gemeenschap haar innig omhelsde, en hij vroeg zich af waarom ze had vermoed dat haar 'iets was aangedaan'. Vanwaar de vrees dat ze opzettelijk met een dodelijk virus was geïnjecteerd?

Nauwgezet probeerde hij haar geestelijke toestand tijdens haar laatste twee levensdagen te beoordelen. Daarbij dacht hij met name terug aan de eerste keer dat ze bij kennis was geweest. Ze had zijn hand vastgepakt en hem in de ogen gekeken.

'Nicholas,' klonk het toen zwakjes. 'Ik...' Ze had een droge mond en haar ademhaling was zwaar. Praten vergde al een enorme inspanning. 'Ik... had... samen... met mijn man... en mijn zoon... in dat vliegtuig... moeten zitten. Maar... op het aller... laatste moment... werd er... anders... besloten, en landde ik... een dag... eerder... in Washington.' Daarna had ze hem indringend aangekeken. 'Ze... hebben... mijn man... en mijn zoon... vermoord. En nu... hebben ze... mij... te pakken.'

'Over wie heb je het? Wie zijn "ze"?' had hij zacht aangedrongen in de hoop iets concreters uit haar te krijgen.

'De... co...' had ze geantwoord. Ze had er nog iets aan willen toevoegen, maar dat zat er niet meer in. Ze was uitgeput, liet haar hoofd achterover zakken en viel in slaap. En daarna had ze alleen nog maar geslapen, tot dat allerlaatste moment waarop ze haar ogen weer had geopend, hem aan had gekeken en tegen hem had gezegd dat ze van hem hield.

Het drong nu tot hem door dat het beetje dat ze hem had verteld in twee tamelijk op zichzelf staande segmenten viel op te delen. Het eerste was gefragmenteerd geweest: het feit dat ze oorspronkelijk samen met haar man en zoon aan boord van het noodlottige toestel had moeten zitten, maar dat de plannen op het allerlaatste moment waren gewijzigd en ze zelf een dag eerder terug in Washington was; de gebeurtenissen thuis na de begrafenis; en ten slotte wat ze hem tijdens het intercontinentale telefoongesprek had toevertrouwd, namelijk dat men haar, daar was ze van overtuigd, met een dodelijke stafylokokkenbacterie had geïnfecteerd. 'De... co...' had ze geantwoord op zijn vraag wie die 'ze' dan wel waren, maar hij had geen idee wat ze daarmee bedoelde.

Het tweede segment bestond uit dingen die ze in haar slaap had gemompeld, voornamelijk alledaagse woorden zoals 'Mike', de voornaam van haar man, 'Charlie', de naam van haar zoon, of 'Katy', de naam van haar zus; of zinnetjes als: 'Charlie, wil je de tv even wat zachter zetten?' Of: 'Op dinsdag wordt er lesgegeven.' Maar ze mompelde ook andere dingen, zaken die ogenschijnlijk voor haar man bedoeld waren en waaruit schrik, angst, of allebei sprak: 'Mike, wat is er?' Of: 'Je bent bang, ik zie het aan je!' Of: 'Waarom vertel je me niet wat er aan de hand is?' Of: 'Het zijn de anderen, hè?' Met even later een spontane angstontboezeming: 'Die man met dat witte haar vertrouw ik niet.'

Dit deel kende hij al, want het hoorde bij wat ze hem had verteld toen ze hem thuis in Manchester had gebeld met de smeekbede om naar Washington te komen.

'Nog geen dag nadat ik in die kliniek was ontwaakt, kreeg ik koorts,' had ze verteld. 'Die werd steeds erger en ze deden wat tests. Een man met wit haar verscheen aan mijn bed. Ze zeiden dat hij een specialist was, maar ik moest weinig van hem hebben. Alles aan hem maakte me bang. De manier waarop hij me aanstaarde, mijn gezicht en mijn benen aanraakte met die lange, enge vingers van hem. En dan die afzichtelijke duim met dat kleine ballenkruis. Ik vroeg hem wat hij kwam doen en waar hij mee bezig was, maar ik kreeg nooit antwoord. Later ontdekte ik dat ik een soort stafylokokkeninfectie in het bot van mijn rechterbeen had. Ze probeerden me met antibiotica te behandelen, maar dat hielp niet. Niets hielp.'

Hij liep verder. Het regende inmiddels wat harder, maar hij merkte het nauwelijks. In gedachten was hij bij Caroline. Ze hadden elkaar op de middelbare school leren kennen en waren samen naar de universiteit gegaan in de wetenschap dat ze uiteindelijk zouden trouwen, kinderen zouden krijgen en de rest van hun leven met elkaar zouden doorbrengen. Plotseling was ze op zomervakantie gegaan en had ze een jonge advocaat leren kennen die Mike Parsons heette. Het had haar leven en het zijne voorgoed veranderd. Maar ook al was de pijn nog hevig, waren de wonden nog zo diep, zijn liefde voor haar bleef. In de tussentijd waren hij en Mike vrienden geworden en had hij Mike toevertrouwd wat Caroline en slechts een paar andere mensen wisten, namelijk wie hij in werkelijkheid was en waarom hij zijn baan als rechercheur Moordzaken in Los Angeles had moeten opgeven en naar het noorden van Engeland had moeten verhuizen, om daar onder zijn huidige naam als tuinarchitect zijn leven voort te zetten.

Nu wenste hij dat hij naar de begrafenis van haar man en zoon was gegaan, zoals hij toen van plan was geweest. Want dan zou hij voor haar hebben klaargestaan toen ze instortte en dr. Stephenson zich aandiende. Maar hij was thuisgebleven, en dat kwam door Caroline. Ze had hem verteld dat ze werd omringd door vrienden en dat haar zus en man uit Hawaii onderweg waren en dat het beter was dat hij, gezien zijn eigen situatie, bleef waar hij was. Ze zouden elkaar wel weer zien, zo liet ze hem weten. Na een tijdje, als het ergste voorbij was. Ze klonk toen best optimistisch. Misschien wat aangedaan, maar toch evenwichtig en met die innerlijke kracht die ze altijd had gehad om door te gaan. Waarna de huidige toestand zich had aangediend.

Wat had hij veel van haar gehouden. Hij hield nog steeds veel van haar. Hij zou altijd van haar blijven houden.

Met enkel deze gedachte liep hij verder. Ten slotte werd hij zich bewust van de regen en merkte dat hij bijna doorweekt was. Hij moest zijn weg naar het hotel weer zien te vinden en hij keek wat om zich heen om zich te oriënteren. Dat was het moment waarop hij het zag: de verlichte façade in de verte, een gebouw dat hij al kende uit zijn kindertijd, uit de geschiedenis, uit kranten, van tv, uit films, uit van alles: het Witte Huis.

Op dat moment drong het tragische verdriet om Caroline pas goed tot hem door en liet hij te midden van de regen, omringd door het schemerdonker en zonder ook maar enige schaamte zijn tranen de vrije loop.

MAANDAG 3 APRIL

4

20.20 uur

Het was nog altijd bewolkt en miezerig.

Nicholas Marten zat aan het stuur van zijn huurauto. Dit was Georgetown, en hij had zijn auto schuin tegenover de woning van dr. Lorraine Stephenson geparkeerd. In de twee verdiepingen tellende woning in deze lommerrijke, welgestelde buurt was het donker. Als er al iemand thuis was, dan sliepen ze of anders zaten ze ergens in een kamer aan de achterzijde. Geen van beide mogelijkheden leek hem waarschijnlijk. Al meer dan twee uur hield hij de woning in de gaten. Iemand die nu sliep, zou om halfzeven onder de wol moeten zijn gekropen. Op zich was het mogelijk, maar niet waarschijnlijk. En als in diezelfde twee uur iemand aan de achterkant van het huis was geweest, zou diegene vast van de ene kamer naar de andere zijn gelopen, naar de keuken of zo. En gezien het tijdstip van de dag en het miezerige weer zou hij of zij daarbij hoogstwaarschijnlijk even een lamp hebben aangeknipt om beter te kunnen zien. En dus fluisterde zijn gezond verstand hem in dat dr. Stephenson nog niet thuis was, wat dus de reden was dat hij hier in zijn auto zat te wachten, net zo lang totdat ze zou opduiken.

Hoe vaak had hij die dag het briefje uit zijn jasje gehaald en het opnieuw gelezen? Inmiddels kende hij de tekst uit zijn hoofd.

> *Ik, Caroline Parsons, geef Nicholas Marten uit Manchester hierbij inzage in al mijn persoonlijke documenten, met inbegrip van mijn medisch dossier en de documenten die toebehoren aan mijn man zaliger, Michael Parsons uit Californië, congreslid.*

Het briefje, met de getypte tekst en een onvaste krabbel van Caroline, voorzien van een datumstempel en ondertekend door een notaris, was die ochtend in zijn hotel bezorgd. De dag en de datum waarop de brief was opgesteld, waren veelzeggend. Vandaag was het maandag 3 april en ze had hem op 30 maart, donderdagmiddag laat, in Manchester gebeld met het verzoek om haar op te komen zoeken, waarna hij de volgende ochtend naar Washington was vertrokken. Haar brief was op vrijdag 31 maart geschreven en ondertekend, maar tot deze ochtend had hij er niet van afgeweten. Die vrijdag was ze nog helder geweest. Wetend dat de tijd drong en onzeker of ze hem bij leven nog zou treffen, had ze een notaris ingeschakeld en de brief opgesteld. Desalniettemin had hij niet van de brief geweten en was deze pas na haar dood bij hem bezorgd.

'Dit was haar wens, zoals ik u al schreef, meneer Marten,' had Richard Tyler, haar advocaat, hem over de telefoon verteld. In zijn begeleidende brief had Tyler hem al meegedeeld dat Carolines brief inderdaad rechtsgeldig was, maar in hoeverre de mate van zeggenschap die ze hem had verschaft juridisch gezien te verdedigen viel, was moeilijk in te schatten. Hoe dan ook, het bleef een rechtsgeldig document dat Marten kon gebruiken zoals hij wilde. 'Alleen u weet met welke bedoeling ze de brief heeft geschreven, meneer Marten, maar ik neem aan dat u zeer goed bevriend was en dat ze u door en door vertrouwde.'

'Ja,' had hij geantwoord. Vervolgens had hij Tyler bedankt voor zijn hulp en voordat hij ophing, had hij hem gevraagd of hij mocht bellen als er juridische vragen waren. Het was duidelijk dat Caroline haar achterdocht en angstige vermoedens niet aan haar advocaat had toevertrouwd, wat waarschijnlijk betekende dat ze die verder aan niemand anders had verteld. Doordat hij de brief pas na haar dood had ontvangen, had hij tijd gehad om na te denken en realiseerde hij zich hoe ernstig haar bewering was dat zij, haar man en haar zoon opzettelijk waren vermoord. De brief en de timing, daar draaide het om. Met in het achterhoofd dat hij haar, juist vanwege haar lichamelijke en geestelijke toestand, misschien niet helemaal serieus zou nemen, maar tevens in de wetenschap dat als dat niet zo was hij alles zou doen om achter de waarheid te komen.

Hij zou het uitzoeken omdat ze al die jaren zo veel voor elkaar hadden betekend, ongeacht de uiteenlopende richtingen waarin hun levens zich hadden ontwikkeld. En ook omdat hij was wie hij was. De brief zou hem ervan overtuigen dat ze gelijk had, en zou bovendien deuren openen die anders gesloten zouden blijven.

20.25 uur

Het schijnsel van een paar koplampen lichtte op in zijn binnenspiegel en achter zich zag hij een auto de straat in rijden. Toen de wagen iets dichterbij was, zag hij dat het een recent model Ford was. De auto minderde vaart toen deze Stephensons woning naderde, reed verder en sloeg aan het eind van de straat af. Even vermoedde hij dat het de huisarts zelf was geweest, die plotseling van gedachten was veranderd en vervolgens was doorgereden. Hij vroeg zich af of ze misschien bang was om haar woning binnen te gaan. Als dat zo was bevestigde dat nog eens de reden van zijn aanwezigheid hier, en ging het hand in hand met wat er eerder gebeurd was toen hij had geprobeerd haar te bereiken.

Die ochtend had hij haar twee keer gebeld. In beide gevallen had hij aan de receptioniste uitgelegd dat hij een goede vriend van Caroline Parsons was en dat hij met dr. Stephenson over haar ziekte wilde praten. Beide keren was hem geantwoord dat de dokter bij haar patiënten was en dat ze hem zou terugbellen. Maar rond het middaguur had ze dat nog altijd niet gedaan.

Na de lunch had hij nogmaals gebeld. Ook nu was de dokter niet beschikbaar. Ditmaal had hij verzocht om door te geven dat als dr. Stephenson aarzelde om iets mee te delen over mevrouw Parsons fysieke toestand, dat geen probleem was aangezien hij wettelijke inzage had in haar medisch dossier. Zijn toon was puur zakelijk geweest en bedoeld om twijfels weg te nemen die dr. Stephenson als arts misschien zou hebben. Toch had hij, Carolines brief en wat ze hem had toevertrouwd ten spijt, geen tastbare vermoedens die erop duidden dat er opzet in het spel was. Caroline was ongeneeslijk ziek geweest en mentaal uitgeput en haar verdere leven zou hopeloos en wreed hebben geleken, hoe ze er ook naar keek. Desalniettemin was de brief een feit en bleven de vragen hangen. Dus zolang hij er niet honderd procent van overtuigd was dat Caroline het mis had, zou hij verder speuren.

De grote verrassing, het keerpunt, dat wat maakte dat hij hier buiten in het donker voor Stephensons woning stond te wachten, had zich die middag om tien voor vier aangediend, toen op zijn hotelkamer de telefoon ging.

'U spreekt met dr. Stephenson.' Haar stem had vlak geklonken. Emotieloos.

'Bedankt dat u me even terugbelt,' had hij op dezelfde toon geantwoord. 'Ik was een goede vriend van Caroline Parsons. We hebben elkaar al gesproken in het ziekenhuis.'

'Wat kan ik voor u doen?' had ze vervolgens een beetje ongeduldig gevraagd.

'Ik wil graag eens met u praten over de situatie rondom Carolines ziekte en wat haar dood heeft veroorzaakt.'

‘Het spijt me, maar dit is privé en niet iets waar ik over mag praten.’

‘Dat begrijp ik, dokter, maar mij is wettelijke inzage verschaft in al haar documenten, met inbegrip van haar medisch dossier.’

‘Het spijt me, meneer Marten,’ had ze kortaf geantwoord, ‘maar ik kan u nergens mee helpen. Ik verzoek u mij niet meer te bellen.’ En met deze woorden had ze plotseling opgehangen.

Hij zag zichzelf weer staan met de hoorn in de hand. Alsof hij zomaar was afgeserveerd. Het betekende dat als hij Carolines medisch dossier wilde bekijken, hij eerst maandenlang juridisch moest gaan touwtrekken, duizenden dollars aan gerechtelijke kosten moest ophoesten, en dan nog maar moest afwachten of hij het mocht inzien of niet. En zelfs als dat lukte, als Caroline inderdaad gelijk had gehad en er sprake was van kwade opzet, hoe kon hij dan zeker weten dat er niet was geknoeid met de dossiers die hij ter inzage kreeg?

Uit eigen ervaring wist hij dat rechercheurs die zich met een kluitje in het riet lieten sturen zelden vorderingen maakten, maar dat de volhouders, degenen die soms dagenlang van huis bleven juist degenen waren die de informatie kregen waar ze naar zochten. Vandaar dat hij nu wist wat zijn volgende stap zou zijn: talm niet langer en rijd meteen naar dr. Stephenson en vraag haar recht op de vrouw af of zij zelf vermoedt dat Caroline vermoord is.

Het was een aanpak die door de bank genomen een concrete reactie zou uitlokken, meestal in de manier waarop een vraag werd beantwoord: een aarzeling, een kromme zin, de oogopslag of de lichaamstaal van de persoon in kwestie, en soms een combinatie van alle vier. Het bewijs in handen krijgen, was natuurlijk een tweede. Maar dat stond hem nu niet voor ogen. Op dit moment zocht hij enkel een teken dat aangaf dat Caroline gelijk had gehad, dat ze opzettelijk een giftige stof toegediend had gekregen die haar fataal was geworden. En zo ja, dan moest hij weten of dr. Stephenson daar persoonlijk bij betrokken was geweest.

5

Lorraine Stephenson had hem om tien voor vier gebeld. Omstreeks tien voor halfvijf was hij van zijn hotel naar het enkele straten verderop gelegen George Washington-ziekenhuis gelopen. Om vijf voor halfvijf was hij in gesprek met de vrouw achter de balie van de personeelsafdeling. Ook nu weer kwam zijn verleden als rechercheur hem goed van pas. Artsen die regelmatig in een ziekenhuis werken, staan vermeld als medisch staflid en hun persoonlijke dossiers worden in het personeelsbestand bewaard. Omdat dr. Stephenson Caroline hier in het ziekenhuis had bezocht, ging hij ervan uit dat ze hier officieel medisch gemachtigd was en dat haar dossier op de personeelsafdeling te vinden zou zijn. En dus liet hij de vrouw achter de balie blijmoedig weten dat dr. Stephenson hem als huisarts was aanbevolen en dat hij graag wat beroepsmatige achtergrondinformatie over haar wilde hebben: aan welke universiteit ze was afgestudeerd, waar ze haar coschappen had gelopen, dat soort dingen. Waarop de vrouw Stephensons dossier op haar computerscherm toverde. Ondertussen had hij wat om zich heen gekeken en was zijn oog gevallen op een grote doos tissues, boven op een dossierkast vlak achter haar. Een niesbui onderdrukkend, en met het verhaal dat hij door het regenachtige weer een koutje had opgelopen, vroeg hij haar om een tissue. De vrouw had tien seconden nodig om met haar rug naar hem toe naar de dossierkast te lopen om de doos tissues te pakken. Zelf had hij zeven seconden nodig om achter de balie te stappen, een blik op haar computerscherm te werpen, een stukje omlaag te scrollen en te vinden wat hij zocht. Drie minuten later verliet hij het kantoor met een handvol tissues en wist hij dat dr. Lorraine Stephenson was gescheiden, aan de medische faculteit van de John Hopkins-universiteit was afgestudeerd, in het Mount Sinai-ziekenhuis in New York haar coschappen had gelopen, ze in het Georgetown Medical Building haar praktijk had en dat ze op Dumbarton Street 227, in het stadsdistrict Georgetown, woonde.

20.27 uur

Opnieuw zag hij licht weerkaatsen in zijn binnenspiegel. Een auto naderde, en passeerde hem. Waar was ze? Uit eten, naar de bioscoop? Een of andere conferentie? Plotseling herinnerde hij zich haar toon en haar houding en hoorde hij weer de woorden waarmee ze het gesprek had beëindigd.

'Het spijt me, meneer Marten, maar ik kan u nergens mee helpen. Ik verzoek u mij niet meer te bellen.' Vervolgens had ze opgehangen.

Misschien zat er meer achter. Wie weet vloeide wat hij als kille afstandelijkheid had opgevat juist voort uit angst. Stel dat Caroline inderdaad was vermoord en dat Stephenson erbij betrokken was geweest, er misschien zelfs letterlijk de hand in had gehad? Hij had haar opgebeld met het verhaal dat hij wettelijke inzage in Carolines medisch dossier had en het over haar ziekte en de doodsoorzaak wilde hebben. Stel dat Stephenson er inderdaad bij betrokken was, en hem had teruggebeld en had afgewimpeld om tijd te winnen om te kunnen vluchten. Stel dat ze op dit moment bezig was de stad te verlaten.

20.29 uur

Opnieuw zag hij achter zich een auto naderen. Vlak bij het huis van dr. Stephenson minderde de bestuurder vaart en zag Marten dat het dezelfde Ford was die hier een paar minuten geleden voorbij was gekropen. Ditmaal reed de wagen zelfs nog langzamer, alsof de inzittenden, wie dat ook mochten zijn, in de woning wilden turen om te kijken of er ergens licht brandde opdat ze zouden weten dat de dokter weer thuis was.

De wagen was de woning nog niet gepasseerd of er werd alweer gas gegeven waarna de auto snel in de verte verdween. Op dat moment ving Marten een glimp op van de bestuurder en er trok een rilling door hem heen. Aan het stuur zat de man die de vorige avond op straat, in de buurt van het Washington Monument, stapvoets langs hem was gereden.

Wat heeft dit verdomme te betekenen, dacht hij. Toeval? Misschien wel. Maar zo niet, wat is er dan aan de hand? En wat heeft hij bij dr. Stephenson te zoeken?

20.32 uur

Verderop verscheen er weer een auto in de straat en reed hem tegemoet. Hij zag dat het een taxi was. Net als de vorige auto, minderde ook deze vaart toen hij het huis van dr. Stephenson naderde, en stopte. Even later ging het achterportier open en stapte dr. Stephenson uit. Ze gooide het portier dicht en de taxi reed weg. Op het moment dat ze aanstalten maakte om naar de voordeur te lopen, stapte Marten uit zijn huurauto.

'Dr. Stephenson!' riep hij.

Ze schrok en keek achterom.

'Ik ben het, Nicholas Marten, een vriend van Caroline Parsons,' verduidelijkte hij. 'Ik wil graag een paar minuutjes van uw tijd.'

Ze staarde hem slechts een moment aan, draaide zich vervolgens abrupt om en liep haastig weg over het trottoir.

'Dr. Stephenson!' riep hij opnieuw en hij liep haar achterna.

Hij stapte het trottoir op en zag dat ze even achteromkeek. Haar ogen waren groot en vervuld van angst.

'Ik heb niets kwaads in de zin!' riep hij luid en duidelijk. 'Toe, gun me een minuutje van uw...'

Ze draaide zich weer om en beende verder. Hij liep haar achterna. Opeens begon ze te rennen. Hij deed hetzelfde en zag haar onder een straatlantaarn door schieten en vervolgens in de achterliggende duisternis verdwijnen. Hij begon harder te rennen. Vlak daarna passeerde hij zelf de straatlantaarn en was ook hij omringd door duisternis. Hij zag haar niet meer. Waar zat ze, verdomme? Nog zes meter en hij had zijn antwoord. Ze zag hem aankomen. Hij bleef staan.

'Ik wil gewoon even met u praten, meer niet,' zei hij en hij deed een stap naar voren.

'Blijf staan.'

Toen zag hij het kleine pistool in haar hand.

'Waar is dat voor nodig?' vroeg hij. Hij keek op en zag hoe haar ogen zich in hem boorden. Terwijl ze er zo-even nog bang uit had gezien, gedroeg ze zich nu kil en vastberaden. 'Doe dat pistool weg,' beval hij ferm. 'Leg dat pistool op de grond en doe een stap naar achteren.'

'U wilt me naar de dokter sturen,' sprak ze zacht terwijl ze hem nog altijd met een kille blik aanstaarde. 'Maar dat zal u niet lukken. Niemand van jullie.' Ze zweeg even en hij kon zien dat ze nadacht. Daarna zei ze duidelijk gearticuleerd en vastberaden: 'Nooit ofte nimmer.'

Ze staarde hem nog altijd aan toen ze de loop van het pistool in haar mond deed en de trekker overhaalde. Er klonk een luide *pop!* Haar achterhoofd explodeerde en ze zeeg neer op het trottoir.

'Godallemachtig!' stamelde hij vol afschuw en ongeloof.

Meteen daarna was hij weer bij zinnen, draaide zich om en vluchtte weg van de plek. Anderhalve minuut later zat hij weer aan het stuur van zijn huurauto terwijl hij Dumbarton Street uit reed en 29th Street insloeg. Stephensons zelfmoord was wel het laatste wat hij had verwacht en het had hem van zijn stuk gebracht. Het was een daad die duidelijk door pure angst was ingegeven en die welhaast de bevestiging moest zijn van het feit dat Caroline gelijk had gehad, dat ze inderdaad was vermoord. Bovendien leek dit ook haar tweede bewering te staven, namelijk dat de vliegtuigcrash waarbij haar man en zoon om het leven waren gekomen waarschijnlijk geen ongeluk was geweest.

Maar op dit moment werd dat alles naar de achtergrond gedrongen. Nu moest hij vooral buiten schot zien te blijven. Voor Stephenson kon hij niets meer uitrichten, en het alarmnummer bellen zou hem enkel in een situatie brengen waarbij hij zichzelf tegenover de politie zou moeten identificeren. Ze zouden willen weten waarom hij zich hier bevond. Waarom had ze zichzelf vlak voor hem doodgeschoten op een donker trottoir, slechts een paar honderd meter van haar woning? Waarom stond zijn huurauto daar vlakbij geparkeerd, aan de overkant van de straat?

Stel dat iemand, een buurman bijvoorbeeld, hem in de auto had zien zitten, hem op Stephenson had zien af stappen toen ze thuiskwam en haar achterna had zien lopen toen ze de straat uit rende? Het zouden nare, ongemakkelijke vragen zijn. Op geen enkele manier kon hij bewijzen wat Caroline hem had toevertrouwd, en als hij de waarheid sprak zou zijn verhaal op zijn minst ongeloofwaardig lijken en zou de politie dieper gaan graven. Bij twijfel over zijn ware identiteit zouden ze hem na gaan trekken. En daarmee zouden ze de deur naar zijn verleden kunnen openen zodat de duistere figuren binnen het politiekorps van Los Angeles, die nog altijd jacht op hem maakten, hem zouden weten te vinden; de mannen die hem zochten voor wat er niet eens zoveel jaar geleden in Los Angeles was voorgevallen; ex-collega's die hem nog altijd uit de weg wilden ruimen. Het betekende dat hij zo ver mogelijk bij het vuur vandaan moest blijven, maar toch dichtbij genoeg om niets over het hoofd te zien.

In Engeland had hij een nieuwe naam en een nieuw leven, een leven waar hij hard voor had gewerkt en dat draaide om het ontwerpen en aanleggen van siertuinen. Ondanks al de verlangens die hij mocht hebben gekoesterd over een terugkeer naar zijn wortels, zijn vaderland, was een terugkeer naar een wereld van angst en geweld wel het laatste wat hij wilde. Maar hij had geen keus. Op haar eigen wijze had Caroline hem opdracht gegeven om uit te zoeken wie er achter haar dood en de dood van haar zoon en echtgenoot zat, en waarom.

Maar daar was hij toch wel naar op zoek gegaan.

Zo veel hield hij immers van haar.

DINSDAG 4 APRIL

6

Parijs, 9.30 uur

Terwijl hij naast de Franse president Jacques Geroux liep passeerde de Amerikaanse president John Henry Harris de keurige gazons van het Palais de l'Élysée, de officiële ambtswoning van de Franse president. Op deze mooie lenteochtend in de Franse hoofdstad voerden de mannen glimlachend een amicaal gesprekje. Ze werden op discrete afstand gevolgd door de agenten in burger van de Amerikaanse geheime dienst en die van de Direction General de la Securité Exterieure, de DGSE, ofwel de Franse geheime dienst. Ook prominent aanwezig was een selecte afvaardiging van de internationale pers. Het betrof hier een officiële fotosessie na een privéontbijt dat Harris die ochtend met Geroux had gehad, speciaal bedoeld om de goede betrekkingen tussen Frankrijk en de Verenigde Staten te benadrukken.

Dit was de 369ste dag dat Harris in het Witte Huis zetelde: precies één jaar en vier dagen nadat hij als vicepresident van de Verenigde Staten na het plotselinge overlijden van de vorige president, Charles Singleton Cabot, het ambt had aanvaard; 153 dagen nadat hij na een nek-aan-nekrace als president was herkozen, en 76 dagen na zijn inauguratie.

Tijdens de verkiezingsstrijd had de voormalige vicepresident en senator uit Californië het omvormen van het imago van de VS als een strijdlustige, agressieve supermacht tot een meer gelijkwaardige partner in de alsmaar complexer wordende wereldmarkt tot speerpunt van zijn campagne gemaakt. Zijn missie in Europa was om de nog altijd kille sfeer als gevolg van het Amerikaanse bijna-unilaterale besluit tot de inval in Irak en de lange en bloederige nasleep ervan, enigszins weg te nemen. Zijn ontmoeting met de Franse president vandaag was de eerste van een weeklange reeks persoonlijke ontmoetingen met de leiders van de EU-landen voorafgaand aan de formele NAVO-top die op 10 april, aankomende maandag, in Warschau zou plaatsvinden en waarbij hij officieel gewag hoopte te maken van een hervonden eensgezindheid.

Het probleem was echter dat ondanks al het uiterlijk vertoon van openheid en de bereidheid van staatshoofden om met hem te praten, het gevoel overheerste dat het nergens toe zou leiden. In elk geval niet waar het de twee belangrijkste leiders betrof: de Franse president Geroux en Anna Amalie Bohlen, de Duitse bondskanselier met wie hij die avond in Berlijn een onderhoud zou hebben. Hoe hij dit tij kon keren, vooral na zijn ontmoeting achter gesloten deuren met Geroux, was iets waar hij eerst zelf over moest nadenken alvorens dit zelfs maar met zijn naaste adviseurs te bespreken. Eerst denken, dan praten, zo luidde al geruime tijd zijn motto en dat wist iedereen. En hij wist dat hij tijdens het relatief korte luchtsprongetje naar Berlijn aan boord van de Air Force One door zijn medewerkers met rust zou worden gelaten.

Terwijl hij glimlachend een onderonsje had met president Geroux en ze zich naar een rij microfoons begaven om daar een groter mediagezelschap te woord te staan, waren zijn gedachten echter niet zozeer bij internationale aangelegenheden, maar bij het recente overlijden van congreslid Mike Parsons en zijn zoon, en de plotselinge dood van zijn vrouw Caroline.

John Henry Harris en Mike Parsons waren op anderhalve kilometer van elkaar opgegroeid in Californië; in het stoffige, agrarische stadje Salinas. Voor Parsons was de veertien jaar oudere Johnny Harris eerst de babysitter geweest die hem verschoonde, maar later werd hij een kameraad en een oudere surrogaatbroer vanaf de tijd dat Parsons op de lagere school zat en daarna naar een universiteit aan de oostkust vertrok. Jaren later was Harris getuige bij het huwelijk tussen Mike en Caroline en had hij hem geholpen bij zijn campagne voor een zetel in het Congres. Op hun beurt hadden Mike en Caroline hem flink gesteund bij zijn eigen senaats- en presidentiële campagnes in Californië. Bovendien hadden ze hem en zijn vrouw Lori bijgestaan tijdens haar lange, moeizame gevecht tegen de hersentumor waaraan ze slechts een week voor de presidentsverkiezing ten slotte was bezweken. Dit lange, persoonlijke verleden dat ze samen hadden, maakte Mike en Caroline Parsons, evenals hun zoon Charlie, bijna tot familie. Hun tragische, voortijdige dood, zo snel na elkaar, had hem verbijsterd. Hij was aanwezig geweest op de begrafenis van Charlie en Mike, en zou ook Carolines uitvaartdienst hebben bijgewoond, ware het niet dat zijn cruciale Europese reis inmiddels al gepland stond.

Nu, terwijl het leek alsof duizenden fototoestellen klikten en zoemden, en terwijl hij zich samen met president Geroux naar de microfoons liep, dacht hij onwillekeurig terug aan het moment waarop hij die laatste avond Carolines ziekenhuiskamer had betreden, haar geteisterde lichaam doodstil onder de lakens had zien liggen, en de man naast haar bed naar hem had zien opkijken.

'Toe... Gun me nog even een momentje met haar. Ze is zojuist... overleden.'

Terugdenkend vroeg hij zich af wie deze man eigenlijk was. In al die jaren dat hij Mike en Caroline had gekend, had hij hem nooit ontmoet of zelfs maar gezien. En toch was dit duidelijk iemand die haar goed genoeg kende om de enige aan haar sterfbed te zijn, en die zo aangedaan was dat hij de president van de Verenigde Staten durfde te vragen hem nog even met haar alleen te laten.

De Franse president Geroux ging hem voor naar de rij microfoons met de woorden: 'Meneer de president, we zijn hier op deze heerlijke aprildag in Parijs. Wellicht wilt u iets zeggen tegen de burgers van Frankrijk.'

'*Je vous remerci, monsieur le président.*' Zeker, meneer de president, dank u, antwoordde Harris in het Frans met een ontspannen glimlach, zoals hem gewoon was. Alles was natuurlijk van tevoren doorgenomen, net als de korte toespraak in het Frans ten overstaan van het Gallische volk over de lange vertrouwens- en vriendschapsrelatie tussen de beide naties. Maar terwijl hij naar de microfoons liep, waren zijn gedachten deels nog bij de man die aan Carolines bed had gezeten toen ze stierf, en besloot hij te laten uitzoeken wie deze man was.

7

Washington, 11.15 uur

Traag stapte Nicholas Marten door de gelambriseerde studeerkamer van de bescheiden woning van de Parsons in een woonwijk van Maryland. Hij deed zijn best om slechts wat rond te kijken, om het gapende gat van Carolines dood niet te hoeven voelen, zichzelf niet toe te staan te denken dat er helemaal niets was gebeurd maar dat ze elk moment weer kon binnenkomen.

Ze bleek overal haar stempel op te hebben gedrukt, wat vooral duidelijk werd door de vele planten en vrolijk gekleurde keramische snuisterijtjes: een schoentje uit Italië, een geglazuurde schaal uit Mexico, twee kleine kannetjes uit Nederland die ruggelings tegen elkaar aan stonden, een felgele en groene keramische lepelhouder uit Spanje. Het zorgde voor een vrolijkheid die typerend was voor Caroline. En toch was dit duidelijk de kamer van haar man, zijn kantoor aan huis. Zijn bureau was een zee van boeken en papieren, met nog meer boeken die op allerlei manieren in de twee uitpuilende boekenkasten waren gepropt en waarbij het restant op de vloer stond opgestapeld.

Overal hingen ingelijste foto's van Mike en Caroline en hun zoon Charlie, door de jaren heen genomen; van Carolines oudere zus Katy, die op Hawaii woonde en hun moeder verzorgde die aan alzheimer leed. Ze had onlangs de begrafenis van Mike en Charlie bijgewoond, maar het was nog onduidelijk of ze morgen ook op die van Caroline aanwezig zou zijn, hij had geen contact met haar gehad en dus had hij geen informatie. Ook hingen er foto's van Mike als congreslid, samen met de president, met verschillende leden van het Congres, met prominente sporters en bekende mensen uit de entertainmentwereld. Veel van hen waren oprechte liberalen, terwijl Mike Parsons, net als de president, zeer conservatief was. Marten glimlachte. Iedereen mocht Mike Parsons en het maakte helemaal niet uit vanuit welk politiek kamp je opereerde, in elk geval niet op het persoonlijke vlak. Dat zat voor zover hij wist gewoon goed.

Hij keek nog wat rond. Achter Mike Parsons' bureau en door de openstaande deur naar de woonkamer zag hij Richard Tyler, de executeur-testamentair van Caroline. Hij ijsbeerde door de kamer en was mobiel aan het bellen. Tyler vormde de reden voor zijn eigen aanwezigheid hier. Hij had hem die ochtend vroeg meteen gebeld en hem gevraagd of hij, gezien de notariële brief waarin Caroline hem inzage schonk in de documenten van haar en haar man, een paar uurtjes in de woning mocht rondneuzen om wat persoonlijke zaken te bekijken. Na enig overleg met collega's op kantoor had Tyler hem toestemming gegeven, onder de voorwaarde dat hij daarbij aanwezig mocht zijn. Hij had Marten zelfs bij diens hotel opgepikt en hem naar de woning gereden.

De rit door de buitenwijken was op zich gemoedelijk geweest, maar toch was er iets vreemds aan de hand, iets wat onbesproken bleef, iets waarvan Marten had verwacht dat Tyler het ter sprake zou brengen, maar wat niet gebeurd was. En niemand was erover begonnen, omdat het ook niet in de krant had gestaan of op het nieuws was geweest of op internet te vinden was: de zelfmoord van dr. Stephenson.

Op haar eigen manier was Lorraine Stephenson ook een bekend persoon geweest. Ze was niet alleen Carolines huisarts, maar ook die van Mike, en daarnaast van veel prominente parlementariërs, zowel mannen als vrouwen, en dat meer dan twintig jaar lang. Voor de lokale, landelijke en internationale media zou haar zelfmoord koren op de molen moeten zijn geweest. Maar dat was niet het geval. Nergens had hij er ook maar iets over gehoord of gelezen. Het viel te verwachten dat Tyler, als Carolines executeur-testamentair, als een van de eersten op de hoogte was, aangezien hij wist dat Marten wettelijke inzage had in haar medisch dossier, en deze situatie de zelfmoord geheid ter sprake zou hebben gebracht. Althans, als hij ervan afwist. Dus misschien was dat niet het geval. En misschien wisten de media er ook niets van. Wie weet hield de politie het liever stil. Maar waarom? Moesten de naaste familieleden nog worden ingelicht? Wie weet. Op zich een goede reden, maar misschien had de politie bepaalde aanwijzingen.

Als dr. Stephenson het op een andere manier had aangepakt en hem gewoon had geantwoord dat ze hem tot haar spijt zonder gerechtelijk bevel geen inzage in Carolines medisch dossier kon geven, zou hij de zaak hoogstwaarschijnlijk aan Richard Tyler hebben overgelaten en weer naar Engeland zijn teruggekeerd. Weliswaar piekerend, maar in elk geval weg uit Amerika met de gedachte aan de doodzieke en emotioneel labiele Caroline, wetend dat hij weinig kon uitrichten totdat Tyler met het gerechtelijke bevel zou komen. Maar ze had anders gereageerd, was weggerend en had zichzelf vervolgens van het leven beroofd. Haar laatste woorden, over 'de dokter' en 'niemand van jullie' waren uitgesproken met een kille vastberadenheid, direct gevolgd door haar afschuwelijke laatste daad.

Wat had ze vlak daarvoor ook alweer tegen hem gezegd? 'U wilt me naar de dokter sturen. Maar dat zal u niet lukken. Niemand van jullie. Nooit ofte nimmer.'

Welke 'dokter'? Voor wie was ze zo bang geweest dat ze zichzelf liever van het leven beroofde dan hem onder ogen te komen?

En onder welke groep of organisatie schaarde ze hem kennelijk, gezien dat 'niemand van jullie'?

Twee grote open vragen.

Hij stapte achter Parsons' bureau en keek naar de stapel werkdossiers op het bureaublad. De meeste hadden met parlementaire zaken te maken. Wet zus, wet zo; een toewijzing hier, een toewijzing daar. Bij de rand lagen nog meer dossiers, gelabeld: BRIEVEN VAN KIEZERS, PERSOONLIJK BEANTWOORDEN. Op een ander stapeltje viel te lezen: COMMISSIERAPPORTEN EN MEMORANDA. Alles bij elkaar een flinke berg papier. Hij had geen idee waar hij moest beginnen, en waar hij vervolgens naar zou moeten zoeken.

'Meneer Marten?' Richard Tyler verscheen in de studeerkamer.

'Ja?'

'Ik kreeg net een telefoontje van kantoor. Een van onze oudere vennoten heeft Carolines brief aan u nog eens bestudeerd en geconcludeerd dat de familie Parsons een zaak heeft als we u hier zonder hun toestemming en hoogstwaarschijnlijk ook zonder die van de rechter laten rondneuzen.'

'Ik begrijp hier niets van.'

'U dient de woning meteen te verlaten.'

'Meneer Tyler,' schoot Marten in de verdediging, 'deze brief is notarieel bekrachtigd. Caroline gaf hem mij juist om…'

'Het spijt me, meneer Marten.'

Een lang moment staarde hij Tyler aan, hij knikte ten slotte en liep naar de deur. Dat hij dit uitgerekend nu te horen kreeg, op het moment dat ze hier al bezig waren, kon twee dingen betekenen: of de oudere vennoot waakte fanatieker over het kantoor dan Tyler, of iemand anders wist inmiddels van het bestaan van Carolines brief af en wilde dat Marten stopte met zijn speurwerk. Marten had Katy, Carolines zus, gekend, maar dat was alweer jaren geleden, toen hij nog rechercheur John Barron bij de LAPD was, en voor zover hij wist had Caroline noch Mike haar iets verteld over wat er sindsdien allemaal gebeurd was. En dus zou ze geen idee hebben wie Nicholas Marten in werkelijkheid was. Om ten overstaan van Tylers advocaten en/of de rechter, stel dat het zover kwam, helderheid te verschaffen, zou zijn verleden wel eens aan het licht kunnen komen wat hem in net zo'n lastig parket zou brengen als wanneer hij na dr. Stephensons zelfmoord de politie zou hebben gewaarschuwd.

Tyler trok de voordeur open, en Marten liet zijn blik nog een keer door de woning gaan in een poging alles te registreren. Dit was waarschijnlijk de laatste keer dat hij in Carolines huis zou zijn, omringd door alles wat ze had achtergelaten. Opnieuw schoot de realiteit van haar dood als een mes door zijn ziel. Een ellendig, leeg gevoel. Ze hadden nooit voldoende tijd met elkaar doorgebracht, en ze zouden die kans ook niet meer krijgen.

'Meneer Marten.' Met deze woorden gebaarde Tyler naar de deur en hij liet Marten voorgaan. Meteen daarna liep hij zelf naar buiten, deed de voordeur op slot, stapten ze in de auto en reden weg.

8

14.05 uur

Victor keek uit het raam van een gehuurd hoekkantoor in het Nationale Postmuseum van Washington, pal tegenover Union Station. Hij kon de taxi's vanaf Massachusetts Avenue het stationsplein zien oprijden om aldaar de klanten op te pikken of af te zetten die per Amtrak-trein waren gearriveerd of zouden vertrekken.

'Victor,' klonk de kalme stem in zijn oordopje.

'Ja, Richard,' antwoordde Victor net zo kalm in het piepkleine microfoontje op zijn revers.

'Het is bijna zover.'

'Ik weet het.'

Qua uiterlijk was Victor de belichaming van de anonieme veertiger. Zevenenveertig jaar, gescheiden, kalend, wat gezet rond het middel en gekleed in een goedkoop grijs pak en al even goedkope zwarte puntschoenen. De crèmekleurige latex handschoenen die hij aanhad, waren in elke supermarkt verkrijgbaar.

Nog even staarde hij door het raam naar buiten, en vervolgens draaide hij zich om naar het bureau achter hem. Een ordinair stalen bureau waar niets op lag en waarvan de laden, net als de boeken- en dossierkasten achter in het kantoor, leeg waren. Alleen de prullenmand onder het bureau was gevuld. Erin lag een rond stuk glas van vijf centimeter doorsnee dat hij een kwartier daarvoor uit het raam had gesneden, en ook het kleine glassnijdertje dat hij daarvoor had gebruikt.

'Nog twee minuten, Victor.' Richards stem klonk nog altijd rustig.

'Acela Express, nummer R2109. Om elf uur vanochtend uit New York vertrokken, aankomsttijd op Union Station omstreeks dertien voor twee vanmiddag. Treinstel R2109 heeft zeven minuten vertraging,' meldde Victor via zijn microfoontje en hij stapte achter het bureau, waar een groot semiautomatisch geweer met telescoopvizier en geluiddemper op een driepoot stond.

'De trein is binnen.'

'Dank je, Richard.'

'Je weet hoe hij eruitziet?'

'Ja, Richard, ik herinner me hem van de foto.'

'Nog anderhalve minuut.'

Victor pakte de driepoot met daarop het geweer, schoof hem naar het raam en stelde hem zo op dat de mond van de geweerloop precies in het midden van het gat in het raam kwam.

'Nog één minuut.'

Hij streek een haarlok uit zijn gezicht en tuurde door het vizier. De kruisdraden vingen de hoofdingang van het station van waaruit zich op dat moment een gestage stroom net gearriveerde reizigers naar buiten haastte. Voorzichtig bewoog hij het vizier: omhoog, omlaag, naar voren, naar achteren, alsof hij het op iemand in het bijzonder had gemunt.

'Hij komt nu naar buiten, Victor. Zo meteen zie je hem.'

'Ik zie hem nu al, Richard.'

Victors vizier pinde zich plotseling vast op een donkergetinte man van hooguit vijfentwintig, gekleed in een New York Yankees-jasje en een spijkerbroek, die nu in de richting van de rij taxi's keek.

'Hij is helemaal voor jou, Victor.'

'Dank je, Richard.'

Zijn rechterhand gleed naar voren over de houten schacht, de trekkerbeugel en ten slotte de trekker. Als een wurgslang kromde zijn gehandschoende wijsvinger zich om de trekker. De man in het Yankees-jasje liep op een taxi af. Langzaam haalde Victors wijsvinger de trekker over. Er klonk een doffe *pop!* toen het wapen afging, en nogmaals, toen hij een tweede keer vuurde.

Bij het eerste schot greep de man in het Yankees-jasje naar zijn keel. De tweede kogel rukte zijn hart aan flarden.

'Voor de bakker, Richard.'

'Dank je, Victor.'

Victor liep naar de deur, deed hem van het slot en verliet het gehuurde kantoor, maar niet met het geweer of de driepoot die het wapen ondersteunde, of van het ronde stukje glas of het glassnijdertje. Hij liep twintig passen door een gang vol deuren naar andere kantoorruimten die te huur waren, trok de deur naar de brandtrap open en liep de twee verdiepingen naar beneden naar de straat. Eenmaal buiten stapte hij achter in een vaaloranje bestelbusje met daarop het opschrift KOELKASTREPARATIES EN -ONDERHOUD, sloot de deur en liet zich op de vloer zakken terwijl het busje wegreed.

'Alles in orde, Victor?' klonk Richards stem vanuit de cabine.

'Ja, alles in orde.' Hij voelde het busje naar rechts overhellen toen Richard een hoek omsloeg.

'Victor.' Richards stem of zijn toon veranderde nooit, hij was steevast kalm en direct, en juist daarom vriendelijk en geruststellend.

'Ja, Richard?' Na bijna veertien maanden was Victors gemoedstoestand bijna identiek aan die van Richard. Vriendelijk, rustig, gefocust. Wat Richard ook wilde, voor Victor was het allemaal geen probleem.

'We zijn op weg naar luchthaven Dulles. Voor je ligt een koffer met daarin twee stel kleren, toiletartikelen, je paspoort, een creditcard op jouw naam, twaalfhonderd euro in contanten, en een ticket voor Air France-vlucht 039 naar Parijs, waar je morgenochtend om halfzeven zult aankomen om over te stappen met bestemming Berlijn. Als je daar bent check je in in Hotel Boulevard aan de Kurfürstendamm en wacht je verdere instructies af. Nog vragen, Victor?'

'Nee.'

'Zeker weten?'

'Ja, zeker weten.'

'Mooi, Victor. Heel mooi.'

9

15.40 uur

Nicholas Marten was geen drinker, althans niet van het soort dat halverwege de middag in een hotelbar al aan de whisky zat. Maar nu, op deze dag, nog altijd helemaal kapot van Carolines overlijden, had hij er gewoon zin in. In zijn eentje aan de hoek van de bar had hij inmiddels zijn derde Johnny Walker Red Label met spuitwater voor zich en probeerde hij de welhaast verlammende golf van emoties van zich af te schudden die hem had overspoeld op het moment dat haar advocaat hem uit haar woning had gezet en eenmaal buiten, achter hen de voordeur op slot had gedaan.

Hij nam nog een slok van zijn whisky en keek wat afwezig om zich heen. Hij zag de barvrouw met haar laag uitgesneden blouse, halverwege de bar. Ze kletste wat met een man van middelbare leeftijd in een gekreukt pak, haar enige klant, afgezien van hemzelf. De stuk of vijf eethoekjes met leren banken achter in de bar waren leeg, net als de acht tafels met bijbehorende lederen stoelen daarvoor. Op de tv achter de bar was een nieuwsreportage vanuit Union Station, waar nog geen uur geleden een man was neergeschoten. 'Uit de weg geruimd' zoals een reporter voor de camera uitlegde, vermoord door een schutter die vanuit een raam van een gebouw aan de overkant van de straat op de man had geschoten. Tot dusver had de politie weinig losgelaten over het slachtoffer, behalve dat men vermoedde dat hij zojuist met een Acela Express-hogesnelheidstrein vanuit New York was gearriveerd. Ook werd er nog niet gespeculeerd over het motief. Andere bijzonderheden druppelden nu langzaam binnen, onder andere dat het moordwapen zou zijn achtergelaten. Dit alles riep bij Marten weer de herinnering aan dr. Stephenson op, en hij vroeg zich opnieuw af waarom het nieuws van haar zelfmoord niet openbaar was gemaakt, of haar lijk daar nog altijd op het trottoir lag en daar om een of andere niet te bevatten reden nog steeds niet was gevonden. Dat laatste leek nauwelijks waarschijnlijk. De enige mogelijke verklaringen had hij al eerder de revue laten passeren: dat haar naaste familieleden nog niet geïnformeerd waren, of dat de politie aan iets werkte waarmee ze nog niet naar buiten wilde treden.

'Nicholas Marten?' sprak opeens een stem achter hem. Verschrikt draaide hij zich om. Halverwege de bar kwamen een man en een vrouw op hem af lopen. Beiden waren dik in de veertig, ervaren en indringend, en gehuld in donkere confectiekleding. Dit waren duidelijk rechercheurs.

'Ja,' antwoordde hij.

'Mijn naam is Herbert, politie Washington.' Hij toonde zijn pasje en stopte het weer weg. 'Dit is rechercheur Monroe.'

Herbert was van gemiddelde lengte en lichaamsbouw, en zijn van nature kastanjebruine haar vertoonde penseelstreken grijs. Zijn ogen waren bijna net zo bruin. Rechercheur Monroe was misschien een jaar of twee jonger, lang, met een vierkante kin, en kortgeknipt blond haar met highlights. Ze was best knap maar te stoer en te vermoeid om echt aantrekkelijk te zijn.

'We willen even met u praten,' zei Herbert.

'Waarover?'

'Kent u ene dr. Lorraine Stephenson?'

'Min of meer. Hoezo?'

Dit was precies waar hij bang voor was geweest, dat iemand hem voor haar huis had zien posten, hem haar misschien wel had zien volgen toen ze wegrende, en wie weet het pistoolschot had gehoord, hem even later had zien wegrijden en het kenteken had genoteerd.

'U hebt gisteren meerdere malen naar haar praktijk gebeld,' zei Monroe.

'Ja.' Gebéld? Waar gaat dit over, vroeg hij zich af. Het was duidelijk zelfmoord, maar ze hadden enkel haar telefoongesprekken nagetrokken? Nou ja, ze kende natuurlijk veel belangrijke mensen. Dit gedoe kon wel eens complexer in elkaar zitten dan hij vermoedde en zonder dat Caroline er een rol in speelde.

'Meerdere malen,' verduidelijkte Monroe.

'Wat wilde u van haar?' drong Herbert aan.

'Ik wilde het met haar hebben over de dood van een van haar patiënten.'

'En wie was dat?'

'Caroline Parsons.'

Herbert glimlachte licht. 'Meneer Marten, we willen u verzoeken met ons mee te gaan naar het hoofdbureau om wat verder te praten.'

'Waarom?' Hij begreep het niet. Tot dusver hadden ze geen woord gerept over Stephensons zelfmoord. Niets wees erop dat ze wisten dat hij ook maar in de buurt van haar woning was geweest.

'Meneer Marten, dr. Stephenson is vermoord,' flapte Monroe eruit.

'Vermoord?' vroeg hij oprecht verbaasd.

'Ja.'

10

Hoofdbureau van politie
District of Columbia, 16.10 uur

'Waar was u gisteravond tussen acht en negen uur?' vroeg rechercheur Monroe kalm.

'Ik zat in mijn huurauto en reed wat door de stad,' antwoordde Marten rustig terwijl hij zijn best deed om zich op de vlakte te houden. In zekere zin sprak hij de waarheid. Bovendien had hij geen ander alibi.

'Was u in gezelschap?'

'Nee.'

Herbert boog zich iets voorover over het formica tafelblad in de kleine verhoorkamer waar ze tegenover elkaar zaten. Rechercheur Monroe stond voor de deur, de enige deur in het kamertje.

'Waar door de stad?'

'Ik reed gewoon een beetje rond. Waar precies weet ik niet. Ik ken deze stad verder niet. Ik woon in Engeland. Caroline Parsons was een heel goede vriendin van me. Haar dood heeft me enorm aangegrepen. Ik had er behoefte aan om even iets te doen.'

'Dus u… reed wat rond?'

'Ja.'

'En daarna naar de woning van dr. Stephenson.'

'Ik weet niet meer waar ik allemaal ben geweest. Ik zei u net al dat ik deze stad niet ken.'

'Maar u vond wel de weg terug naar uw hotel.' Herbert bleef hem de duimschroeven aandraaien terwijl Monroe haar mond hield en op zijn reacties lette.

'Uiteindelijk wel, ja.'

'Hoe laat, ongeveer?'

'Negen uur, halftien. Echt precies weet ik het niet.'

'U gaf dr. Stephenson de schuld van Carolines dood, hm?'

'Nee.'

Hij snapte hier niets van. Waar waren ze mee bezig? Iedere rechercheur ter wereld kon een moord van een zelfmoord onderscheiden, althans, gezien de manier waarop Lorraine Stephenson te werk was gegaan. Dus wat wilden ze nu precies, en waarom? Gingen zij er misschien ook van uit dat Caroline was vermoord? En zo ja, was dr. Stephenson dan nu een verdachte? Dan was de bestuurder van een van de auto's die langzaam door de straat waren gereden misschien een agent geweest. Wie weet hadden ze hem in de auto zien zitten, hem haar even later zien aanklampen toen ze zelf uit de taxi stapte, en gezien dat hij haar achternaliep toen ze wegrende. In dat geval zouden ze misschien denken dat hij betrokken was bij de dood van Caroline. Als dat zo was, dan zou hij hier nog wel even vastzitten. Hun de notariële brief laten zien die ze had ondertekend en waarmee hij inzage had in de privézaken van het echtpaar kon hem zelfs nog verdachter maken. Het kon suggereren dat hij haar tot deze brief had gedwongen, ook al bevond hij zich in het buitenland. Gedwongen, omdat hij iets anders van plan was zodra ze eenmaal was overleden, iets wat te maken had met haar nalatenschap of iets politieks waarbij haar man betrokken was geweest.

Hij wist maar al te goed dat als de politie reden had om aan te nemen dat hij bij de dood van Caroline of dr. Stephenson betrokken was geweest, ze hem als medeplichtige zouden arresteren. Daarbij zouden zijn vingerafdrukken worden genomen en in de AFIS, het geautomatiseerde identificatiesysteem voor vingerafdrukken worden ingevoerd, en daarna in de landelijke FBI-databank: de IAFIS, het geïntegreerde geautomatiseerde identificatiesysteem voor vingerafdrukken. Ondertussen zou er contact worden gezocht met Interpol. Dan zouden ze ontdekken dat hij een ex-politieman was. Zijn vingerafdrukken werden immers nog steeds bewaard, en wel onder zijn echte naam: John Barron. Daarna zou het niet lang duren voordat zijn wraaklustige ex-collega's bij de politie van Los Angeles op de hoogte zouden zijn. Voor hen bleef hij een 'hoogst interessant persoon'. Het viel te lezen op Copperchatter.com, een chatroom op het web waarin agenten uit de hele wereld met elkaar communiceerden, in politietaal, met politiehumor en smerisrancune. Elke zondagavond werd zijn naam weer op de lijst gezet door iemand die zich bediende van de bijnaam Gunslinger, maar van wie hij wist dat het om Gene VerMeer ging, een ex-rechercheur Moordzaken van het korps aldaar, die hem verachtte voor wat er een paar jaar geleden in Los Angeles was gebeurd en die speciaal deze website had gemaakt om hem te kunnen opsporen. Hem lokaliseren, nauwgezet surveilleren totdat Gunslinger VerMeer of een van zijn handlangers ten tonele verscheen om hem voor eens en voor altijd een lesje te leren.

'Hoe hebt u Caroline Parsons leren kennen?'

Nu was het de beurt aan rechercheur Monroe. Ze liep weg van de deur en leunde tegen een grote spiegel die achter in het kamertje aan de muur was bevestigd. Het was niet echt een spiegel, maar een glazen wand die slechts aan één kant reflecteerde, met daarachter een onzichtbare observatieruimte. Wie, of hoeveel mensen hem daar nu bekeken, daar had hij geen idee van.

'Ik ontmoette haar lang geleden voor het eerst in Los Angeles,' vertelde hij op rustige toon en hij probeerde zo zakelijk mogelijk te blijven. 'We raakten bevriend, en bleven dat. Haar man kende ik ook.'

'U neukte vaak met haar?'

Marten verbeet zich. Hij wist dat ze hem op alle mogelijke manieren uit de tent probeerden te lokken. Dat een vrouw deze vraag stelde, maakte daarbij niets uit.

'Hoe vaak?'

'We hadden geen seksuele relatie.'

'Nee?' vroeg Monroe flauwtjes glimlachend.

'Nee.'

'Waar wilde u dr. Stephenson over spreken?' Herbert nam het weer over.

'Dat heb ik u al gezegd, over het overlijden van Caroline Parsons.'

'Waarom? Wat dacht u dat ze u zou vertellen?'

'Mevrouw Parsons was plotseling ernstig ziek geworden en niemand wist precies wat haar mankeerde. Haar man en haar zoon waren kort daarvoor bij een vliegtuigongeluk om het leven gekomen en ze trok het bijna niet meer. Op een dag belde ze me in Engeland en vroeg me te komen. Kort na mijn komst stierf ze.'

'Waarom vroeg ze u te komen?'

Hij keek Herbert woest aan. 'Ik zei u al dat we heel goed bevriend waren. Kent u iemand die u op zo'n moment zou bellen? Iemand met wie u uw laatste uren zou willen doorbrengen?'

Hij wilde niet stoer doen, maar enkel laten zien dat hij kwaad was. Niet alleen vanwege het soort vragen en de toon waarop ze werden gesteld, maar ook om duidelijk te maken dat de lange, intense band met Caroline oprecht was, en bleef.

'En omdat dr. Stephenson haar huisarts was,' concludeerde Monroe terwijl ze wat dichterbij kwam, 'wilde u van haar vernemen wat er nu precies was gebeurd.'

'Inderdaad.'

'En dus bleef u maar bellen, maar u kreeg haar niet te pakken. En dat maakte u kwaad. Hoe kwaad?'

'Ze heeft me uiteindelijk teruggebeld.'

'En wat zei ze toen?'

'Dat de dingen waarover ik het wilde hebben voorbehouden waren aan de arts en haar patiënt.'

'Meer niet?'

'Nee.'

'En tussen acht en negen uur, gisteravond, reed u gewoon een beetje door de stad?' nam Herbert het weer over.

'Ja.'

'Alleen?'

'Ja.'

'Waar zoal?'

'Ik heb u al gezegd dat ik dat niet weet.'

'Heeft iemand u gezien?'

'Ook dat weet ik niet.'

'Hebt u haar vermoord?' vroeg Monroe plotseling op scherpe toon.

'Nee.'

Herbert hield de druk op de ketel. 'U bent Amerikaan, maar u woont en werkt in Engeland.'

'Ik ben afgestudeerd aan de universiteit van Manchester met een doctoraalstudie in landschapsarchitectuur. Ik had het daar naar mijn zin en besloot te blijven. Ik werk voor Fitzsimmons and Justice, een kleine firma waarvoor ik siertuinen en andere landschapsprojecten ontwerp. Ik heb een Brits paspoort en beschouw mezelf als emigrant.'

Herbert stond op van het tafeltje, en Marten zag dat hij een korte blik wisselde met Monroe. De conclusie die hij hieruit trok was verbijsterend: ze hadden het niet op hem gemunt omdat ze meenden dat Caroline was vermoord, of dat hij of dr. Stephenson daarbij betrokken was geweest of dat men had gezien dat hij dr. Stephenson op straat achterna was gerend vlak voordat ze zichzelf van het leven had beroofd. Nee, ze hadden hem enkel voor verhoor meegenomen vanwege de paar keer dat hij haar telefonisch had geprobeerd te bereiken. Het betekende dat ze ervan overtuigd waren dat de huisarts was vermoord. Maar dat was onmogelijk, ze had zichzelf pal voor zijn ogen door het hoofd geschoten. Dus waarom waren ze daar zo van overtuigd?

De enige andere verklaring was dat iemand even later, toen hij weg was, naar haar lijk was gelopen en iets had gedaan waardoor het leek alsof ze was vermoord; misschien haar pistool weggehaald en haar met een veel groter kaliber nogmaals in het hoofd geschoten, daarmee het bewijs van zelfmoord letterlijk aan flarden schietend zodat het op moord leek en zowel de rechercheurs als de lijkschouwer weinig redenen hadden om hieraan te twijfelen. Maar waaróm? Tenzij de zelfmoord van een vooraanstaande vrouw als zij veel meer vragen zou oproepen dan wanneer ze simpelweg was vermoord.

Hij keek naar de twee rechercheurs, wilde hen uithoren over de staat van dr. Stephensons lijk op het moment dat ze op straat was aangetroffen, maar hij durfde niet. Op dit moment leek het erop dat ze zelf nog tamelijk in het duister tastten over wat er was gebeurd. En dus was er maar weinig waarop ze hem nog langer konden vasthouden, en zou elk beetje nieuwsgierigheid van zijn kant alleen maar hun aandacht trekken, en zouden ze zich afvragen waarom hij dat wilde weten waarna ze hem met hernieuwde moed verder zouden verhoren. Hij kon dus maar beter proberen om zo snel mogelijk weg te komen.

'Volgens mij heb ik uw vragen wel zo'n beetje beantwoord,' zei hij beleefd. 'Als u het niet erg vindt, zou ik graag weg willen.'

Herbert staarde hem een lang moment aan, alsof hij zocht naar iets wat hij over het hoofd had gezien. Marten hield de adem in, bang dat ze hem alsnog zijn vingerafdrukken zouden nemen om te zien of hij niet elders werd gezocht.

Maar in plaats daarvan vroeg Herbert: 'Hoe lang bent u van plan in Washington te blijven, meneer Marten?'

'De uitvaartdienst voor Caroline Parsons is morgen,' antwoordde hij. 'Verder heb ik nog niets besloten.'

Herbert gaf hem zijn kaartje. 'Mocht u zich buiten de stad willen begeven, dan meldt u dat eerst bij mij, is dat duidelijk?'

'Ja, rechercheur.' Hij deed zijn best zijn opluchting te verbergen. Ze lieten hem gaan, althans voorlopig.

Monroe liep naar de deur en hield hem open. 'Dank u voor uw medewerking, meneer Marten. Linksaf, en dan de trap af.'

'Dank u,' reageerde hij. 'Het spijt me dat ik u niet verder kon helpen.' Hij liep snel naar buiten. Linksaf, en dan de trap af.

WOENSDAG 5 APRIL

11

Berlijn, 10.45 uur

De zwaar gepantserde portieren van de presidentiële limousine zwaaiden dicht en de agent van de geheime dienst aan het stuur zette de wagen in de eerste versnelling, waarna de auto met daarin de Amerikaanse president John Henry Harris langzaam wegreed van de Duitse Kanselarij van bondskanselier Anna Bohlen en de in groten getale aanwezige wereldpers.

De president en de bondskanselier hadden elkaar de vorige avond ontmoet, hadden een concert van de Berliner Symfoniker bijgewoond en hadden die ochtend in gezelschap van een handjevol persoonlijke adviseurs van een uitgebreid informeel ontbijt genoten, waarbij internationale zaken en de aloude Duits-Amerikaanse alliantie onderwerp van gesprek waren. Daarna hadden ze zich opgedoft voor de pers en elkaar de hand geschud, en was hij vertrokken; het hele gebeuren bijna identiek aan wat zich vierentwintig uur daarvoor in Parijs op het Élysée had voltrokken. In beide gevallen hoopte de president de nog gevoelige kwestie met beide landen aangaande hun weigering om in de VN de Amerikaanse invasie in Irak te steunen en hun huidige zorgen enigszins te kunnen gladstrijken.

Maar ondanks alle ogenschijnlijke bereidheid en hoffelijkheid was er niets bereikt, en de president was duidelijk bezorgd. Jake Lowe, zijn gezette, zevenenvijftig jaar oude kameraad en rechterhand, die naast hem rustig van het schermpje van zijn BlackBerry las, wist het.

'Niemand van ons kan zich deze aanhoudende transatlantische barrière nog langer veroorloven,' sprak Harris plotseling. 'Voor de bühne regeert de toegeeflijkheid, maar in werkelijkheid weigeren ze ook maar een centimeter naar onze kant op te schuiven. Allebei.'

'Het is een moeilijke weg, meneer de president,' reageerde Lowe kalm. De president mocht dan misschien een van zijn bekende introspectieve momenten beleven, maar intimi als Jake Lowe wisten dat er momenten waren waarop de president inbreng verlangde, meestal wanneer hij in zijn eigen redenering op een dood punt was aanbeland. 'En ik betwijfel of de uitkomst wel naar ieders zin zal zijn.

Ik heb het u al eens gezegd, en ik zeg het u nogmaals: helaas is het niet voor het eerst in de geschiedenis dat de wereld zichzelf opgezadeld ziet met de verkeerde leiders op de verkeerde plek en op het verkeerde tijdstip. Het enige wat daarin verandering kan brengen, is de val van dat regime.'

'Nou, die regimes zijn dat anders niet van plan,' reageerde president Harris. 'En we bevinden ons niet in de luxe positie dat we op betere tijden kunnen wachten. We zullen iedereen aan onze kant moeten hebben, en wel nu, willen we deze porseleinen vaas uit het Midden-Oosten weer in elkaar kunnen lijmen. Jij weet dat, ik weet dat, de internationale gemeenschap weet dat.'

'Behalve de Fransen en de Duitsers.'

President Harris leunde achterover in zijn stoel en probeerde zich te ontspannen. Maar dat lukte niet. Hij was kwaad en gefrustreerd, wat vooral te merken was als hij het woord voerde. 'Dit zijn twee irritante, onvermurwbare *hardliners*. Ze praten ons een beetje naar de mond en zodra we echt spijkers met koppen willen slaan, draaien ze als een blad aan de boom om, laten ze ons in de wind bungelen en staan ze er de hele tijd vrolijk bij te applaudisseren. Er moet een manier zijn om ze achter ons te krijgen, Jake, maar de waarheid is helaas dat ik geen idee heb wat daarvoor nodig is. Of hoe ik dat na vandaag en gisteren zelfs maar zou moeten aanpakken.'

President Harris keek uit het raam terwijl de colonne door de Tiergarten reed, het schitterende, meer dan drie kilometer lange stadspark van Berlijn, en daarna zijn weg vervolgde langs een reeds lang van tevoren aangekondigde route die over de Kurfürstendamm zou voeren, de belangrijkste straat door het modieuze winkelhart van de stad.

Het was een flinke colonne, geleid door dertig Duitse motoragenten met daarachter nog eens twee grote, glimmend zwarte SUV's van de geheime dienst die voor de drie identieke presidentiële limousines uit reden die het voor iedereen onmogelijk maakten om te achterhalen in welk van de drie voertuigen de president zat. Onmiddellijk daarachter volgden nog eens acht SUV's, een ambulance en twee grote bestelbussen, waarvan de ene de persploeg vervoerde en de andere het presidentieel gevolg. Nog eens dertig Duitse motoragenten vormden de hekkensluiters.

Vanaf het moment dat ze de Kanselarij hadden verlaten, stonden de straten en de boulevard vol mensen. Het leek wel of half Berlijn was uitgelopen om een glimp van de Amerikaanse president op te vangen. Sommigen applaudisseerden en zwaaiden met Amerikaanse vlaggetjes. Anderen floten en er was boegeroep, ze hieven hun vuist en schreeuwden boze leuzen. Weer anderen hielden spandoeken omhoog: VS WEG UIT MIDDEN-OOSTEN; HERR PRÄSIDENT, GEH NACH HAUSE, HARRIS GO HOME! GEEN BLOED MEER IN RUIL VOOR OLIE! Op één spandoek viel slechts te lezen: JOHN, LATEN WE OM DE TAFEL GAAN ZITTEN. Anderen keken slechts toe terwijl de enorme colonne met daarin de leider van 's werelds enige supermacht voorbijreed.

'Ik vraag me af wat ik zelf zou denken als ik zo'n Duitse toeschouwer was,' mompelde Harris terwijl hij naar de menigte keek. 'Wat zou ik van de Verenigde Staten verlangen? Hoe zou ik hun bedoelingen opvatten?'

Hij draaide zich om en keek Lowe aan, een van zijn beste vrienden en zijn naaste politiek adviseur; een man die hij al kende sinds hij jaren geleden voor het eerst aan de Senaatsrace in Californië deelnam. 'En jij, Jake? Wat zou jij denken als jij daar langs de kant stond?'

'Waarschijnlijk zou ik...' maar Lowe werd plotseling onderbroken door het geluid van zijn BlackBerry die hem attendeerde op een voicemailbericht van chef-staf Tom Curran die de twee op luchthaven Tegel bij de Air Force One opwachtte. 'Ja, Tom?' sprak hij in de headset, waarmee hij bijna vergroeid leek. 'Wat? Wanneer...? Kijk of je nog meer te weten kunt komen. Over twintig minuten zijn we aan boord.'

'Waar ging dat over?' wilde de president weten.

'Caroline Parsons' huisarts is gisteravond vermoord aangetroffen. Vanwege het onderzoek heeft de politie het nog niet bekendgemaakt.'

'Vermoord?'

'Ja, meneer.'

'Lieve hemel.' De president wendde zijn blik af en staarde voor zich uit. 'Eerst Mike en zijn zoon, vervolgens Caroline en nu haar arts?' Hij keek Jake Lowe weer aan. 'Allemaal dood, zomaar ineens, en zo snel achter elkaar. Wat is hier aan de hand?'

'Een tragisch toeval, meneer de president.'

'Zou het?'

'Wat zou het anders kunnen zijn?'

12

Hotel Boulevard, Kurfürstendamm 12, Berlijn, 11.05 uur

'Victor?'

'Ja, Richard, ik kan je verstaan.'

'Ben je bij het raam?'

'Ja, Richard.'

'Wat zie je?'

'De straat, met een hele stoet mensen langs de trottoirs. Tegenover me staat een grote kerk. De Kaiser Wilhelm-Gedächtniskirche. Tenminste, volgens de piccolo die me naar mijn kamer bracht. Hoezo, Richard?'

'Ik wilde gewoon even zeker weten dat ze je de goede kamer hebben gegeven, meer niet.'

'Ja, hoor. De kamer is precies zoals afgesproken. Ik heb je instructies tot op de letter nauwkeurig opgevolgd.' Inmiddels droeg hij niet langer het grijze pak dat hij in Washington had gedragen, maar ging hij gekleed in een lichtbruine pantalon en een ruimvallend donkerblauw vest. Nog steeds oogde hij anoniem, maar nu leek hij eerder een academicus. Een professor van middelbare leeftijd wellicht, of een docent aan een middelbare school. Iemand die in een menigte niet zou opvallen.

'Ik had ook niet anders verwacht, Victor. Luister goed,' ging Richard verder. 'De presidentiële colonne is inmiddels de Kurfürstendamm op gereden. Over... veertig seconden zal die in zicht zijn en onder je raam langskomen. De president bevindt zich in de derde limousine. Hij zit aan jouw kant, op de achterbank naast het linker portierraam. Vanwege het getinte glas zul je hem niet kunnen zien, maar toch zit hij er. Ik wil van je weten hoe lang het duurt voordat de limousine voorbij is en of je tijd genoeg zou hebben om vanaf jouw positie een schot op het raam te kunnen lossen.'

'Een presidentiële limousine is voorzien van kogelvrij glas.'

'Dat weet ik, Victor. Geen zorgen. Je hoeft me alleen maar te vertellen hoe lang de auto nodig heeft om je raam te passeren en of je voldoende tijd zou hebben om vanaf die positie een goed schot te kunnen afvuren.'

'Goed.'

Afwezig keek president Harris door het raam van de limousine naar de menigte langs de weg. Zijn gedachten waren bij zijn minister van Defensie, Terrence Langdon, die in Zuid-Frankrijk een ontmoeting had met diens collega's van de NAVO. Langdons boodschap was in feite dezelfde als die van de minister van Buitenlandse Zaken David Chaplin tijdens diens werklunch in Brussel de vorige dag aan zijn vijfentwintig NAVO-collega's, namelijk dat de Verenigde Staten een nieuwe bereidheid toonden tot een nauwere samenwerking met de NAVO-partners, iets wat de vorige regering van president Charles Cabot steevast had geweigerd.

In een toespraak voor het Congres, voorafgaand aan zijn vertrek uit Washington, had Harris beloofd dat hij na zijn uitgebreide bezoek aan Europa 'niet met lege handen' zou terugkeren. Hoe teleurstellend zijn bezoeken aan Parijs en Berlijn ook waren verlopen, hij was nog even vastberaden. Nu moest hij zich op het vervolg van zijn reis oriënteren: eerst naar Rome, waar hij die avond zou dineren met de Italiaanse president Mario Tonti, wiens positie weliswaar een ceremoniële was, zo wist hij, maar wiens taak het was om de verschillende fracties binnen de Italiaanse politiek met elkaar te verenigen, wat hem strategisch gezien tot een belangrijke bondgenoot maakte.

Voor Harris was Italië een bondgenoot en hij beschouwde president Tonti en premier Aldo Visconti als mannen op wie hij kon vertrouwen. Maar hij wist ook dat Tonti op de hoogte zou zijn van het feit dat de ontmoetingen in Parijs en Berlijn niet het gewenste resultaat hadden opgeleverd. Het zou de ontmoeting wat geforceerd maken, want Italië was een belangrijk lid van de Europese Unie, die op de lange termijn wilde uitgroeien tot de Verenigde Staten van Europa, iets wat ongeacht de publieke houding van de individuele lidstaten altijd in het vizier moest worden gehouden. Hoe zou hij zich aan Tonti presenteren, wat zou hij tegen de president zeggen, en hoe? Dit waren de vragen waarmee hij zich nu bezig diende te houden. Maar dat was niet het geval. Of het nu kwam door de jetlag, de tegenslagen van de vorige dag en vandaag, of door zijn emoties, maar op dit moment kon hij slechts denken aan wat de familie Parsons was overkomen, en de moord op Lorraine Stephenson, Carolines huisarts, zo snel daarna. Plotseling draaide hij zich om naar Jake Lowe, naast hem.

'Die kerel die bij Caroline aan haar ziekenhuisbed zat toen ze stierf. Wat weten we over hem?'

Hij kon de menigte voor de Kaiser Wilhelm Gedächtniskirche zien staan.

'Dat weet ik niet. Het had geen prioriteit,' antwoordde Jake Lowe. Hij toetste een nummer in op zijn BlackBerry en wachtte totdat de informatie als tekst op zijn schermpje verscheen.

De president keek naar links en zag dat ze de menigte voor Hotel Boulevard passeerden.

'Hij heet Nicholas Marten,' las Lowe van zijn schermpje. 'Hij is een Amerikaan die in Manchester, Engeland, woont en voor Fitzsimmons and Justice werkt, een klein landschapsarchitectenbureau.' Zwijgend las Lowe verder, en hij keek daarna de president aan. 'Om een of andere reden liet mevrouw Parsons haar notaris een brief opstellen waarin ze Marten inzage gaf in de persoonlijke dossiers van haar en haar man.'

'Van hun allebei?'

'Ja.'

'Waarom?'

'Dat zou ik niet weten.'

'Kijk of je daarachter kunt komen. Dit hele gedoe begint me steeds meer te verontrusten.'

Vanachter het raam in zijn hotelkamer deed Victor een stap naar achteren. 'Richard?'

'Ja, Victor?'

'De colonne is langsgereden. Het duurde zeven seconden. Ik kon het zijraam van de limousine goed zien. Ik zou zo'n drie seconden, misschien vier, hebben om een goed schot af te vuren.'

'Zeker weten?'

'Ja, Richard.'

'Genoeg voor een fataal schot?'

'Met de juiste munitie wel, ja.'

'Dank je, Victor.'

13

Washington, 7.10 uur

Een halfuur nadat hij uit bed was gestapt had Nicholas Marten de tv aangezet en op de lokale nieuwszender afgestemd, hopend wat meer te vernemen over de 'moord' op dr. Stephenson. Maar tot dusver was er niets meegedeeld. Hij was inmiddels meer dan benieuwd naar de reden waarom de politie nog steeds informatie achterhield, en dat er geen enkele nieuwsgierige journalist was geweest die met de primeur aan de haal was gegaan.

Hij liet het geluid hard aanstaan, had snel gedoucht en was zich gaan scheren. Tussen al het gekakel van de verkeers- en weerberichten door vernam hij dat de man die de vorige dag door een scherpschutter voor Union Station was doodgeschoten een Colombiaan was die legaal als honkbalspeler voor de Trenton Thunder, een team uit de minor league en aangesloten bij de New York Yankees, in het land was. Een anonieme bron onthulde dat politierechercheurs in een gehuurd kantoor in het National Postmuseum, pal aan de overkant van de straat, het moordwapen hadden gevonden. Naar het scheen betrof het hier een M14, een standaard oefengeweer van het Amerikaanse leger, waarvan er door verscheidene wapenfabrikanten honderdduizenden waren gemaakt.

Het leek een uiterst merkwaardige moord, een minor league-honkbalspeler was 'uit de weg geruimd', maar bij die mededeling bleef het, en Marten ging verder met scheren. Ondertussen probeerde hij een manier te bedenken om Carolines medisch dossier te bemachtigen en te bestuderen. Onwillekeurig dacht hij terug aan wat ze in het ziekenhuis had gestameld toen ze zijn hand had vastgepakt en hem diep in de ogen had gekeken...

'Ze... hebben... mijn man... en mijn zoon... vermoord... En nu... hebben ze... mij... te pakken.'

'Over wie heb je het?' had hij gevraagd. 'Wie zijn "ze"?' 'De... co...' had ze geantwoord. Tot meer was ze niet in staat geweest en uitgeput was ze in slaap gevallen. Het waren haar laatste woorden geweest totdat ze later weer wakker was geworden, tegen hem had gezegd dat ze van hem hield... en was gestorven.

Hij voelde zijn emoties weer opwellen en haalde even adem alvorens het laatste beetje haar weg te scheren. Daarna liep hij de kamer in om zich aan te kleden, vastberaden zich niet in het gapende gat van zijn verdriet te laten lokken maar zich over de zaak te buigen.

'De co...' sprak hij hardop. Wat voor 'co'? Wat had ze hem willen vertellen?

Onmiddellijk dacht hij terug aan zijn korte bezoek aan Carolines woning voordat haar advocaat hem had verzocht te vertrekken. Wat had daar gelegen? Wat zou hij hebben aangetroffen dat hem het antwoord kon hebben gegeven? Hij had even rondgekeken, maar dat had niet lang geduurd, en afgezien van de waardering voor haar huiselijkheid was de werkkamer van haar man de enige plek geweest waar hij eens goed om zich heen had kunnen kijken. Wat had hij daar eigenlijk gezien? Familiefoto's, foto's van Mike met bekende Amerikanen, en verder de stapels dossiers die zo'n beetje het hele bureau van het congreslid bedekten, met nog meer dossiers op een bijzettafeltje. Hij herinnerde zich dat ze met een viltstift waren gemerkt: COMMISSIERAPPORTEN EN MEMORANDA. Dat was het, meer niet.

Gefrustreerd hees hij zijn broek op en liet hij zich op de rand van het bed zakken om zijn schoenen aan te trekken. Op dat moment schoot er iets door zijn hoofd en ging hij met een ruk rechtop zitten.

'Commissierapporten en memoranda,' zei hij hardop. 'Commissie...'

Zou ze hebben bedoeld dat iemand van een commissie waar ook Parsons lid van was, verantwoordelijk kon zijn voor hun dood? Alleen, ze had het niet over één persoon gehad, maar over 'ze', meervoud dus. Stel dat ze gelijk had en dat ze naar een commissie had verwezen, bedoelde ze dan verscheidene leden of de hele groep? Maar hoe kon een hele commissie binnen het Congres betrokken zijn bij de geraffineerde moord op drie mensen, om nog maar te zwijgen van de drie onschuldigen aan boord van Parsons gecharterde vliegtuig. Het was te gek voor woorden, maar voorlopig was dit het enige wat hij had.

Op zijn horloge zag hij dat het iets na halfacht was. Om twee uur die middag zou hij Carolines uitvaartdienst in de presbyteriaanse kerk bijwonen. Hij had dus nog iets meer dan zes uur de tijd om te kijken of hij, in de hoop een reden te kunnen vinden of op z'n minst een aanwijzing, wat in Mike Parsons' recente congresverleden kon graven.

Hij opende zijn laptop, zette hem aan en klikte op de Google-zoekmachine. In de zoekbalk typte hij 'Michael Parsons + congresvertegenwoordiger' en drukte op Enter.

Parsons' parlementaire homepage verscheen op het scherm en Marten slaakte een zucht van opluchting: zijn naam stond in elk geval nog in de database van het Congres. 'Michael Parsons, gekozen congreslid voor Californisch 17de kiesdistrict, regio's Monterey, San Benito en Santa Cruz', viel er bovenaan te lezen.

Zijn kantooradressen in Washington en Californië stonden iets lager vermeld, gevolgd door een link naar een lijst van commissies waarvan hij lid was geweest. Marten klikte de link aan, waarna de lijst verscheen.

Commissie van landbouw
Commissie voor kleinbedrijf
Commissie van begroting
Commissie van toewijzing
Commissie voor nationale veiligheid
Commissie voor regeringshervormingen
Bijzondere, vaste commissie voor geheime informatie

Hieronder viel ook een aantal subcommissies waar Parsons lid van was geweest. Daarvan trok een in het bijzonder Martens aandacht, een subcommissie waar Parsons ten tijde van zijn dood lid van was:

Subcommissie voor inlichtingen en contraterrorisme

Mike en zijn zoon waren op vrijdag 10 maart gestorven. De laatste geplande vergadering was op dinsdag 7 maart om twee uur geweest, met als agendaonderwerp 'Tussenrapport inzake samenvoeging lijsten gezochte terroristen', gehouden in het Rayburn House Office Building. De link was voorzien van een ledenlijst. In tegenstelling tot andere commissievergaderingen ontbrak verdere informatie, zoals een lijst van getuigen die voor de commissie dienden te verschijnen. Dit veld bleef gewoon blanco. Daarna bekeek hij verscheidene andere websites maar hij vond verder geen informatie die gegevens op Parsons' eigen homepage konden aanvullen. Ervan overtuigd dat hiervoor een verklaring te vinden moest zijn vervloekte hij zichzelf en zijn onkunde in het doorgronden en verkennen van de digitale wandelgangen van de Amerikaanse overheid. Hoe dan ook, de commissievergadering, zo kort voor Parsons' dood, plus het ogenschijnlijk ontbreken van enige informatie over de aard van deze vergadering, zaten hem dwars. Hij wilde meer weten, maar wist niet hoe hij het aan moest pakken.

Carolines advocaat, Richard Tyler, zou hem misschien geholpen kunnen hebben als deze niet door iemand van het kantoor was gemaand om hem geen toegang te geven tot Parsons' persoonlijke documenten. En dus viel er uit deze hoek geen hulp te verwachten. Probeerde hij het toch, dan zou er op z'n minst met scheve ogen naar hem worden gekeken, vooral als diezelfde onbekende eiste dat zijn speurwerk volledig werd getorpedeerd. Zette hij toch door, dan kon hij wel eens letterlijk klappen oplopen, misschien van een onbekend individu of anders bij een bezoekje van de politie. Op geen van beide zat hij te wachten.

Bovendien speelde het tijdselement een rol. Fitzsimmons and Justice, zijn werkgever in Engeland, was zo royaal geweest hem een paar dagen vrijaf te geven om naar Amerika af te reizen en zich over Carolines situatie te buigen, maar ondertussen werkte hij aan een groot siertuinproject, de 'Banfield Job', in opdracht van Ronaldo Banfield, een stervoetballer die uitkwam voor Manchester United, op zijn landgoed in het noordwesten van de stad. Ze lagen al achter op schema, en eind mei moest de ontwerpfase zijn afgerond zodat het eigenlijke werk, het bestellen van de materialen, het egaliseren, het aanleggen van de sprinklerinstallatie en ten slotte de aanleg van de tuin zelf kon beginnen. Het hield in dat als hij hier in Washington nog dingen wilde uitzoeken, hij dat snel moest doen.

Hij stond op van zijn bed met de gedachte dat als hij nu naar het Capitool ging, hij daar in de archieven misschien wat kon vinden. Op het moment dat hij naar de telefoon reikte om aan de receptie de weg te vragen, viel zijn oog op de *Washington Post* op zijn nachtkastje en herinnerde hij zich dat Dan Ford, een goede vriend van vroeger, destijds voor de *Los Angeles Times* had gewerkt, voordat deze naar Parijs was overgeplaatst en door de beruchte Raymond Oliver Thorne was vermoord. In zijn standplaats Washington had Ford een aantal journalisten van andere kranten leren kennen en een van hen zelfs tamelijk goed. Marten kon zich de naam van deze persoon niet meer herinneren, maar wel dat hij politiek journalist voor de *Washington*

Post was geweest. Of hij daar nog steeds werkte, wist Marten niet, maar misschien dat als hij de namen onder de stukken van deze editie bekeek hij de schrijver zou herkennen.

Hij had er niet lang voor nodig. Al op de eerste pagina trof hij de naam aan, onder aan een stuk over de Europese reis van president Harris: 'Ontvangst in Europa niet zonder slag of stoot'. De schrijver was Peter Fadden.

14

'Peter Fadden.' De stem aan de andere kant van de lijn klonk kortaf en schor. Marten had een jongere stem verwacht. Fadden klonk als iemand van in de zeventig of ouder, maar met de energie van iemand die een dertiger in een steegje tot moes kon slaan of hem in een buurtkroeg onder tafel kon drinken. Bovendien klonk hij als een man die hier geboren en getogen was en de tijd van Eisenhower, of zelfs daarvoor nog, had meegemaakt.

'Meneer Fadden, u spreekt met Nicholas Marten. Ik was een goede vriend van Dan Ford. En ook van Caroline Parsons en haar man. Ik zou u graag een keer persoonlijk willen spreken, als dat kan.'

'Wanneer?' klonk het bars. Geen 'waarom', alleen een nors 'wanneer'.

'Zo snel mogelijk. Vandaag, nu, vanochtend. Vanmiddag ben ik bij de uitvaartdienst van Caroline. Daarna zou ook nog kunnen. Ik bied u een drankje aan of een etentje.'

'Waarom?' Eindelijk.

'Ik wil weten met wat voor congreszaken Mike Parsons bezig was toen hij kwam te overlijden.'

'Zoek het op. U kunt het in het rijksarchief vinden.'

'Gedeeltelijk, ja, maar niet alles. Ik zoek iemand die me kan vertellen hoe ik meer te weten kan komen.'

'Huur een schoolmeester in.'

'Meneer Fadden, er zou voor u wel eens een artikel in kunnen zitten. Ik leg het wel uit als we tegenover elkaar zitten. Alstublieft.'

Er viel een lange stilte en even vreesde hij dat Fadden hem zou afwimpelen. Daarna hoorde hij de norse stem weer. 'U zei dat u een vriend van Dan Ford was?'

'Ja.'

'Een goede vriend?'

'Zijn beste vriend. Ik verbleef in zijn appartement in Parijs toen hij werd vermoord.'

Opnieuw viel er een stilte, waarna Fadden simpelweg antwoordde: 'Oké.'

15

Aan boord van de Air Force One, in het zuiden van Duitsland, 14.15 uur

Het tv-interview met de Europese hoofdcorrespondent voor CNN, Gabriella Roche, stond al lang van tevoren vast en tijdens het eerste halfuur van de vlucht naar Rome nam president Harris tegenover haar plaats. Hun vertrek vanuit Berlijn was zevenendertig minuten vertraagd vanwege het drukke luchtverkeer op luchthaven Tegel, zo had de luchtverkeersleiding laten weten, maar Jake Lowe had de president kalmpjes toegefluisterd dat het slechts een speldenprikje van bondskanselier Anna Bohlen was, even 'een kneepje in de ballen om u te laten voelen hoe ze er werkelijk over denkt'.

'Ik weet best hoe ze erover denkt, Jake, maar we hebben haar nu eenmaal nodig,' had hij geantwoord. 'Dus ik zou even niet weten wat we eraan kunnen doen, behalve het negeren.'

'Meneer de president, stel dat we haar nú nodig hebben?' vroeg Lowe meteen daarop.

'Hoezo "nú"?'

Lowe wilde antwoorden, maar zijn immer alerte chef-staf Tom Curran onderbrak hem met de mededeling dat het tijd was voor het interview met Gabriella Roche voor CNN.

Een halfuur later was het interview afgerond. Hij dolde wat met Roche en haar cameraploeg, bedankte hen en zocht meteen zijn suite weer op waar Jake op hem wachtte. Hij was in gezelschap van de imposante, een meter negentig lange en in hemdsmouwen gehulde dr. James Marshall, zijn nationale veiligheidsadviseur die zelf net vanuit Washington in Berlijn was geland en zich samen met het presidentiële gezelschap aan boord van de Air Force One had begeven.

Harris sloot de deur achter zich, trok zijn jasje uit en keek Lowe aan. 'Wat bedoelde je met: "Stel dat we bondskanselier Bohlen nú nodig hebben"?' Het klonk alsof Lowe dat net had gezegd en er tussendoor helemaal geen tv-interview had plaatsgevonden.

'Dat mag dr. Marshall u vertellen.'

Marshall nam tegenover de president plaats. 'Dit zijn zo'n beetje de roerigste tijden die we in onze geschiedenis hebben meegemaakt, misschien wel zorgwekkender dan op het hoogtepunt van de Koude Oorlog. Ik begin me steeds meer zorgen te maken over ons vermogen om in noodsituaties snel en effectief in te grijpen.'

'Ik kan je even niet volgen, geloof ik,' zei Harris.

'Stel dat er de komende uren iets gebeurt en we zouden ergens ter wereld direct en substantieel moeten ingrijpen. Dan zouden we in de VN eerst de Franse en Duitse steun moeten zien te krijgen, maar dat zal gezien onze persoonlijke ervaringen zeer onwaarschijnlijk zijn.

Even puur hypothetisch, meneer de president, vergeet het Midden-Oosten, Irak, de Palestijnen, Libanon, en zelfs Iran even. Dit is een veel indringender en eenvoudiger "stel dat"-scenario. Stel dat Al-Qaeda of een andere fanatieke groep jihadisten, en daar zijn er honderden van, vanavond om middernacht Saudi-Arabië willen aanvallen. Met een beetje goede wil zouden ze tegen de ochtend de gehele Saudische koninklijke familie kunnen hebben uitgeroeid. De regering zal vallen en de fundamentalistische beweging zal zich over de hele regio verspreiden. Gematigden delven het onderspit, worden afgeslacht of sluiten zich aan bij de fanatici waarna de fundamentalistische koorts als een virus om zich heen grijpt. Binnen enkele uren zou Saudi-Arabië vallen, daarna Kuweit, dan Irak en Iran, Syrië en waarschijnlijk ook Jordanië. In nog geen zesendertig uur zou Al-Qaeda alles beheersen en zullen de olieleveranties aan het Westen, pats-boem, stoppen. En dan?'

'Hoezo "en dan"?' De president keek zijn veiligheidsadviseur recht in de ogen. 'Dit is een hypothetisch scenario, of beschik je soms over geheime informatie? Hier wordt er niet omheen gedraaid, Jim. Als je iets concreets hebt, wil ik het weten. En wel nu meteen.'

Marshall wierp even een blik op Jake Lowe en keek de president weer aan. 'Waar het op neerkomt, meneer de president, is dat dit een zeer realistisch scenario is, afkomstig van een aantal collectieve bronnen die zeer serieus genomen moeten worden. Als het werkelijk zou gebeuren, zou het voor ons zo goed als onmogelijk zijn om snel en effectief genoeg in te grijpen om erger te voorkomen. Een onmiddellijke kernaanval kan misschien onze enige optie zijn. En dan hebben we geen tijd om die eerst door de Veiligheidsraad te loodsen. Daarvoor zouden alle neuzen al binnen enkele uren dezelfde kant op moeten wijzen. Het betekent dat we al bij voorbaat moeten kunnen rekenen op de volledige steun van alle lidstaten. En zoals we maar al te goed weten, is Duitsland weliswaar geen lid van de Veiligheidsraad, maar zou je dat qua invloed niet zeggen.'

'Wat Jim wil zeggen, meneer de president,' voegde Lowe er rustig aan toe, 'is dat we ervoor moeten zorgen dat Amerika structureel op onvoorwaardelijke steun van de VN kan rekenen. En zoals ik al zei, zoals het er nu voor staat, is daar geen sprake van.'

De president keek de twee mannen een voor een aan, twee veteranen van zijn kringetje van goede vrienden en adviseurs op wie hij vertrouwde: mannen die hij al jaren kende en die hem wilden doordringen van het belang van zijn zojuist beëindigde ontmoetingen met de Franse president en de Duitse bondskanselier. Bovendien zouden ze niet alleen de steun van de Fransen en de Duitsers nodig hebben, maar ook die van de Russen en de Chinezen. Allemaal wisten ze dat als ze Frankrijk en Duitsland achter zich hadden, vooral als het om het Midden-Oosten ging, ze daarna ook op de Russen zouden kunnen rekenen, alsmede op de Chinezen.

'Jongens,' sprak hij op de gemoedelijke toon die hij bezigde wanneer hij zich in gezelschap van vrienden bevond, 'jullie scheppen dan misschien een accuraat beeld, en God sta ons bij als dat zo is, maar ik kan me echt niet voorstellen dat de Fransen en de Duitsers zelf niet met een dergelijk scenario rekening houden en over een eigen oplossing nadenken. Daarmee samenhangend kan ik jullie op een briefje geven dat het laten varen van hun houding omtrent een dergelijk scenario, zonder harde informatie om ons vervolgens carte blanche te geven, bepaald niet in de lijn der verwachtingen zal liggen.'

'Dat hoeft niet per se,' zei dr. Marshall, terwijl hij achteroverleunde en de handen in de schoot vouwde.

'Ik kan je even niet volgen.'

'Stel dat de leiders van die twee landen ons wél carte blanche zouden geven.'

De president fronste zijn wenkbrauwen. 'Wat bedoel je daar nu weer mee?'

'U zult het niet leuk vinden.'

'Laat maar horen.'

'Het fysiek verwijderen van de president van Frankrijk en de bondskanselier van Duitsland.'

'Fysiek verwijderen?'

'Elimineren, meneer de president. Allebei. Om ze te vervangen door leiders op wie we kunnen vertrouwen, zowel nu als in de toekomst.'

Harris aarzelde even, en langzaam tekende zich een glimlach af op zijn gezicht. Dit was een grap, hij wist het. 'Wat zijn jullie van plan, jongens? Jullie gaan voor de videogames? Ensceneer een doemscenario, zoek de dwarsliggers die niet willen meewerken, druk op "vermoorden" en schuif daarna de pion naar voren en bedenk je eigen afloop van het verhaal?'

'Dit is geen spel, meneer de president.' Marshall keek de president strak aan. 'Ik meen het. Geroux en Bohlen uit de weg ruimen en ervoor zorgen dat degenen die wij daar aan de macht willen hebben in hun plaats worden gekozen.'

'Alsof er niks aan de hand is.' De president was verbijsterd.

'Ja, meneer.'

Harris keek Jake Lowe aan. 'Ik neem aan dat jij erachter staat?'

'Ja, meneer de president, dat klopt.'

Even was Harris sprakeloos toen de implicaties van het plan goed tot hem doordrongen. Vervolgens barstte hij in woede uit. 'Jongens, ik zal jullie eens wat vertellen! Onder mijn bewind zal zoiets nooit gebeuren. Ten eerste omdat ik onder geen enkele voorwaarde medeplichtig wil zijn aan moord, ten tweede omdat politieke aanslagen tegen de wet zijn, en ik gezworen heb de wet te zullen handhaven.

Bovendien, stel dat jullie je zin krijgen en die aanslagen worden uitgevoerd, wat denk je daar dan mee te winnen? Wie zijn die figuren die jullie aan de macht willen helpen en hoe kunnen jullie zeker weten dat die ook werkelijk gekozen worden? En zelfs al zou dat gebeuren, wie zegt dan dat we ze kunnen vertrouwen, dat ze doen wat wij willen, wanneer we dat willen en zo lang als wij willen?'

'Die mensen hebben we, meneer de president,' antwoordde Lowe zachtjes.

'Het is realiseerbaar, meneer,' voegde Marshall eraan toe. 'En op korte termijn. U zult ervan staan te kijken.'

Kwaad schoten Harris' ogen van de een naar de ander. 'Heren, ik zal het nog één keer zeggen: de Verenigde Staten zullen zich niet inlaten met politieke moorden, niet zolang ik president ben. De volgende keer dat dit onderwerp ter sprake komt, kunnen jullie je golfclubs uit de kast halen, want dan zullen jullie niet langer deel uitmaken van deze regering.'

Een eeuwigheid lang bleef zowel Marshall als Lowe de president aanstaren. Ten slotte nam Marshall het woord, en op een toon die niet neerbuigender kon zijn, zei hij: 'Ik geloof dat we uw standpunt wel begrijpen, meneer de president.'

'Mooi.' Harris bleef de twee strak aankijken en liet zich niet vermurwen. 'Goed,' vervolgde hij kordaat. 'Als jullie het niet erg vinden, wil ik in alle rust nog een paar dingetjes doornemen voordat we in Rome landen.'

16

Mr. Henry's Restaurant, Pennsylvania Avenue, 11.50 uur

In deze saloon op Capitol Hill, waar de authentieke retroachtige sfeer en donkere lambriseringen de toon zetten, de lunchgasten net zo'n beetje kwamen binnendruppelen en waar jaren geleden Roberta Flack voor het eerst haar 'Killing Me Softly' ten gehore bracht, zaten Nicholas Marten en Peter Fadden in een donker hoekje.

'Uw vriend Dan Ford was een kei van een reporter, echt een vent uit duizenden, en...' Wanneer hij sprak, boog Peter Fadden zich een beetje over de tafel. Opzettelijk of niet, het benadrukte in elk geval zijn aanwezigheid. 'Hij had een riante toekomst voor zich. De moord op hem was gewoon belachelijk. Niemand verdient het om zo aan z'n eind te komen. Ik mis hem nog altijd.'

Fadden, een wat gezet heerschap met grijs haar, een kort grijs baardje en blozend gelaat, wekte eerder de indruk vijftig dan zeventig te zijn, en qua uiterlijk leek hij zelfs nog jonger. Een journalist met de norse manier van doen van een ouwe rot. Hij droeg een bruine pantalon, een ruitjesoverhemd en een jasje met visgraatmotief. Zijn priemende, sprankelende blauwe ogen bekeken Marten aandachtig terwijl deze een slokje van zijn koffie of een hapje van zijn tonijnsandwich nam.

'Ik ook. Elke dag weer,' reageerde Marten oprecht. Het was bijna vijf jaar geleden sinds Ford vlak buiten Parijs was vermoord en zelfs vandaag de dag werd hij nog gekweld door de gedachte dat hij zelf enige schuld had aan Fords dood. En vooral nu was dat extra pregnant, want net als met Caroline waren ook Ford en hij sinds hun jeugd boezemvrienden geweest. Al hun herinneringen, hun verleden samen, maakten zijn dood alleen maar erger.

Het was Dan Ford, de vakjournalist met zijn oneindige reeks connecties, geweest die het voor John Barron mogelijk had gemaakt om Nicholas Marten te worden en zo een nieuw leven te beginnen in Noord-Engeland, op veilige afstand van 'Gunslinger' Gene VerMeer, de levensgevaarlijke rechercheur bij het politiekorps van Los Angeles, en diens al even wraakzuchtige collega's die nog altijd in dienst waren.

'U zei dat u misschien een verhaal voor me had. Waar gaat het over?' Ter zake nu. Peter Fadden nam een slokje van zijn koffie.

'Ik zei dat er misschien een verhaal voor u in zit,' antwoordde Marten, en hij begon te fluisteren. 'Het heeft te maken met Caroline Parsons.'

‘Wat is er met haar?’

‘Dit blijft tussen ons.’

‘Wat tussen ons blijft, is geen verhaal,’ blafte Fadden. ‘U hebt iets te melden, of niet. Want anders verdoen we onze tijd hier.’

‘Meneer Fadden, op dit moment weet ik niet of er nu wel of niet een verhaal in zit. Ik zoek iemand die me kan helpen bij iets wat voor mij heel veel betekent. Maar als het echt waar is, dan zal het inslaan als een bom, en daarmee is de primeur voor u.’

‘Jezusnogantoe!’ verzuchtte Fadden. ‘Zo meteen gaat u me nog een tweedehandsauto aansmeren!’

‘Ik zoek alleen wat hulp, meer niet.’ Marten sloeg zijn ogen op naar Fadden en bleef hem strak aankijken.

Die dacht even na en slaakte toen een zucht. ‘Goed dan, het blijft tussen ons. Kom maar op.’

‘Caroline Parsons geloofde dat haar man en zoon werden vermoord. Dat hun vliegtuigcrash dus geen ongeluk was.’

‘Komen we dus toch bij de tweedehandsauto’s. Marten, deze stad is vergeven van de samenzweringstheorieën. Als dit alles is wat u te melden hebt, vergeet het dan maar.’

‘En als ik erbij zeg dat ze me dat op haar sterfbed heeft verteld? Of dat ze ervan overtuigd was dat de stafylokokkeninfectie die haar zo snel fataal werd opzettelijk was toegediend?’

‘Wat?’ Faddens belangstelling was plotseling gewekt.

‘Ik realiseer me dat ze onlangs haar man en haar enige kind had verloren en nu opeens zelf stervende was. Het zou een waanbeeld kunnen zijn geweest, het geijl van een doodsbange, hysterische vrouw. En misschien was dat ook wel zo, maar ik heb haar beloofd dat ik alles zou doen om achter de waarheid te komen. En daar ben ik nu mee bezig.’

‘Waarom? Wat had u met haar te maken?’

‘Laten we het erop houden dat er een moment in ons leven was…’ hier zweeg hij even, ‘… dat we stapelgek op elkaar waren. Meer zeg ik daar niet over.’

Fadden bekeek hem aandachtig. ‘Kwam ze met iets tastbaars? Met feiten? Waarom was ze daar zo van overtuigd?’

‘Harde bewijzen, bedoelt u? Nee. Maar ze had samen met haar man en zoon aan boord van datzelfde vliegtuig moeten zitten. Ze vertelde me, probeerde dat althans, dat “ze” achter die crash zaten. Toen ik haar vroeg wie die “ze” dan wel waren, antwoordde ze: “De co…”, maar meer kreeg ze er niet uit. Ze heeft haar zin niet meer kunnen afmaken. Toen ik er later over nadacht en het met de moord op haar man in verband probeerde te brengen, kon ik maar één zinnige conclusie trekken, namelijk dat ze "de commissie" bedoelde.

De laatste commissievergadering die Mike Parsons bijwoonde voordat hij stierf, was met de Subcommissie voor inlichtingen en contraterrorisme. Die vond plaats op dinsdag 7 maart in het Rayburn House Office Building. Op de agenda stond het "tussenrapport inzake samenvoeging lijsten gezochte terroristen". Het probleem is dat er geen lijst van getuigen is die voor de commissie moesten verschijnen. Kijk, zelf weet ik maar weinig over hoe dit soort dingen werken, maar na een week of twee de archieven te hebben doorgespit ben ik geen moment op een commissie gestuit waar niet op z'n minst één getuige bij aanwezig was. Daarom zoek ik uw hulp, niet alleen om me wegwijs te maken in de wirwar van procedures, maar ook omdat Dan Ford u als insider vertrouwde. U weet wat er in dergelijke commissies allemaal besproken wordt, zelfs al schrijft u er niet over. En nu wil ik weten wat er in Parsons' commissie allemaal over tafel ging. Wat was hun taak? Waarom waren er geen getuigen? Wat zou zich daar kunnen hebben afgespeeld waardoor Carolines bange vermoedens konden postvatten?'

'U wordt gedreven door uw emoties, en dat weet u,' sprak Fadden zacht.

Marten keek hem indringend aan. 'U was er niet bij. U hoorde de doodsangst in haar stem niet. U zag dat niet in haar, in haar hele lichaam.'

'Is de gedachte ooit bij u opgekomen dat u misschien tegen de wind in staat te pissen?'

'Ik vroeg u niet naar uw mening, ik vroeg u om hulp.'

Fadden bracht de kop koffie naar zijn mond, aarzelde even, dronk het kopje leeg en stond op van de tafel. 'Kom, laten we een stukje gaan wandelen.'

17

Nicholas Marten en Peter Fadden verlieten Mr. Henry's en liepen onder een betrokken hemel de straat op. Ze staken Seward Square over en liepen Pennsylvania Avenue op in de richting van het Capitool.

'Caroline Parsons vermoedde dus dat ze opzettelijk was besmet met een stafylokokkeninfectie,' zei Fadden samenvattend.

'Ja.'

'Zei ze ook door wie?'

'Dit is nog steeds tussen ons,' waarschuwde Marten.

'Als u mijn hulp wilt, geef dan antwoord, verdomme.'

'Haar huisarts.'

'Lorraine Stephenson?' Fadden klonk duidelijk verrast.

'Ja.'

'Die is dood.'

Marten glimlachte wat meewarig. Er was dus toch iemand die het wist. 'Ze werd vermoord.'

'Hoe kunt u dat nu weten? Die informatie is nog niet vrijgegeven.'

'De politie vertelde het me. Ik had Stephenson al een paar keer gebeld om meer over Carolines dood te weten te komen. Ze weigerde met mij te praten. De politie trok haar telefoongesprekken na en vond mij. Ze vermoedden dat ik kwaad genoeg zou zijn om de zaak recht te zetten.'

'En, klopte dat?'

'Ja, maar ik heb haar niet vermoord.' Opeens bespeurde hij een opening. Als Fadden wist dat Lorraine Stephenson was vermoord, wie weet wist hij dan ook wat de politie had aangetroffen, waarom ze er zo van overtuigd waren dat het om een moord ging en waarom ze de informatie nog steeds achterhielden. 'Fadden, gisteren heeft de politie me verhoord. Maar het is nog steeds niet bekendgemaakt dat ze vermoord is. Waarom niet?'

'Eerst moet de naaste familie worden ingelicht.'

'En wat nog meer?'

'Waarom denkt u dat er meer is?'

'Ze genoot aanzien in deze stad, ze was al geruime tijd de arts van een aantal congresleden. Sterker nog, ze was de huisarts van Caroline Parsons. Vanmiddag is de uitvaartdienst. Misschien zijn er mensen bang dat iemand dit wel heel erg toevallig vindt en besluit een beetje te gaan graven.'

'En wie zou dat dan kunnen zijn?'

'Geen idee.'

'Hoor eens, Marten, voor zover ik weet, bent u de enige die denkt dat Caroline Parsons werd vermoord. Niemand anders heeft zoiets zelfs maar geopperd.'

'Waarom wordt de moord op een vooraanstaand arts dan zo angstvallig stilgehouden?'

'Marten...' Ze passeerden enkele voetgangers en Fadden wachtte even totdat ze weer alleen waren. 'Lorraine Stephenson werd onthoofd. Ze hadden tijd nodig om te achterhalen wier lijk dit was. Haar hoofd was nergens te vinden. Het is nog steeds niet boven water. De politie wil eerst in alle rust wat speurwerk doen.'

Onthoofd? Marten was perplex. Dus dat was de reden dat het nog niet openbaar was gemaakt. Bovendien betekende het dat vlak nadat hij was weggerend, iemand anders had gezien wat er gebeurd was en had besloten er een compleet andere draai aan te geven. En dat was gebeurd, snel en kordaat. Het riep een eerdere gedachte bij hem op, namelijk dat de zelfmoord door een vrouw van haar statuur op een veel minutieuzer onderzoek zou kunnen rekenen dan een ordinaire moord. Met de onthoofding verdween elk vermoeden van zelfmoord, maar voor hem, de enige die wist wat er werkelijk was gebeurd, werd het spookbeeld van een samenzwering er alleen maar sterker door. Het feit dat iemand een zelfmoord met een misdaad wilde toedekken, deed hem meteen weer denken aan Mike Parsons en die subcommissie van hem.

'Fadden, even terug naar Mike Parsons. Die Subcommissie voor inlichtingen en contraterrorisme. Waar hield die zich mee bezig? Waarom waren er geen formele getuigen?'

'Omdat het een geheim onderzoek betrof.'

'Geheim?'

'Ja.'

'Met wat voor doel?'

'Een supergeheim chemisch en biologisch wapenprogramma van Zuid-Afrika uit de tijd van de apartheid, waarvan men dacht dat het al lang geleden was ontmanteld. De CIA had de commissie voorzien van een checklist met geheime, buitenlandse wapenprogramma's uit het verleden zodat wanneer in de toekomst puntje bij paaltje kwam, deze landen niet dezelfde fouten zouden maken met betrekking tot massavernietigingswapens als wij voorafgaand aan de oorlog in Irak. Dat Zuid-Afrikaanse programma was daar een van. De commissie wilde er zeker van zijn dat het programma zo dood was als de regering beweerde.'

'En, klopte dat?'

'Volgens mijn bronnen wel, ja. Ze hadden de belangrijkste chemici en biologen die de boel leidden drie dagen lang aan de verhoortafel en concludeerden uiteindelijk dat het programma inderdaad was stopgezet, zoals jaren geleden al officieel bekend was gemaakt.'

'Met andere woorden?'

'Met andere woorden: dat alle wapens, ziekteverwekkers, documenten en alles wat daar verder mee te maken had, waren vernietigd. Dat er dus niets meer van over was.'

'Die wetenschapper die de leiding had, hoe heette hij?'

'Merriman Foxx. Hoezo, heeft Caroline Parsons zijn naam genoemd?'

'Nee.'

Marten wendde zijn hoofd af en zwijgend liepen ze verder. De koepel van het Capitool doemde al op in de verte en inmiddels werd het een stuk drukker op straat, met veel verkeer en voetgangers. De dagelijkse drukte rondom de zetel van de federale regering nam exponentieel toe naarmate het lunchuur naderde. Even later flitsten twee afzonderlijke gedachten kort na elkaar door Martens hoofd.

De eerste behelsde wat dr. Stephenson in Dumbarton Street op dat onheilspellende, akelige moment tegen hem had gezegd toen ze hem kennelijk voor een van de samenzweerders had aangezien, vlak voordat ze zichzelf van het leven had beroofd: 'U wilt me naar de dokter sturen. Maar dat zal u niet lukken. Niemand van jullie. Nooit ofte nimmer.'

De tweede voerde terug naar wat Caroline in haar slaap had gemompeld: 'Die man met dat witte haar vertrouw ik niet.' Vol van angst had ze geijld over een man met wit haar die in de kliniek was verschenen waar ze naartoe was gebracht toen ze na de begrafenis van haar man en zoon was ingestort, en waar dr. Stephenson haar de injectie had gegeven.

'Die wetenschapper, Merriman Foxx,' vroeg hij plotseling, 'is hij ook arts?'

'Ja. Hoezo?'

Marten haalde even diep adem. 'Heeft hij wit haar?'

'Wat heeft dat er nou mee te maken?'

'Heeft hij wit haar?' drong Marten aan.

Fadden fronste zijn wenkbrauwen. 'Ja. Een enorme bos. Hij is zestig jaar oud en heeft een haardos als Albert Einstein.'

'Lieve hemel,' zei Marten geschrokken. Onmiddellijk diende de volgende gedachte zich aan. 'Is hij nog hier? Hier in Washington?' vroeg hij zenuwachtig.

'Jezus, hoe moet ik dat weten?'

'Kunt u achterhalen wanneer hij hier aankwam, en hoe lang hij is gebleven?'

'Hoezo?'

Marten bleef staan en greep Fadden bij zijn arm. 'Kunt u erachter komen waar hij zich nu bevindt en op welke dag hij precies in Washington aankwam?'

'Wat heeft hij hier in jezusnaam mee te maken?'

'Dat weet ik niet precies, maar ik wil met hem praten. Kunt u dat voor me uitzoeken?'

'Goed. Maar als u bij hem langsgaat, dan wil ik daarbij zijn.'

Martens ogen fonkelden. Misschien was hij eindelijk iets op het spoor. 'Als u hem vindt, gaan we samen bij hem langs. Dat beloof ik.'

18

Rome, 19.00 uur

In de avondschemering sloeg de presidentiële colonne de Via Quirinale op. President Harris kon de reusachtige verlichte façade van het Palazzo del Quirinale zien, de officiële ambtswoning van de president van Italië, waar hij in het gezelschap van president Mario Tonti de avond zou doorbrengen.

Ongeacht zijn frustraties over het teleurstellende resultaat van zijn ontmoetingen met de leiders van Frankrijk en Duitsland liet hij zich niet van de wijs brengen: hij was de handelsreiziger die de grote steden van Europa aandeed om goodwill te kweken en een nieuw tijdperk van transatlantische eenheid af te kondigen, om de Europese leiders op hun eigen vertrouwde plek te ontmoeten; de bomen, tuinen en buurten die hen hier net zo dierbaar waren als dezelfde dingen hem thuis, in Amerika.

Harris bevond zich in het gezelschap van de minister van Buitenlandse Zaken David Chaplin en minister van Defensie Terrence Langdon, die hem beiden hadden opgewacht nadat de Air Force One op het militaire vliegveld Champino, even buiten Rome, was geland. Deze twee mannen vormden een toonbeeld van kracht en zelfverzekerdheid, de een om aan te tonen dat de Verenigde Staten openlijk de banden met de gehele Europese Unie wilden aanhalen, de ander om duidelijk te maken dat de president niet deemoedig met de hoed in de hand op de stoep stond, maar dat hij er duidelijk zijn eigen opvattingen op na hield. Vooral waar het ging om terrorisme, het Midden-Oosten en landen die in het geheim massavernietigingswapens ontwikkelden, alsmede belangrijke zaken als handel, bescherming van kennis, de wereldgezondheid en het broeikaseffect. In al deze zaken toonde Harris zich een realistisch denker, maar op politiek en economisch terrein tevens conservatief, op z'n minst net zo conservatief als zijn voorganger, de inmiddels overleden Charles Cabot.

Bij deze politiek noodzakelijke 'weg voorwaarts' was het voorval aan boord van de Air Force One tijdens de vlucht vanuit Berlijn nog altijd niet vergeten. Het ijselijke gevoel dat dr. James Marshalls voorstel om de Franse president en de Duitse bondskanselier uit de weg te ruimen bij hem had opgeroepen, was nog steeds niet verdwenen. 'Om ze te vervangen door leiders op wie we kunnen vertrouwen, zowel nu als in de toekomst,' gevolgd door Jake Lowes boude verklaring: 'Die mensen hebben we, meneer de president.' En vervolgens Marshalls commentaar: 'En op korte termijn. U zult ervan staan te kijken.'

Dit waren mannen op wie hij jarenlang had vertrouwd. Beiden hadden een sleutelrol gespeeld bij zijn herverkiezing. En toch was het alsof hij hen, in het licht van het voorval, nooit had gekend, alsof ze vreemden waren die er hun eigen, duistere agenda op na hielden en hem in hun kamp wilden lokken. Dat hij dit resoluut had geweigerd, was goed, maar het feit dat ze hem met hun plan hadden geconfronteerd, raakte hem diep. En de manier waarop alles weer was weggeëbd – de manier waarop beide mannen hem welhaast minachtend hadden aangekeken, en Marshalls reactie die nog naklonk in zijn oren: 'Ik geloof dat we uw standpunt wel begrijpen, meneer de president', – gaf hem het gevoel dat hun initiatief, ondanks zijn pertinente weigering, totaal niet van de baan was. Het joeg hem angst aan. Anders kon hij het niet verwoorden. Aanvankelijk had hij overwogen het onderweg in de auto bij David Chaplin en Terrence Langdon aan te stippen, maar beide ministers brachten net verslag uit over de zojuist afgesloten besprekingen, en om nu opeens met zoiets onheilspellends en verreikends op de proppen te komen, leek ongepast, en dus had hij besloten het nog even uit te stellen.

'We zijn er, meneer de president,' zei Hap Daniels via de intercom. Daniels, breedgeschouderd, krullen, reisde als zijn SAIC (spreek uit: sèk) – Special Agent In Charge van de geheime dienst – met hem mee en zat voorin naast de chauffeur. Enkele seconden daarna stopte de colonne voor het Palazzo del Quirinale. Een militaire kapel in vol tenue zette het Amerikaanse volkslied in en tussen alle gewapende mannen, zowel in uniform als in burger, ontwaarde Harris de stralende en glimlachende president van Italië, Mario Tonti, die van de rode loper afstapte en langs alle pracht en praal en het beveiligingskordon naar hem toe liep om hem te verwelkomen.

19

De presbyteriaanse kerk, Washington
De uitvaartdienst voor Caroline Parsons, 14.35 uur

Gezeten achter in de kathedraal luisterde Nicholas Marten naar de diepe fluwelen stem en de troostende woorden van de eminente Afro-Amerikaanse voorganger, de congrespredikant Rufus Beck, voorganger van de kerk die door Caroline was bezocht en die dr. Stephenson had gewaarschuwd toen ze na de begrafenis van haar man en zoon was ingestort. Een man die hij kort in het ziekenhuis had ontmoet.

Marten had er alles aan gedaan om zich emotioneel los te koppelen van deze dag en het officiële stempel dat de dienst op deze dag drukte, de afschuwelijke bevestiging van het feit dat Caroline er inderdaad niet meer was. Uiteindelijk had hij zijn eigen afleiding bedacht door zijn blik nauwgezet langs de in groten getale aanwezige rouwenden te laten glijden in de hoop dat de man met het witte haar, dr. Merriman Foxx, Washington nog niet had verlaten maar hier tussen de anderen een plekje had gezocht om met een soort pervers genoegen het resultaat van zijn werk te kunnen aanschouwen. Maar ook al was hij misschien aanwezig – een zestig jaar oude Einstein, zoals Peter Fadden hem had beschreven – Marten had hem tot dusver nog niet ontdekt.

De overige aanwezigen, meer dan enkele honderden, waren politieke kopstukken die hij herkende uit kranten en van de tv, plus nog een hoop anderen die waarschijnlijk bevriend waren geweest met Caroline en haar gezin, of collega's. Alleen al de omvang van deze bijeenkomst deed hem beseffen hoe rijk en overvloedig hun leven was geweest.

Ook zag hij Carolines zus, Katy, en haar echtgenoot, die snel naar de voorste rij werden geleid nadat ze nogmaals – en alweer zo snel – de ondraaglijke vlucht van Hawaii naar Washington hadden moeten maken.

Hij wist niet of Caroline haar angstige vermoedens ook aan haar zus had toevertrouwd, of dat Katy wist dat Caroline hem had gesmeekt naar Washington af te reizen om in die laatste uren van haar leven bij haar te zijn. Het zou typisch iets voor Caroline zijn geweest om rekening te houden met het feit dat haar zus zich al ontfermde over hun door alzheimer gekwelde moeder op Hawaii, ze haar zus niet extra bezorgd wilde maken en dus haar vermoedens omtrent een soort samenzwering enkel aan hem had verteld. Maar wat Katy ook wel of niet wist, de vraag wat hij nu moest doen bleef hangen. Als hij op haar af zou stappen, haar een beetje bijpraatte over wat er allemaal gebeurd was sinds de jaren dat ze hem nog uit Los Angeles kende, vervolgens zou onthullen wat Caroline hem had toevertrouwd en haar de notarieel bekrachtigde brief toonde die ze voor hem had laten opstellen, kon hij er donder op zeggen dat Katy hem naar de advocaat van haar zus zou vergezellen en zou eisen dat hij inzage kreeg in de privédocumenten van de Parsons, waarmee de weigering van het kantoor teniet werd gedaan.

Dat was één mogelijkheid. Aan de andere kant was er het vermoeden dat zijn verkennende onderzoek in de kiem was gesmoord door iemand van het advocatenkantoor die wellicht bang was voor wat hij misschien zou ontdekken. In dat geval – denkend aan hoe het dr. Stephenson was vergaan en stel dat hij gesteund door Katy protest zou aantekenen – was de kans groot dat ook hij of Katy, of beiden eenzelfde lot beschoren zou zijn als de familie Parsons. Het was riskant en zelfs nu wist hij niet helemaal zeker hoe hij het moest aanpakken.

'God stort Zijn liefde over ons uit, stort Zijn liefde uit over Caroline, haar man Michael en haar zoon Charlie.' Hij ving de woorden op van voorganger Beck. 'In de woorden van dichter Lawrence Binyon:

"Zij zullen nooit oud worden, zoals wij oud worden,
De ouderdom zal hen niet vellen, noch zullen de jaren gaan tellen
Bij de ondergaande zon en ook in de ochtend
Zullen we hen gedenken."

Laat ons bidden.'

Het gebed van voorganger Beck weergalmde door de kerk. Ondertussen merkte Marten dat iemand naast hem op de kerkbank plaatsnam. Hij keek even opzij en zag dat het om een zeer aantrekkelijke jonge vrouw ging met kort, zwart haar, die stemmig gekleed ging in een zwart pakje. Ze had een grote digitale camera over haar schouder hangen en een internationale perskaart met daarop haar foto, naam en het persagentschap waarvoor ze werkte, Agence France-Presse, om haar nek. Hij herkende haar als de vrouw die voorganger Beck had vergezeld bij zijn bezoekje aan Caroline in het ziekenhuis. Hij vroeg zich af wat ze hier te zoeken had, waarom ze naar de uitvaartdienst was gegaan. En waarom ze uitgerekend naast hem had plaatsgenomen.

Beck sloot zijn gebed af, orgelmuziek zwol aan en de dienst was ten einde. Hij zag Beck de kansel verlaten en zich naar Carolines zus en haar echtgenoot op de voorste rij begeven. Links en rechts van Marten begonnen de mensen aanstalten te maken om op te staan en te vertrekken. Op dat moment draaide de jonge vrouw zich naar hem toe.

'Bent u meneer Nicholas Marten?' vroeg ze met een Frans accent.

'Ja. Hoezo?' vroeg hij behoedzaam.

'Ik heet Demi Picard. Ik wil niet onbeleefd zijn, zeker nu niet, maar ik vroeg me af of u even tijd hebt. Het gaat over mevrouw Parsons.'

Marten wist niet wat hij hiervan moest denken. 'Wat wilt u over haar weten?'

'Misschien dat we een wat rustiger plekje kunnen opzoeken?' stelde ze voor en ze knikte naar de grote, opengeslagen kerkdeuren achter hen waar de mensen inmiddels door naar buiten gingen.

Hij nam haar eens aandachtig op. Ze was duidelijk gespannen. Haar grote, diepbruine ogen hielden de zijne gevangen. Het had iets intrigerends. Wie weet wist ze iets over Caroline wat hij zelf nog niet wist, of op z'n minst iets waarmee hij zijn voordeel kon doen.

'Goed,' antwoordde hij. 'Ik loop met u mee.'

20

Hij liet haar voorgaan en samen verruilden ze de donkere kerk voor het licht van de heldere middagzon. Buiten zorgde de politie voor een streng veiligheidskordon toen een stoet auto's een voor een stopte om de rouwende vips te laten instappen. Achter hen en aan de zijkant stonden een paar zendwagens geparkeerd. Tv-camera's filmden terwijl correspondenten ter plekke verslag deden. Beelden voor het middag- en avondjournaal, nam Marten aan. En daarmee zou het gedaan zijn, de laatste openlijke interesse in het leven van Caroline Parsons.

Demi leidde hem weg van de kerk naar het parkeerterrein, naast Nebraska Avenue. Ondertussen viel zijn oog op twee bekende figuren die iets verderop de vertrekkende gasten bekeken; het waren rechercheur Herbert en zijn vrouwelijke collega Monroe, die hem aangaande de 'moord' op Lorraine Stephenson hadden ondervraagd. Hij vroeg zich af of zij inmiddels ook wisten wie Merriman Foxx, die Zuid-Afrikaanse wetenschapper met het witte haar, precies was en dat ze, net als hij, hoopten dat hij bij de uitvaartdienst aanwezig was geweest.

'Hé, Marten!' riep iemand achter hem. Hij draaide zich om en zag Peter Fadden snel op hen af rennen.

'Sorry, ik ben wat laat,' verontschuldigde Fadden zich. Met een blik naar Demi overhandigde hij Marten een envelop. 'Hierin vindt u mijn mobiele nummer en nog wat andere dingetjes die misschien interessant zijn. Bel me zodra u terug bent in uw hotel.' Met deze woorden draaide hij zich om en verdween hij weer in de menigte die nog steeds buiten voor de kerk hing.

Marten stopte de envelop in zijn binnenzak en keek Demi aan.

'Volgens mij was u de laatste dagen van haar leven bij haar, en ook in de uren dat ze stierf,' zei ze.

'Net als een hoop anderen,' reageerde hij. 'U inbegrepen. U was daar in gezelschap van predikant Beck.'

'Klopt,' zei ze. 'Maar u was het grootste deel van de tijd alleen met haar.'

'Weet u dat? En hoe weet u mijn naam?'

'Ik ben schrijver en fotojournalist. Op dit moment werk ik aan een fotoverhalenboek over geestelijken die bekende politici bijstaan. Predikant Beck is daar een van. Vandaar dat ik bij hem was toen hij het ziekenhuis bezocht en dat ik hier vandaag aanwezig ben. De predikant is de voorganger van de kerk van de familie Parsons. Hij wist dat u bij haar had gewaakt. Hij was nieuwsgierig naar u en heeft bij een van de verpleegsters geïnformeerd. Ik stond erbij toen hij te horen kreeg wie u was en dat u goed met haar bevriend bent geweest.'

Hij kneep zijn ogen iets toe tegen het felle licht van de middagzon. 'Wat wilt u eigenlijk van me?'

Ze kwam een stap dichterbij. Ze was gespannen en vol verwachting, meer nog dan toen ze hem zo-even had benaderd. 'Ze wist dat ze ging sterven.'

'Ja.' Hij had geen idee waar ze met haar vraag heen wilde, of waarom ze juist met hem wilde praten.

'U moet dus met elkaar hebben gepraat.'

'Een beetje.'

'En in zo'n situatie heeft ze u misschien dingen toevertrouwd die ze voor anderen zou hebben verzwegen.'

'Misschien wel.'

Plotseling was hij op zijn hoede. Wie was deze vrouw, en waar was ze op uit? Wilde ze weten wat Caroline wist, over haar verdenking jegens dr. Stephenson en wat haar was aangedaan? Wat haar man en zoon werkelijk was overkomen? Of ging het haar misschien om de man met het witte haar, Merriman Foxx, als hij inderdaad degene was die Caroline had bedoeld?

'Wat wilt u nu eigenlijk weten?' vroeg hij zonder omhaal.

'Heeft ze nog gesproken over...?' Demi Picard aarzelde even.

Precies op dat moment zag hij aan het eind van het parkeerterrein een donkergrijze Ford keren en zijn kant op rijden. Hij keek Demi weer aan. 'Waarover gesproken?'

'De...' – opnieuw een aarzeling – '... heksen.'

'Heksen?'

'Ja.'

De Ford kwam dichterbij en minderde vaart. Marten vloekte binnensmonds. Hij kende die auto en ook de twee inzittenden, en zo te zien reden ze niet toevallig langs. Snel keek hij Demi weer aan. 'Heksen? Waar hebt u het over?'

De Ford was inmiddels bij hen en stopte. De portieren gingen open. Rechercheur Herbert gleed achter het stuur vandaan en stapte uit, gevolgd door zijn collega Monroe.

Demi keek even opzij. 'Sorry, ik moet weg,' zei ze snel, ze draaide zich om en haastte zich weer naar de kerk.

Marten zuchtte even, keek de twee rechercheurs aan en probeerde te glimlachen. 'Wat kan ik voor u doen?'

'Dit.' En met deze woorden sloeg Monroe hem in de boeien.

'Wat?!' brieste Marten woedend.

Herbert duwde hem naar de auto. 'U hebt van ons de gelegenheid gekregen de uitvaartdienst voor mevrouw Parsons bij te wonen. Dat is wat ons betreft de enige gunst waarop u kunt rekenen.'

'Wat heeft dat nu weer te betekenen?!'

'Het betekent dat we een ritje gaan maken.'

'Een ritje? Waarheen?'

'Dat merkt u vanzelf wel.'

21

Aan boord van British Airways vlucht 0224 naar Heathrow, Londen, 18.50 uur

Door het cabineraampje zag Marten hoe de bebouwing en het parklandschap van Washington langzaam oplosten in de avondschemering terwijl het toestel scherp overhelde en koers zette naar de Atlantische Oceaan. Bevrijd van zijn handboeien was hij in de volgeboekte economyclass op een stoel bij het raam gepropt, elleboog aan elleboog met zijn corpulente pasgetrouwde buurman, die geen moment van zijn kersverse tortelduifje kon afblijven en die ieder, zo schatte hij, rond de honderdvijftig kilo moest wegen.

Er waren nog minstens twintig andere stand-by-passagiers, maar het onverschrokken duo Herbert en Monroe was het toch nog gelukt om een stoel voor hem te boeken.

De hele operatie was snel en soepel afgehandeld. Eerst langs zijn hotel voor zijn bagage, daarna snel naar de luchthaven Dulles, waarbij onderweg nauwelijks een woord was gewisseld. De paar zinnetjes waren kort en bondig geweest. Interpretaties waren niet nodig. 'Ga weg uit Washington en blijf weg.'

Bij de gate van British Airways hadden ze samen met hem gewacht totdat hij aan boord kon, waarna ze hem naar zijn stoel hadden vergezeld om er zeker van te zijn dat hij niet alsnog zou besluiten om op het allerlaatste moment weg te glippen en zich weer naar hun mooie stad te begeven. Het was geen ongebruikelijke procedure. Het gebeurde vaak bij mensen die weliswaar niets ten laste kon worden gelegd, maar wier aanwezigheid door de politie niet op prijs werd gesteld. De procedure werd vergemakkelijkt als de desbetreffende persoon afkomstig was uit een andere stad, staat, of zoals in Martens geval, het buitenland.

Hij had niet echt staan juichen toen hij kon ophoepelen, gezien de emoties en alle vragen die nog steeds onbeantwoord waren. Maar aan de andere kant had het 'ritje' dat de rechercheurs hem in het vooruitzicht hadden gesteld, net zo goed een enkele reis politiebureau kunnen zijn geweest. Als ze bijvoorbeeld een getuige hadden gevonden die had gezien dat hij dr. Stephenson buiten voor haar woning had aangeklampt.

Inmiddels zou haar hoofd wel gevonden zijn en zouden ze wellicht een bezoekje aan het mortuarium hebben gebracht om te kijken hoe hij reageerde bij het zien ervan. Maar dat was niet gebeurd. In plaats daarvan hadden ze hem simpelweg het land uit gezet. Waarom, dat wist hij niet precies, maar hij vermoedde dat ze iets te weten waren gekomen over zijn relatie met Caroline Parsons, in elk geval met betrekking tot zijn bezoekjes aan haar in het ziekenhuis en de brief die ze had geschreven waarmee ze hem inzage gaf in de privédocumenten van haar gezin. Of ze nu vreesden dat hij een vervelend struikelblok zou vormen in het onderzoek naar de moord op dr. Stephenson, of dat de baas van het advocatenkantoor dat Carolines belangen behartigde hem zo snel mogelijk uit beeld wilde hebben, het viel allemaal niet te achterhalen. En ook niet of diezelfde persoon iets te maken had met de dood van Caroline, of die van haar man en zoon, of met de onthoofding van Lorraine Stephenson. Maar dit alles betekende natuurlijk niet dat hij na zijn aankomst in Londen niet gewoon weer rechtsomkeert kon maken om op eigen houtje verder te graven.

Politie of geen politie, dat laatste was behoorlijk waarschijnlijk geweest als hij zich niet opeens de envelop had herinnerd die Peter Fadden hem buiten voor de kerk had overhandigd en die hij, na eerst een elleboog te hebben vrij getrokken van zijn corpulente buurman, vervolgens had geopend. De inhoud bleek overeen te stemmen met wat de journalist hem had beloofd: zijn visitekaartje met daarop zijn mobiele nummer plus e-mailadres, de datum waarop dr. Merriman Foxx in Washington was gearriveerd (maandag 6 maart), plus wat hoogst interessante achtergrondinformatie over dr. Foxx en de uiterst geheime operaties die hij als brigadecommandant van Zuid-Afrika's beruchte Tiende Medische Brigade had geleid. Operaties zoals geheime internationale winkeluitstapjes voor ziektekiemen en ziekteverwekkende organismen, plus de apparatuur om die te verspreiden; plannen voor epidemieën waarmee de zwarte bevolking ongezien kon worden besmet om haar uit te roeien; speciale giftige stoffen die hartverlamming, kanker en onvruchtbaarheid veroorzaakten, en de ontwikkeling van een soort 'onzichtbare' miltvuurbacterie die zich niet door de standaardmethoden liet detecteren. Met onder meer als belangrijkste doel om de tegenstanders van de apartheid stilletjes uit de weg te ruimen.

Bovendien had Fadden nog iets anders toegevoegd: de datum waarop de doctor de stad had verlaten, woensdag 29 maart, en zijn huidige verblijfplaats, of althans de plek waar men vermoedde dat hij na de geheime vergadering van de subcommissie naartoe was gegaan. Dat bleek zijn eigen woonadres te zijn.

Triq San Gwann 200
Valletta,
Malta
Tel. 243555

Dit laatste had Martens plan veranderd. Voorlopig zou hij even niet terugkeren naar Washington, en ook niet naar de berg werk die op het landschapsarchitectenbureau in Manchester op hem wachtte. In plaats daarvan zou hij het eerste het beste vliegtuig naar Malta nemen.

DONDERDAG 6 APRIL

22

Spanje, nachttrein 00204 van San Sebastián naar Madrid, 5.03 uur

'Victor?'

'Ja, Richard?'

'Heb ik je wakker gemaakt?'

'Nee. Ik verwachtte je telefoontje al.'

'Waar zit je nu?'

'Een halfuur geleden hebben we station Medina del Campo verlaten. Om vijf over halfacht moeten we aankomen in Madrid. Op station Chamartin.'

'Zodra je daar bent, wil ik dat je de metro neemt naar station Atocha, en van daaruit een taxi naar het Westin Palace Hotel aan het Plaza de las Cortes. Er is al een kamer voor je gereserveerd.'

'Goed, Richard.'

'Nog één belangrijke opmerking: zodra je op station Atocha bent, wil ik dat je het station eerst op je gemak verkent. Dit is het station waar terroristen forenzentreinen hebben opgeblazen, met 191 doden en bijna 1800 gewonden tot gevolg. Stel je voor hoe het moet zijn geweest toen die bommen afgingen en wat er met die mensen is gebeurd, en wat jou zou zijn overkomen als je erbij was geweest. Denk daaraan als je daar rondloopt. Zul je dat doen, Victor?'

'Ja, Richard.'

'Nog vragen?'

'Nee.'

'Nog iets nodig?'

'Nee.'

'Rust wat uit. Ik bel je straks weer.'

Met een klik hing Richard op. Een paar seconden deed Victor niets, maar luisterde hij slechts naar het geluid van de treinwielen over de rails. Ten slotte keek hij om zich heen in zijn eersteklasslaapcoupé met de kleine wastafel, de schone handdoeken op het rekje boven hem en de schone lakens op de couchette. Het was pas de tweede keer in zijn leven dat hij eersteklas reisde; de eerste keer was de dag daarvoor geweest toen hij met de TGV van Parijs naar Hendaye aan de Frans-Spaanse kust was gereden. Bovendien was het Westin Palace in Madrid een tophotel, net als Hotel Boulevard in Berlijn. Het leek wel of ze hem opeens met veel meer respect behandelden sinds hij in Washington die man voor Union Station had neergeschoten.

De gedachte bezorgde hem een warme glimlach. Hij strekte zich comfortabel languit op het zachte matras en sloot zijn ogen. Hij kon zich niet meer herinneren wanneer hij zich voor het laatst zo oprecht gewaardeerd had gevoeld. Alsof zijn leven eindelijk zin en betekenis had gekregen.

13.40 uur

In zijn hemdsmouwen keek president John Henry Harris naar het eiland Corsica dat onder zijn raampje voorbijgleed, en daarna naar de Middellandse Zee terwijl de Air Force One, opboksend tegen de sterke tegenwind, koers zette naar het Spaanse vasteland, met als eindbestemming Madrid voor een gepland diner met de kersverse premier van Spanje en een select groepje zakenlieden.

Eerder die ochtend had hij ontbeten met de Italiaanse premier Aldo Visconti, waarna hij het parlement had toegesproken. Het staatsbanket met Mario Tonti in het Palazzo del Quirinale, de avond ervoor, was hartverwarmend geweest, en vervuld van goodwill waarbij de twee leiders al bijna meteen een band hadden gesmeed. Op het eind van de avond had hij de Italiaanse president uitgenodigd op zijn ranch in de Californische wijnstreek, en Tonti had verheugd gereageerd. Het was een belangrijk politiek resultaat, want ondanks het feit dat de Italiaanse burgers argwanend stonden jegens de acties van de Amerikanen en hun bedoelingen in het Midden-Oosten, had Tonti zich kosten noch moeite gespaard om de president te laten merken dat deze over een sterke en betrouwbare bondgenoot in Europa kon beschikken. Vanochtend had premier Visconti hem hetzelfde nog eens verzekerd. De steun van beide mannen was een cruciale opsteker tijdens zijn Europese rondreis en zeker na de minder fortuinlijke ontmoetingen in Parijs en Berlijn, en daar was hij dankbaar voor. Maar toch kreeg hij Parijs en Berlijn, of eigenlijk de leiders van Frankrijk en Duitsland, niet uit zijn hoofd. Hij had afgezien van zijn eerdere plan om het probleem Jake Lowe/dr. James Marshall met zijn minister van Buitenlandse Zaken Chaplin dan wel met zijn minister van Defensie Langdon te bespreken, wetend dat het anders tot een belangrijk punt van zorg zou uitgroeien dat de aandacht van hun missie zou afleiden.

Bovendien, hoe angstwekkend en verwarrend ook, het was slechts een gesprek geweest, en geen van beide mannen was aanwezig om er verder op door te gaan. Eerder die ochtend had Lowe het vliegtuig naar Madrid genomen om zich bij de stafleden en het vooruit gereisde team van de geheime dienst in het Ritz te voegen, waar hij zou verblijven. Marshall was in Rome achtergebleven om de rest van de dag verdere besprekingen te voeren met zijn Italiaanse ambtgenoot.

Met een glas jus d'orange in de hand leunde Harris achterover en hij vroeg zich af wat hij in zijn inschatting van Lowe en Marshall over het hoofd had gezien aangezien ze in alle ernst met zaken op de proppen waren gekomen die hij nooit ofte nimmer achter hen had gezocht. Opeens herinnerde hij zich dat Jake Lowe tijdens de autorit door Berlijn een telefoontje van Tom Curran had gekregen, die hem meedeelde dat Caroline Parsons' huisarts, dr. Lorraine Stephenson, was vermoord. En dat hij daarna zelf hardop had gemijmerd over het zeer recente verscheiden van Mike Parsons, diens zoon en daarna Caroline, met nu ook nog eens de moord op haar huisarts. Hij wist nog dat hij zich naar Jake Lowe had omgedraaid en iets had gezegd in de trant van: allemaal dood, zo snel achter elkaar. Wat is hier aan de hand?

'Een tragisch toeval, meneer de president,' had Lowe daarop geantwoord.

'Zou het?'

'Wat zou het anders kunnen zijn?'

Misschien had Lowe gelijk, en was het inderdaad gewoon een tragisch toeval. Maar ja, misschien ook niet, vooral niet in het licht van diens 'eliminatie'-voorstel. Meteen drukte hij op het intercomknopje bij zijn mouw.

'Meneer de president?' klonk de stem van zijn chef-staf.

'Tom, zou je Hap Daniels naar me toe kunnen sturen? Ik wil even wat procedures met hem doornemen voor we in Madrid zijn.'

'Ja, meneer.'

Een paar seconden later ging de deur open en verscheen het drieënveertigjarige hoofd presidentiële beveiliging van de geheime dienst.

'U wilde me spreken, meneer de president?'

'Kom binnen, Hap,' zei Harris. 'En sluit de deur achter je, wil je?'

23

Nicholas Marten voelde dat het vliegtuig een beetje schuin overhelde toen de piloot het toestel in zuidoostelijke richting stuurde en de Tyrrheense Zee overstak in de richting van de laarspunt van Italië. Zo meteen zouden ze boven Sicilië de daling naar Malta inzetten.

Om kwart over zeven die ochtend was het toestel van British Airways vanuit Washington op het Londense Heathrow geland. Tegen achten had hij zijn bagage opgepikt en een ticket gekocht voor een vlucht met Air Malta van halfelf waarmee hij om drie uur die middag in Valletta, de hoofdstad van Malta, zou zijn. In de tussentijd had hij een kop koffie gedronken, wat gepocheerde eieren en toast met marmelade gegeten, een kamer geboekt in het driesterrenhotel Castille en Peter Fadden in Washington geprobeerd te bereiken om hem over zijn confrontatie met de rechercheurs te vertellen, en dat hij nu op weg was naar Malta. Maar hij had diens voicemail gekregen en dus had hij snel zijn mobiele nummer ingesproken en daarna naar zijn werkplek op de redactie van de *Washington Post* gebeld met de mededeling dat hij hem nog zou terugbellen. Waarna hij op zijn vlucht had gewacht en geprobeerd had de puzzelstukjes van alle gebeurtenissen in Washington in elkaar te passen, met als merkwaardigste stukje wel de vraag van de Franse schrijfster en fotojournaliste Demi Picard, buiten voor de kerk vlak voordat de politie verscheen. Had Caroline, vlak voordat ze stierf, het nog over 'heksen' gehad?

Heksen?

Nee, dat klopte niet helemaal. Het moest 'dé heksen' zijn.

Net als Carolines 'dé co...'

Of ze ook werkelijk de commissie bedoelde, was nog altijd de vraag, maar het was meer dan aannemelijk als – áls – dr. Merriman Foxx inderdaad niet alleen de 'man met het witte haar' bleek te zijn, maar bovendien de 'dokter' was voor wie dr. Stephenson zo bang was geweest dat ze de loop van een pistool in haar mond had gestopt en pal voor zijn ogen de trekker had overgehaald.

Hoe het ook zij, het stond vast dat Caroline 'de co...' had gezegd, precies zoals Demi Picard het over 'de heksen' had gehad. Allebei duidden ze op meervoud, met andere woorden, dat het dus om meer dan één persoon ging. En als Caroline inderdaad naar een commissie had verwezen, dan betrof het hier automatisch een groep.

Valletta, Malta, 15.30 uur

Vanaf de luchthaven nam Marten een taxi naar Hotel Castille. Daar aangekomen betrad hij zijn comfortabele kamer op de tweede verdieping, compleet met een groot raam dat hem een mooi uitzicht bood op de haven en het grote, stenen fort St. Angelo, gelegen op het schiereiland tegenover de stad. Het fort was gebouwd in de zestiende eeuw, zo had de taxichauffeur hem onderweg naar het hotel verteld, voor de Johannieten, de ridders van Sint-Jan van Jeruzalem, om het eiland te beschermen tegen de Ottomaanse Turken. 'Je denkt dan aan de Johannieten versus de Turken,' had de chauffeur meeslepend en op luide toon verteld, 'maar het was in feite het Westen tegen het Oosten, het christendom tegen de islam. Het fundament voor de terroristische duivels van tegenwoordig werd vijfhonderd jaar geleden gelegd, hier op Malta.'

De chauffeur overdreef natuurlijk, maar Martens eerste blik vanuit zijn hotelraam op de havenversterkingen drukte hem onmiddellijk met zijn neus op de feiten. De taxichauffeur kon wel eens gelijk hebben, ondanks zijn simplistische verhaal: de kiem voor het grote wantrouwen tussen Oost en West was inderdaad vijf eeuwen geleden op deze piepkleine mediterrane archipel gezaaid.

Ondanks zijn jetlag voelde Marten zich opgeladen. Hij nam een snelle douche, scheerde zich en kleedde zich in een lichte coltrui, een schone pantalon en een tweedcolbertje dat hij snel had meegegrist vlak voordat hij naar Caroline in Amerika was vertrokken.

Een kwartiertje later liep hij met een stadskaart van Valletta het hotel uit, over de Triq ir-Repubblika, ofwel Republic Street, de belangrijkste winkelstraat van de stad, op zoek naar Triq San Gwann, ofwel St. John Street 200, dat volgens Peter Fadden het woonadres van dr. Merriman Foxx was.

Wat zijn volgende stap zou zijn, had hij op Heathrow, wachtend in de lounge van Air Malta, al uitgedokterd. Hij had een hoekje met een computer en een internetverbinding gevonden, en had de website met de Handelingen van het Amerikaanse Congres opgezocht. Daarna was hij naar de Subcommissie voor inlichtingen en contraterrorisme gescrold waar Mike Parsons zitting in had gehad, had de ledenlijst aangeklikt en de naam van de voorzitter gevonden: volksvertegenwoordiger Jane Dee Baker, een Democraat uit Maine, die – zo bleek na wat verder speurwerk – op dat moment deel uitmaakte van een kleine afvaardiging van het Congres, die in Irak op inspectiereis was.

Als Merriman Foxx drie dagen lang voor deze commissie had getuigd, zoals Peter Fadden had gezegd, dan zou hij donders goed weten wie deze mevrouw Baker was. Zijn plan was om hem op te bellen, zichzelf voor te stellen als Nicholas Marten, speciale assistent van voorzitter Baker, met de mededeling dat de transcriptie van de hoorzitting een paar dubbelzinnigheden bevatte die de voorzitter graag opgehelderd wilde zien.

Het was het soort stoutmoedigheid waarvan hij wist dat er risico's aan kleefden. De kans was groot dat hij een ferm 'Nee, het spijt me maar mijn getuigenis is afgerond,' als antwoord zou krijgen, of dat Foxx eerst de voorzitter in Washington zou bellen om na te gaan of er inderdaad een Nicholas Marten voor haar werkte die er met een dergelijke opdracht op uit was gestuurd. Maar als ex-rechercheur gokte hij erop dat de wetenschapper hem beleefd te woord zou staan. Beleefd, in de zin van 'op zijn hoede', alsof hij wellicht nog steeds onder de kritische belangstelling van de commissie stond. Of beleefd in de zin van 'welwillend', alsof er tussen hem en de commissie sprake was van een coöperatieve geest die hij liever niet wilde verstoren. In beide gevallen zou Foxx in elk geval correct genoeg zijn om hem op z'n minst persoonlijk te woord te staan. Waarna hij op zijn beurt de man eveneens 'beleefd' zou uithoren over dr. Stephenson en de fatale ziekte van Caroline Parsons.

Hij liep verder over Republic Street, zoekend naar St. John's Square, het kruispunt van Republic Street en St. John Street. Hij passeerde een speelgoed- en spellenwinkeltje, een slijter en daarna een groot, kleurrijk spandoek dat dwars boven de straat was uitgehangen. Nog een paar stappen en hij stond op St. John's Square en voor de grote St. John Cathedral, de kerk van de ridders van de Maltezerorde. Hij had gehoord van het ruime, statige interieur met zijn schitterende patronen, maar van buiten gezien leek het eerder op een fort dan een kerk, wat hem er weer aan deed herinneren dat Malta, maar vooral Valletta, op de eerste plaats als een citadel was ontworpen.

St. John Street was nauwelijks een straat te noemen. Het was eerder een tamelijk lange, stenen trap. Hier geen voertuigen, maar enkel voetgangers. Inmiddels was het iets na vijven in de middag en de zon wierp lange schaduwen over de treden. Hij bevond zich hier om een simpele reden: hij moest het adres vinden en een idee krijgen van hoe Merriman Foxx woonde – een glimp van de man zelf zou een echte bonus zijn – waarna hij zijn hotel weer zou opzoeken om hem van daaruit op te bellen.

Honderdtweeënvijftig treden hoger was hij er. Nummer 200 verschilde eigenlijk niet van de andere gebouwen in de straat. Het was een drie verdiepingen tellend gebouw met op elke verdieping een balkon. Een balkon, zo wist hij zeker, dat een vrij uitzicht bood op de straat.

Hij liep nog twintig treden verder en draaide zich om om het gebouw wat beter te bekijken. Zonder eerst naar de voordeur te lopen en naar binnen te gluren viel het moeilijk te zeggen of alle verdiepingen deel uitmaakten van één woning of dat elke verdieping een appartement telde. In dat eerste geval zou Foxx goed bedeeld zijn, en betrof het hier misschien een investering van een deel van zijn vermeende weggesluisde miljoenen. Een appartement zou minder eenduidig zijn. Het enige wat vaststond was dat de bewoners op z'n minst goed ter been moesten zijn, gezien de steile straat met zijn treden. De gedachte bekroop hem dat Merriman Foxx, ex-militair die hij was, deze stad niet zozeer had uitgekozen vanwege haar militaire verleden, maar omdat de omgeving hem zou dwingen op zijn gevorderde leeftijd in goede lichamelijke conditie te blijven. Het was iets wat hij niet uit het oog moest verliezen zodra ze tegenover elkaar zouden staan en hij Foxx zou gaan uithoren over dr. Stephenson en Caroline Parsons.

24

Aan de andere kant, misschien was hij wel veel te voorbarig door aan te nemen dat Foxx zowel de 'dokter' als de 'man met het witte haar' was. Stel dat het niet zo was. Stel dat hij slechts een voormalige, witharige legercommandant was die voor de Zuid-Afrikaanse regering een geheim programma voor biologische oorlogsvoering had geleid en met pensioen was gegaan toen het werd stopgezet; iemand die nog nooit van Caroline Parsons of Lorraine Stephenson had gehoord, die nog nooit voor een onderzoekscommissie had getuigd en nu weer gewoon thuis was op zijn vertrouwde Malta, blij dat alles voorbij was.

En dan?

Terugkeren naar Engeland om de laatste hand te leggen aan de siertuinontwerpen voor het Banfield-landgoed in Noordwest-Manchester? Alles in gereedheid brengen voor de hoveniers, het egaliseren, de besproeiing, de bestellingen voor de beplanting? Gewoon vergeten wat er met Caroline was gebeurd, en met haar man en zoon? En dr. Lorraine Stephenson, die na haar dood ook nog eens was onthoofd?

Nee, hij zou helemaal niets uit zijn hoofd zetten, want zover zou het echt niet komen. Merriman Foxx moest wel de dokter annex de man met het witte haar zijn. Hij was immers van 6 tot en met 29 maart in Washington geweest, toen Mike Parsons en zijn zoon met hun vliegtuig verongelukten, en Caroline ziek was geworden. Hij was de hoofdgetuige geweest voor de subcommissie waarin Mike Parsons zitting had gehad. En bovendien wist hij uit de eerste hand over de geheime inzet van dodelijke virussen.

Het leed weinig twijfel dat Foxx degene was die hij zocht, maar zelfs al had hij het geluk dat hij de man persoonlijk kon spreken, waarom zou Foxx hem dan ook maar iets vertellen over waar hij bij betrokken was geweest? Stel dat hij op een vervelende manier moest aandringen, wie weet zou Foxx dan een manier verzinnen om hem uit de weg te ruimen. Maar als Foxx inderdaad bij verstrekkende zaken betrokken was, en hij zich in de hoek gedrukt voelde, dan was het niet ondenkbaar dat Foxx de hand aan zichzelf zou slaan. Een cyanidetablet onder de tong of iets geraffineerders, gezien zijn achtergrond, iets wat al lang van tevoren voor een dergelijke situatie was bedacht.

Marten liet zich door zijn emoties leiden, had Peter Fadden gezegd, en daar had hij gelijk in. Het verklaarde Martens aanwezigheid hier. Maar nu, in de schaduw van het appartementengebouw waar Foxx woonde, besefte Marten dat zijn gedachten klopten en dat als hij op deze weg verder ging de kans groot was dat óf hij óf de goede dokter uiteindelijk zou sterven, waarmee Foxx' gehele operatie uit het zicht verdween. Bovendien, en hier had hij vanaf het begin rekening mee moeten houden, zou alles wat hij te weten kwam op geen enkele manier gestaafd kunnen worden. Zelfs al kreeg hij Foxx zover dat hij uit de school klapte, tot wie kon hij zich dan wenden?

Als de zaak inderdaad zo controversieel was – de moord op een Amerikaans congreslid en zijn zoon, en kort daarna op zijn vrouw, gevolgd door de onthoofding van haar huisarts, en dat alles tegen de achtergrond van de Subcommissie voor inlichtingen en contraterrorisme – dan was dit niet iets wat een naar Engeland uitgeweken tuinarchitect in zijn eentje diende uit te pluizen. Dat hij ooit rechercheur bij de LAPD was geweest, betekende niets. Hier was de staatsveiligheid in het geding, vooral als het Congres er op de een of andere manier bij betrokken was. Tot dusver had hij geen enkel bewijs, maar er had zich een spoor aangediend, een spoor dat naar Merriman Foxx leidde. Het betekende dat hij Foxx uiterst beheerst en met de grootste omzichtigheid diende te benaderen, zonder inmenging van zijn persoonlijke emoties. Hij diende slechts één doel voor ogen te hebben: vaststellen of Merriman Foxx de dokter annex de man met het witte haar was. Zo ja, dan zou hij Peter Fadden waarschuwen, die vervolgens een professioneel team op Foxx zou loslaten, een team dat gretig verder zou spitten: de redactie van de *Washington Post*.

Hotel Westin Palace, Madrid, 19.30 uur

'Hallo, Victor.' Zoals altijd klonk de stem van Richard zacht en geruststellend door de telefoon.

'Fijn wat van je te horen, Richard. Ik dacht dat je me eerder zou bellen.' Met de afstandsbediening zette Victor de tv wat zachter en hij ging op de rand van het bed zitten waarop hij net even lag te rusten.

'Hoe is je hotel?'

'Prima.'

'De service is goed?'

'Ja. Dank je, Richard.'

'Hoe was je wandeling door station Atocha?'

'Ik...' aarzelde Victor, niet helemaal wetend wat hij moest zeggen.

'Je hebt die wandeling gemaakt, zoals ik je had gevraagd?'

'Ja, Richard.'

'Wat dacht je toen je de plek zag waar de aanslag werd gepleegd en waar al die mensen omkwamen? Kon je je voorstellen hoe dat geweest moest zijn? De bommen die in de wagons afgingen, het gegil, de afgerukte lichaamsdelen, het bloed. Dacht je aan de lafaards die de explosieven in hun rugzakje verborgen en ze aan boord brachten, tussen al die onschuldige mensen, en ze met hun mobiele telefoon lieten ontploffen toen ze zelf mijlenver uit de buurt waren?'

'Ja, Richard.'

'En hoe voelde je je toen?'

'Verdrietig.'

'Niet boos?'

'Verdrietig, en boos, ja.'

'Verdrietig om de gewonden en de doden, en boos op de terroristen, klopt dat?'

'Ja. Ik was vooral kwaad op de terroristen.'

'Je zou ze dus graag willen vernietigen, of niet?'

'Heel graag.'

'Ik wil dat je iets voor me doet, Victor. In de klerenkast in je kamer hangt een kledinghoes. Erin tref je een donker zakenpak met overhemd en stropdas. Allemaal in jouw maat. Ik wil dat je het aantrekt en je naar buiten begeeft. Als je het hotel uit loopt, zie je het Ritz aan de overkant van het plein. Daar logeert de president tijdens zijn verblijf in Madrid. Ik wil dat je door de hoofdingang naar binnen gaat, als een gewone gast. Binnen zie je eerst de foyer, met daarachter de bar en de lounge. Ga naar de lounge en neem een tafeltje van waaruit je de foyer kunt overzien. Daarna bestel je een drankje.'

'En dan?'

'Wacht een paar minuten en ga dan naar het herentoilet. Als je klaar bent en weer terugloopt, kijk je even om je heen. De president en zijn staf hebben de gehele derde verdieping gereserveerd. Kijk via welke weg de andere gasten hun kamers op de eerste en tweede verdieping kunnen bereiken, en of die weg ook voor jou vrij is. Daarna kijk je of je ook naar de derde verdieping kunt. Controleer zowel de lift als de brandtrap. Doe niets, maar kijk alleen of je toegang hebt. Daarna ga je terug naar de lounge, drink je je glas leeg en ga je weer naar je eigen hotel.'

'Verder nog iets?'

'Op dit moment niet. Ik bel je morgenochtend om te horen wat je te weten bent gekomen.'

'Goed.'

'Dank je, Victor.'

'Nee, Richard, jij bedankt. Ik meen het.'

'Dat weet ik, Victor. Tot morgen.'

Victor aarzelde even, en hing op. Hij had de hele middag op Richards telefoontje gewacht en met elk verstrijkend uur was hij steeds meer gaan vrezen dat ze van gedachten waren veranderd en ze hem niet langer nodig zouden hebben. Als dat zo was, dan wist hij niet wat hij zou doen. Hij kon geen contact met hen opnemen. Afgezien van Bill Jackson, een lange, vriendelijke man die hij op een schietbaan vlak bij zijn woonplaats in Arizona had leren kennen en die hem had gevraagd om zich aan te sluiten bij een geheime patriottistische organisatie van 'hoeders' van het vaderland – mannen en vrouwen die met vuurwapens konden omgaan en die in geval van een terroristische invasie allemaal hun mannetje zouden staan – en Richard, die hij de laatste weken bijna dagelijks had gesproken maar nog nooit had ontmoet, had hij geen idee wie deze mannen precies waren, of hoe hij Richard zelfs maar kon bereiken.

Naarmate de minuten wegtikten en de uren verstreken voordat Richard hem eindelijk belde, steeg de onrust tot het kookpunt. Wat moest hij doen als ze hem aan zijn lot overlieten? Terugkeren naar Arizona en het miezerige leventje dat hij daar had geleid? Het zou net zijn als een tweede kans die hij had verprutst, waarna hij geheel buiten zijn schuld kon opstappen, zoals in het verleden al zo vaak was gebeurd. Het leek wel of dit zijn lotsbestemming was: een harde werker, altijd op tijd, nooit klagen, maar steevast na een paar maanden weer op straat om redenen die vaag bleven. Het waren allemaal zweetbaantjes geweest: pakhuisknecht, vrachtwagenchauffeur, kok bij een snelbuffet, beveiligingsmedewerker. Hij had nooit langer dan anderhalf jaar bij dezelfde baas gewerkt. Waarna deze schitterende buitenkans zich had aangediend, vergezeld van een groeiende waardering voor hem, en trips naar steden waar hij nooit van had durven dromen. En nu de angst dit allemaal te verliezen. O, nee! Het afschuwelijke vooruitzicht lag als een zware steen op zijn maag. Angst en wanhoop hielden hem voortdurend in hun greep. Veel te vaak staarde hij naar de telefoon op het bed naast hem. Een telefoon die al uren geleden had moeten rinkelen, maar dat nog steeds niet had gedaan. Totdat hij, goddank, eindelijk was overgegaan, hij de hoorn van de haak had gegrist en Richards geruststellende stem had gehoord en hij er weer helemaal bij hoorde. Toen hij even later ophing, slaakte hij een diepe zucht, ontspande zich en glimlachte zelfs even.

Alles, zo wist hij, was nog altijd dik in orde.

25

Valletta, Malta, 20.35 uur

Na zijn hotel te hebben verlaten, liep Nicholas Marten de Triq ta York af. Voor iemand die nog steeds last had van een jetlag voelde de lichte nevel die vanaf de Middellandse Zee binnendreef fris en verkwikkend aan. Hij was inmiddels gekleed in een donker colbertje en een grijze pantalon, een blauw overhemd en een bordeauxrode das. In zijn linkerhand droeg hij een haastig op de kop getikt koffertje dat hij hier en daar wat gebutst en beschadigd had zodat de nieuwigheid er een beetje af was. Erin zaten verscheidene dossiermappen, een notitieblok en een kleine, tevens inderhaast gekochte cassetterecorder op batterijen.

Zijn bestemming lag op tien minuten loopafstand van zijn hotel. Hij liep stevig door, passeerde de Upper Baracca-tuinen en liep verder naar waar de straat overging in de Triq id-Duka.

'De dokter wil u graag te woord staan, meneer Marten,' had Foxx' huishoudster hem door de telefoon laten weten nadat hij namens commissievoorzitter Baker om een afspraak had verzocht. 'Helaas heeft hij maar weinig tijd, maar ik moest u verzoeken om bij het restaurant langs te gaan waar hij om negen uur zit.'

De afspraak was om negen uur precies, in het Café Tripoli in de Trig id-Dejqa, aan de overzijde van het RAF-oorlogsmonument ter ere van de Britse piloten die tijdens de Tweede Wereldoorlog het eiland hadden verdedigd tegen de Duitse en Italiaanse invasiemachten. Terwijl hij erlangs liep besefte hij hoe belangrijk die strijd in de loop van de geschiedenis was geweest en hoe cruciaal dit vestingeiland in strategisch opzicht was. Alleen al de aanblik van de oude, stenen kazernes terwijl hij terugdacht aan de talloze invasies die het eiland door de eeuwen heen had moeten trotseren, doordrong hem volledig van het oude gezegde dat oorlog nooit voorbij is, dat er altijd weer een nieuwe op de loer ligt.

Het deed hem weer denken aan Merriman Foxx' Tiende Medische Brigade en het plan voor geheime biologische wapens, en hij realiseerde zich dat ook Foxx dit gezegde maar al te goed kende. Als Foxx dit ter harte nam, waren de projecten waaraan hij had gewerkt voordat het programma werd stopgezet, dan nog altijd actueel? Zo ja, was dit dan wat Mike Parsons tijdens de hoorzittingen van de subcommissie had ontdekt? En ook het feit dat sommige commissieleden hiervan op de hoogte waren, vastbesloten om het niet te laten uitlekken? Als dat zo was, dan luidde de volgende vraag: waarom? Wat werd er beschermd dat Parsons ervoor uit de weg moest worden geruimd?

De krijs van een straatkat rukte hem uit zijn gepeins. Hij wachtte even totdat hij de brede boulevard kon oversteken, en sloeg de Trig id-Dejqa in, op zoek naar Café Tripoli. Het feit dat Foxx geen bezwaar had tegen een ontmoeting, was prijzenswaardig, maar Marten wist dat hij op zijn hoede moest zijn. Een onderhoud in een café was altijd misleidend en viel nauwelijks te vergelijken met de beslotenheid van een hoorzitting. Te midden van andere cafébezoekers kon je de vraag gewoon aanhoren en zelf bepalen of je recht op de man af antwoordde, eromheen draaide, of helemaal geen antwoord gaf, beleefd en geheel naar eigen keuze. Martens probleem was hoe hij het vraaggesprek moest leiden, want zijn vragen zouden weinig van doen hebben met de hoorzittingen en zich juist richten op Caroline en dr. Stephenson. Het zou riskant zijn en het resultaat zou net zoveel afhangen van Merriman Foxx zelf, van zijn humeur en uitstraling, als van de toon van Martens vragen.

20.45 uur

Café Tripoli zat in een smalle, trapsgewijze steeg. Een grote messing lamp verlichtte de ingang. Boven aan de steeg bleef hij even staan toen hij zag dat de cafédeuren opengingen en er drie mannen verschenen die zijn kant op liepen. Achter hem bevond zich een donkere deuropening waarin hij zich terugtrok en wachtte. Even later liepen de drie voorbij en sloegen zonder hem ook maar te hebben gezien de dwarsstraat in. Deze beschutte plek was precies wat hij zocht en waarom hij zo vroeg was. Vanuit de deuropening kon hij Foxx mooi gadeslaan zodra die hem op weg naar het restaurant zou passeren. Hij wilde Foxx eerst zien, al was het maar een glimp. Zijn gezicht en het witte haar, zodat hij wist hoe de man eruitzag. Maar het zou enkel een eerste indruk zijn, meer niet.

20.55 uur

Lange tijd bleef het rustig en hij vroeg zich af of Foxx misschien vroeg was gearriveerd en al binnen zat. Net toen hij bedacht of hij van zijn plan moest afstappen en gewoon naar binnen moest gaan, stopte er een taxi achter in de steeg. De portieren gingen open en een man en een vrouw stapten uit. Marten verborg zich wat verder in de deuropening toen de taxi wegreed en het stel door de steeg afdaalde naar het café. De vrouw kwam als eerste voorbij. Ze was tamelijk jong, met donker haar en zeer aantrekkelijk. De man liep vlak achter haar. Gemiddelde lengte, rechte schouders. Hij droeg een donkere broek en een grijze gebreide visserstrui. Een strak gelaat met diepe lijnen. Zijn riante haardos was zo wit als verse sneeuw en zo theatraal dat het bijna een handelsmerk leek. Merriman Foxx voldeed bijna exact aan hoe Peter Fadden hem had beschreven: 'Hij heeft een haardos als Albert Einstein.'

Hij wachtte totdat het tweetal naar binnen ging, opende zijn koffertje, haalde het cassetterecordertje tevoorschijn en stopte het in zijn binnenzak. Daarna wachtte hij nog even, liep de steeg in en begaf zich naar de ingang van Café Tripoli.

'Goedenavond, meneer!'

Hij was nog niet binnen of hij werd al verwelkomd door een opgewekte, kalende hoofdkelner in een zwarte pantalon en gesteven overhemd. Achter hem was een rokerige, pubachtige lounge van waaruit jazzy pianoklanken hem tegemoet dreven.

'Ik ben op zoek naar dr. Foxx. Mijn naam is Marten.'

'Prima, meneer. Als u met mij mee wilt gaan?'

De hoofdkelner leidde hem via een trap naar het soupergedeelte in het souterrain. Onder aan de trap hing een aantal gasten aan de bar. Erachter bevond zich een restaurantgedeelte met een stuk of zes tafeltjes, die allemaal bezet waren. Hij keek even om zich heen, zoekend naar dr. Foxx en zijn metgezellin, maar zag hen nergens.

'Deze kant op, meneer.'

De man ging hem voor naar een besloten gedeelte bijna achterin, afgescheiden van de rest van het restaurant middels een houten scheidingswand voorzien van matglas. De hoofdkelner stapte eromheen en leidde hem naar een vertrek dat in feite een besloten kamer was.

'Meneer Marten,' kondigde hij aan.

26

Er zaten vier gasten aan de tafel: Foxx en zijn dame, zoals hij had verwacht, maar de twee anderen waren een volslagen verrassing. Iets meer dan een dag geleden had hij hen nog in Washington gezien. Het waren congrespredikant Rufus Beck en de Franse schrijfster en fotojournaliste Demi Picard.

'Goedenavond, meneer Marten.' Merriman Foxx stond op om hem de hand te schudden. 'Mag ik u voorstellen aan mijn andere gasten? Cristina Vallone,' hij knikte even naar de jongedame die hem had vergezeld, 'predikant Rufus Beck en...' op zijn gezicht verscheen een warme glimlach, 'mademoiselle Picard.'

'Hoe maakt u het?' Heel even keken Marten en Demi elkaar in de ogen, maar haar blik onthulde niets. Hij keek Foxx weer aan. 'Erg vriendelijk van u om me hier en op zo'n korte termijn te willen ontvangen.'

'Het doet mij altijd plezier het Amerikaanse Congres zo goed als ik kan te helpen. Helaas heb ik maar weinig tijd, meneer Marten. Als onze gasten ons willen excuseren? Misschien dat we even plaats kunnen nemen aan de hoek van de bar, om daar de zaken af te handelen?'

'Natuurlijk.'

Foxx liet Marten voorgaan naar de bar bij de trap. Marten draaide zich even om en opnieuw kruiste zijn blik die van Demi. Ze observeerde hem zonder het te laten merken. Ze was duidelijk net zo verbaasd hem hier te zien als hij was over haar aanwezigheid. Bovendien was ze daar duidelijk niet mee in haar sas.

Ook de aanwezigheid van predikant Beck was een verrassing. Net als Demi toonde hij geen blijk van herkenning. Toch was Marten er zeker van dat de predikant zich hem herinnerde van Carolines ziekbed. Niet alleen waren ze na zijn binnenkomst aan elkaar voorgesteld, maar Beck was ook nieuwsgierig genoeg geweest om bij een van de verpleegsters naar hem te informeren, zo had Demi hem verteld.

'Wat voor onduidelijkheden wil voorzitter Baker precies opgehelderd hebben?' vroeg Foxx toen ze de bar bereikt hadden. Er waren inmiddels wat gasten opgestapt en ze hadden het hoekje voor zichzelf.

Marten legde zijn koffertje op de bar, klikte het open en haalde er een map uit. Daarna voelde hij in zijn binnenzak naar een pen en schakelde zijn cassetterecordertje in. Op datzelfde moment zette de barman voor ieder een glas met een bodempje single malt neer.

'Het zijn er meerdere, meneer Foxx,' zei Marten. Hij dwong zichzelf het doel van zijn komst niet uit het oog te verliezen, namelijk om zo te kunnen vaststellen of Foxx nu wel of niet de dokter annex de man met het witte haar was. Zijn grote handicap, en hij hoopte maar dat die niet doorslaggevend zou zijn, was dat hij geen notulen van de hoorzittingen had en hij dus geen idee had wat de vragen en de antwoorden waren geweest. Hij moest zich verlaten op wat hij zelf wist over Foxx' verleden en dat van de Tiende Medische Brigade, de stukjes en beetjes die hij, weer terug op zijn hotelkamer, van internet had geplukt, dat wat Caroline hem had toevertrouwd en wat dr. Stephenson had gezegd voordat ze zichzelf van het leven had beroofd.

Hij sloeg de map open en keek even naar het vel met handgeschreven aantekeningen die hij op zijn hotelkamer had gemaakt en die de indruk moesten wekken dat hij ze tijdens een telefoongesprek met voorzitster Baker had genoteerd.

'Uw project voor biologische wapens binnen de Tiende Medische Brigade luidde Project D, en niet B. Klopt dat?'

'Ja.' Foxx pakte zijn glas en nam een slokje van zijn whisky.

Marten krabbelde iets op het velletje naast zijn aantekeningen en ging verder met de volgende vraag. 'U hebt verklaard dat de toxines die u ontwikkelde, met inbegrip van vijfenveertig verschillende miltvuurstammen en bacteriën die maltakoorts, cholera en builenpest veroorzaken, plus de systemen ter besmetting, alsmede een aantal nieuwe en nog niet verklaarde, experimentele virussen, inmiddels allemaal zijn gemeld en vernietigd. Ook dat klopt?'

'Ja.'

Opnieuw nam Foxx een slokje van zijn whisky. Voor het eerst viel het Marten op hoe extreem lang zijn vingers waren in verhouding tot zijn hand. Tegelijkertijd bekeek hij de lichaamsbouw van de wetenschapper. Toen hij hem zo-even in het steegje had zien lopen, leek hij van gemiddelde omvang, niet gezet en ook niet slank. Maar als Foxx werkelijk in goede conditie verkeerde en gespierd was, zoals hij aanvankelijk vermoedde, dan viel dat door zijn dikke visserstrui moeilijk in te schatten. Het was in elk geval niet iets waar hij te lang bij stil kon staan zonder dat het zou opvallen, en dus richtte hij zich weer op zijn vragen.

'Zijn er bij uw weten na 1993, toen de president van Zuid-Afrika officieel verklaarde dat alle biologische wapens waren vernietigd, nog experimenten verricht?'

Plotseling zette Foxx zijn glas neer. 'Die vraag heb ik voor de commissie al duidelijk beantwoord,' antwoordde hij geïrriteerd. 'Nee. Nee, er zijn geen verdere experimenten uitgevoerd. De toxines zijn vernietigd, net als de gegevens over hoe ze gemaakt kunnen worden.'

'Dank u.' Marten boog zich over zijn aantekeningen en nam de tijd om nog wat dingetjes op te schrijven. Aanvankelijk had Foxx hem beleefd de hand geschud. Het betekende dat hij naar alle waarschijnlijkheid niet had gecontroleerd of Marten inderdaad voor congreslid en commissievoorzitter Baker werkte. Maar nu begon hij steeds meer aangebrand te raken, door de vragen, of vanwege zijn ego, wat waarschijnlijker was. Dit waren vragen die hij al tijdens een besloten hoorzitting had beantwoord, en nu moest hij hier, in een café, alles nogmaals doornemen met een of andere onderknuppel, eentje voor wie hij steeds meer dédain begon te krijgen. Het moest nu maar eens afgelopen zijn, voor eens en voor altijd.

Het was precies deze humeurigheid waaruit Marten afleidde dat Foxx wel eens kwetsbaar kon zijn als het hem lastig werd gemaakt, dat wanneer hem het vuur na aan de schenen werd gelegd hij wel eens iets tegen zijn zin zou kunnen onthullen. Bovendien was het duidelijk dat dit snel zou moeten gebeuren, want het was duidelijk dat de wetenschapper hem nog maar weinig tijd gunde.

'Het spijt me, maar ik heb nog een paar vragen voor u,' zei hij verontschuldigend.

'Treuzel dan niet,' sprak Foxx terwijl hij Marten korzelig aankeek en met zijn lange vingers zijn whiskyglas weer oppakte.

'Wacht, laat me het u even uitleggen. Dat had ik eigenlijk van tevoren moeten doen,' klonk het nog even schuldbewust. 'Een aantal van deze kwesties is het gevolg geweest van het overlijden van een van de commissieleden, het congreslid Mike Parsons uit Californië, na de hoorzittingen. Congreslid Parsons, zo lijkt het, had een memo voor voorzitter Baker opgesteld dat pas recentelijk is opgedoken. Het heeft te maken met een consult dat hij had bij ene dr. Lorraine Stephenson, die naast huisarts naar ik meen ook virologe was. Bovendien was ze toevallig ook de huisarts van de echtgenote van congreslid Parsons, Caroline. Kent u dr. Stephenson?'

'Nee.'

Marten wierp een blik op zijn notities, en keek Foxx weer aan. Dit was het moment om door te vragen, en goed. 'Dat is vreemd, want in zijn memo aan voorzitter Baker verklaart hij dat u en dr. Stephenson tijdens de hoorzittingen meerdere malen persoonlijk contact hebben gehad.'

'Ik heb nog nooit van ene dr. Stephenson gehoord. En ik heb geen idee waar u het allemaal over hebt,' antwoordde Foxx nors. 'Ik geloof dat ik die congresdame nu wel genoeg ter wille ben geweest, meneer Marten.' Hij zette zijn glas neer en maakte aanstalten om op te staan.

'Doctor,' ging Marten verder, 'in zijn memo uitte congreslid Parsons zijn twijfels over de betrouwbaarheid van uw getuigenis, met name waar het gaat om de onverklaarde, experimentele virussen.'

'Hoe bedoelt u?' Met een vuurrood gezicht van woede draaide Foxx zich weer om.

'Sorry, ik wil u niet kwaad maken. Ik doe alleen maar wat mij is opgedragen.' Hij speelde de zich verontschuldigende boodschapper. 'Omdat u nu bent geïnformeerd over het memo, en aangezien congreslid Parsons is overleden, heeft voorzitter Baker gevraagd of u voor de uiteindelijke notulen zou willen verklaren dat alles wat u onder ede hebt verteld nog altijd naar uw beste weten de volledige waarheid is.'

Met een ijzige blik pakte Foxx zijn glas met whisky weer op. 'Ja, meneer Marten, voor de uiteindelijke notulen verklaar ik dat ik alle vragen naar volledige waarheid heb beantwoord.'

'Ook wat betreft de virussen? Dat geen ervan na 1993 nog op mensen is uitgeprobeerd?'

Foxx' vuurspuwende ogen doorboorden Marten. Zijn vingers kromden zich om zijn glas en zijn duimen priemden boven de rand uit. 'Ook wat betreft de virussen.'

'Nog één vraag,' zei Marten zacht. 'Staat u toevallig ook simpelweg bekend als "de dokter"?'

Foxx dronk zijn glas leeg en keek hem aan. 'Ja, bij honderden mensen. Tot ziens, meneer Marten. Doe voorzitter Baker de hartelijke groeten.' Met deze woorden zette hij zijn lege glas op de bar en zocht hij zijn tafeltje weer op.

'Lieve hemel,' verzuchtte Marten geschrokken. Het gebeurde zo snel en toevallig dat hij het bijna over het hoofd had gezien. En toch, het was een feit, hij had het duidelijk gezien, alsof hij er om gevraagd had. Inderdaad, Merriman Foxx had wit haar en ja, hij werd 'de dokter' genoemd. Maar deze twee feiten, afgezien van Martens tamelijk amateuristische ondervragingsmethoden, maakten Foxx nog niet per se tot de dokter annex de man met het witte haar, de man die voor de toxine had gezorgd, zo niet de injectie, die Caroline fataal was geworden.

Maar dat andere wel.

Hij had er helemaal niet meer aan gedacht, totdat zijn oog was gevallen op de ongewoon lange vingers om het whiskyglas. Het was waar Caroline over had gesproken toen ze hem in Manchester belde en smeekte om naar Washington te komen.

'Ik mocht hem niet,' had ze gezegd over de man met het witte haar die in de kliniek was verschenen nadat dr. Stephenson haar de injectie had gegeven. 'Alles aan hem maakte me bang. De manier waarop hij me aanstaarde, mijn gezicht en mijn benen aanraakte met die lange, enge vingers van hem.'

Die vingers om dat whiskyglas waren slechts een deel van het verhaal. Het gebeurde toen de boze Foxx met beide handen zijn glas had omvat, waarbij zijn duimen langs de rand naar boven priemden. Op dat moment herinnerde hij Carolines beschrijving in zijn geheel: 'De manier waarop hij mijn gezicht en mijn benen aanraakte met die lange, enge vingers van hem. En dan die afzichtelijke duim met dat kleine ballenkruis.'

Een verbleekt kruisje, twee rechte lijnen die tezamen een kruis vormden, met aan alle uiteinden een cirkeltje, was onder aan Foxx' linkerduim getatoeëerd.

Bijna had hij het over het hoofd gezien. Een piepklein, verbleekt kruis zoals dat toevallig door een doodsbange, stervende vrouw was beschreven. Het vormde onderdeel van een warrig verhaal en had toen ogenschijnlijk niets te betekenen. Maar nu betekende het alles.

Het vertelde hem dat hij de juiste man gevonden had.

27

Marten reikte in zijn binnenzak en zette het cassetterecordertje uit. Het leed weinig twijfel dat Foxx op de moord op Caroline had toegezien, maar het opgenomen gesprek bevatte geen belastende feiten en ook een tatoeage behoorde niet tot het soort harde bewijzen waarmee Peter Fadden de redactie van de *Washington Post* tot een onderzoek kon aansporen. Marten moest iets concreets, iets onweerlegbaars zien te bemachtigen, maar dat zou ontzettend lastig worden, vooral nu Foxx hem duidelijk de rug had toegekeerd en de dokter ongetwijfeld contact zou opnemen met voorzitter Baker om hem na te trekken. Als dat gebeurde wilde hij zo ver mogelijk uit diens buurt zijn.

'Meneer Marten.'

Hij keek op en zag Demi Picard in haar eentje op hem af lopen. Opnieuw vroeg hij zich af wat ze hier te zoeken had. Dat ze predikant Beck vergezelde, was geen verrassing aangezien ze hem had verteld dat de predikant een van de onderwerpen voor haar fotoboek over geestelijken binnen de politiek was. Maar dat ze beiden hier op Malta waren, zo kort na Carolines uitvaartdienst, in een restaurant en in gezelschap van Foxx was meer dan alarmerend. Vooral in het licht van wat hij nu over Foxx te weten was gekomen.

'Mevrouw Picard,' zei hij met een glimlach. 'Wat leuk u...'

Maar ze kneep haar ogen toe en kapte hem af met ingehouden stem die overliep van woede. 'Wat doet u hier, op Malta, en in dit restaurant?!'

'Ik wilde u precies hetzelfde vragen.'

'Dr. Foxx en predikant Beck zijn oude vrienden van elkaar,' antwoordde ze op verdedigende toon. 'We zijn met een groep westerse geestelijken onderweg naar de Balkan en hebben een tussenstop gemaakt voor een bezoekje.'

'Ik neem aan dat u predikant Beck goed kent.'

'Ja.'

'Misschien dat u mij dan kunt uitleggen hoe een Afro-Amerikaanse geestelijke bevriend kan zijn met een officier uit het Zuid-Afrikaanse leger die diende tijdens de apartheid, die een beruchte medische eenheid leidde die geheime biologische wapens ontwikkelde om de hele zwarte Afrikaanse bevolking uit te roeien.'

'Dat zou u aan predikant Beck moeten vragen.'

Hij staarde haar aan. 'En als ik u nu eens vraag naar "de heksen"?'

'Nee,' waarschuwde ze.

'Nee?'

'Nee, zei ik!'

'U bent er anders zelf over begonnen,' kaatste hij snel terug. 'U kwam naar mij toe, weet u nog?'

'Demi.' Een bekende stem riep haar. Ze draaiden zich om en ze zagen Beck op hen af lopen, vergezeld door Cristina Vallone, de aantrekkelijke vriendin van Foxx.

'Helaas is dr. Foxx weggeroepen. Een dringende familieaangelegenheid,' liet de geestelijke hun weten en hij keek Demi aan. 'Hij verzocht me om jou en Cristina terug naar het hotel te brengen.'

Demi aarzelde en Marten kon zien dat deze plotselinge wending haar dwarszat. 'Dank u,' antwoordde ze beleefd. 'Ik moet even naar de wc. Ik zie jullie boven.'

'Prima.' Terwijl ze naar de toiletten liep, keek Beck Marten aan. 'Het was leuk u weer te zien, meneer Marten. Misschien dat we elkaar binnenkort nog eens treffen?'

'Dat zou me een genoegen zijn, eerwaarde.'

Vijf minuten later, buiten op de Trig id-Dejqa, zag hij de achterlichten van de taxi, met daarin predikant Beck, Cristina en Demi Picard, in de wervelende mist verdwijnen. Daarna keek hij achterom de natte steeg in. De deur van Café Tripoli was dicht. Er was geen kip op straat. Hij vroeg zich af hoe Foxx ongezien had kunnen wegglippen, áls hij dat gedaan had. Hoe dan ook, op dit moment kon hij verder niets uitrichten. Met een zucht begon hij aan de wandeling terug naar zijn hotel terwijl de woorden van Demi nog net zo helder naklonken als toen ze hem op weg naar het toilet aan de bar had aangeklampt.

'Ik weet niet wie u in werkelijkheid bent, of wat u hier doet,' had ze hem weer op haar nadrukkelijke toon toegebeten, 'maar blijf uit onze buurt, voordat u alles verprutst.' En daarop had ze zich omgedraaid en was ze naar boven gegaan, waar Cristina en Beck op haar stonden te wachten.

Alles verprutst? Wat betekende dat nu weer?

Terwijl hij in de vochtige avondnevel in de richting van het RAF-monument liep, en vervolgens langs de Upper Baracca-tuinen, terug naar zijn hotel, vervaagden Demi's woorden en dacht hij terug aan wat Beck bij het afscheid tegen hem had gezegd: 'Het was leuk u weer te zien, meneer Marten. Misschien dat we elkaar binnenkort nog eens treffen?'

Weer te zien. Wéér.

Het betekende dat Beck wist wie hij was en dat hij hun kennismaking in Carolines ziekenhuiskamer zich nog goed herinnerde. Zijn eigen professie was toen geen moment ter sprake gekomen en dus kon het zijn dat de geestelijke er oprecht van uitging dat hij inderdaad de assistent van voorzitter Baker was. Toch bleef het toevallig, iets wat Beck geheid bij Foxx zou hebben aangekaart nadat die weer bij zijn vrienden aan het tafeltje zou hebben plaatsgenomen. Dat, gekoppeld aan het feit dat Marten niet alleen Carolines naam en die van dr. Stephenson had laten vallen, maar tevens had verteld dat Mike Parsons een memo had achtergelaten waarin hij vraagtekens zette bij het waarheidsgehalte van Foxx' verklaring voor de subcommissie, zou voor Foxx genoeg zijn geweest om een en ander bij elkaar op te tellen, wat de reden kon zijn waarom de avond voor iedereen zo snel ten einde was gekomen.

28

Madrid, 22.40 uur

De lichtjes van nachtelijk Madrid flitsten voorbij. Het diner in het Palacio de la Moncloa, de ambtswoning van de pas verkozen Spaanse premier, en de stuk of twintig Spaanse zakenlieden die ook waren uitgenodigd, was inmiddels afgelopen.

De presidentiële limousine telde slechts vier inzittenden: de agent van de geheime dienst zat aan het stuur met naast hem een collega, en met achterin president John Henry Harris en Hap Daniels, het hoofd van de presidentiele beveiliging, en agent van de Amerikaanse geheime dienst. De intercom stond uit. Wat de president en Daniels bespraken, was vertrouwelijk.

De colonne was teruggebracht tot de presidentiële limousine, twee zwarte SUV's van de geheime dienst, met de zwarte Hummer, die als communicatievoertuig diende, als hekkensluiter. Ditmaal reed er geen ambulance mee, geen stafwagen, geen persbusje. Gewoon een bescheiden colonne op weg naar een privéadres in de dure woonwijk La Moraleja voor een afzakkertje bij een oude vriend, Evan Byrd. Byrd was nieuwscorrespondent en persattaché van de voormalige president, de inmiddels overleden Charles Cabot, geweest en ook een tijdje de perssecretaris van Harris, waarna hij zich in zijn Madrileense buitenwijk had teruggetrokken. Na afloop zouden ze terugrijden naar het Ritz, waar de presidentiële entourage de gehele derde verdieping had afgehuurd, voor een welverdiende nachtrust.

'Het vliegtuig met daarin congreslid Parsons en zijn zoon...' Hap Daniels las voor uit aantekeningen op een kleine spiraalblocnote. Geen BlackBerry, geen gevaar dat de informatie die hij had ontvangen elektronisch kon worden meegelezen. Enkel handgeschreven notities op een alledaags notitieblok. De informatie was tot hem gekomen via de beveiligde lijn, een van zijn persoonlijke communicatiemiddelen. '... stortte neer als gevolg van een verkeerde inschatting van de piloot, althans volgens de onderzoekers van de NTSB. Aan het toestel werden geen mankementen ontdekt.'

'We kennen allemaal de officiële lezing, Hap,' zei Harris. 'Is dat alles wat je te weten bent gekomen?'

'Wat de crash betreft wel, meneer. Maar wat niemand schijnt te weten, of heeft aangeroerd, is dat mevrouw Parsons aan boord van dat toestel had moeten zitten. Op het allerlaatste moment werden de plannen gewijzigd en is ze met een gewoon lijntoestel naar Washington teruggevlogen. Puur toeval. De crash was duidelijk niet beraamd. Geen reden om uit te gaan van een aanslag. Ze heeft het nooit aangekaart, niet in het openbaar in elk geval. Het heeft alle schijn van iets wat helaas kan gebeuren.'

'Wat helaas kan gebeuren.'

'Ja, meneer.'

President Harris knikte wat afwezig en dacht even na over het feit dat Caroline op het allerlaatste moment haar plannen had gewijzigd, maar liet de gedachte al meteen weer voor wat hij was.

'Die man aan haar ziekenhuisbed, die van haar inzage kreeg in haar privédocumenten, en ook in die van Mike?'

'We weten niet meer dan wat we al wisten. Hij heet Nicholas Marten, een Amerikaan die naar Manchester is verhuisd en daar als tuinarchitect werkt. Het lijkt erop dat hij de familie Parsons lange tijd heeft gekend, althans dat heeft hij de politie verteld. Het vermoeden was dat hij en Caroline ooit iets met elkaar hadden. Zelf zei hij dat ze gewoon goede vrienden waren. Geen enkel bewijs daarvan, maar ook niet dat hij haar op een of andere manier chanteerde.'

'Waarom wilde de politie met hem praten?'

'Hij pleegde een paar opdringerige telefoontjes naar de huisarts van mevrouw Parsons. Hij wilde meer weten over Carolines ziekte, maar ze wilde niet met hem praten en zei dat dit een zaak tussen arts en patiënt was. De rechercheurs dachten dat hij iets met de moord te maken kon hebben gehad, maar ze hadden geen bewijzen en dus hebben ze hem op het vliegtuig naar Engeland gezet en hem min of meer te verstaan gegeven zich niet meer in Washington te vertonen.'

'De moord op de huisarts van Caroline Parsons. Wat weten we dáárover?'

'Een nogal lugubere zaak, meneer de president. Ze werd onthoofd.'

'Onthoofd?'

'Ja, meneer. Het hoofd is nog niet teruggevonden en tijdens het onderzoek heeft de politie zo weinig mogelijk bekendgemaakt. De FBI heeft nu haar eigen mensen erop gezet.'

'Wanneer zou het Witte Huis zijn geïnformeerd?'

'Dat weet ik niet, meneer de president. Waarschijnlijk vonden ze het niet nodig.'

'Waarom is ze onthoofd?'

'U denkt aan een of andere terroristische daad? Een islamitische groepering?'

'Wat ik denk doet niet ter zake. Het gaat erom wat ik weet. En tot dusver lijkt niemand echt iets te weten. Neem contact op met iemand binnen de FBI, iemand die jij vertrouwt, en zorg dat ze je zo goed mogelijk op de hoogte houden. Zeg tegen ze dat ik persoonlijk geïnteresseerd ben in deze zaak, maar dat ik de media op afstand wil houden, voordat alles uit zijn verband wordt gerukt. We willen de islamitische wereld niet nóg meer op stang jagen, vooral niet als blijkt dat moslims er niets mee te maken hebben en dat dit het werk was van een of andere gek.'

'Ja, meneer.'

'Goed. Caroline Parsons...' ging de president verder. 'Ik wil dat je uitzoekt aan wat voor ziekte ze leed, hoe ze die heeft opgelopen en hoe ze werd behandeld. Vanaf de diagnose tot aan haar dood. En ook hier heb ik geen zin in mediatoestanden. Ik wil dat je zo onopvallend mogelijk te werk gaat. We zitten met vier doden, vlak na elkaar. Drie uit één gezin plus de huisarts van Caroline.'

'Er is nog iets wat u moet weten, meneer de president. Ik weet niet of het u iets zegt, maar congreslid Parsons...'

'Ja?'

'Hij heeft verzocht om een privéonderhoud met u. Tweemaal, waarvan één keer tijdens de hoorzittingen van de Subcommissie voor inlichtingen en contraterrorisme waarin hij zitting had. En ook meteen daarna, na afloop van de zittingen.'

'Hoe weet je dat?'

'Zijn secretaresse heeft de verzoeken gedaan, maar ze heeft nooit antwoord gekregen.'

'Maar Mike Parsons kon me altijd bereiken, zonder meer. Mijn chef-staf wist dat, net als mijn eigen secretaresse. Hoe kon dat gebeuren?'

'Ik zou het niet weten, meneer de president. Dat zou u aan hen moeten vragen.'

Hap Daniels bracht een hand naar zijn headset. Op dat moment minderde de chauffeur vaart en helde de limousine eventjes over terwijl de agent van de geheime dienst een scherpe draai naar rechts maakte en een lange oprijlaan opreed.

'Dank je,' sprak Daniels in zijn microfoontje, en hij keek de president aan. 'We zijn er. Dit is de woning van meneer Byrd.'

29

Bij de voordeur werd Harris door Evan Byrd begroet als een oude schoolkameraad die hij al in geen jaren meer had gezien, en in plaats van een handdruk volgde er dan ook een welgemeende omhelzing.

'Verdomd goed je weer te zien, John,' zei Byrd terwijl hij Harris voorging langs een rijkversierde fontein en hem door een betegelde foyer naar een kleine kamer met donkere lambriseringen leidde, die was voorzien van een complete bar en grote lederen fauteuils rondom een open haard waarin een aangenaam vuur knapperde.

'Niet slecht, hè, voor een ambtenaar met pensioen?' zei Byrd grijnzend. 'Ga zitten. Wat kan ik voor je inschenken?'

'Ik zou het niet weten. Ik heb vanavond al zo'n beetje alles voor mijn kiezen gehad. Gewoon een glas water of koffie. Zwart, als je dat hebt.'

'Reken maar.' Met een knipoog drukte Byrd op een intercomknopje achter de bar en bestelde in het Spaans koffie. Daarna liet hij zich in de fauteuil naast Harris zakken.

Evan Byrd was begin zeventig en was losjes gekleed in een crèmekleurige pantalon en bijpassende sweater. Hij oogde wat gezet maar leek verder in goede conditie te verkeren, met nog altijd die lange, grijze manen en de bijbehorende bakkebaarden zoals Harris zich die herinnerde. Bijna veertig jaar lang had Byrd voor diverse tv-netwerken de politiek becommentarieerd voordat hij na zijn pensioen naar Spanje verhuisde, en zijn Rolodex omvatte nog altijd een netwerk waar de meeste insiders in Washington vooralsnog slechts van konden dromen, wat erop neerkwam dat hij zo'n beetje iedereen kende die ertoe deed, en hij dus aardig wat invloed had zonder dat het in de gaten liep.

'Nou,' vroeg hij, 'hoe ging het vanavond?'

'Dat weet ik niet,' antwoordde Harris terwijl hij naar de vlammen staarde. 'Spanje verkeert in oorlog met zichzelf. De premier is op zich een geschikte vent, misschien wat te altruïstisch en te links om de economie van dit land weer een duw in de goede richting te geven, maar de zakenlieden, de hoge heren die ook aan het diner zaten, van hen zijn de meeste fiscaal conservatief. Zij zien zakendoen als onderdeel van de nationale identiteit. Ze hebben geld om te investeren en tegelijkertijd willen ze dat er in hén wordt geïnvesteerd. Ze willen net als iedereen deel uitmaken van de wereldmarkt. Wat dus niet strookt met het kabinetsbeleid. De premier had in elk geval wel de moed om ze uit te nodigen, dus daarvoor alle lof. Uiteraard maakt iedereen zich zorgen over het terrorisme, over waar de volgende bom zal ontploffen. Wat dat betreft tast iedereen in het duister.'

'En Frankrijk en Duitsland?'

'Je hebt de kranten gelezen, Evan. Je kijkt tv. Je bent net zo goed op de hoogte als ik. Het ging niet lekker.'

'Wat ga je daar aan doen?'

'Ik zou het niet weten.' De president wendde even zijn hoofd af, en staarde Byrd vervolgens weer aan. 'Ik zou het echt niet weten.'

Een Spaanse stem klonk over de intercom. 'Uw koffie is klaar, meneer.'

'*Gracias*,' antwoordde Byrd via de intercom en hij stond op. 'Kom, John, dan drinken we een kop koffie in de salon.' Hij grijnsde terwijl Harris opstond. 'Ik heb een verrassing voor je.'

'Vanavond even niet, Evan,' kreunde Harris. 'Ik ben veel te moe, verdomme.'

'Geloof me, je zult het geweldig vinden.'

In de salon werden ze opgewacht door een klein gezelschap waaruit de president iedereen kende: de Amerikaanse vicepresident, Hamilton Rogers; minister van Buitenlandse Zaken David Chaplin; minister van Defensie Terrence Langdon; luchtmachtgeneraal en voorzitter van de gezamenlijke chefs van staven Chester Keaton, en de mannen die hij voor het laatst nog in Rome had gezien: zijn chef-staf Tom Curran, zijn belangrijkste politiek adviseur Jake Lowe en zijn nationale veiligheidsadviseur dr. James Marshall.

Evan Byrd sloot de deur achter zich.

'Zo, heren, dit is inderdaad een verrassing,' reageerde Harris op kalme toon terwijl hij zijn best deed om zijn verbazing niet te tonen. 'Waar heb ik deze eer aan te danken?'

'Meneer de president,' stak Lowe van wal, 'zoals u weet zal over enkele dagen in Warschau het NAVO-topoverleg plaatsvinden. Toen we destijds Irak binnenvielen, en Frankrijk, Duitsland en Rusland tegensputterden, waren onze mensen nog niet in positie. Nu zijn ze dat wel. Vrienden op wie we kunnen vertrouwen, die het kunnen weten, hebben ons dit verzekerd.'

'Wat voor vrienden, waar heb je het over?'

'Als we die onvoorstelbare ramp waar ik eerder al over heb gesproken...' antwoordde nationale veiligheidsadviseur dr. James Marshall, terwijl hij een stap naar voren deed, '... willen verhinderen, namelijk dat terroristische groeperingen binnen zeer afzienbare tijd het gehele Midden-Oosten plus alle olievoorraden in handen krijgen, dan zijn we genoodzaakt om in dat deel van de wereld direct en doortastend in te grijpen. Dat kan alleen als de VN er geen afwijkende meningen op na houden. Ons is verzekerd dat Duitsland noch Frankrijk ditmaal afhoudend zal reageren als we om hun steun vragen. Als zij niet protesteren, zullen waarschijnlijk ook Rusland en China dat niet doen, zoals u weet.'

'"Ons is verzekerd"?'

'Ja, meneer de president. Verzekerd.'

De president bestudeerde de gezichten die voor hem net zo vertrouwd waren als die van zijn familie. Net als Lowe en Marshall waren dit al jarenlang de vrienden en adviseurs op wie hij het meest vertrouwde. Wat speelde hier in hemelsnaam? 'Wat zouden wíj daar in het Midden-Oosten dan moeten gaan doen?'

'Helaas zijn wij niet in de positie dat we u dat kunnen vertellen, meneer de president,' antwoordde de minister van Defensie zonder omhaal. 'De reden waarom we hier zijn, is om u toestemming te vragen voor de fysieke verwijdering van de huidige leiders van Frankrijk en Duitsland.'

'Fysieke verwijdering...' De president keek Lowe en Marshall aan. Zij hadden de term al eerder laten vallen, en nu het hele team. Hij begreep het niet. Hij was een conservatieve Republikein, net als zij. Ze hadden hem altijd gesteund, ervoor gezorgd dat hij werd voorgedragen en ze hadden alles op alles gezet om zijn verkiezing te garanderen. '"Elimineren" is waarschijnlijk het woord dat u zoekt, meneer de president.'

Opeens schoot het door hem heen en hij stond als aan de grond genageld: hij was helemaal niet hun president. Hij was slechts een pion geweest, al van meet af aan. Hij zetelde in het Witte Huis omdat zíj hem daar hadden binnengeloodst, omdat zíj er zeker van waren dat hij alles deed wat ze van hem verlangden.

'Wie zijn die "vrienden op wie we kunnen vertrouwen"?' vroeg hij.

'Leden van een organisatie die garandeert dat degenen die worden gekozen als de opvolgers van de huidige president van Frankrijk en de bondskanselier van Duitsland, ons ruimhartig zullen steunen, bij alles wat we doen.'

'Hm-mm,' mompelde de president ten slotte. Het had geen zin om te vragen wat deze 'organisatie' precies behelsde, want dat zouden ze hem toch niet vertellen. In plaats daarvan liet hij zijn handen in zijn broekzakken glijden en slenterde hij naar een groot raam dat uitkeek op de verlichte siertuinen. Buiten zag hij twee agenten van de geheime dienst in het donker. Er zouden er nog meer zijn.

Zo bleef hij nog een lang moment peinzend met zijn rug naar hen toe gekeerd staan. Ze verlangden een antwoord van hem. Wat hem betrof konden ze nog wel even geduld betrachten terwijl hij de puzzelstukjes in elkaar probeerde te passen en probeerde te doorgronden hoe dit alles in elkaar stak en wat er zou gaan gebeuren. Al piekerend schoten Jake Lowes woorden hem weer door het hoofd.

'Toen we destijds Irak binnenvielen, en Frankrijk, Duitsland en Rusland tegensputterden, waren onze mensen nog niet in positie. Nu zijn ze dat wel.'

Ónze mensen.

Nu zijn ze dat wel.

Nú wel.

Wat voor organisatie hier ook achter mocht zitten, het was overduidelijk dat deze mannen daar stuk voor stuk deel van uitmaakten en dat ze dit plan al geruime tijd hadden voorbereid. En nu hadden ze in de landen die ertoe deden eindelijk hun mensen in positie om het plan uit te voeren, hemzelf inbegrepen. Hij keek achterom en liep weer naar het gezelschap toe.

'Zit Harry Ivers ook bij deze "organisatie"? Jullie kennen Harry Ivers: het hoofd van de nationale veiligheidsraad voor het luchtverkeer, de man die belast is met het onderzoek naar het vliegtuigongeluk waarbij congreslid Parsons is omgekomen.' Opeens keek hij zijn chef-staf Tom Curran aan.

'Congreslid Parsons verzocht om een privéonderhoud met mij. Tweemaal. De eerste keer tijdens, en de tweede keer vlak na de hoorzittingen van de Subcommissie voor inlichtingen en contraterrorisme. Jij wist dat hij me te allen tijde kon bereiken. Waarom toen niet?'

'U had een volle agenda, meneer de president.'

'Onzin, Tom.' Harris liet zijn blik door de kamer gaan en keek daarbij de acht mannen een voor een aan. 'Parsons was zeker iets op het spoor? Het had te maken met de subcommissie die onderzoek deed naar het Zuid-Afrikaanse programma voor biologische wapens, dat zogenaamd was beëindigd, en het horen van deze meneer Merriman Foxx. Ik durf te wedden dat dit programma, of een vervolg daarop, nog springlevend is. En op een of andere manier zijn wij, of eigenlijk jullie en jullie "vrienden op wie jullie kunnen vertrouwen", betrokken bij wat dit programma ook mag behelzen.

Jullie dachten dat een echte conservatief als Mike Parsons hier wel in mee zou gaan, maar dat deed hij niet. Hij dreigde naar mij toe te stappen als jullie er niet mee zouden ophouden. Met als gevolg dat jullie hem uit de weg ruimden.'

Er viel een lange stilte die ten slotte door nationale veiligheidsadviseur Marshall werd doorbroken. 'We konden niet op hem vertrouwen, meneer de president.'

'En zijn zoon?! En al die andere inzittenden van dat toestel?!' brieste Harris opeens woedend.

'Het was een zaak van nationale veiligheid,' klonk het kil en emotieloos uit Marshalls mond.

'En zijn vrouw!'

'Wie weet wat hij haar had verteld. Haar huisarts gaf haar iets om dat probleem op te lossen.'

'Dr. Stephenson.'

'Ja, meneer de president.'

'Waarna als beloning haar hoofd werd afgehakt.'

'Helaas werd ze daarna alsmaar banger. Daardoor werd ze een risico en moest ze geëlimineerd worden.'

De ogen van de president gleden naar de anderen, die allemaal zwijgend terug staarden. Met inbegrip van zijn goede vriend en politiek adviseur sinds jaren, Jake Lowe, als ook zijn dierbare gastheer Evan Byrd.

'Godallemachtig...' Dit waren helemaal geen vrienden. Opnieuw dacht hij terug aan Jake Lowes woorden van zo-even: 'Destijds waren onze mensen nog niet in positie. Nu zijn ze dat wel.'

En destijds beschikten ze niet over de wapens die ze nodig hadden.

Nu wel.

'Wat jullie van plan zijn, is een of andere biologische oorlog. Tegen wie? De moslimlanden?'

'Meneer de president...' Vicepresident Hamilton Rogers liep voor Marshall langs. Rogers was blond en had donkere, woeste ogen. Hij was tien jaar jonger en een stuk conservatiever. Harris had zich destijds verzet tegen Rogers als running mate, had hem als een aartsconservatief bestempeld, maar was uiteindelijk gezwicht voor de druk van Lowe die hem ervan overtuigde dat Rogers de man was die voor de beslissende overwinning kon zorgen. Nu wist hij waarom. Rogers was een van hén. Wie ze als groep ook mochten zijn.

'In belang van onze nationale veiligheid vragen we u om de fysieke verwijdering van de president van Frankrijk en de bondskanselier van Duitsland te fiatteren. Geef ons alstublieft uw toestemming.'

Nu wist Harris zeker dat als hij niet akkoord ging met alles wat ze vroegen, ze ook hem zouden vermoorden, waarna de vicepresident conform de wet hem zou opvolgen en de aanslagen hoe dan ook zouden plaatsvinden. Terwijl hij de mannen aankeek, nadacht over hun functies, welke departementen ze vertegenwoordigden en de uitgebreide netwerken die ze onderhielden, besefte hij tot in het diepst van zijn wezen dat hij niet één van hen nog langer durfde te vertrouwen. Niet een. Zelfs zijn privésecretaresse, die inmiddels bijna twintig jaar voor hem werkte, was nu verdacht. Hetzelfde gold voor het groepje agenten van de geheime dienst dat hem diende te beschermen, met inbegrip van hun chef Hap Daniels. Hij had tijd nodig om een uitvlucht te bedenken, een manier om hun op andere gedachten te brengen en een armageddon te voorkomen.

'Waar en wanneer willen jullie deze "verwijdering" uitvoeren?' vroeg hij.

'Tijdens het NAVO-overleg in Warschau. Als de hele wereld toekijkt.'

'Hmm,' zei de president knikkend en hij bestudeerde nogmaals het gezicht van de mannen die hem, wachtend op zijn antwoord, aanstaarden.

'Ik heb bedenktijd nodig,' sprak hij zacht. 'Ik ben erg moe en ik wil graag terug naar mijn hotel om eerst even te slapen.'

VRIJDAG 7 APRIL

30

Het Ritz, Madrid, 1.25 uur

In het donker van zijn privésuite op de derde verdieping nam Jake Lowe zijn telefoon op.

'Ja?' zei hij, steunend op een elleboog in zijn bed en onwillekeurig om zich heen kijkend om er zeker van te zijn dat hij alleen was.

'Ik zit met een mug die moet worden doodgeslagen,' sprak een vrouwenstem van middelbare leeftijd kalm. 'Hij heet Nicholas Marten. Hij deed zich voor als een collega van congreslid Baker. Vraag me niet hoe hij ons heeft gevonden. Hij kwam met een paar uiterst "doordachte" vragen. Bovendien verkeerde hij in gezelschap van mevrouw Parsons tijdens de laatste uren voor haar dood.'

'Ja, dat weet ik.'

'Ik wil graag weten voor wie hij werkt, wat hij weet en of er iemand met hem samenwerkt, voordat we een verdelger inschakelen.'

'Waar zit hij nu?' vroeg Lowe.

'Op Malta. Hotel Castille.'

'Wanneer vertrek je?'

'Zo snel mogelijk.'

'Je hoort van me.'

Er klonk een klikje terwijl de beller ophing. Lowe aarzelde even, knipte het bedlampje aan en pakte zijn BlackBerry. De beller had via een beveiligde lijn contact gelegd en de stem was digitaal vervormd zodat die bijna onmogelijk te identificeren, laat staan te traceren zou zijn. Er was maar één persoon die over zulke apparatuur en de noodzakelijke versleutelcode beschikte: Merriman Foxx.

Valletta, Malta, het British Hotel, 6.45 uur

'Kom over vijf minuten maar terug,' riep Demi Picard nors toen er op haar deur werd geklopt. Ze knoopte de bovenste knopen van een blauwgestreept herenoverhemd dicht, trok een gevlochten leren riem door de lusjes van haar bruine pantalon en deed – een, twee – kleine gouden oorringen in.

Er werd opnieuw geklopt. Geïrriteerd slaakte ze een zucht en liep naar de deur.

'Ik zei net, kom over vijf minuten maar...' herhaalde ze terwijl ze de deur opentrok, maar bleef halverwege haar zin steken.

Het was Nicholas Marten.

'Ik dacht dat het de piccolo was,' bitste ze op dezelfde verontwaardigde toon als de vorige avond. Met een ruk draaide ze zich om en liep weer de hotelkamer in om een blauwe blazer uit de kast te pakken. Haar zo goed als gepakte koffer lag open op het bed, met haar cameraspullen in een stevige koffer ernaast.

'U vertrekt?'

'Net als iedereen, ja. Door u.'

'Door mij?'

Woest keek ze hem aan. 'Ja.'

'Wie is "iedereen"?'

'Dr. Foxx is vanmorgen vroeg vertrokken. Net als predikant Beck, kort daarna. En Cristina.'

'Waarnaartoe?'

'Weet ik niet. Ik vond een briefje onder mijn deur van Beck met de mededeling dat hij onverrichter zake had moeten vertrekken en dat onze reis naar de Balkan was afgelast.'

'En de andere twee?'

'Ik belde naar Cristina's hotelkamer om te vragen wat zij wist, maar ik kreeg te horen dat ook zij al vertrokken was.' Ze liep de badkamer in en verscheen even later weer met een kleine toilettas. 'Ik heb ook nog naar Foxx' appartement gebeld. Zijn huishoudster zei dat hij ook weg was.' Ze stopte het toilettasje in haar koffer en ritste deze voorzichtig dicht.

'En u hebt geen idee waar ze heen zijn gegaan?'

Weer die woeste blik. 'Nee.'

'De piccolo,' sprak een stem en een man in hoteluniform verscheen in de deuropening.

'Alleen deze koffer,' zei ze. Ze trok haar blazer aan, wierp haar handtas over haar schouder en pakte haar camerakoffertje op. 'Tot ziens, meneer Marten.' En met deze woorden liep ze langs hem heen de kamer uit.

'Hé!' riep hij en hij liep haar achterna.

Veertig seconden later daalden Demi, Marten en de piccolo zwijgend in de lift af naar de begane grond. Na een hele minuut, met twee tussenstops, bereikte de lift, met nog drie hotelgasten extra, de begane grond. De deuren gleden open en Demi liep voor het groepje uit naar de foyer. Meteen beende Marten achter haar aan.

'Wat bedoelde u gisteravond toen u me opdroeg uit de buurt te blijven voordat ik "alles verpruts"?'

'Is het niet een beetje laat voor een uitleg?'

'Goed. Laten we het dan eens over "de heksen" hebben.'

Ze negeerde hem en bleef doorlopen. Ze bereikten de foyer.

'Wat voor heksen? Wat bedoelde u precies?'

Ze bleef hem negeren. Na nog eens drie passen pakte hij haar bij de arm en draaide haar naar zich toe. 'Toe, het is belangrijk.'

'Wat wilt u in hemelsnaam?' siste ze.

'Om te beginnen een beetje beleefdheid van uw kant.'

'Wilt u dat ik de politie erbij haal? Want, kijk, daar staan ze.' Ze knikte naar twee zwartgeüniformeerde, zwartgelaarsde motoragenten buiten voor de deur.

Langzaam liet hij haar arm los. Met een ziedende blik nagelde ze hem aan de grond, en ze beende weg. Hij zag dat ze even naar de receptiebalie liep, met de besnorde heer erachter een paar woorden wisselde, waarna de man even veelbetekenend glimlachte, onder de balie reikte en haar een envelop overhandigde. Ze bedankte hem, keek nog even achterom naar Marten, en liep achter de portier aan naar de taxi die buiten wachtte. Even later was ze verdwenen.

31

Het Ritz, Madrid, 7.05 uur

'Hoezo is hij er niet?' Met zijn een meter negentig, stond nationale veiligheidsadviseur dr. James Marshall op vanachter zijn werktafel die bezaaid lag met papieren, en elektronische communicatieapparatuur.

'Gewoon, hij is er niet. Hij is weg, foetsie.' Jake Lowe kon het amper geloven. 'Ik liep zijn hotelkamer in om zijn reactie te horen op wat we gisteravond hebben besproken, maar er was niemand. De kussens waren onder de dekens gepropt zodat het leek alsof hij nog lag te slapen.'

'De president van de Verenigde Staten is verdwenen? Hij wordt vermist?'

'Ja.'

'Is de geheime dienst op de hoogte?'

'Inmiddels wel, ja. Maar pas toen ik alarm sloeg. Daarna gingen ze door het lint.'

'Goeie hemel.'

'Wat is hier in vredesnaam aan de hand?' Het was Hap Daniels die de kamer instormde. 'Is dit een grap? Neemt hij ons in de maling? Of jullie soms? Als dat zo is, zeg het me dan. Ik meen het!'

'Het is geen grap, Hap,' gaf Marshall hem te verstaan. 'De president is jouw pakkie-an. Waar hangt hij uit, verdomme?!'

Verbijsterd en met open mond staarde Hap Daniels hem aan. 'U maakt een grapje.'

'Niemand maakt hier grapjes.'

'Jezus christus!'

De presidentiële suite, een halve minuut later

Buiten op de gang wachtten Jake Lowe en James Marshall stil en geschrokken voor de gesloten deur van de suite terwijl Hap Daniels voor de tweede maal de suite grondig doorzocht. Vergaderkamer, slaapkamer, badkamer. Een paar seconden liep hij zwijgend de kamer door en dook de gang in. Een halve minuut later verscheen hij weer, ditmaal in gezelschap van Bill Strait, een kleerkast van dik een meter tachtig en tevens zijn plaatsvervangend hoofd.

'Afgezien van meneer Lowe is alleen roomservice binnen geweest nadat de president hier om 0.20 uur arriveerde,' zei Daniels.

'Om 0.35 uur bestelde de president een sandwich, een glas bier en wat ijs,' deelde Strait mee. 'Om 0.45 uur reed een medewerker van het hotel de trolley binnen. Deze bevatte een vaas met verse bloemen, de sandwich, het bier en het ijs – vanille – een servetje en zilveren bestek. Om 1.32 uur zei de president dat hij ging douchen en slapen, met het verzoek of de trolley kon worden weggehaald. Om 1.44 uur verscheen dezelfde hotelmedewerker in de zitkamer en nam het wagentje, zoals gevraagd, mee. Inmiddels had de president de deur naar het slaapvertrek al dichtgedaan. Nadat de medewerker was weggegaan, is er niemand meer binnengekomen of weggegaan. Totdat meneer Lowe om 7.00 uur verscheen om met de president te spreken.'

'Goed, mijne heren,' sprak nationale veiligheidsadviseur Marshall op kille toon. 'Het komt erop neer dat "*Cropduster*" vanaf heden wordt vermist.' Cropduster (sproeivliegtuigje) was de codenaam die de geheime dienst gebruikte voor president Harris.

'Onmogelijk,' protesteerde agent Strait wrevelig en geschrokken. 'Ik heb de hele nacht buiten voor zijn deur gepost. In alle gangen, liften en trappenhuizen hangen beveiligingscamera's. We hebben een stuk of tien agenten op deze verdieping, en nog eens tien bij alle in- en uitgangen. En dan heb ik het nog niet eens over de collega's van de Spaanse geheime dienst op de begane grond. Zelfs een muis zou niet ongezien hebben kunnen wegglippen.'

'Maar Cropduster is het anders wél gelukt,' beet Lowe hem toe. 'Wie erachter zit, hoe het is gedaan, wie hem nu te pakken heeft en hoe we dit in jezusnaam naar buiten moeten brengen, ik zou het echt niet weten.'

'Shit!' vloekte Hap Daniels luidkeels tegen niemand in het bijzonder na wat voor hem de langste minuten uit zijn leven waren geweest.

32

Binnen enkele minuten was het hotel hermetisch afgesloten. Een vermeend lek in de beveiliging, zo werd het hotel- en beveiligingspersoneel verteld, en ook de agenten van de Spaanse geheime dienst, die als vertegenwoordigers van het gastland het merendeel van de beschermingstaken uitvoerden. De hotelgasten mochten hun kamer niet in of uit. Alle gangen, kasten, kamers en mogelijke schuilplekken werden doorzocht. Iedere medewerker werd ondervraagd, met inbegrip van de bediende die om kwart voor een 's nachts in de suite van de president was geweest.

Ja, hij had de president gezien, zei hij, en hij was weer weggegaan nadat hij vriendelijk was bedankt.

'Wat droeg hij?'

'Een donkerblauwe broek en een wit overhemd zonder stropdas.'

'Dat weet u zeker?'

'Ja, meneer. Als je midden in de nacht de president van de Verenigde Staten ontmoet, dan vergeet je zoiets niet.'

'Zag u hem ook toen u de trolley weer kwam ophalen?'

'Nee, meneer. De slaapkamerdeur was dicht.'

'Uw trolley zit vol met spullen.'

'Ja, meneer. We hebben extra borden, servies, warmhoudpannen, en dat soort dingen.'

'Is het mogelijk dat iemand zich in dat karretje heeft verborgen toen u hem weer ophaalde?'

'Ja, en nee, meneer.'

'Leg uit.'

'Je kunt je er inderdaad in verbergen als je je heel klein maakt. Maar ik bracht alleen een sandwich, wat drank en ijs. Mij zou dat extra gewicht meteen zijn opgevallen en ik zou direct hebben gekeken.'

Het nette, witte overhemd en de donkerblauwe broek zoals de hotelbediende had gezegd, kwamen exact overeen met het witte overhemd en het donkerblauwe pak die de president de avond daarvoor had gedragen. Zijn bewering dat het extra gewicht hem meteen zou zijn opgevallen, ofwel op weg naar de presidentiële suite, dan wel bij het verlaten ervan, leek zeer aannemelijk. Er was geen reden om de hotelbediende ergens van te verdenken.

Terwijl de minuten voorbij tikten en de zoektocht werd geïntensiveerd, werd het allengs duidelijk dat de POTUS, de President of the United States, zich niet in het gebouw bevond, hetgeen een uur later definitief werd bevestigd. Maar afgezien van het selecte kringetje van topagenten van de geheime diensten en de adviseurs van de president was niemand op de hoogte.

Dit selecte groepje schaarde zich om tien voor halftien bijeen in een maximaal beveiligde suite op de derde verdieping van het Ritz: Jake Lowe, nationale veiligheidsadviseur dr. James Marshall, minister van Defensie Terrence Langdon, chef-staf Tom Curran, persattaché van het Witte Huis Dick Greene en het hoofd presidentiële beveiliging Hap Daniels.

De anderen – vicepresident Hamilton Rogers, minister van Buitenlandse Zaken David Chaplin, en luchtmachtgeneraal Chester Keaton, tevens hoofd van de gezamenlijke chefs van staven – waren inmiddels per privéjet op weg naar Washington en communiceerden via een beveiligde lijn met de anderen.

'We moeten uitgaan van kwade opzet,' zei Daniels.

'Uiteraard,' reageerde Marshall, en hij keek de anderen aan. 'Afgezien van het feit dat het hier om een monumentale ramp gaat, moeten we het protocol in de gaten houden. Onze ambassadeur in Madrid moet direct op de hoogte worden gebracht. Net als de CIA, de FBI en nog een stuk of tien andere diensten. En nu maar hopen dat we geen videoband ontvangen met daarop de president die om genade smeekt terwijl er een of andere idioot met een bivakmuts naast hem staat en dreigt zijn hoofd af te hakken.

Maar goed, we kunnen hiermee niet naar buiten treden zolang we verder niets weten en er geen volgende stap is. De wereld mag niet vermoeden dat de president van Amerika wordt vermist. Als dat gebeurt, kunnen we alleen maar raden hoe de beurzen zullen reageren en wie weet wat voor geruchten en machtsspelletjes er de kop opsteken en wie daar in het buitenland van probeert te profiteren.' Marshall boog zich naar de speakerphone. 'Vicepresident Rogers, bent u daar?' vroeg hij.

'Ja, Jim.' De stem van de vicepresident kwam luid en duidelijk door.

'U begrijpt in wat voor positie deze situatie u brengt? Totdat de president is gevonden en weer veilig onder onze bescherming verkeert, dient u er rekening mee te houden dat u elk moment als zijn opvolger kunt worden beëdigd.'

'Dat weet ik, Jim, en ik zal deze plicht in alle ernst aanvaarden.'

Jake Lowe liep naar de speakerphone. 'We zitten hier met ontelbaar veel vragen,' zei hij. 'Wat is hier aan de hand? Wie is hiervoor verantwoordelijk? Hoe zijn ze binnengekomen en weer weggeglipt zonder de aandacht te trekken van de talrijke beveiligingsniveaus? Welke landen moeten we waarschuwen, en wat vertellen we ze? Gaan we over tot wegversperringen, sluiten we luchthavens? En hoe gaan we te werk zonder de aandacht van de media te trekken? Zoals Jim al zei: we kunnen het ons niet veroorloven dat de wereld vermoedt dat de president van de Verenigde Staten spoorloos is. We moeten een verhaal bedenken, en snel. Wat mij betreft doen we het als volgt.' Hij wierp een blik naar Hap Daniels. 'Zeg het me als er iets niet klopt of niet zal werken.' Vervolgens keek hij naar de perschef van het Witte Huis, Dick Greene. 'Vertel jij maar of je het kunt klaarspelen bij de media, of niet.' Hij keek weer naar de speakerphone. 'Bent u daar nog, meneer de vicepresident?'

'Ik ben er nog, Jake.'

'Kunnen de anderen daar mij ook horen?'

'Jazeker, Jake,' antwoordde minister van Buitenlandse Zaken David Chaplin.

'Goed, daar gaat-ie dan,' zei Lowe met een blik naar de anderen om zich heen. 'Het hotel staat inmiddels al op zijn kop. Iedereen weet dat we een lek in de beveiliging hebben. Maar wat niemand nog weet, is dat we daar om drie uur vanochtend voor het eerst mee te maken kregen, namelijk in de vorm van een ernstig terroristisch dreigement. Op dat tijdstip hebben we de president wakker gemaakt, hem met een dienstlift naar het souterrain gebracht, en hem in een onopvallende auto naar een geheime locatie gebracht. Daar bevindt hij zich nu nog steeds. Veilig en in goede gezondheid. Ondertussen gaat ons onderzoek door.' Hij keek Dick Greene aan. 'Kun je daarmee uit de voeten?'

'Ik denk van wel. Voorlopig, althans.'

Vervolgens keek hij Hap Daniels aan. 'En jij?'

'Ja. Maar dat beantwoordt nog niet de meest urgente vraag, namelijk waar hij nu is en wie hem te pakken heeft.'

De ogen van nationale veiligheidsadviseur Marshall boorden zich in die van Daniels. 'Hij is tijdens jouw wacht verdwenen. Zoiets is in de hele geschiedenis van ons land nog nooit voorgekomen. Jij gaat hem zoeken en weer veilig thuisbrengen. En zonder dat het opvalt, is dat duidelijk? Als dat niet lukt en men krijgt er lucht van, dan zal de Amerikaanse geheime dienst wereldwijd voor paal staan.'

'We zullen hem vinden, meneer. Dat beloof ik u. Veilig en zonder dat het opvalt.'

Marshall keek even opzij naar Lowe, en vervolgens weer naar Daniels. 'Dat is je verdomme geraden.'

33

Luchthaven Leonardo da Vinci, Rome, 9.40 uur

Het toestel van Air Malta, met aan boord Nicholas Marten, was een halfuur geleden in Rome geland. Inmiddels wachtte hij op zijn een uur en drie kwartier durende Alitalia-vlucht naar Barcelona, de bestemming van Demi Picard toen ze Malta verliet.

Hij had het op dezelfde manier ontdekt als waarop hij eerder had achterhaald waar ze in de Maltese hoofdstad had gelogeerd, namelijk via omkoperij: eerst had hij de hoofdkelner van Café Tripoli wat geld toegestopt, waarna de man hem op fluistertoon de bestemming van de taxi met daarin Demi, Beck en de jonge vrouw, Cristina, had onthuld: 'Het British Hotel, meneer Marten.'

En nu had hij hetzelfde gedaan met de besnorde portier van het British Hotel, vlak nadat Demi was vertrokken, met het verhaal dat mevrouw Picard zijn verloofde was, dat ze ruzie hadden gekregen en dat ze boos was weggelopen.

'Haar moeder zou ons morgen hier in Valletta komen ophalen. Ik weet echt niet wat ik haar nu moet vertellen. Demi is haar enig kind,' had hij – zogenaamd ten einde raad – gelogen. Het was een spelletje dat hij sinds hij als rechercheur werkte in Los Angeles niet meer had gespeeld, waarbij hij bijna elke rol had aangenomen om de informatie te krijgen die hij zocht. 'Hebt u enig idee waar ze heen ging?'

'Ik ben bang dat ik u dat niet mag vertellen, meneer.'

Marten dikte het nog wat aan. 'Ze was behoorlijk boos, hè?'

'Ja, meneer. Vooral toen ze me om zes uur vanochtend belde en vroeg, of nee, éíste, dat ik direct een hotel voor haar reserveerde.'

'En, hebt u dat gedaan?'

'Ja, meneer.'

Op dat moment had hij de portier, met de woorden 'voor haar moeder', een riante fooi toegeschoven.

De man had even geaarzeld, had zich daarna iets naar hem toe gebogen en snel de woorden 'Hotel Regente Majestic, Barcelona' op een velletje hotelpapier gekrabbeld. Hij had het papiertje opgevouwen en aan Marten gegeven. 'Voor haar moeder,' waren zijn oprechte woorden geweest. 'Ik begrijp het volkomen.'

De grote vraag was waarom Demi onderweg was naar Barcelona, en zo snel nadat de anderen op Malta haar ogenschijnlijk aan haar lot hadden overgelaten en zelf het eiland hadden verlaten. Wat er tussen haar en Beck ook kon zijn voorgevallen, ze had in elk geval met hem te maken, net als Merriman Foxx, zo leek het. Opnieuw kwam het hem merkwaardig voor dat een Afro-Amerikaanse geestelijke een oude vriend kon zijn van een Zuid-Afrikaanse officier uit de tijd van de apartheid, die een eenheid had geleid die werkte aan geheime, biologische wapens om daarmee de zwarte Afrikaanse bevolking uit te roeien.

Maar er was nog iets. Iets waar hij nauwelijks aan had gedacht, totdat hij in Café Tripoli predikant Beck aan Foxx' tafeltje had zien zitten, namelijk dat het de predikant was geweest die de hulp van dr. Stephenson had ingeroepen toen Caroline na afloop van de begrafenis van haar man en zoon was ingestort, en dat het Stephenson was geweest die haar het middel had toegediend dat Carolines dood zo navrant had bespoedigd. Van Beck naar Stephenson naar Foxx, de dokter annex de man met het witte haar, 'met die lange, enge vingers van hem en die afzichtelijke duim met dat kleine ballenkruis'. Deze dingen tezamen maakten Beck bijna net zo interessant als dr. Foxx, en hij hoopte maar dat als hij mevrouw Picard naar Barcelona zou volgen, hij daar ook Beck of Foxx, of beiden zou tegenkomen.

Er werd omgeroepen dat de passagiers voor de Alitalia-vlucht konden instappen. Met zijn tas, met daarin zijn laptop, over zijn schouder liep hij naar de gate. Even later viel zijn oog op een tengere jongeman die een metertje of wat achter hem in dezelfde rij stond te wachten. Hij leek begin twintig en was gekleed in een spijkerbroek en een slobberig jasje met daaronder een of ander schreeuwerig T-shirt. Een student wellicht, of een jonge kunstenaar of muzikant? Het vervelende was alleen dat hij de jongen al eens eerder had gezien, in de foyer van Hotel Castille in Valletta, bij het uitchecken, en daarna tijdens zijn vlucht van Valletta naar Rome. En nu hier weer, in dezelfde rij voor dezelfde vlucht naar Barcelona. Meer dan toeval zou het waarschijnlijk niet zijn, behalve dat hij daar zelf anders over dacht, en het maakte hem argwanend. Het was bijna alsof de jongen de naam Merriman Foxx levensgroot op zijn voorhoofd had staan.

34

Madrid, 11.00 uur

Het was inmiddels vier uur geleden dat Jake Lowe had ontdekt dat de president werd vermist. In de Verenigde Staten kwamen alle grote veiligheidsdiensten, zoals de geheime dienst, de CIA, de FBI, de NSA en alle militaire inlichtingendiensten, stilletjes maar koortsachtig in actie. Vicepresident Hamilton Rogers had de Spaanse premier en de Amerikaanse ambassadeur in Spanje persoonlijk op de hoogte gebracht. Aanvankelijk meende men dat de vicepresident tevens wereldwijd alle Amerikaanse ambassadeurs moest waarschuwen alsmede de presidenten van Rusland, China, Japan, Frankrijk en Italië, de Duitse bondskanselier en de premier van Groot-Brittannië, maar daar stak Jake Lowe een stokje voor.

Het betrof hier absoluut een *need-to-know*-situatie, waarbij autoriteiten alleen toegang kregen tot informatie die ze werkelijk nodig hadden, aldus Lowe. De verdwijning was nog vers, en dus was er een gerede kans dat de president zich nog in de nabije omgeving bevond, hij snel gevonden kon worden en in veiligheid kon worden gebracht. Hoe meer mensen op de hoogte waren, hoe groter het gevaar dat het uitlekte. Als dat gebeurde, zou de hele wereld meteen weten dat de president onvindbaar was. Met als gevolg, zo borduurde hij voort op dr. Marshalls aanvankelijke bezorgdheid, een plotselinge verstoring van het wereldwijde machtsevenwicht, gevolgd door een escalerende angst dat de nationale veiligheid in het geding was, zowel in Amerika als elders. Wat zich daarna snel zou vertalen in een toename van de militaire spanningen, paniek op de internationale beurzen, en god mocht weten wat nog meer. Alles was mogelijk. Zo groot was de macht die hoorde bij het ambt van de president van de Verenigde Staten, wat het noodzakelijk maakte om de need-to-know-autorisatie te beperken tot zo min mogelijk mensen.

In Madrid voerde de CNI, het Centro Nacional de Inteligencia ofwel de Spaanse inlichtingendienst, op last van de premier een uiterst geheime klopjacht uit die zich toespitste op alle uitvalswegen rondom Madrid, met inbegrip van luchthavens, trein- en busstations, belangrijke spoorlijnen en snelwegen, en tevens het intensief afluisteren van bekende radicale politieke en terroristische organisaties die in Spanje opereerden, met inbegrip van de Baskische afscheidingsbeweging ETA.

In het Ritz verschansten Hap Daniels en de video-experts van de geheime dienst zich in hun mobiele commandopost in het souterrain van het hotel om de digitale videobeelden te bekijken die door de talloze beveiligingscamera's in en rondom het hotel waren gemaakt: van de presidentiële suite op de derde verdieping, de gangen, liften en belendende trappenhuizen, het souterrain, de hoofdingang en de zalen, plus de beelden van de camera's op het dak die rondom zicht boden op het hotelterrein beneden.

Technisch experts van de geheime dienst onderzochten de presidentiële suite op de derde verdieping alsof het een plaats delict betrof.

Op diezelfde verdieping, in dezelfde veilige kamer als waar ze elkaar eerder hadden getroffen, richtte de nationale veiligheidsadviseur dr. James Marshall het woord tot een somber viertal: Jake Lowe, minister van Defensie Terrence Langdon, chef-staf van het Witte Huis Tom Curran en Evan Byrd, de in Madrid woonachtige vriend van de president. Wat Marshall te zeggen had, was iets waar ook de anderen vroeg of laat al rekening mee hadden gehouden.

'Stel dat er geen sprake is van kwade opzet. Stel dat hij helemaal niet is ontvoerd, maar op de een of andere manier de beveiliging te slim af is geweest en er in zijn eentje vandoor is gegaan. Dat dit zijn antwoord is op onze eis dat hij de president van Frankrijk en de bondskanselier van Duitsland laat elimineren.'

'Hoe kan hij in hemelsnaam de waterdichte beveiliging van de geheime dienst hebben omzeild?' vroeg Tom Curran. Hij schoof de mogelijkheid al direct terzijde, in elk geval hardop, alsof iemand iets dergelijks nooit in zijn eentje kon hebben klaargespeeld. 'En zelfs al was het hem gelukt, hoe kon hij dan de Spaanse beveiliging, buiten rond het hotel, te slim af zijn geweest?'

'Tom, ga er verdomme even van uit dat hij het heeft geflikt,' sprak Marshall geïrriteerd. 'Neem aan dat het zijn eigen idee was en dat hij heeft weten te ontsnappen. Hoe is niet van belang, behalve dat het laat zien dat hij verdomd slim is. Dit is een potentiële ramp. Hij weet wat we van hem hebben gevraagd. Hij weet wie erbij waren. De vraag is nu: wat gaat hij met deze informatie doen? Zolang we nog niet met hem hebben afgerekend, hangen we met onze ballen boven het vuur. Wij allemaal.'

'Jim, ik denk...' Jake Lowe liep naar het raam en draaide zich om naar de anderen, 'ik denk dat hij helemaal niets kan uitrichten.'

'Wat bedoel je daar nou weer mee?' blafte Marshall. 'Hij is de president van de Verenigde Staten! Hij kan zo'n beetje alles doen wat-ie wil!'

'Behalve uit de school klappen.' Lowes blik ging van Marshall naar de anderen. 'Wat kan hij doen? Binnenvallen in een tv-studio en zeggen: "Hier met die camera's, ik heb een belangrijke mededeling. Al mijn topadviseurs, de vicepresident, de minister van Defensie, de nationale veiligheidsadviseur en het hoofd van de gezamenlijke chefs van staven hebben geëist dat ik de Franse en Duitse leider laat elimineren"?

Wat ze dan zullen doen, is hem naar een zijkamertje afvoeren en een arts bellen, en daarna de Spaanse politie en de Amerikaanse ambassade. Ze zullen denken dat hij compleet is doorgedraaid. Hap Daniels zou hem in een mum van tijd weer hier hebben. En hoe meer amok hij zou maken, hoe dwazer hij zou lijken.

Sterker nog, als hij dit in zijn eentje heeft gedaan, dan wijst dat erop dat hij niemand meer durft te vertrouwen. Hij zetelt in het Witte Huis dankzij ons, dankzij iedereen die hij kent, die wij kennen, plus nog een heleboel anderen. Dat zal hij donders goed beseffen. Bovendien zou hij het nooit op een lopen hebben gezet als het niet een laatste redmiddel zou zijn, als hij niet bang was geweest dat we hem zouden vermoorden als hij niet akkoord zou gaan, waarna vicepresident Rogers hem zou opvolgen. Een kersverse president die als eerste daad de eliminatie van deze twee Europese leiders in gang zou zetten. En wat dat betreft heeft hij gelijk: dan zouden we hem inderdaad vermoorden. En dat zullen we nu ook doen, zodra ze hem oppakken en terugbrengen.

Hij mag dan een conservatief zijn, heren, maar voor ons is hij te eigenzinnig. Dat we dat niet van meet af aan hebben ingezien, is stom van ons geweest. Maar zo is het nu eenmaal en nu loopt hij vrij rond. Een wandelende tijdbom. Stel dat hij een manier weet te vinden om ons te ontmaskeren? Aan de andere kant is er maar weinig wat hij kan doen. Elektronisch communiceren is uit den boze, want hij weet dat al het telefoonverkeer – mobiel, BlackBerry, voicemail, sms, en ook de vaste lijnen – door al onze eigen en de Spaanse inlichtingendiensten worden afgeluisterd. Zodra hij ergens belt, zal zijn locatie al na twee woorden bekend zijn. En als dat gesprek tegen zijn wil plaatsvindt, zal het direct worden afgekapt, waarna de Spaanse inlichtingendienst, of de onze, hem binnen een paar minuten, zo niet seconden zal hebben opgepakt.

Hij zit dus zonder communicatiemiddelen. Dat betekent dat hij ergens op straat rondzwerft en naar een veilige plek zoekt totdat hij weet wat zijn volgende stap zal zijn. Afgezien van een paar rock- of filmsterren is hij zo'n beetje de bekendste persoon ter wereld. Hoe kan hij nou denken dat niemand hem zal herkennen en het zal rondbazuinen? Als dat gebeurt, dan staan de politie en de inlichtingendiensten in mum van tijd voor zijn neus. Ze zullen hem van straat plukken en ons waarschuwen. Daarna zullen Hap, Jim en ik hem ophalen. Wat hij ook zegt, binnen een uur zal hij hier weer terug zijn. De mensen zullen denken dat de dood van zijn vrouw, de druk van de campagne, het ambt en de Europese rondreis hem allemaal wat te veel zijn geworden: de wereld zal het voor zoete koek slikken. De medische staf zal hem onderzoeken en rust voorschrijven, een beetje bijkomen op het platteland om wat aan te sterken voor de NAVO-top, aanstaande maandag in Warschau. Daar zal hij naartoe worden gebracht, en daar zal er met hem worden afgerekend. Een hartaanval, zoiets. Een tragisch einde van een eervol en uiterst veelbelovend presidentschap.'

'Alles goed en wel,' reageerde Evan Byrd, 'maar stel dat het tóch anders zit. Dat hij inderdaad het slachtoffer is geworden van een verschrikkelijke ontvoering.'

'Tja, dan moeten we er maar het beste van hopen, nietwaar?' sprak Lowe kalm. 'Maar reken daar maar niet op, Evan. Als je hem aan boord van de Air Force One had gezien toen hij tegen ons tekeerging, dan zou je weten wat ik bedoelde. Nee, dit is zijn eigen idee en hij zal proberen ons te ontmaskeren. Ik weet niet hoe, maar hij zal het proberen. We moeten de handen uit de mouwen steken en ervoor zorgen dat wij hem te pakken krijgen.'

35

Westin Palace Hotel, 7 april, 11.40 uur

'Goeiemorgen, Victor.'

'Ik vroeg me al af wanneer je zou bellen, Richard.'

Met zijn mobieltje tegen zijn oor ijsbeerde Victor in zijn onderbroek door de kamer. De gordijnen zaten dicht tegen het felle licht van de middagzon. Op een dienblad bij de deur lagen de restjes van zijn ontbijt: koffie, muesli, ham, eieren en geroosterd brood. De tv stond afgestemd op een tekenfilmkanaal, zonder geluid.

'Je gaat je toch geen zorgen maken, hè? Ik bel je altijd als ik dat beloof. Soms misschien wat later dan je zou willen, maar ik bel altijd. Ja toch, Victor?'

'Ja, Richard, dat doe je inderdaad.'

'Ben je gisteravond nog naar het Ritz geweest, zoals ik je had gevraagd?'

'Ja, natuurlijk. Ik bestelde een drankje in de lounge, zoals je had gezegd, en daarna nam ik samen met een aantal hotelgasten de lift naar de eerste verdieping. In mijn eentje zocht ik de tweede verdieping op. Je vroeg me om te kijken of ik de derde kon bereiken, de verdieping waar de president verblijft, maar de lift ging niet verder dan de tweede en de trap naar de derde werd bewaakt. Door beveiligingsmensen, denk ik. Toen ze me vroegen wat ik kwam doen, antwoordde ik dat ik op iemand wachtte met wie ik had afgesproken om wat te gaan drinken. Ze zeiden dat ik niet naar boven mocht, dus heb ik ze beleefd bedankt en ben ik weer naar beneden gegaan. Daar heb ik mijn drankje opgedronken, zoals je had opgedragen, en ben ik teruggelopen naar mijn eigen hotel. En daar zit ik nu.'

'De mensen van de beveiliging hebben je gezien?'

'O, zeker. Maar er werd niet moeilijk gedaan.'

'Goed, Victor. Heel goed.' Richard zweeg even. 'Ik heb een nieuwe opdracht voor je.'

'En die luidt, Richard?'

'Ik wil dat je naar Frankrijk gaat. Naar een renbaan, even buiten Parijs.'

'Prima.'

'Ga nu pakken, en check daarna uit. Bij de receptie ligt een envelop voor je. Daar zit een vliegticket in naar Parijs met instructies.'

'Een eersteklasticket?'

'Uiteraard.'

'En je wilt dat ik nu vertrek?'

'Ja, meteen nadat we hebben opgehangen.'

'Goed, Richard.'

'Dank je, Victor.'

'Nee, jíj bedankt.'

11.45 uur

Een lange, slanke, kalende man met bril, gekleed in een zwarte sweater, een spijkerbroek en hardloopschoenen had plaatsgenomen aan een achteraftafeltje in een klein café in het oude centrum van Madrid, op ongeveer anderhalve kilometer afstand van het Ritz. Zo nu en dan nam hij een slokje van zijn zwarte koffie, ondertussen de gasten gadeslaand die binnendruppelden voor de lunch. Dat hij vloeiend Spaans sprak, kwam goed uit, want het maakte dat hij zich hier meer op zijn gemak voelde en minder uit de toon viel dan in werkelijkheid het geval was. Tot dusver, en ook gedurende de hele ochtend toen hij al lopend door de straten had geprobeerd zich te oriënteren, had niemand hem ook maar een moment wat aandachtiger bekeken. Hopelijk zou dat zo blijven en zou niemand zich realiseren dat de eenzame man onder hen niemand minder was dan John Henry Harris, de president van de Verenigde Staten.

Tijdens zijn jeugd had hij de dubbele vermaning van zijn vader vaak genoeg moeten aanhoren: 'Wees alert en wees nooit bang om te handelen als het nodig is', meteen daarna gevolgd door: 'En als je denkt dat alles op rolletjes loopt, denk dan vooral niet dat dit niet kan omslaan, want dat kan wél, en daar kun je op rekenen.'

Mocht deze constante en vaak irritante preek hem hebben geholpen om in actie te komen tegen de wrede en plotselinge wending hier in Madrid, dan gold dat in bijna dezelfde mate voor twee andere aspecten uit zijn jeugd. Om te beginnen had hij vroeger gewerkt op boerderijen en ranches in zijn geboortestad Salinas, Californië, waar hij Spaans had leren spreken – in elk geval goed genoeg om het bijna zijn tweede moedertaal te kunnen noemen – en waar hij zijn hand bijna nergens voor had omgedraaid, zelfs niet voor het vliegen van cropdusters, de sproeivliegtuigjes. Wat tevens zijn codenaam bij de geheime dienst verklaarde. Ten tweede was hij naast boerenknecht ook timmerman en vervolgens aannemer die zich specialiseerde in het renoveren van oude bedrijfspanden in Salinas en het iets noordelijker gelegen San Jose. Wat hem vertrouwd had gemaakt met de grondbeginselen van de huizenbouw: de structurele en mechanische vereisten, de elektra, het sanitair, de verwarming en airconditioning en het benutten van de beschikbare ruimte al naargelang de functie en het ontwerp van het gebouw. Oudere panden vereisten speciale aandacht, vooral als het ging om het inbouwen van centrale verwarming en airconditioningsystemen in ruimten die daar oorspronkelijk niet voor waren ontworpen. Het Ritz in Madrid was in 1910 geopend. Sindsdien was het talloze malen gerenoveerd. Wanneer het huidige verwarmings- en aircosysteem was gemonteerd, wist hij niet, maar wel dat het Ritz een flink hotel was, wat betekende dat de schachten voor de centrale verwarming en de airco behoorlijk ruim moesten zijn, de hoofdschachten misschien wel een meter twintig tot een meter tachtig breed, met zijschachten van zo'n zestig bij negentig centimeter. Deze zouden verborgen zitten achter de verlaagde plafonds van de gangen en in gedeelten van de hotelkamers. De hoofdschachten zouden voorzien moeten zijn van ingebouwde ladders zodat het hele systeem van de kelder tot aan de bovenste verdieping toegankelijk was.

Hij wist dat zijn agenten van de geheime dienst deze schachten van tevoren zouden hebben gecontroleerd. Dit betekende dat de twee hoofdtoegangen, namelijk die vanuit het souterrain en het dak, zouden zijn afgesloten. Maar waar men geen rekening mee zou hebben gehouden, was het feit dat deze inspectieluiken aan de binnenkant waren voorzien van een ontgrendeling zodat niemand per ongeluk ingesloten kon raken. Met andere woorden, de inspectieluiken zouden van binnenuit kunnen worden geopend en zouden zich weer automatisch sluiten zodra de persoon naar buiten was geklommen. Aangezien de ruimte in elk gebouw dat voor commerciële doeleinden gebruikt werd zo veel mogelijk werd benut – en het Ritz zou daar als oud, gerenoveerd gebouw geen uitzondering op vormen – zouden de schachten hoogstwaarschijnlijk uitkomen op oude delen van het souterrain, een opslagruimte of een ketelhuis, misschien zelfs de wasserette.

Met deze kennis en aannames in het achterhoofd had John Harris zijn ontsnapping gepland. Hij had er bijna twee uur voor nodig gehad en het was een heel stuk lastiger gebleken dan hij had verwacht. De zijschachten bleken een stuk smaller, en een paar keer belandde hij op een dood punt en had hij in het donker achteruit moeten kruipen. Na meerdere luciferdoosjes te hebben opgebruikt om zichzelf bij te lichten en vrezend dat hij hier voor altijd in de val zou zitten, had hij uiteindelijk toch nog een hoofdschacht weten te bereiken en zijn weg omlaag gevonden.

Ondanks diverse kapotte knokkels, een flinke schaafwond op zijn scheenbeen en gemangeld van al het geploeter, bleek dat zijn inschatting correct was geweest. Zijn plan had gewerkt: de hoofdschacht kwam via een inspectieluik uit op een grote voorraadkamer in de kelder van het gebouw. Het luik was automatisch weer in het slot gevallen toen hij uit de schacht was geklommen. Daarna was hij via een korte, schemerige gang naar een gedeelte bij de goederenafgifte gelopen waar hij zich in een grote koelcel had verborgen totdat er even na drieën in de ochtend een vrachtwagen was gearriveerd. Op zijn hoede had hij toegekeken terwijl twee mannen de goederen uitlaadden. Op het moment dat de twee naar de cabine liepen om de vrachtbrief te tekenen, dook hij snel achterin en verschool zich achter een stapel kratten met sla, waarna de chauffeur weer instapte en langs de agenten van de Amerikaanse geheime dienst en de Spaanse beveiliging, buiten rondom het hotel, wegreed. De volgende halte was bij een hotel een aantal straten verderop. Hier wachtte hij totdat de chauffeur naar binnen was, sprong uit de laadruimte en was daarna simpelweg in het donker weggelopen.

Inmiddels liep het tegen de middag. Hij was nog altijd niet herkend en nipte van zijn koffie in het kleine café in het oude centrum. Zijn portefeuille zat in zijn achterzak – met daarin zijn Californische rijbewijs, persoonlijke creditcards en bijna duizend euro – maar de toupet waarvan niemand, behalve zijn kapper, wist dat hij die droeg, ontbrak. Hij wist dat er inmiddels paniek zou zijn uitgebroken omdat hij weg was en hij probeerde te bedenken hoe hij zich het beste kon verplaatsen zonder dat iemand hem herkende en alarm zou slaan.

36

Het Ritz, Madrid, 11.50 uur

De hele verdieping was in rep en roer, precies zoals Hap Daniels al had verwacht. Dick Greene, persattaché van het Witte Huis, stond op het punt om een speciale verklaring af te leggen voor de wereldpers die het hotel had overspoeld en die, naast het persgroepje van het Witte Huis dat met de president meereisde, voor nog meer mediagedrang zorgde. Het gerucht ging dat de president zich niet langer in de Spaanse hoofdstad bevond maar dat hij midden in de nacht, nadat de Spaanse inlichtingendienst een serieus te nemen, terroristisch dreigement had onderschept, naar een geheime locatie was overgebracht. Als hoofd van de presidentiële beveiliging had Daniels al overleg gevoerd met George Kellner, de in Madrid gestationeerde CIA-chef, en met Emilio Vasquez, hoofd van de Spaanse inlichtingendienst, om een team te formeren dat de Amerikaanse en Spaanse diensten diende te coördineren bij een grootscheepse zoektocht naar de president. Dit moest een uiterst geheime, landelijke operatie worden. Meteen daarna had hij via een beveiligde lijn het hoofd van de dependance van de geheime dienst, gevestigd in de Amerikaanse ambassade in Parijs, opgedragen om stand-by te staan voor het geval men in Madrid meer mankracht nodig had. Boven op alle drukte was assistent-directeur Ted Langway vanuit het Amerikaanse hoofdkwartier van de geheime dienst in Washington inmiddels onderweg naar Madrid om met Daniels de handen ineen te slaan en een open communicatielijn met de chef in Washington te bewerkstelligen, die op zijn beurt de minister van de Amerikaanse nationale veiligheidsdienst zou adviseren onder wiens departement de geheime dienst nu opereerde.

En dan was er nog het spoor dat Hap de weg had gewezen naar het inspectieluik van het aircosysteem in het verlaagde plafond van de badkamer in de presidentiële suite.

Op de nauwkeurig bestudeerde videobeelden van de dakcamera's was te zien hoe om 3.02 uur een bevoorradingswagen bij het hotel was gearriveerd. Nadat de agenten van de geheime dienst deze hadden doorzocht, was de wagen het hotelterrein op gereden. Beveiligingscamera's in de ondergrondse parkeergarage toonden hetzelfde voertuig dat via een afrit om 3.08 uur voor een los- en laadplek stopte.

Een medewerker van het hotel en de chauffeur laadden enkele dozen uit waarna ze beiden naar de voorzijde van de wagen liepen, waar de hotelmedewerker de vrachtbrief tekende. Op dat moment was er bij de achterkant een schimmige beweging te zien die zich van boven aan het scherm, het gedeelte waar zich een koelcel bevond, naar de achterzijde van het voertuig verplaatste en uit beeld verdween. Even later deed de hotelmedewerker een stap naar achteren, stapte de chauffeur weer in en reed weg. Beveiligingscamera's buiten het gebouw registreerden de wagen terwijl deze het terrein af reed, een zijstraat in draaide en uit het zicht verdween.

'Iemand is in de wagen geklommen toen de man van het hotel naar de chauffeur liep. Wie het ook was, hij zat daar nog in toen de wagen wegreed,' had Hap Daniels gemopperd in reactie op wat hij zag. De chauffeur was door de Spaanse inlichtingendienst opgepakt en had hen een lijst van zijn eerstvolgende bezorgadressen gegeven.

Ondertussen hadden de agenten van de Amerikaanse geheime dienst en de hoteldirectie de route van deze fantoom vanaf de afgifteplaats teruggeleid naar de koelcel, naar de schemerige gang daarachter, en hadden ze alle daarop aangesloten kamers en gangen doorzocht. Al binnen een paar minuten waren ze in een grote voorraadkamer beland die een hoofdschacht voor de verwarming en het aircosysteem bevatte, waar vanuit verschillende zijschachten zich naar alle kamers op alle verdiepingen vertakten. Dat het toegangsluik op slot zat en door het presidentiële beveiligingsteam al eerder was geïnspecteerd, en nogmaals vlak voor de aankomst van de president, leek de mogelijkheid uit te sluiten dat iemand zich via deze weg toegang had verschaft tot het hotel om zo de president te ontvoeren, vooral omdat de camerabeelden een lange schim vertoonden die zich in de vrachtwagen had verborgen.

Pas daarna was het opeens tot iedereen doorgedrongen: alle maatregelen waren erop gericht dat niemand ongezien bínnen kon komen, maar niet dat iemand ongezien naar búiten kon gaan. Met name iemand die bekend was met de verscheidene beveiligingskordons zoals die door de geheime dienst werden toegepast. Iemand als de president. Bovendien leek het erop dat hij met voorbedachten rade te werk was gegaan. Een inspectie van de kleding die door zijn assistent was ingepakt voordat ze uit Washington vertrokken, bracht aan het licht welke kledingstukken werden vermist: één stel ondergoed, sportsokken, hardloopschoenen, een zwarte sweater en een spijkerbroek. Kortom, de kleding waarin de president zich graag ontspande wanneer zijn officiële verplichtingen voor een dag waren afgewerkt. Ook zijn portefeuille ontbrak. Hoeveel geld daar precies in zat, was onduidelijk, maar zijn privésecretaresse bevestigde dat ze hem voordat hij uit het Witte Huis vertrok duizend euro had gegeven voor de oversteek naar Europa. Zijn gewoonte om met een flink pak geld op zak te lopen dateerde uit de tijd dat hij nog knecht op ranches en boerderijen was geweest en bijna alles contant betaalde.

Het onderhoudspersoneel van het hotel had laten zien hoe de inspectieluiken van het hoofdsysteem van de binnenkant konden worden geopend en dat ze automatisch weer in het slot vielen, waarmee duidelijk werd dat de president gebruik had gemaakt van de ventilatieschachten om zo de geheime dienst te omzeilen. Bovendien waren de hoofdschachten van het souterrain tot aan het dak voorzien van voetsteunen, en de zijschachten naar de hotelkamers en de openbare ruimten waren voor een man breed genoeg om zich doorheen te persen.

Hap Daniels' aanvankelijke scepsis dat de president in zijn eentje had gehandeld en de schachten als ontsnappingsroute had gebruikt, verdween met de doorslaggevende vondst van meerdere recent afgebrande lucifers op de bodem van de schacht die uitkwam op de voorraadkamer. Evan Byrd rookte pijp en had een kleine collectie decoratieve houten luciferdoosjes die door zijn hele huis naast de asbakken te vinden waren. Daniels had de president er enkele bij zich zien stoppen toen ze de vorige avond Byrds woning verlieten. Zelf rookte de president niet, en voor zover Daniels wist had hij dat ook nooit gedaan. Waar hij die lucifers dus voor nodig had gehad, was iedereen een raadsel geweest. Maar nu begreep hij het. Ze zouden hem bijlichten terwijl hij zich een weg door de schachten zocht zonder dat hij de binnenverlichting hoefde te gebruiken en hij het risico zou lopen dat er een alarm af zou gaan.

'Hap?' Jake Lowe riep hem vanuit de aangrenzende kamer.

'Ik ben hier.'

Even later verschenen Lowe en nationale veiligheidsadviseur Marshall in de badkamer van de presidentiële suite. Agenten van de geheime dienst onderzochten een geopend inspectieluik in het verlaagde plafond.

'Hierdoor is hij ontsnapt,' zei Hap terwijl hij omhoogkeek in de schacht waarbinnen een derde agent te horen was die daar wat rondkroop.

'Iets gevonden?' riep Daniels naar boven.

'Ja.' Het hoofd van de agent verscheen plotseling in het vierkante gat. 'Om te beginnen hadden die jongens van onderhoud gelijk. Je klimt naar binnen en je trekt het luik achter je dicht. Een simpele draai aan de vergrendeling zorgt ervoor dat hij weer op slot zit. Niemand zal vermoeden dat iemand eraan heeft gezeten.'

'Hoe heeft hij dat luik van de buitenkant kunnen openen? Daar heb je een speciale sleutel voor nodig.'

'Waar een wil is, is een weg. Vangen.' De agent liet een verdraaid stukje staal in Daniels hand vallen. 'Het is een lepeltje. Verbogen totdat het op een sleutel leek. Primitief, maar het werkt wel. Ik heb het zelf geprobeerd.'

Lowe staarde ernaar en vervolgens keek hij Jim Marshall aan. 'Roomservice. Een sandwich. Een biertje. IJs. Om ijs te eten heb je een lepeltje nodig. Hij wist al wat hij zou gaan doen.' Resoluut draaide hij zich om naar Daniels. 'We moeten praten.'

37

12.00 uur

Een minuutje later betraden Lowe, Marshall en Hap Daniels de beveiligde kamer die ze eerder hadden gebruikt. Lowe sloot de deur achter hen.

'Volgens mij kunnen we er nu wel van uitgaan dat de president alleen heeft gehandeld,' zei Lowe en hij keek Daniels aan. 'Mee eens?'

'Ja, meneer. Mee eens. De vraag is alleen: waarom?'

Lowe en Marshall wisselden even een blik. Lowe liep de kamer door. 'Het is duidelijk dat niemand die vraag kan beantwoorden, maar zelf denk ik dat hij in korte tijd te veel voor zijn kiezen heeft gehad. En dat hij psychisch de uitputting nabij was. Ik ben zelf geen psycholoog maar als je kijkt naar het verloop van deze reis, met name naar de houding van Frankrijk en Duitsland, en ook nog eens zo kort na een afmattende verkiezingscampagne plus een inauguratie plus het inwerken van het kabinet en de toestand in het Midden-Oosten, dan zal het duidelijk zijn dat hij, hoe sterk hij ook is, het steeds zwaarder heeft gekregen. Dat zou voor iedereen gelden. En ik weet dat omdat hij het daar zelf met me over heeft gehad. Hij heeft me zelfs een keer gevraagd of ik vond dat hij wel geschikt was voor dit ambt. Voeg daar hetgeen aan toe wat hem nog steeds achtervolgt, de dood van zijn vrouw... Stel je voor, hij wint de verkiezingen en moet dan voor het eerst in drieëndertig jaar, zonder zijn vrouw, in zijn eentje de kerst doorbrengen. In het Witte Huis nog wel. Daar komt nog eens bij dat we allemaal weten hoe goed hij bevriend was met Mike en Caroline Parsons en hun zoon.

Misschien dat als hij wat extroverter was geweest, of zich zo nu en dan even zou hebben bezat, het anders was gelopen. Maar zo'n type is hij niet. Tel je alles bij elkaar op, dan zie je een man die alles opkropt en die emotioneel aan de grond zit. Opeens kan hij het niet meer aan en doet hij iets raars, gewoon om er niet aan ten onder te gaan.

De verklaring die Dick Greene nu beneden aan de media presenteert – dat de geheime dienst hem midden in de nacht naar een geheime locatie heeft gebracht in verband met een terroristisch dreigement waar we niet over kunnen uitweiden – daar zullen we niet van afwijken, zelfs al vinden we hem. Op die manier is er voldoende tijd voor een volledig medisch onderzoek en, aangenomen dat hem niets mankeert, wat rust om bij te komen voordat hij naar Warschau afreist voor het NAVO-overleg aldaar.' Lowe liep terug door de kamer. Zo-even had hij tot beide mannen gesproken, maar nu richtte hij het woord direct tot Hap Daniels.

'We weten wat hij aanhad toen hij ervandoor ging en we hebben de bezorgadressen van de vrachtwagen nadat die hier wegreed. Hij is alleen, misschien zelfs wat gedesoriënteerd. Hij kan daar heus niet rondlopen als een toerist zonder te worden herkend. Ik denk dat met jouw mensen, de CIA, de Spaanse inlichtingendienst en de politie van Madrid hij niet lang vermist zal blijven.'

Daniels zei niets. Hij hoopte alleen maar dat Lowe gelijk had.

'De chef-staf regelt een plek waar hij heen kan zodra we hem gevonden hebben. Het is aan ons, Jim, de chef-staf, persattaché Greene hier in Madrid, de vicepresident, de minister van Buitenlandse Zaken in Washington en mij om de buitenlandse regeringen en de media net zolang aan het lijntje te houden totdat we hem weer aan de wereld kunnen tonen. Het is aan jullie om hem te vinden en hem als de wiedeweerga naar de doellocatie te sluizen. Jullie hebben president Bush tweemaal in het geheim naar Irak weten te brengen. De eerste keer had niemand zelfs maar in de gaten dat hij weg was totdat hij weer thuis zat in Texas.' Lowe zweeg even en kneep zijn ogen iets toe. 'Hap, zonder een dergelijke doeltreffendheid kan – ja, zál – het niet lukken. Deze situatie is oneindig veel kritischer.'

'Duidelijk, meneer. Het is tijdens onze wacht gebeurd. We krijgen het voor elkaar.'

'Ik weet het, Hap.' Lowe keek even naar Marshall, ging Daniels voor naar de deur en deed deze open. 'Dat het ons maar mag lukken,' sprak hij, waarna het hoofd van de presidentiële beveiliging de kamer verliet. Lowe sloot de deur en liep terug de kamer in. 'Trapte hij erin?'

'Dat de president het even niet meer trok?'

'Ja.'

'Volgens mij kon hij niet anders. Hij zit er anders maar mooi mee. De president is onvindbaar, het gebeurde onder zijn leiding en hij voelt zich persoonlijk verantwoordelijk. Hij beschermt niet alleen de man, maar ook het ambt. Hij wil precies hetzelfde als wij: de president zo stilletjes en zo snel mogelijk weer terug op zijn plek krijgen. Alsof de man nooit weg is geweest.'

Lowe liep naar een mahoniebuffet, draaide twee omgekeerde glazen om, pakte een fles whisky en twee glazen en schonk royaal in waarna hij Marshall een glas overhandigde.

'Het ziet ernaar uit dat we met een president zitten die heeft besloten om op eigen houtje te opereren en die nogal sterk omlijnde ideeën heeft over hoe hij het land wil leiden,' opperde Lowe terwijl hij een stevige slok nam. 'In al die jaren dat ik hem ken, heb ik zelfs niet het vermoeden gehad dat hij geen teamspeler is. Tot op dit moment.'

Marshall nam een slokje van zijn whisky en zette zijn glas op een tafeltje naast hem. 'Het is een lesje in nederigheid, Jake. Eentje die de president zijn leven zal kosten. Nu maar hopen dat het voor ons iets anders uitpakt.'

38

12.25 uur

Nicholas Marten hoorde het gezoem van het hydraulische systeem toen het landingsgestel uitklapte. Tien minuten later bevond hij zich op luchthaven El Prat in Barcelona en begaf hij zich naar de terminal. Twintig minuten daarna had hij zijn bagage opgepikt en wachtte hij in de rij op de pendelbus voor de vijfentwintig minuten durende rit naar de stad. Zijn aandacht, die slechts enkele momenten daarvoor nog helemaal uitging naar Merriman Foxx, Demi Picard en het korte telefoongesprek dat hij met Peter Fadden had gevoerd vlak voordat hij op Malta op het vliegtuig was gestapt, verplaatste zich nu naar een man die drie wachtenden achter hem stond. Hij was ongeveer een meter vijfenzeventig lang, blank, met donkerblond haar en rond de veertig jaar. Hij droeg een zonnebril en een lichtgeel poloshirt dat in een blauwe spijkerbroek was gestopt. Hij leek een toerist, iemand die gewend was om zonder veel bagage te reizen. Op zich was er niets aan hem te zien wat de aandacht trok, en normaal gesproken zou hij de man niet eens hebben opgemerkt, ware het niet dat hij hem in het voorbijgaan had zien knikken naar de in een spijkerbroek en slobberig jasje geklede jongeman die hij eerst in de foyer van zijn hotel in Valletta, vervolgens in het vliegtuig naar Rome en daarna tijdens de vlucht naar Barcelona had gezien. En nu was de jongen verdwenen, maar zag hij deze figuur achter zich, wachtend in de rij om in de blauwe pendelbus naar Barcelona te stappen. Als de jongen hem inderdaad vanuit Valletta was gevolgd, dan was de kans groot dat deze man hem nu volgde. Wat erop neerkwam dat de een de ander had afgelost.

12.30 uur

Die tweede man zat nu twee stoelen voor hem aan de andere kant van het gangpad en keek door het raam naar buiten terwijl ze wegreden van de luchthaven voor de rit naar de stad. Hij bestudeerde de man nog eventjes aandachtig, leunde achterover en probeerde zich te ontspannen.

Vandaag was het vrijdag 7 april. Eergisteren was hij na afloop van de herdenkingsdienst voor Caroline door de politie van Washington opgepakt en op het vliegtuig naar Londen gezet, waar hij de vorige dag was geland en kort daarna een vlucht naar Malta had geboekt, waar hij Merriman Foxx had gesproken. Vanochtend had hij haastig het eiland verlaten om Demi Picard naar Barcelona te kunnen nareizen. Hij werd geplaagd door een jetlag, leed aan slaapgebrek en teerde op weinig meer dan adrenaline. Hij besefte dat hij over zijn gemoedstoestand moest waken. Voordat je het wist zag je overal beren op de weg terwijl het in werkelijkheid misschien lieve jonge zeehondjes waren. Met andere woorden, hij kon het net zo goed mis hebben wat betreft de man met het donkerblonde haar met de zonnebril en het gele poloshirt, en misschien had het knikje naar de jongeman in het slobberjasje helemaal niets te betekenen gehad en waren beide mannen hoegenaamd niets met hem van plan. En dus liet hij het maar voor wat het was en gleden zijn gedachten terug naar het telefoongesprek dat hij eerder met Peter Fadden had gevoerd. Hij had Fadden in Londen weten te bereiken waar de journalist een overstap maakte om uiteindelijk in Warschau over de NAVO-top te kunnen berichten.

Marten had kort verslag uitgebracht over zijn ontmoeting met Merriman Foxx in Café Tripoli, de vorige avond, en verteld dat hij zich had voorgedaan als de assistent van de voorzitter van de subcommissie, mevrouw Baker, en over hoe de vriendelijke Foxx bij zijn vraag over het testen van experimentele virussen op mensen terwijl het Zuid-Afrikaanse programma voor biologische wapens officieel was beëindigd, al snel geïrriteerd was geraakt. Het was zelfs nog erger geworden toen Marten een verhaal uit zijn duim had gezogen over een memo dat Parsons vlak voor zijn dood had achtergelaten en waarin de suggestie werd gewekt dat Foxx in het geheim met dr. Stephenson had overlegd over de koers van de hoorzittingen. Waarna Marten er nog eens aan toe had gevoegd dat Parsons twijfels had over de betrouwbaarheid van Foxx' verklaring tegenover de subcommissie. Foxx, zo had hij Fadden laten weten, had bij hoog en bij laag ontkend dat hij dr. Stephenson kende, waarna hij het gesprek had afgekapt en was weggelopen.

Ten slotte had hij Fadden verteld over Carolines beschrijving van 'de man met het witte haar, met die lange, enge vingers van hem en die afzichtelijke duim met dat kleine ballenkruis', die haar in de kliniek had onderzocht waar ze naartoe was gebracht toen ze na afloop van de begrafenis van haar man en zoon was ingestort.

'Peter,' had Marten vervolgens gezegd, 'Foxx heeft niet alleen wit haar, hij heeft bovendien extreem lange vingers en precies zo'n tatoeage op zijn duim. Ik kan je verzekeren dat hij wel degelijk iets te maken had met zowel dr. Stephensons als Carolines dood. Nog één ding: toen ik hem ontmoette was hij uit eten met congrespredikant Rufus Beck.'

'Beck?' Fadden was volkomen verrast geweest.

'En ze deden er totaal niet geheimzinnig over. In elk geval niet in dat café op Malta, terwijl ze dachten dat Foxx een gesprekje zou hebben met de assistent van voorzitter Baker.'

'Ik snap hier niets van,' had Fadden gezegd.

'Ik ook niet,' was Martens reactie geweest. 'Predikant Beck en dr. Foxx zouden als water en vuur moeten zijn.'

'Maar ze voelen zich genoeg op hun gemak om te denken dat degene die voor hen staat inderdaad voor de voorzitter van de subcommissie werkt waarvoor Foxx eerder heeft getuigd.'

'Niet zomaar getuigd, Peter. Getuigd in een geheim onderzoek.'

Daarna had Marten de rest van zijn verhaal verteld: over dat de Franse fotojournaliste Demi Picard in Café Tripoli bij Foxx en Beck aan tafel had gezeten en hem stilletjes had bevolen om 'uit de buurt' te blijven voordat hij 'alles verprutste'; dat Foxx en Beck vanochtend vroeg met onbekende bestemming Malta hadden verlaten en dat ook Demi daarna al snel naar Barcelona was afgereisd, met een reservering voor het Regente Majestic op zak, hetzelfde hotel als waar hij nu naar op weg was.

'Peter, probeer de naam van de kliniek te achterhalen waar Caroline werd behandeld nadat dr. Stephenson haar de injectie had gegeven en voordat ze naar het George Washington-ziekenhuis werd overgebracht,' had hij de journalist nadrukkelijk verzocht toen werd omgeroepen dat de passagiers aan boord konden gaan. 'Ze moet daar enkele dagen hebben gelegen. Er moeten dossiers zijn met de naam van de behandelend arts en de aandoening.'

Hij voelde dat de bus vaart minderde, en keek op. De man met de donkere zonnebril en het gele poloshirt zat naar hem te loeren. Betrapt, dacht hij bij zichzelf, hij glimlachte even terloops en keek weer uit het raam. Enkele minuten later stopte de bus bij zijn eerste halte op het Plaça España. Vier passagiers stapten uit, drie stapten in waarna de bus weer verder reed. Vervolgens stopten ze op de hoek van Gran Via/Comte d'Urgell en daarna nog eens op het Plaça Universitat, waar weer drie passagiers hun bagage bijeenzochten en uitstapten. Aandachtig keek hij toe, hopend dat de man met het gele poloshirt en het donkerblonde haar ook zou opstaan en samen met het groepje de bus zou verlaten. Maar hij bleef zitten en de bus reed verder.

Bij de volgende halte, Plaça Catalunya, op loopafstand van het Regente Majestic, moest hij eruit. De bus stopte langs de trottoirband, en samen met nog een stuk of tien anderen stond hij op en pakte zijn reistas. Terwijl hij naar voren liep keek hij even opzij naar de man. Die bleef rustig achterover zitten met de handen in zijn schoot. Marten was de laatste die uitstapte. Hij liep om het groepje passagiers heen die wachtten om in te stappen en liep weg, op zoek naar de straat genaamd Rambla de Catalunya en Hotel Regente Majestic. Even later reed de bus hem voorbij en verdween in het verkeer. Hij liep nog wat verder, maar iets maakte dat hij zich omdraaide. De man met het donkerblonde haar en het gele poloshirt stond bij de bushalte en keek hem na.

39

Station Atocha, Madrid, 13.05 uur

Met een opgevouwen *El Pais* onder zijn arm liep John Henry Harris, president van de Verenigde Staten, te midden van een groepje treinreizigers over het perron naar wagon nummer 1138 van de Altaria-trein die hem naar Noordoost-Barcelona zou brengen, een reis van vijf uur. Daar zou hij overstappen op de Catalunya-expres met als bestemming de voormalige Moorse vestingstad Gérona, een reis van dik een uur.

Hij had het allemaal bedacht tijdens de autorit van Evan Byrds woning naar het hotel, de vorige avond, na het onverwachte weerzien met 'zijn vrienden' zoals hij ze noemde. Al meteen werd duidelijk dat als hij niet op hun eisen inging, ze hem zouden vermoorden. Het betekende simpelweg dat hij moest vluchten. En dat had hij gedaan. Ontsnappen aan de bescherming van de agenten van de geheime dienst en wegglippen uit het hotel was al lastig genoeg geweest. Maar wat hem nu te doen stond, was een heel ander verhaal.

In zijn Europese agenda was plaats ingeruimd voor een toespraak tijdens de jaarlijkse conferentie van The New World Institute, een denktank van vermaarde zakenlieden, academici en voormalige staatshoofden die eenmaal per jaar speciaal bijeenkwamen om over de toekomst van de wereldgemeenschap te discussiëren.

Het NWI, dat al meer dan tweehonderd jaar bestond, was de afgelopen honderd jaar grotendeels op verscheidene exotische locaties in de wereld bijeengekomen, maar sinds tweeëntwintig jaar hield de denktank haar bijeenkomsten in Aragón, in het berggebied ten westen van Barcelona. Als de nieuwe president van de Verenigde Staten was hij uitgenodigd om dit jaar bij verrassing als gastspreker de grote toespraak tijdens de zondagse ochtenddienst te houden. Op nadrukkelijk verzoek van de gastheer, rabbijn David Aznar, de neef van zijn overleden vrouw en een zeer vooraanstaand leider van de grote joodse gemeenschap van Gérona, had hij ingestemd.

Dat zijn vrouw zelf joods was geweest, leek hem aanvankelijk nog een politieke handicap, maar het tegendeel bleek waar. Ze was een humorvolle, uitgesproken en buitengewone levensgezellin geweest op wie de Amerikaanse burgers dol waren. Dat ze gedwongen kinderloos waren gebleven, was een verdriet dat ze beiden hadden aanvaard en naarmate hij de politieke ladder beklom, werden ze beiden door hun achterban in de armen gesloten. Voortdurend stroomden er uitnodigingen binnen van mensen uit alle lagen van de bevolking en met diverse religieuze en raciale achtergronden om bij hen thuis vakanties of feestdagen door te komen brengen. Vaak accepteerden ze deze. De media smulden, de mensen genoten, net als zijn politieke entourage, hijzelf en zijn vrouw.

Het was via zijn vrouw dat hij rabbijn David had leren kennen. Met elk bezoek dat de rabbijn aan Washington had gebracht om hem en zijn vrouw bij haar ziekte en haar snelle achteruitgang bij te staan, waren de twee steeds beter bevriend geraakt. De rabbijn was erbij geweest toen ze stierf en had de begrafenisdienst opgedragen, had hem omhelsd op de avond dat hij tot president werd gekozen, was op persoonlijke uitnodiging bij zijn inauguratie geweest, en had hem op zijn beurt uitgenodigd om tijdens de conferentie in Aragón de gastspreker te zijn. En nu was hij op weg naar rabbijn Davids huis in Gérona, de enige vriend binnen handbereik op wie hij werkelijk kon vertrouwen en de enige plek die hij kende waar hij zich, voorlopig althans, kon verbergen.

Met het hoofd naar de grond gericht bereikte hij de trein en te midden van de overige wachtenden stapte hij de tweedeklascoupé in. Net zo onopvallend als hij zich zo-even door het station had begeven en geduldig in de rij voor het loket had gewacht waarna hij met contant geld zijn treinkaartje had betaald. Precies zoals hij zich de hele tijd al gedroeg, in de straten van Madrid en in het café waar hij zijn toevlucht had gezocht voordat hij naar het station was gelopen: hopelijk opgaand in de menigte, zo veel mogelijk de aandacht mijdend. Tot dusver had hij geluk gehad. Niemand die hem ook maar een blik had toegeworpen.

Tot dusver...

Hij wist dat Hap Daniels inmiddels de Spaanse inlichtingendienst, de FBI en de CIA en waarschijnlijk nog een stuk of vijf andere veiligheidsdiensten aan het werk had gezet, en dat men nu koortsachtig zijn best deed om hem weer onder de hoede van de geheime dienst te brengen. En ook dat de NSA gebruik zou maken van satellieten om alle communicatielijnen in Spanje in de gaten te houden. Dat was ook de reden dat hij zijn mobieltje en zijn BlackBerry had achtergelaten, omdat hij wist dat elke poging om elektronisch contact te zoeken binnen enkele seconden zou worden opgepikt en hij daarna nog geen twintig passen kon zetten of ze zouden boven op hem zitten.

Slechts enkele uren eerder was hij nog de machtigste en best beschermde man ter wereld geweest, met elke dienst en de allermodernste communicatiemiddelen binnen handbereik. Nu was hij een man alleen, beroofd van alles behalve zijn leepheid en intelligentie, met als taak de voor zover hij wist eerste echte Amerikaanse staatsgreep in de geschiedenis te verijdelen.

Niet alleen verijdelen, maar vermorzelen. Het uit de weg ruimen van het staatshoofd van Frankrijk alsmede Duitsland en hen vervangen door leiders op wie de Verenigde Naties konden rekenen, zou slechts het begin van hun plan zijn. Deel twee behelsde de onderwerping van het Midden-Oosten, het onder de voet lopen van de moslimlanden. De echte verschrikking lag in de gekozen methode: het geheime plan dat niets anders kon zijn dan een massavernietigingscampagne, bedacht en ontwikkeld, daar was hij van overtuigd, door de voormalige Zuid-Afrikaanse militaire wetenschapper Merriman Foxx. Een nachtmerrie die alle nachtmerries oversteeg.

Onbehaaglijk rust het hoofd dat een kroon draagt.
Henry IV, 2e akte, 2e bedrijf.

13.22 uur

Met een schok zette de trein zich in beweging en gleed langzaam station Atocha uit. Het rijtuig dat hij had gekozen, zat bij het instappen bijna vol, en hij was op de eerste de beste plek aan het gangpad gaan zitten. Naast hem zat een man van ongeveer dezelfde leeftijd als hij, met een leren jack aan en een baret op, en verdiept in een tijdschrift. Om vooral niet op te vallen sloeg hij zelf een krant open en begon te lezen. Tegelijkertijd probeerde hij in de gaten te houden wat er om hem heen gebeurde, alert op iedere medereiziger – jong, oud, man of vrouw – die lid kon zijn van de beveiligingsdiensten die naar hem op zoek waren.

Wat hij vanaf het begin al had geweten, was dat zodra de geheime dienst doorhad dat hij verdwenen was, ze niet alleen een massale en geheime klopjacht op hem zouden openen maar ook de presidentiële suite centimeter voor centimeter zouden uitkammen om te achterhalen wat er precies was gebeurd. Een van de ondervraagden zou zeker zijn assistent zijn, die na het bekijken van zijn kleding al meteen zou vaststellen dat hij nu een zwarte sweater, een spijkerbroek en hardloopschoenen droeg. Die kleren lagen inmiddels in een vuilnisbak ergens in een achterafsteegje in het oude stadscentrum van Madrid, en waren vervangen door een kaki pantalon, een blauw overhemd met korte mouwen, een goedkoop bruin colbertje en bruine wandelschoenen. Alles was contant betaald en gekocht in een warenhuis van El Corte d'Inglés. Voeg daar nog een goedkope leesbril bij die hij in een winkel vlak bij het station had gekocht, plus het verwijderen van datgene waarvan hij wist dat het hem zo goed als onherkenbaar maakte: zijn haarstukje. Hap Daniels en alle anderen zouden zoeken naar de president van de Verenigde Staten zoals zij die kenden, niet de kalende, brildragende, Spaans sprekende administrateur van een middelbare school of de doorsnee ambtenaar op wie hij nu leek, eentje met een Spaanse krant aan boord van een tweedeklastreincoupé op weg naar Barcelona.

40

Hotel Regente Majestic, Barcelona, 14.25 uur

'Kunt u mij vertellen of mevrouw Picard al is gearriveerd?' vroeg Nicholas Marten met een glimlach aan de aantrekkelijke receptioniste. 'Ik werk voor de *Washington Post.* Ons is verteld dat we hier moesten zijn voor onze kamertoewijzingen.'

'Het spijt me,' zei ze ook glimlachend, 'maar ik begrijp het niet helemaal.'

'Wij zijn hier voor de conferentie voor dagbladjournalisten en fotografen. Ze heet Picard, P.I.C.A.R.D. Haar voornaam is Demi.'

'Momentje.' Haar vingers dansten over het toetsenbord van haar computer. 'Ja, mevrouw Picard is rond de middag gearriveerd,' antwoordde ze zonder op te kijken. 'Hoe zei u ook alweer dat uw naam...'

'Marten. Met een "e". Nicholas Marten.'

'Ik geloof niet dat ik een reservering voor u heb, meneer Marten. Zou die misschien op een andere naam kunnen staan?'

'Ik, eh...' aarzelde hij. Ze bood hem een opening en het zou stom zijn als hij die niet zou benutten. 'Ik zou bij het groepje horen van mevrouw Picard en predikant Rufus Beck uit Washington. Eerwaarde Beck heeft ook ingecheckt, nietwaar?'

Opnieuw vlogen haar vingers over het toetsenbord. 'De heer Beck heeft een reservering, maar is nog niet gearriveerd.'

Marten had gelijk. Demi was Beck achterna gereisd. 'En u zegt dat u voor mij geen reservering hebt staan?' vroeg hij zo verbaasd mogelijk.

'Nee, meneer.'

'Hmm, daar was ik al bang voor. Vertrouw nooit op een nieuwe secretaresse,' mompelde hij terwijl hij even opzijkeek alsof hij zich afvroeg wat hij nu moest doen. Daarna keek hij de receptioniste weer aan. 'Hebt u wel een kamer beschikbaar? Het maakt me niet uit wat,' zei hij met een glimlach. 'Toe, ik heb al een zware dag achter de rug.'

Ze keek hem vriendelijk aan. 'Ik zal eens kijken wat ik voor u kan doen.'

Kamer 3117 was klein, maar bood wel uitzicht op de straat. Hij stond voor het raam naar buiten te kijken. Hij had liever niet zijn eigen naam gebruikt, maar omdat hij eigenlijk geen tijd had gehad om een alias of valse papieren te regelen had hij geen keus gehad.

Hij wist in elk geval redelijk zeker dat hij van zijn achtervolger met het peper-en-zoutkleurige haar en het gele poloshirt was verlost, en hij was ervan overtuigd dat de man hem inderdaad schaduwde. De man had hem op een afstandje gevolgd toen hij na op de Plaça Catalunya de bus te zijn uitgestapt lopend de vijf zijstraten was overgestoken. Daarna was hij expres een tapasbar in Carrer de Pelai ingedoken, waar hij een lichte lunch had besteld en nog bijna een uur was blijven hangen. Uiteindelijk was hij als een toerist met zeeën van tijd naar de Plaça de la Universitat gelopen, daar even een boekhandel binnengegaan, vervolgens een schoenenzaak, en ten slotte een Zarawarenhuis waar hij een dik halfuur had rondgeslenterd alvorens het gebouw via een zijuitgang te verlaten en weer naar zijn hotel op het Rambla Catalunya terug te lopen. Peper-en-Zout was in geen velden of wegen meer te bekennen.

Wie deze man was, of de knaap in de slobberjas die hem vanuit Valletta had gevolgd, wist hij niet, behalve dan dat het allemaal was begonnen op Malta, waar Merriman Foxx de hoofdattractie was geweest. Aangenomen dat Foxx eindelijk zijn huiswerk had gedaan en had ontdekt dat Marten hoegenaamd niets met congreslid Baker te maken had, zou hij nu nog meer balen dan in Café Tripoli, de vorige avond. Hij zou willen weten wie Marten was, wat hij verder allemaal wist, waarom hij hier rondliep en of dit in opdracht was. Zodra Foxx alles zou weten wat hij wilde, kon Marten erop rekenen dat de Zuid-Afrikaan een manier zou vinden om voorgoed een eind te maken aan zijn nieuwsgierigheid.

Even later draaide Marten zich weg van het hotelraam en keek de kamer rond. Op dat moment ging zijn mobiele telefoon. Hij nam meteen op, hopend dat het Peter Fadden was met informatie over de kliniek in Washington waar Caroline was behandeld. Maar in plaats daarvan hoorde hij de vertrouwde stem van Ian Graff, zijn baas bij Fitzsimmons and Justice. Hij mocht Graff en de andere medewerkers graag en bewonderde diens werk, maar op dit moment had hij wel iets anders aan zijn hoofd.

'Ian,' sprak hij verbaasd, en hij deed zijn best om aangenaam verrast over te komen. 'Hallo.'

'Marten, waar hang je in vredesnaam uit?!'

De gezette, hoogopgeleide Graff, normaliter makkelijk in de omgang, werd al snel heetgebakerd en lichtgeraakt zodra de druk opliep. Marten was zich maar al te bewust van de toenemende druk om de ontwerpplannen voor het grote en dure landschapsproject voor Banfield waaraan ze werkten op tijd rond te krijgen.

'Ik zit in...' Liegen had geen zin. '... Barcelona.'

'Barcelona? We hebben naar je hotel in Washington gebeld. Daar zeiden ze dat je had uitgecheckt. We gingen ervan uit dat je op de terugweg was naar Engeland.'

'Het spijt me. Ik had even moeten bellen.'

'Dat had je zeker, ja. Bovendien hoor jij hier nu aan je bureau te zitten.'

'Excuses, maar ik zit hier met iets zeer belangrijks.'

'Het Banfield-project is ook belangrijk, als je begrijpt wat ik bedoel.'

'Ik begrijp het, Ian. Echt.'

'Hoe lang gaat dat "zeer belangrijks", wat dat ook wezen mag, nog duren?'

'Dat weet ik niet.' Marten liep naar het raam en keek naar buiten. Nog altijd geen teken van Peper-en-Zout, althans voor zover hij kon zien. Enkel verkeer en voetgangers. 'Is er iets waarmee ik je van hieruit kan helpen? Gaat het over de plantenkeuze, de graafvergunning, de bestellingen? Zeg het maar.'

'Het probleem is meneer Banfield en zijn vrouw. Ze hebben besloten dat de rododendronbosschages op de zuidheuvel en dus niet op de noordheuvel moeten komen, en dat de noordheuvel met tachtig tot honderd ginkgobomen moet worden beplant.'

'Ginkgobomen?'

Ja.'

Hij draaide weg van het raam. 'Die worden veel te hoog en te breed. Zo zullen ze geen uitzicht meer hebben op de rivier.'

'Precies wat wij ook al hebben gezegd. Maar dat is nog niets vergeleken met wat ze met de schikking van de forsythia's, azalea's en hortensia's willen.'

'Die hebben ze tien dagen geleden stuk voor stuk goedgekeurd!'

'Ja, tot vanochtend dus. Ze zijn bereid om de kosten voor de wijzigingen te betalen. Maar ze blijven vasthouden aan de einddatum. Als ik jou was zou ik als de wiedeweerga het eerstvolgende vliegtuig naar huis nemen.'

'Dat kan ik niet, Ian. Nog niet, in elk geval.'

'Je werkt voor ons, of niet soms?'

'Probeer alsjeblieft te begrijpen dat ik hier met een taaie en heel persoonlijke zaak bezig ben. Als...' Een klop op de deur onderbrak hem. Meteen daarna volgde weer een klop.

'Ian, blijf even hangen.'

Hij liep het halletje in dat naar de deur van zijn hotelkamer leidde. Bijna bij de deur aangekomen schoot het opeens door zijn hoofd: stel dat Peper-en-Zout hem helemaal niet uit het oog had verloren? Stel dat hij buiten op de gang stond en dat Merriman Foxx helemaal niet naar het 'wie-wat-waar-hoe?' wilde vragen, maar gewoon hier en nu met hem wilde afrekenen?

Opnieuw werd er geklopt.

'Christus,' verzuchtte hij. Snel bracht hij de telefoon weer naar zijn oor. 'Ian,' fluisterde hij nauwelijks hoorbaar, 'ik moet nu even iets regelen. E-mail de wijzigingen, dan bel ik je zo snel mogelijk terug.'

Hij hing op en er werd weer geklopt. Ditmaal harder. Wie het ook was, hij of zij gaf het niet op. Even zocht hij om zich heen naar iets waarmee hij zich kon verdedigen. Maar het enige wat hij zag, was een huistelefoon aan de muur naast hem. Hij nam de hoorn van de haak en belde roomservice.

Hij hoorde een Spaanse stem.

'Spreekt u Engels?' vroeg hij.

'*Yes, sir.*'

'Mooi. Ogenblikje, alstublieft.'

Met de hoorn in de hand als een levenslijn naar de employé van de roomservice, mocht het nodig zijn, haalde hij diep adem, draaide de sleutel om en deed open.

Op de gang, met de handen op de heupen, staarde Demi Picard hem woest aan. 'Wat nou conferentie voor dagbladjournalisten en fotografen!' brieste ze met haar Franse accent. 'Hoe hebt u me gevonden? Wat hebt u hier verdomme te zoeken?'

Als ze nog bozer was geweest had ze spontaan vlamgevat.

41

15.00 uur

Er was een flinke wandeling voor nodig om Demi dusdanig te laten afkoelen dat ze met hem wilde praten. Hij had er zelfs nog langer voor nodig om haar over te halen om samen ergens te gaan lunchen, waarna er bijna een halve fles goede, lokale *cava* – champagne – doorheen was voordat ze enigszins tot bedaren was gekomen.

Gezeten aan een tafeltje achter in Els Quatre Gats – De Vier Katten – een klein café in een smal straatje in de stadswijk Barri Gòtic – aten ze van hun *suquet de peix*, een warme schotel van vis en aardappelen, en dronken ze nog meer cava. Langzaam begon ze wat af te koelen.

Ze droeg nog steeds de donkerblauwe blazer met daaronder haar gestreepte herenoverhemd en de bruine pantalon die ze de vorige dag in Valletta ook had gedragen. Fotojournaliste of niet, ze was er in elk geval aan gewend om veel en zonder veel bagage te reizen. Wat waarschijnlijk ook haar korte kapsel verklaarde. Even wassen, een hand erdoorheen, en klaar. Ze was slim, vastberaden en heetgebakerd. Maar afgezien daarvan leek ze bovendien op een vreemde manier overal los van te staan. Alsof alles, zelfs haar beroep, hier niets mee te maken had. Met wat dan wel precies, daar had hij geen idee van, maar het maakte haar op een vreemde, ondoorgrondelijke manier kwetsbaar. Haar grote, donkerbruine ogen hielpen ook al niet, want ze trokken zijn aandacht en deden hem terugdeinzen, vooral als ze hem recht aankeek. Zoals nu.

'U wilt dat ik u vertrouw, hè?' vroeg ze.

'Dat zou wel helpen.'

'Maar u vertrouwt mij niet.'

Marten glimlachte. 'Op Malta vroeg ik of u wist waar dr. Foxx of predikant Beck of die Cristina heen waren gegaan, waarop u antwoordde dat u dat niet wist. Toch wist u de hele tijd dat Beck op weg was naar Barcelona, en naar welk hotel en...'

Ze onderbrak hem. 'De portier belde me kort voordat u op mijn hotelkamer verscheen. Hij zei dat de predikant hem had verzocht me zijn excuses over te brengen vanwege het feit dat hij zo abrupt was vertrokken. Daarna gaf hij me de bestemming en zei dat er een ticket voor me klaarlag als ik hem achterna wilde reizen. Die zat in de envelop die de portier me gaf toen ik het hotel verliet.'

'De details over hoe of waarom u hier bent gekomen, interesseren me niet. Maar wel dat u glashard hebt gelogen. Leg mij dus maar eens uit waar dat "vertrouwen" precies vandaan moet komen.'

'Laten we zeggen dat uw plotselinge verschijning op Malta en de dingen die u met dr. Foxx besprak mij in een nogal netelige positie hebben gebracht.'

'Vandaar dat u me vertelde dat ik alles kon verprutsen?'

'Wat wilt u van me?'

De manier waarop ze het antwoord meed en hem aankeek, vertelde hem dat ze voorlopig niets meer zou loslaten.

'Kijk,' vervolgde hij, 'ik zit hier om precies dezelfde redenen als waarom u me ook in Washington en op Malta tegenkwam, namelijk om de waarheid omtrent de dood van Caroline Parsons te achterhalen. Waar u het al dan niet over wilt hebben, is uw zaak. Maar wat mij betreft is het duidelijk dat u hier bent vanwege Beck, en dat is dan ook de reden waarom ik hier zit. Dat Beck en Foxx elkaar op Malta troffen, had een reden. Daarna zijn ze opeens ieder huns weegs gegaan. Daaruit concludeer ik dat ze elkaar weer net zo snel opnieuw kunnen treffen, vooral nu Beck nog altijd in dit deel van de wereld rondhangt. Beck is een interessant persoon, maar mijn echte belangstelling gaat uit naar Foxx, en ik durf te wedden dat onze geestelijke mij vroeg of laat naar hem toe zal leiden, en waarschijnlijk eerder vroeg dan laat.'

'En u denkt dat dr. Foxx u een antwoord kan geven aangaande mevrouw Parsons?'

'Ja.' Martens blik werd intens. 'Gisteravond begon hij erover uit te weiden, maar toen hij besefte dat hij zijn mond voorbij begon te praten, raakte hij geïrriteerd. Ik wil de rest van zijn verhaal horen.'

De ober verscheen bij hun tafeltje, een vlotte man met een verfijnd gezicht en donker haar. 'Wilt u nog iets bestellen?' vroeg hij in het Engels.

'Nog even niet, dank u,' antwoordde Marten.

'Prima,' zei de man en hij liep weer weg.

Demi nipte van haar cava en keek Marten van over de rand van haar glas aan. 'U lijkt nogal veel om mevrouw Parsons te hebben gegeven.'

'Ik hield van haar,' was zijn schaamteloze antwoord.

'Ze was getrouwd.'

Hij reageerde niet.

Demi glimlachte een beetje. 'Dan heeft de liefde u dus hierheen gebracht.'

Hij boog zich een beetje over de tafel. 'Vertel me iets over "de heksen".'

'Ik...' Ze aarzelde en staarde naar haar glas, alsof ze even niet wist wat ze moest zeggen. Ten slotte keek ze op. 'Weet u wat een *strega* is, meneer Marten?'

'Nee.'

'Het is Italiaans voor "heksenvrouw". Ik heb een jongere zus. Twee jaar geleden ging ze naar Malta en daarna is ze spoorloos verdween. Ik ontdekte dat ze een strega was geworden en zich had aangesloten bij een geheime, Italiaanse heksencoven. Of dat iets met haar verdwijning te maken had, weet ik niet. Maar ik weet wel dat Malta een eiland is vol eeuwenoude plekken en geheimzinnige zaken. Mijn zus was er drie dagen en daarna heeft niemand haar meer gezien. De politie heeft overal gezocht, maar niets gevonden. Ze is een jonge vrouw, zeiden ze, wie weet wat ze allemaal heeft uitgespookt.

Maar daar nam ik geen genoegen mee, en dus zocht ik verder. Zo hoorde ik van alles over dr. Foxx. Hij heeft heel veel connecties op Malta en hij kent veel mensen en zaken die anderen niet kennen. Zelfs de politie niet. Maar dat zijn dingen die hij nooit aan een vreemde zal vertellen. Ik wist niet wat ik moest doen, en bovendien moest ik mijn gewone werk weer oppakken. Mijn werk bracht me naar Washington voor een fotoreportage over het sociale leven van Amerikaanse congresleden. Daar hoorde ik over predikant Beck en ontdekte dat hij Foxx goed kende. Dit was een prachtkans om erachter te komen wat er precies met mijn zus was gebeurd, en dus regelde ik via mijn Franse uitgever een opdracht voor een fotoboek over geestelijken die politici bijstaan. Ik maakte Beck tot mijn hoofdonderwerp zodat ik met hem bevriend kon raken en ik zijn vertrouwen kon winnen. Daardoor kon ik mee naar Malta en daar dr. Foxx ontmoeten. Maar het contact dat ik met hem zocht, was me niet gegund, want...' Hier spuwden haar ogen even vuur. '... opeens verscheen u ten tonele waarmee alles was verprutst. Ik volgde Beck naar Barcelona omdat hij, zoals u al vermoedde, daar binnenkort weer een ontmoeting met dr. Foxx zal hebben. Misschien morgen al.'

'Dat laatste weet u zeker?'

'Nee, niet zeker. Maar Cristina, de vrouw die er op Malta ook bij was, vertelde me dat de predikant en dr. Foxx dat net hadden besproken vlak voordat Foxx het restaurant verliet. "Tot zaterdag", had hij gezegd. Aangezien het toen donderdag was, neem ik aan dat hij aanstaande zaterdag bedoelde. Morgen dus. Daarom ben ik hierheen gekomen, om met de predikant verder te werken aan mijn boek en om tegelijkertijd dr. Foxx weer te zien als hij en Beck elkaar opnieuw treffen.' Opeens boorden haar ogen zich weer in de zijne en keerde de woede terug. 'Misschien dat als u uit mijn buurt blijft het me wél zal lukken!'

Hij negeerde haar opmerking. 'U hebt één ding weggelaten. Waarom vroeg u me of Caroline Parsons vlak voor haar dood nog iets had gezegd over "de heksen"? Waarom denkt u dat ze daar iets over had kunnen weten?'

'Dat komt door...' Ze keek op. De ober verscheen aan hun tafeltje en schonk de glazen nog eens bij, net zoals hij dat al twee keer had gedaan. Inmiddels was de fles leeg.

'Zal ik een nieuwe fles opentrekken? Of wilt u misschien iets anders van de bar?' vroeg hij.

'Nee, dank u,' zei Marten weer. De man keek Demi aan, glimlachte even en liep weg. Marten wachtte totdat hij buiten gehoorafstand was, en vervolgens keek hij Demi weer aan. 'Vanwege... wat?'

'Haar dokter.'

'Stephenson?'

'Ja.' Ze reikte in haar handtas en haalde een pen tevoorschijn. 'Ik zal het even voor u tekenen.' Ze trok een papieren servetje naar zich toe, tekende voorzichtig een paar eenvoudige lijnen met vier kleine cirkels en schoof het onder zijn neus.

Hij zag het teken en slaakte een luide zucht. Het was hetzelfde kruis dat op de duim van Merriman Foxx was getatoeëerd, hetzelfde kruis dat Caroline bij haar angstige beschrijving van de man met het witte haar had vermeld.

'Het is het symbool van Aldebaran, de bleekrode ster die het linkeroog in het sterrenbeeld Stier vormt. In de vroege astrologie dacht men dat het kracht en geluk uitstraalde. Het wordt ook wel "Het oog van God" genoemd.'

'Wat heeft dat met dr. Stephenson te maken?'

'Het kruis stond op haar linkerduim getatoeëerd. Het was maar klein, je kon het nauwelijks zien.'

Marten kon zijn oren niet geloven. 'Foxx heeft dezelfde tatoeage.'

'Dat weet ik. Net als die vrouw, Cristina.'

'Wat heeft die tatoeage met "de heksen" te maken?'

'Het is het teken van de coven waar mijn zus toe behoorde.'

'Foxx en Stephenson zijn héksen?'

'Dat weet ik niet precies, maar mijn zus had dezelfde tatoeage. Waarom zouden zulke uiteenlopende mensen anders hetzelfde symbool van Aldebaran op hun duim hebben zitten, de linker, om precies te zijn?'

'Waarom denk je dat Caroline iets met ze te maken had? Ik heb lange tijd haar handen vastgehouden, maar ik heb geen enkel teken gezien.'

'Ze was stervende. Dr. Foxx was in de buurt en Stephenson was al een tijdje haar huisarts. Ik ken hun rituelen niet, maar ik hoopte dat zij er iets van af zou weten. Als ze bang was zou ze het misschien aan iemand hebben willen vertellen die ze helemaal vertrouwde. Om eerlijk te zijn leek het me waarschijnlijk dat u die persoon was. Ik moest daarachter zien te komen.'

'Ze heeft nooit iets gezegd.'

'Dan zat ik ernaast. Of anders was het een geheim dat ze mee in haar graf heeft genomen.'

'Heeft Beck dat teken ook?'

'Hebt u zijn handen wel eens gezien?'

'Hij lijdt aan vitiligo, een pigmentziekte. Zijn handen zitten vol vlekken,' antwoordde hij, en op dat moment begreep hij het. 'U bedoelt dat zelfs al zou hij het teken hebben, het nog bijna niet te zien zou zijn.'

'Inderdaad.'

'Dus u weet niet of hij wel of niet bij een coven hoort?'

'Ik denk dat hij erbij betrokken is, maar of hij ook een heks is, dat weet ik niet.'

'Vertel me er eens wat meer over. Is het een soort cultus? Satanisten? Religieuze extremisten? Of een soort militaire factie, gezien Foxx' achtergrond?'

'Zegt de naam Niccolò Machiavelli u iets?'

'U bedoelt, Machiavelli, de grote man?'

'Ja.'

'Als ik me niet vergis, was hij een Florentijns schrijver uit de zestiende eeuw die vermaard was vanwege zijn boek getiteld *De heerser*, over hoe je politieke macht kunt afdwingen, waarbij alles draait om gezag, en zelfzucht elke vorm van moraliteit ontstijgt. Een soort handleiding voor dictators.'

'Precies,' zei ze terwijl ze waarderend knikte.

'Wat heeft Machiavelli te maken met deze heksencoven?'

'Het verhaal gaat dat hij op zijn sterfbed nog een aanvulling schreef op *De heerser*, een soort tweede blauwdruk over het krijgen van macht. Het was gebaseerd op wat hij een "noodzakelijke vereiste" noemde, namelijk de oprichting van een geheim genootschap met medeplichtigheid als basis, een bloedband waarbij de leden zich zouden inlaten met rituele moorden. Elk jaar diende er op een afgelegen, geheime plek – het liefst een kerk of een tempel – een geraffineerde, minutieus voorbereide menselijke offerande plaats te vinden die de hele ceremonie een religieuze invulling zou geven. Volgens de regels moest elk lid een behoedzaam verborgen en gedateerde lijst ondertekenen met daarop zijn naam, woonplaats, geboortedatum, plus de naam van het slachtoffer en de manier waarop hij is gestorven, en ten slotte een afdruk van zijn duim gedoopt in zijn eigen bloed, naast zijn handtekening. Met dat laatste bevestigde hij zijn aanwezigheid aldaar, zijn verbondenheid aan het genootschap en zijn vrijwillige betrokkenheid bij het doden. De lijst vormde de sleutel tot de macht van het genootschap, want de onthulling ervan zou voor alle leden het einde, ja zelfs de dood betekenen. Zodra de moord was gepleegd en de aanwezigheid van de deelnemers vastgelegd, kon het genootschap zich over de agenda voor het komende jaar buigen, wetende dat alles wat ze deden volkomen gevrijwaard zou zijn van verraad binnen de eigen gelederen, zodat men vrij was om elk plan uit te voeren waarover men het eens was.

Degenen die het verhaal kennen, geloven dat deze toevoeging – als hij werkelijk bestaat – nooit de lezers heeft bereikt voor wie hij was bedoeld: Florentijnen die gebukt gingen onder de heersende De Medici, die hij in bloed hoopte te verenigen om ze aldus omver te werpen. In plaats daarvan werd hij naar Rome gesmokkeld, waar hij in handen viel van een al machtige en invloedrijke groep, die deze tweede blauwdruk besloot te gebruiken, en dat door de eeuwen heen is blijven doen als een ideologie om hun eigen doelen verder kracht bij te zetten. Onder de volgelingen is deze toevoeging bekend geworden als het Machiavelli Verbond.'

'En u denkt dat de Aldebaran-orde daarmee te maken heeft, dat ze een huidige versie van dit Verbond vormen?'

'Dat, meneer Marten, is iets waar ik al een hele tijd achter probeer te komen.'

Opeens werd zijn aandacht door iets getrokken. Hij pakte zijn glas, leunde achterover en keek op zijn gemak het restaurant door.

'Wat is er?'

'Sta op alsof u kwaad op me bent, pak uw handtas en loop het restaurant uit,' beval hij zacht. 'Loop de straat uit, ga de hoek om en wacht daar.'

'Waarom? Wat is er aan de hand?'

'Doe het nou maar.'

'Goed.' Ze duwde ruw haar stoel naar achteren, keek hem woest aan, pakte haar handtas en liep weg. Even keek hij haar na en gebaarde naar de ober dat hij wilde betalen. Hij nam nog een slokje van zijn cava, zette het glas neer en wachtte. Even later verscheen de ober met de rekening. Marten betaalde contant, stond op en liep naar buiten zonder de toerist die aan een belendend tafeltje was gaan zitten en nu het menu raadpleegde ook maar een moment aan te kijken. Een toerist van ergens in de veertig, met peper-en-zoutkleurig haar, die nu een donker colbertje over zijn gele poloshirt droeg. Mocht hij nog hebben getwijfeld of zijn achtervolgers elkaar op de luchthaven van Barcelona hadden afgelost, dan was dit wel het bewijs.

42

15.40 uur

Hij liep naar buiten en zette een zonnebril op tegen het felle licht. Snel liep hij de straat uit. Op de hoek aangekomen keek hij nog even achterom naar de ingang van Els Quatre Gats. Als Peper-en-Zout hem wilde volgen, dan moest dat nu gebeuren. Twee stappen later was hij de hoek om en hij keek uit naar Demi. Het was druk op het trottoir en hij zag haar niet. Even vreesde hij dat ze ervandoor was gegaan, dat ze hem nog steeds niet vertrouwde, dat hij haar moest opsporen waarna het hele gesteggel van voor af aan zou beginnen. Maar opeens zag hij haar onder een luifel staan wachten.

'Waar ging dat om?' vroeg ze toen hij haar bereikte.

'Een man met peper-en-zoutkleurig haar en een geel poloshirt. Ik ben gevolgd, helemaal vanuit Valletta. Foxx kan erachter zitten, maar dat weet ik niet zeker.'

'U werd gevólgd?'

'Ja.'

'Dat betekent dat we samen zijn gezien!'

Hij zag de woede in haar alweer opvlammen. 'Als u Beck gewoon vertelt dat ik u naar Barcelona ben gevolgd en een gesprek met u eiste, dan hebt u niets te vrezen. In het restaurant heb ik u daarna een stel rare vragen gesteld over zaken waar u helemaal niets van afwist en toen ik bleef aandringen, werd u boos en liep u weg.'

'Inderdaad, ik werd kwaad en ik ga ervandoor,' reageerde ze boos. Ze draaide zich met een ruk om en beende weg tussen de voetgangers.

Hij haalde haar in. Ze negeerde hem.

'Of u het nu leuk vindt of niet, we zitten in hetzelfde schuitje. U wilt weten wat er met uw zus is gebeurd, ik wil weten wat Caroline Parsons is overkomen.' Hij keek even om zich heen. 'Dr. Foxx lijkt in beide gevallen de sleutelfiguur,' sprak hij zacht.

Maar ze negeerde hem nog steeds en liep gewoon verder.

Marten liep met haar mee. 'Als Foxx hier is, en predikant Beck zal hem hier treffen, dan wil ik alleen het "waar en wanneer" weten. Daarna laat ik u met rust, dat beloof ik.'

Ze gaf geen antwoord. Op de hoek van de straat wachtte ze even tussen een groepje voetgangers om een grote boulevard over te steken. Hij ging dicht bij haar staan. 'U staat er alleen voor, hè?'

Ze zei niets. Het licht sprong op groen, en ze liep mee met de anderen. Opnieuw haalde hij haar in. 'Dit zijn niet bepaald gezellige lieden, vooral Foxx niet. Er zal een moment komen waarop u wenste dat u een medestander had.'

Toen ze aan de overkant waren draaide ze zich plotseling naar hem om.

'U wilt maar niet weggaan, hè?'

'Nee.'

Nog even keek ze hem indringend aan. 'Alleen het "waar en wanneer" is dus wat u wilt weten,' zei ze ten slotte gelaten.

'Ja.'

'Ik zal doen wat ik kan.'

'Dank u.' Snel keek hij op en hij stapte van de trottoirband af om een taxi aan te houden. De chauffeur stak twee rijbanen over en stopte naast hen.

Marten trok het achterportier open. 'Ga terug naar het hotel. Hopelijk zal Beck inmiddels hebben ingecheckt. Als de ergste kou uit de lucht is en hij ontspannen genoeg is om over zijn treffen met Foxx te praten, kijk dan hoe hij op u reageert.' Ze gleed op de achterbank en hij gaf haar een stukje papier. 'Mijn mobiele nummer. Als u na vijven niets van u hebt laten horen, dan bel ik u.' Meteen sloeg hij het portier dicht waarna de taxi wegreed en hij zich langs dezelfde route te voet terughaastte.

43

Op het moment dat Marten de hoek om ging en in de richting van Els Quatre Gats keek, stonden hij en Peper-en-Zout plotseling oog in oog met elkaar.

Op dat moment drong het tot Peper-en-Zout door wat er aan de hand was, en hij zette het op een lopen: hij rende weg door de smalle straat, dook een zijstraat in en aan het eind van het blok schoot hij de superdrukke Via Laietana op. Ook Marten zette de dodemanssprint in. Al rennend vroeg hij zich af hoe de man hem naar het restaurant had weten te volgen, terwijl hij er zo zeker van was geweest dat hij hem eerder van zich had afgeschud. Het enige wat hij kon bedenken was dat die attente ober er achteraf niet zozeer op uit was geweest om hun drankrekening te spekken, zoals hij aanvankelijk dacht, maar om ervoor te zorgen dat ze op hun plek bleven zitten totdat Peper-en-Zout was ingelicht. Als dat zo was, dan speelde er veel meer dan hij zich had voorgesteld. Een of andere cultus die de middeleeuwse hekserij aanhing waarmee een netwerk van straatinformanten naar de hand kon worden gezet, of in elk geval kon worden betaald, die waarschijnlijk geen flauw vermoeden hadden waar dat geld vandaan kwam: figuren zoals Peper-en-Zout en de jongen die hem vanuit Valletta had gevolgd.

Terwijl hij rende en ondertussen het winkelende publiek op de boordevolle trottoirs ontweek probeerde Marten zijn doelwit niet uit het oog te verliezen. Maar het was gewoon te druk. Toen hij ophield met rennen en op het punt stond om het op te geven, zag hij de man plotseling een halve straat verderop uit een menigte wegstuiven en een linkerzijstraat in schieten. Marten drong zich langs een paar ruziënde winkeliers, liep bijna een vrouw met een baby omver en sloeg net op tijd de hoek om om te kunnen zien dat Peper-en-Zout even achteromkeek en weer een andere zijstraat in rende, nu in de richting van een bredere straat vol verkeer.

Dit was een oude stadswijk die bij de Barri Gòtic hoorde, het gotische stadskwartier met zijn gebouwen uit de dertiende tot vijftiende eeuw, buitenterrasjes en winkels. Met gloeiende longen en een bonkend hart rende Marten verder. Even deinsde hij achteruit om een aanstormende motorrijder te ontwijken, toen sloeg hij vervolgens dezelfde zijstraat in als die Peper-en-Zout had genomen en rende verder. Ondertussen speurden zijn ogen links en rechts de voetgangers af. Al rennend ving hij het schelle geluid van een claxon op, meteen daarna gevolgd door verschrikte kreten van een groepje voetgangers iets verderop. Het getoeter hield op en alles werd stil.

Hij haastte zich naar de plek en baande zich een weg tussen de voetgangers door, die als aan de grond genageld leken en naar iets vlak vóór hen staarden. Hij zag een grote bestelwagen midden op straat stilstaan. De grille was flink ingedeukt. Op de weg lag Peper-en-Zout.

Zwijgend staarden de omstanders ernaar. Marten liep langzaam naar de man toe, liet zich op zijn knieën zakken en legde een hand tegen de halsslagader om zijn pols te voelen. De chauffeur, een man die niet ouder dan dertig kon zijn, stond als verstijfd en half in shock bij het geopende portier van zijn cabine.

Marten keek naar de omstanders. 'Bel een ambulance. Ambulance! Ambulance!' riep hij. Daarna draaide hij zich weer om, knoopte het colbertje van Peper-en-Zout open en legde een hand op diens hartstreek. Opnieuw betastte hij de halsslagader en liet zijn hand daar even liggen. Vervolgens knoopte hij het colbertje weer dicht en stond op.

'Ambulance!' maande hij nogmaals, en hij trok zich terug uit de menigte. Links en rechts zag hij mensen met een mobiele telefoon aan het oor terwijl ze om hulp belden. Achter hem stond de chauffeur nog altijd stokstijf stil.

Hij liep door. Stel dat de politie verscheen en hem ondervroeg over de man die door de bestelwagen was aangereden? Ze zouden zijn naam willen weten, en of hij een arts was. En als dat niet het geval bleek, waarom hij dan toch op zijn manier had geholpen. Wat had hij gezien? Wat voor bijzonderheden? Hij was niet bekend met de Spaanse wet of hoe deze werd toegepast bij verkeersongelukken, maar een ondervraging door de politie, de pers, een foto door de paparazzi of een fragmentje van hem op het plaatselijke tv-nieuws was wel het laatste waar hij op zat te wachten.

Wat hij wilde... was vooral geen enkele connectie met Peper-en-Zout.

44

Altaria-trein nr. 01138 van Madrid naar Barcelona, 16.35 uur

Met een knikje naar de buffetbediende van het restauratierijtuig pakte John Henry Harris, president van de Verenigde Staten, zijn bestelling op – een sandwich en een flesje mineraalwater – en nam plaats aan een zijtafeltje. Behalve de bediende waren er nog zes mensen in het rijtuig: vier mannen en twee vrouwen, de ene iets ouder dan de andere. Twee van de mannen zaten bij het raam en dronken een biertje, een ander keek staand met een bekertje koffie in de hand naar het voorbijflitsende landschap. De laatste van de vier zat in gezelschap van de twee vrouwen aan een tafeltje en at met hen wat sandwiches. Deze drie leken verder onschuldig; een broer in gezelschap van zijn zus en misschien een tante, of anders een echtpaar met een ouder kind. Het waren de overige drie bij wie hij enige achterdocht voelde.

Een paar minuten eerder had de trein na een tussenhalte in Zaragoza de stad Lleida verlaten en reed nu in noordoostelijke richting verder, met nog een tussenstop in Valls, waarna ze even na zessen op station Barcelona-Sants zouden aankomen. Tot nu toe was de reis zonder problemen verlopen en had niemand zelfs ook maar een moment acht op hem geslagen. In Lleida was echter een groepje gewapende en geüniformeerde mannen ingestapt, kort daarna gevolgd door een tweede groep, gekleed in burger maar met de typische uitstraling en manier van doen van agenten in burger. Hij vroeg zich af of ook deze drie heren, de twee bierdrinkers en de man die naar buiten staarde, geheim agenten konden zijn. Alle drie waren ze vlak na hem het restauratierijtuig binnengewandeld en ze zaten dicht genoeg bij de uitgang om hem, als ze dat wilden, de weg te kunnen versperren. De geüniformeerde agenten of de 'stillen' die in Lleida waren ingestapt, konden gemakkelijk binnenkomen en de uitgang achter hem blokkeren. Als dat zo was, dan was voor hem het spel uit.

Snel at hij zijn sandwich op en nam hij nog een slokje water. Even later, na netjes het kartonnen bordje van de sandwich in een afvalbak te hebben gedeponeerd, liep hij langs de man en de twee vrouwen de coupé uit. Hij liep door het rijtuig daarachter, betrad de daaropvolgende tweedeklascoupé en liet zich weer in zijn stoel zakken, naast de man met het leren jasje en de zwarte baret, die al sinds hun vertrek uit Madrid zijn metgezel was. Inmiddels had de man zich naar het raam omgedraaid. Aan zijn baret te zien, die nu voor zijn gezicht hing, lag de man waarschijnlijk te slapen. Harris zuchtte diep en ontspande zich, trok de dubbelgevouwen *El Pais* uit het vakje van de stoel voor hem en sloeg deze open.

Het was inmiddels 16.44 uur. Om drie over vijf zouden ze aankomen in Valls en hij wist even niet wat hij dan zou doen. Het was duidelijk dat Hap Daniels meer dan vastbesloten zou zijn hem te vinden. De man zou koortsachtig in de weer zijn. Niet alleen was hij het eerste hoofd beveiliging in de geschiedenis dat een president uit het oog had verloren, hij stond bovendien zwaar voor schut, kon rekenen op fikse kritiek van zijn superieuren en de kans was meer dan aannemelijk dat hij zou worden ontslagen. Voor Harris zou het net zijn alsof hij een vriend vreselijk had beduveld.

De geheime dienst zou er aanvankelijk van uitgaan dat hij ontvoerd was waarna men dienovereenkomstig zou hebben gehandeld. Inmiddels zouden de CIA, de FBI en de nationale veiligheidsdienst volledig bij de zaak betrokken zijn. De Spaanse inlichtingendienst en de politie van Madrid zouden de hoofdstad volledig hebben uitgekamd. Een bredere zoekactie zou heel Europa en Noord-Afrika beslaan, met nog een extra team dat vanuit standplaats Rome het Midden-Oosten, Rusland en andere ex-Sovjetlanden voor zijn rekening nam. En dat alles in het diepste geheim, ofwel 'onder de sluier van de nacht' zoals men het noemde. Maar inmiddels moest men voldoende informatie hebben verzameld om een redelijk vermoeden omtrent het ware verhaal te hebben, namelijk dat hij er op eigen houtje vandoor was gegaan. Met als gevolg dat de gepikeerde Jake Lowe en nationale veiligheidsadviseur Jim Marshall met het overtuigende argument zouden komen dat hij het had gedaan omdat er iets heel erg mis was, dat hij mentaal was ingestort of iets dergelijks. Het was de enige verklaring waarmee ze voor den dag konden komen, maar het was een goed verhaal: voor degenen die verantwoordelijk waren voor zijn veiligheid zou de verschrikking van een presidentiële ontvoering naar de achtergrond worden geschoven ten faveure van het door Lowe en kompanen voorgeschotelde verhaal van de diepmenselijke tragedie achter de machtigste man ter wereld.

En dus zou iedereen, van het gezelschap thuis bij Evan Byrd, de vorige avond, tot de minister van Nationale Veiligheid tot de baas van de geheime dienst en iedereen daaronder, er alles aan doen om hem te vinden en hem daarna met gezwinde spoed veilig thuis te brengen, waarbij slechts een select groepje zou weten hoe de vork werkelijk in de steel zat.

'Veilig thuis' betekende onder de hoede van Lowe en zijn mensen, die dat van tevoren al zouden hebben bekokstoofd. Zodra dat gebeurde, kon hij de rest wel raden. Ze zouden hem onmiddellijk naar een afgelegen plek afvoeren en hem daar vermoorden. Een zware beroerte of een hartaanval, of iets dergelijks, zo zou het verhaal luiden.

Het geluid van een coupédeur die werd opengeschoven, maakte dat hij even opkeek. Twee van de gewapende en geüniformeerde mannen die in Lleida waren ingestapt, kwamen binnen. Terwijl ze de deur sloten, sloegen ze de reizigers gade. Hij zag dat het agenten van de CNP, de Cuerpo Nacional de Policía waren, de Spaanse federale politie. Machinepistolen hingen over hun schouders. Na nog even zwijgend te hebben rondgekeken liepen ze langzaam het gangpad door. De voorste agent bestudeerde de reizigers links, nummer twee de reizigers rechts. Halverwege de coupé bleef de eerste plotseling staan, staarde een man met een breedgerande hoed in het gezicht en vroeg om diens identiteitsbewijs. De andere agent kwam erbij staan en keek toe terwijl de reiziger deed wat hem werd gevraagd. De eerste agent bekeek het document en gaf het terug waarna de twee hun inspectieronde vervolgden.

Harris zag ze dichterbij komen en dook weer in zijn krant. Het leed geen twijfel dat ze naar hem op zoek waren en iedereen controleerden die ook maar een beetje op hem leek of, zoals bij de man met de hoed, niet direct identificeerbaar was.

Terwijl ze steeds meer zijn kant op kwamen, voelde hij dat zijn hart harder begon te kloppen en dat hij zweterig werd. Hij hield zijn hoofd omlaag en verdiepte zich in zijn krant, in de hoop dat ze gewoon langs zouden lopen en naar het volgende rijtuig zouden gaan. Opeens zag hij naast zich een glimmende laars halt houden.

'U daar,' sprak de agent in het Spaans. 'Hoe heet u? Waar woont u?'

Met een kurkdroge mond keek Harris op. Maar de agent bedoelde niet hem, maar de man met de baret die naast hem was ingedut. Die schoof traag zijn baret weer goed en keek op. Nu kwam ook agent nummer twee erbij. Harris voelde zich een lam tegenover twee uitgehongerde leeuwen. Ze hoefden hem er alleen maar uit te pikken en het was gedaan.

'Hoe heet u? Waar woont u?' blafte de ene agent opnieuw.

'Fernando Alejandro Ponce. Ik woon in de Carrer del Bruc nummer tweeënzestig in Barcelona,' antwoordde de man met de baret in het Spaans. 'Ik ben kunstenaar!' klonk het opeens verontwaardigd. 'Ik schilder! Wat weet u nu van kunst! Wat wilt u eigenlijk van me?'

'Identificatie,' antwoordde de agent streng. Inmiddels hadden alle reizigers in de coupé zich opeens hun kant opgedraaid.

De tweede agent liet zijn automatisch pistool van zijn schouder glijden, waarna Fernando Alejandro Ponce kwaad en traag in zijn leren jasje reikte en een of ander identiteitsbewijs tevoorschijn trok dat hij aan de voorste agent overhandigde.

Kwaad keek hij opeens Harris aan. 'Waarom vraagt u zíjn naam niet? En waar híj woont? Waarom eist u niet dat híj zich identificeert! Dat is tenminste eerlijk! Toe dan, vraag het hem dan!'

Godallemachtig, dacht Harris, en hij hield de adem in, wachtend totdat de agent zich gewonnen gaf en deed wat de man van hem eiste. Die bekeek het identiteitsbewijs van de kunstenaar en gaf het hem terug.

'Nou, gaat u het hem nog vragen of niet?' Boos zwaaide Fernando Alejandro met zijn identiteitsbewijs naar Harris.

'Slaapt u maar rustig verder, meneer de kunstschilder,' antwoordde de agent. Met een korte blik naar Harris draaide hij zich om en ging samen met zijn collega verder met de inspectie. Even later liepen ze door de deur aan de voorzijde.

Alejandro's ogen weken geen moment van de twee af. Nu ze weg waren, schoten ze naar Harris. '*¡Bastardos! ¿Quién el infierno es él que busca de todos modos?*' siste hij kwaad. Klootzakken! Naar wie zijn ze nou eigenlijk op zoek?

'*No tengo idea.*' Geen idee, antwoordde Harris met een schouderophalen. '*No tengo idea en todos.*' Totaal geen idee.

45

Barcelona, 17.00 uur

Twintig minuten na het auto-ongeluk in het Barri Gòtic checkte hij snel uit bij de receptie van het Regente Majestic. Tegenover de sympathieke receptioniste, die nog steeds dienst had, verontschuldigde hij zich met de smoes dat zijn krant plotseling een andere opdracht voor hem had. Hoffelijk annuleerde ze zijn aanbetaling en verscheurde ze de rekening. Vijf minuten later was hij weg uit het hotel en stond hij, zonder dat hij Demi ook maar iets had gezegd, met zijn kleine reistas weer op straat. Het viel duidelijk niet te achterhalen of Peper-en-Zout door de ober naar het restaurant was geroepen, hij Marten zelf naar het Regente Majestic had gevolgd, of dat iemand van het hotel hem had gewaarschuwd, waarna hij hem vanuit het hotel had gevolgd. Maar met de manier waarop Marten zich nu had laten uitschrijven, liet hij geen duidelijk spoor meer na.

Desalniettemin wisten ze dat hij in Barcelona zat, en door de dood van Peper-en-Zout zou het slechts een kwestie van tijd zijn voordat ze een vervanger op hem afstuurden, iemand die hem zou herkennen, en niet andersom. Een vreemde. Het enige voordeel dat hij had, als je al van een voordeel mocht spreken, was dat hij nu wist wie Peper-en-Zout werkelijk was geweest: Klaus Melzer, Ludwigstrasse 455, München, Duitsland. Beroep: ingenieur.

Al meteen toen hij de gigantische deuk in de grille van de bestelwagen had gezien, en de manier waarop Peper-en-Zout op de straat pal voor de wielen lag uitgespreid, wist hij dat de man dood was. Het controleren van de halsslagader had dat nog eens bevestigd. De rest, het roepen om een ambulance, het losknopen van het jasje om te voelen of het hart nog klopte, het weer dichtknopen en een laatste roep om een ambulance, was allemaal voor de show geweest. Toen hij zich over de man heen boog, had hij de lichte bobbel in het colbertje al gezien. Dat was wat hij zocht en wat hij bij zich had gestoken: de portefeuille van Peper-en-Zout. Hij had er diens Duitse rijbewijs, creditcards en enkele visitekaartjes in aangetroffen met daarop zijn naam en dat van het bedrijf waarvoor hij werkte: Karlsruhe & Lahr, Bauingenieure, Brunnstrasse 24, München.

17.44 uur

Hij checkte in in het Rivoli Jardín. Dit was nog altijd in het Barri Gòtic, maar dan enkele huizenblokken ten zuiden van het Regente Majestic. Ook nu weer werd hij gedwongen zich onder zijn echte naam te laten inschrijven. Tien minuten later had hij zijn spullen uitgepakt en probeerde hij Peter Fadden in Londen te bereiken. Maar in plaats van de *Washington Post*-journalist zelf aan de lijn te krijgen, deelde diens voicemailstem hem mee dat Fadden niet bereikbaar was, gevolgd door het verzoek een boodschap in te spreken. Waarop Marten hem vroeg zo snel mogelijk terug te bellen. Hij hing op en belde vervolgens naar het Regente Majestic waar hij met de hotelkamer van Demi werd doorverbonden. Daar rinkelde de telefoon, maar er werd niet opgenomen. Zonder een bericht achter te laten, maar met het knagende gevoel dat het misschien niet zo verstandig was geweest om haar te laten gaan, hing hij op. Ze had zich al eerder van hem geprobeerd te verlossen, en na het gedoe in Els Quatre Gats was ze opnieuw kwaad op hem. Maar wat had hij eigenlijk gedaan, behalve haar in een taxi terug naar het hotel sturen? Wat ze had beloofd deed er niet toe. Ze hoefde alleen maar uit te checken en de kans was groot dat hij haar nooit meer zou zien. Bovendien was er nog altijd iets vreemds aan haar, aan haar houding. Het was een gevoel dat hij al eerder had gehad, dat ze op een vreemde manier los van dit alles stond en dat haar hele manier van doen door iets totaal anders werd ingegeven. Of dat nu betrekking had op haar vermiste zus, of dat het slechts geacteerd was, daar kon hij alleen maar naar gissen. Maar het maakte zijn argwaan jegens haar des te groter.

Hij legde zijn mobieltje neer en pakte het rijbewijs van Klaus Melzer – Peper-en-Zout – op, draaide het om en bekeek opnieuw diens visitekaartje. Waarom zou een Duitse ingenieur, een veertiger, hem moeten schaduwen? Het sloeg nergens op.

Tenzij...

Hij zette zijn mobieltje aan en toetste het nummer in van Karlsruhe & Lahr in München. Wie weet waren zijn documenten – rijbewijs, creditcards, visitekaartjes – wel vals en bestond er helemaal geen Karlsruhe & Lahr of een Klaus Melzer. Tien seconden daarna werd dat eerste al ontkracht: '*Karlsruhe & Lahr, guter nachmittag*,' begroette een opgewekte vrouwenstem hem.

Vijf seconden daarna gold dat ook voor het tweede: 'Ik wil graag even met de heer Klaus Melzer spreken,' zei hij.

'Het spijt me, maar meneer Melzer is pas volgende week weer op kantoor,' antwoordde ze in het Engels met een Duits accent. 'Wilt u een boodschap voor hem achterlaten?'

'Weet u waar ik hem kan bereiken?'

'Hij is op reis, meneer. Zal ik vragen of hij u terugbelt?'

'Nee, dank u. Ik bel hem zelf wel.'

Hij hing op.

Klaus Melzer bestond dus wel degelijk, net als Karlsruhe & Lahr. De bevestiging bracht hem terug bij zijn eerdere vraag: waarom had een Duits ingenieur van middelbare leeftijd, ogenschijnlijk iemand met een goede baan, hem geschaduwd? Waarom had de aflossing van de jongeman op de luchthaven er zo professioneel uitgezien? Waarom had Melzer het op een lopen gezet toen Marten op het punt stond hem aan te spreken? Het enige wat Melzer hoefde te doen was alles te ontkennen wat Marten hem naar zijn hoofd slingerde, en daarmee zou de zaak zijn afgedaan. Marten zou met lege handen hebben gestaan. Maar het was anders gelopen en nu was Melzer dood.

'Verdomme,' vloekte Marten gefrustreerd. Hij zette zijn mobieltje weer aan en belde nogmaals naar Demi.

Hij liet de telefoon net zolang overgaan totdat de receptioniste van het hotel aan de lijn kwam.

'Het spijt me, maar mevrouw Picard neemt niet op.'

'Dank u,' zei hij en hij wilde ophangen. Opeens schoot hem iets te binnen. 'Heeft predikant Beck al ingecheckt? Hij zou vanuit Malta arriveren.'

'Momentje, meneer.' Het werd even stil, waarna de receptioniste weer aan de lijn kwam. 'Nee, meneer. Nog niet.'

'Dank u.'

Hij hing op, slaakte een diepe zucht en liep naar het stopcontact om zijn mobiele telefoon op te laden. Als Demi niet opnam en Beck had nog niet ingecheckt, waar hing ze dan uit? Opnieuw bekroop hem het angstige vermoeden dat ze al vertrokken was, wie weet om Beck ergens te treffen, of misschien zelfs Foxx. Als dat zo was, dan bevond ze zich wellicht helemaal niet in Barcelona, maar elders, en zou ze ditmaal haar sporen goed hebben uitgewist om er zeker van te zijn dat er voor hem niets meer te volgen viel.

46

17.58 uur

Vanuit de coupé zag president John Henry Harris het platteland geleidelijk plaatsmaken voor buitenwijken, waarna uiteindelijk de stad zich aandiende toen Altaria-treinstel nummer 01138 Barcelona naderde. In de verte kon hij het zonlicht zien glinsteren op de Middellandse Zee. Over vijf minuten zouden ze op station Barcelona-Sants arriveren. Zijn plan was om daar over te stappen op de Catalunya-expres van 18.25 uur die hem, ijs en weder dienende, om 19.39 uur in Gérona zou brengen. Eenmaal daar kon hij het wel vergeten om eerst naar rabbijn David Aznar te bellen en de weg naar diens woning te vragen, want hij wist dat Hap Daniels' inlichtingenapparaat zijn telefoongesprek zou kunnen volgen, wat inhield dat hij de woning van de rabbijn op eigen houtje moest vinden. Maar goed, hij was al een heel eind gekomen zonder te worden ontdekt en hij moest erop vertrouwen dat zijn geluk hem niet in de steek zou laten en dat ook de rest van zijn reis zonder incidenten zou verlopen.

18.06 uur

Met vijf minuten vertraging gleed de trein station Barcelona-Sants binnen. Iedereen in de coupé stond op om zijn spullen te pakken, en John Henry Harris deed hetzelfde.

Hij knikte even naar Fernando Alejandro Ponce, zijn metgezel annex kunstenaar met het leren jasje en de baret, en volgde de andere reizigers naar de uitgang. Bij de deuren aangekomen sloeg de schrik hem om het hart. Gewapende en geüniformeerde agenten bewaakten de uitgangen en controleerden de identiteitspapieren van alle reizigers die het stationsgebouw wilden verlaten. De rijen wachtenden leken oneindig lang. Zijn enige gedachte was dat Hap Daniels geheel volgens de richtlijnen van de baas van de geheime dienst in Washington, en op bevel van zowel de minister van Nationale Veiligheid, vicepresident Hamilton Rogers als de rest van Jake Lowes 'kompanen' de handen uit de mouwen had gestoken. Het betekende dat ook in de rest van Spanje, zo niet in heel Europa, het van hetzelfde laken een pak zou zijn.

18.12 uur

President Harris stond in de rij voor het loket van de Catalunya-expres die over dertien minuten naar Gérona zou vertrekken. In Madrid had hij expres een enkeltje naar Barcelona in plaats van een overstapkaartje naar Gérona gekocht, omdat hij niet wilde dat iemand die hem misschien zou hebben herkend en die later zou worden ondervraagd – de kaartjesverkoper bijvoorbeeld – tegenover de politie zijn ware bestemming zou onthullen. Nu vervloekte hij zichzelf. Voor het loket stond een rij van een meter of zes en politieagenten liepen heen en weer terwijl ze iedereen nauwlettend bestudeerden. En niet alleen hier, maar bij alle loketten.

18.19 uur

De rij kroop voorwaarts. Mensen voor en achter hem vroegen zich mompelend af wat er aan de hand was. Ook bespeurde hij angst, gevoed door de herinneringen aan de verschrikkelijke bomaanslag op station Atocha van 11 maart 2004, een schrikbeeld dat nog altijd haarscherp op ieders netvlies gebrand stond. Het was duidelijk dat de mensen zich hier met gewapende agenten niet op hun gemak voelden. Bij velen heerste de angst dat er elk moment ook hier een bom kon afgaan.

18.22 uur

De rij werd al wat korter en hij zag dat de kaartverkopers bij iedere reiziger die een kaartje kocht het identiteitsbewijs controleerden, met in hun hokje iemand van de federale politie die over de schouder meekeek.

Behoedzaam stapte hij uit de rij en liep naar het herentoilet. Hij moest uit het stationsgebouw zien te glippen en een andere manier vinden om naar Gérona te komen. Hoe precies, dat wist hij niet. Elk bus- en treinstation zou op dezelfde grondige manier controleerd worden.

Hij passeerde een krantenkiosk. De *La Vanguardia* lag riant uitgestald. Kennelijk was het een grote krant in Barcelona. De voorpagina vertoonde een paar dagen oude foto van hemzelf terwijl hij uit de presidentiële limousine stapte. De Spaanse kop luidde:

¡HARRIS HUYE AMENAZA DEL TERRORISTA EN MADRID!
HARRIS ONTVLUCHT TERREURDREIGING IN MADRID!

Met gebogen hoofd liep hij verder; langs winkels en restaurants, ondertussen een abnormale hoeveelheid geüniformeerde agenten passerend. Ten slotte bereikte hij het herentoilet en dook ernaar binnen. Vlak achter de deur hield een agent het komen en gaan in de gaten. Een stuk of zes mannen bezetten de urinoirs. Wat nu? Dit was de nachtmerrie aller nachtmerries. Kon hij maar wakker worden en vaststellen dat het slechts een vreselijke droom was geweest. Maar dat was niet zo, en dat wist hij. Hij moest een uitweg zien te vinden, ook al kende hij Barcelona niet, laat staan dat hij wist hoe hij een veilige manier kon bedenken om naar Gérona te gaan.

Hij nam plaats op een van de toiletten en dacht na. Hier, met de deur op slot, was hij in elk geval even veilig. Maar dat veranderde zodra iemand anders naar binnen wilde of de agent bij de deur achterdochtig raakte en besloot poolshoogte te nemen. Zijn eerste gedachte was om rabbijn David in Gérona te bellen en hem te vragen of hij in zijn auto hierheen kon komen en zich op een nog nader af te spreken plek schuil kon houden waar ze elkaar dan zouden treffen. Maar met alle toestanden hier op het station was dat onmogelijk. Bovendien kon hij er donder op zeggen dat de telefoon van de rabbijn werd afgeluisterd. Het leek erop dat niet één vierkante centimeter van het land nog langer onbespied was. Zijn achtervolgers waren hem letterlijk op enkele meters genaderd, ook al wisten ze dat niet.

Het betekende dat hij even terug moest schakelen en één stap vooruit moest denken, precies zoals hij had gedaan in het Ritz. De eerste stap was om ongezien het station uit te komen. Eenmaal op straat kon hij over zijn volgende stap prakkiseren. Om dat te bereiken moest hij doen wat hij in Madrid had gedaan: zijn kennis van openbare gebouwen aanwenden en gebruikmaken van het inwendige skelet van het station; de verborgen schachten met daarin de verwarmingsbuizen, het aircosysteem, de sanitaire en elektrische leidingen. Zoals een muis of een rat zijn weg naar de vrijheid zoekt.

Hij stond op, trok door en wilde net de toiletdeur openduwen toen hij vlak bij zijn voeten een dubbelgevouwen *La Vanguardia* zag liggen. Meteen zag hij de krant als een mooi middel om onopvallend zijn hoofd achter te kunnen verbergen terwijl hij, wandelend door het station, naar een geschikte ingang naar de onderhoudsschachten zocht. En bovendien zou hij zo mooi iets te weten komen over het rookgordijn dat de persattaché van het Witte Huis had opgetrokken, en hoe 'zijn vrienden', met name meestermanipulator Jake Lowe, alarm hadden geslagen en tegelijkertijd de waarheid binnenskamers hadden gehouden zonder de bevolking nóg meer schrik aan te jagen.

Snel pakte hij de krant op, stak hem onder zijn arm, trok nog een keer door, duwde de deur open en liep naar buiten.

47

Hotel Regente Majestic, Barcelona, 19.15 uur

In zijn eentje wachtte Nicholas Marten in de lounge van het hotel op een telefoontje van Peter Fadden, die zich nu in Madrid bevond om voor zijn krant verslag te doen van de gebeurtenissen rondom de plotselinge evacuatie van de president uit het Ritz, de avond ervoor. Fadden had al even met Marten gesproken, maar was onderbroken door een binnenkomend gesprek en had beloofd daarna meteen terug te bellen.

Met het haar achterovergekamd en gekleed in een schone kaki broek, coltrui en een dun zomerjasje leek Marten opeens heel iemand anders dan de man die zich in hetzelfde hotel had laten inschrijven en kort daarna alweer was vertrokken. Ook kwam het hem goed uit dat niemand van het eerdere hotelpersoneel op dit moment dienst had.

Tot zijn grote opluchting had hij ontdekt dat Demi zich nog niet had laten uitschrijven zoals hij aanvankelijk had gevreesd. Bovendien was predikant Beck eindelijk gearriveerd, hoewel hij en Demi op dit moment niet op hun hotelkamer waren. Er werd in elk geval niet opgenomen. Voor de zekerheid was hij even in de bar, de koffieshop en het restaurant gaan kijken, maar ook daar zaten de twee niet. En dus meende hij veilig te kunnen aannemen dat, tenzij ze zich in een andere kamer bevonden, ze niet in het hotel waren.

Vanaf zijn zitplaats in de lounge had hij uitzicht op de hoofdingang, de receptie en de liften daarachter. Demi, Beck of beiden zouden hem dus moeten passeren zodra ze terugkeerden. Hij had liever een minder opvallende plek gekozen, zo open en bloot als hij hier zat, maar als rechercheur in Los Angeles had hij destijds genoeg surveillancewerk verricht om te weten hoe je zoiets moest aanpakken. Zo nu en dan liep je even weg en deed je net of je op iemand wachtte. Uiteindelijk zou hij moeten opkrassen, maar voorlopig nog niet. Nu probeerde hij tijd te rekken en wachtte hij tot Demi verscheen en Peter Fadden hem terugbelde. En tegelijk vormde tijd nu juist een probleem. Inmiddels zou Foxx, of wie Klaus Melzer ook op zijn spoor kon hebben gezet, snel een vervanger hebben opgetrommeld die alle hotels in de stad zou afbellen met de vraag of ene Nicholas Marten daar een reservering had: 'Ik ben op zoek naar een vriend' of 'mijn neef, hij heet...', of iets dergelijks. En ondanks de vele hotels in de stad zou die persoon er waarschijnlijk niet meer dan een halfuur voor nodig hebben om hem te vinden, waarna het hele katen-muisspel van voren af aan zou beginnen.

Net toen hij zich een beetje omdraaide om de hoofdingang beter te kunnen zien, ging zijn mobiele telefoon. Hij nam op.

'Met Marten.'

'Met Peter.' Faddens stem klonk alsof hij naast hem zat, zo helder. 'Sorry dat het even duurde. De geheime dienst heeft de president midden in de nacht van het hotel naar een geheime locatie overgebracht. Ze zeggen dat het om een terroristisch ontvoeringsdreigement gaat en dat de verdachten zich nog altijd op vrije voeten bevinden en het land proberen te ontvluchten. Ze hebben zo'n beetje iedere Spanjool die in een uniform past op de zaak gezet, dus je kunt wel nagaan wat we van de geheime dienst, de CIA en de FBI kunnen verwachten.'

'Ik weet het, Peter. Ik heb het journaal gezien.'

'Hoe het ook zij, ik zit hier zo'n beetje in mijn eentje. De persattaché van het Witte Huis heeft het hele perskorps terug naar Washington gestuurd. Waarom weet ik niet, alleen dat de officiële mededelingen daar vandaan zullen komen zodra er iets te melden valt. Natuurlijk zal iedereen maandag present moeten zijn in Warschau voor de NAVO-top. Maar jij wilt het natuurlijk over iets anders hebben, over Caroline Parsons, de kliniek en dat soort zaken.'

'Ja.'

'De instelling is een erkende kliniek. Ze werd van huis naar het rehabilitatiecentrum van Silver Springs in Maryland gebracht. Daar bleef ze zes dagen waarna ze werd overgeplaatst naar het George Washington-ziekenhuis. Dr. Stephenson werkte daar als geneesheer-consulent. Ze regelde Carolines opname en overplaatsing. Niemand van het personeel heeft ooit van Foxx gehoord of iemand gezien die op hem lijkt.'

Marten zuchtte en keek even om zich heen. Hij werd omringd door hooguit een stuk of tien mensen, gezeten aan de tafeltjes. Niemand die ook maar een moment acht op hem sloeg. Hij bracht zijn telefoon weer naar zijn oor.

'Peter, ik heb nog iets voor je. Stephenson en Foxx horen bij een sekte, een heksencoven...'

'Heksen?'

'Ja.'

'Doe me een lol, zeg!'

'Peter, hou op en luister even,' snauwde Marten. 'Ik heb je al eerder verteld dat Foxx een klein ballenkruis op zijn duim heeft zitten. Stephenson had er ook een. En Beck misschien ook wel.'

Hij keek even op nu een jong stel aan een belendend tafeltje plaatsnam. Hij stond op en liep met zijn mobieltje tegen zijn oor naar de foyer.

'Dat kruis is het symbool van Aldebaran,' legde hij ondertussen uit. 'De bleekrode ster die het linkeroog vormt in het sterrenbeeld Stier. Hij wordt ook wel "Het oog van God" genoemd.'

'Waar heb je het in hemelsnaam over?'

'Een of andere cultus, Peter.'

'En jij denkt dat deze "cultus" iets te maken had met de dood van Caroline, haar man en zoon?'

'Misschien wel. Dat weet ik niet. Maar hoe langer ik Foxx ondervroeg, hoe geïrriteerder hij werd. Ik heb je al verteld dat hij beweerde dat hij Stephenson helemaal niet kende. Misschien hebben jouw mensen geen bewijzen gevonden dat hij in de kliniek was toen Caroline daar lag, maar ze beschreef hem niet alleen, en hoe zijn handen eruitzagen, maar ook zijn tatoeage. Peter, geloof me, hij was daar in die kliniek. Beck was bij hem op Malta, en nu zit Beck hier in Barcelona en zullen ze elkaar binnenkort weer treffen. Ik ben nu bezig om uit te vinden waar en wanneer. En wie weet kom ik ook achter het waarom.'

Hij liep nu dwars door de foyer. Een piccolo die een karretje met koffers voor zich uit duwde, liep zijn kant op. Marten bleef staan en wendde zich af.

'En er is nog iets, Peter. Foxx, of iemand anders, heeft me van Valletta naar Barcelona laten schaduwen. Heel professioneel: mijn eerste achtervolger werd afgelost op de luchthaven van Barcelona. Ik dacht dat ik hem afgeschud had, maar hij dook weer op in een restaurant waar ik zat te lunchen. Ik heb inmiddels ontdekt dat het een Duitser was die voor een ingenieursbureau in München werkte.'

'Wat moet een ingenieur nou...?'

'Precies wat ik me dus ook al afvroeg. Maar het is geen dekmantel. Ik heb zijn kantoor gebeld.'

'Waar is hij nu?'

'Hij is dood.'

'Pardon?'

De piccolo passeerde hem, en Marten draaide zich weer om. Op dat moment gleden de liftdeuren achter in de foyer open. Tot zijn grote verbazing zag hij Demi naar buiten lopen. Ze was in gezelschap van predikant Beck en een oudere, mogelijk Spaanse of Italiaanse vrouw die in het zwart was gekleed.

'Peter, ik moet ervandoor. Ik bel je zo snel mogelijk terug.'

Hij hing meteen op en zag het drietal door de foyer naar de hoofduitgang lopen. Hij hield zich op een afstandje terwijl Beck bij de uitgang wat woorden wisselde met de portier. Even later verscheen er een taxi. De drie stapten in en de taxi reed weg.

Marten duwde de deur open en stapte naar buiten. 'Spreekt u Engels?' vroeg hij de portier.

'*Yes, sir.*'

'Die drie mensen die net weggingen… Ik hoor bij het reisgezelschap van de predikant. Ik moest ze ergens treffen, maar ik ben mijn reisschema kwijt. Weet u misschien waar ze naartoe zijn?'

'Naar de kerk, *señor.*'

'De kerk?'

'De kathedraal van Barcelona.'

Marten glimlachte. 'Natuurlijk, de kathedraal. Dank u wel.'

'U wilt erheen?'

'Inderdaad.'

'Nou, dan boft u. Net als uw vrienden.'

'Hoe bedoelt u?' vroeg hij verwonderd.

'Meestal sluit de kathedraal al om zeven uur. Maar deze maand pas om tien uur. Hij is lange tijd dicht geweest vanwege de restauratie, maar is onlangs heropend.' De portier glimlachte. 'U wilt er nog steeds naartoe?'

'Ja.'

De portier wenkte daarop een taxi, die even later voor de ingang stopte. Marten gaf de portier een fooi van tien euro en stapte in, waarna de taxi wegreed.

48

19.40 uur

Staand in de deuropening van een supermarkt keek John Henry Harris naar de vrouw die zich haar deel van de straat had toegeëigend. Ze was blond en had een bleke, bijna porseleinwitte huid. Twintig, op zijn hoogst. Scandinavisch of Duits, misschien Russisch. Haar nationaliteit was niet belangrijk, haar beroep des te meer. Met haar weinig verhullende topje, haar korte strakke rokje en de manier waarop ze, telkens als het verkeer even stilstond, tussen de auto's door heupwiegde, was het wel duidelijk dat ze te koop was en dat ze voor de juiste prijs zo'n beetje alles zou doen wat iemand, of hij, van haar verlangde. En dat was precies waar Harris op dit moment behoefte aan had: iemand die deed wat hij wilde, zonder dat er vragen werden gesteld.

Hij had geen idee waar hij was, behalve dan dat het station enkele straten verderop was, een plek die hij had kunnen ontvluchten – niet via de onderhoudsschachten zoals hij van plan was geweest, want de paar die hij had gevonden, waren afgesloten of werden streng bewaakt – maar door een groot risico te nemen en brand te stichten aan de achterkant van een krantenkiosk, vlak bij een uitgang. Een afleidingsmanoeuvre, zoals men dat noemde. En het plan had gewerkt. De vlammen en de bijna panische reacties van de toch al gespannen reizigers hadden eventjes de aandacht opgeëist van de Spaanse beveiligingsmensen die bij de dichtstbijzijnde uitgang de identiteitsbewijzen controleerden. Harris stond al klaar terwijl de controleurs wegrenden van de deur. Een paar seconden later stond hij op straat en was hij in een oogwenk verdwenen.

'*Señorita*,' riep hij toen het licht op groen sprong, het verkeer zich in beweging zette en het meisje heupwiegend het trottoir weer opzocht. Ze keek hem aan, glimlachte en kwam wat dichterbij.

'*¿Habla español?*' Spreekt u Spaans? vroeg hij, hopend dat ze inderdaad Spaans sprak. Hij wilde liever geen Engels spreken, tenzij hij niet anders kon.

'*Sí*.' Ze kwam nog wat dichterbij.

Hij tuurde over de rand van zijn bril. '*Quisiera un poco de su tiempo*.' Ik zou graag wat van uw tijd willen.

'*Seguro*.' Tuurlijk. Ze glimlachte verleidelijk en trok haar topje een beetje lager zodat hij nog meer van haar borsten kon zien.

'*No es lo que usted piensa*.' Het is niet wat u denkt, zei hij zacht.

'*Lo que es, si paga el dinero, lo haré*.' Maakt me niet uit, als het goed betaalt, dan doe ik het.

'*Bueno*,' antwoordde hij. '*Bueno*.'

19.55 uur

Te midden van het trage stadsverkeer sloeg de taxi een zijstraat in, daarna nog een, en reed weer in de richting van het Barri Gòtic, waar Marten eerder die dag was geweest. Hij was nog steeds onzeker over Demi, over wat ze uitspookte, en hij vroeg zich nog steeds af of hij haar wel kon vertrouwen. Dat ze de hele tijd niet had opgenomen terwijl hij haar juist zo duidelijk had laten weten dat hij haar zou bellen, hielp ook niet echt. En ook niet dat zij en Beck het weer goed leken te kunnen vinden met elkaar: hoe Becks humeur op Malta ook mocht zijn geweest, hij was in elk geval voldoende bedaard om haar alsnog te verzoeken hem naar Barcelona achterna te reizen. Het vermoeden bekroop Marten dat wat ze hem in het restaurant ook mocht hebben toevertrouwd, over de heksen en het symbool van Aldebaran, alleen maar bedoeld was om hem even tevreden te stellen, in de hoop dat ze daarna van hem af was en ze weer bij Beck in het gevlij kon komen om erbij te kunnen zijn zodra hij Merriman Foxx zou treffen. Bij deze gedachte vroeg hij zich af of het drietal daar nu naar op weg was, naar de kathedraal voor een ontmoeting met Foxx. Ook rees de vraag wie de dame in het zwart was.

20.07 uur

Marten voelde dat hij werd bekeken, en keek op. De taxichauffeur sloeg hem gade in zijn binnenspiegel. Al de hele tijd had de man telkens even een blik op hem geworpen, maar nu staarde de chauffeur hem ongegeneerd aan. Het gevoel bekroop Marten dat hij door zijn eigen stomme schuld in een val was gelopen, dat de chauffeur Peper-en-Zouts vervanger was, iemand die naar hem uit moest kijken, zoals de ober in Els Quatre Gats.

'Waar kijkt u naar?' wilde Marten weten.

'*No hablo English good*,' zei de man glimlachend.

'Mij,' zei Marten, en wees naar zijn gezicht. 'Herkent u mij soms? Kom ik u bekend voor?' Als deze figuur kwade bedoelingen had en naar een heel andere bestemming onderweg was dan de kathedraal, dan moest hij dat nu weten zodat hij kon ingrijpen.

'*Sí*,' antwoordde de taxichauffeur, die het opeens begreep. '*Sí*.' Meteen gleed zijn hand naar de lege stoel naast hem en hij hield vervolgens een avondkrant omhoog die op een binnenpagina was opengevouwen.

'U de Samaritaan. U de Samaritaan.'

'Wat? Waar hebt u het over?' vroeg Marten verbijsterd.

De chauffeur gaf hem de krant. Hij nam hem aan en bekeek de pagina. Daarop prijkte een grote foto van hemzelf terwijl hij over Klaus Melzer gebogen stond, de man met het peper-en-zoutkleurige haar, met op de achtergrond de bestelwagen die hem had aangereden.

BUEN SAMARITAN AN NINGÚN EXTREMO, HOMBRE MATADO EN CALLE, zo luidde de kop. De letterlijke betekenis ontging hem enigszins, maar de strekking was hem duidelijk: hij was een barmhartige Samaritaan tegen wil en dank, want de man die op straat lag was al dood.

'*Sí. Samaritan*,' zei hij en in zichzelf vloekend gaf hij de chauffeur zijn krant terug. Een van de omstanders had een foto van hem genomen en die aan een krant verkocht. Zijn naam was niet bekend en er zat ook geen verhaal aan vast, dus het ging er in elk geval niet over dat hij een dode man van zijn portefeuille had beroofd. Toch was hij er niet blij mee. Het was al vervelend genoeg dat hij zich onder zijn eigen naam in het hotel had moeten inschrijven, maar nu, met zijn foto verspreid door de hele stad, werd hij opeens een stuk gemakkelijker op te sporen.

Opeens gaf de taxichauffeur gas, reed nog een stuk rechtuit, sloeg weer een zijstraat in en baande zich steeds dieper in het Barri Gòtic, de gotische wijk die, zo werd Marten nu duidelijk, niet alleen maar een toeristische trekpleister was, maar een grote, oude stadswijk waar je van de ene smalle steeg in de andere belandde om uiteindelijk op een van de pleinen uit te komen. Een doolhof waarin je gemakkelijk kon verdwalen, iets wat Klaus Melzer, een Duitser en niet bekend in deze stad, kon zijn overkomen: op de vlucht voor een achtervolger en pardoes een straat oprennend waar toevallig net een vrachtwagen kwam aanrijden. Opnieuw bekroop hem de vraag waarom Foxx, of wie deze ingenieur ook had ingehuurd, niet gekozen had voor iemand uit de stad en waarom Melzer de klus had aanvaard.

Op dat moment stopte de chauffeur en hij wees naar een groot plein. Hotels en winkels omzoomden de ene kant, met aan de overzijde een reusachtig, rijkversierd stenen bouwwerk met tooi van verlichte torenspitsen en klokkentorens die zich reikhalzend naar de avondhemel strekten.

'De kathedraal, *señor*,' sprak de chauffeur. 'De kathedraal van Barcelona.'

49

20.20 uur

Hij stak het plein over en sloot zich aan bij een groepje Engelse toeristen die net de stenen trap opliepen om de kathedraal te betreden.

Binnen in de grote vijftiende-eeuwse kerk heerste een gewijde sfeer. Het geflakker van honderden offerkaarsen op de tafels aan weerskanten van het schip doorbrak het gedempte licht.

Terwijl het groepje verder liep, bleef hij even staan. Hij keek om zich heen, zoekend naar een glimp van Demi, Beck of de dame in het zwart. Hier en daar zaten mensen stilletjes te bidden. Anderen liepen eerbiedig rond terwijl ze omhoog staarden naar de gewelven. Achter in de kerk stond een hoog en rijkversierd altaar, met daarachter een rij torenhoge gotische boogramen die naar het plafond reikten en volgens hem zo'n vijfentwintig meter hoog moesten zijn.

Een hese, galmende kuch van iemand naast hem bracht hem terug bij het doel van zijn komst en behoedzaam liep hij verder. Ook al mochten Demi en haar gezelschap zich hier bevinden, hij zag hen in elk geval niet. Hij liep verder. Nog steeds niets. Opeens vroeg hij zich af of Beck dan wel Demi bij het verlaten van het hotel de portier iets kon hebben ingefluisterd, dat deze hem vervolgens opzettelijk met een kluitje in het riet had gestuurd en dat de twee in werkelijkheid een heel andere bestemming hadden. De gedachte was alarmerend genoeg om te beseffen dat hij eigenlijk meteen terug naar het hotel zou moeten gaan om... Plotseling bleef hij staan. Daar waren ze, alle drie, helemaal achter in de kerk, in gesprek met een priester.

Behoedzaam liep hij door het middenschip naar voren terwijl hij zich achter toeristen verborg en hoopte dat de drie zich niet plotseling zouden omdraaien.

Hij was bijna binnen gehoorafstand toen de priester een bepaalde kant op wees en ze gevieren wegliepen. Marten volgde hen.

Even later belandde hij in een gang langs een binnentuin. Vóór hem zag hij hoe de priester de anderen een hoek om leidde en hen voorging door een volgende gang. Ook nu weer liep hij achter hen aan.

Nog dertig stappen. Waarna hij voorzichtig een soort kapel betrad. Op dat moment zag hij dat Demi, Beck en de dame in het zwart achter in de kapel door de priester een fraaie deur door werden geleid. Daarna viel de deur dicht. Meteen liep hij ernaartoe en pakte de smeedijzeren deurknop, maar er zat geen beweging in. De deur zat op slot.

Wat nu? Hij draaide zich om. Op nog geen drie meter achter hem staarde een oudere priester hem aan.

'Ik zocht het toilet,' verontschuldigde hij zich alsof hij zich van geen kwaad bewust was.

'Deze deur voert naar de sacristie,' legde de priester in Engels met een zwaar accent uit.

'De sacristie?'

'Ja, *señor*.'

'Zit die altijd op slot?'

'Behalve een uur vóór en na de dienst.'

'Aha.'

'U kunt de toiletten daar vinden,' zei de oude man, en hij gebaarde naar een gang achter hem.

'Dank u,' zei Marten, waarna hem geen andere mogelijkheid restte dan weg te lopen.

20.45 uur

Vijf minuten later had hij zo veel mogelijk van het hoofdgedeelte van de kerk verkend in de hoop te kunnen achterhalen waar ze naartoe konden zijn gegaan. De deuren die hij zag, waren op slot of boden toegang tot gangen die uitkwamen op weer andere gangen, maar geen daarvan leek hem in de richting te voeren van de kapel waar ze zojuist waren geweest.

Hij volgde zijn weg terug, verliet de kerk via de hoofdingang en liep even later om de kerk heen naar waar hij vermoedde dat de kapel was. Daar aangekomen zocht hij naar een uitgang die Demi en het gezelschap konden hebben gebruikt. Maar die was er niet. Een nadere inspectie van de buitenkant van de kathedraal leverde enkel gesloten deuren met daarachter donkere gangen op. Bleef over de hoofdingang, waar hij zo-even doorheen was gelopen. En dus liep hij die kant weer op, zo onopvallend mogelijk tussen de toeristen en passanten op het plein voor de kathedraal. Even later nam hij plaats aan een tafeltje op een caféterras aan de rand van het plein, vanwaar hij een goed uitzicht had op de ingang van de kerk. Hij bestelde een flesje mineraalwater en even later nog een kop koffie. Een uur verstreek en nog steeds waren ze niet verschenen. Om tien uur ging de kerk dicht. Gefrustreerd en zichzelf vervloekend dat hij hen uit het oog had verloren, stond hij op en liep weg.

50

Hotel Rivoli Jardín, 22.20 uur

Van de rumoerige straat vol voetgangers en verkeersopstoppingen belandde hij in de relatieve rust van de foyer van het hotel. Meteen begaf hij zich naar de receptie om te informeren of er nog was gebeld en of er misschien een bericht was achtergelaten.

'Geen van tweeën, *señor*,' antwoordde de receptionist beleefd.

'Heeft er nog iemand naar me gevraagd?'

'Nee, *señor*.'

'Dank u,' zei hij en hij liep naar de lift die hem naar zijn kamer op de derde verdieping zou brengen. Met een druk op de knop gleden de liftdeuren open. Hij stapte de lege cabine in en zette met een druk op de knop de lift in beweging.

Dat er niemand had gebeld of een boodschap had achtergelaten, of hem hier was komen zoeken, was een hele opluchting. Het betekende dat Peper-en-Zouts opdrachtgever nog steeds geen plaatsvervanger had die hem naar het Rivoli Jardín had kunnen volgen. Demi, Peter Fadden en Ian Graff van Fitzsimmons and Justice in Manchester hadden allemaal zijn mobiele nummer. Dus voorlopig kon hij rustig ademhalen. Niemand wist waar hij zat.

Demi.

Opeens dacht hij aan haar, en aan wat ze op dit moment al dan niet uitvoerde. Het was duidelijk dat de lucht tussen haar en Beck weer was geklaard, want anders zou ze niet samen met hem zijn vertrokken. Waar ze op dit moment uithingen, en wie de dame in het zwart was, daar kon hij slechts naar gissen. Demi bleef een raadsel. Zeker, ze had hem belangrijke informatie doorgespeeld, vooral met betrekking tot de heksen, de tatoeages op de duimen en het symbool van Aldebaran, en over dat ze naar Barcelona was gegaan, hopend op een weerzien met Merriman Foxx. Maar hoewel ze allebei min of meer op jacht waren naar hetzelfde, wilde ze duidelijk niets met hem te maken hebben. Onwillekeurig dacht hij terug aan hoe ze tijdens hun lunch in Els Quatre Gats op hem was overgekomen: ook al was ze nog zo bezig met de zaak, haar houding deed het tegenovergestelde vermoeden. Of dat te maken had met haar vermiste zus, als dat verhaal al klopte, kon hij niet zeggen. Maar dat hij haar in veel opzichten wantrouwde, dat stond vast. Zo simpel was het.

Bij de derde verdieping aangekomen stopte de lift. De deuren gleden open, en hij stapte de verlaten gang in. Twintig seconden later bereikte hij zijn kamerdeur en haalde hij het elektronische pasje door de sleuf. Het kleine lampje flitste van rood naar groen waarop het slot van de deur openklikte. Doodmoe, enkel snakkend naar een douche en zijn bed, stapte hij naar binnen, knipte het licht in het gangetje aan en deed de deur achter zich weer op slot. Links was de badkamer, met daarachter de eigenlijke hotelkamer, slechts een beetje verlicht door de gloed van de straat beneden. Hij liep langs de badkamerdeur en wilde net naar het lichtknopje van de kamer reiken.

'Meneer Marten, laat het licht uit, alstublieft,' sprak een mannenstem in het donker.

'Jezus!' Een ijskoude rilling trok langs zijn rug. Meteen keek hij achterom. Het was onmogelijk om naar de deur te sprinten, deze van het slot te doen en ervandoor te gaan, voordat degene in de kamer hem op zijn nek kon springen. Met een bonkend hart draaide hij zich om en tuurde de donkere hotelkamer in.

'Wie bent u in hemelsnaam? Wat wilt u van me?'

'Ik weet dat u alleen bent. Vanuit het raam zag ik u de straat naar het hotel oversteken.' De stem klonk rustig en zacht, zelfs. Dit was niet de vent met de slobberjas die hem vanuit Valletta naar Barcelona had gevolgd, of de Duitse ingenieur die het bij de eerste de beste confrontatie meteen op een lopen had gezet en in paniek onder een bestelwagen was gelopen.

'Ik vroeg verdomme wie u bent! Wat wilt u?' Hij kon onmogelijk weten of deze man alleen was of dat er nog anderen bij waren. Of dat de man hem simpelweg moest vermoorden om daarna zijn lijk bij Merriman Foxx af te leveren.

Plotseling bewoog er iets, en in het donker zag hij het silhouet van een man op hem af komen. Met een snelle beweging gespte Marten zijn riem los, trok hem vrij en wikkelde hem als een geïmproviseerd wapen om zijn vuist.

'Dat is heus niet nodig, meneer Marten.'

Opeens verscheen zijn 'gast' in het felle licht van de gang. Martens adem stokte: de man tegenover hem was niemand minder dan John Henry Harris, de president van de Verenigde Staten.

'Ik heb uw hulp nodig,' zei hij.

51

Nicholas Marten trok de gordijnen dicht, knipte een kleine lamp aan en draaide zich om naar de president, die plaatsgenomen had in een stoel en nu tegenover hem zat. Intussen was Martens verbijstering eerder toe- dan afgenomen. De man met wie hij zojuist kennis had gemaakt, was waarschijnlijk de bekendste persoon ter wereld, maar tegelijkertijd zag de man er heel anders uit, was hij bijna onherkenbaar. Van zijn volle haardos restte nog slechts een bijna kale schedel, en hij droeg een bril. Het maakte hem ouder en zelfs slanker, in elk geval 'gewoon anders' zoals Martens gedachte aanvankelijk was geweest.

'Een toupet, meneer Marten. Tegenwoordig maken ze die veel beter,' had de president uitgelegd. 'Ik draag er al jaren een. Alleen mijn eigen kapper weet ervan. De bril is een gewone leesbril. Gekocht in een winkel in Madrid. Een rekwisietje dat mijn nieuwe voorkomen completeert.'

'Maar ik begrijp er niets van, meneer de president. Helemaal niets. Zelfs niet hoe u me hier hebt kunnen vinden of waarom. U hoort nu ergens op een...'

'Een geheime locatie te zijn vanwege een terreurdreiging, ik weet het. Nou, dit is geheim genoeg. Voorlopig althans.'

De president reikte naar een bijzettafeltje en pakte het exemplaar op van *La Vanguardia* dat hij in het toilet op het treinstation had gevonden. De krant was opengeslagen en hij gaf hem aan Marten.

Die had aan één blik al genoeg. Op de pagina prijkte de foto van hemzelf met het lijk van zijn achtervolger, die door de bestelwagen was doodgereden. Het was dezelfde foto als die de taxichauffeur hem had laten zien.

'Ik zag uw foto, meneer Marten. Ik huurde een jongedame in om me te helpen u te vinden. Ik was alleen en zocht wanhopig naar een schuilplaats. En die hebt u me, voorlopig in elk geval, geboden. Een goede neus, of anders de wil van God, zo zegt men, naar ik meen.'

Nog steeds was Marten een en al verbazing. 'Het spijt me, maar ik begrijp er helemaal niets van.'

'Deze jongedame vond het hotel waar u zich had ingeschreven. Het was niet ver van waar ik zat, en dus zijn we erheen gelopen. Een behulpzame receptionist heeft me hier binnengelaten nadat ik hem had verteld dat ik uw oom was en al eerder deze dag met u had afgesproken, maar dat mijn vlucht vertraging had opgelopen. Hij was wat achterdochtig, maar een paar euro compenseerde dat.'

'Dat bedoel ik niet. U bent de president van de Verenigde Staten. Hoe kunt u hier zomaar rondlopen? En waarom komt u mij opzoeken terwijl u iedereen kunt bellen die u maar wilt?'

'Dat is nu juist het probleem, meneer Marten. Ik kan niet zomaar iedereen bellen. En dan bedoel ik ook "iedereen".' De blik waarmee de president hem aanstaarde, was er een van pure wanhoop over de situatie waarin hij zich nog altijd bevond. 'Ik herinnerde me u nog van onze korte ontmoeting in het academisch ziekenhuis in Washington,' ging de president verder. 'Caroline Parsons was net zo'n beetje in uw armen overleden. U vroeg of u even met haar alleen kon zijn. Weet u dat nog?'

'Natuurlijk.'

'Later ontdekte ik dat ze een document had laten opstellen waarin ze u inzage gaf in haar privédocumenten en die van haar man, congreslid Parsons.'

'Dat klopt.'

'Ik neem aan omdat ze vermoedde dat haar man en zoon waren vermoord en dat u misschien de waarheid kon achterhalen.'

Marten was verbijsterd. 'Hoe weet u dat allemaal?'

'Ik vermoed dat ze hoopte dat u misschien kon achterhalen wat er precies was gebeurd.'

Marten stond perplex. 'Hoe weet u dat?'

'Laten we het er voorlopig even op houden dat dit de voornaamste reden is voor mijn aanwezigheid hier en waarom ik uw hulp nodig heb. Caroline en Mike Parsons waren twee dierbare vrienden van me. Het is duidelijk dat Caroline u vertrouwde en dat u veel om haar gaf, want anders...' Nu glimlachte John Henry Harris een beetje, '... had u de president van de Verenigde Staten niet de gang op gestuurd.' Zijn glimlach vervaagde en hij aarzelde, alsof hij even niet wist wat hij verder nog moest zeggen of hoeveel hij aan Marten kon onthullen. Maar die zag opeens een vastberaden blik op het gezicht van de president verschijnen, waarna hij zijn verhaal vervolgde. 'Meneer Marten, Mike Parsons en zijn zoon werden vermoord. En dat geldt ook, ben ik bang, voor Caroline.'

Marten staarde hem aan. 'Dat weet u zeker?'

'Ja. Of nee, "zeker" weten doe ik het niet, maar het is me toevertrouwd door de mensen die er verantwoordelijk voor waren.'

'Welke mensen?'

'Meneer Marten, ik wil op u kunnen vertrouwen. Ik moet wel, want ik sta met mijn rug tegen de muur. En dankzij Caroline denk ik dat ik u inderdaad kan vertrouwen.' Weer aarzelde hij even. En opnieuw zag Marten dat de aarzeling plaatsmaakte voor vastberadenheid. 'Er was helemaal geen sprake van een terreurdreiging. Ik heb het hotel in Madrid op eigen houtje en onder uiterst moeilijke omstandigheden verlaten. U zou kunnen zeggen dat ik ben ontsnapt.'

Marten begreep het niet. 'Ontsnapt? Waaraan? Aan wie?'

'Ons land is in oorlog, meneer Marten. Een oorlog die in het geheim door enkelen van mijn hoogste ambtenaren tegen mij en ons land wordt gevoerd. Ze zijn mijn persoonlijke adviseurs en zitten in mijn eigen regering. Mannen die ik al jaren ken en die ik al even zo lang vertrouw. Maar in werkelijkheid een stel dat bij elkaar de gevaarlijkste en machtigste figuren van het land zijn. Naar mijn weten heeft Amerika nog nooit zo dicht op het randje van een staatsgreep gebalanceerd. Met als gevolg dat ik ernstig moet vrezen voor mijn leven en dat niet alleen de toekomst van ons land, maar die van nog veel meer landen op het spel staat. Bovendien is het tijdsbestek waarin ik nog iets kan ondernemen extreem kort. Op zijn hoogst iets meer dan drie dagen. Binnen mijn regering kan ik niet langer ook maar iemand onvoorwaardelijk vertrouwen. Ook heb ik geen vrienden of kennissen die niet door deze groep zowel fysiek als elektronisch worden geschaduwd.

Dus toen ik uw foto in de krant zag staan, wist ik dat ik het erop moest wagen en u moest zien te vinden. Ik moest iemand in vertrouwen kunnen nemen en gelukkig, of helaas, bent u die persoon.'

Marten was verbluft. In een thriller kon de president van de Verenigde Staten je 's nachts in je hotelkamer opwachten, je verzoeken te gaan zitten en aan jou onthullen dat het land een paleisrevolutie beleefde en dat jij de enige persoon ter wereld was van wie de president op aan kon om dit alles te proberen te verijdelen. In een thriller, ja. Alleen, dit was geen thriller. Dit was echt. De president zat híér, nog geen meter bij hem vandaan; zichtbaar afgetobd, met bloeddoorlopen ogen terwijl hij Marten deze afschuwelijke dingen vertelde en om zijn hulp vroeg.

'Wat wilt u dat ik doe?' vroeg Marten ten slotte op wat weinig meer dan een fluistertoon was.

'Op dit moment weet ik dat nog niet precies. Behalve dan...' John Henry Harris haalde diep adem, maar het klonk eerder als een zucht van absolute uitputting. '... dat ik u wil vragen of u een uurtje of twee over mij wilt waken. Het is een verdomd lange dag geweest. Ik moet nadenken. Maar om te beginnen moet ik eerst wat slapen.'

'Dat begrijp ik.'

Afwezig wreef de president over zijn stoppelbaard. 'Het is vandaag nog steeds vrijdag de zevende, hè?'

'Ja, meneer.'

'Mooi,' zei de president met een glimlach en Marten zag dat de vermoeidheid zich van hem meester begon te maken. Op dat moment vonden diens ogen de zijne. 'Bedankt,' zei hij oprecht. 'Ontzettend bedankt.'

ZATERDAG 8 APRIL

52

Madrid, 1.45 uur

'Meneer, ik heb geen idee of het iets te betekenen heeft,' hoorde Hap Daniels in zijn headset. Het was de stem van inlichtingenspecialiste Sandra Rodriguez van de geheime dienst. 'Het is een patroon dat vanavond door analysesoftware van de nationale veiligheidsdienst werd opgepikt en zojuist werd beoordeeld.'

'Wat voor patroon?' vroeg Daniels op scherpe toon. In de voor zijn gevoel eindeloos lange uren sinds de president werd vermist, had hij geleefd op hoop, zwarte koffie en adrenaline. Onder noodverordening van het kantoor van de vicepresident en onder toezicht van George Kellner, het CIA-hoofd in standplaats Madrid, had de geheime dienst in een onopvallend pakhuis in Poblenou, een wijk met oude fabrieken en opslagplaatsen, een commandopost overgenomen; deze post was oorspronkelijk door de CIA ingericht voor na een eventuele 'terroristische kwestie' gericht op de Amerikaanse ambassade.

Er waren nu bijna negentien uur verstreken sinds de vermissing van de president, en Daniels – omringd door zijn plaatsvervangend hoofd, de breedgeschouderde vuurvreter Bill Strait; de vanuit Washington overgevlogen assistent-directeur van de geheime dienst Ted Langway, met zijn bleke, uitdrukkingsloze gezicht; George Kellner, hoofd van de CIA-post in Madrid en een stuk of vijf andere aan de president gedetacheerde functionarissen van de geheime dienst – zat in de verduisterde controlekamer van dit omgebouwde CIA-pakhuis, slechts verlicht door de gloed van tientallen computerschermen waaraan analisten van de geheime dienst en de CIA informatie verzamelden uit wat inmiddels was uitgegroeid tot een strikt geheime, wereldwijde inlichtingenoperatie.

Op de achtergrond ijsbeerde een man als een schichtige schaduw, alsof zijn vrouw elk moment kon bevallen en dat iets te lang duurde. Het was de belangrijkste politieke adviseur van de president, Jake Lowe. Met een BlackBerry in de hand en een headset op het hoofd, zodat hij kon meeluisteren met wie Hap Daniels steeds in gesprek was, beschikte Lowe ook over een lijn met stemcommando die hem onmiddellijk zou verbinden met een beveiligd toestel op de Amerikaanse ambassade, ongeveer achthonderd meter verderop, waar dr. James Marshall en Tom Curran een naar eigen zeggen 'strategische war room' hadden ingericht. Zij stonden op hun beurt via een beveiligde lijn in verbinding met het souterrain van het Witte Huis in Washington, alwaar vicepresident Rogers, David Chaplin, Terrence Langdon en Chester Keaton hun eigen war room hadden opgezet.

'We hebben afgelopen avond tussen 20.00 en 20.40 uur zevenentwintig telefoongesprekken geregistreerd die vanuit zes verschillende telefooncellen zijn gevoerd, alle binnen een halve cirkel van ruim drie kilometer van station Barcelona-Sants,' zei Rodriguez. 'Ze zijn betaald met een telefoonkaart die gekocht is in een tabakszaak in de Carrer de Robrenyo.'

Sinds er begin vorige avond bij een krantenkiosk in de hal van het centraal station van Barcelona een brandje was uitgebroken, had deze stad hun aandacht getrokken. Een brandje, zo hadden functionarissen snel vastgesteld, dat opzettelijk maar zonder duidelijk motief – diefstal, vandalisme of een terroristische daad – was aangestoken en dat door Spaanse politieagenten ter plekke al een 'afleidingsmanoeuvre' werd genoemd. Maar 'afleiding' waarvan? Het enige antwoord leek te zijn dat aangezien het brandje vlak bij een uitgang was ontstaan, waar de Spaanse politie een paspoortcontrole hield, iemand binnen het station – misschien wel de president, maar waarschijnlijk iemand met een strafblad of iemand die voorkwam op de lijst van gezochte terroristen – langs de controlepost had willen glippen. Dat kon dan wel eens gelukt zijn, want de agenten daar hadden heel even hun post moeten verlaten om het brandje en de commotie in de hal nader te inspecteren.

'Wat is het verband met de POTUS?' vroeg Daniels op dringende toon; de vermoeidheid en frustratie begonnen zijn doorgaans kalme houding te overvleugelen.

'Daarom zei ik net dat ik niet weet of het iets te betekenen heeft, meneer.'

'Of *wát* iets te betekenen heeft? Waar heb je het verdomme over?'

'Het patroon, meneer. De telefoontjes werden gepleegd naar plaatselijke hotels. Het ene hotel na het andere, alsof iemand een hotelgast probeerde op te sporen maar niet wist in welk hotel deze persoon verbleef.'

'Geef me de naam van de tabakszaak waar die telefoonkaart werd gekocht, de nummers en de locaties van de telefoons waarmee is gebeld en de namen en de telefoonnummers van de gebelde hotels.'

'Ja, meneer.'

'Dank je.' Daniels drukte een toets in op het paneel voor hem. 'Zoek uit of de Spaanse inlichtingendienst tussen 20.00 en 20.40 uur afgelopen avond in Barcelona telefoongesprekken heeft onderschept. Zo ja, vraag of ze opnames hebben van een reeks telefoontjes naar hotels in dat tijdsbestek. Ik wil weten of de beller een man of een vrouw was, waar de gesprekken over gingen en in welke taal ze werden gevoerd.'

'Ja, meneer.'

'En snel.'

'Ja, meneer.'

53

Hotel Rivoli Jardín, Barcelona, 2.15 uur

Het uitgaanscentrum bruiste nog steeds. Claxons, auto's, motoren, een eindeloze verkeersstroom. Door de dubbele ramen drong het geluid van Braziliaanse en Argentijnse jazzmuziek tot in de hotelkamer door.

President Harris lag op het bed en sliep; Marten lag opgerold op een kleine bank toen het geluid van zijn mobieltje hen beiden wekte.

'Wie is het?' vroeg Harris direct klaarwakker in het donker.

'Weet ik niet.'

Het mobieltje ging opnieuw.

'U kunt maar beter opnemen.'

Marten pakte het toestel van een tafeltje naast hem en nam op. 'Hallo?'

'Met Demi.' Haar stem klonk zacht maar tegelijkertijd dringend. 'U bent het hotel uit. Waar zit u? Ik moet u nu meteen spreken. Niet over de telefoon.'

De president knipte een bedlampje aan. 'Het is een vrouw,' zei Marten met zijn hand op de hoorn. 'Ze wil me nu spreken. Vier uur geleden zou ik een moord hebben gepleegd voor dit telefoontje.'

Harris glimlachte.

'Nee, zo bedoel ik het niet.' Hij nam zijn hand weg en sprak weer in de hoorn. 'Zit je nog steeds in het Regente Magestic?'

'Ja.'

'Wacht even.' Opnieuw dekte hij de hoorn af en hij keek Harris aan. 'Dit heeft te maken met Carolines dood. De vrouw heet Demi Picard. Ze is een Franse journaliste en reist mee met Rufus Beck, de aan het Congres verbonden geestelijke. Ze bevinden zich allebei hier in Barcelona.' Hij aarzelde even. 'Ik weet niet of u het weet, maar de predikant is een goede vriend van dr. Merriman Foxx.'

'Dé Merriman Foxx?'

'Ja,' zei Marten. 'Geef me je mobiele nummer,' sprak hij nu weer in de hoorn. 'Dan bel ik je terug.' Hij krabbelde een nummer op een kladblok dat op het nachtkastje lag. 'Over vijf minuten.'

Daarmee beëindigde hij het gesprek. Hij keek de president aan en vertelde hem wat hij ook aan Peter Fadden had verteld: dat hij Foxx naar diens huis op Malta had gevolgd en dat hij als zogenaamd lid van de staf van congreslid Baker een afspraak met hem had gemaakt om namens haar nog wat vragen te stellen zodat het rapport van de subcommissie kon worden afgerond; dat hij hem in een restaurant had gesproken en dat Beck, een andere vrouw en Demi Picard in zijn gezelschap verkeerden; dat hij bij hem had aangedrongen op informatie over zijn biologische wapenprogramma en daarbij de namen van Caroline Parsons en haar arts, Lorraine Stephenson, had laten vallen; en dat hij het verhaal had verzonnen dat Mike Parsons een memo had achtergelaten waarin de betrouwbaarheid van Foxx' getuigenis in twijfel werd getrokken. En ten slotte Foxx' geïrriteerde reactie op alles.

'De volgende ochtend ontdekte ik dat hij en predikant Beck het eiland onverwacht met onbekende bestemming hadden verlaten. Ook mevrouw Picard vertrok en wilde niets met me te maken hebben toen ik haar ernaar vroeg. Ik ontdekte waar ze heen ging en heb haar naar Barcelona gevolgd.

Meneer de president, u zei dat u wist dat Caroline was vermoord. Ik vraag me af of u weet dat Foxx daarachter zat, hij en dezelfde dr. Stephenson die hij naar eigen zeggen niet kende. Ze hebben haar een soort bacterie ingespoten die tot haar dood heeft geleid. Ik weet bijna zeker dat het een van zijn experimenten was, een onderdeel van zijn biologische wapenprogramma dat zogenaamd zou zijn afgebouwd, maar wat dus niet is gebeurd. Mike Parsons' commissie deed hier onderzoek naar toen hij en zijn zoon omkwamen. Hoe Beck hierbij betrokken is, weet ik niet, maar hij en Foxx zullen elkaar binnenkort hier ergens treffen. Misschien morgen al. Demi weet er meer van, want anders zou ze me niet zomaar bellen.' Hij aarzelde en zocht naar een manier om de rest te verwoorden. Maar de president was hem al voor.

'U denkt dat dr. Foxx deel uitmaakt van de coup tegen mij.'

'Dat zou kunnen, maar er zijn geen bewijzen. Ik weet alleen dat hij bij de hoorzittingen van de subcommissie ontkende dat zijn programma nog bestond, en dat terwijl hij tegelijkertijd nog steeds op een levend mens, namelijk Caroline Parsons, experimenteerde.'

'Op welke manier is deze mevrouw Picard hierbij betrokken?'

'Vermoedelijk heeft ze predikant Beck gebruikt om te kunnen worden voorgesteld aan Foxx. Twee jaar geleden verdween haar zus op Malta. Ze dacht dat Foxx misschien wat deuren kon openen zodat zij hopelijk kon uitvinden wat er precies is gebeurd, althans, dat is wat ze mij vertelt.'

'Dus zij is hier slechts zijdelings bij betrokken.'

'Misschien wel, misschien ook niet. Ik weet het niet. Maar Foxx speelt een centrale rol. Hij kent niet alleen het hóé maar ook het waaróm van Carolines dood, en beide antwoorden kunnen wel eens veel te maken hebben met uw situatie.'

De president wendde zijn hoofd af en probeerde alles tot zich te laten doordringen. 'Als u gelijk hebt, dan is dat het ontbrekende puzzelstukje, zijn dat de details van wat ze van plan zijn te gaan doen. Ik weet wel dat ik verrast zou moeten zijn over predikant Beck, maar inmiddels verbaas ik me nergens meer over.'

De president draaide zich weer om, en Marten zag de angst in zijn ogen. 'Ze zijn iets afschuwelijks van plan, meneer Marten. Erger, vermoed ik, dan u en ik ons kunnen voorstellen. Een deel ervan weet ik, maar niet alles. De hele zaak kwam zomaar uit de lucht vallen. Ik heb in elk geval vreselijk gefaald. Ik had moeten weten dat er iets aan de hand was, had het moeten doorzien. Zoals ik al eerder heb gezegd: ik heb bijzonder weinig tijd om iets te ondernemen. Als ik gepakt word, is er helemaal geen tijd meer.'

Marten knikte in de richting van de telefoon. 'Wie weet kan zij helpen. Ik heb geen flauw idee hoe, maar meer kunnen we op dit moment niet doen.'

Harris staarde hem aan. 'U zei dat ze niets met u te maken wilde hebben. Waardoor denkt u dat u haar nu wel kunt vertrouwen?'

'Het goede antwoord op die vraag levert de winnaar een miljoen dollar op.'

'Kunt u haar vertróúwen, meneer Marten?'

'Toen ik mijn hotel op Malta verliet, werd ik het hele eind naar Barcelona gevolgd door een jonge man. Op de luchthaven nam iemand anders het over. Het was de aangereden man op de foto in de krant. Hij achtervolgde Demi en mij naar een restaurant waar we heen gingen om te kunnen praten. Na afloop wilde ik hem aanschieten om hem wat vragen te stellen. Hij rende weg en ik zette de achtervolging in. En toen liep hij dus tegen die vrachtwagen aan.'

'Denkt u dat Foxx u liet achtervolgen?'

'Ja, om te zien aan wie ik verslag uit zou brengen.'

'En u wilt nu zeggen dat deze mevrouw Picard er iets mee te maken had?'

'Dat weet ik dus niet. Misschien deugt ze wel en kan ze ons enorm van dienst zijn, of wie weet kan door haar alles in duigen vallen. Voor mij is dat vervelend, maar voor u, meneer de president, is het van een geheel andere orde. Wat ik, denk ik, wil zeggen... is dat de beslissing aan u is.'

Marten zag dat president Harris slechts een fractie bedenktijd nodig had. 'Vraag haar of ze nu hierheen komt,' zei hij, 'maar dat ze tegen niemand moet zeggen waar ze naartoe gaat. Geef haar het kamernummer en zeg haar dat ze zich niet bij de receptie meldt maar meteen doorloopt. En geen woord over mij.'

'Weet u dat zeker?'

'Ja, ik weet het zeker.'

54

2.25 uur

Met de kamerlichten gedoofd stond Marten voor het raam op de uitkijk voor Demi. Beneden op straat was het nachtleven nog in volle gang. Het verkeer kwam moeizaam vooruit, voetgangers bevolkten de trottoirs, vanuit auto's en open deuren dreef muziek naar buiten. Voor Spanje, voor Barcelona was de avond nog jong.

Vanuit de badkamer ving Marten douchegeluiden op, totdat de president de kraan dichtdraaide. Even daarvoor had John Henry Harris met enige gêne gevraagd of hij Martens tandenborstel mocht gebruiken. Zonder nadenken had hij hem die gegeven. Daarna had hij om zijn scheerapparaat gevraagd, maar Marten stelde voor dat hij zijn baard liet groeien als extra vermomming, en de president had zich erin kunnen vinden.

2.27 uur

Nog altijd geen teken van Demi.

Marten keek de kamer in. Op nog geen vijf meter bij hem vandaan, in de besloten ruimte van de badkamer, was de president van de Verenigde Staten bezig zich af te drogen en aan te kleden, en zich voor te bereiden op wat komen ging. Het was een onmogelijke, zelfs absurde situatie, maar zo stonden de zaken ervoor. Marten moest onwillekeurig terugdenken aan zijn korte gesprekje met de president vlak voordat hij was gaan douchen.

'U zei dat dr. Foxx direct betrokken was bij Carolines dood, dat hij haar een soort bacterie heeft toegediend die haar fataal is geworden,' had de president gezegd. 'Hoe wist u dat?'

'Toen Caroline vlak na de begrafenis van haar man en zoon instortte, kreeg ze van dr. Stephenson een injectie. Ze werd wakker in een kliniek waar ook Foxx aanwezig was, en hij leek op haar behandeling toe te zien. Ze had het gevoel en de angst dat Stephenson haar een soort gif had ingespoten óf dat Foxx dat zelf had gedaan, in de kliniek.'

'Het gevoel en de angst?'

'Ja.'

'Dat betekent dus onzekerheid. U wist het zeker toen u het me vertelde. Waarom?'

'Door wat dr. Stephenson me vertelde, vlak voordat ze stierf. Ze dacht dat ik een van "hen" was, wie dat ook mogen zijn, uw "vrienden" wellicht, en dat ik haar naar "de dokter" zou brengen, zo zei ze het. Ze bedoelde Merriman Foxx.'

'Vlak voordat ze stierf?' De president had hem ongelovig aangestaard. 'U was erbij toen ze werd vermoord? Toen ze werd onthoofd?'

Een lang ogenblik zei Marten niets. Hij was de enige die de waarheid wist. Vervolgens realiseerde hij zich dat er nu, op dit moment, geen reden was om de waarheid voor zich te houden, zeker niet voor de man die voor hem stond. 'Meneer de president, ze werd niet vermoord. Ze pleegde zelfmoord.'

'Zelfmoord?' reageerde de president verbijsterd.

'Op straat, vlak bij haar huis. Het was avond. Ik had haar opgewacht en wilde haar ondervragen over wat er met Caroline was gebeurd. Ze was bang, maar volgens mij meer omdat ze misschien naar "de dokter" zou worden gebracht en voor wat hij haar zou kunnen aandoen dan voor wat dan ook. Ze had een pistool. Ik dacht dat ze me wilde neerschieten, maar in plaats daarvan stak ze de loop in haar mond en haalde de trekker over.

Ik kon niets meer doen, en ik had geen zin om de politie alles te moeten uitleggen, want dan zou Foxx erachter komen. Dus ik maakte dat ik daar wegkwam. Ze moet kort daarna door iemand zijn onthoofd. En dat betekent dat iemand haar dus in de gaten hield.'

De president was duidelijk in de war. 'Waarom zou je zoiets doen als ze toch al dood is?'

'Die vraag stelde ik mezelf ook en ik kwam tot de conclusie dat de zelfmoord van zo'n bekende arts, zo kort na de dood van een van haar bekende patiënten, wel eens tot opgetrokken wenkbrauwen kon leiden. Met mensen die allerlei vragen beginnen te stellen. Vooral zo kort na de dood van de echtgenoot van een van haar patiënten, een congreslid, en hun zoon. Een moord is iets anders, iets onpersoonlijks, iets wat iedereen kan overkomen. Bovendien valt een zelfmoord zoals deze met geen mogelijkheid te verhullen, meneer de president. Degene achter de onthoofding wist dat en nam gewoon haar hoofd mee.'

'Godallemachtig,' reageerde de president op zachte toon.

'Dat zei ik dus ook.'

2.30 uur

Marten keek weer naar de straat.

Nog altijd geen teken van Demi.

55

Commandopost Amerikaanse geheime dienst, Madrid, 2.30 uur

'Meneer, die telefoontjes naar hotels in Barcelona kwamen van een vrouw,' meldde opnieuw de stem van inlichtingenspecialiste Sandra Rodriguez in de headset van Hap Daniels. Hij stond voor een computerscherm in het CIA-pakhuis en klikte zich met de muis een weg door een eindeloze stroom berichten van het grote aantal inlichtingendiensten dat vergeefs trachtte de president op te sporen.

'Ze klonk jong en sprak Spaans met een Deens accent. De Spaanse inlichtingendienst had even nodig om de banden terug te luisteren en er wijs uit te worden.'

'Wat wilde ze precies weten?' vroeg Daniels ongeduldig.

'Ze was op zoek naar een man, een hotelbediende of een gast, dat zei ze er niet bij. Ze had alleen een naam, een *señor* Nicholas Marten. Marten met een *e* en niet met een *i*.'

'Marten?' herhaalde Daniels abrupt en hij keek op. Van de andere kant van het vertrek staarde Jake Lowe hem aan. Daniels keek weer naar het scherm. 'Weten we ook of ze deze Nicholas Marten heeft gevonden?'

'Ja, meneer. Hij zit in het Rivoli Jardín. Barcelona, 080002.'

'Dank je.'

Jake Lowe stond met zijn rug naar de kamer en overlegde via een beveiligde lijn met Jim Marshall in de war room in de Amerikaanse ambassade in Madrid.

'Misschien zijn we iets op het spoor,' sprak Lowe zacht maar op urgente toon. 'De Spaanse inlichtingendienst heeft ene Nicholas Marten opgespoord in een hotel in Barcelona. Iemand pleegde een aantal telefoontjes om uit te vinden waar hij zat.'

'Marten?' Marshall richtte zich met een ruk op. 'Dezelfde Marten als van de zaak-Caroline Parsons?'

'Dat weet ik niet zeker.'

'Weten we wie hem probeerde te vinden?'

'Een vrouw. We weten niet wie ze is of waarom ze hem zocht. Of zelfs of het dé Nicholas Marten is. Maar de president zou hem beslist herkennen; hij heeft hem gezien in de ziekenhuiskamer waar Parsons lag en heeft daarna om meer informatie over hem verzocht, en die hebben we gegeven.'

'Meneer Lowe,' klonk plotseling de stem van Hap Daniels via een ander kanaal in zijn headset. Hij draaide zich om en zag Daniels naar hem gebaren, 'misschien dat u hier even naar wilt kijken?'

Lowe kwam onmiddellijk naar het computerscherm gelopen waar Daniels, hoofd CIA-post Kellner en assistent-directeur van de geheime dienst Ted Langway naar staarden. Op het scherm prijkte de krantenfoto van Marten, ergens op straat in Barcelona, dezelfde foto als die de president had gebruikt om hem te identificeren.

'Uit de avondeditie van *La Vanguardia* van gisteren. Dat is Marten,' zei Daniels op besliste toon.

'Zeker weten?'

'Ja, ik was bij de president toen we hem in het ziekenhuis zagen.'

'De identiteit van Marten is nu bevestigd,' meldde Lowe via zijn headset aan Marshall, en vervolgens keek hij Daniels aan. 'Spoor hem op. Meer niet. Zorg dat hij slechts wordt geschaduwd. Hij mag niet weten dat we hem op het spoor zijn.'

Daniels wendde zich meteen tot Kellner. 'Heb je daar mensen paraat?'

'Ja.'

'Zet ze aan het werk.'

'Juist.'

'Hap.' Lowe keek Daniels recht in de ogen. 'Wat zegt je intuïtie? Is de president bij hem?'

'Ik wou dat ik ja kon zeggen, maar dat weten we pas zeker zodra we het bevestigd krijgen.'

'Dat wil ik in eigen hand houden.'

Verward fronste Daniels zijn voorhoofd. 'Ik weet niet zeker of ik u wel begrijp.'

'We weten niet hoe hij er fysiek of psychisch aan toe is. Wat we wél weten is dat hij ziek is en dat we, wat er ook gebeurt, uiterst subtiel moeten handelen. Als we hem benaderen, dan moet dat zijn met mensen die hij in een oogopslag herkent. Dus geen vreemde gezichten, geen CIA of Spaanse agenten.' Hij keek even naar assistent-directeur Ted Langway. 'Zelfs u niet, meneer Langway. Ik stel voor dat u hier in Madrid blijft.' Lowe keek Daniels weer aan. 'Ik wil het voor hem niet erger maken dan het al is. Als je een direct bevel wenst, kan ik dat van de vicepresident krijgen.'

'Dat heb ik niet nodig, meneer.'

'Ook dr. Marshall zal erbij willen zijn.'

'Dr. Marshall?'

'Ja.'

Hap Daniels hield de blik van Lowe nog even gevangen. 'Ja, meneer,' zei hij. Hij draaide zich om en liep weg terwijl hij in zijn headset praatte.

'Ik wil binnen het uur in Barcelona een auto, een gepantserd busje ingericht als ambulance met daarin twee artsen en twee hospikken, plus drie volgwagens met veiligheidsagenten gereed hebben staan. Laat dr. Marshall oppikken bij de ambassade en hem naar de luchthaven brengen.'

Opnieuw keek hij Kellner aan. 'Kun je ervoor zorgen dat de Spaanse geheime dienst snel toestemming geeft voor een vlucht naar Barcelona?'

'Ik denk van wel.'

'Hap.' Lowe keek hem direct aan. 'Hoe snel kunnen we opstijgen?'

'Zodra we toestemming hebben, zijn we binnen twintig minuten in de lucht.'

'Mooi.'

56

Hotel Rivoli Jardín, Barcelona, 3.00 uur

In het halfduister trok Marten net op tijd het gordijn opzij om een glimp op te kunnen vangen van Demi Picard. Zigzaggend door het verkeer stak ze de straat over naar het hotel. Ze droeg een lichte regenjas, met over haar schouder een grote damestas, en een slappe hoed was laag over haar voorhoofd getrokken. Als hij niet naar haar had uitgekeken, zou ze lastig te herkennen zijn geweest, wat vermoedelijk de bedoeling was.

Marten liet het gordijn los en stapte weg bij het raam. Op hetzelfde moment verscheen president Harris uit de badkamer en zette hij zijn bril met gewone glazen op.

'Ze stak net de straat over en zal nu binnen een paar minuten hier zijn,' zei Marten. 'Hoe wilt u het aanpakken?'

De president keek hem aan. Hij had nog steeds zijn toupet niet op en droeg weer dezelfde kaki broek, blauwe overhemd en bruine jasje als waarin Marten hem enkele uren daarvoor had aangetroffen.

'Meneer Marten,' sprak hij op een toon die dringender was dan Marten tot nu toe van hem had gehoord. 'Toen ik u opzocht, wist ik dat ik een risico nam, maar ik moest een veilige plek zien te vinden om wat uit te rusten, al was het maar voor even. Onder de douche had ik net de gelegenheid om mijn gedachten op een rijtje te zetten. Het is nu drie uur in de ochtend. De Spaanse politie was aan boord van de trein die ik gistermiddag laat nam van Madrid naar Barcelona. Ik ben met heel veel mazzel ontkomen zonder te worden herkend. Dat is me hier op het station ook gelukt. De jacht op mij, hoe geheim ook, zal grootschalig zijn. Ik ken de procedures en de middelen die de geheime dienst zal inschakelen in haar poging om mij te traceren. De kans is dus vrij groot dat ze inmiddels een vermoeden hebben waar ik naartoe ben gegaan. Misschien hebben ze zelfs de telefoontjes onderschept die mijn vriendin de prostituee heeft gepleegd om u op te sporen. Het zal niet lang duren voor ze het optelsommetje maken en weten waar ik zit. Ik moet hier dus meteen weg, hoe eerder hoe beter.'

'Maar waarheen?'

'Als ik u dat vertel en ze vinden u, dan zult u ze dat gegarandeerd opbiechten, neem dat maar van mij aan.'

'Dan moet ik er dus voor zorgen dat ze me niet vinden, hè?'

De president nam hem aandachtig op. 'Meneer Marten, u hebt me al enorm geholpen. Als u daarmee doorgaat zit u straks tot over uw oren in de problemen.'

'Ik zít er al tot over mijn oren in,' zei Marten met een halve glimlach. 'En ik word vermoedelijk ook nog eens ontslagen.' De glimlach verdween. 'Als ze hier naar u komen zoeken, zullen ze sowieso weten wie ik ben. Meneer de president, u vroeg om mijn hulp, en die hebt u nog steeds.' Hij zweeg even. 'Bovendien,' ging hij verder, 'zit ik hier vanwege wat Caroline Parsons is overkomen, en hetzelfde geldt in zekere zin voor u. Als u gaat, ga ik ook.'

'Weet u dat zeker?'

'Ja, meneer.'

'Dan ben ik u zeer dankbaar, meneer Marten. Maar ik wil ook dat u iets goed begrijpt.' De dringende toon in zijn stem ging nu vergezeld van een blik waaruit een bijna ondraaglijke angst sprak, alsof hij zich nu pas bewust werd van de omvang en ernst van zijn situatie. 'Zoals ik hier nu sta, ontbeer ik alle macht en vermogen die mijn ambt me anders zou bieden. Ik heb absoluut geen gezag meer. Als ze me te pakken krijgen en me terugbrengen, zullen ze mij doden. Dat maakt me tot een gewone arme sloeber die op de vlucht is terwijl de tijd doortikt, en die tegelijkertijd zijn best doet om in leven te blijven in de hoop dat hij zijn eigen land en vele andere, denk ik, een ramp kan besparen. Om dat te kunnen doen moet ik erachter zien te komen wat mijn "vrienden" van plan zijn en welke mogelijkheden ze daartoe hebben, en daarna een manier vinden om het te stoppen, wat dat "het" ook is. Dr. Foxx lijkt er een sleutelrol in te spelen, wie weet is hij zelfs het brein achter dit alles. Deze Demi Picard, die vriendin van u, kan ons misschien wel helpen om hem te vinden. Wellicht weet ze zelfs wel waar hij nu zit.'

'U bedoelt dat u haar met ons mee wilt nemen.'

'Meneer Marten, ik heb al gezegd dat er bar weinig tijd is. Als zij iets weet over dr. Foxx, dan moet ik zo snel mogelijk weten wat dat is. Zoals ik net al zei, heb ik hier vermoedelijk al te lang getreuzeld. Dus ja, hoe gevaarlijk en roekeloos het misschien ook is, stel dat zij voor Foxx werkt, toch wil ik haar meenemen. Dat wil zeggen, als ze daartoe bereid is.'

'Daar twijfel ik niet aan, want ze wil me dolgraag spreken. Maar als ze meegaat, loopt u een enorm risico dat ze doorkrijgt wie u werkelijk bent.'

'Dat risico loop ik hier nu ook. Als ze ons bij dr. Foxx kan brengen of zelfs dicht genoeg in zijn buurt zodat we hem daarna zelf kunnen vinden, dan is het dat risico waard.' De president zweeg even. 'Meneer Marten,' fluisterde hij nu bijna, 'het betekent zo veel.'

Plotseling werd er hard op de deur geklopt. Meteen daarop nog een klop. 'Ik ben het, Demi,' klonk het op de gang.

Marten keek de president aan. 'Weet u het zeker?'

'Ja.'

Marten knikte en deed vervolgens de deur open. Demi kwam snel naar binnen gelopen en hij sloot de deur weer. Bijna op hetzelfde moment voelde hij haar hand op zijn arm. 'Wie is dit?' Ze staarde naar president Harris.

'Ik, eh...' stamelde Marten. Hier hadden ze het nog helemaal niet over gehad. Hoe stelden ze de president aan haar voor?

'Bob,' sprak Harris het verlossende woord met een glimlach en een uitgestoken hand. 'Bob Rader, ik ben een oude vriend van Nicholas. We zijn elkaar onverwacht tegen het lijf gelopen.'

Ze staarde hem nog even aan, net lang genoeg om zijn aanwezigheid tot zich te laten doordringen, en keek daarna weer naar Marten. 'We moeten praten. Onder vier ogen. Nu.'

'Demi, Bob weet wat er aan de hand is. Wat je ook te zeggen hebt, kun je in zijn bijzijn doen.'

'Nee, het is iets anders.'

'Wat dan?'

Haar ogen schoten van de ene man naar de andere. 'Toen ik net het hotel binnenliep, kwamen er nog vier mensen binnen. Een van hen was een hotelgast die met mij in de lift stapte. De andere drie, twee mannen en een vrouw, gingen naar de balie. Een van hen had een exemplaar van *La Vanguardia* bij zich, waar jouw foto in staat. Die met onze vriend in het gele poloshirt uit het restaurant, de dode man naast wie je knielde op straat.'

'En?'

'Volgens mij waren ze van de politie.'

57

De foyer van Hotel Rivoli Jardín, 3.07 uur

'*¿Es este señor Marten?*' Is dit meneer Marten? De vraag kwam van rechercheur in burger Iuliana Ortega van de politie van Barcelona. Ze hield de krant met Martens foto omhoog voor de jonge, graatmagere nachtreceptionist van het hotel. De jongen keek naar de foto en vervolgens naar de twee mannen achter haar die hem in de gaten hielden, rechercheurs Alfonso Leon en Sanzo Tarrega.

Buiten bevonden zich nog eens tien undercoveragenten. Twee in elke auto, met zicht op de twee hoofdingangen aan de voorzijde van het hotel en nog eens twee in een auto die aan de achterzijde van het gebouw vlak bij een dienstingang stond. De andere vier hadden zich verschanst op het dak van een appartementengebouw aan de overkant, twee met nachtkijkers; de anderen waren scherpschutters, gewapend met .50 Barrett sluipschuttersgeweren die met een nachtvizier waren toegerust. Het eerste team hield de straat in de gaten, het tweede het raam van kamer 408.

In totaal waren er dertien volwaardige leden van de Guàrdia Urbana, de politie van Barcelona, maar geen van hen was wat hij voorwendde te zijn. De zes in de surveillancewagens waren speciaal agenten van de GEO, Grupo Especial de Operaciones, het Spaanse elitekorps voor contraterrorisme; de anderen, de mannen op het dak aan de overkant en rechercheurs Ortega, Leon en Tarrega, waren ondergeschikten van CIA-chef Kellner van standplaats Madrid, CIA-agenten die opereerden met toestemming van de plaatselijke politie en de Spaanse inlichtingendienst.

'Ik vroeg u of dit señor Marten is.' In het Spaans drong rechercheur Ortega nog één keer aan bij de receptionist; ze gebaarde ondertussen naar Martens foto in de krant en deed haar best de harde, swingende Cubaanse jazzmuziek die vanuit de Jamboree Club aan de andere kant van de foyer naar binnen dreef te negeren.

'*Sí*,' zei de jonge man, en zijn ogen schoten zenuwachtig van rechercheur Ortega naar de mannen achter haar. '*Sí*.'

'Er is nóg een man bij hem,' zei ze uitdrukkelijk.

De receptionist knikte opnieuw. Hij had duidelijk geen idee waar dit over ging of wat er aan de hand was.

Rechercheur Tarrega stapte naar voren. 'Zijn ze nu allebei in señor Martens kamer?'

'Ja, ik denk van wel,' antwoordde de receptionist zenuwachtig. 'Ik weet het niet zeker, want ik heb het druk gehad. Maar ze zouden langs de balie moeten komen om naar buiten te gaan, en ik heb ze niet gezien. Ik ben hier de hele avond geweest. De manager liet me nog een dienst draaien. Ik had er niet om gevraagd, maar hij droeg me gewoon op om langer door te werken.'

'Deze andere man. Wie is dat?' drong rechercheur Ortega aan. 'Hoe heet hij?'

'Dat weet ik niet. Hij zei dat hij de oom van meneer Marten was. Ik heb hem zelf in de kamer gelaten.'

'Hoe zag hij eruit?'

'Als een oom,' zei de receptionist schaapachtig grijnzend.

'Beantwoord de vraag, alstublieft,' eiste Ortega. 'Hoe zag hij eruit?'

'Oud, nou ja, niet stokoud, een beetje oud. Bijna kaal, en een bril.'

'Kaal?'

'Bijna, ja.'

Rechercheur Tarrega wierp een blik naar rechercheur Leon, knikte naar de lift en keek daarna de receptionist weer aan. 'Geeft u ons alstublieft een sleutel van Martens kamer.'

'Ik... Dat is tegen de hotelreg...' begon de receptionist, maar hij bedacht zich snel. Haastig pakte hij een blanco elektronische sleutel, programmeerde deze en gaf hem aan Tarrega.

Snel keek deze Iuliana Ortega aan. 'Bewaak de boel hier, wij gaan naar boven.'

3.12 uur

De liftdeuren gleden open en Tarrega en Leon stapten naar buiten. In een oogwenk hadden ze hun positie ingenomen aan weerszijden van de gang waar ze duidelijk zicht hadden op de deur van kamer 408.

Ze wisten dat 408 Martens kamer was. Niet omdat ze de receptionist ernaar hadden gevraagd, maar omdat ze het reserveringssysteem van het hotel voor hun komst hadden gekraakt. Ook was gebleken dat Marten vanuit zijn hotelkamer geen telefoongesprekken had gevoerd of iets bij roomservice had besteld. Hoe het ook zij, voor hen en voor de agenten buiten bevonden Nicholas Marten en diens kalende 'gast' zich nog steeds in de kamer.

58

Aan boord van de Chinook-helikopter van het Amerikaanse leger, eenentwintig minuten na vertrek uit Madrid en onderweg naar Barcelona, 3.16 uur

'Kaal?' riep Hap Daniels terwijl hij boven het geraas van de Chinook-motoren uit het laatste nieuws vernam. Onmiddellijk keek hij naar Jake Lowe en nationale veiligheidsadviseur James Marshall, die tegenover hem vastgegespt zaten.

'Agenten melden dat een man die beweerde Martens oom te zijn in diens kamer werd gelaten. Hij was kaal. Of bijna kaal. Tenzij de POTUS zijn hoofd heeft geschoren, zitten we achter de verkeerde man aan.'

'Misschien heeft hij inderdaad wel zijn hoofd geschoren.' Lowe keek even naar Marshall en vervolgens terug naar Daniels. 'Hou die agenten op hun positie. Kaal of niet, behandel de situatie alsof hij de POTUS is.'

'Wanneer zijn we er?' vroeg Marshall.

'Landing bij het hoofdbureau van politie in Barcelona om 3.40 uur. Daarna nog eens tien minuten naar het hotel.'

Chantilly, Frankrijk, 3.25 uur

Op ruim een kilometer van het Hippodrome de Chantilly, langs een oefenbaan voor de volbloedpaarden van de renbaan die Cœur de la Forêt, het hart van het bos, werd genoemd, lag Victor verscholen in de donkere bossen. Het zou nog altijd meer dan drieënhalf uur duren voordat zijn doelwitten langs zouden komen, maar zelfs in deze donkere en vochtige bossen voelde Victor zich op zijn gemak.

Zoals beloofd hadden ze hem eersteklas van Madrid naar Parijs laten vliegen. Daarna had hij gedaan zoals hem was opgedragen: met een taxi van de luchthaven Roissy-Charles de Gaulle naar station Gare du Nord en vandaar met de trein naar het stadje Chantilly, waar hij in Hotel Chantilly een voor hem gereserveerde kamer had betrokken en waar het M14-geweer plus munitie – verborgen in een afgesloten golftas met zijn naam op het bagagelabel en per spoor doorgestuurd vanuit een hotel in Nice – voor hem gereed lagen. Daarna had hij een boswandeling gemaakt, de oefenbaan van het Cœur de la Forêt gevonden en de plek gekozen waar hij nu zat en van waaruit hij vlak na zonsopgang, zodra de jockeys hun volbloeden trainden, het vuur zou openen.

3.27 uur

'Victor.' Richards zachte en geruststellende stem klonk door zijn headset.

'Ja, Richard.'

'Ben je in positie?'

'Ja.'

'Is alles in orde? Heb je het warm genoeg? Heb je alles wat je nodig hebt?'

'Ja, Richard.'

'Nog vragen?'

'Nee.'

'Succes dan.'

'Dank je. Komt allemaal dik in orde.'

'Dat weet ik, Victor. Dat weet ik heel goed.'

Victor hoorde dat Richard ophing, en hij liet zich weer behaaglijk tussen het gebladerte zakken. Hij voelde zich op zijn gemak, gelukkig zelfs. Het donkere bos en de nachtgeluiden om hem heen, zelfs de dauwachtige vochtigheid die overal op was neergedaald, voelden natuurlijk en uitnodigend, alsof dit een plek op de wereld was – zo ver weg en zo veel anders dan de dorre woestijn van Arizona waar hij zijn hele leven had doorgebracht totdat ze hem hadden gevonden – waar hij echt thuishoorde.

3.30 uur

Een mot fladderde omlaag en landde op zijn gezicht. Heel voorzichtig veegde Victor het kleine vlindertje weg. Hij hield van alle levende dingen, had dat altijd gedaan, en zijn hele leven was hij ervoor gestraft; te gevoelig, te emotioneel, een huilebalk, een moederskindje was hij genoemd, zelfs door zijn eigen familie. Het schelden kwetste hem diep. Het deed een zwakheid vermoeden die een man niet zou moeten hebben, en als tiener en vervolgens als volwassen man had hij geprobeerd het doelbewust te verdringen. Knokpartijen en problemen op school; later cafégevechten en aanklachten wegens geweldpleging, met zo nu en dan een lichte gevangenisstraf. Hij zat er niet mee, hij was een taaie die elke situatie aankon, zo sterk en mannelijk als maar nodig was. Het was een indruk waar Richard na hun eerste telefoongesprekken op had aangehaakt.

Daarmee had hij Victor doen beseffen dat er niets mis was met hoe hij zich voelde en dat diezelfde emoties door honderden, duizenden, ja, zelfs miljoenen andere mannen werden ervaren. Natuurlijk deed het pijn als mensen in zijn directe omgeving hem erom bekritiseerden, maar het was niets vergeleken met de dingen die anderen deden. Richard had het over lieden die weinig waarde hechtten aan het leven, behalve als het hun eigenbelang schraagde. Terroristen. Moordenaars, aan wie hij de wereld een dienst bewees door hen te bestrijden, maar tegen wie, behoudens een enkele uitzondering, geen enkel leger was opgewassen.

Richard had hem gevraagd of hij geïnteresseerd zou zijn om zich aan te sluiten bij een ondergrondse beweging van vrijheidsstrijders die zich toelegden op de bescherming van het Amerikaanse vaderland door deze gasten en hun organisaties wereldwijd te verslaan, en hij had onmiddellijk ingestemd.

De man die in Washington van de trein was gestapt en die hij had vermoord, was een jonge honkballer uit Midden-Amerika, zo had Richard hem enkele dagen daarvoor verteld. Maar de man was ook lid van een terroristische organisatie, die in de vliegroute tussen Washington en New York slapende cellen oprichtte en de volgende dag naar Venezuela zou vertrekken om bij zijn bazen te regelen dat er meer van hun mensen en geld naar de VS gingen. De autoriteiten waren hiervan op de hoogte, maar hadden vanwege hun bureaucratische systeem met zijn hiërarchie van gezag niets ondernomen om hem tegen te houden. Er moest iets gebeuren voordat deze terrorist het land verliet, en dat had Victor gedaan.

Het was hetzelfde in Madrid, toen Richard erop had gestaan dat hij zich naar station Atocha begaf om zich ter plekke een beeld te vormen van de gruwelen die terroristen er hadden aangericht. Het was een terreurdaad die ver van tevoren had moeten, en kunnen, worden verijdeld.

Het schaduwen van de president in Berlijn en Madrid was een eenvoudige oefening geweest. Richard wilde dat hij met eigen ogen zag hoe gemakkelijk het was om ondanks de zware beveiliging voldoende dichtbij te komen om de president te vermoorden. Het was de reden waarom hij nu hier in Chantilly was, niet alleen om zijn schietvaardigheid te testen maar ook omdat de jockeys tot een terroristische factie behoorden die zich in Noord-Frankrijk organiseerde. Het plan was om hen een voor een uit te schakelen, man voor man, en met alle mogelijke middelen. Dit was oorlog, en als niemand anders die kon voeren zoals het moest, dan zouden mensen als Victor en Richard dat wel doen.

Tot dusver had Victor zijn rol met glans gespeeld. Ze hechtten waarde aan zijn vaardigheden en zijn toewijding, en dat zeiden ze ook tegen hem. Voor hem was dat het allerbelangrijkst.

3.35 uur

Met een gehandschoende hand trok Victor de M14 dichter naar zich toe en liet het geweer comfortabel in zijn elleboogsholte rusten. Hij hoefde nu slechts te wachten totdat de ruiters zouden langskomen.

59

Hoofdbureau van politie, Barcelona, 3.40 uur

In een enorme stofwolk en onder oorverdovend geraas landde de Amerikaanse Chinook-legerhelikopter op het heliplatform van de Guàrdia Urbana. Onmiddellijk werden de motoren uitgezet en gleden de deuren open. Seconden later sprongen Hap Daniels, zijn ondercommandant Bill Strait, Jake Lowe en dr. James Marshall naar buiten, gevolgd door vier andere agenten van de geheime dienst. Bukkend onder de nog steeds rondmalende rotorbladen holden ze naar drie aan de rand van het tarmac gereedstaande auto's waarvan de portieren al openstonden. Ze waren razendsnel ingestapt, de portieren werden dichtgesmeten en de auto's reden met gierende banden weg.

Hotel Rivoli Jardín, 3.45 uur

Muziek en verkeer vulden de straten alsof het middag was. Via de twee hoofdingangen van het hotel was het een komen en gaan van pierewaaiers, alsof het Rivoli Jardín voor de hele stad een groot feest had georganiseerd, waarbij de muziek die uit de Jamboree Club aan het eind van de foyer schalde het middelpunt vormde.

Tot nu toe had geen van de zes Spaanse GEO-agenten die buiten in gewone auto's de wacht hielden de als Nicholas Marten geïdentificeerde man noch diens kalende 'oom' naar buiten zien komen. Vanaf het dak van het gebouw aan de overkant hadden de agenten achter de dichtgetrokken gordijnen van de verduisterde kamer 408 evenmin enige activiteit waargenomen. De enige verlichting leek te komen uit een schemerige gang of van een badkamerlamp die al sinds hun aankomst had gebrand. Ook voor de CIA-agenten die zich voordeden als rechercheurs Tarrega en Leon van de politie van Barcelona en die zich op de gang buiten kamer 408 hadden opgesteld, was er niets veranderd. Hetzelfde gold voor de agente die zichzelf Iuliana Ortega noemde en die in de foyer op de uitkijk stond. Kortom: als hun twee 'mannen van belang' zich in de kamer hadden bevonden toen de agenten arriveerden, dan zaten ze er nu nog steeds.

De Jamboree Club was rokerig en broeierig, volgepakt met vooral jonge en zweterige dansers. De afgelopen uren had de Cubaanse jazz plaatsgemaakt voor Braziliaanse bossanova en daarna voor Argentijnse jazz.

'*Vino blanco otra vez, por favor.*' Nog een witte wijn, graag. 'Bob', zoals president zichzelf had voorgesteld aan Demi, glimlachte naar de jonge serveerster, gebaarde haar hun glazen bij te schenken en keek haar vervolgens na terwijl ze zich tussen de dansende mensen door een weg naar de bar twistte.

Om zeven over drie had Demi hun gewaarschuwd voor de politie beneden. Een minuutje later had Marten zijn elektronische agenda, bandrecorder, toiletartikelen en andere bezittingen in zijn reistas geschoven en deze over zijn schouder gehangen. Weer een minuut later hadden ze de kamer verlaten en aan het eind van de gang de brandtrap genomen. Om elf over drie hadden ze vanuit een zijgang naast de Jamboree Club de foyer betreden.

'Daar,' zei Demi wijzend naar Iuliana Ortega, de vrouw die ze met de twee mannen het hotel binnen had zien komen. Ze zat in een luxe gestoffeerde stoel in de foyer, met duidelijk zicht op de hoofdingang en de liften, alsof ze op iemand wachtte.

'Zie je ook die twee mannen?' vroeg Bob.

'Nee.'

De president keek Marten aan. 'Ze zijn niet van de politie,' zei hij zacht en hij knikte vervolgens even in de richting van de Jamboree Club. 'Een betere plek is er niet.'

Om dertien over drie vonden ze een tafeltje waaraan ze plaatsnamen. Al snel arriveerde de serveerster, en de president bestelde witte wijn voor hen alle drie. Terwijl ze wegliep, pakte hij een servet en noteerde iets. Hij vouwde het op en keek Marten en Demi aan.

'Inmiddels zullen ze weten in welke kamer meneer Marten verblijft en waar ze vermoeden dat ik zit, want de receptionist die me heeft binnengelaten zal het ze ongetwijfeld hebben verteld. De mannen zijn vast naar boven gegaan om de gang te bewaken, maar zullen pas naar binnen gaan zodra het zware geschut arriveert.'

Marten boog zich voorover. 'Aan de andere kant van de foyer is een zijingang, waarom nemen we die niet gewoon?'

'Daar zullen nog meer agenten staan,' zei de president zachtjes, 'die alle ingangen in de gaten houden.'

'Hoe weet u dit allemaal?' vroeg Demi met een behoedzame blik naar Bob. Er was hier iets gaande en ze vond het maar niets. 'Wie bent u eigenlijk?'

'Bob,' antwoordde hij kortaf.

Op dat moment verscheen de serveerster met hun glazen wijn. Marten betaalde haar en ze liep weer weg. Op hetzelfde moment klonk over de geluidsinstallatie van de club een enthousiaste stem in het Catalaans: 'Mag ik een warm applaus voor de Baskische zanger-songwriter Fermín Murguruza!'

Een spotlight floepte aan en de knappe Murguruza sprong zingend het podium op. Het publiek werd uitzinnig. Binnen enkele seconden was iedereen overeind gesprongen om te dansen alsof ze alles opeens vergeten waren. De president benutte dit moment om Marten onopvallend het servet toe te stoppen. Marten hield het in zijn schoot, vouwde het open en las wat de president erop had gekrabbeld: *De vrouw is van de CIA, de mannen vermoedelijk ook – de geheime dienst is in aantocht!*

Marten voelde zijn hart bonken en hij keek naar de president. Op dat moment hoorde hij Demi's ademloze uitroep.

'*Oh-mon-Dieu!*' riep ze in het Frans.

Marten keek even naar haar. Met wijdopen ogen staarde ze Bob aan.

Snel keek Harris haar indringend aan. 'Dus nu weet u het. Niets zeggen.'

'Oké,' zei ze fluisterend. Nog even staarde ze hem vol ongeloof aan, om zich vervolgens aarzelend tot Marten te richten. 'Wat is hier aan de hand? Ik begrijp het niet.'

'Luister naar me,' zei de president terwijl hij zich vooroverboog om zich boven het kabaal van Fermín Murguruza's muziek uit verstaanbaar te maken. 'De agent van mijn geheime dienst kan hier elk moment zijn. Hij en zijn mannen zullen vanuit Madrid hierheen zijn gevlogen. Ze hebben geen idee wat ik hier doe of waarom, en eerlijk gezegd kan het ze op dit moment ook geen barst schelen. Het is hun taak om mij kost wat het kost te beschermen. Bovenal zullen ze niet willen dat dit alles uitlekt. Wat hoogstwaarschijnlijk de reden is waarom ze het gebouw nog niet hebben ontruimd of hermetisch afgesloten. Dat zou te veel aandacht trekken, en dat is wel het laatste wat ze willen.

Ze gaan heel snel en efficiënt te werk. Als ze waren gearriveerd toen wij nog boven op de kamer zaten, zouden we allang via de achterdeur naar buiten zijn gewerkt, in gereedstaande auto's zijn geduwd en zijn afgevoerd. Niemand zou ooit weten dat ik of zij hier zelfs zouden zijn geweest, laat staan dat er iets zou zijn voorgevallen.

Tegelijkertijd biedt deze werkwijze ons heel even de gelegenheid, want zodra ze arriveren en mijn agent met zijn plaatsvervanger via die deur, daar, de club betreedt, zullen alle andere agenten gefocust zijn op het plan om mij te evacueren. Op dat moment, zodra hij ten tonele verschijnt, gaan wij af. Met z'n drieën, via de zijingang de straat op en de menigte in. Voordat ik het hotel binnenliep, heb ik beide ingangen goed bekeken. Eenmaal buiten gaan we rechtsaf en lopen we als drietal de straat uit. Aan het einde, zo'n zestig meter verderop, staat een rij taxi's. Neem de eerste die beschikbaar is en laat mij het woord doen.'

Marten boog zich voorover. 'U baseert dit allemaal op de overtuiging dat uw agent via de voorkant binnenkomt en niet via een andere ingang.'

'U hebt gelijk, ik weet het niet zeker, het is een gok. Maar ik ken hem goed. Hij is niet alleen doodsbenauwd dat de president verdween op het moment dat hij verantwoordelijk was voor de bewaking, maar hij maakt zich ook diep ongerust over mijn welzijn en zal me zo snel mogelijk naar buiten willen loodsen en in veiligheid willen brengen. Daarom zal hij de kortste route nemen, en die loopt via de voordeur en met de lift omhoog naar de kamer.'

'En als hij dat nu niet doet? Stel dat hij een andere route neemt, de kamer binnenstormt en u niet aantreft? Niemand heeft u naar buiten zien gaan, dus dat betekent dat u nog in het gebouw bent. Aandacht of niet, deze hele tent wordt afgesloten voordat wij "boe" kunnen zeggen.'

De president glimlachte flauwtjes. 'Laten we maar hopen dat ik mijn beveiligingsman goed genoeg ken.' Meteen keek hij Demi aan. 'U bent hierin verwikkeld geraakt vanwege meneer Marten en wat u over dr. Foxx zou kunnen weten.'

Demi schrok.

'Heb ik gelijk?' drong president Harris aan.

Marten stelde haar gerust. 'Ik zei het al eerder: hij is op de hoogte, je kunt vrijuit praten.'

'Ja, u hebt gelijk,' zei Demi.

'Dan begrijpt u dat als meneer Marten of ik gepakt worden, de informatie waarmee u naar hem gekomen bent niets zal uithalen, gewoon omdat ik er niets mee zal kunnen doen, en hij ook niet. Dat zet u dus direct onder druk.'

'Ik begrijp het niet,' reageerde ze.

'Door de foto in de krant zullen ze weten hoe meneer Marten eruitziet, en uiteraard weten mijn mensen hoe ik eruitzie, en als ze verrast werden door mijn kale hoofd, dan zijn ze dat na hun gesprekje met de receptionist inmiddels niet meer. En daarmee zijn we terug bij u, omdat niemand u kent.' De president zweeg even en keek haar recht in de ogen. Marten wist dat hij dit moment gebruikte om haar in te schatten.

'Wat ik nu doe, mevrouw Picard, is uw welzijn, dat van meneer Marten en dat van mij volledig in uw handen leggen. Ik vraag u om hulp. Begrijpt u dat?'

'Ja.'

'Dus u gaat ons helpen?'

Demi keek even naar Marten en vervolgens weer naar de president. 'Wat wilt u dat ik doe?'

3.45 uur

Demi stond op van het tafeltje en liep met haar grote damestas de foyer in. De grote slappe hoed en haar lichte regenjas had ze achtergelaten.

3.46 uur

Met een servetje wapperde Demi zich wat koelte toe terwijl ze zich onder de zweterige, opgewonden dansers begaf die buiten voor de ingang van de Jamboree Club een luchtje schepten. Haar aandacht was op de hoofdingang gericht.

Drie meter verderop wachtten Marten en president Harris pal achter de deuren van de club. Marten had zijn haar wat door de war gemaakt, zijn shirt losgeknoopt en Demi's regenjas nonchalant over een schouder geworpen om zijn reistas te verhullen. De president, die nog altijd zijn bril op had, had haar slappe hoed fatterig over een oor getrokken zodat deze zijn kaalheid grotendeels bedekte.

3.50 uur

Demi zag de vier door de voordeur komen en linea recta naar de liften lopen; een van hen had een regenjas over zijn arm geslagen. De president had een perfecte omschrijving gegeven van Hap Daniels en Bill Strait, net zo perfect als hij hun handelen had voorspeld. De twee anderen herkende ze van haar verblijf in Washington: presidentieel adviseur Jake Lowe en de Amerikaanse nationale veiligheidsadviseur, dr. James Marshall. Snel draaide ze zich om en liep ze terug de club in.

'Nu,' zei ze.

3.51 uur

Het drietal kwam gearmd de Jamboree Club uit en liep door de drukke foyer naar de zijingang. Ze gingen helemaal in zichzelf op en liepen half dansend door de menigte. Ze zagen er precies uit zoals de bedoeling was: een paar halfdronken homo's die met hun feestvierende hetero vriendin een avondje aan het stappen waren.

Na vijf seconden waren ze halverwege de deur. Nog eens drie en ze waren er bijna.

'Nog niet helemaal,' zei de president, die een glimlach forceerde en direct stilstond. 'Nog één drankje voor we gaan.' Het lukte hem hun om te laten keren. 'Voor de deur,' fluisterde hij, 'staat een agent van de geheime dienst die sinds mijn inauguratie aan me gedetacheerd is.'

3.52 uur

De lift remde af en stopte, de deuren gleden open en Hap Daniels, Bill Strait, Jake Lowe en James Marshall stapten de gang naar Martens kamer op.

Daniels hoefde hun niet aan Alfonso Leon en Sanzo Tarrega voor te stellen. Ze wisten al wie ze waren en wat ze zouden doen zodra de Chinook-helikopter op het hoofdbureau van politie was geland. Dat agent Strait een regenjas droeg, ook dat was geen verrassing. Die was speciaal bedoeld om vlak voordat ze de president naar buiten zouden leiden over zijn hoofd te gooien zodat hij niet door een toevallige passant of een alerte journalist of mogelijk rond koekeloerende paparazzi zou worden herkend, laat staan op de foto zou worden gezet.

3.53 uur

Bij de dienstingang van het hotel zochten de drie overgebleven agenten van de geheime dienst, die Daniels vanuit Madrid hadden vergezeld, contact met de Spaanse agenten van de Grupo Especial de Operaciones om vervolgens naar de dienstlift te lopen.

Tegelijkertijd verscheen het rijdend materieel waar Daniels ruim een uur eerder vanuit Madrid om had verzocht – een voorste auto, een gepantserd busje met twee artsen en twee hospikken en drie volgwagens voor de beveiliging – en stopte naast de GEO-auto. Onmiddellijk werden de lichten gedoofd.

3.54 uur

De president, Nicholas Marten en Demi stonden buiten in de meute voor de openstaande deuren van de club. Aan de andere kant van de foyer zagen ze de slanke receptionist en CIA-agent Ortega. De eerste was druk aan het telefoneren. Ortega was opgestaan en stond nu vlak bij de hoofdingang, die ze geconcentreerd in de gaten hield.

'We hebben weinig tijd meer,' zei de president op zachte toon. 'We nemen de hoofdingang. Laten we maar hopen dat die vrouw daar de enige agent is en dat de anderen elders strikte orders hebben. Als we haar voorbij zijn, gaan we buiten rechtsaf en laten we ons door de menigte opslokken. Mochten ze mij om een of andere reden pakken, blijf dan gewoon doorlopen. Als je te hulp wilt schieten, vallen er misschien doden.'

De president stond op het punt om naar de deur te lopen. 'Wacht,' zei Marten snel, en hij richtte zich tot Demi. 'Jij spreekt Frans.'

'Natuurlijk.'

'Jij loopt voorop. Zodra je bij die vrouw bent, spreek je haar aan als een Franse toeriste die haar groep kwijt is en vraag je haar hoe je bij de haven komt. Misschien verstaat ze je, misschien niet, dat doet er niet toe. Wij blijven vlak achter je. We hebben maar een seconde of vijf afleiding nodig om langs haar te komen. Zodra wij buiten zijn, bedank je haar en loop je weg. We zien je halverwege de straat. Lukt dat, denk je?'

'Ja.'

'Mooi.'

3.55 uur

Jake Lowe en dr. Marshall stonden met hun rug tegen de muur gedrukt terwijl Hap Daniels en Bill Strait zich naar de deur van kamer 408 begaven. De gang achter hen werd gedekt door CIA-agenten Tarrega en Leon voor het geval ze hulp nodig hadden of een hotelgast zijn of haar kamer wilde verlaten.

In een kleine L-vormige nis een meter of zeven verderop stonden de drie agenten van de geheime dienst, die net uit de dienstlift waren gestapt, paraat; via deze weg zouden ze de president afvoeren. De lift waarmee Hap en de anderen naar boven waren gekomen, was afgesloten en 'tijdelijk buiten dienst'.

Met een elektronische kaart in de hand keek Hap Daniels nog even naar Bill Strait, die de regenjas voor over het hoofd van de president gereedhield, en wierp vervolgens een blik op Jake Lowe en dr. Marshall.

'Vijf seconden,' zei hij zacht in het microfoontje op zijn kraag. Hij stak een vinger op, daarna twee.

De vier CIA-agenten op het dak aan de overkant waren gespannen. De twee die de straat in de gaten hielden, richtten hun verrekijkers op het raam van kamer 408. De twee scherpschutters waren er met hun Barrett .50 sluipschuttersgeweren en nachtvizieren helemaal klaar voor. Als de president door een persoon of een of andere groep in gijzeling werd gehouden, zouden die binnen enkele seconden dood zijn.

De foyer van het hotel, hetzelfde tijdstip

Marten en de president liepen enkele passen achter Demi. Iets verderop zagen ze de vrouwelijke CIA-agent net in de foyer staan. Rechts zagen ze de nachtreceptionist de telefoon ophangen en zich omdraaien om met iemand te praten.

Op de gang bij kamer 408

Hap Daniels hield vier vingers omhoog, en ten slotte vijf.

In één beweging haalde hij de elektronische sleutelkaart door het slot. Een halve seconde later sprong het rode lampje op groen en duwde hij de deur open.

De foyer van het hotel

'*Excusez-moi. Mes amis sont partis. Pouvez-vous me dire quelle manière c'est au port? Là où mon hôtel est.*' Neemt u me niet kwalijk. Mijn vrienden zijn vertrokken. Kunt u me de weg naar de haven wijzen? Daar is mijn hotel namelijk.

Demi was pal voor Iuliana Ortega gaan staan, waardoor ze haar zicht op de hotelingang blokkeerde. Ondertussen glipten Marten en de president langs haar heen en verdwenen ze buiten in de drukte op het trottoir.

'*Trouvez un taxi, il est une longue promenade*,' reageerde Ortega bars. Zoek een taxi, het is een fikse wandeling. Waarna ze onmiddellijk om haar heen liep om de deur in de gaten te kunnen blijven houden.

'*Merci*,' zei Demi en ze draaide zich om en liep naar buiten.

60

3.58 uur

'Godverdomme!' vloekte Hap Daniels luidkeels.

Agent Bill Strait bevond zich vlak achter hem. Jake Lowe en dr. James Marshall renden naar de deur.

Kamer 408 was verlaten.

'Was hij hier?' Lowe was met Marshall op zijn hielen de kamer binnengestormd.

Daniels negeerde hem. 'Sluit meteen het gebouw af!' sprak hij in zijn headset. 'Er mag niemand in of uit. Ik wil iedereen gecontroleerd hebben, verdomme. Kijk in elke kast, op elk toilet, in elke gang. Sla geen centimeter over, en deze keer dus ook het godvergeten airconditioningkanaal niet!'

Plotseling stond Jake Lowe vlak voor zijn neus. 'Ik vroeg of hij hier was. Is de president in deze kamer geweest?'

Daniels keek hem een ogenblik woedend aan. 'Dat weet ik niet, meneer,' antwoordde hij daarna kalm en professioneel, waarna hij zich abrupt omdraaide en weer in zijn headset sprak. 'Waarschuw de Spaanse inlichtingendienst. Laat hun agenten ter plekke de omgeving in een straal van drie kilometer rondom het hotel hermetisch afsluiten. Vraag ze toestemming om iedere blanke man van tussen de veertig en zeventig die kaal of gedeeltelijk kaal is aan te houden. Ook Nicholas Marten dient in hechtenis te worden genomen. En hou de media hier alsjeblieft zo veel mogelijk buiten.'

Hij keek Marshall aan. 'Ik geloof dat u maar beter even de chef-staf en de persattaché van het Witte Huis op de hoogte kunt brengen. Als dit bekend wordt, krijgen ze het allebei loeidruk en snel ook.'

'Was hij hier?' vroeg Jake Lowe opnieuw. Deze keer rustig maar zeer nadrukkelijk en met vuurspuwende ogen.

Hap Daniels keek hem aan, trok even aan een oor en keek de kamer rond. Het bed was onopgemaakt, alsof iemand erin geslapen had. De stoel bij het schrijfbureautje was naar achteren geschoven.

Daniels draaide zich om en liep de badkamer in. Op de wastafel lagen een washandje en wat natte handdoeken. De badkuip was nog nat, de douchekop druppelde na. Even dacht hij slechts na. Vervolgens liep hij rakelings langs Marshall en Bill Strait terug de slaapkamer in, boog zich voorover en rook aan de lakens en vervolgens aan het verkreukelde kussen.

'Waar ben je in vredesnaam mee bezig?' bitste Jake Lowe. 'Was hij hier of niet? Of weet je het niet?'

Met een ruk richtte Daniels zich weer op. 'Aftershave.'

'Wat?'

'Aftershave. Op het kussen. Al zo lang als ik de president ken, gebruikt-ie hetzelfde goedkope spul.'

'Je bedoelt dat hij hier inderdaad was.'

'Ja, meneer, hij was hier.' Hij keek naar Bill Strait. 'Laat een forensisch team aanrukken, kijk wat we te weten kunnen komen.'

'Ja, meneer.' Strait draaide zich om en liep al bevelen roepend in zijn eigen headset de gang af.

'Hap.' Met zijn een meter negentig lange lijf leunde Marshall tegen het schrijfbureau. Hij sloeg zijn armen over elkaar en straalde iets ijskouds uit. 'Wat doen we nu?'

'Duimen dat we hem in de komende twintig minuten vinden. Zo niet, dan kunnen we van voren af aan beginnen.'

61

4.03 uur

'*La estación de tren Barcelona-Sants*,' zei de president terwijl hij, Demi en Marten op de achterbank van de geel-zwarte taxi nummer 6622 kropen.

'*Sí*,' reageerde de chauffeur terwijl hij zijn wagen in de eerste versnelling zette en wegstoof, precies op het moment dat er sirenes begonnen te loeien. Hij stak een plein over, sloeg rechts af en moest toen boven op zijn rem staan om niet in botsing te komen met twee politieauto's die vlak voor hen langs kruisten.

'Groot alarm,' zei Marten zacht. 'Het station zullen ze ook in de gaten houden.'

'Ik weet het,' zei de president.

'En dan...?'

'We zien wel.' De president leunde achterover en trok Demi's grote slappe hoed nog iets verder over zijn voorhoofd.

Demi keek even opzij naar hem en wendde zich vervolgens tot Marten. 'Waar jullie ook heen gaan, ik kan niet met jullie mee. Dat is waar ik het met je over wilde hebben, waarom ik naar je toe kwam.'

Plotseling schoten er nog twee politiewagens met gillende sirene langs, voortrazend in de richting van Martens hotel. Op dat moment zagen ze de file.

'*Mossos d'Esquadra. ¿En qué el infierno va?*' Catalaanse staatspolitie. Wat is er in godsnaam aan de hand? De taxichauffeur keek naar hen in de binnenspiegel.

'*¿Algo, quién sabe?*' Tja, wie zal het zeggen? De president haalde zijn schouders op en keek daarna snel Marten aan.

'Wegversperring,' zei hij zacht. 'Ze zullen auto's controleren. Zo meteen volgen er steeds meer. Ze stellen die dingen in concentrische cirkels op. Wegversperringen die als door een trechter naar controlepunten leiden en vervolgens daarbuiten nog meer.'

'Dan lopen we,' zei Marten.

'Ja.' Meteen keek de president naar de chauffeur. '*Tire por favor encima.*' Stopt u alstublieft.

'*¿Aquí?*' Hier?

'*Sí.*'

De taxichauffeur haalde zijn schouders op en stopte bruusk langs de stoeprand. De drie stapten uit. De president betaalde de chauffeur en gaf hem een flinke fooi. '*Usted nunca nos vio,*' zei hij; de grote hoed verborg zijn gelaatstrekken. U hebt ons nooit gezien.

'*Nunca,*' reageerde de chauffeur met een knipoog. Nooit.

Marten smeet het portier dicht en de taxi reed verder.

Bezorgde voetgangers liepen langs, steeds ongeruster over wat er aan de hand was.

'*Terroristas,*' zeiden sommigen hardop. Terroristen. Andere mensen fluisterden. '*¿Basques, ETA?*' vroeg iemand. 'Nee,' sputterden enkele stemmen in koor, 'Al-Qaeda.'

Automobilisten die in de file voor de wegversperring stonden, waren akelig stil. Er hing een gespannen sfeer, met angstige voorgevoelens. Op elk ander moment in de geschiedenis zou men ongeduldig schreeuwen en toeteren. Maar nu niet.

'Blijf lopen,' zei de president snel, 'blijf tussen de mensen.'

Marten knikte, nam Demi bij de arm en manoeuvreerde haar tussen hemzelf en de president in. Het was nu wel zeker dat de geheime dienst wist dat de president in Martens hotelkamer had verbleven en dat alle registers waren opengetrokken om hem te vinden. Het enige wat ze konden doen was opgaan in de lange rij bezorgde mensen, mensen die, zo hoopten ze maar, de man met de slappe hoed, die in hun midden mee schuifelde, niet zouden herkennen; anders zou iemand alarm slaan, al was het maar uit pure verrassing.

Marten liet drie jonge mannen langs hen schuiven en keek Demi aan. 'Net, in de taxi, zei je dat je niet met ons mee kon gaan. Waarom niet?'

Ze aarzelde, keek even naar de president en toen weer naar Marten. 'Predikant Beck heeft mórgen een afspraak met dr. Foxx. Begin van de middag in het benedictijnenklooster bij Montserrat, in de bergen ten noordoosten van hier. Hij vroeg me met hem mee te gaan en ik heb ja gezegd. Ik moet terug naar het hotel, want van daaruit vertrekken we.'

Marten en de president wisselden een blik uit, waarna Marten haar weer aankeek.

'Hij heeft je gevraagd om mee te gaan, zomaar?'

'Ja. Om dezelfde reden als waarom ik naar Barcelona ben gegaan, om verder te gaan met de fotosessie voor mijn boek.'

'Zei hij ook waarom hij je Balkan-reis annuleerde of waarom hij Malta halsoverkop verliet?'

'Hij zei alleen dat zich iets onverwachts had voorgedaan en dat hij hier in de stad iemand moest spreken. Verder niets. Hij verontschuldigde zich alleen voor zijn abrupte vertrek.'

Plotseling leek het geluid van de verschillende sirenes in de verte naar één punt te leiden. Mensen drongen zich langs hen alsof er iets gebeurde. Anderen volgden hen op de voet. Ze liepen met de massa mee en deden hun best er onopvallend in op te gaan. Demi keek haar metgezellen even aan.

'Ik deed wat u me aanraadde en ik vertelde Beck dat u me naar Barcelona was gevolgd, en dat we een ontmoeting hadden. Ik verwachtte dat hij wel kwaad of verrast zou zijn, maar nee. In plaats daarvan mompelde hij iets wat erop neerkwam dat hij wenste dat u en dr. Foxx op Malta op een wat sympathieker manier uit elkaar waren gegaan. Hij zei niet waarom en vroeg zelfs niet waarom u me hierheen had gevolgd of waarover we hadden gepraat. Het leek hem weinig te interesseren, alsof hij andere dingen aan zijn hoofd had. Toch gaf het mij het gevoel dat als u in Montserrat zou opduiken terwijl wij daar ook waren, hij misschien wel een manier zou vinden om u en Foxx om de tafel te krijgen. U zou zelfs kunnen zeggen dat het mijn idee was, zodat het mijn positie niet zou ondermijnen, vooral als ik hem om hulp vraag bij het zoeken naar mijn zus.'

Marten nam haar aandachtig op. Zelfs nu, na wat ze zojuist hadden meegemaakt, was het lastig te zeggen of hij haar kon vertrouwen of niet; en of ze loog, of het hele melodrama van het overhaaste vertrek uit Malta van Foxx en Beck en daarna haar reis naar Barcelona allemaal deel uitmaakten van waar ze dan ook bij betrokken waren. Dit ogenschijnlijke 'zoenoffer' aan Marten, dat Beck liever had gezien dat hij en Merriman Foxx wat 'sympathieker' uit elkaar waren gegaan, leek een heel handige manier om hem in zijn eentje naar Montserrat te laten komen, naar een afgelegen klooster waar ze de kans hadden hem alleen te spreken, hem aan de tand te voelen over voor wie hij werkte en aan wie hij verslag uitbracht, om zich na afloop van hem te ontdoen. Als dat het geval was, en Demi's nachtelijke telefoontje om met hem af te spreken hún idee was en niet het hare, dan moest hij zo veel mogelijk te weten zien te komen over wat er aan de hand was voordat ze terug naar haar hotel ging.

'Gaat de vrouw in het zwart mee naar Montserrat?'

'Wie?' Ze leek totaal verrast.

'Vanavond verlieten jij en Beck het hotel om naar de kathedraal te gaan. Er was een in het zwart geklede vrouw bij jullie, een oudere vrouw.'

'Hoe weet u dat?'

'Dat doet er niet toe. Waar ik geïnteresseerd in ben, is de vraag wie ze is en wat ze met Beck te maken heeft.'

'Ze heet Luciana,' antwoordde ze zakelijk en zonder enige aarzeling. 'Ze is een Italiaanse vriendin van de predikant. Toen ik in het hotel aankwam, bevond ze zich in zijn gezelschap.'

'Is zij degene voor wie hij Malta moest verlaten om haar hier te treffen?'

'Dat weet ik niet, maar via een priester in de kathedraal regelde zij de trip naar het klooster.' Ze keek even naar de mensen om haar heen en fluisterde: 'Ze behoort tot de heksencoven. Ze heeft de tatoeage op haar duim. En ja, ze gaat met ons mee.'

Marten keek naar de president en zag dat deze in de war was. President Harris wist dat er informatie werd overgedragen, maar had geen idee wat. Marten wilde net iets zeggen, om het uit te leggen, toen hij ruw werd onderbroken door het geluid van een sirene van de zoveelste voorbijschietende politiewagen die met blèrende megafoon automobilisten beval aan de kant te gaan. In zijn kielzog volgden twee grote donkerblauwe trucks met daarop de tekst MOSSOS D'ESQUADRA. Een kleine honderd meter verderop remden ze plotseling, waarna de achterkleppen openvlogen en minstens twintig zwaarbewapende agenten naar buiten sprongen.

'Verdomme,' liet de president zich fluisterend ontglippen.

Iedereen om hen heen staarde met wijdopen ogen naar de trucks. '*Terroristas.*' '*Terroristas.*' 'Al-Qaeda.' 'Al-Qaeda.' Deze keer kwamen de woorden sneller over hun lippen, talrijker en angstiger van toon.

De president keek Marten aan. 'Ze vergroten hun vangnet en zetten nu echt alle zeilen bij. Hiervandaan zullen ze elke straat en elke steeg potdicht afsluiten.'

'Dan keren we om,' zei Marten kalm.

'Waarheen?'

'We zijn twee hoffelijke kerels. Deze jongedame hier wilde terug naar haar hotel en wij hebben haar geëscorteerd.'

Demi schrok. 'Jullie gaan naar mijn hotel?'

'Jij hebt tenminste een kamer, en ik geloof niet dat ze ons ergens anders binnen zullen laten. We zullen met een excuus langs de receptie moeten zien te komen.'

'Hoe komen we daar?' Ze knikte naar de verkeersopstopping. 'Als we een taxi nemen, worden we bij de volgende wegversperring aangehouden. Als ik alleen ben, gaat het nog wel, maar met jullie twee erbij worden we alle drie gepakt, en dan is het over en uit.'

'Ze heeft gelijk,' zei de president.

Marten aarzelde en keek achterom naar waar ze vandaan kwamen. 'We lopen.'

'Wat?' barstte Demi uit.

Marten keek haar aan. 'Het is niet anders. We lopen.'

62

Hotel Rivoli Jardín, hetzelfde tijdstip, 4.20 uur

Een intense, streng gecontroleerde chaos; bijna net zo als wat zich nog geen vierentwintig uur daarvoor bij het Ritz in Madrid had afgespeeld.

Onder supervisie van GEO-agenten en CIA-agenten Ortega, Leon en Tarrega controleerde de politie van Barcelona het hele hotel. Gasten werden van hun bed gelicht, hun kamers doorzocht, paspoorten gecontroleerd. Hotelpersoneel, de vaste gasten en de muzikanten uit de Jamboree Club werden met dezelfde beleefde ruwheid bejegend. De politie was in actie gekomen na een tip dat 'bekende terroristen onder een valse naam hun intrek hadden genomen in het hotel' – twee van hen, zo ging het gerucht, waren al aangetroffen en gearresteerd. Zelfs de innemende Baskische zanger Fermín Murguruza werd verhoord en vervolgens vrijgelaten, ondertussen handtekeningen uitdelend aan de hem omringende fans, die ook werden ondervraagd. 'Wie zou de autoriteiten onder deze omstandigheden nu niet willen helpen?' vroeg hij trots.

Daarnaast werd ook Hap Daniels' strikte bevel – 'Kijk in elke kast, op elk toilet, in elke gang. Sla geen centimeter over, en deze keer dus ook het godvergeten airconditioningkanaal niet!' – naar de letter opgevolgd, en daarna werd de gehele procedure herhaald.

In kamer 408 was een forensisch team, opgetrommeld door de Spaanse inlichtingendienst en onder leiding van agent Bill Strait, bezig om alles grondig te onderzoeken. Een verdieping lager was een vergaderzaal omgebouwd tot een commandopost van de geheime dienst. Er was een beveiligde telefoonlijn geïnstalleerd met een rechtstreekse verbinding met de Amerikaanse ambassade in Madrid en nog een naar Washington en de war room in het souterrain van het Witte Huis. De situatie met betrekking tot de president had de meeste aandacht en was het urgentst, maar steeds zorgelijker was wat ze aanmoesten met de komende NAVO-top aanstaande maandag in Warschau, waar president Harris ondanks de nog altijd 'stroeve contacten' met Duitsland en Frankrijk een nieuwe geest van 'politieke eensgezindheid' en 'solidariteit tegen het terrorisme' zou afkondigen.

'Wie zitten daar bij je?' Met de telefoon aan zijn oor ijsbeerde Jake Lowe door de zaal. Hij stond in contact met de minister van Buitenlandse Zaken David Chaplin in het Witte Huis. Een meter of wat verderop luisterde nationale veiligheidsadviseur James Marshall via een extra toestel mee. Elders in de zaal hield de vermoeide, furieuze Hap Daniels één oog gericht op Lowe en Marshall terwijl hij met het andere het kleine kader van snel ingeschakelde CIA-specialisten in de gaten hield. Deze waren druk in de weer met laptops en volgden de jacht op de president in Barcelona op de voet.

'Terry Langdon en Chet Keaton. De vicepresident is onderweg,' antwoordde Chaplin.

'De president is ziek, dat weten we nu wel zeker. Bovendien lijkt hij hulp te hebben van die Brit van Amerikaanse afkomst, Nicholas Marten. Hoe en waarom en met welke bedoeling, dat weten we niet.' Lowes duidelijke uitleg was geheel ter lering van Hap Daniels.

'Hij is duidelijk bijzonder vastberaden, en nu heeft hij nog hulp ook,' zei Chaplin, alleen kon Daniels dit deel van het gesprek natuurlijk niet horen. 'Zolang hij nog vrij rondloopt, is hij levensgevaarlijk omdat hij vast en zeker een manier vindt om ons te ontmaskeren. Dat gezegd hebbende houdt Terry voet bij stuk wat maandag betreft. Alles is geregeld en hij vindt dat we ons niet door deze toestand moeten laten weerhouden. In het ergste geval delen we mee dat de president buikgriep heeft of zo en dat de vicepresident in Warschau zijn plaats in zal nemen. Intussen beginnen de media aan te dringen op meer informatie over wat er in Madrid is gebeurd en waar de POTUS zich op dit moment bevindt. De wittebroodsweken zijn bijna voorbij; we zullen ze iets moeten geven.'

'Geef me de chef-staf en de persattaché even, dan zullen we beslissen wat we nu moeten doen,' beval Lowe op bitse toon.

'David, hoor je me?' Marshall mengde zich in het gesprek.

'Ja, Jim.'

'Wat Warschau betreft, Jake en ik zijn het eens. We gaan erheen in de veronderstelling dat alles op z'n pootjes terechtkomt en de president zoals gepland daar aanwezig zal zijn.'

'Juist.'

'Terry, ben je daar?'

'Ja, Jim,' klonk de stem van minister van Defensie Langdon luid en duidelijk.

'Ik leg David net uit dat we het allemaal eens zijn over Warschau,' zei Marshall terwijl hij zijn blik terloops door de zaal liet glijden, ervoor zorgend dat Daniels of iemand anders niet al te nieuwsgierig toekeek, 'we gaan door zoals gepland.'

'Goed.'

'Op dit punt absoluut geen veranderingen.' Marshall draaide zich om en keek Jake Lowe aan.

'Oké.'

'Zodra we iets hebben hoor je meer,' zei Lowe, en hij hing op. Marshall deed hetzelfde, draaide zich om en zag dat Hap Daniels naar hem keek.

63

4.42 uur

De drie werden door de passerende politiewagen achteruit de verduisterde portiek in gedwongen. Daar bleven ze nog even staan om er zeker van te zijn dat er niet nog een auto achteraan kwam. Ten slotte stapten ze het trottoir weer op en liepen ze verder. Na een tijd hadden Marten, Demi en president Harris zich een weg terug gebaand naar Ciutat Vella, de oude stad, met zijn eeuwenoude gebouwen en smalle straten. Straatjes die, op een eenzame voorbijganger of het schrikwekkende gejank van een op zijn staart getrapte zwerfkat of het geblaf van een hond aan het eind van een steeg op het moment dat zij passeerden na, eindelijk rustig waren. Dat ze zo ver waren gekomen zonder lastiggevallen te worden was deels geluk en deels omdat ze steeds in de schaduw hadden gelopen en hun intuïtie hadden gevolgd. Hier een bocht, daar een hoek om. Een pas achteruit, het duister in, en wachten tot iemand of een voertuig gepasseerd was. Met de hoed laag over zijn hoofd getrokken was de president één keer even blijven staan om een man, die in zijn eentje op een stoeprand zat, in het Spaans de weg te vragen naar de Rambla de Catalunya, waar Demi's hotel was. De oude man had niet eens opgekeken, maar had slechts gewezen en iets gemompeld.

'*Esa manera tres minutos y entonces da vuelta al la derecha.*' Drie minuten die kant op en daarna rechts afslaan.

'*Gracias*,' zei de president, waarna ze verder liepen.

De vreemde voorbijganger die als het tegenzat de president wel eens zou kunnen herkennen en alarm zou slaan, of de politiewagen die nog steeds op patrouille was en onverwacht de hoek om kwam en stopte, waarna de agenten hun zouden ondervragen, vormde hun grootste angst. Of dat de Spaanse inlichtingendienst, de geheime dienst of CIA-agenten hen vanaf de daken door nachtkijkers in de gaten hielden en er elk moment vanuit het niets een helikopter bulderend zou opduiken om hun in het felle schijnsel van zijn zoeklicht te vangen totdat er een paar auto's arriveerden en agenten naar buiten sprongen om hen weg te voeren.

Nog vijf, misschien tien minuten voordat ze de betrekkelijke veiligheid van Demi's hotel zouden bereiken. Het plan was dat Demi eerst naar haar kamer zou gaan en dat zij kort daarop zouden volgen. Daar zouden ze zich in relatieve rust kunnen buigen over de bijna onmogelijke taak die voor hen lag: een manier vinden om de president en Marten voorbij de honderden politiecontroleposten te krijgen en de bijna vijftig kilometer af te leggen naar het klooster bij Montserrat, op of rond het tijdstip dat Demi daar, met predikant Beck en de vrouw die Luciana heette, arriveerde voor de afspraak met Merriman Foxx.

Het was een probleem dat Marten terugvoerde naar het raadsel Demi zelf. Ze was een vooraanstaand journalist en fotograaf die haar vak benutte, zoals ze had gezegd, om de waarheid te achterhalen omtrent de verdwijning van haar zus, twee jaar eerder op Malta, en die erop vertrouwde dat Merriman Foxx daar wellicht een antwoord op had. Of het verhaal van haar zus waar was of niet, alles leek zich te concentreren op de heksencoven van Aldebaran en daarmee het Machiavelliaanse verhaal van rituele moord. Dat Foxx, Luciana, Cristina – de jonge vrouw die op Malta als gast aan de eettafel had gezeten – wijlen dr. Lorraine Stephenson in Washington en mogelijk ook Beck allemaal de tatoeage van de heksencoven hadden, was buitengewoon intrigerend. Net als het feit dat Demi geen tattoo had – Marten had meer dan eens haar beide duimen nauwkeurig bekeken zonder dat ze het doorhad – terwijl ze hen toch zonder probleem leek te hebben kunnen benaderen, hoogstwaarschijnlijk door Beck ervan te overtuigen dat hij een van de onderwerpen van haar boek was. Dat op zich wierp een andere vraag op: waarom had Beck haar toestemming verleend? Na zijn overhaaste vertrek uit Malta naar Barcelona had hij haar zelfs uitgenodigd en ook nog eens haar vervoer geregeld. Meteen schoten Marten twee dingen te binnen; óf de coven was geheel onschuldig en had, hoe geheim het ook leek, niets te verbergen, óf dat was niet zo, in welk geval Beck zijn eigen redenen had om haar om de tuin te leiden. In het tweede geval kon ze zich in een buitengewoon gevaarlijke, misschien zelfs dodelijke situatie begeven.

Hoe het ook zij, of zij Beck gebruikte of omgekeerd, één ding bleef hoe dan ook onwrikbaar: haar vastberadenheid om Marten naar het klooster bij Montserrat en in de handen van Merriman Foxx te krijgen.

Het probleem was dat ze naast Marten ook de president hierin mee had gesleept. Een onfortuinlijke situatie, en daar waren beide mannen zich van bewust. Ook van het feit dat ze geen andere keuze hadden dan door te gaan. Voor hen vormde Foxx de sleutel tot alles. Wat hij wist, daar moesten zij zien achter te komen: de details van het plan tegen de moslimstaten, wanneer en waar het diende te beginnen, wie de betrokkenen waren en, vooral voor Marten, wat hij Caroline Parsons had aangedaan. Bovendien wilde de president niet alleen de details, hij stond erop dat ze het zwart op wit kregen – een aantekenblok, kladpapier, alles was goed – gedateerd en ondertekend door Foxx. Had hij zo'n document eenmaal op zak, dan zou hij zonder vrees weer uit de schaduw kunnen treden. Tegen de tijd dat de geheime dienst, een CIA-team of de Spaanse inlichtingendienst hem bereikte, zou hij de secretarissen-generaal van zowel de NAVO als de Verenigde Naties en de hoofdredacteuren van de *Washington Post* en *New York Times* al hebben gebeld (en hopelijk kopieën hebben gefaxt). Niets zou worden achtergehouden, niets zou in politieke stijl worden ingekleed, ook de geplande moorden in Warschau niet. Het zou nieuws zijn dat in een oogwenk wereldwijd als een bom zou inslaan, en de gevolgen zouden verstrekkend zijn: economisch, politiek en, vanwege het horrorscenario, ook emotioneel. Maar het moest gebeuren, want het was veel te ernstig en verreikend voor alles behalve de waarheid.

Dus valstrik of niet, en hoe gevaarlijk en moeilijk het ook zou kunnen zijn, de poging om het klooster bij Montserrat te bereiken moest worden ondernomen.

Bleef het volgende over: hoe ze er konden komen.

En wat ze zouden doen zodra, en als, ze daar aankwamen.

64

Chantilly, Frankrijk, 6.44 uur

In een dichte bosschage op zo'n honderd meter van het doelgebied had Victor zich opgesteld. De loop van zijn M14-geweer rustte in de V van een geïmproviseerde houten eenpoot en stond in de grijze mist van de vroege ochtend gericht op het Cœur de la Forêt, de oefenbaan voor volbloedpaarden. Zelfs in deze kou voelde hij zich behaaglijk. Dit was wat hij deed. En wat ze hem verzochten te doen. En wat ze ook volledig van hem verwachtten dat hij zou doen. Niet als zomaar een klusje, alsof hij een eenvoudige arbeider was, maar als iets wat hij als scherpschutter, als professional ten volle zou uitvoeren.

'Victor.' Richards kalme en zalvende stem klonk over zijn headset.

'Ja, Richard.'

'Hoe voel je je?'

'Prima.'

'Niet koud of klam?'

'Nee, gewoon prima.'

'De paarden en jockeys verlaten zojuist het trainingscomplex. Over ongeveer vijfendertig seconden zijn ze aan het begin van de oefenbaan. Daar zullen ze van de trainer nog wat instructies krijgen. Tien tot vijftien seconden daarna zal de oefenwedstrijd beginnen. Ze doen er ongeveer zeventig seconden over om jouw positie te bereiken. Ben je daarop voorbereid, Victor?'

'Ja, Richard.'

'Daarna weet je wat jou te doen staat.'

'Ja.

'Dank je.'

'Nee, Richard, jíj bedankt.'

Barcelona, 6.50 uur

Blootsvoets, met opgestroopte broekspijpen, bekertje koffie in de hand en de indruk wekkend van twee toeristen die al vroeg uit de veren waren, liepen Nicholas Marten en de Amerikaanse president John Henry Harris over het natte zand. Het was eb, en ze keken naar het naderende ochtendgloren boven de Middellandse Zee. De rug van rotsachtige klippen boven en achter hen hield het verlaten stuk strand waar zij nu liepen uit het zicht van de onverharde weg waarover ze gekomen waren. Een blik op de kaart zou doen vermoeden dat ze zich ongeveer vijfentwintig kilometer ten noorden van Barcelona bevonden, ergens tussen Costa Daurada in het zuiden en Costa Brava in het noorden.

Afgezonderd en weg van de stad gaf het hun even wat respijt, bewust zo gepland om de veiligheidstroepen de tijd te gunnen met hun wegversperringen en controleposten om vervolgens te merken dat ze met lege handen stonden. Daarna zouden ze zich hopelijk terugtrekken of in elk geval met veel minder overblijven, zodat de stad weer enigszins tot zichzelf kon komen terwijl ze zich hergroepeerden, hun tactiek herzagen en weer meer mankracht op de been brachten. Juist dat tijdsraam zouden Marten en de president benutten om naar Montserrat te reizen. Beide mannen wisten dat zodra die tweede fase van de zoekactie begon, het bereik en de omvang ervan ongekend zouden zijn. John Henry Harris was niet zomaar een vermiste persoon, hij was de vermiste president van de Verenigde Staten, en de vastberadenheid van de geheime dienst, de CIA, de FBI, de NSA, de Spaanse inlichtingendienst en de Spaanse politiemacht om hem op te sporen en, naar zij zelf dachten, in veiligheid te brengen, zou zijn kans op ontsnapping, en dus ook die van Marten, op z'n best nihil maken.

Marten keek even om. In het schemerige ochtendlicht zag hij de beschermende klippen boven hen en de kleine rotonde aan het eind van de weg, waar de zwarte Mercedes-limousine die hen hierheen had gebracht, was geparkeerd. Ernaast stond de in een donker kostuum geklede chauffeur van middelbare leeftijd, de vriendelijke Miguel Balius, die hen in de gaten hield. Hij was een in Australië opgegroeide Barcelonees die terug was gekeerd naar zijn geboortestad. Het was aan zijn goede kennis van de straten en stegen van Barcelona te danken geweest dat ze het dichte web van politiecontroleposten en wegversperringen hadden weten te omzeilen en dat ze dit verlaten strand hadden bereikt. Dat ze zo ver waren gekomen, was toe te schrijven aan Balius' ogenschijnlijk ongekunstelde creativiteit, Martens originele plan en Demi's soepele uitvoering.

Om tien voor vijf in de ochtend hadden ze het Regente Majestic bereikt en ze waren direct naar binnen gegaan; Demi naar de receptiebalie en Marten en president Harris naar het herentoilet net om de hoek van de foyer, waar ze zich hadden opgefrist en gewacht. Wat Marten had voorgesteld vlak voordat ze bij het hotel waren, was – als het lukte – ongehoord, maar niet ongehoorder dan de situatie waarin ze zich bevonden. Ze zaten immers in feite vast in de stad terwijl Spaanse veiligheidstroepen aan bijna iedereen die de stad uit wilde om een identiteitsbewijs vroeg.

Martens idee was ontsproten uit de simpele realiteit van hun situatie: ze moesten niet verstrikt raken in het enorme vangnet dat hen omringde, en tegelijkertijd moesten ze ergens rond het middaguur het bergklooster bij Montserrat zien te bereiken. Hij bedacht een scenario dat volgens hem met wat geluk en indien juist uitgevoerd wel eens zou kunnen slagen. Hun plan ving aan toen ze het hotel hadden betreden en Demi meteen linea recta op de balie af stapte om naar de manager te vragen. Ze had Marten en de president verteld dat ze het volgende had gezegd.

'Mijn twee neven zijn met een nachtvlucht vanuit New York gearriveerd voor een familiereünie. Ik ging ze afhalen op het vliegveld. Ik had een halfuur nodig om ze te vinden, omdat de luchtvaartmaatschappij hun bagage kwijt was en zij die zelf waren gaan zoeken. Tevergeefs. Hun spullen zijn nog steeds niet terecht. Op weg hiernaartoe raakten we ook nog eens verzeild in die vreselijke toestanden in de stad; we weten niet wat er aan de hand is, maar goed, het kostte ons een uur om langs een controlepost te komen. We moesten ons paspoort laten zien, alles.'

'De autoriteiten meenden dat ze in een hotel niet ver hiervandaan een paar terroristen in de val hadden gelokt,' bracht de manager haar op de hoogte. 'Ze zijn ontsnapt. Tenminste, dat is ons verteld, maar ze zijn nog steeds naar ze op zoek en dat is de reden voor alle chaos. Mijn oprechte excuses voor het ongemak.'

'Het is natuurlijk niet uw schuld, en we moeten allemaal ons steentje bijdragen om dit soort lieden tegen te houden, maar mijn probleem zijn niet die terroristen maar mijn neven. Ik mag ze sowieso al niet. Bovendien zijn ze prikkelbaar en oververmoeid, kunnen ze allebei niet slapen en is de een nog gekker dan de ander. Ze willen vandaag alle bezienswaardigheden bezoeken. Ik heb nog andere dingen te doen, ben ook doodmoe en wil naar bed. Dus ik dacht aan een limousine, iemand die hun rond kan rijden en ze kan laten zien wat ze willen zien om ze dan deze avond weer terug te brengen. Is dat mogelijk?'

'Wilt u dat nu, op dit uur van de dag?'

'Ja, zo snel mogelijk, en laat de chauffeur van die limo ook wat eten voor ze meenemen, wat flesjes mineraalwater en koffie. Ik wil niet dat ze me wakker maken omdat ze willen ontbijten.'

'Ik vrees dat dit wel een dure grap gaat worden.'

'Dat kan me nu echt niks meer schelen. Wat het ook kost, zet het maar op mijn rekening.'

'Heel goed, *señorita*, ik zal ervoor zorgen.'

'Nog één ding. Als de chauffeur een manier kan vinden om al die vervelende wegversperringen en zo te omzeilen… Ziet u, anders worden ze alleen maar bozer en zullen ze eerder terug willen en dan gaan ze het op mij afreageren. Alsof al dit terroristengedoe mijn schuld was.'

'Ik zal persoonlijk even met de chauffeur overleggen, *señorita*.'

'Dank u, *señor*, dank u zeer. Ik kan u niet zeggen hoeveel dit voor me betekent.'

Op dat moment wilde ze zich omdraaien, maar toen schoot haar nog één ding te binnen.

'Neemt u me niet kwalijk, ik wil u niet verder tot last zijn, maar er is nog meer familie in aantocht, en dat de neven naar de reünie gaan, is voor hen nog een grote verrassing. Ik hoop dat uw personeel en de chauffeur discreet zijn. Ik zou niet willen dat iemand per ongeluk zijn mond voorbijpraat en zo alles verpest.'

'Zoals ik al zei, *señorita*,' sprak de manager met een halve buiging, 'ik zal ervoor zorgen.'

'Nogmaals bedankt, *señor. Muchas gracias*.'

Tien minuten later arriveerde Miguel Balius met zijn Mercedes-limousine. De roomservice van het hotel had gezorgd voor ontbijt, een fles water en koffie. Demi kuste haar neven Jack (de president) en Harold (Marten) gedag – met een toegefluisterd bevel van Marten terwijl hij haar op de wang zoende: 'Geen woord tegen Beck of iemand anders over "neef Jack".'

'Natuurlijk niet, gekkie,' had ze glimlachend gezegd, waarna ze neef Jack eraan herinnerde zijn grote hoed op te zetten en uit te kijken met de zon. En daar gingen ze: zij naar bed, en de andere twee op zoek naar een manier om aan de immense klopjacht te ontsnappen.

65

7.00 uur

Het was nog altijd bijna vijftig minuten voor zonsopgang. Opnieuw wierp Marten een blik achter zich, omhoog naar de rotsen, zoekend naar een mogelijk teken van een naderende politiemacht die optrok om hen in de val te lokken, maar hij zag niets. Onmiddellijk keek hij naar de lucht, min of meer verwachtend dat er plotseling een helikopter op hen af zou duiken of dat hij het geronk van een opsporingsvliegtuig zou horen. Maar het enige wat hij zag, was het verlaten strand, en het enige geluid kwam van de kabbelende golven aan hun voeten. Na nog even zo te hebben gestaan richtte hij zijn aandacht weer op president Harris.

'We moeten weer gaan, en snel ook,' zei hij met enige aandrang.

'Ja, ik weet het,' reageerde de president. Ze draaiden om en liepen over het zand terug naar Miguel Balius en de limousine in de verte. 'Meneer Marten, ik heb eens nagedacht over Merriman Foxx, over wat we moeten doen als we in Montserrat zijn. Hoe we hem onder vier ogen kunnen spreken zonder zelf gepakt te worden en hoe we hem daarna zover krijgen dat hij vertelt wat we moeten weten.

Maar hoe belangrijk dat ook allemaal is, het is slechts een deel van wat er allemaal speelt. Tot mijn afgrijzen realiseerde ik me opeens dat ik aan deze kant van de streep de enige ben die iets afweet van de rest van hun plan, en als mij iets overkomt, zijn die klootzakken vrij om ermee door te gaan. En dat zullen ze ook zeker doen.

Ik heb u al gezegd dat er weinig tijd is, maar ik zei toen niet waarom. Vandaag is het zaterdag. Aanstaande maandag heb ik een ontmoeting met de leiders van de NAVO-landen voor een belangrijke conferentie in Warschau.'

'Dat weet ik, meneer de president, ik heb erover gelezen.'

'Wat u niet weet, en wat niemand weet, is wat mijn zogenaamde "vrienden" voor die dag hebben gepland. En dat is ook deels de reden waarom ik in Madrid door het airconditioningkanaal naar buiten ben gekropen, waarom ik naar u toe kwam en waarom ik nu hier ben. Het is niet alleen Foxx en dit abjecte plan dat ze hem laten voorbereiden, want wat het ook behelst, het zal pas ná de NAVO-top plaatsvinden.' De president aarzelde even en keek Marten vorsend aan, alsof hij nog steeds moeite had iemand te vertrouwen.

'Gaat u alstublieft verder, meneer de president.'

'Meneer Marten,' sprak de president nu vastberaden, 'de mensen die tegen mij samenzweren zijn van plan om tijdens een van de NAVO-vergaderingen de Franse president en de Duitse bondskanselier te vermoorden. Ze willen de huidige leiders vervangen door lieden die sympathiek staan tegenover hun eigen ambities. Wanneer, waar en hoe de aanslagen precies zullen plaatsvinden weet ik niet, maar het zal tijdens de Warschau-top zijn want ze willen dat het voor het oog van de hele wereld gebeurt.

Ze vroegen mij – nee, ze éísten van mij – dat ik een strikt geheim bevel zou uitvaardigen waarin die moordaanslagen werden geautoriseerd. Ik heb dat geweigerd. Daarna wist ik dat ik moest vluchten, want anders zouden ze me vermoorden. De vicepresident zou daarna krachtens de wet mijn opvolger worden en als voornaamste lid van deze samenzwering geen enkele moeite hebben om toestemming voor deze moorden te verlenen. De afschuwelijke ironie is dat de vicepresident bij mijn afwezigheid sowieso het commando zal hebben. Het bevel zal gegeven worden, meneer Marten. In het diepste geheim, uitgevoerd in naam van de nationale veiligheid en met toestemming van de waarnemende opperbevelhebber.'

'O, mijn god,' bracht Marten verbijsterd uit.

Het gezicht van de president was getekend door angst. 'Ik heb geen mogelijkheid om die dreiging te communiceren aan mensen die actie kunnen ondernemen zonder dat ik mezelf verraad en die communicatielijn meteen wordt doorgesneden. En zonder dat de mensen die naar me op zoek zijn bijna meteen weten waar ik me bevind.

Dit weekend vindt in de regio Aragón, in de bergen iets ten noordwesten van hier, de jaarlijkse bijeenkomst plaats van het New World Institute, een wereldwijde denktank van zeer vooraanstaande en bekende leiders uit het bedrijfsleven, de academische wereld en uit de vroegere politiek. Het is een besloten vergadering die alleen voor leden en genodigden toegankelijk is en die net als het Wereldeconomisch Forum meestal een groot aantal protestgroepen op de been brengt en daarmee een al net zo'n bonte stoet mediavertegenwoordigers. Daarom is de beveiliging streng, die naar ik meen in handen is van de Spaanse geheime dienst.

Tijdens een dienst, morgenochtend bij zonsopgang, zou ik daar gastspreker zijn. Een goede vriend van me, rabbijn David Aznar, woont in Gérona, met de trein een uur hier vandaan. Hij draagt de gebedsdienst op en zou mij als verrassing introduceren. Ik ging naar Barcelona met de hoop die stad als springplank te gebruiken om in Gérona te komen. Eenmaal daar had ik naar zijn huis willen gaan om hem te vertellen wat er aan de hand was. Ik hoopte dat hij me naar Aragón en op een of andere manier ongezien langs de veiligheidsmacht zou kunnen loodsen zodat ik toch de conferentie zou kunnen toespreken.'

'En hun vertellen wat er is gebeurd.'

'Ja. Politiek en strategisch gezien misschien wel gevaarlijk, maar gelet op wie ze zijn, dat ze in alle beslotenheid bijeenkomen op een plek die relatief dichtbij is, en dat er geen media bij zullen zijn – en gezien het absurd korte tijdsbestek voor Warschau plus het feit dat er miljoenen levens op het spel staan – zou het stom van me zijn geweest om het niet te proberen. Maar toen realiseerde ik me dat de macht die naar mij op zoek is gewoon te groot is en dat rabbijn David en ook al zijn communicatiemiddelen onder toezicht zouden staan. Dus het idee om onder zijn bescherming Aragón te bereiken en de vergadering daar toe te spreken was niet langer uitvoerbaar. Op dat moment wist ik dat ik van de straat moest voordat ze me zouden pakken en me ergens naartoe zouden brengen om me te vermoorden. En toen zag ik die foto in de krant en vond ik u.'

Ze waren inmiddels bijna bij de limousine. Miguel Balius had het achterportier al geopend en stond met wat handdoeken over zijn arm zodat ze het zand van hun voeten konden vegen.

Marten knikte naar Balius. 'De kans is groot dat hij de radio of tv aan heeft gehad en naar het nieuws heeft geluisterd over wat er in de stad is gebeurd. Wie weet hebben ze zelfs ons signalement gegeven, hoewel dat te betwijfelen valt, omdat ze niets willen laten uitlekken over u. Maar toch, wie weet wat er wordt gezegd of gesuggereerd? Als hij ook maar een beetje het gevoel heeft dat wij iemand anders zijn dan hij denkt dat we zijn, dan wil hij daar misschien wel iets aan doen.'

'U bedoelt de politie alarmeren.'

'Ja.'

Balius kwam al op hen af gelopen. 'Heren, hoe was de wandeling?' vroeg hij in zijn Engels met Australisch accent, en hij stak zijn handen uit om hun koffiebekers aan te nemen. Achter hem zag Marten door het openstaande portier de gloed van het kleine tv-toestel in de passagiersruimte. Hij had dus gelijk gehad, Balius had tv-gekeken.

'Mooi strand,' zei Marten terloops. 'Nog nieuws over wat er in de stad gaande is?'

'Alleen wat we al eerder hebben gehoord, meneer. De autoriteiten zijn op zoek naar terroristen die ze in een hotel in de val meenden te hebben gelokt, maar ze zijn ontkomen. Meer zeggen ze niet. Ze zijn nogal zwijgzaam over de hele zaak.'

'Dat moeten ze tegenwoordig wel, denk ik,' reageerde Marten met een blik naar de president. Op dat moment ging zijn mobiele telefoon. Hij wilde hem al pakken, maar de president schudde zijn hoofd als waarschuwing om niet op te nemen.

Het mobieltje ging opnieuw.

'En als het Demi nu eens is?' vroeg Marten voorzichtig. 'Stel dat de familieplannen zijn gewijzigd en we ergens anders moeten samenkomen?'

De president zuchtte eens. Het stond hem niet aan, maar Marten had gelijk; er kon van alles gebeurd zijn, en het laatste wat ze zich konden veroorloven, was hun enige verbinding met Merriman Foxx te verliezen.

'Hou het kort. Heel kort.'

Marten klapte het toestelletje open. 'Demi,' zei hij snel terwijl Balius de president een handdoek aanreikte. Harris nam plaats op de achterbank van de limo om het zand van zijn voeten te vegen.

'Wat is er in godsnaam allemaal aan de hand in Barcelona?' Het was Peter

Fadden en hij was net zo opgewonden en korzelig als altijd.

'De politie is op zoek naar terroristen,' antwoordde Marten op duidelijke toon zodat de president en met name Miguel Balius hem konden horen. 'Naar verluidt hadden ze die in een hotel omsingeld, maar het ging toch mis. Ze controleren nu iedereen. De stad lijkt wel een oorlogsgebied. Zit jij nog steeds in Madrid?'

'Ja. En wat hier begon, lijkt zich daarheen verplaatst te hebben.'

'Hoe bedoel je?'

'Ik heb misschien wel twintig personeelsleden van het Ritz gesproken en niemand die iets heeft gezien of iemand kent die heeft gezien dat de geheime dienst aanstalten maakte om de president uit het hotel weg te voeren. En gisterochtend wemelde het van de geheim agenten om iedereen te ondervragen over wat ze de avond daarvoor hadden gezien. Het was alsof de president iets is overkomen, maar niemand iets wil zeggen. Daarna werd de complete persdelegatie die hem naar Warschau zou volgen naar Washington teruggevlogen, met als officiële verklaring dat hij in het holst van de nacht vanwege een terroristische dreiging naar een geheime locatie werd overgebracht. Nu lijkt de hele Spaanse inlichtingendienst in Barcelona te zijn neergestreken. Er is iets groots gaande. Gaat het hier echt om terroristen of heeft iemand de president in zijn macht en proberen ze het stil te houden?'

Marten keek even naar de president. 'Dat vraag je aan de verkeerde.'

'Nee, ik vraag het aan iemand die daar nu zit en die misschien een idee heeft. Ik denk niet aan terroristen, Nick, ik denk aan die commissie van Mike Parsons. Ik denk aan Merriman Foxx.'

Opeens liet president Harris zijn hand over zijn keel gaan. Een, twee, drie keer. Hij wilde Marten duidelijk maken dat hij meteen zijn gesprek moest afbreken en op moest hangen.

'Peter, ik bel je terug,' zei Marten snel, 'zodra ik kan.'

Marten hing op en zag dat de president de duisternis achter in de limousine opzocht.

'Handdoek, meneer?' Miguel Balius hield een schone handdoek voor Martens neus.

'Neef Harold kan zijn voeten wel in de auto schoonmaken, Miguel. Ik wil hier direct weg,' zei de president resoluut.

'Nu meteen, meneer?'

'Nu meteen.'

'Ja, meneer.'

66

7.17 uur

Miguel Balius trapte het gaspedaal in. Even draaiden de achterbanden van de Mercedes rond in het grind aan de kant van de weg, maar opeens kregen ze grip en de limousine stoof weg, stuiterend over wat weinig meer dan een zandweg was.

'Miguel?' vroeg president Harris hardop terwijl hij door het glas keek dat hen scheidde van de chauffeur. Het was een test om te zien of hij hun gesprek kon opvangen zonder dat de passagier de intercomknop indrukte. Toen ze van het Regente Majestic door de achterafweggetjes van de stad naar het strand waren gereden, had Marten hetzelfde gedaan. Maar hij wilde het voor de zekerheid nog eens uitproberen.

'Miguel?' vroeg hij opnieuw, maar Balius reageerde niet. Meteen keek hij naar Marten. 'Uw telefoon,' zei hij.

'Ik weet het,' zei Marten. 'De geheime dienst weet wie ik ben en zal mijn nummer hebben. Met behulp van een satelliet zullen ze het signaal volgen.'

'Dat niet alleen. De Amerikaanse veiligheidsdienst zal het hebben onderschept en binnen enkele seconden de geografische coördinaten aan de geheime dienst hebben doorgegeven. Ik ken mijn mannen, ze zullen zich haasten om hier zo snel mogelijk te zijn. Ik heb er begrip voor dat u het gesprek aannam, en ik heb u niet tegengehouden, maar had dat wel moeten doen. Laten we hopen dat we daar op tijd weg zijn gegaan.'

'Meneer de president,' zei Marten, en hij boog zich over, 'dat telefoontje kwam niet van Demi.'

'Die indruk kreeg ik al.'

'Het was niet onbelangrijk. Het kwam van een onderzoeksjournalist van de *Washington Post*, die afweet van Caroline Parsons en haar vermoeden dat zij, haar man en hun zoon werden vermoord. Hij is ook op de hoogte van Merriman Foxx en dr. Stephenson, en hij heeft zelfs de kliniek buiten Washington gevonden waar Caroline door Foxx werd behandeld. Het Silver Springs Rehabilitation Center in Silver Springs, Maryland.

Meneer de president, hij zit in Madrid en heeft daar het personeel in uw hotel ondervraagd. Hij gelooft niets van het officiële verhaal van het Witte Huis dat u in het holst van de nacht werd weggevoerd. Hij denkt dat u de reden vormt voor de aanwezigheid van de Spaanse inlichtingendienst in Barcelona. Dat u wellicht ontvoerd bent en dat Merriman Foxx daar iets mee te maken heeft.'

'Wie is deze journalist?'

'Hij heet Peter Fadden.'

'Die ken ik. Niet goed, maar ik ken hem wel. Hij is betrouwbaar.'

'Ik heb hem gezegd dat ik nog terug zou bellen.'

'Dat kan niet.'

'Dan zal hij mij bellen.'

'Dat risico kunnen we niet nemen, meneer Marten. Zet uw telefoon uit en laat hem uitstaan. We moeten meneer Fadden maar laten aannemen wat hij wil. Ook moeten we er maar op vertrouwen dat mevrouw Picard haar plannen niet heeft gewijzigd.'

Ze hadden inmiddels het einde van de strandweg bereikt, en Balius draaide de Mercedes linksaf naar een smalle asfaltweg, die vanaf de kust landinwaarts voerde, in de richting van de afgelegen heuvels. Ondertussen keek president Harris even naar het kleine tv-scherm dat in de rugleuning van de stoel voor hem gemonteerd zat. Het toestel stond op CNN. Een verslag over noodlottige slagregens in India. De president keek even en drukte de intercomknop in. 'Miguel.'

'Ja, meneer.'

'Vrienden van ons hadden het over een plaats in de bergen hier in de omgeving, een klooster geloof ik,' zei hij alsof hij gewoon een gezellig praatje wilde aanknopen. 'Ze zeiden dat dat verplichte kost is voor toeristen.'

Balius keek in de binnenspiegel en glimlachte trots. 'U bedoelt Montserrat.'

De president keek Marten aan. 'Heette het zo, neef?'

'Ja, Montserrat.'

'Daar zouden we graag heen willen, Miguel.'

'Ja, meneer.'

'Kunnen we daar rond het middaguur zijn? Dat zou ons de tijd geven om wat rond te kijken voordat we weer terug in de stad moeten zijn.'

'Ik denk van wel, meneer. Tenzij we op nog meer wegversperringen stuiten.'

'Waarom kan de politie die figuren niet oppakken? Ze zijn met z'n honderden, hoe moeilijk kan dat nou zijn?' vroeg de president nu op een wat nukkiger toon dan zo-even. 'Mensen hebben wel wat anders te doen dan in de file staan voor een controlepost en dan te worden doorgelaten om tien minuten later weer te worden aangehouden.'

'Helemaal mee eens, meneer.'

'We willen niet te laat terug in de stad zijn. Je hebt ze al eerder weten te omzeilen, Miguel. We vertrouwen erop dat je dat opnieuw lukt.'

'Dank u, meneer. Ik zal mijn best doen.'

'Dat weten we, Miguel. Dat weten we.'

67

Barcelona, 7.34 uur

'*Mosca encima. Área coordinada abandonada. Repetición. Mosca encima. Área coordinada abandonada.*' Overgevlogen. Coördinatiegebied verlaten. Ik herhaal. Overgevlogen. Coördinatiegebied verlaten.

Bij de scherpe melding van de eerste piloot van de helikopter van de Grupo Especial de Operaciones richtte Hap Daniels zich met een ruk op. Een fractie later klonk de stem van de tweede GEO-helikopterpiloot.

'*Confirme. Área coordinada abandonada.*' Bevestig. Coördinatiegebied verlaten.

Daniels staarde naar een computerscherm en bekeek een door de NSA geleverde satellietfoto van de kust van Barcelona. Hij zag de stad, de luchthaven, de Llobregat – de rivier die van de bergen naar de zee stroomde – de haven van Barcelona en verder naar het noorden de rivier de Besós en de kust, die zich in de richting van de Costa Brava uitstrekte. Hij tikte iets op het toetsenbord en het beeld werd een keer vergroot, daarna twee keer, ten slotte drie keer, totdat het beeld inzoomde op 41° 24'04" noorderbreedte en 2° 6'22" oosterlengte, de geografische coördinaten die de NSA had opgepikt van Nicholas Martens gsm-signaal. Het was de kustlijn in een gebied ten noorden van de stad en wat een verlaten stuk strand leek te zijn.

'Kolonel, dit is Tigre Uno,' sprak Daniels kalm in zijn headset. Hij richtte zich tot de dienstdoende commandant van de GEO-luchteenheden en gebruikte daarbij de codenaam – Tigre Uno of Tijger Een – die de Spaanse inlichtingendienst hem had toegewezen. 'Verzoek uw eerste piloot op te stijgen naar vijftienhonderd voet en het hele gebied te bekijken. Verzoek uw tweede piloot het toestel aan de grond te zetten voor een inspectie.'

'Begrepen, Tigre Uno.'

'Dank u, kolonel.'

Daniels zuchtte eens en leunde achterover. Hij was doodmoe, geïrriteerd en nog altijd woedend, vooral op zichzelf omdat hij dit allemaal had laten gebeuren. De reden deed er niet toe; de president had nooit ongezien mogen wegglippen. Het was onvergeeflijk.

Omringd door computerschermen zat hij in de commandostoel van de enorme zwarte SUV, die was volgestouwd met elektronische communicatiemiddelen en was overgevlogen vanuit Madrid. Vóór hem, naast de bestuurder, zat zijn plaatsvervangend hoofd, agent Bill Strait. Achter hem zaten vier inlichtingenspecialisten van de geheime dienst, ieder aan een computerscherm. Ze volgden de verrichtingen van alle surveillancevoertuigen van een stuk of vijf verschillende veiligheidsdiensten en hoopten, net als alle anderen, dat Marten zijn mobiele telefoon opnieuw zou gebruiken.

Daniels keek weer even naar het scherm voor zijn neus en liet vervolgens zijn blik door de krappe ruimte van de SUV glijden, naar waar Jake Lowe en dr. James Marshall vastgegespt in hun klapstoeltje zwijgend voor zich uit zaten te kijken. Ze oogden als zwaar verontruste krijgers: agressief, sterk, getergd en onzeker.

Buiten flitste het stadsgezicht van Barcelona aan hen voorbij. Het gejank van sirenes van twee politiewagens van de Guàrdia Urbana, die de weg voor hen vrijmaakten, was het enig hoorbare geluid. Direct achter hen volgde het ongemerkte gepantserde busje met daarin twee agenten van de geheime dienst, twee artsen en twee hospikken. De rij werd gesloten door drie volgwagens van de geheime dienst, elk bemand door vier geheim agenten.

Een kleine twintig kilometer verderop, op een particulier vliegveldje iets ten noorden van de stad, stond een privéjet van de CIA gereed om de president naar een nog steeds niet vastgestelde bestemming te vliegen die volgens Daniels ergens in Midden-Zwitserland of Zuid-Duitsland zou liggen. Het toestel was verordonneerd door Tom Curran, de chef-staf van het Witte Huis, die nog steeds vanuit de tijdelijke war room in de Amerikaanse ambassade in Madrid werkte.

'Vector 4-7-7,' zei een jonge inlichtingenspecialist met krullen opeens.

'Wat?' reageerde Hap Daniels.

'4-7-7. We hebben weer een telefoontje.'

Onmiddellijk switchte Daniels van frequentie. Tegelijkertijd werd het signaal met behulp van elektronische triangulatie getraceerd. Prompt verscheen een nieuwe reeks geografische coördinaten op het scherm, met daaroverheen een kaart van het noordoosten van Barcelona.

'Weet je zeker dat het Martens mobieltje is?'

'Ja, meneer.

Jake Lowe en dr. Marshall reageerden gespannen en stemden ieder hun eigen headset af op het audiosignaal.

Opnieuw zoomde Daniels in op zijn scherm; nu op de groene heuvels ten noorden en iets ten oosten van de Besós. Meteen daarna sloeg hij een hand om het oortje van zijn headset alsof hij iets beter wilde horen. 'Wat zeggen ze in vredesnaam?'

'Niet "ze", meneer. Het is maar één stem. U hoort het binnenkomende signaal?'

'Binnenkomend van waar?'

'Manchester, Engeland.'

'Wáár in Manchester?' snauwde dr. Marshall.

'Stil!' riep Daniels naar niemand in het bijzonder; hij wilde alleen verstaan wat er werd gezegd.

Wat ze hoorden, was een mannenstem die zacht maar duidelijk sprak:

'*Alabamese. Albiflorum. Arborescens. Atlanticum. Austrinum. Calendulaceum. Camtschaticum. Canandense. Canescens.*'

'Waar heeft-ie het in godsnaam over?' klonk opeens Jake Lowes stem door een stuk of vijf oortjes.

'*Cumberlandense. Flammeum.*'

Inmiddels keek iedereen elkaar aan. Lowe had gelijk. Wat zei hij in godsnaam?

'*Mucronulatum. Nudiflorum. Roseum.*'

'Azalea's!' blafte Bill Strait opeens. 'Iemand leest de namen van azalea's op.'

'*Schlippenbachii!*'

Plotseling een doodse stilte; Martens mobiel was uitgeschakeld.

'Hebben we de coördinaten?' vroeg Hap Daniels de techneuten achter hem. Op hetzelfde moment verscheen op zijn scherm een dradenkruis met coördinaten over een vergroot satellietbeeld van de streek aan de voet van de bergen en in een raster van acht kilometer in het vierkant afgebakend.

'Meneer, hij bevindt zich in het gebied binnen het raster,' klonk de stem van een onzichtbare NSA-navigator, bijna vijfduizend kilometer verderop.

'We hebben wel beter dan dat, meneer,' meldde de inlichtingenspecialist met de krullen glimlachend achter Daniels, waarna hij met zijn muis aan de slag ging. Opeens sprongen alle schermen op een ander plaatje van het gebied. Onmiddellijk vergrootte hij het vijf en daarna tienmaal, en ze zagen iets wat op een appelboomgaard leek waar een onverharde weg dwars doorheen liep. Hij vergrootte het beeld nog eens, en nu zagen ze van de weg een stofwolk achter een voertuig opdwarrelen.

'Hebbes!' zei hij.

68

SNCF-station Chantilly-Gouvieux, Chantilly, Frankrijk, 7.44 uur

Met een golftas over een schouder en een koffer in de hand stapte Victor in het eersteklasrijtuig 22388 van de trein Chantilly-Parijs en vond hij bijna voorin een plaats aan het raam.

Tien minuten eerder had hij zijn hotelrekening betaald en een taxi naar het station genomen. De krankzinnige toestanden waren inmiddels bedaard. De politiewagens, het medische hulpteam en de ambulances waren allang een bocht om, gereden in de richting, zo werd hem verteld, van een plek die hij goed kende: het Cœur de la Forêt.

'Laat het wapen achter en loop weg,' had Richard hem over de headset opgedragen. En dat had hij gedaan, net zoals hij dat vier dagen daarvoor had gedaan met het M14-geweer in het gehuurde kantoor in Washington, nadat hij de Colombiaan met het New York Yankees-jack had vermoord toen deze Union Station uit liep.

7.50 uur

Met een schokje zette de trein zich in beweging. Victor zag een politiewagen het parkeerterrein van het station op rijden en stoppen; vier zwaarbewapende agenten sprongen eruit. Even sloegen de zenuwen toe, bang als hij was dat de stationschef was gewaarschuwd, de trein zou worden stopgezet en alle passagiers zouden worden ondervraagd over het incident dat ruim drie kwartier daarvoor op de oefenbaan van de Chantilly-hippodroom had plaatsgevonden toen twee jockeys waren doodgeschoten door iemand die zich in de bossen had verborgen. Het was een voortreffelijk scherpschutter geweest die beide ruiters, verwikkeld in een nek-aan-nekrace, van bijna honderd meter afstand met één enkel schot van hun volbloedpaarden had geschoten, waarbij de kogel eerst dwars door de schedel van de ene ruiter en vervolgens een honderdste seconde later door die van de andere vloog. Terwijl de paarden zonder berijder doorliepen, had de schutter het moordwapen achtergelaten en was hij, omringd door de grijze ochtendnevel van het Cœur de la Forêt, gewoon weggelopen.

7.52 uur

De trein kreeg vaart en in een oogwenk was station Chantilly-Gouvieux uit het zicht verdwenen. Victor leunde achterover en ontspande zich. Richard had hem verteld zich geen zorgen te maken, rustig zijn tijd te nemen, koffie te drinken, een ontbijtje te bestellen, en gewoon onopvallend te vertrekken; en hij had gelijk gehad. Bij elke stap had Richard gelijk gehad.

Hij keek uit het raam naar het voorbij glijdende Franse platteland. Net als in het Cœur de la Forêt begonnen ook hier de bomen al blad te krijgen. Heldergroen, met de hoopvolle verwachting van een prachtige zomer. Hij voelde zich gelukkig, ondeugend zelfs, en bovenal springlevend.

Als een jongen die net veertien was geworden en de wereld om zich heen opzoog.

69

De heuvels ten noordoosten van Barcelona, 7.55 uur

Een zwaar bonzend geraas, gevolgd door een enorme schaduw die pal boven zijn hoofd over scheerde, deed de jonge bestuurder van de pick-up plotseling afremmen en door de gebarsten voorruit omhoogkijken. Eventjes zag hij niets anders dan fruitbomen en de hemel; het volgende moment dook een helikopter van de Mossos d'Esquadra over de boomtoppen recht op hem af. In een oogwenk was het toestel weer verdwenen. Vijf seconden later volgde nog een politiehelikopter, die nog lager vloog dan de eerste en een verblindende wervelstorm van stof opwierp.

'*¿Qué el infierno?*' Wat krijgen we nou? riep hij uit, en hij keek naar de twee jonge landarbeiders die naast hem dicht tegen elkaar aan zaten.

Het volgende moment zagen ze twee wagens van de Mossos d'Esquadra in volle vaart over de zandweg op hen af stuiven. Van achteren scheurden er nog eens twee dichterbij.

'*¡Cristo!*' brulde hij. Meteen trapte hij op het rempedaal, en omringd door de stofwolk die door de politiewagens en door de boven hun hoofd hangende helikopters – de ene zestig meter hoger dan de andere – werd opgeworpen, kwam de pick-up glijdend tot stilstand.

Even later lagen de drie mannen voorover in het zand terwijl om hen heen geüniformeerde agenten hun machinepistolen op hun hoofd gericht hielden. De portieren van de pick-up waren wijd opengegooid.

Langzaam durfde de bestuurder op te kijken. Uit de auto's die vanuit de bosjes van twee kanten op hen in waren gereden, zag hij mannen in donkere pakken en met zonnebrillen op stappen. Daarna werd zijn blik door iets anders gevangen. Een enorme, glimmend zwarte SUV verscheen vanuit de schaduw van de boomgaard en naderde langzaam.

'*¿Dios mi, cuál est?*' Mijn god, wat is dat? fluisterde de jonge arbeider naast hem.

'*¿Cierre para arriba!*' Kop dicht! Een potige agent duwde de loop van zijn machinepistool hard tegen zijn slaap.

Hap Daniels was als eerste uit de SUV. Daarna volgden Bill Strait, en ten slotte Jake Lowe en James Marshall. Daniels keek even naar hen en liep vervolgens naar de pick-up.

De stofwolk en het denderende geraas van de politieheli's boven hun hoofd maakten het bijna onmogelijk om iets te zien, laat staan te horen of na te denken. Daniels zei iets in zijn headset, en bijna onmiddellijk trokken de helikopters op om zo'n meter of tweehonderd hoger te blijven hangen. De lucht klaarde op en het kabaal nam af.

Lowe en Marshall keken toe toen Daniels de pick-up bereikte, in de cabine keek en om het voertuig heen liep. Even later wenkte hij een van de Spaanse agenten om in de open laadbak te klauteren. Een tweede politieman volgde. Meteen kregen ze gezelschap van twee van Hap Daniels' in zwart pak gestoken en zonnebril dragende agenten van de geheime dienst.

'Het ligt daar, meneer,' hoorde Daniels de in de SUV zittende inlichtingenspecialist in zijn headset zeggen.

'Waar?'

'Ergens bij hun voeten.'

'Hier!' riep een van de agenten hard.

Lowe en Marshall haastten zich naar voren. De agenten van de geheime dienst hielpen Daniels in de pick-up en lieten het hem zien.

De mobiel van Nicholas Marten lag in een grote kartonnen doos vol irrigatiegereedschap, slangkoppelstukken en sprinklerkoppen. Zo te zien was niet eens geprobeerd om hem te verbergen. Hij lag bovenop, alsof iemand langs was gelopen, de doos had zien staan en hem erin had gegooid.

Een lang ogenblik staarde Hap Daniels ernaar, waarna hij zich langzaam omdraaide en wegkeek. Deze keer voelde hij niet de behoefte om luid te vloeken. Zijn gezicht sprak boekdelen.

Het spel was nog niet afgelopen.

70

8.07 uur

Miguel Balius trapte het gaspedaal in, en de Mercedes accelereerde. Ze reden weg van de kust in de richting van de bergen. Eerder had hij een controlepost voor verkeer uit Barcelona gemeden door er gewoon naar terug te rijden. Een paar kilometer verder had hij vlak bij Palau de Plegamans een zijweg genomen en daarna was hij in noordelijke richting een provinciale hoofdweg op gereden. Kort daarna had neef Harold hem gevraagd hoe de telefoon van de limo werkte, want hij wilde naar het buitenland bellen. Miguel had het uitgelegd, waarna neef Harold de telefoon had gepakt en een nummer had ingetoetst. Blijkbaar had hij verbinding gekregen, want hij kletste even met iemand, hing toen op en begon met neef Jack te praten. Een paar minuten later had hij zijn enige sanitaire stop gemaakt, aan de rand van een appelboomgaard, waar neef Harold achter een geparkeerde pick-up zijn blaas had geledigd. Net zo snel waren ze weer onderweg.

Wie zijn passagiers ook mochten zijn, ze waren duidelijk nette Amerikaanse burgers, bij lange na niet de terroristen naar wie de regeringstroepen op zoek waren, of althans de donkere islamitische stereotypen die hij en bijna de hele wereld voor zich zagen zodra het woord 'terrorist' viel. Zijn vrachtje bestond uit twee mannen die met een jetlag kampten, moe waren en gewoon een dagje de stad wilden ontvluchten en wat wilden rondkijken, waarbij Montserrat hun huidige bestemming was. Als ze een broertje dood hadden aan de files en de langdurige procedures bij wegversperringen en controleposten, dan konden ze hem wel een hand geven. Bovendien deed hij niets wat verboden was. Het was zijn werk om te doen wat zijn klanten hem vroegen, niet om in de file te staan.

Miguel keek in de binnenspiegel naar zijn passagiers en zag hen naar het kleine tv-scherm kijken. Ze waren hier om wat van het landschap te zien en nu zaten ze opeens tv te kijken. Ach wat, dacht hij, moeten zij weten.

En zo was het.

Helemaal.

De aandacht van beide mannen was gericht op het kleine scherm; een verslaggeefster van CNN stond live voor het Witte Huis, waar het nog steeds nacht was. Er waren geen nadere berichten over de omstandigheden rond het overhaaste vertrek van de president uit het Ritz in Madrid, zei ze. Noch was er informatie over de locatie waar hij heen was gebracht, noch enige duidelijkheid over de aard van de terreurdreiging of de terroristen zelf. Maar het spoor van de lieden die direct verantwoordelijk werden geacht, was tot in Barcelona gevolgd; daar hadden ze ternauwernood een politie-inval ontlopen en waren ze nu doelwit van een grootschalige klopjacht door bijna geheel Spanje, tot aan de grens met Frankrijk toe.

Het CNN-verslag werd beëindigd en er volgde reclame. Tegelijkertijd pakte de president de afstandsbediening en zette hij met de mute-toets het tv-geluid uit.

'De Warschau-moordaanslagen,' sprak hij zacht tegen Marten. 'Op een normale dag zou ik direct contact hebben kunnen opnemen met de Franse en Duitse regeringsleiders om ze persoonlijk te waarschuwen. Over die luxe beschik ik nu niet langer. Maar toch. Op een of andere manier... De president van Frankrijk en de bondskanselier van Duitsland moeten van het gevaar in Warschau op de hoogte worden gebracht, maar ik weet niet hoe.'

'U weet zeker dat het in Warschau zal gebeuren?' vroeg Marten.

'Ja, beslist. Ze zullen alle aandacht willen trekken, zodat de Franse en Duitse bevolking direct wereldwijd op sympathie kan rekenen. Het zal de weg helpen bereiden voor snelle verkiezingen in beide landen en een verborgen politieke machtsstrijd die hun mensen wel eens van een verkiezing kunnen afhouden de kop indrukken.'

'Dan moeten we iets bedenken om ze te waarschuwen en wel zo dat u buiten schot blijft.'

'Inderdaad.'

'Via de media misschien? Stel dat het van de *New York Times*, de *Washington Post*, de *LA Times*, CNN of andere grote nieuwsorganisaties komt?'

'Maar wie gaat het ze vertellen? Ik? Elektronisch communiceren is er voor mij niet bij, punt uit. Hetzelfde geldt voor u. U hebt Peter Faddens telefoontje aangenomen. Ze zullen uw stem op band hebben en daar net zoveel naar luisteren als naar de mijne. Ik heb zelfs even overwogen om mevrouw Picard te vertrouwen, maar heb daar om een aantal redenen van afgezien, vooral omdat niemand haar zou geloven; en stel dat ze het zou uitleggen en de tabloids er lucht van kregen, dan zou dat tot krantenkoppen leiden over dat de president op de loop is gegaan voor de geheime dienst en helemaal gek is geworden. Dat is wel het laatste waar we op zitten te wachten.'

'En Fadden zelf?' opperde Marten.

'Ook dat heb ik overwogen. Hij bezit de geloofwaardigheid om de perschefs van beide leiders op te bellen en te worden doorverbonden. Hij zou hun kunnen vertellen dat hij in het bezit is van geheime informatie, afkomstig uit de allerhoogste bronnen, en ze vervolgens waarschuwen voor wat er in Warschau staat te gebeuren. Als hij het zo aanpakte, zouden ze de waarschuwing zeer serieus nemen en ervoor zorgen dat ze aan hun mensen van de geheime dienst wordt doorgegeven. Het probleem is alleen dat we hem niet kunnen bereiken, ook al vinden we een derde persoon om het te laten doen.'

'Omdat hij mij heeft gebeld.'

De president knikte somber. 'Elk elektronisch signaal dat hij uitzendt of ontvangt, zal worden onderschept en als hij zich verplaatst, wordt hij in de gaten gehouden. Ik weet zeker dat de geheime dienst hem nu al op z'n nek zit. Ik hoop alleen dat hij zo verstandig zal zijn om in Madrid te blijven en niet te veel zal hameren op wat hij weet over Merriman Foxx of over mij vermoedt. Als hij te opdringerig wordt, kan hij worden gearresteerd, misschien zelfs worden vermoord. Dus, we zijn weer terug bij af, neef. Hoe gaan we dit nu in godsnaam aanpakken? We hebben informatie die bekend moet worden gemaakt, maar we beschikken niet over de middelen om dat te doen.'

Marten wilde net iets zeggen toen iets zijn aandacht trok. Hij keek naar voren. Miguel Balius zat hen aandachtig te begluren in de spiegel. Wat dit ook te betekenen had, het zinde Marten in elk geval niet en hij drukte direct de knop van de intercom in. 'Is er iets, Miguel?'

Miguel schrikte verrast op. 'Niets, meneer.'

'Iets moet je belangstelling hebben gewekt.'

'Het is alleen dat uw neef, nou ja, hij komt me vaag bekend voor, geloof ik.' Miguel voelde zich opgelaten dat hij was betrapt, maar sprak niettemin de waarheid. Hij keek naar de president. 'Ik weet zeker dat ik u al eens ergens heb gezien.'

De president glimlachte ontspannen. 'Ik zou niet weten waar. Dit is mijn eerste bezoek aan Barcelona.'

'Ik heb een vrij goed geheugen, meneer, ik weet zeker dat ik er nog wel opkom.' Miguel keek hun nog even langer aan en richtte vervolgens zijn blik weer op de weg.

Marten keek even opzij naar. 'Vergeet niet wat nicht Demi hun over ons heeft verteld.'

'Dat we een beetje gek zijn.'

Marten knikte. 'Dit is het moment om dat te laten zien. Vertel het hem maar voordat hij er zelf opkomt.'

De president was opeens ongerust. 'Vertel hem wát?'

Marten gaf geen antwoord, maar keek naar Miguel en zette de intercom weer aan. 'Weet je al waarom hij je bekend voor komt, Miguel?'

'Ik zit nog steeds hard na te denken, meneer.'

'Nou, hou maar op. Hij is de president van de Verenigde Staten.'

President Harris voelde zijn hart opeens in zijn keel kloppen. Toen zag hij Martens brede grijns. In de binnenspiegel staarde Miguel Balius de twee aan, en ook op zijn gelaat verscheen nu een glimlach.

'Natuurlijk, meneer.'

'Je gelooft me niet, hè?' ging Marten verder. 'Nou, mijn neef is echt de president van de Verenigde Staten. Hij wil een dag of twee rust aan zijn hoofd, weg van alle druk van het ambt. Dat is ook de reden waarom we de controles wilden omzeilen. Als iemand erachter kwam dat hij rondreed zonder de bescherming van de geheime dienst zou dat heel gevaarlijk kunnen zijn.'

'Is dat zo, meneer?' Miguel keek naar de president.

Harris zat in de val; hij kon het spelletje alleen nog maar meespelen. 'Ik ben bang dat je ons geheim hebt geraden. Daarom willen we achterafweggetjes en landweggetjes nemen, zolang we de gebaande wegen maar kunnen vermijden.'

Miguels glimlach werd nog breder. Ze speelden met hem en hij wist het. 'Ik begrijp uw situatie helemaal, meneer. Ooit kan ik mijn kleinkinderen vertellen dat ik u overal heb rondgereden, u naar het strand heb gebracht, het zand van uw voeten heb helpen vegen en u naar Montserrat heb gereden en onderweg ik weet niet hoeveel politieversperringen heb gemeden die waren opgezet om terroristen in de kraag te vatten.'

Plotseling werd Marten nerveus. 'Heb je kleinkinderen, Miguel?'

'Nog niet, meneer. Maar mijn dochter is in verwachting.'

Marten ontspande. 'Gefeliciteerd dat je opa wordt. Maar je begrijpt dat je hier niemand iets over mag vertellen, je dochter niet, zelfs je vrouw niet.'

Plechtig bracht Miguel Balius even een hand omhoog. 'Op mijn erewoord, meneer, geen ziel. "Discreet" is ons bedrijfsmotto.'

Marten glimlachte. 'Het hoort gewoon bij je werk.'

'Inderdaad, meneer.'

Marten leunde naar achteren en keek naar de president. De uitdrukking op diens gezicht zei alles. Miguel was één. Maar het probleem van Warschau en hoe ze de leiders van Frankrijk en Duitsland konden waarschuwen voor wat in het verschiet lag, dat was van een geheel andere orde. Iets waarbij ze, voorlopig althans, volkomen machteloos stonden.

71

Hotel Grand Palace, Barcelona, 8.40 uur

Jake Lowe en James Marshall betraden een vierkamersuite die door Tom Curran, de chef-staf van het Witte Huis die nog steeds vanuit de Amerikaanse ambassade in Madrid werkte, was gereserveerd. Specialisten van de geheime dienst hadden een van de drie slaapkamers overgenomen en waren druk bezig om een communicatiecentrum in te richten, compleet met beveiligde telefoonlijnen naar de ambassade in Madrid en de war room in het Witte Huis. Beide mannen hadden al meer dan vierentwintig uur niet geslapen. Ze voelden zich groezelig en afgemat en hadden inmiddels een stoppelbaard. Bovendien was het alweer even geleden dat ze de luxe hadden genoten van een uitgebreid gesprek onder vier ogen. Lowe leidde hen naar een kleine salon en sloot de deur.

'Deze nachtmerrie wordt met de minuut erger,' zei hij. 'Het is ongelooflijk dat hij ons steeds een stap voor weet te blijven.'

Marshall trok zijn jasje uit, hing het over een stoel, knipte de tv aan en stemde af op CNN. Hij keek even, liep toen naar een tafel waarop een licht ontbijt was uitgestald en schonk zichzelf een kop koffie in.

'Ook koffie?'

'Nee,' antwoordde Lowe terwijl hij een hand door zijn haar haalde en naar het raam liep om een blik op straat te werpen. Even later draaide hij zich zichtbaar ongerust om. 'Hij is vastbesloten om ons te breken. Dat weet je.'

'Ja, maar het zal hem niet lukken.'

'Vroeger hadden we datzelfde vertrouwen in hem, weet je nog?' vroeg Lowe. Zijn vermoeidheid en woede klonken in de vraag door. 'Zo is hij president geworden. En zo kwam hij uit het Ritz, waardoor hij nu nog steeds vrij rondloopt.'

'Laten we even evalueren,' zei Marshall op onderkoelde toon, waarna hij zich met één oog op de tv gericht langzaam op een stoel liet zakken. 'Ten eerste blijft het voor hem nagenoeg onmogelijk om elektronisch met iemand te communiceren zonder dat wij het registreren en we meteen ook weten waar hij is. Het is veel lastiger voor hem nu wij het geografische gebied kennen waar hij zich bevindt. Tel daar de omvang van de klopjacht bij op. Hij en Marten mogen dan misschien een paar naalden in een hooiberg zijn, maar die wordt strootje voor strootje weggenomen. Het is slechts een kwestie van tijd, hooguit een paar uur, voordat de vloer kaal is en de naalden voor onze neus liggen.

Bovendien is de vicepresident op weg naar Madrid voor geheim beraad met de Spaanse president over de situatie met de POTUS.'

'Ik weet het,' reageerde Lowe getergd, omdat hij zich er wel degelijk van bewust was. 'We hadden daar binnen het uur moeten landen. Wat heeft dat er in hemelsnaam mee te maken?'

'Alles. Wat onze hooggeachte president onbewust heeft gedaan, is ons een buitengewone kans aanreiken om de vicepresident in de mondiale oorlog tegen het terrorisme naar de voorgrond te schuiven. Rogers doet dat fantastisch, bijna net zo goed als Harris zelf. Dit is jouw terrein, Jake, en je zou die kans moeten ruiken! Waarom zou je zijn komst geheimhouden? Hij maakt zich net zo ongerust over de oorlog tegen het terrorisme als de president, en in diens afwezigheid zet hij voet op Spaanse bodem om dat te benadrukken. Laten we hem vanmiddag nog hierheen halen en hem zonder jasje en met opgestroopte hemdsmouwen door de straten van Barcelona rijden; hier en daar een praatje met wat burgers, een paar opnames met Spaanse agenten bij de controleposten. Laat hem de wereld vertellen hoe trots hij is om hier namens de president Amerika te vertegenwoordigen. Laat hem verklaren dat president Harris deze bedreigingen van de veiligheid serieus neemt en dat hij vastbesloten is zijn optreden in Warschau of zijn toespraak voor de verzamelde NAVO-leiders, een toespraak waar hij nog altijd in afzondering persoonlijk aan werkt, hier niet door te laten belemmeren. Wat wij hebben, Jake, is een unieke kans om de wereld te laten zien dat de vicepresident een betrouwbare vent is die de leiding op zich kan nemen.' Er speelde een dunne glimlach om Marshalls mond. 'En dat slechts een paar uur voordat hij door tragische omstandigheden tot absolute koning wordt gekroond.'

'Je vergeet Peter Fadden,' zei Lowe teruglopend door de kamer. 'Hij is op de hoogte van Caroline Parsons, hij heeft zo zijn vermoedens over de dood van Mike Parsons, hij weet van de link met Merriman Foxx en hij gelooft niet in de officiële lezing over wat er is gebeurd met de president. Als hij blijft aandringen, zit de *Washington Post* voor we het weten boven op ons nek.'

'Ik vergeet Peter Fadden helemaal niet, Jake. Zodra we een beveiligde lijn hebben, bel ik met Washington en zorg ik ervoor dat hij ophoudt met dat pushen. En wat de president betreft: misschien moeten we hopen dat Hap, de CIA en de Spaanse inlichtingendienst hem helemaal niet vinden.'

'Hoe bedoel je?'

'Ik bedoel dat we er goed aan zouden doen als we erop vertrouwden dat predikant Beck genoeg kruimels heeft gestrooid om Nicholas Marten naar Montserrat te lokken in de hoop dat hij daar dr. Foxx kan treffen. Gezien het gedoe van gisteravond, in het hotel; Faddens telefoontje vanmorgen en het trucje met de mobiel in de pick-up doet hij alles wat hij kan om ons om de tuin te leiden. De enige reden daarvoor is omdat de president in zijn gezelschap verkeert. Beiden hebben een reden om Foxx op zijn daden aan te spreken, en als ze hem bereiken voordat Hap ze opspoort...' Er verscheen een minieme glimlach op Marshalls gezicht, '... zal Marten verdwijnen en kunnen wij het lijk van een president naar de "geheime locatie" overvliegen waar hij zich zogenaamd toch al bevindt en waar hij onfortuinlijk genoeg opeens een hartaanval kreeg of iets anders wat dr. Foxx passender zal achten. De hele zaak zou op die manier veel simpeler en schoner zijn, denk je ook niet?'

Lowe keek naar de tv. Een CNN-reportage over een in Peru neergestort vliegtuig werd gevolgd door een live verslag vanuit Barcelona en de intensieve klopjacht op de voortvluchtige terroristen, waarbij al zevenentwintig mensen waren gearresteerd en nog meer arrestaties werden verwacht.

Lowe zette het toestel uit en wendde zich tot Marshall. Het zweet glinsterde op zijn voorhoofd. Zijn normaliter blozende gelaatskleur zag nu bleek. De vermoeidheid kreeg vat op hem.

'Ik ben moe, Jim. Moe van het nadenken. Moe van deze hele godvergeten toestand. Bel maar naar Washington en pak daarna een uurtje slaap. Dat ga ik in elk geval doen. We hebben het allebei nodig.'

72

9.00 uur

Miguel Balius wierp een blik in de binnenspiegel naar zijn twee passagiers achter het dikke glas en richtte zijn aandacht weer op de kronkelende landweg voor zich. In de afgelopen veertig minuten was dit de tweede die hij had genomen om een wegversperring te mijden. De eerste had zich aangediend op een hoofdweg die via de heuvels naar Tarrasa voerde, toen voor hem opeens auto's afremden en door zwaarbewapende politie naar een enkele rijbaan werden geleid. Hij had het opgelost door gewoon de volgende afslag te nemen, via een netwerk van voorstedelijke straten naar het stadje Ullastrell te rijden en vervolgens een B-weg ten zuiden van een hoofdweg te volgen die hen opnieuw in noordelijke richting naar Montserrat voerde. Op die weg, bij Abrera, was hij op de tweede wegversperring gestuit. Hier was hij omgekeerd en had hij een zijweg genomen die langs het stadje Olesa de Montserrat liep en aansloot op de hoofdweg waar ze nu reden, in noordwestelijke richting door de bergen naar Montserrat; een lange omweg, maar beter dan in de val te lopen bij een wegversperring en de autoriteiten te laten ontdekken dat de president van de Verenigde Staten en diens neef zijn passagiers waren.

Miguel lachte in zichzelf. Voor vertrek was hem verteld dat hij moest weten dat ze een beetje *loco* waren. En dat klopte. Maar hij had al veel gekkere figuren rondgereden – rocksterren, filmsterren, voetbalhelden, tennisidolen, mannen met vrouwen van andere mannen, vrouwen met mannen van andere vrouwen, mannen met andere mannen, vrouwen met andere vrouwen, mensen van wie hij niet kon zeggen wát ze waren, qua geslacht noch qua relatie – dus dit stelde niets voor. Hij grijnsde maar gewoon en speelde het spelletje mee. Zoals de 'neef' die Harold heette al had gezegd: 'Het hoort gewoon bij je werk'; en als de kalende man met de bril en de lichte baardgroei hem ergens bekend voor kwam, dan leek hij in elk geval niet op de Amerikaanse president. Maar als hij wilde doen alsof hij dat wel was – de machtigste man op aarde die een dag of twee verlost wilde zijn van alle druk, met het verzoek om wegversperringen te omzeilen – dan vond hij het prima.

Werd hij opnieuw bekropen door de gedachte dat deze twee wel eens terroristen zouden kunnen zijn naar wie de autoriteiten op zoek waren? Natuurlijk, vooral toen ze maar bleven aandringen dat hij wegversperringen en controleposten zou mijden. Maar nader beschouwd had hij nog steeds het gevoel dat ze nauwelijks iets weg hadden van het soort lieden dat de hele wereld inmiddels was gaan zien als het prototype van een 'terrorist'. Bovendien, welke terroristen huurden nu een limousine af om ergens aan het strand op blote voeten koffie te drinken en zich vervolgens langs bezienswaardigheden te laten rijden, zich ondertussen voordoend als de president van de Verenigde Staten en zijn neef terwijl de autoriteiten overal naar hen zochten?

Opnieuw wierp hij een blik op zijn passagiers. Neef Harold had briefpapier van de limousine gepakt en schreef iets op. Hij gaf het aan zijn buurman, die neef Jack werd genoemd als hij niet de Amerikaanse president speelde. Miguel grinnikte nog eens en keek weer naar de weg. Waar waren ze nu weer mee bezig, een potje boter-kaas-en-eieren?

'Het is het symbool van Aldebaran,' zei Marten wijzend naar zijn schets van een ballenkruis, en hij gaf het vel briefpapier aan president Harris. 'De bleekrode ster die het linkeroog in het sterrenbeeld Stier vormt,' vertelde hij, wat een herhaling was van wat Demi hem de dag daarvoor in Els Quatre Gats in Barcelona had verteld. 'In de vroege astrologie dacht men dat het kracht en geluk uitstraalde. Het wordt ook wel...'

'Het oog van God genoemd,' vulde de president hem aan.

'Hoe weet...?' Marten was verbaasd.

'Hoe ik dat weet?' President Harris glimlachte vriendelijk. 'Ik heb op Rhodes gestudeerd, meneer Marten. En in Oxford. Mijn hoofdvak was Europese geschiedenis, en mijn bijvak theologie. Het symbool van Aldebaran kwam in beide studies voor, niet als hoofdonderwerp, maar het soort veeleisende, muggenziftende hoogleraren als die ik had, stond er wel degelijk bij stil. Men vermoedt dat het symbool van Aldebaran als een soort herkenningsteken is gebruikt door een geheime cultus van tovenaars, die tijdens en na de renaissance, en misschien zelfs in de eeuwen daarna, wel eens een grote politieke invloed in Europa kan hebben gehad. Men weet het niet honderd procent zeker, want de beweging, zo die al echt bestond, heeft geen documenten of geschreven geschiedenis nagelaten, althans, niet dat we weten. Het enige wat blijft, zijn geruchten en veronderstellingen.'

'Laat me daar dan nog een gerucht en veronderstelling uit het renaissance-tijdperk aan toevoegen. Het Machiavelli Verbond. Weet u ervan?'

'Nee.'

'Naar verluidt schreef Machiavelli een addendum aan zijn beroemde *De heerser*,' zei Marten, opnieuw herhalend wat Demi hem had verteld. 'Hierin zette hij het concept uiteen van een geheim genootschap dat invloed veroverde middels een gedocumenteerde deelname van zijn leden aan een jaarlijkse, minutieus voorbereide rituele moord. De achterliggende gedachte was dat een weloverwogen en geverifieerde medeplichtigheid aan moord hen in bloed verenigde en hun een middel verschafte om zeer agressief, zelfs meedogenloos als groep te werk te gaan, in de wetenschap dat ze allemaal zouden kunnen hangen als bekend werd wat ze hadden gedaan. Het zou ze hebben gemaakt tot een behoorlijk intimiderend stelletje, vooral als de betrokkenen lid waren van een toch al invloedrijke groep.'

De president kneep zijn ogen toe. 'Wat heeft dat of het symbool van Aldebaran te maken met...?'

'U had het net over een geheime cultus van tovenaars,' onderbrak Marten hem. 'Waren dat tovenaars of heksen?'

'Hangt ervan af waar en in welk tijdperk u bedoelt.'

'En als ik nu eens zei hier en nu, meneer de president.'

'Ik begrijp het niet.'

'Merriman Foxx heeft het symbool van Aldebaran op zijn linkerduim laten tatoeëren. Misschien heeft Beck er ook wel een. Zonder nader onderzoek is het niet mogelijk om dit zeker te weten, want hij heeft een huidziekte. Caroline Parsons' arts, Lorraine Stephenson, had dezelfde tatoeage. En haar vermiste zus volgens Demi ook. Deze mensen zijn lid van een geheime heksencoven die het symbool van Aldebaran als haar herkenningssymbool heeft gekozen.' Marten keek even door het veiligheidsglas. Miguel had zijn ogen op de weg gericht. Als hij hun nu kon horen – als hij de hele tijd had kunnen meeluisteren – dan was het niet aan hem te zien. Marten keek de president weer aan.

'Meneer de president, u had het over een grote politieke invloed? Stel dat dit meer is dan slechts iets tussen uw "vrienden" en Merriman Foxx? Stel dat het Machiavelli Verbond niet een of ander vermeend toevoegsel aan *De heerser* was, maar echt? Iets wat een bepaalde groepering als haar bijbel beschouwde en in de praktijk bracht? Stel dat uw geheime cultus echt heeft bestaan? En nog bestaat? En niet alleen in Europa, maar ook in Washington?'

President Harris ademde diep in. Aan zijn gezicht zag Marten dat de enorme druk van wat zich allemaal afspeelde zijn tol begon te eisen. 'Als er op uw vragen echt antwoorden te vinden zijn, zal dr. Foxx die misschien kunnen geven.' De president keek hem nog even aan, draaide zich om naar het raam en staarde naar het voorbij glijdende platteland. Hij oogde nu zo mogelijk nog ongeruster en meer in zichzelf gekeerd dan ooit.

'Meneer Marten, we gaan naar Montserrat. Hopelijk kunnen we daar dr. Foxx vinden en hem confronteren,' zei hij, nog steeds naar buiten starend. 'Vergeet wat hij als wetenschapper heeft gedaan, vergeet de experimenten die hij heeft uitgevoerd, de wapens die hij heeft ontwikkeld, het grootste deel van zijn leven was hij ook beroepsmilitair.' Nu keek hij Marten recht in de ogen. 'Hij is misschien achter in de vijftig, maar van wat ik over hem heb gelezen, is hij fit en sterk. En hard. Vermoedelijk werkt hij al jaren aan dat abjecte project van hem, waar wij meer over te weten moeten komen, en staat hij nu zo'n beetje op het punt om het uit te voeren. Waarom zou hij ons er iets over vertellen? We hebben geen enkele reden om te geloven dat hij überhaupt iets zal zeggen. Waarom zou hij? Als ik hem was en in dezelfde situatie zat, zou ik in elk geval mijn mond houden.' Er verscheen een wanhopige blik op zijn gezicht. 'Ik vraag me af, meneer Marten, of we na alles wel voorbereid zijn op de tegenstander, als we al het geluk hebben dat we hem vinden. En of hij niet gewoon om onze vragen zal lachen en wij uiteindelijk met lege handen zullen staan.'

'Meneer de president,' zei Marten zacht maar vol overtuiging, 'volgens mij zal dat afhangen van waar en onder wat voor omstandigheden die vragen hem worden voorgelegd.'

73

Hotel Opera, Madrid, 9.22 uur

'*Muchas gracias,*' zei Peter Fadden dankbaar tegen de receptionist. Hij krabbelde zijn naam op het reçuutje van de creditcard, pakte zijn tas op en liep snel naar de voordeur, want hij was al laat voor zijn vlucht van elf uur naar Barcelona.

Buiten wenkte de portier een taxi voor hem. Deze kwam direct voorgereden, maar stoof er ook meteen weer zonder een vrachtje vandoor. Fadden en de portier wisselden een verbaasde blik uit, waarna de laatste naar de volgende taxi in de rij zwaaide. Deze reed voor, stopte en reed níét weg. De chauffeur stapte uit en keek de portier vragend aan.

'*Aeropuerto de Barajas,*' zei Fadden voordat de portier kon reageren. Vervolgens gaf hij de man een fooi, trok het achterportier open, wierp zijn tas op de achterbank en stapte in. Even later reed de taxi weg.

Hoofdbureau van politie, Barcelona, hetzelfde tijdstip

Net als de rest van de vanuit Madrid overgevlogen delegatie van de geheime dienst waren Hap Daniels en agent Bill Strait fysiek en mentaal uitgeput en voelden ze zich na de meer dan vierentwintig uur van intensieve, niet-aflatende waanzin meer dan groezelig. Hoewel er in Hotel Colón tegenover de kathedraal van Barcelona kamers voor hen waren gereserveerd, waren er hier op het bureau tijdelijke slaapvertrekken ingericht in een vergaderzaal naast het centrale commandohoofdkwartier in het souterrain. Daar zwoegde een groep van zesendertig agenten van de politie van Barcelona, de Spaanse inlichtingendienst, de CIA en de Amerikaanse geheime dienst op een communicatiesysteem dat overliep van informatie afkomstig van controleposten en zoekteams. Een groep waarop door Hap zelf werd toegezien.

'Twintig minuten,' zei hij tegen het commandoteam, terwijl hij dat met zijn handen aangaf. 'Meer dan twintig minuten heb ik niet nodig.'

Meteen daarop gebaarde hij naar Bill Strait en liep het slaapvertrek in, waar een stuk of vijf andere agenten van de geheime dienst op haastig neergezette veldbedden een dutje deden en waar hij die kostbare twintig minuten hetzelfde wilde gaan doen.

Strait kwam binnen. Hap sloot de deur en ging zijn collega voor naar een verre hoek, weg van de anderen.

'Wat hier aan de hand is, is geen kwade opzet,' zei hij met zachte, ingehouden stem. 'Dit is niet het werk van terroristen of een of andere buitenlandse regering of agenten. Dit is "Cropduster", de POTUS, die probeert weg te komen.'

'Ik begrijp niet wat je bedoelt, Hap,' mompelde Strait net zo zacht, 'sinds Madrid zijn we daar toch van uitgegaan? Hij is ziek.'

'Als hij ziek is, ben ik een ezel met drie poten. Hij klauterde via het aircokanaal uit het Ritz, zette een toupet af waar wij nooit van hebben afgeweten en wist ongezien in Barcelona te komen. Zonder dat iemand het wist, vond hij Marten en hij wist pal onder onze neus dat vervloekte hotel te ontvluchten en de stad uit te komen. Dit is niet iemand die ziek is. Dit is iemand die verdomd vastbesloten is om niet gepakt te worden en die dat ook nog eens heel slim aanpakt.'

'Hap, als mensen verknipt zijn, halen ze zo veel dingen uit. Zelfs presidenten.'

'We weten niet of hij verknipt is of niet. We weten alleen wat Lowe en dr. Marshall ons hebben verteld. En tenzij er iets is wat ze verzwijgen, gissen ze alleen maar. Of dat, of dit is wat ze ons willen doen geloven.'

'Ons *willen* doen geloven?'

'Ja.'

Strait staarde hem aan. 'Je bent moe, zeg dat nog maar eens als je over een halfuur wat hebt geslapen.'

'Ik zeg het je nu.'

'Oké, wat is er dan in godsnaam aan de hand?'

Een agent op het dichtstbijzijnde veldbed hoestte en draaide zich om in zijn slaap. Daniels liet zijn blik door het geïmproviseerde slaapzaaltje glijden en ging Strait vervolgens voor door een aangrenzende deur naar een verlaten herentoilet.

'Ik weet niet wat er gaande is,' zei hij toen ze alleen waren. 'Maar ik denk terug aan die late bijeenkomst in het huis van Evan Byrd in Madrid. Degenen die daar waren, de vicepresident en bijna het hele kabinet, die had de Cropduster daar helemaal niet verwacht, en toen hij terugkwam van de besprekingen was hij niet zichzelf. De hele terugrit naar het hotel was hij stil en afstandelijk, hij zei geen woord. Een paar uur later is hij verdwenen, met behulp van wat lucifers die hij bij Byrd heeft meegenomen. Kort daarop duikt hij op bij Nicholas Marten, de man naar wie ik, vóórdat deze hele toestand losbarstte, op zijn verzoek navraag moest doen.'

Daniels deed zijn jasje uit en trok zijn das los. 'Ik ga even twintig minuten liggen en mijn ogen dichtdoen. Misschien dat als ik wakker word, alles helder is, ik hoop het maar. Ik wil dat jij intussen naar buiten gaat en ergens op een stil plekje met je mobieltje Emilio Vasquez van de Spaanse inlichtingendienst in Madrid belt. Vraag hem om heel voorzichtig alle telefoons van Evan Byrd af te tappen. Hij zal het misschien niet leuk vinden, maar zeg hem maar dat het om een persoonlijke gunst aan mij gaat. Als hij er moeite mee heeft, zeg hem dan dat ik hem zelf nog wel zal bellen zodra ik weer op ben.'

'Denk je dat Evan Byrd hier iets mee te maken heeft?'

'Dat weet ik niet. Ik heb zelfs geen idee wat deze toestand te betekenen heeft. Ik wil alleen kijken met wie hij in contact staat en wat ze elkaar te zeggen hebben.'

74

Madrid, 9.30 uur

Als in een vlaag zag Peter Fadden de stad aan zich voorbijgaan, zich amper bewust van de blèrende taxiradio die Amerikaanse rock-'n-roll-oldies speelde; in zijn hoofd was het een wirwar van conflictsituaties, vreugde en afgrijzen. Hij had Nicholas Marten gebeld omdat hij zeker wist dat hij iets op het spoor was wat te maken had met de president, met wat er met Caroline en Mike Parsons en hun zoon was gebeurd, en met de hoorzittingen rond de getuigenis van Merriman Foxx. En ook omdat de grootschalige, intensieve klopjacht op wat door de Spaanse autoriteiten 'voortvluchtige terroristen' werden genoemd zich uitgerekend concentreerde op de plek waar Marten zich bevond: Barcelona.

Hij had Marten even na zevenen gesproken, iets meer dan twee uur geleden, een gesprek dat de laatste abrupt had afgebroken met de woorden dat hij hem zo snel mogelijk terug zou bellen. Dat had hij tot nu toe niet gedaan, en drie pogingen om hem te bereiken hadden niets meer opgeleverd dan een verbinding met zijn voicemail. Dus waar was hij? Wat was er in vredesnaam gebeurd?

Of Fadden nu gelijk had of niet, en de autoriteiten inderdaad zochten naar een persoon of personen anders dan terroristen, geen van de andere media had, voor zover hij wist, erop aangehaakt. Dit betekende dat hij straks wel eens de primeur kon hebben van een incident van grote politieke, zelfs historische proporties.

De vraag was hoe hij het moest aanpakken. Hij ging lang genoeg mee om te weten dat als hij zijn redacteur bij de *Washington Post* belde, hoe vertrouwelijk hun gesprek ook was, het nieuws meteen aan de hoofdredacteur zou worden gemeld. Daardoor was de kans groot dat het iemand binnen het perskorps in Washington ter ore zou komen, waarna hij ongetwijfeld onder de voet zou worden gelopen door horden collega's die zich in allerijl naar de plek van het nieuws zouden reppen; en dat wilde hij kost wat kost voorkomen.

9.35 uur

Fadden keek naar het bekende landschap. Ze reden over Calle de Alcalá en stonden op het punt om de beroemde arena van Madrid, het Plaza de Toros, over te steken. Even later zouden ze de Avenida de la Paz kruisen. Fadden kende de weg naar de luchthaven goed. Naast vier jaren als de buitenlandcorrespondent van de *Post* in Londen te hebben gezeten, was hij ook twee jaar in Rome, twee in Parijs, een in Istanbul en talloze malen in Madrid geweest. Volgens zijn berekening en met dit verkeer zou hij over nog geen twintig minuten de terminal bereiken, wat hem precies genoeg adempauze gaf om zijn Iberia-vlucht naar Barcelona te halen.

9.37 uur

Ze passeerden de Avenida de la Paz, en Fadden nam een moment om zijn ogen te sluiten. Hij was tot in de vroege morgen opgebleven om te praten met personeelsleden van het Ritz: hotelkelners, kamermeisjes, mensen van de keuken, de schoonmaakploeg en het onderhoud, nachtwakers, de beveiliging. Daarna had hij bijna tot vier uur op zijn hotelkamer aantekeningen zitten maken. Om halfzeven was hij alweer opgestaan om te douchen, zijn vlucht te boeken en Nick Marten te bellen. Iets meer dan twee uur slaap dus, geen wonder dat hij moe was.

Plotseling voelde hij dat de taxi vaart minderde. Hij opende zijn ogen terwijl de chauffeur rechts afsloeg, een zijstraat in.

'Waar gaat u heen?' vroeg hij kribbig. 'Zo gaan we niet naar de luchthaven.'

'Het spijt me, *señor*,' antwoordde de taxichauffeur in gebrekkig Engels. 'Ik kan er ook niets aan doen.'

'Waaraan?'

De chauffeur keek in de binnenspiegel. 'Hen.'

Fadden keek om. Vlak achter hen reed een zwarte auto. Voorin zaten twee mannen, ieder met een donkere bril op.

'Wie zijn dat in jezusnaam?'

'Het spijt me, *señor*. Ik moet stoppen.'

'Stoppen? Waarom?'

'Het spijt me.'

Het volgende moment stopte de chauffeur langs de stoeprand, terwijl de radio nog altijd gouwe ouwe Amerikaanse rocknummers uitbraakte. Hij wierp het portier open, stapte uit en ging er zonder nog één keer om te kijken vandoor.

'Godallemachtig!' liet Fadden zich ontglippen terwijl angst en besef door zijn lijf schoten. Hij reikte naar de handgreep en duwde het portier open. Net op het moment dat de zwarte auto achter hem tot stilstand kwam, raakten zijn voeten de stoeprand. Zonder zelfs maar op te kijken nam ook hij de benen. Binnen een paar seconden bereikte hij een dwarsstraat die hij blind in rende. Een claxon werd gevolgd door het geluid van gierende banden. Fadden maakte op zijn tenen een pirouette en dook als een achterhoedespeler om een blauw Toyota-busje dat hem bijna had geraakt. Hij bevond zich nu op het trottoir aan de overkant en rende een klein plein op. Hij holde naar links en vervolgens naar rechts om een fontein heen. Aan de andere kant ervan nam hij een grindpad. Hij keek even achterom en zag hen al naderen. Ze droegen spijkerbroeken en sweatshirts en hadden stekeltjeshaar. Dit oogde en voelde Amerikaans.

'Jezus!' vloekte hij binnensmond, en hij rende verder.

Iets verderop zag hij een met struiken omzoomd pad dat van het pleintje naar de straat erachter voerde. Met brandende longen sloeg hij het in. Iets verderop zag hij een stadsbus die net gestopt was waar passagiers uitstapten. Er was geen reden om nog een keer om te kijken. Ze zouden hem toch nog steeds achternazitten. De bus was nog altijd een meter of tien rennen, en hij zette nu echt alles op alles. Hij verwachtte elk moment een knal achter zich of een vliegende tackle die zijn benen onder hem vandaan zouden vegen. Nog een meter of zeven, nog drie. De deuren gingen al dicht.

'Wacht!' riep hij, 'wacht!' De deuren klapten weer open en hij sprong de bus in. De chauffeur gaf al gas.

75

Landgoed Banfield, Halifax Road, Manchester, Engeland, 9.43 uur

Een dikke mist hing over de golvende, diepgroene velden. Regenwolken dreven boven de heuvels in de verte. Vanaf de heuveltop waarop Ian Graff stond, zag hij de rivier en als hij zich omdraaide het prachtige, pasgebouwde huis van de Banfields – alles bij elkaar vierduizend vierkante meter van glas, staal en steen. Niets van dit alles harmonieerde met het Engelse verleden of de golvende landelijke omgeving waarin het stond. Maar Fitzsimmons and Justice waren betaald om het landschap te ontwerpen, niet het huis. Het was dit landschap waar hij op deze vochtige zaterdagmorgen opnieuw naartoe was gegaan, met de ontwerptekeningen opgerold onder zijn arm gepropt om ze straks nog één keer te bekijken voordat hij ze – zeker niet dankzij Nicholas Marten – zou presenteren aan Robert Fitzsimmons, die ze andermaal zou voorleggen aan de jonge, sinds kort schatrijke, pasgetrouwde en zeer kregelige meneer en mevrouw Banfield.

Graff zette de kraag van zijn jasje op tegen de mist en deed net met zijn in rubberlaarzen gestoken voeten een stap in de richting van het huis toen hij de donkerblauwe Rover onder aan de heuvel geparkeerd zag staan en over het modderige pad twee mannen in regenjassen op hem af zag komen.

'Meneer Ian Graff?' riep de voorste man, een stevig gebouwde vent met zwart haar waarin bij de slapen al een veeg grijs te zien was. Hij riep het niet zozeer vragend, het klonk eerder autoritair. Ze wisten wie hij was.

'Ja.'

De andere man was lang en zijn haar was al helemaal grijs. Hij reikte in de zak van zijn regenjas en haalde er een klein leren hoesje uit. Hij klapte het open en hield het omhoog. 'John Harrison, veiligheidsdienst, dit is Special Agent Russell. Een uur en twintig minuten geleden belde u vanuit uw kantoor naar de mobiele telefoon van een zekere Nicholas Marten.'

'Ja. Hoezo? Zit hij soms in de problemen?'

'Waarom belde u hem?'

'Ik ben zijn chef bij het landschapsarchitectenbureau Fitzsimmons and Justice.'

'Geeft u alstublieft antwoord op de vraag,' zei agent Russell terwijl hij dichterbij kwam.

'Ik belde hem omdat hij me dat had gevraagd. Als u om u heen kijkt, ziet u het stuk grond dat wij vorm gaan geven. Onder de vele beplantingen moeten ook azalea's komen. Hij was bezig met het ontwerp en vroeg me of ik even de azalealijst wilde doornemen, omdat hij de naam kwijt was van een specifieke soort die hij wil gebruiken. Ik zocht de lijst op, belde hem op en las de namen op.'

'En toen?'

'De verbinding werd verbroken. Ik probeerde terug te bellen, maar tevergeefs.'

'U zegt dat hij u had gevraagd om hem te bellen,' sprak agent Russell opnieuw. 'Zegt u nu dat hij u eerst belde en u vroeg om terug te bellen?'

'In zekere zin wel, ja. Hij belde eerst naar mijn huis, want hij dacht waarschijnlijk dat ik thuis zou zijn omdat het zaterdag is. Mijn huishoudster nam op en gaf het bericht door aan mij op kantoor.'

'Uw huishoudster.'

'Ja, meneer. Hoewel ik niet zeker weet waarom hij naar mijn huis belde. Hij wist dat ik op kantoor zou zijn, omdat we ver achter op schema liggen met een belangrijk project. Dít project.' Graff gebaarde naar het huis en het land om hen heen.

Agent Harrison staarde Graff nog even aan en liet vervolgens zijn blik over het omliggende landschap glijden. 'Aardig stukje grond. Maar het huis vind ik helemaal niks, de bouwstijl past hier niet.'

'Dat ben ik met u eens, meneer.'

'Meneer Graff, bedankt voor uw tijd.'

De twee agenten draaiden zich om en liepen door de modder terug naar hun auto.

'Zit hij in de problemen?' riep Graff hem na. 'Ligt meneer Marten overhoop met de regering?'

Er kwam geen antwoord.

76

Madrid, 10.15 uur

Peter Fadden was twee haltes met de stadsbus meegereden, was toen uitgestapt, had daarna een half huizenblok gelopen en was vervolgens een zijstraat in geslagen waar hij een klein café was binnengegaan waar een paar vroege klanten zaten. Hij zocht meteen het herentoilet op. Even later kwam hij weer naar buiten, keek de gang door naar de keuken en constateerde dat er achter een uitgang was en dus een uitweg, mocht hij die nodig hebben. Gerustgesteld liep hij weer het café in, koos een tafeltje vanwaar hij de deur kon zien en bestelde een kop koffie.

Hij had zijn portefeuille, zijn paspoort, zijn BlackBerry en, voorlopig althans, zijn leven en zijn vrijheid. De rest – zijn koffer en zijn aktetas met daarin zijn laptop – had hij in de taxi laten liggen; spullen die zijn achtervolgers nu in hun bezit zouden hebben. Het was de laptop die hem het meest zorgen baarde. Al zijn aantekeningen stonden op de harde schijf: notities over zijn gesprekken met het hotelpersoneel van het Ritz in Madrid, zijn materiaal over Merriman Foxx, dr. Lorraine Stephenson, de kliniek in Washington waar Caroline Parsons naartoe was gebracht voordat ze in het George Washington-ziekenhuis werd opgenomen, zijn vermoedens over de klopjacht in Barcelona en het mogelijke lot van de president.

Nu was de vraag hoe hij de situatie moest aanpakken.

Op dit moment wilde hij maar wat graag contact opnemen met zijn redacteur bij de *Washington Post*, maar hij wist dat dit op z'n best problematisch was. De mannen die achter hem aan waren gekomen, konden alleen hebben geweten wie hij was omdat ze de mobiele telefoon van Marten hadden weten af te tappen. Dat betekende dat ze hun gesprek hadden gehoord, vermoedelijk zelfs hadden opgenomen. Erger nog, het betekende dat ze ook het nummer van zijn BlackBerry hadden, wat ongetwijfeld verklaarde hoe ze hem in zijn hotel hadden weten op te sporen en vermoedelijk ook de reden was waarom de eerste taxi weg was gereden zonder hem op te pikken, want de chauffeur van de tweede taxi werkte voor hen en zou doen wat hem werd opgedragen. Daarom had hij die zijstraat genomen, waar hij de taxi naar de kant had gestuurd en was weggerend.

Nu ze de frequentie van zijn BlackBerry hadden, zouden ze die blijven afluisteren; die kon hij dus niet gebruiken zonder zijn positie prijs te geven. En om wat hij had gezegd over de president en Mike Parsons' commissie en Merriman Foxx kon hij er bovendien wel van uitgaan dat ook alle telefoonnummers en e-mailadressen in de Rolodex van zijn BlackBerry – bijna iedereen die hij in Washington en in alle *Post*-agentschappen rond de wereld kende – inmiddels onder surveillance zouden staan. Hij had geen idee wie hierachter zat, maar als ze Martens mobiel afluisterden en vervolgens al zo snel die zware jongens op hem af konden sturen, dan konden het geen kleine jongens zijn. Het gedoe met die taxi's betekende dat ze er niet op uit waren gestuurd om gewoon even een praatje met hem te maken. Dat hadden ze immers ook wel in het hotel kunnen doen.

Ten slotte was er nog de factor tijd. Wat er ook allemaal aan de hand was, het gebeurde in elk geval snel. Als de president in de narigheid zat, dan zat hij dat ook. Fadden moest iemand vinden die hier niets mee te maken had en die niet op de hoogte was. Iemand met prestige, naar wie men zou luisteren en die hij onvoorwaardelijk kon vertrouwen, moest hier zo snel mogelijk van op de hoogte worden gebracht.

10.22 uur

Vier deuren verder van het café betrad Fadden even later een kleine tabakswinkel. Hij keek eens om zich heen en liep toen naar de enige andere aanwezige, de zwaargebouwde eigenaar die achter de toonbank een sigaar zat te roken.

'Spreekt u Engels?'

'*Poco.*' Een beetje.

'Ik zou graag een telefoonkaart kopen.'

'*Sí,*' reageerde de man, '*sí,*' en hij kwam overeind.

Wereldgezondheidsorganisatie, Genève, Zwitserland, 10.27 uur

Dr. Matunde Nhotho, de directeur van het Human Genetics Program van de WHO/OMS, had net een onderzoeksconferentie verlaten en betrad zijn kantoor aan de Avenue Appia toen zijn mobiele telefoon ging.

'Met Matunde,' zei hij.

'Matunde, je spreekt met Peter Fadden.'

'Peter!' Bij het horen van de stem van zijn oude en geliefde vriend verscheen er een brede glimlach op het gezicht van de onderzoeksdoctor. 'Waar zit je? In Genève hoop ik?'

Matunde wachtte op een antwoord. Vergeefs.

'Peter?' vroeg hij. 'Peter, ben je daar nog?'

Verstijfd staarde Peter Fadden met wijdopen ogen naar de lange man met het gemillimeterde haar vlak achter hem in de telefooncel op de hoek. Hoewel de buitentemperatuur ruim zesentwintig graden bedroeg, had hij het om een of andere reden koud. De man stak nu zijn hand naar binnen, pakte de hoorn uit zijn hand en hing deze op de haak. Vaag herinnerde Fadden zich dat hij zijn oude studie- en kamergenoot in Genève had gebeld; dat hij zijn stem hoorde en op hetzelfde moment een scherpe pijnscheut vlak bij zijn rechternier voelde, alsof er opeens een naald in zijn lichaam was gestoken en er meteen weer was uitgetrokken. In de hand van de crewcut zag hij een paraplu. Hij vroeg zich af waarom. Het regende niet eens. Er was zelfs geen wolkje aan de lucht.

77

10.30 uur

Terwijl Miguel Balius de limousine over een smalle brug over een modderige rivier manoeuvreerde, staarde Nicholas Marten afwezig uit het raam. Een volle minuut verstreek, en daarna nog eens twee, totdat Marten opeens alert opkeek, alsof hij zojuist een gedachtegang had voltooid. Met een blik naar president Harris drukte hij de intercomknop in.

'Miguel?'

'Ja, meneer.'

'Je bent vast wel eens in Montserrat geweest.'

'Heel vaak.'

'Wat voor stad is het?'

'Wat voor stad? Als een stad die vanuit het dal een meter of achthonderd omhoog tegen een berghelling is gebouwd. Een ongelooflijk staaltje bouwkunst.'

De president schoof iets naar voren, zich er plotseling van bewust dat Marten informatie verzamelde en ondertussen aan een plannetje werkte voor wat ze zouden kunnen doen als ze er eenmaal waren.

'Er zijn veel gebouwen, waarvan een aantal eeuwenoud; de *basilica*, een museum, een hotel-restaurant, verder een bibliotheek, de mensa, te veel om op te noemen.' Miguel sprak met het enthousiasme van een reisleider en keek wisselend in de binnenspiegel naar Marten en naar de weg voor hem. 'Je kunt er vanuit het dal met de auto heen rijden of de kabelbaan nemen. Als je wilt, kun je met de *funiculaire*, het tandradspoor, nog hoger tussen de rotsen in. Overal vind je paden die alle kanten op lopen. Sommige komen langs oude kapelletjes, maar de meeste daarvan zijn lang geleden verlaten en nu weinig meer dan ruïnes. Er wordt gezegd dat er "duizend-en-één paden kriskras over de berg" lopen. U zult niet teleur worden gesteld. Maar wees gewaarschuwd, het zal er druk zijn. Het is namelijk altijd druk. Montserrat is nu net zozeer een toeristische hotspot als een religieus toevluchtsoord.'

'De kans bestaat dat we er een paar vrienden zullen treffen,' hengelde Marten nog wat verder. 'Je zei dat er een restaurant is? Stel dat we willen lunchen, is het gewoon een broodjeszaak of hebben ze meer te eten?'

'Nee, geen broodjeszaak. Een gewoon restaurant, met tafels en stoelen, alles.'

'Weet je ook of ze frisdrank serveren? Cola, mineraalwater, dat soort dingen? Ik vraag het omdat een van de heren zich in verband met zijn gezondheid aan een streng dieet dient te houden.'

'Natuurlijk. Cola, mineraalwater, koffie, wijn, bier, alles wat u maar wenst.'

De president luisterde aandachtig. Marten stelde heel specifieke vragen, alsof hij precies wist wat hij wilde.

'Is er een toiletruimte, je weet wel, een wc, in de buurt? Ik bedoel, zo meteen blijkt het niet geschikt voor zijn toestand, en dat wil ik niet.'

Dit begreep Harris. Marten wilde een openbare gelegenheid waar Merriman Foxx hem kon treffen en daarna een plek niet ver daar vandaan waar ze hem onder vier ogen konden spreken.

'Ik geloof van wel, ja.' Miguel hield zijn ogen op de weg gericht. 'Die is achterin, vlak bij de deur waar ze de voorraden binnen brengen.'

Marten veerde op. 'Een deur die naar buiten leidt?'

'Ja, meneer.'

'Zeg, die deur, is die ook in de buurt van een van die duizend-en-één paden waar je het net over had? Stel dat we na de lunch een eindje willen wandelen.'

'En gelijk hebt u, meneer,' zei Miguel glimmend van trots; zijn Australische accent en zijn jarenlange verblijf in dat land klonken erin door. Hij genoot zichtbaar van zijn rol als behulpzame gastheer. 'Een pad loopt omlaag naar het laadplatform, het andere omhoog de heuvel op en richting de bergpaden. Een van de oude ruïnekapelletjes staat daar zelfs langs.'

'Je schildert een prachtig plaatje, Miguel.'

'Dat is mijn werk, meneer. Bovendien is Montserrat prachtig. In elk geval de eerste vijftig keer dat je daar komt.'

Marten glimlachte, zette de intercom uit en keek de president aan. 'Eerder heb ik geopperd dat als we iets van Foxx te weten willen komen, dat zou afhangen van waar en onder wat voor omstandigheden hij onze vragen krijgt voorgelegd. Als we dit goed aanpakken, kunnen we hem met een beetje geluk in zijn eentje op dat pad naar de kapel krijgen. Daarna zal het er misschien enigszins fysiek aan toe gaan.'

'Ga door.'

'We komen in Montserrat aan en laten Demi naar ons zoeken. Zodra ze ons heeft gevonden, regel ik een afspraak met Foxx en stel ik het restaurant voor. Stemt hij ermee in, dan zullen wij met z'n tweeën binnenkomen en ergens achterin een tafeltje zoeken. U zit er dan al, aan een tafeltje vlak bij de achterdeur. U hebt uw grote hoed op, drinkt iets en buigt wat voorover, misschien om de krant te lezen. Hij kijkt uw kant niet eens op, en als hij dat wel doet, heeft hij echt geen idee wie u bent. Hopelijk heeft niemand dat.

Foxx en ik nemen plaats, bekijken de menukaart, kletsen een paar minuten over koetjes en kalfjes. Vervolgens zeg ik dat ik me niet zo op mijn gemak voel om in een openbare tent van gedachten te wisselen en stel ik voor dat we even buiten een ommetje gaan maken. De deur is dichtbij, waarschijnlijk met een bordje UIT erop. Ik vraag de ober waar die deur op uitkomt. Hij geeft antwoord. Ik vraag Foxx of hij dat goedvindt. Zelfs als hij mensen bij zich heeft, zal hij het goed vinden omdat hij wil weten wat ik weet. We staan op en gaan via de deur naar buiten. Een halve minuut later volgt u. Tegen die tijd moeten we zo'n beetje vlak bij de kapel zijn.'

'U denkt dat hij zomaar meegaat?'

'Dat zeg ik, hij wil meer van me weten en zal geen reden hebben om achterdochtig te zijn. Naar Montserrat gaan was zijn beslissing, niet de mijne. Als hij zenuwachtig is, zeg ik dat hij me mag fouilleren. Ik heb niets te verbergen.'

De president nam Marten aandachtig op. 'Oké, stel dat alles goed gaat en u alleen met hem bent op het pad en vlak bij de kapel.'

'Dan zien we u achter ons over het pad naderen. Ik stel voor dat we de kapel in gaan om ons gesprek voort te zetten voor het geval er nog meer mensen komen.'

'Stel dat hij dat niet wil? Ik heb u al eerder verteld: hij is jarenlang beroepsmilitair geweest. Hij is een harde en op zijn hoede, hij zal niet iets tegen zijn zin doen.'

'Deze keer wel.'

'Hoe weet u dat?'

'Omdat hij geen keus heeft.'

Opnieuw keek de president hem vorsend aan. Hij wilde net vragen wat Marten bedoelde toen hij zich bedacht; hij wilde niet aandringen. 'En dan?'

'U hebt vroeger op een boerderij gewerkt, nietwaar?'

De president knikte.

'Ooit geprobeerd om een onwillig varken of kalf vast te houden terwijl de veearts het een spuit gaf?'

'Ja.'

'Lukte u dat?'

'Ja.'

'Nou, dit zal ongeveer hetzelfde verhaal zijn. En we zullen het met zijn tweeën moeten doen, als de veearts en zijn assistent. Ik vrees dat u een beetje vuile handen zult krijgen.'

De president keek hem schuin aan. 'Ik heb geen moeite met handenarbeid, niet in deze situatie. Ik snap alleen niet wat u van plan bent. We hebben geen drugs of injectienaalden bij ons. Ook al hadden we die, er is gewoon geen tijd om...'

'Het restaurant, neef. Alles wat we nodig zullen hebben, zal óf op tafel liggen óf op de menukaart staan.'

78

10.37 uur

Ze bevonden zich twintig minuten buiten Barcelona en reden in noordwestelijke richting over de A2 *autopista*. Het busje was wit, de bestuurder een grote vent die Raphael heette. Op de portieren stonden in zwarte, sierlijke letters de woorden van zijn herkomst en bestemming geschilderd: MONASTERIO BENEDICTINO MONTSERRAT.

Direct achter Raphael zaten predikant Beck en Luciana op de bank. Demi zat in haar eentje weer achter hen, op de derde rij, met naast zich haar camera-uitrusting en tas met fotospullen. Ze keek naar buiten en deed haar best niet te denken aan Nicholas Marten en de president of aan wat ze had gedaan. Of beter gezegd, aan wat ze had móéten doen.

Sinds Martens confrontatie met dr. Foxx op Malta was het wel duidelijk dat zowel Foxx als predikant Beck argwanend was geweest. Op haar beurt had ze gevreesd dat het haar verstandhouding met Beck zou verpesten, zelfs zou beëindigen. Toen hij de volgende morgen zo onverwacht het eiland had verlaten, vermoedde ze dan ook dat het al zover was, maar vervolgens had de hotelmanager gebeld om door te geven dat de predikant zich verontschuldigde en haar naar Barcelona vroeg te komen.

Kort daarop was ze in zijn suite in het Regente Majestic aangekomen en was ze voorgesteld aan Luciana. Hij had haar verrast door te zeggen dat hij begreep dat haar belangstelling voor hem niets te maken had met zijn godsdienstige roeping maar met zijn band met de coven van Aldebaran, wat volgens hem het echte onderwerp van haar boek was, en niet een foto-essay over 'geestelijken die hun diensten verlenen aan vooraanstaande politici', zoals ze had beweerd. Bovendien had hij haar verteld dat de reden waarom ze mee was gereisd op zijn Europese trip was omdat ze wist dat hij de jaarlijkse bijeenkomst van de heksencoven zou bijwonen.

Maar in plaats van haar onmiddellijke vertrek te eisen had hij haar andermaal verrast door te zeggen dat hij met de ouderen van de coven had overlegd en dat ze hadden besloten om haar een blik te gunnen op hun bezigheden en haar zelfs toestemming te geven om foto's te maken. In werkelijkheid kleefde er niets kwaadaardigs aan de coven en op dit moment was er voor hen geen reden om hun rituelen geheim te houden.

Wel eisten ze een tegenprestatie: Nicholas Marten.

'Zoals u al vermoedde,' liet Beck haar weten, 'is dr. Foxx lid van de coven. Hij bevindt zich momenteel in het klooster bij Montserrat om zich voor te bereiden op de vergadering van de heksen. Zijn ruzie op Malta met Marten over zijn getuigenis voor het Congres is iets waar hij nog steeds boos over is. Hij wil graag zo snel mogelijk de lucht zuiveren voordat er iets uitlekt naar de pers.'

Als Marten naar Montserrat zou komen, zou Beck een privéonderhoud tussen de twee regelen, iets waarmee Marten volgens hem zeker zou instemmen. 'Anders zou hij u niet naar Barcelona hebben gevolgd en u mee uit lunchen hebben genomen in Els Quatre Gats. Hij denkt vast en zeker dat u hem en dr. Foxx samen zou kunnen brengen.'

Was Demi al opgeschrikt door Becks medeweten van haar ontmoeting met Marten, dan liet ze daar niets van merken. Wat zijn onthulling betrof, dat zij wist van de coven van Aldebaran en van zijn betrokkenheid, leek hij tevreden met de gedachte dat haar belangstelling louter beroepsmatig was; ze was schrijver en fotograaf en op zoek naar een verhaal. Bovendien had hij slechts gevraagd naar wat Marten zelf had willen weten, namelijk dat zij hem vertelde waar dr. Foxx zou zijn en wanneer.

Wat ze toen niet wist, noch iemand sindsdien had kunnen vertellen, was dat Marten naar Montserrat zou worden vergezeld door een tweede persoon: de president van de Verenigde Staten.

79

Hoofdbureau van politie, speciale verbindingskamer, Barcelona, 10.45 uur

Hap Daniels was net binnengelopen na zijn hazenslaapje van twintig minuten. Hij zette zijn headset op en zocht om zich heen naar Bill Strait, benieuwd of die de Spaanse inlichtingendienst in Madrid had gesproken en de tap op Evan Byrds telefoonlijnen al had geregeld, toen er opeens een bekende stem in zijn oortje klonk.

'Hap, je spreekt met Roley.' Het was Roland Sandoval, de hoofdagent van de geheime dienst en verantwoordelijk voor de beveiliging van de vicepresident. Daniels wist dat de vicepresident kortgeleden in het geheim in Madrid was aangekomen en rechtstreeks naar de Amerikaanse ambassade was gebracht om zich bij Tom Curran te voegen voor een gepland privéonderhoud met de Spaanse president om de verdwijning van president Harris te bespreken.

'Ja, Roley?'

'We hebben zojuist toestemming gekregen om de vicepresident om dertienhonderd uur naar Barcelona te rijden. Daarna heeft hij een rijtoer van een uur door de stad.'

'Een rijtoer? Waarom nou weer, verdomme?'

'Dat komt direct van de chef-staf. De vicepresident wil laten zien dat het land bezorgd is vanwege het terroristische probleem, zelfs als de POTUS "buiten bereik" is. Na afloop zal hij naar Madrid terugkeren en de nacht doorbrengen in de woning van Evan Byrd voordat hij morgen de Spaanse premier ziet.'

Uit woede beet Daniels op zijn tong en hij liet een lange stilte vallen. Uiteindelijk reageerde hij met een eenvoudig: 'Oké, Roley, wij zullen het van hieruit coördineren. Bedankt voor de waarschuwing.'

Er klonk een duidelijke klik terwijl ze ophingen. 'Wat krijgen we nou?' vroeg Daniels zich fluisterend af. De VPOTUS. Een rijtoer door de stad. Dat betekende mediapubliciteit. Opnames en fotomomenten. Daarna zou Rogers net zo snel weer rechtsomkeert maken naar Madrid en naar Byrds woning. Er was iets gaande, maar hij had geen idee wat.

Opnieuw zocht hij naar Bill Strait. Als vicepresident Rogers thuis bij Evan Byrd de nacht zou doorbrengen, dan moesten ze daar de telefoons aftappen.

'Hap.' Het was de stem van Bill Strait over zijn headset.

'Waar zit je?'

'In de kantine. Zin in een kop lekkere Spaanse koffie?'

'Nou en of.' Hap beëindigde het gesprek en wilde net zijn headset afzetten toen er weer een stem klonk.

'Agent Daniels?' Het was een mannenstem met een Brits accent.

'Ja.'

'Met agent Harrison, van MI5 in Manchester, Engeland. We hebben zojuist een zekere meneer Ian Graff ondervraagd, de baas van Nicholas Marten hier in Manchester. Hij zegt dat Marten deze morgen via zijn huishoudster contact met hem heeft opgenomen en hem heeft verzocht om zijn mobieltje te bellen met een opsomming van soorten azalea's.'

'Hoe bedoelt u "via zijn huishoudster"?'

'Hij belde Graffs huis en liet de huishoudster naar meneer Graff op zijn werk bellen. Maar volgens Graff zou Marten wel hebben geweten dat hij op kantoor zat en had hij net zo goed rechtstreeks kunnen bellen.'

'Hoe heeft Marten in vredesnaam contact met hem gezocht? We zouden heel snel zijn gsm-locatie hebben opgepikt. Belde hij soms vanuit een telefooncel?'

'Nee, meneer, hij wordt slordig. Hij gebruikte de mobiele telefoon van een limousineservice in Barcelona, Limousines Barcelona geheten. De wagen is voor vandaag door twee heren gehuurd. Ze werden vanmorgen iets voor zevenen opgepikt bij het Regente Majestic.'

'Weten we ook waar die limo zich op dit moment bevindt?'

'Nee, meneer. Maar we hebben wel een beschrijving, het kenteken en het nummer van de mobiele telefoon.'

'U hebt het limobedrijf niet gezegd waarom u belde?'

'Nee, meneer. We verzamelden slechts informatie. Via een controle van de facturering en de belgegevens van een telecombedrijf.'

'Dank u, MI5. Goed werk. Het wordt zeer gewaardeerd.'

'Graag gedaan, meneer. Als we nog iets kunnen doen, laat het ons gerust weten.'

Daniels noteerde de gegevens en hing op. Dit was de kans waarop hij had gehoopt. De vraag was alleen hoe hij deze kon benutten. Ermee naar iemand anders gaan – zijn eigen mensen, de CIA, de Spaanse inlichtingendienst of de politie van Barcelona – dan zouden Jake Lowe en dr. Marshall er binnen enkele seconden van weten. Hield hij het voor zich, dan zou iemand bij MI5 zich al snel afvragen waarom niemand ernaar had gehandeld en zou die persoon stennis gaan maken. Daniels moest eens goed nadenken. Omgeven door een ruimte vol politiemensen en agenten van de geheime dienst, die druk in de weer waren met computers en het grondig analyseren van informatie, viel dat laatste niet mee. Het leek hem het beste om zich naar Bill Strait in de kantine te begeven voor een kop lekkere Spaanse koffie.

80

10.55 uur

Miguel Balius concentreerde zich op de weg. Achter het dorpje waar ze doorheen reden, voerde de weg naar een hem bekend heuvelachtig landschap.

Daarna zouden ze snel aan de lange, kronkelige klim naar Montserrat beginnen.

'Miguel,' klonk de stem van neef Harold over de intercom. 'Heb je een kaart van Barcelona en omgeving?'

'Ja, meneer. Die ligt in het stoelvak voor u.'

Hij keek even in de spiegel om er zeker van te zijn dat neef Harold de kaart vond en richtte zijn aandacht vervolgens weer op de weg. Ongevallen of nog meer wegversperringen daargelaten zouden ze binnen veertig minuten bij het klooster zijn, tenzij ze zich bedachten en ergens anders heen wilden, wat misschien de reden was dat ze naar de kaart hadden gevraagd.

'Hier, hier, hier en hier.' Marten had de kaart op de stoel tussen hen in uitgevouwen en gebruikte een pen om er verticale en vervolgens horizontale lijnen op te tekenen; hij maakte een raster vanuit Barcelona in de richting van het platteland. Het was het soort schema waarvan hij zeker wist dat ook de geheime dienst en de Spaanse politiemacht die zouden gebruiken om hen op te sporen en de pas af te snijden. Inmiddels zouden de versterkingen en de hergroepering van de eenheden waar ze al eerder zo bang voor waren geweest een feit zijn. Het aantal manschappen dat naar hen zocht, zou minstens tweemaal de oorspronkelijke macht zijn, zo niet meer, en ze zouden allemaal het rasterpatroon meter voor meter uitkammen. Deze keer konden ze niet op hun schreden terugkeren, zoals ze in de nacht daarvoor in de stad hadden gedaan, en dat was de reden waarom Marten de gok had gewaagd en de mobiele telefoon van de limousine had gebruikt om Ian Graff in Manchester te bellen.

Hij keek naar de president. 'De nationale veiligheidsdienst zal inmiddels Ian Graffs telefoontje naar mijn mobieltje hebben getraceerd, en de politie of de Britse inlichtingendienst zal hem in Manchester hebben opgespoord, zijn verhaal hebben aangehoord en vervolgens mijn telefoontje naar zijn huis hebben getraceerd naar het mobieltje hier in de wagen. Op dat moment hoopte ik eigenlijk dat we al bij het klooster zouden zijn geweest en Miguel allang weer onderweg naar huis. Als de autoriteiten hem dan aanhielden, had hij alleen maar hoeven verklaren dat we hem hadden gevraagd om ons in een of ander dorp af te zetten en dat hij dat had gedaan. Hij zou een van de paar dorpen hebben kunnen noemen waar we doorheen zijn gekomen. Niemand zou ooit weten of hij loog of niet. "Discreet" was immers het bedrijfsmotto, heeft hij gezegd.'

'Nou, tot nu toe is er niets gebeurd. Dus misschien was uw meneer Graff lastiger te vinden dan u denkt,' reageerde de president. 'Misschien hebben we eindelijk het geluk aan onze kant.'

'We zijn ook nog niet bij het klooster. Als ze Miguel bellen, zullen ze dat vermoedelijk op zijn mobieltje doen. Wij zouden niet weten wie er aan de lijn hing – het zou zijn vrouw wel kunnen zijn – totdat we zouden worden omsingeld en het al te laat was.'

'Tot nu toe heeft hij zijn telefoon niet opgepakt,' zei de president.

'Misschien willen ze hem met rust laten en geven ze enkel het kenteken en de beschrijving van de auto door. Het duurt misschien wat langer, maar ze zouden ons nog steeds te pakken krijgen.'

'Wat is uw voorstel?'

'Of we laten ons afzetten door hem, en snel ook, en proberen daarna op eigen houtje in Montserrat te komen, of...'

'Of wat?'

'Of we vertellen Miguel deels wat er aan de hand is en vragen hem om hulp. Het is allebei gevaarlijk. Het enige wat in ons voordeel is, zijn Miguel zelf en het bedrijfsbeleid. Het is de oude grap; de kans dat we hieruit komen, ligt ergens tussen "wie weet" en "vergeet het maar", en over het eerste hoeven we ons al geen illusies meer te maken.'

President Harris keek even naar het ruige landschap en drukte op de intercomknop. 'Miguel,' zei hij op vlakke toon.

'Ja, meneer?'

'Hoe lang duurt het nog voordat we bij het klooster zijn?'

'Zonder versperringen of andere problemen ongeveer een halfuur.'

'En in kilometers?'

'De weg die wij nemen een kilometer of vijfendertig. Hoofdzakelijk bergop.'

'Dank je.'

De president schakelde de intercom weer uit, zuchtte eens en keek Marten aan. Zo afgetobd, ernstig en emotioneel had Marten hem nog niet gezien. 'Miguel maakt een fatsoenlijke en eerlijke indruk. Hij kent het land, de wegen en de mensen. Hij is bekend met de nuances in de Spaanse taal, ik niet. Gezien de omstandigheden lijkt hij ons eerder van dienst te kunnen zijn dan een risico te vormen.'

81

Barcelona, 11.05 uur

Gewapend met de MI5-informatie over Martens telefoontje vanuit de limousine en een vervalst visitekaartje dat hij voor een scala van 'noodgevalletjes' bewaarde, stapte Hap Daniels uit de taxi, betaalde de chauffeur en wachtte totdat deze was weggereden. Daarna liep hij naar het garageachtige gebouwtje waarin Limousines Barcelona gehuisvest was.

Enkele minuten daarvoor zat hij nog in de kantine van het hoofdbureau van politie, waar Bill Strait had bevestigd dat hij met Emilio Vasquez van de Spaanse inlichtingendienst in Madrid had gesproken en deze namens Hap had verzocht om heimelijk een tap op alle telefoonverbindingen van Evan Byrd te plaatsen.

'Het heeft vast met de huidige zaak te maken,' had Vasquez zonder enige emotie gezegd; het had eerder als een vaststaand feit dan als een vermoeden geklonken.

'Ja.'

'Gezien de situatie, als Tigre Uno daarom verzoekt, dan zal het worden ingewilligd.'

'N-O,' zei Strait.

'Uiteraard, N-O.' *Not Officially*. Officieel zouden Evan Byrds telefoons niet worden afgeluisterd. Het diende dus in het geheim te gebeuren, waarbij alle betrokkenen volledig op de hoogte waren en bereid om te ontkennen dat het ooit was gebeurd.

Hap had daarop meteen zijn koffie opgedronken, het bureau verlaten en had daarbij Strait verteld dat hij behoefte had aan een wandeling om het een en ander te overdenken. Mochten ze hem nodig hebben, dan had hij zijn BlackBerry, zijn noodpieper, alles, bij zich. Hij liep bewust drie blokken af voordat hij een hoek omsloeg en een taxi staande hield. Nadat hij de chauffeur had gevraagd om hem naar een adres te rijden dat om de hoek en binnen loopafstand van Limousines Barcelona lag, begreep hij plotseling wat de POTUS, 'Cropduster', moest hebben gevoeld toen hij door het aircokanaal van het Ritz was gekropen, en hoe hij zich nu moest voelen; dat hij geen idee had wie hij kon vertrouwen. En voor Hap betekende dat Bill Strait, zelfs het hele detachement van de geheime dienst. Misschien gingen ze wel volledig vrijuit, maar hij kon er niet helemaal zeker van zijn.

Wat hij in elk geval wél wist, was dat hij Tom Curran niet vertrouwde; wat ook gold voor Jake Lowe en voor dr. James Marshall. Bovendien stond de openlijk opportunistische actie van de vicepresident, om halsoverkop naar Barcelona te vliegen voor een plaatje en een praatje om zich vervolgens in de woning van Evan Byrd in Madrid terug te trekken, hem niet aan. En hierdoor schaarde hij de VPOTUS meteen tussen de anderen op zijn lijstje van 'niet te vertrouwen' lieden.

Nu hij erover nadacht schoot hem te binnen wie er nog meer bij die late bijeenkomst in Byrds optrekje aanwezig waren geweest: David Chaplin, Terrence Langdon en luchtmachtgeneraal Chester Keaton.

'Godallemachtig,' fluisterde hij. Stel dat ze hier allemaal bij betrokken waren?

Maar wáárbij? En wat hadden ze gevraagd of geëist van de president dat hij zo met zijn rug tegen de muur had gestaan dat hij geen andere keus had gehad dan de benen te nemen?

11.10 uur

ROMEO J. BROWN
PRIVÉDETECTIVE
LONG ISLAND CITY, NY

Beto Nahmans, de chic geklede, veertigjarige manager van Limousines Barcelona, keerde het visitekaartje om en keek op naar Hap Daniels, die in een van de twee hippe chromen en zwartleren stoelen aan de andere kant van zijn bureau had plaatsgenomen.

'Ik begrijp dat u het mobiele nummer en het kenteken van een van onze wagens hebt,' sprak Nahmans in vlekkeloos Engels.

Daniels knikte. 'Ik ben ingehuurd door een beveiligingsbedrijf dat onderzoek doet naar verzekeringsfraude. Een van de mensen die wij volgen, is naar wij vermoeden een passagier in de limousine waarover het gaat. Ik heb de opdracht hem op te sporen en hem de kans te geven om vrijwillig naar de VS terug te keren om daar opheldering van zaken te geven voordat we om zijn aanhouding moeten verzoeken.'

'En om wie zou het hier moeten gaan?'

'Marten. Nicholas Marten. Marten met een *e*.'

Nahmans draaide rond in zijn stoel, tikte een reeks cijfers in en keek naar het computerscherm voor zich.

'Het spijt me, meneer. We hebben geen gegevens van een Nicholas Marten als passagier in het voertuig waar u naar verwijst. Of elk ander voertuig, trouwens.'

'Nee?'

'Nee, meneer.'

Daniels' houding verhardde. 'Dat antwoord staat mij niet aan.'

'U zult het ermee moeten doen,' reageerde Nahmans met een flauwe glimlach. 'Ik vrees dat ik u niet verder kan helpen.'

Hap Daniels zuchtte, keek naar de vloer, trok eventjes aan een oor en sloeg zijn ogen weer op. 'En als ik nu eens de Spaanse inlichtingendienst om die informatie laat verzoeken?'

'Het antwoord zou hetzelfde zijn. Het spijt me.'

'Stel dat ze met een officieel document komen waarin ze eisen dat u een lijst voorlegt met alle cliënten die u de afgelopen twee jaar hebt vervoerd. Hun namen. Waar ze werden opgepikt, wie er in hun gezelschap verkeerde, hoe lang ze weg waren en naar welk adres ze terug werden gereden.'

'Volgens mij zou dat niet legaal zijn,' reageerde Beto Nahmans, maar zijn ogen straalden onzekerheid uit. Daniels liet zijn kans niet onbenut.

'Zou u daar achter willen komen?'

Drie minuten later liep hij Limousines Barcelona weer uit. Manager Nahmans had hem drie namen gegeven. Een neef Jack. Een neef Harold. En Demi Picard, een vrouw die de limo iets voor zeven uur die ochtend had besteld en op haar rekening bij het Regente Majestic had laten zetten.

82

11.15 uur

Met verschrikte ogen stond Miguel Balius in de schaduw naast een kapotte tafel in de hoek van wat ooit een soort bakstenen molenhuis was geweest. Het dak boven hem lag grotendeels open, en buiten, op amper een meter langs wat vroeger een steunmuur moest zijn geweest, klonk het geruis van een bergstroom.

'Rustig maar, Miguel. Adem diep in. Ontspan je. Hier zijn geen vijanden.' Neef Jack leunde tegen de verre hoek van de tafel en praatte rustig. Hij droeg niet langer de bril die hij vanaf het moment dat Miguel hem bij het Regente Majestic had opgepikt steeds op had gehad. Ook had hij nu een volle bos haar, of liever gezegd, een volmaakt passende toupet die Miguel nog niet eerder had gezien. Totdat 'neef Jack' even daarvoor van de achterbank van de limousine was gekropen en zich opeens had getransformeerd tot de man die de hele wereld kende als de president van de Verenigde Staten.

'Discreet, Miguel, discreet,' benadrukte neef Harold, alias Nicholas Marten, achter hem.

'Discreet, jazeker, meneer,' sprak Miguel fluisterend terwijl hij zijn ogen niet van de man voor zich kon afhouden. Op verzoek van de twee neven had hij de hoofdweg verlaten en was hij een onverharde weg op gereden door de bossen naar de rand van een stroom en de resten van dit stenen molenhuis, waar hij de Mercedes had geparkeerd. De neven hadden de indruk gewekt dat ze in een 'Spaanse beek' wilden waden, net zoals ze eerder in de Middellandse Zee hadden gedaan. Op dat moment had het verzoek niet vreemder geleken dan hun eerdere gedrag. Maar toen was neef Jack met dat haarstukje op zijn hoofd en zonder bril uit de wagen gestapt en had hij hem aangesproken met de woorden: 'Miguel, ik heet John Henry Harris, en ik ben écht de president van de Verenigde Staten. Dit is Nicholas Marten. We hebben je hulp nodig.'

Miguel Balius reageerde eenvoudig, nederig en spontaan: 'Meneer de president, waarmee kan ik u van dienst zijn?'

Hotel Regente Majestic, Barcelona, 11.20 uur

ROMEO J. BROWN
PRIVÉDETECTIVE
LONG ISLAND CITY, NY

De hotelmanager bekeek aandachtig het visitekaartje van Hap Daniels. 'Verzekeringsfraude?' vroeg hij.

'Ja, meneer, in de VS.'

De manager plaatste zijn vingertoppen tegen elkaar. 'Mevrouw Picard is een gast hier. Vanmorgen verzocht ze om de limousine, volgens haar voor haar twee neven. Die waren net vanuit New York gearriveerd, hadden last van een jetlag, konden daardoor niet slapen en wilden de toeristische trekpleisters van Barcelona zien.'

'De een was wat ouder en zo goed als kaal. De ander lang en in de dertig?'

'Ja.'

'Waar is mevrouw Picard nu?'

'Ik geloof dat ze het hotel alweer even geleden heeft verlaten.' De manager verschoof wat in zijn stoel achter de balie.

'Weet u waar ze heen is?'

'Ik heb u alles verteld wat ik weet, *señor*.'

Daniels staarde hem aan; net als bij het limousinebedrijf kreeg hij hier hetzelfde verhaal van 'bescherming van de cliënt' te horen. Alleen kon hij hier niet gaan dreigen met een bezoekje van de Spaanse inlichtingendienst. Het hotel beschikte vermoedelijk over driehonderd kamers, giste hij. Geruzie over een dreigement om de Spaanse inlichtingendienst, de fiscus of de plaatselijke burgerautoriteiten aan te laten rukken met de eis om inzage van de hotelgegevens van wie hier had gelogeerd en waarom, over zelfs maar een korte periode, zou in het gunstigste geval een tijdrovende aangelegenheid worden, en tijd was iets waar het hem nogal aan ontbrak.

'*Muchas gracias*,' zei hij ten slotte, en hij liep al naar de deur toen hij zich opeens omdraaide. 'Kunt u me misschien zeggen hoe laat het is?'

De man keek hem aan.

'Weet u hoe laat het is?' vroeg Daniels terwijl hij op zijn horloge tikte. 'Hij staat stil.' Hap boog zich in alle ernst voorover en legde zijn hand op de balie; eronder was het randje van een briefje van honderd euro zichtbaar.

'Die mevrouw Picard,' zei Hap zacht. 'Hoe ziet ze eruit?'

De manager glimlachte, keek op zijn eigen horloge en boog zich iets naar Daniels toe. 'Heel aantrekkelijk,' antwoordde hij zacht. 'Française, een beroepsfotografe. Kort donker haar. Marineblauwe blazer, donkerbruine pantalon. Camera's over haar ene schouder en een tas over de andere. Ze vertrok in gezelschap van een zwarte Amerikaanse man van middelbare leeftijd en een oudere Europese vrouw in een wit busje met de belettering van het klooster bij Montserrat.'

'Neem me niet kwalijk, maar hoe laat was het ook alweer?' vroeg Hap hard genoeg om door passerende hotelgasten te worden gehoord.

'Zeven voor halftwaalf, *señor*,' antwoordde de manager en hij hield zijn eigen horloge naast dat van Hap. Ondertussen gleed het briefje van honderd in zijn handpalm.

'Zeven voor halftwaalf,' zei Hap glimlachend. '*Gracias*.'

'Zes voor halftwaalf inmiddels, *señor*.'

'*Gracias*,' zei Hap opnieuw. '*Muchas gracias*.'

'Fotografe? Montserrat?' mompelde Hap in zichzelf terwijl hij naar buiten liep. Een tel later ging zijn mobieltje. Hij haalde het van zijn riem. 'Daniels.'

'Waar hang jij in godsnaam uit, verdomme?!' Het was Jake Lowe, die hem niet eens de kans gaf om te reageren. 'We hebben je nu meteen nodig in het hotel!'

'Wat is er dan?'

'Nu, Hap! Nu meteen!'

83

Hotel Grand Palace, 11.45 uur

Jake Lowe, Marshall en Hap Daniels stonden gedrieën in de speciale verbindingskamer van de vierkamersuite die Lowe en Marshall tot hun crisiscentrum in Barcelona hadden omgebouwd. De deur zat op slot en ze hadden zich voor een videomonitor geschaard in afwachting van een beveiligde verbinding vanuit het communicatiecentrum in het Witte Huis te Washington.

'Ga je gang,' zei Lowe in een headset die verbonden was met een beveiligde telefoon op de tafel naast hem. Er was een korte stilte; daarna sneeuw op het scherm, onmiddellijk gevolgd door het begin van een videoclip van een halve minuut. Een filmpje dat na hun goedkeuring naar FOX News zou worden gedistribueerd waarna het direct wereldwijd naar de grote televisiemaatschappijen en kabelnetwerken zou worden doorgespeeld. De video was compleet met een tijds- en datumaanduiding die begon op 14.23 uur gisteren, vrijdag 7 april. Ze zagen president Harris, springlevend op de 'geheime locatie' waar hij na de terreurdreiging in Madrid heen was gebracht. Hij bevond zich in een rustieke congreszaal, omringd door Marshall, Terrence Langdon en David Chaplin. Ze zaten ieder in hemdsmouwen, met een kladblok en een fles mineraalwater voor zich, ijverig in de weer, zo leek het, met aantekeningen en tekst voor de toespraak die de president op maandag in Warschau zou houden voor de NAVO-leiders.

Het was geen gerecycled beeldmateriaal van een andere plaats en een ander tijdstip; het was allemaal nieuw, en in een setting die Hap nog niet eerder had gezien.

'Hoe hebt u dat in godsnaam gedaan?' vroeg hij toen het scherm weer zwart werd. Hij keek Marshall aan. 'U bent hier. Langdon zit in Brussel, Chaplin in Londen...' Zijn ogen gingen naar Lowe. 'En Cropduster zit ergens... anders.'

'Ik vroeg om je mening,' zei Lowe op zakelijke toon. 'Is de video geloofwaardig, vanuit de geheime dienst gezien? Vanuit het gezichtspunt van iedere beveiligingsprofessional die hem zou kunnen zien?'

'Als iemand er een technische analyse op loslaat, weet ik het niet. Maar wat mij betreft, werkt het, ja,' antwoordde Hap op vlakke toon. 'Dit is precies genoeg, en vooralsnog heeft niemand reden om er een vergrootglas bij te pakken of te geloven dat het iets anders is dan wat het lijkt.'

'Vooralsnog?' reageerde Marshall zacht. 'Wat bedoel je met "vooralsnog"?'

'Stel dat de POTUS plotseling ergens opduikt, wat dan? Hoe leggen we dat dan uit?'

Een lang ogenblik staarde Lowe hem ijzig aan. Daniels voelde zijn woede, zijn opgekropte woede om de hele toestand. Abrupt wendde Lowe zich af. 'Geef de video vrij,' beval hij in zijn headset, 'nu meteen.'

84

11.55 uur

Terwijl het witte Monasterio Benedictino Montserrat-busje een scherpe bocht nam en de lange, kronkelende bergweg naar het klooster in sloeg, moest Demi zich even vastgrijpen om haar evenwicht te bewaren. In de verte hoog boven haar zag ze het bouwwerk zelf. Het leek op een miniatuurversie van een middeleeuws fort, een kleine stad die uit de rotsen was gehakt.

Ze keek weer naar de inzittenden. Raphael, de bestuurder, lette geconcentreerd op de weg en de grote touringcar vlak voor hen. Achter hem zaten Beck en Luciana aandachtig te lezen.

Ze nam Luciana wat beter op. De vrouw was in het zwart gekleed en naast haar op de zitting stond een grote zwarte damestas. Ze droeg in wezen hetzelfde als de dag daarvoor, toen Demi kennis met haar had gemaakt. Demi vroeg zich af of het misschien een soort uniform was, een klassiek kostuum voor een klassieke heks, als er al zoiets bestond.

Ze had Marten en de president verteld dat ze geen idee had wie Luciana was. Maar ze had gelogen. Luciana bevond zich al jarenlang in het middelpunt van haar belangstelling en vormde de bron van alles. De afgelopen twintig jaar was ze de *sacerdotessa* geweest, de hogepriesteres van de geheime *boschetto* van Aldebaran, de heksencoven. In die hoedanigheid had ze zich de ingewikkelde vaardigheden van haar vak eigen gemaakt, met name die van rituele en occulte invloed; het hield in dat ze gezag uitoefende over alle volgelingen van de coven, onder wie predikant Beck en Merriman Foxx.

Luciana, een weduwe met doordringende groene ogen en markant zwart haar en met haar zesenzestig jaar nog opmerkelijk aantrekkelijk, was de eigenares van Pensione Madonnella, een bescheiden hotel op het Italiaanse eiland Ischia in de Golf van Napels, waar ze geboren was. Nader onderzoek – door een ingehuurde privédetective – had aangetoond dat ze het eiland twee of drie keer per jaar steeds voor een dag of tien verliet om in het noorden en midden van Italië stadjes en dorpen te bezoeken waar ze anderen van de heksencoven, mannen én vrouwen, trof die op hun linkerduim de tatoeage van Aldebaran hadden. Na afloop keerde ze altijd onmiddellijk terug naar Ischia om haar hotel te runnen.

In deze tijd van het jaar ging ze steevast naar het klooster bij Montserrat, waar ze haar intrek nam in Hotel Abat Cisneros en daar bijna een hele week doorbracht. Wat ze daar uitvoerde en of de boschetto daar iets mee te maken had, had Demi niet kunnen achterhalen. Hoe het ook zij, schijnbaar was predikant Beck erbij betrokken en vermoedelijk al geruime tijd ook, want de afgelopen tien jaar had hij steeds in dezelfde periode zijn vakantie in Europa doorgebracht. Toch was het pas op vrijdag geweest, de dag daarvoor, dat Demi Becks suite in het Regente Majestic binnen was gekomen en daar de sacerdotessa had aangetroffen op een bank terwijl zij koffiedronk met de predikant, en dat ze Becks uitstapjes naar Europa in verband was gaan brengen met Luciana's verblijven in Montserrat. Achteraf gezien was het een moment van openbaring dat ze had kunnen zien aankomen, maar dat had ze dus niet, en toen Beck haar de vrouw had voorgesteld als zijn 'goede vriendin' had ze als aan de grond genageld gestaan.

12.00 uur

Een harde schok terwijl het busje over een gat in de weg stuiterde, rukte Demi los uit haar gepeins. Aan de ene kant van de weg staken, bijna binnen handbereik, steile zandstenen rotsen recht omhoog. Aan de andere kant, aan de overzijde van de Llobregat en de vallei, vervaagden lagere heuvels in de verte. Opnieuw keek ze naar de bestuurder en vervolgens naar Beck en Luciana, die nog steeds geconcentreerd zaten te lezen.

Geduld, maande ze zichzelf, geduld en kalmte. Je bent er nu bijna. Na al die jaren, na alles. Nog even en we zijn bij het klooster. Daarna – als alles goed gaat – ontmoeten we dr. Foxx en worden we meegenomen naar de plek waar het ritueel zal plaatsvinden. En daarna zullen we, eindelijk, getuige zijn van de riten van de coven.

Plotseling leek de tijd zich te verdichten, en een caleidoscoop van herinneringen drong zich aan haar op. Zoals haar zogenaamde onschuld aangaande Luciana. Het verhaal dat ze tegen Marten had opgehangen over de zoektocht naar haar vermiste zus was een leugen geweest. Ze had helemaal geen zus. Ze was op zoek naar haar moeder. En die werd niet twee maar al achttien jaar vermist, verdwenen toen Demi nog maar acht was. En niet vermist geraakt op Malta maar in Parijs, waar haar ouders, kort na hun bruiloft in hun geboorteland Italië, naartoe waren verhuisd en waar haar vader hun Italiaanse achternaam Piacenti veranderde in het Franse Picard.

Haar moeder was vijftien toen ze Demi kreeg en drieëntwintig toen ze op weg naar een buurtmarkt, die ze al talloze malen had bezocht, verdween. Een politieonderzoek leverde slechts één feit op: haar moeder had de markt nooit bereikt. Navraag bij ziekenhuizen en het plaatselijke mortuarium leverde niets op. Een week verstreek, en daarna twee, drie, zonder enig teken van leven. Er liepen voortdurend mensen weg, aldus de politie, en om talloze redenen. Soms kwamen ze terug; maar in de meeste gevallen niet. Niet omdat hun iets was overkomen, maar omdat ze dat niet wilden. En daar lieten ze het bij. Een onvoltooid politiedossier en zij en haar vader, verder niets.

Amper vier maanden later volgde weer een klap toen haar vader omkwam bij een bedrijfsongeval in de autofabriek waar hij werkte. Demi was opeens een weeskind, en volgend op een bepaling in haar vaders testament ging ze bij een verre tante wonen die aan een exclusieve kostschool buiten Londen Frans en Italiaans doceerde. De twee woonden in een klein appartement op de campus, en omdat haar tante er lesgaf, werd Demi als leerling ingeschreven. Haar tante bleek behalve ver ook afstandelijk, wat een goede opleiding plus het feit dat ze Engels zou leren tot de grootste voordelen van haar nieuwe leventje maakten. De rest van haar weg naar de volwassenheid werd geheel en al aan haar zelf overgelaten.

Na een paar maanden werd er vanuit Parijs een koffer bezorgd. Er zat een aantal van haar moeders persoonlijke bezittingen in: kleding; een foto van slechts een paar dagen vóór haar verdwijning, waarop haar bruine ogen iets intens, kalms en bijzonder vredigs uitstraalden; wat boeken, de meeste in het Italiaans; en een paar abstracte tekeningen die haar moeder voor haar plezier had gemaakt. Buiten de foto en een paar kleren had de rest van de spullen maar weinig waarde voor een meisje dat op haar negende verjaardag afstevende; een meisje dat nog steeds diepbedroefd en in de war was en zich vreselijk eenzaam en in de steek gelaten voelde; een meisje ook dat ervan overtuigd was dat haar moeder nog leefde en dat elke dag de postbode opwachtte, hopend op een brief van haar die nooit kwam; een meisje dat altijd haar moeders foto bij zich droeg en elk vrouwengezicht dat ze tegenkwam onderzoekend bekeek, hopend, biddend en zeker wetend dat ze dat bekende gezicht op een goede dag weer zou zien, een gezicht dat plotseling in herkenning zou openbreken en glimlachen; van een vrouw die haar armen om haar heen zou slaan en zou beloven dat ze haar nooit meer in de steek zou laten.

Het verstrijken der jaren deed weinig om Demi's pijn of gevoel van verlies te verzachten. En hoewel haar tante het met kracht ontkende, werd de gedachte dat haar moeder nog leefde met elke hartslag sterker. Maar naarmate de dagen en jaren verstreken en er niets gebeurde, kon ze zich slechts onderdompelen in haar schoolwerk en in moedeloze eenzaamheid toekijken hoe de vaders en moeders van haar klasgenootjes hen voor weekends, feestdagen en vakanties kwamen ophalen.

Totdat er op de ochtend van haar zeventiende verjaardag een brief werd bezorgd van een advocaat in Parijs. Deze bevatte een kleine envelop en een begeleidend kort briefje waarin stond dat het geheel de wens van haar overleden vader was dat 'dit dient te worden bewaard om ter gelegenheid van jouw zeventiende verjaardag te worden bezorgd', aldus een bijvoegsel van zijn testament.

Verbluft opende ze de envelop en trof ze een briefje aan in het handschrift van haar vader, dat korte tijd voor zijn dood was gedateerd.

Aan mijn lieve Demi,

Ik schrijf dit, en berg het daarna op zodat je het later, als je het misschien beter zult begrijpen, kunt lezen. Ik weet dat je verschrikkelijk veel van je moeder hield en haar vast nog altijd enorm mist. Het zou vreemd zijn als jij je, hoogstwaarschijnlijk nog jarenlang, zo niet voor de rest van je leven, niet zou afvragen wat er met haar is gebeurd. Maar om jouw bestwil en die van je kinderen en hún kinderen moet je accepteren dat je moeder zo veel van je hield als een moeder maar van haar kind kan houden, en het daarbij laten. Probeer niet, ik benadruk, onder géén voorwaarde haar lot te achterhalen. Sommige dingen zijn veel te gevaarlijk om te weten, laat staan om te proberen te begrijpen. Neem deze waarschuwing alsjeblieft ter harte als een eeuwigdurend pleidooi voor je eigen veiligheid en welzijn.

Ik hou heel veel van je en zal dat altijd blijven doen,

Papa

Ze stond versteld van het briefje en belde direct met de advocaat in Parijs om meer te weten te komen. Maar meer was er niet, liet hij haar weten, eraan toevoegend dat hij geen idee had wat er in het briefje stond en dat zijn firma slechts een bepaling in het testament van haar vader uitvoerde. Ze had opgehangen en meteen datgene tevoorschijn getrokken waarin ze dacht meer te kunnen vinden: de koffer. Maar behalve wat ze al wel honderd keer had gezien – de kleren, de boeken in het Italiaans en haar moeders artistieke tekeningen – was er verder niets. En misschien wel daarom, en omdat haar moeder ze zelf had gemaakt en ze dus heel persoonlijk waren, concentreerde ze zich deze keer op de tekeningen. In totaal waren het er vierendertig en ze waren van verschillende grootte; een aantal zo klein als een ansichtkaart. Een tekening trok haar aandacht: een eenvoudige schets van een ballenkruis. Rechts eronder stond in kleine letters en in haar moeders handschrift het woord *Boschetto* geschreven.

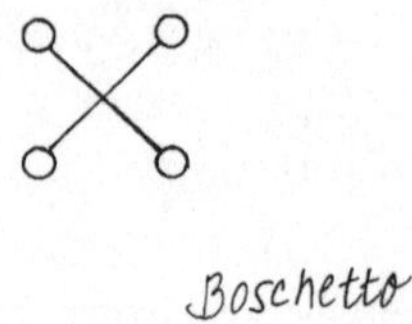

De schets en het woord eronder, gepaard met wat haar vader had geschreven, deden haar de rillingen over de rug lopen. Ze liep onmiddellijk naar haar damestas en pakte haar moeders foto eruit. Voor de duizendste keer bekeek ze aandachtig het gezicht. Deze keer leken haar moeders ogen veel intenser, alsof ze haar bewust aanstaarde. Opnieuw las ze het briefje van haar vader door. Opnieuw bekeek ze de tekening. Opnieuw staarde ze naar het woord. En andermaal trok een rilling door haar hele lijf.

De foto, het briefje, de schets, het woord.

Op dat moment realiseerde ze zich dat er gedurende al die jaren een enorm groot deel van haarzelf ontbrak. Het was het intense, bijna overweldigende gevoel dat ze zich nooit compleet zou voelen als ze niet wist of haar moeder nog leefde of dood was, als ze niet wist wat er werkelijk was gebeurd. En ze vroeg zich af of dit alles haar, op een moment dat ze bijna meerderjarig was, op een of andere manier door haar moeder was toegestuurd als een poging om met haar dochter te communiceren, om haar een houvast te bieden aangaande haar lot.

Het moment bleek een keerpunt in haar leven, een moment waarop ze haar moeder zwoer dat ze alles in het werk zou stellen, ongeacht hoe lang daarvoor nodig was – en tegen welke prijs ook – om erachter te komen wat er was gebeurd. Het was een pact van heel persoonlijke aard, tussen haar en haar moeder en niemand anders. Een pact dat ze plechtig beloofde nooit aan een ander toe te vertrouwen. En daar had ze zich tot op heden aan gehouden.

'Jij bent wel erg stil, Demi. Is er iets?'

Ze schrok van de stem van predikant Beck en keek op. Hij keek haar over de rugleuning aan. Ook Luciana keek nu naar haar, met groene ogen die haar opeens heel streng en doordringend aanstaarden.

'Ik voel me prima, dank u,' reageerde Demi glimlachend.

'Mooi,' zei Luciana zonder enige gezichtsuitdrukking, 'we moeten nog een heel eind.'

85

12.10 uur

Miguel Balius parkeerde de limousine achter een bomenrij tussen het treinstationnetje Montserrat-Aeri en de kleine kabelbaanterminal vanwaar de groen-gele gondels bijna loodrecht omhoog over rotsachtige klippen naar een tweede terminal op bijna zeshonderd meter hoogte klommen. Op verzoek zette hij Martens reistas met diens laptop, bandrecorder en persoonlijke bezittingen in de kofferbak, deed deze op slot en ging zijn pas ontdekte 'neven' – president Harris, andermaal zonder toupet en met bril en de grote slappe hoed die hij de avond daarvoor van Demi had geleend – voor over het pad naar de lagergelegen terminal. In de schaduw van een grote boom bleef hij staan om de twee na te kijken. Als vreemden voor elkaar, die zojuist uit het station waren gekomen, liepen ze ieder apart in de richting van de terminal.

Marten kocht als eerste een kaartje, een retourtje van de eerste terminal naar de top en weer terug. Even later volgde de president zijn voorbeeld en hij liep Marten achterna naar het perron om, samen met een handjevol toeristen, te wachten tot de kabelwagen naar beneden kwam. Dat gebeurde al na een paar minuten. De deuren gingen open en een stuk of tien passagiers stapten uit. Vervolgens betrad hun groepje de cabine, een medewerker in uniform sloot de deur en de groen-gele kabelwagen begon aan zijn klim. Ze hadden elkaar de hele tijd zelfs geen moment aangekeken of iets tegen elkaar gezegd. Het was niet nodig geweest, ze wisten al wat er zou volgen; beneden bij het afbrokkelende stenen molenhuis, langs de bergstroom in de minuten nadat Miguel hoogst gewillig, respectvol en enthousiast 'in de familie was opgenomen', hadden ze het plan doorgenomen.

'Het restaurant heet Abat Cisneros en hoort bij Hotel Abat Cisneros. De dienstingang naar buiten is een gang door en direct langs de toiletten. Eenmaal buiten ziet u direct het pad,' zei Miguel beslist, en hij raapte een scherpe steen op om op de onverharde vloer van het oude gebouw een ruwe schets te tekenen van het kloostercomplex, waarbij hij met zorg de details inkraste waar hij het over had.

'Dit pad leidt omlaag naar de ruimte waar ze de voorraden binnenbrengen; het andere gaat eerst omhoog en maakt dan een scherpe bocht die door bomen aan het zicht wordt onttrokken. Een kleine dertig meter verderop staan de resten van de kapel waar ik u over vertelde.' Hij tekende een kruis op de vloer om de ruïne aan te geven. 'Het is overwoekerd en zelfs vanaf het pad lastig te zien. Maar het staat er wel, en als u Foxx daarheen kunt krijgen, zal het u behoorlijk goed van pas komen.'

'Mooi,' reageerde Marten, en hij keek de president aan. 'Ervan uitgaand dat Demi de waarheid sprak, moeten zij, Beck en Luciana met Foxx al in het klooster zijn als wij daar aankomen. We kunnen verwachten dat ze eerst zullen proberen om mij te vinden en naar Foxx te brengen. Tenzij Demi ze natuurlijk over u heeft verteld. In dat geval zullen ze ook naar u uitkijken, en dan verandert alles.'

'Er verandert helemaal niets.' President Harris was resoluut. 'Als Foxx daar is, moeten we erachter komen wat hij weet. Als hij mijn zogenaamde vrienden heeft gewaarschuwd, dan buigen we ons er wel over als het probleem zich aandient. We hebben geen andere keus.'

'Oké.' Marten accepteerde de vasthoudendheid van de president. 'Maar we kunnen het ze op z'n minst een beetje lastiger maken. We gaan ieder afzonderlijk naar de kabelterminal. Kopen ieder afzonderlijk een kaartje. Als twee toeristen die elkaar niet kennen. Volgens Miguel is de gondel klein, dus de mensen staan dicht op elkaar. Als u om een of andere reden wordt herkend en er opwinding ontstaat, kan ik altijd nog in mijn eentje naar Foxx terwijl u bent aangewezen op uw...' Er verscheen een halve grijns op Martens gezicht. '... "politieke kunstgrepen" om u eruit te redden. Gebeurt er niets en we bereiken de hoogste terminal, dan blijven we ieder ons weg gaan.' Hij keek Miguel weer aan. 'Als ik bij het klooster ben, wat zou dan de meest logische plek zijn voor iemand om mij te vinden?'

'Het *plaza* voor de *basilica*.'

'Oké.' Marten draaide zich weer om naar de president. 'Beck is hoogstwaarschijnlijk degene die naar ons op zoek zal zijn. Als Demi hun over u heeft verteld en hij kijkt uit naar ons beiden zal hij teleurgesteld zijn en zich afvragen of ze hem de waarheid vertelde of dat u gewoon wilde komen. In beide gevallen zal hij alleen met mij te maken hebben.

Misschien dat-ie het over Demi heeft, misschien ook niet, maar hij zal eerst het ijs willen breken door wat over koetjes en kalfjes te praten, en vervolgens Foxx ter sprake brengen, zeggen dat hij er is en voorstellen dat ik hem tref om te praten over de wrijving die sinds Malta nog steeds in de lucht hangt. Wat daar precies uit voortvloeit, dat weten we niet, maar zeker is dat zij de dans zullen willen leiden, wat wij dus níét willen. Mijn reactie zou moeten zijn dat als de goede doctor mij wil spreken, dat op een openbare plek dient te gebeuren. Ik stel dan het restaurant voor. Voor een lunch, een drankje, maakt niet uit wat. Intussen…'

'… zal ik daar al meteen heen zijn gegaan, me ervan hebben vergewist waar het herentoilet is en de uitgang zoals Miguel die heeft beschreven,' maakte de president Martens zin af, waarbij het nu zijn beurt was om te glimlachen. Ze waren bijna een dag samen en nu al maakten ze elkaars gedachten en zinnen af. 'Met een beetje geluk zal ik het pad en de verwoeste kapel hebben gevonden, daarna terug zijn gekomen en aan een tafeltje vlak bij de deur zijn gaan zitten om me met een drankje bij de hand over een krant of een reisgids te buigen, waarna u en dr. Foxx binnenkomen.'

'Ook zult u toepasselijke dingen van de kaart hebben besteld.'

'Uiteraard.'

'U bent een goede leerling, neef,' zei Marten, en hij keek Miguel weer aan. 'Zodra we klaar zijn met Foxx, moeten we snel zien weg te komen voordat hij wordt gevonden. De kabelbaan is te traag en te benauwd, en bovendien zullen we er misschien eerst op moeten wachten. Jij moet dus gereedstaan bij het klooster om ons weg te rijden. De limo vormt daarbij het probleem. Op een gegeven moment zal de politie een beschrijving krijgen, als ze die al niet hebben. Op dit moment staat hij redelijk goed verborgen, maar om er de lange weg naar het klooster mee op te rijden, is te riskant.'

'Ik zal voor een andere auto zorgen, neef Harold.'

'Hoe dan?'

Miguel glimlachte. 'Zoals ik al zei, ben ik vaak in het klooster geweest. Ik heb vrienden die er werken, en familie die er in de buurt woont. Er zal hoe dan ook wel iets voor me klaarstaan.' Hij pakte de steen weer op en hurkte naast zijn getekende plattegrond van het klooster. 'Hier zult u naar buiten komen,' zei hij terwijl hij een groot kruis in het zand tekende, 'en hier zal ik zijn.' Hij zette een tweede kruis en keek op. 'Nog vragen?'

'Nee. Dank je, neef,' zei de president gemeend.

'Graag gedaan, meneer.' Als een verblindende zonnestraal brak een brede en schitterende grijns door op Miguels gezicht. Hij wist dat hij zojuist voor de rest van zijn leven was opgenomen in hun exclusieve en zeer kleine 'nevenclub'.

Marten wierp een blik door de gondel terwijl ze langzaam naar de tweede terminal klommen. President Harris, met Demi's slappe hoed scheef op het hoofd, stond alleen aan de andere kant van de cabine en staarde naar buiten. Een ietwat excentrieke, alledaagse toerist die met een stuk of vijf gewone toeristen een berg op ging. De meesten hadden net als hij de neus tegen het glas gedrukt en zagen hoe de terminal beneden hen snel weinig meer dan een stipje in de verte werd.

86

12.20 uur

Demi voelde haar hart tekeergaan toen het busje van het Monasterio Benedictino Montserrat de top van de lange bergweg bereikte en met een scherpe bocht het privéparkeerterrein van het klooster op draaide. Door de ramen zag ze het groepje zandkleurige stenen gebouwen waar ze vanuit het dal al een glimp van op had gevangen. Hier, op ware grootte, oogde het nog steeds als een afgelegen fort, een versterkte stad, onbereikbaar tegen de achthonderd meter hoge kalksteenrotsen en onder andere de beroemde basiliek, een museum, restaurant, hotel en privéappartementen omsluitend.

Abrupt werd de passagiersdeur van het busje opengeschoven. Buiten in de felle zon stond een jonge priester.

'Welkom in Montserrat,' zei hij in het Engels.

Even later ging hij hen voor over een plein vol toeristen en daarna een paar treden op naar de basiliek. Beck droeg een tasje met wat toiletspullen; Luciana – de heks – haar grote zwarte damestas; Demi een kleine tas met camera-accessoires en een nog kleinere met toiletbenodigdheden, en over een schouder twee professionele camera's; een 35mm-Nikon en een digitale Canon.

De priester leidde hen onder een stenen boog door naar het binnenplein van de basiliek, dat ook bomvol toeristen stond. Hoog aan de toren van de basiliek gaf een klok de tijd aan: 12.25 uur. Ze waren exact op tijd. Demi dacht onmiddellijk aan neef Jack en neef Harold. Ze vroeg zich af waar ze zaten – of ze nog steeds in gezelschap waren van de limousinechauffeur en op weg hierheen – ze voelde hoe haar maag zich samentrok. Stel dat ze bij een van de wegversperringen waren aangehouden. Wat dan? Wat zou ze doen? En wat zou Beck doen?

'Deze kant op, alstublieft,' zei de priester. Hij voerde hen door een lange zuilengang en langs een reeks gebogen stenen nissen, ingezet met wapensymbolen en wat religieuze inscripties in het Latijn leken te zijn. Opeens zag ze het, en haar adem stokte. In een van de achterste nissen stond het stenen beeld van een vroegchristelijke kruisvaarder. Een maliënkolder bedekte zijn hoofd en hals, en een arm rustte op een driehoekig schild waarin het kruis van Aldebaran gegraveerd stond. Dit was de eerste keer dat ze het ergens anders zag dan in boeken of tekeningen of als tatoeages op de linkerduim van leden van de heksencoven. Ze vroeg zich af hoe lang het beeld hier had gestaan en wie het door de jaren of zelfs eeuwen heen had gezien, het symbool had herkend en zijn betekenis had doorgrond.

'Hierlangs.' Ze liepen nu door een andere gang, smaller dan de eerste en links en rechts verlicht door een afzienbare rij van flakkerende offerkaarsen. Waar ze eerder nog grote aantallen toeristen had gezien, liepen er nu nog maar een paar rond. Met elke stap raakten ze steeds verder verwijderd van alle bedrijvigheid.

Demi hoorde haar camera's tegen elkaar aan tikken. Tegelijkertijd voelde ze een koude rilling langs haar nek en vervolgens tussen haar schouders door lopen. Opeens hoorde ze ook haar vader weer de waarschuwing fluisteren die hij al die jaren geleden aan haar had geschreven: probeer niet, ik benadruk, onder géén voorwaarde haar lot te achterhalen.

Angstig keek ze om. Op de rijen flakkerende kaarsen na was de wandelgang achter hen verlaten.

Vijf stappen verder hield de priester halt voor een zware houten deur in een stenen poort. Hij draaide zich om naar een houten luikje in het metselwerk naast de deur en schoof het opzij. Erin zat een toetsenpaneeltje. Hij toetste vier cijfers in, drukte op de #-toets, schoof het luikje dicht en draaide aan de ijzeren deurknop. De deur gleed rustig open. Hij gebaarde hen naar binnen te gaan, waarna hij de deur achter hen sloot.

Vergeleken met het felle daglicht buiten leek deze ruimte buitengewoon donker. Langzaam raakten hun ogen gewend aan de duisternis. Ze bevonden zich in een soort kantoor, met langs de ene muur een aantal sierlijke houten stoelen met hoge rugleuning en tegen de muur ertegenover een enorme boekenkast. Vlak bij een gesloten deur aan de andere kant van de kamer stond een immens houten bureau met daarachter een grote leren fauteuil. Het gewelfde plafond was hoog terwijl de muren uit dezelfde eeuwenoude steensoort leken te zijn opgetrokken als het hele kloostercomplex. Hetzelfde gold voor de vloer, die op sommige plekken was uitgesleten en door het vele geschuifel van mensen en de tand des tijds was gaan glimmen.

'Demi, wacht hier even, alsjeblieft,' zei Beck zacht, waarna hij Luciana naar de deur aan het andere eind van de kamer leidde. Hij klopte aan, en vervolgens liepen ze samen naar binnen terwijl Beck de deur achter hen sloot.

87

12.35 uur

Demi wachtte in haar eentje in het flauwe licht en de stilte; de deur waardoor ze binnen waren gekomen, viel achter haar dicht; die waar predikant Beck en Luciana door waren gegaan, viel ook in het slot. Ze had geen idee of ze dr. Foxx nu waren gaan halen of iets heel anders aan het doen waren.

Ze liet haar blik nog eens door de verduisterde kamer glijden. Het hoge gewelfde plafond, de hoge houten stoelen langs een van de beide muren, het reusachtige houten bureau, de stenen muren, de uitgesleten stenen vloer. Deze ruimte ademde geschiedenis, oude geschiedenis vooral, en christelijke. Ze vroeg zich af of haar moeder hier al die jaren geleden ook was geweest en had gestaan waar Demi nu stond. In deze kamer, in dit flauwe licht.

Wachtend.

Op wat?

Op wie?

12.40 uur

Opnieuw hoorde ze haar vaders waarschuwing. Daarmee diende zich nog iets aan, de herinnering aan iemand die ze lang uit haar gedachten had willen bannen: een kale geleerde van in de tachtig en zonder armen, die ze zes jaar eerder aan het begin van haar loopbaan, toen ze in Rome voor Associated Press werkte, had ontmoet.

Door een foto-opdracht was ze in het noorden van Italië verzeild geraakt, in Umbrië en Toscane. Een vrije dag in Florence had haar de kans geboden om tweedehandsboekhandels af te struinen – wat ze altijd deed als ze in Italië op reis was – op zoek naar materiaal over Italiaanse hekserij en alles wat maar een boschetto of coven, uit het verleden of heden, zou kunnen ontsluieren, die het symbool van Aldebaran als haar teken gebruikte. Het was een zoektocht die tot op die dag niets had opgeleverd. Maar toen was ze in een boekwinkeltje vlak bij de Ponte Vecchio gestuit op een vijftig jaar oud en gehavend boekje over Florentijnse hekserij. Ze bladerde het door en stopte abrupt bij het vierde hoofdstuk. De vergeelde titelpagina benam haar bijna de adem. De titel van het hoofdstuk luidde '*Aradia*', en onder het gedrukte woord herkende ze een onmiskenbare illustratie: het kruis van Aldebaran. Met bonzend hart schafte ze het boek direct aan en ze nam het mee naar haar hotel. Het hoofdstuk was, net als het hele boek, kort, maar al lezend kwam ze veel te weten over een eeuwenoude en geheime boschetto van Italiaanse vrouwelijke heksen, de strega waar ze Nicholas Marten over had verteld. De boschetto, vernoemd naar de veertiende-eeuwse wijze vrouw Aradia die *La Vecchia Religione*, de Oude Religie, terugbracht, blies de boschetto een aantal eeuwenoude tradities – een reeks ongeschreven wetten, riten en doctrines – nieuw leven in en bracht deze in de vijftiende en zestiende eeuw in Noord- en Midden-Italië in praktijk. Daar eindigde het hoofdstuk. De betekenis van het symbool van Aldebaran werd nergens genoemd, noch werd het woord Aradia ergens anders in het boek gebruikt.

In haar wanhoop om meer te weten te komen liep Demi diverse boekhandels en musea af en bezocht ze in de Toscaanse steden Siena en Arezzo occulte genootschappen en geleerden. Vandaar ging ze naar Bologna, vervolgens naar Milaan en ten slotte terug naar Rome. Alles bij elkaar had ze slechts een korte aantekening gevonden over een Amerikaanse schrijver en historicus die in 1866 door Italië reisde en had ontdekt dat er ergens in Toscane een manuscript bestond waar de naam Aradia in voorkwam en dat 'de eeuwenoude geheimen van de Italiaanse hekserij' beschreef. Maandenlang had hij er tevergeefs naar gezocht. Wel had hij een Italiaanse heks ontmoet, ene Raffaella, die het manuscript onder ogen had gehad en hem over de inhoud had verteld, zo werd gezegd. Zijn conclusie was dat de geheimen van Aradia, of in elk geval Raffaella's interpretatie ervan, weinig meer waren dan een mengeling van tovenarij, middeleeuwse ketterij en politiek radicalisme. Daarmee eindigde zijn analyse, zonder verder enige vermelding van het symbool van Aldebaran.

Daarna had Demi niets meer gevonden. Zelfs de meest toegewijde academici leken verder niets te weten over de Aradia-coven die het symbool van Aldebaran gebruikte. Speurtochten op internet leverden niets op. Navraag in musea en telefoongesprekken met praktiserende heksen en in hekserij gespecialiseerde historici over de hele wereld liepen allemaal op niets uit.

Bijna een jaar later, toen ze inmiddels voor Agence France Presse werkte, hoorde ze over een teruggetrokken geleerde die Giacomo Gela heette. Deze kale, uitgemergelde tachtiger en voormalig soldaat die in de Tweede Wereldoorlog beide armen was kwijtgeraakt, woonde in een kamertje in een dorpje vlak bij Pisa en had de studie van de Italiaanse hekserij tot zijn levenswerk gemaakt. Ze nam contact met hem op en hoorde hem even stilvallen toen ze Aradia noemde. Toen ze vroeg of ze hem misschien eens mocht opzoeken en hem de achterliggende reden van haar verzoek vertelde, had hij direct ingestemd met een afspraak.

In Giacomo Gela trof ze een man met een enorm intellect, die niet alleen op de hoogte was van de mysterieuze Aradia, maar ook van een nog geheimzinniger orde die erin verborgen ging. Deze heette Aradia Minor; in geschriften werd er simpelweg naar verwezen als de letter A gevolgd door de letter M, maar dan geschreven in een combinatie van Hebreeuwse en Griekse letters, als ‘א μ’, wat het meer op een vaag en onbetekenend symbool deed lijken dat bijna niemand echt zou interesseren. Zelfs voor Gela bleef de ware oorsprong van Aradia Minor een raadsel. Wel wist hij dat het bijna de hele tweede helft van de zestiende eeuw geconcentreerd was op het Italiaanse eiland Ischia in de Golf van Napels, de geboorteplek en thuis, zo zou Demi ontdekken, van Luciana. Begin zeventiende eeuw werd Aradia Minor waarschijnlijk om veiligheidsredenen gedecentraliseerd en terugverhuisd naar het vasteland, waarbij haar boschetti zich clandestien over het platteland hadden verspreid, met name in de regio tussen Rome en Florence.

De omzichtigheid van Aradia Minor was niet zonder reden, want haar tradities kenden jaarlijkse riten die uit eeuwenoude en vaak wrede heidense ceremonies bestonden, die gepaard gingen met het afleggen van een bloedeed, het offeren van levende wezens en het martelen van mensen, uitgevoerd ten overstaan van enkele honderden leden van een invloedrijke orde, de zogenaamde Onbekenden. Wat het doel van deze ceremonies of wie deze groep van ‘Onbekenden’ was, dat bleef een raadsel. Wat wel werd erkend, was dat de viering van deze rites aan het eind van de jaren dertig van de zestiende eeuw opkwam; dat ze in verschillende, geheime tempels door heel Europa werden gehouden; en dat ze jaarlijks en door de eeuwen heen jarenlang achter elkaar werden uitgevoerd, om vervolgens soms wel decennialang plotseling om onverklaarbare reden een sluimerend bestaan te leiden.

Angstwekkend genoeg was Giacomo Gela van mening dat de huidige periode een van de actieve perioden van Aradia Minor was; hun herkenningsteken, het symbool van Aldebaran; de unieke tradities, die nog steeds werden uitgeoefend. Waar de orde zich bevond, de reden van haar bestaan, het bleef allemaal net zo onduidelijk als in het verleden, maar hij wist zeker dat er een sterke grondgedachte achter schuil moest gaan, een doelgerichte gedachte die niet alleen grote geheimhouding vereiste, maar ook een aanzienlijk kapitaal. Er waren namelijk te veel mensen bij betrokken, en het spektakelstuk was te formeel, te besloten en te extreem om niet tot behoorlijke kosten te leiden.

Het was op dat moment dat Gela zijn ogen had toegeknepen en hij haar met schelle stem had gewaarschuwd. 'Alles wat je hier te weten bent gekomen, moet binnen deze muren blijven.'

Niet alleen Aradia Minor betaalde een prijs, zo liet hij haar weten; het verleden was vergeven van de lijken van mensen die meer te weten hadden willen komen. Om er zeker van te zijn dat ze het goed begreep, onthulde hij een geheim dat slechts weinigen kenden: het was waar dat hij in de Tweede Wereldoorlog zijn beide armen was kwijtgeraakt, maar hij had de verminking niet op het slagveld opgelopen. Het was gebeurd toen hij tijdens een patrouille in een bos, ergens diep in de Italiaanse Dolomieten, per ongeluk was gestuit op een van de ceremonies van Aradia Minor. Dat hij nog leefde, was alleen te danken aan het feit dat de mensen die zijn armen afhakten hem bewust niet hadden afgemaakt.

'Het zou een peulenschil zijn geweest om mij te vermoorden. In plaats daarvan verbonden ze mijn wonden, droegen ze mij het bos uit en legden ze me langs de kant van de weg. De reden, zo weet ik nu, was om mij als een afschuwwekkend voorbeeld te laten dienen, een waarschuwing aan eenieder die wilde weten wat er was gebeurd en die de geheimen van Aradia Minor zou trachten te ontsluieren.'

Hij had haar strak aangekeken en was opeens in woede ontstoken: 'Hoeveel uren, dagen, jaren ik niet op God heb gevloekt, Hem heb vervloekt en heb gewenst dat ze me hadden afgemaakt! Het leven dat ik sindsdien heb moeten leiden, is tot op deze dag veel wreder geweest dan de dood ooit zou kunnen zijn.'

De manier waarop Gela sprak, de toon van zijn stem, de woede in zijn ogen, zoals hij daar zat, zonder armen en met de benen over elkaar geslagen in zijn kleine kamer, was aangrijpend en beklemmend. Dit, in combinatie met de brief van haar vader, zou voldoende aanleiding kunnen zijn geweest om haar reis maar helemaal op te geven. Maar dat had ze niet gedaan; in plaats daarvan had ze het bewust verdrongen en op een veilig plekje in haar geheugen opgesloten.

Tot dit moment. Wachtend, in haar eentje in deze verduisterde kamer, in deze hoek van het klooster kwam de herinnering opeens omhoog in haar geheugen. Ze zag Gela's gezicht weer voor zich. Opnieuw hoorde ze zijn scherpe waarschuwing: 'Alles wat je hier te weten bent gekomen, moet binnen deze muren blijven.'

Een geluid ergens achter in de kamer deed het visioen vervagen, en Demi keek op. De deur was geopend en predikant Beck en Luciana kwamen op haar af gelopen. Er was nog iemand bij hen die ze niet goed kon zien. Totdat ze dicht genoeg waren genaderd.

'Welkom, Demi. Ik ben verheugd dat je er bent,' zei hij hartelijk. Zijn gezicht, zijn dikke bos grijs, bijna wit haar en zijn handen met de buitengewoon lange vingers, waren onmiskenbaar.

Merriman Foxx.

88

12.44 uur

De groen-gele kabelwagen bereikte de tweede terminal en kwam tot stilstand. Even later schoof een medewerker de deuren open en de passagiers stapten uit. Marten keek even naar de president, liep daarna achter een Italiaans echtpaar aan de cabine uit en begaf zich over het wandelpad naar het klooster.

Veertig seconden later bereikte hij het hoogste punt van het pad. Het kloostercomplex lag pal voor hem. De gebouwen die hij kon zien leken stuk voor stuk opgetrokken uit hetzelfde soort beige zand- of kalksteen. Het dichtstbijzijnde gebouw aan de andere kant van een verharde weg was zeven verdiepingen hoog, een daar vlakbij was acht hoog, en een derde bouwwerk was wel tien hoog en had een reusachtig soort klokkentoren. Dit was nog maar een deel van het gehele complex. De hoofdattractie, de basiliek, bevond zich aan de overkant van een groot plein en boven aan een brede stenen trap, die beide bevolkt werden door toeristen.

12.50 uur

Marten wandelde nonchalant over het plein, waarmee hij het Beck betrekkelijk eenvoudig maakte om hem te vinden. Achter hem kwam een man hem voorbijgelopen. President Harris.

12.52 uur

Marten wandelde verder. Verderop zag hij de president naar links gaan, langs een reisgezelschap en vervolgens achter hen uit het zicht verdwijnen; hij volgde Miguels routebeschrijving naar Hotel Abat Cisneros en het restaurant.

Marten vertraagde zijn pas en keek om zich heen, als een toerist die hier voor het eerst was en zich wilde oriënteren. Hij vroeg zich af of Demi tegen hen had gelogen. Misschien was zij noch Beck noch Luciana noch Merriman Foxx hier ergens in de buurt. Misschien hadden zij en de anderen Foxx getroffen op een plek hier ergens kilometers vandaan, wie weet zelfs gewoon in Barcelona.

'Meneer Marten!' hoorde hij de zware fluwelen stem van predikant Rufus Beck opeens roepen. Marten keek op en zag de aan het Congres verbonden geestelijke vanuit de richting van de basiliek over het plein op hem af wandelen.

'Meneer Marten,' herhaalde Beck nu hij tegenover hem stond. 'Wat fijn om u te zien. Mevrouw Picard vertelde me al dat u misschien zou komen.'

'O, ja?' Marten deed zijn best om verrast te klinken.

'Ja.' Beck glimlachte warm. 'Ik kwam net uit de dienst; misschien wilt u een kopje koffie met ons komen drinken?'

'Met "ons" bedoelt u mevrouw Picard en u?'

'Er zullen nog twee anderen aanwezig zijn, meneer Marten. Een goede vriendin van mij uit Italië, Luciana heet ze, en een vriend van u, dr. Foxx.'

'Foxx?'

Opnieuw glimlachte Beck. 'Hij vroeg me naar u op zoek te gaan. Hij wil elk eventueel "wantrouwen" wegnemen dat na uw onderhoud op Malta misschien is blijven hangen. Het restaurant in het hotel beschikt over een klein privévertrek waar u vrijuit met elkaar kunt spreken.'

'Een restaurant?'

'Ja, tenzij u liever ergens anders afspreekt?'

Marten moest grijnzen om de ironie. Hun plan was erop gericht om Foxx naar het restaurant te krijgen, en nu werd hij naar hetzelfde etablissement uitgenodigd. Het privévertrek zou een probleem kunnen vormen, maar met Beck, Demi en Luciana erbij zou het des te gemakkelijker zijn om Foxx te laten weten dat hij hem liever even onder vier ogen sprak en hem voor te stellen om samen een ommetje te maken.

'Het restaurant is prima, eerwaarde,' zei hij hoffelijk. 'Ik ben benieuwd wat dr. Foxx over mijn "wantrouwen" te zeggen heeft.'

89

13.00 uur

'Meneer Marten, welkom in Montserrat.' Merriman Foxx was opgestaan om hen te begroeten. Demi en de heks, Luciana, zaten tegenover hem aan een ronde, met linnen gedekte tafel, ieder met een kopje dampende koffie voor zich en een bordje zandkoekjes of *polvorones* midden op tafel. Voor Beck stond al een stoel gereed. Een ober bracht er nog een voor Marten. De kamer bleek zoals Beck had gezegd: klein en privé.

'Mevrouw Picard kent u al,' zei Foxx met een sympathiek knikje naar Demi. 'En dit is *signora* Luciana Lorenzini, al sinds jaar en dag een dierbare vriendin.'

Marten knikte naar Demi en keek vervolgens Luciana aan. 'Aangenaam, *signora*.'

Het restaurant hoorde inderdaad bij Hotel Abat Cisneros en stond iets van de basiliek af, gebouwd tegen de hoog oprijzende berghelling. Het bijzondere karakter van de besloten setting maakte dat de president pas zou weten waar Marten zich precies bevond zodra hij en Foxx hier zouden weggaan en Marten hem naar de deur probeerde te loodsen die buiten naar het pad voerde. Als de president zenuwachtig werd en naar Marten op zoek ging, zou hij wel eens zo binnen kunnen lopen. Behalve dat hij daarmee zichzelf in gevaar bracht, zouden ze ook ernstig in het nadeel zijn bij hun poging Foxx alleen te pakken te krijgen.

Terwijl Marten plaatsnam, keek hij even naar de doctor om hem te peilen. De arts annex wetenschapper annex moordenaar was gekleed in een nauwsluitend tweed jasje met een donkere pantalon en bijpassende coltrui. De warrige bos wit haar à la Albert Einstein was als een handelsmerk. Marten hoefde maar naar zijn handen te kijken om opnieuw Carolines doodsbange, getormenteerde stem te horen: 'Alles aan hem maakte me bang. De manier waarop hij me aanstaarde, mijn gezicht en mijn benen aanraakte met die lange, enge vingers van hem. En dan die afzichtelijke duim met dat kleine ballenkruis.'

Marten realiseerde zich nu dat hem nog iets opviel aan Foxx: zijn fysieke gestalte. Hij was groter en sterker dan hij had geleken toen ze elkaar op Malta in Café Tripoli hadden getroffen, waar hij een ruimvallende visserstrui had gedragen. Uit de manier waarop de man was opgestaan om hem te verwelkomen toen hij en Beck waren binnengekomen, had Marten ook een zekere lenigheid bespeurd, een atletisch vermogen, iets wat hem al eerder was opgevallen toen hij had nagedacht over Foxx' keuze van Malta als woonplaats, simpel vanwege de vele trappen die beklommen moesten worden om überhaupt ergens te kunnen komen. Alsof het onderhouden van een topconditie voor hem iets automatisch was, een gewoonte die stamde uit zijn tijd in het Zuid-Afrikaanse leger. Het betekende, zoals de president al had gewaarschuwd, dat Foxx lastig te beteugelen zou zijn. Marten zou één kans krijgen, en het zou snel, beslissend en totaal onverwacht moeten zijn. Wat zich daarna afspeelde, zou niet veel gemakkelijker zijn, en de president zou erbij moeten zijn om hem te helpen.

'Hoe was uw reis, meneer Marten?' vroeg Foxx vriendelijk terwijl de ober een kop en schotel voor Beck neerzette en koffie inschonk en daarna hetzelfde voor Marten deed.

'Vanuit Barcelona of vanaf Malta?'

'Allebei,' zei Foxx glimlachend.

'Prima, dank u.' Marten keek even naar Demi, die snel het bordje met koekjes oppakte en Luciana er eentje aanbood om zijn blik te kunnen mijden. Hij bleef haar nog even aanstaren in een poging te doorgronden aan wiens zijde ze nu echt stond, en keek toen Foxx weer aan.

'Predikant Beck heeft me hier uitgenodigd vanwege wat er op Malta gebeurde. Hij was bang dat ik na ons gesprek daar nog enig wantrouwen zou koesteren en stelde voor dat u dat wellicht wilde ophelderen.'

'"Ophelderen", dat is mooi uitgedrukt,' zei Foxx met een lichte glimlach. 'Daar ben ik gaarne toe bereid en ik zál dat ook doen; mijn enige probleem is alleen dat iemand die hier zou moeten zijn er nu niet is.'

'Hoe bedoelt u?'

'U bent naar Montserrat toe gekomen met nóg iemand, of niet soms? John Henry Harris, de president van de Verenigde Staten.' Foxx glimlachte weer. Hij was ontspannen en zakelijk, een nonchalante opmerking over een afwezige gast.

'De president van de Verenigde Staten?' reageerde Marten met een brede grijns op zijn gezicht. 'Dat is eigenlijk niet het gezelschap waar ik normaliter in verkeer.'

'Tot voor kort niet, nee, meneer Marten.'

'U weet meer dan ik.'

Marten pakte zijn kopje koffie en nam een slokje. Ondertussen keek hij even ernstig en beschuldigend naar Demi, alsof zij hun over de president had verteld. Deze keer meed ze zijn blik niet, maar schudde ze heel licht van nee. Dat ze het wisten, was dus niet aan haar te wijten. Ze had hun niets verteld.

'Zou ik u misschien mogen voorstellen dat u uw metgezel opzoekt en hem vraagt erbij te komen zitten?' Foxx bracht zijn koffiekopje omhoog en omsloot het met zijn lange vingers. 'Ik denk dat u beiden best geïnteresseerd zult zijn in wat ik u wil laten zien, misschien zelfs veel meer dan dat.'

Even reageerde Marten niet. Kennelijk wisten ze dat de president hier was, of daar gingen ze in elk geval van uit. Nu ontkennen zou de boel alleen maar ophouden, wat gevaarlijk was als Foxx de zogenaamde 'vrienden' van de president had gealarmeerd en de geheime dienst of de CIA al onderweg was. De vraag was dus, hoe nu verder? Het oorspronkelijke plan was dat de president zich op de achtergrond zou houden totdat Marten erin slaagde om Foxx in zijn eentje naar buiten te lokken, maar nu de doctor hem had verrast met het dringende verzoek om de president erbij te halen was dat plan onbruikbaar. Zelfs Martens idee om Foxx te isoleren was nagenoeg van de baan. En daarmee zaten ze opeens zonder plan en zou de president geheel in Foxx' macht zijn, wat Marten niet kon laten gebeuren.

'Ik weet niet zeker of ik wel weet waar hij is. Of zelfs of hij nog steeds hier is. Het kan wel even duren voordat ik hem heb gevonden, áls me dat al lukt.'

'Vergeeft u me als ik misschien wat aanmatigend overkom, meneer Marten, maar volgens mij kan ik er wel van uitgaan dat de president in Montserrat is om mij te spreken.' Opnieuw glimlachte Foxx vriendelijk. 'Ik betwijfel dus of hij zou vertrekken voordat we elkaar hebben getroffen. En ik vermoed tevens dat hij het niet op prijs zou stellen als u hem die kans onthoudt.'

Marten keek Foxx nog even aandachtig aan, nam een slok koffie, zette het kopje neer en stond op.

'Ik zal kijken wat ik kan doen.'

'Dank u, meneer Marten. U noch de president zal teleurgesteld worden, dat beloof ik.'

90

13.15 uur

Marten liep het restaurant uit en liep terug zoals hij gekomen was. In tegenstelling tot Beck en de twee vrouwen leek Foxx in zijn eentje te zijn geweest, en misschien was hij dat ook wel. Ze waren hier immers in Montserrat, niet op Malta, waar hij een huis had en waar hij doorgaans leek te wonen. Aan de andere kant hoefde Marten alleen maar aan Peper-en-Zout te denken om te beseffen hoe ver de invloed van de Zuid-Afrikaan reikte.

Demi vormde nog altijd het raadsel dat ze steeds was geweest. Het lichte schudden van het hoofd aan tafel, haar zwijgende weigering om de schuld op zich te nemen voor het feit dat Foxx van de aanwezigheid van de president afwist, had dat raadsel niet helpen oplossen. Het was duidelijk de bedoeling geweest dat hij haar geloofde, maar er bleven nog steeds te veel zaken onopgehelderd, waaronder de vraag hoe Beck hem zo snel had gevonden. De predikant was blijkbaar minder onverschillig geweest over het feit dat hij in Barcelona was dan Demi had gezegd. Bovendien waren ze ervan op de hoogte geweest dat hij naar Montserrat zou gaan, en dat kon alleen Demi hun hebben verteld. In die zin had ze hem erin geluisd.

De plotselinge en welbewuste opmerking over de president door Foxx zette het hele plan in een klap op losse schroeven en verhoogde het prijzengeld. Het maakte Marten zelfs nog nieuwsgieriger naar wat Demi in haar schild voerde. Tenzij ze met Beck samenwerkte en ze zich dus aan de zijde van Foxx had geschaard, wat nog steeds denkbaar was, want wat kon er anders zo onweerstaanbaar zijn dat ze bereid was de president van de Verenigde Staten uit te leveren om het te bemachtigen, vooral nu, onder deze omstandigheden, waarvan ze grotendeels goed op de hoogte was?

Aan de andere kant, als ze iets anders in haar schild voerde en het ontkennende hoofdschudden betekende dat ze de waarheid sprak, dan moest het feit dat Foxx van de verblijfplaats van de president afwist een andere oorzaak hebben: Miguel of de 'vrienden' van de president. Marten moest van het laatste uitgaan, want Miguel had zich daarvoor een veel te eerlijk, nederig en openhartig man getoond; en bovendien zouden die 'vrienden' zich er inmiddels volledig van bewust zijn dat de president de nacht ervoor in Martens hotelkamer in Barcelona was geweest, en zouden ze ervan uitgaan dat ze nog altijd samen waren omdat geen van beiden was gepakt. Kortom, als Marten naar Montserrat ging, zou ook de president daar opduiken. Het was iets waar ze van tevoren rekening mee hadden moeten houden, want nu waren ze letterlijk zomaar het 'hol van Foxx' in gelopen.

Toch waren ze wat één ding betrof in het voordeel, als je daar al van kon spreken: de president moest zichzelf nog wel laten zien. Dit betekende dat ze nog steeds een kans hadden om zich uit de voeten te maken voordat de geheime dienst of de CIA kwam opdagen en het doek definitief zou vallen.

13.18 uur

Marten verliet het plein, sloeg rechts af en liep langs het gebouw met de vele verdiepingen, dat hij had gezien toen hij uit de kabelterminal kwam. Aan het eind van het gebouw ging hij opnieuw rechtsaf, onder een hoge poort door, en belandde hij in een groepje toeristen met wie hij terug in de richting van het restaurant liep. Ondertussen keek hij goed uit of hij werd gevolgd; voor zover hij kon zien was dat niet het geval.

Hij had nu een volledige cirkel gemaakt en naderde andermaal Hotel Abat Cisneros en het restaurant, waar neef Jack zich inmiddels veilig verschanst moest hebben, in de buurt van de gang naar het herentoilet en de deur naar het pad, buiten. Nu was het van levensbelang dat Marten er absoluut zeker van was dat hij niet werd geschaduwd. Hij liep daarom eerst doelbewust de hoofdingang van het restaurant voorbij en betrad het hotel zelf. Hij liep door de foyer, registreerde de binnendeur naar het restaurant en betrad vervolgens een kleine bar daar tegenover. Hij wachtte op de barkeeper, bestelde een flesje bier, liep ermee naar een tafeltje waar hij de deur in de gaten kon houden en nam plaats. Zijn voornemen was om drie minuten te wachten, en als er dan geen verdachte figuren binnenkwamen, zou hij opstaan en weglopen om het restaurant rechtstreeks vanuit het hotel binnen te gaan.

13.23 uur

Marten nam een slok van zijn bier en keek achteloos om zich heen. De mensen die hij zag, hadden er al gezeten toen hij de bar betrad: de barkeeper en zes klanten; twee ieder aan afzonderlijke tafeltjes en twee aan de bar, waar een tv stond afgestemd op CNN International en een atletisch ogende verslaggever het woord voerde.

'We gaan nu kijken naar een zojuist door het ministerie van Binnenlandse Veiligheid vrijgegeven video-opname,' zei hij, 'van president Harris, gemaakt op de nog altijd geheime locatie waar hij na de terreurdreiging in Madrid door de geheime dienst naartoe werd overgebracht. In zijn gezelschap bevinden zich nationale veiligheidsadviseur James Marshall, minister van Defensie Terrence Langdon en de minister van Buitenlandse Zaken David Chaplin.'

Het beeld sprong over naar de video. Er liep een klok mee die begon op 14.23 uur, vrijdag 7 april. In een rustieke kamer had president Harris werkoverleg met zijn adviseurs.

'De president wil laten weten dat hij veilig is, in goede gezondheid verkeert en honderd procent voornemens is om aanstaande maandag zoals gepland de NAVO-top met Europese leiders in Warschau bij te wonen,' aldus de verslaggever in een voice-over.

De opname eindigde net zo abrupt als hij was begonnen, en de verslaggever sloot af met een eenvoudig 'later meer hierover'. Daarna een fade-out en reclame.

'Mijn god,' vloekte Marten binnensmonds, 'ze hebben zich helemaal ingedekt.'

Hij nam nog een slok bier en liet zijn blik van de tv naar de deur gaan. Er was verder nog steeds niemand binnengekomen. Veertig seconden verstreken, vijftig. Als iemand hem had gevolgd, zouden die er nu wel zijn geweest. Hij zette zijn glas neer en maakte aanstalten om op te staan. Op hetzelfde moment werd zijn aandacht getrokken door een ander tv-verslag. Nu was het Franse Chantilly de locatie. Die ochtend vroeg waren twee jockeys tijdens een training met renpaarden in een nabijgelegen bos doodgeschoten. Kennelijk had de schutter in de bossen op de loer gelegen en onder dekking van de bomen het vuur geopend, waarna hij doodgemoedereerd was weggelopen en het moordwapen, een M14-geweer zoals het Amerikaanse leger dat ook gebruikte, had achtergelaten alsof hij een spelletje wilde spelen met de politie. Wat de zaak nog raadselachtiger maakte, was het feit dat beide jockeys door een en dezelfde kogel om het leven waren gebracht; de kogel was door het hoofd van de eerste ruiter geschoten en daarna tot in de schedel van de tweede doorgedrongen. Een schot dat volgens de rechercheurs ofwel toeval was – de bedoeling was slechts één slachtoffer geweest – dan wel griezelig opzettelijk, alsof de dader doelbewust zijn visitekaartje had willen achterlaten. Hoe dan ook, de Franse politie had nog nooit zoiets meegemaakt. En Marten als oud-rechercheur Moordzaken bij de politie van Los Angeles al evenmin.

13.28 uur

Neef Jack zag Marten binnenkomen, maar liet het niet merken. Schijnbaar zonder acht te slaan op een lawaaiig groepje kinderen met ouders om een belendende grote tafel zat hij zoals afgesproken in zijn eentje aan een tafeltje bijna achter in de eetzaal en vlak bij een gangetje dat naar de toiletten en de deur naar buiten voerde. Hij had nog steeds zijn bril en Demi's grote slappe hoed op en zat met een ongeopende fles sprankelend bronwater van Vichy Catalan binnen handbereik ogenschijnlijk verdiept in een glossy reisgids over Montserrat.

Marten bleef even staan, keek eens om zich heen, liep vervolgens rustig in de richting van de president en nam plaats aan het tafeltje naast hem. 'Foxx weet dat u hier bent,' zei hij zacht. 'Hij zit in een aparte kamer verderop in de gang. Hij wil dat u erbij komt zitten. Hoe hij erachter is gekomen weet ik niet zeker, maar volgens mij heeft Demi het hem niet verteld en ik betwijfel ten zeerste dat Miguel het heeft gedaan. Dat betekent...'

'Dat er maar één redelijk antwoord is, en we weten allebei hoe dat luidt,' zei de president. Met een onderkoelde blik keek hij op naar Marten. 'Mocht er ooit twijfel hebben bestaan dat mijn "vrienden" onder een hoedje speelden met dr. Foxx, dan is die nu wel weggevaagd.'

'Als u nog meer wilt horen, op CNN was net een video-opname te zien die naar verluidt van het ministerie van Binnenlandse Veiligheid kwam. Hij toonde u, gladgeschoren en met uw haarstukje op, ergens in een rustiek optrekje. U verkeerde in het gezelschap van de minister van Buitenlandse Zaken, de nationale veiligheidsadviseur en de minister van Defensie. Ze zeiden dat de beelden van gistermiddag waren en dat u zoals gepland op maandag in Warschau zou zijn. Als klap op de vuurpijl stonden de datum en de tijd in beeld.'

President Harris kneep uit woede zijn ogen halfdicht. Opzettelijk keek hij zogenaamd weer vol aandacht in zijn reisgids. 'Het herentoilet bevindt zich iets verderop in de gang achter ons,' zei hij zonder op te kijken. 'De deur naar buiten is daar meteen achter. Eenmaal buiten loopt een pad waar leveranciers vanaf het plein gebruik van maken. Een tweede pad loopt zeven meter in de andere richting langs de rotswand, dan volgt er een bocht en verdwijnt het pad onder beschutting van wat bomen uit het zicht. Een dikke veertig meter daarna bevindt zich de ruïne van een eeuwenoude kapel, precies zoals Miguel ons heeft verteld. Binnen de kapel zijn de resten van twee kleine vertrekken. Ze volstaan allebei voor ons gesprekje met dr. Foxx.'

'U wilt dit nog steeds doorzetten?' vroeg Marten ongelovig.

'Ja,' antwoordde de president zonder op te kijken.

'Neef,' fluisterde Marten op dringende toon, 'ik geloof niet dat u helemaal begrijpt wat hier aan de hand is. Foxx dacht dat u kwam, maar wist het pas zeker toen ik op kwam dagen. Nu weten ze het dus, en ik ben ervan overtuigd dat uw "redders" zijn gealarmeerd. Voor hetzelfde geld zitten ze hier ergens te wachten tot u zich laat zien. En dan zullen ze u zo snel mogelijk "in verzekerde bewaring" nemen. Neef, we moeten hier weg, en snel ook. Via de achterdeur naar buiten, Miguel op zijn mobieltje bellen en dan ergens uit het zicht wachten totdat hij komt. En voor daarna is het, om u aan te halen, "God sta ons bij".'

De president sloeg de reisgids dicht en keek Marten met een vastberaden blik aan. 'Het is nu zaterdagmiddag; de NAVO-top is maandagmiddag in Warschau. De klok tikt verder, en wij moeten nog steeds informatie uit Foxx lospeuteren. Mijn "redders" zijn hier binnen enkele minuten, of enkele uren. In het eerste geval is het sowieso gedaan met ons; zijn het uren, dan hebben we nog tijd om iets te doen.'

‘Dat is wel een heel grote gok, neef, dat weet u, hè?’

‘Het is alleen een gok als je een keuze hebt.’ Harris sprong overeind. ‘We moeten de goede doctor niet nog langer laten wachten.’

91

13.40 uur

Merriman Foxx zat in zijn eentje aan de tafel en maakte aantekeningen in een zakagenda toen Marten en president Harris opeens de privé-eetzaal betraden. Demi, Beck en Luciana waren verdwenen, en de tafel zelf was afgeruimd.

‘O, heren,’ zei Foxx glimlachend terwijl hij opstond, precies zoals hij de eerste keer had gedaan toen Marten binnenkwam. ‘Meneer de president, ik ben dr. Foxx, het is me een waar genoegen.’ Hij gebaarde naar de lege tafel. ‘Ik vrees dat de anderen hebben besloten om de plaats op eigen houtje te verkennen. En hoewel we hier zouden kunnen gaan zitten om een praatje te maken, kan onze tijd volgens mij beter worden besteed als ik u mijn laboratorium laat zien.’

‘U beschikt hier over aan laboratorium?’ vroeg Marten verrast.

‘Plus een kantoor en een klein appartement,’ antwoordde Foxx opnieuw met die innemende glimlach van hem. ‘Allemaal dankzij de Orde. Het biedt me een aangename onderbreking na alle aandacht en de ongepaste en onrechtvaardige vragen die me lange tijd zijn gesteld over de Tiende Medische Brigade, alsmede een rustige plek om te werken.’

‘Ik ben altijd nieuwsgierig naar de werkplek van een ander, doctor,’ zei de president zonder enige emotie in zijn stem.

‘Ik ook, meneer de president. Deze kant op, alstublieft.’ Foxx glimlachte weer en ging de twee voor naar de deur. Marten keek Harris even waarschuwend aan, maar kreeg geen reactie.

13.45 uur

Merriman Foxx leidde hen langs het drukke plein voor de basiliek naar een smal bestraat wandelpad met aan een kant rijen rode en witte offerkaarsen.

Marten keek een keer achterom, maar zag niemand. Hij vond het eigenaardig dat Foxx alleen was: geen metgezellen, geen bodyguard, zelfs Beck niet. Maar goed, toen Marten hem in Café Tripoli op Malta had getroffen, was de man, met uitzondering van Demi, Beck en de jonge vrouw Cristina, ook alleen geweest. En volgens Beck was Foxx daar in zijn eentje vertrokken en had hij het aan de predikant overgelaten om de vrouwen terug naar hun hotel te escorteren. Dus in wezen was Foxx op Malta alleen geweest en was hij dat nu ook. Misschien was het wel gewoon zijn keuze of stijl. Of zelfvertrouwen. Of arrogantie. Of een combinatie van allemaal. Hij was immers wel dé dr. Merriman Foxx, de man die meer dan twee decennia aan het hoofd had gestaan van de Tiende Medische Brigade en al zijn geheime operaties en 'innovaties'. Dezelfde Merriman Foxx als die zich zeer onlangs nog door een enquête van een congrescommissie naar het functioneren en de ontmanteling van die brigade had geslagen. Dezelfde Merriman Foxx als die persoonlijk had toegezien op de gruwelijke moord op Caroline Parsons en die nu een sleutelrol vervulde in veel grootsere plannen voor een genocide.

Marten wist zeker dat Foxx uit ijdelheid en pure wilskracht was uitgegroeid tot de man die hij nu was en dat de gedachte van bodyguards of handlangers inmiddels een belediging voor zijn eigen dominante karakter zou zijn. Tenzij die natuurlijk ergens onzichtbaar alles in de gaten hielden en de hele tijd al de vinger aan de pols hadden gehouden.

'Hierlangs, alstublieft.' Foxx ging hen voor over een zijpad naar beneden en even later over een volgend pad. Ze zagen er allemaal hetzelfde uit, stenen gangetjes met links en rechts hoge smalle stenen muren, die naar andere en nog weer andere gangen leidden, de een praktisch niet te onderscheiden van de ander.

Hoe verder ze in deze doolhof doordrongen, hoe bezorgder Marten werd. Alleen al de weg terugvinden naar de plek waar Miguel met de auto op hen zou wachten zou enorm lastig kunnen worden, vooral als ze haast hadden. Daarnaast vergat je door de ontspannen glimlach en de sympathieke manier van doen van Foxx bijna dat je te maken had met een geslepen, wrede en vindingrijke moordenaar die niet alleen Caroline Parsons had omgebracht, maar ook nauwe banden onderhield met de 'vrienden' van de president en om het even wat voor monsterlijk 'plan' ze aan het uitdenken waren. Dus wie wist waar hij hen naartoe bracht, en wie of zelfs wat hun wel eens zou kunnen opwachten?

Bovendien vormde Montserrat een onmogelijke omgeving. Godsdienstige plaats en toeristische bestemming of niet, het was in werkelijkheid wat hij al had gevreesd: een kleine, geïsoleerde stad tegen een hoge, afgelegen rotswand kilometers verwijderd van de bewoonde wereld. Een plaats waar iemand zomaar voorgoed kon verdwijnen.

Marten wist zeker dat president Harris zich net als hij terdege bewust was van hun situatie. Tegelijkertijd wist hij dat de president veel meer aan zijn hoofd had dan alleen zijn eigen veiligheid, en dat het vinden van een geschikte plek om Foxx in zijn eentje te kunnen ondervragen nu zijn voornaamste doel was. Wat onmiskenbaar de reden was waarom hij ervoor had gekozen om de doctor voor te laten gaan, vooral nu er niemand bij was, geen Beck of een bodyguard, om tussenbeide te komen. Daarom ook wist Marten, zijn onbehagen ten spijt, dat hij geen andere keuze had dan mee te gaan en het voorbeeld van de president te volgen.

'Heren, we zijn er.' Foxx stond stil voor een zware houten deur.

'Een beetje privacy, weg van alle drukte,' zei hij met een glimlach waarna hij in het metselwerk naast de deur een houten luikje openschoof. Er zat een toetsenpaneeltje achter. Snel toetste hij een code in en hij drukte op de #-toets; hij schoof het luikje weer dicht en draaide een ijzeren deurknop om. De deur ging open en Foxx leidde hen een grote flauw verlichte ruimte in. Het plafond was hoog en gewelfd. Langs een muur stond een aantal hoge houten stoelen en langs de andere een enorme boekenkast. Het overige meubilair bestond slechts uit een groot houten bureau en een fauteuil aan de andere kant van het vertrek. Rechts daarachter bevond zich een houten deur met sierlijk houtsnijwerk.

'Dit was jarenlang een raadszaal van de kerk,' zei Foxx zacht terwijl hij hen door het vertrek naar het schip leidde. 'Ik heb het alleen maar geërfd.'

Bij het schip aangekomen opende Foxx de deur, waarna hij hen naar een volgend vertrek voorging en behoedzaam de deur achter hen sloot.

Deze ruimte was veel groter dan de eerste en ook heel anders. Zeven meter breed en vermoedelijk tien meter lang, verlicht door een reeks griezelig heldere kweeklampen boven een stuk of twintig rechthoekige tafels waar dikke lagen bubbelplastic op lagen.

'Dit is nu mijn werk, heren, en ik wilde dat u het met eigen ogen aanschouwt.' Foxx wees naar de tafels. 'Geen bacteriën, geen sporen, geen dodelijke moleculen, niets om tot de instrumenten van een oorlog uit te groeien.

Wat ik vroeger als hoofd van de Tiende Medische Brigade deed, heb ik gedaan om in een periode van toenemende crisis mijn land te dienen. Vanaf de jaren zestig kregen we te maken met guerrillabewegingen. In de voormalige koloniën Mozambique en Angola vonden opstanden plaats, in Tanzania en Zambia waren militaire oefenkampen, de meeste gefinancierd en gesteund door Cuba en de Sovjet-Unie. De antioproerprogramma's die wij inzetten werden ontwikkeld door de Fransen in Algerije en door de Britten in Maleisië en Kenia, maar ze functioneerden niet goed genoeg voor de grote oorlog die we zagen naderen. We moesten nieuwe wapens ontwikkelen, waaronder chemische en biologische omdat die ook voor gebruik tegen ons werden ontwikkeld.'

'Wat zijn dit?' vroeg president Harris opeens, wijzend naar de rijen met bubbelplastic beklede tafels, alsof de monoloog van Foxx loze kletspraat was.

'Wat ik u dus wilde laten zien, meneer. Plantenleven. Voedsel en energie voor de toekomst. Genetisch ontwikkelde zaailingen die overal ter wereld in enkele weken tijd kunnen worden gekweekt tegen een fractie van de huidige kosten. Fruit en groente met een veel hogere voedingswaarde dan alles wat nu beschikbaar is. Variaties op graan, sojaboon, alfalfa, zonnebloem, aardbei, bosbes en veenbes. Dan zijn er nog de gras- en foeragesoorten voor erosiebeheersing, weideland en de dieren in het wild. Dit alles kan snel en probleemloos in bijna elke grondsoort en met minimaal irrigeren op massaschaal worden gekweekt. Bepaalde variëteiten van graan, sojaboon en pinda's kunnen op dezelfde wijze worden verbouwd en net zo snel en goedkoop worden verwerkt tot goedkope, schone brandstof die de atmosfeer niet opwarmt. Ook zijn we bezig met een concept dat bekendstaat als "cellulose ethanol", een proces waarbij uit landafval – maïsstengels, stro en zelfs hout – brandstof wordt gemaakt.' Tot nu toe had Foxx zich voornamelijk op de president gericht, maar nu wendde hij zich tot Marten.

'Op Malta beschuldigde u mij van experimenten met mensen. En u had gelijk, dat heb ik gedaan. Maar alleen op ongeneeslijk zieke mensen en met hun toestemming in een poging om hun leven en vervolgens ons eigen volk te redden.

Maar die programma's zijn allang verleden tijd. Geheel beëindigd, en ook alle documentatie erover is vernietigd. Veel mensen die eraan deelnamen zijn inmiddels dood. In de ruim twintig jaar daarna heb ik, geconfronteerd met de ene ongegronde aantijging en tenlastelegging na de andere, door figuren die er niets van begrijpen of er hun eigen politieke agenda op na houden, in mijn eentje gewerkt, of het nu op Malta was of hier in Montserrat; en daarbij wijdde ik mijn talent en roeping niet aan oorlog, maar aan het toekomstige welzijn van de aarde en alle levende schepselen.'

'In uw eentje?' vroeg Marten, alsof hij verwees naar de wetenschappelijke onderzoeken van Foxx, maar eigenlijk om een reactie uit te lokken. Stel dat hier inderdaad nog anderen waren, ergens uit het zicht en wachtend op een teken van Foxx.

Foxx haakte er meteen op in. 'U bedoelt of hier mensen zijn die me beschermen?'

Snel nam president Harris Marten in bescherming. 'Volgens mij verwees hij naar andere wetenschappers.'

'Natuurlijk,' zei Foxx beleefd. 'Zo nu en dan komen ze langs en wisselen we van gedachten. De meesten werken parttime als dat kan. Alles op vrijwillige basis. We communiceren haast uitsluitend via internet.' Foxx wierp een behoedzame blik naar Marten en keek vervolgens weer naar de president. 'Wat het werk zelf aangaat. Als u nog steeds aan mij twijfelt, dan mag u gerust de vele andere experimenten zien die hier en in verschillende ontwikkelingsfasen zijn. Er zijn aantekeningen, logboeken, wetenschappelijke verslagen over alles. U mag alles inzien. Maar ik moet u verzoeken om niets door te vertellen. Niets mag bekend worden voordat de processen voltooid en wettig gedocumenteerd zijn en de patenten zijn bemachtigd. Zodra dat het geval is, zullen de rechten ervan worden overgedragen aan de Verenigde Naties. De winsten zullen gigantisch zijn, zoals u zich wel zult kunnen voorstellen.'

'U lijkt behoorlijk liefdadig te zijn geworden, doctor,' merkte president Harris op. 'Ja, ik zou graag wat meer zien. De experimenten. Uw aantekeningen, uw dagboeken, alles.'

'Natuurlijk.'

92

14.00 uur

Foxx leidde hen naar een andere deur, gemaakt van een soort gepolijst staal. Hij haalde een beveiligingspasje uit zijn colbert en haalde het door een elektronisch paneel op de muur naast de deur. Onmiddellijk gleed deze open om toegang te verschaffen tot een lange, lage zandstenen tunnel die in de berg zelf leek te zijn uitgehakt en om de zeven meter werd verlicht door een kale gloeilamp aan een stuk stroomdraad dat simpelweg aan het plafond van de tunnel was bevestigd.

'Dit is een mijntunnel in een heel netwerk van tunnels die bijna een eeuw geleden in deze bergen werden uitgehakt. De meeste zijn al lang geleden verlaten. Weinig mensen weten zelfs van het bestaan af. Wij hadden het geluk om van deze gebruik te kunnen maken,' vertelde Foxx die zich bukte om hen voor te gaan over een ruwhouten plankier boven een vochtige vloer, langs grillige stenen wanden waar hier en daar wat grondwater langs sijpelde. 'Ooit maakte het meeste hier deel uit van wat nu de Middellandse Zee is. Een grote rivier stroomde destijds vanuit de bergen helemaal naar de golf en schuurde zo grote onderaardse grotten uit. Nu, eeuwen later, liggen die grotten ver boven de zeespiegel. Ze staan droog, de lucht is er vers en de temperatuur blijft redelijk constant. De combinatie van die dingen, plus de grootte van de vertrekken en hun betrekkelijke isolatie scheppen een omgeving die bijna perfect is voor mijn onderzoek.'

Marten was eerder al bezorgd geweest, maar dat werd nu alleen nog maar erger. Verdwalen in de doolhof van kloostergangetjes daar buiten, dat maakte hem nu niet meer zoveel uit, maar dít hier was een plek die diep verborgen lag, ver van alles en iedereen, en zij gingen ernaar binnen met een gevaarlijke crimineel. Of Foxx nu in zijn eentje was of niet, Marten was ervan overtuigd dat ze in een val liepen en dat het onbezonnen was om de man nog een stap te volgen. Opnieuw wierp hij de president een waarschuwende blik toe.

Ook nu negeerde Harris hem, en hij richtte zijn aandacht op de tunnel; de oneffen, met gereedschap ruw uitgehakte wanden, de aarden vloer, het lage plafond.

Of het de president nu aanstond of niet, Marten wist dat hij snel moest ingrijpen. 'Meneer de president,' zei hij op scherpe toon, 'ik denk dat we nu wel ver genoeg...'

'Heren, we zijn er,' sprak Foxx toen ze opeens een bocht om waren gegaan in de schacht en wederom voor een deur van gepolijst staal stonden. Opnieuw haalde Foxx zijn pasje door een elektronisch leesapparaat aan de muur ernaast. Ook deze deur gleed open om een spelonkachtig vertrek te onthullen dat twee keer zo groot was als de ruimte waar ze zo-even waren geweest.

Foxx betrad het vertrek als eerste. Marten nam de president even bij de arm om hem tegen te houden.

'Alles is in orde, neef,' zei Harris zacht, waarop hij Foxx naar binnen volgde. Marten vloekte binnensmonds en liep achter hem aan. Een halve seconde later gleed de deur achter hen dicht.

Ze keken uit op een rij met bubbeltjesplastic bedekte tafels in een ruimte die wel dertig meter lang, minstens twintig meter breed en bijna zeven meter hoog moest zijn. Helemaal achterin stond een aantal stalen kooien, grote en kleine.

'Ja,' erkende Foxx, 'ik heb wat experimenten uitgevoerd met dieren. Maar die zijn er nu niet meer.'

'Weten de mensen van het klooster van deze vertrekken?' vroeg Marten.

Foxx glimlachte. 'Zoals ik al heb gezegd, is de Orde zo goed geweest om in mijn behoeften te voorzien.'

Marten zag de president om zich heen kijken, net zoals hij in de tunnel had gedaan. De ruw uitgehouwen kalkstenen wanden, het plafond, de vloer. Plotseling richtte hij zijn aandacht op een grote roestvrijstalen bank met zware houten stijlen aan de ene en een grote mechanische trommel aan de andere kant. Ertussenin lag over de volle lengte van het tafeloppervlak een dubbelspoor waarop een tweede plaat roestvrij staal was gemonteerd. 'Doctor, wat is dit?' vroeg hij.

'Een productietafel.'

'Het lijkt wel een soort middeleeuws martelwerktuig.'

'Martelwerktuig? Nou, misschien voor planten.' Foxx lachte zijn ontspannen, geruststellende glimlach. 'Op het roestvrijstalen blad worden zaadjes uitgespreid en bedekt met een speciale plastic bekleding. De trommel warmt op en wordt boven de plaat heen en weer gereden, waardoor de zaadjes net zolang worden gekookt totdat ze gereed zijn om direct te kunnen worden geplant in een speciale grondsoort die lijkt op die in de kweekbanken in de andere ruimte. Het is eigenlijk een soort broedmachine. Efficiënt, innovatief en onschadelijk, zoals alles hier.'

Harris keek even naar Marten en toen weer naar Foxx. 'Eigenlijk zie ik er toch liever een martelwerktuig in. Iets waar je iemand op zou kunnen vastbinden om hem zijn zonden of daden van verraad te doen opbiechten.'

'Ik geloof niet dat ik u goed begrijp,' reageerde Foxx.

Opeens begreep Marten waarom de president zijn eerdere waarschuwingen had genegeerd en waarom hij in de tunnel en ook hier zo had rondgekeken. Hij zocht naar bewakingscamera's, microfoons, andere surveillanceapparatuur. Uitgerekend hij zou weten waar je op moest letten. De geheime dienst zou hem bijna alles binnen haar arsenaal hebben getoond, een voordeel dat, samen met zijn durf en bouwkundige kennis, de voornaamste reden was geweest waarom hij uit het hotel in Madrid had kunnen ontsnappen. Marten had gevreesd dat ze met hun tweeën te geïsoleerd waren, dat Foxx hen in de val had gelokt. President Harris zag het precies andersom. Het was de doctor die alleen was, niet zij. En hoewel ze niet zeker konden weten dat ze niet op een of andere manier werden bespied, waagde de president dezelfde grote gok als toen hij besloot om Foxx te ontmoeten.

'We zouden graag zien dat u ons het een en ander vertelde, doctor,' zei hij zacht. 'Over uw plan met de moslimstaten.'

'Pardon?' Foxx deed alsof hij het niet begreep.

'Uw plan. Het programma dat u en mijn goede vrienden in Washington hebben opgesteld om het Midden-Oosten te verwoesten.'

'Meneer de president, dat valt me nu van u tegen,' zei Foxx glimlachend. 'Zoals ik u net heb laten zien, hebben de laatste twintig jaar van mijn werk louter in dienst gestaan van de voorspoed, de gezondheid en het welbehagen van de bewoners van onze aarde.'

De president ontstak opeens in woede. 'Daar komt u niet mee weg, doctor!'

'Wat hebt u Caroline Parsons toegediend?' vroeg Marten plotseling.

'Zoiets hebt u me al eens eerder gevraagd; ik heb geen idee wie of wat u bent...'

'Het Rehabilitation Center in Silver Springs, Maryland. U werd geassisteerd door dr. Lorraine Stephenson.'

'Ik heb nog nooit van dat instituut gehoord. Noch van ene dr. Stephenson, zoals ik u ook al eerder op Malta heb verteld.'

'Hou uw linkerhand omhoog,' beval Marten.

'Wat?'

'Hou uw linkerhand omhoog. Met de duim naar buiten. Ik wil dat de president de tatoeage ziet. Het symbool van Aldebaran.'

Plotseling verstijfde Foxx, en Marten zag de woede in hem opwellen, net zoals was gebeurd in Café Tripoli op Malta. 'Zo is het wel genoeg geweest, heren. We zijn klaar hier. Ik zal u uitlaten.'

Hij draaide zich bruusk om en begaf zich naar de deur. Ondertussen haalde hij een klein elektronisch apparaat uit zijn colbertzak en maakte aanstalten om erin te praten.

93

14.13 uur

Binnen een seconde stond Marten achter hem en sloeg hij zijn arm stevig om Foxx' nek om hem de adem te benemen. De man werd verrast en schreeuwde het uit, worstelde hevig in een poging zich los te rukken en liet het apparaatje vallen dat hij uit zijn zak had gehaald. Maar Marten verstevigde zijn greep slechts. Foxx' borstkas ging op en neer terwijl hij vocht om lucht te krijgen. Plotseling verplaatste Marten de druk naar de halsslagaders, waarmee hij de bloedtoevoer naar de hersenen van de Zuid-Afrikaan had afgesloten. Foxx stampte en schopte, maar het had geen zin. Eén seconde. Twee.

Drie. Uiteindelijk werd hij slap in Martens armen.

Marten keek naar de president. 'Vlug!'

De president haalde de riem uit zijn broek, stapte om Marten heen en trok Foxx' armen strak op diens rug. Daarna was het alsof hij weer het Californische jongetje was dat de poten van een stier samenbond: hij legde de handen van Foxx over elkaar en sloeg de riem eromheen. Binnen een paar seconden hadden hij en Marten de Zuid-Afrikaan op de roestvrijstalen tafel getild en waren zijn samengebonden armen over de bovenkant van een van de naar boven gedraaide tafelpoten geschoven.

14.16 uur

Kreunend, hoestend en met opzwellende borstkas terwijl zijn longen vochten om lucht op te zuigen kwam Foxx een halve minuut later weer bij. Na een minuutje begon de mist in zijn hoofd op te trekken en hij staarde naar het gezicht van neef Jack en neef Harold. Zijn ogen schoten naar Marten en zijn geest werd weer helder.

'Dat was de houdgreep van een politieman,' zei hij met krakende stem. 'U was ooit bij de politie. Misschien bent u dat nog steeds.'

De president keek even naar Marten, maar die reageerde niet. Hij keek Foxx aan. 'Ik wil weten wat u voor plannen hebt met de moslimstaten.'

Een lang ogenblik bleef Foxx wezenloos voor zich uit kijken; daarna verscheen er langzaam een glimlach op zijn gezicht. Een brede, ijzingwekkende glimlach vol arrogantie, zelfs minachting. Het was de blik van een dwaze geleerde, een die volledig in staat was om een massamoord uit te voeren en daar met volle teugen van genoot. 'Alleen welbehagen, heren.'

'Ik vraag het nog één keer: ik wil weten wat u en uw vrienden in Washington in petto hebben voor de moslimstaten, voor het Midden-Oosten.'

Foxx' ogen schoten van de president naar Marten en terug.

'Laatste kans, doctor,' zei de president.

Foxx keek hem aan. 'Meneer Marten lijkt u een paar nogal merkwaardige ideeën te hebben aangepraat.'

De president zuchtte en keek Marten aan. 'Ik geloof dat we moeten gaan optreden, neef.' Hij haalde een halve-literfles Vichy Catalan mineraalwater tevoorschijn die hij in het restaurant Abat Cisneros had gekocht en overhandigde die aan Marten.

Met de fles in de hand staarde Marten naar Foxx. 'Koolzuurhoudend water. "*Con gas*", zoals ze hier zeggen. Misschien is deze methode een beetje primitief voor iemand als u, doctor. Een oude smeris aan de grens met Mexico liet die me ooit zien. Hij gebruikte de methode om drugshandelaars en mensensmokkelaars aan het praten te krijgen. Dat lukte meestal wel.'

Foxx' blik ging naar de fles. Als hij al wist wat er op het punt stond te gebeuren, dan liet hij het in elk geval niet merken.

'Voor de laatste keer, dr. Foxx,' zei president Harris duidelijk. Hij wilde geen misverstanden. 'Wat hebt u voor plannen met de moslimstaten?'

'Vrede op aarde,' antwoordde Foxx weer met een glimlach. 'Welbehagen voor alle mensen.'

Marten keek naar Harris. 'Hebt u een servetje uit het restaurant meegenomen?'

'Ja.'

'Die boerderijdieren waar we het eerder over hadden worden altijd vastgehouden voor een spuit van de veearts. Dat vinden ze niet fijn en de doctor zal het ook niet fijn vinden. Neem het servet en prop het in zijn mond, pak vervolgens zijn hoofd en hou hem stevig vast.'

Het volgende gebeurde snel en was onaangenaam. President Harris haalde een wit tafelservet uit zijn zak en bracht het naar Foxx' geopende mond. Foxx deed snel zijn mond dicht en draaide zijn hoofd opzij. Marten aarzelde een fractie van een seconde, balde zijn vuist en ramde die in de buik van de doctor. Foxx schreeuwde het uit, en de president propte direct het servet in de wijd opengesperde mond.

Tegelijkertijd draaide Marten de dop van de fles bronwater, hield zijn duim op de bovenkant en begon er hard mee te schudden. De inhoud begon hevig te bruisen en de druk nam zo hevig toe dat de fles bijna als een bom zou kunnen exploderen. Foxx probeerde opnieuw zijn hoofd weg te draaien. Maar de president hield hem in een ijzeren greep. Marten schudde nog eens, hield de fles onder het rechterneusgat van Foxx en haalde zijn duim weg.

Een fontein van samengeperste lucht en mineraalwater spoot in Foxx' neus. Hij kermde; de pijn in zijn holtes, voor in zijn hersenpan, was verschrikkelijk. Hij trapte en sloeg wild om zich heen in een poging om los te komen, om het servet uit zijn mond te spugen.

Hoe harder hij vocht, hoe harder de reactie van Marten. Die schudde de fles, telkens opnieuw, en joeg het spuitwater in het ene en daarna in het andere neusgat. Foxx was sterk, zoals Harris had verwacht en Marten al had gezien in het restaurant. Met een ruk schoof Foxx naar achteren, bracht een knie omhoog en ramde de president in het gezicht. Harris schreeuwde het uit van de pijn en viel achterover, maar hij herstelde zich en hield Foxx beet terwijl deze zich alle kanten op wrong en steeds maar bleef proberen om het servet uit zijn mond te werken zodat hij gewoon kon ademhalen en tegelijkertijd Martens aanvallen kon ontwijken.

'Genoeg,' zei de president.

Marten negeerde hem en ging door. Duim op de fles. Schudden. Fles tegen Foxx' neus. Duim weg. En spuiten maar.

'Genoeg, zei ik! Ik wil antwoorden, geen dode vent!'

Plotseling draaiden Foxx' ogen onder hun oogleden weg, en het wilde gezwaai stopte nagenoeg.

'Hou op! Stop ermee!' President Harris liet Foxx los en greep Marten beet om hem weg te trekken. 'Genoeg, verdomme! Genoeg!'

Marten strompelde achteruit om hem met wijdopen ogen aan te staren, als een beroepsbokser die naar zijn hoek was geduwd, met zwoegende borstkas, de ogen vastgepind op zijn verslagen en afgeroste prooi. Verward en zich afvragend waarom het gevecht was gestaakt.

Opeens stond Harris vlak voor hem, waardoor hij Martens zicht op Foxx belemmerde. 'U laat u meeslepen door wat hij Caroline Parsons heeft aangedaan. Ik neem het u niet kwalijk, maar op dit moment kunnen we het ons niet permitteren om ons door onze persoonlijke emoties te laten meeslepen.'

Marten reageerde niet.

De president bleef vlak voor hem staan, bijna neus tegen neus. 'U vermoordt hem nog. Begrijpt u wel? Als u dat al niet hebt gedaan.'

Langzaam hervond Marten zijn kalmte. 'Sorry,' zei hij ten slotte. 'Het spijt me.'

De president bleef nog even zo staan en keerde zich toen om naar Foxx. Het hoofd van de man lag in een rare hoek. Zijn ogen waren nog steeds weggedraaid. Slijm en mineraalwater liepen uit zijn neus en over de tafel. Hij snoof in een poging om lucht te krijgen en zich tegelijkertijd te ontdoen van het vocht dat nog in zijn reukorgaan zat.

Harris boog zich ogenblikkelijk over hem heen en trok het servet uit zijn mond. Er klonk een krachtige snik toen Foxx' longen zich met zuurstof vulden.

'Hoort u me, doctor?' vroeg de president.

Er kwam geen reactie.

'Doctor Foxx, hoort u me?'

Een lang ogenblik gebeurde er niets, maar vervolgens was daar een lichte knik van het hoofd. De president hielp hem een beetje overeind, en de ogen van Foxx kwamen weer onder zijn oogleden vandaan om Harris aan te staren.

'Herkent u mij?'

Foxx knikte bijna onmerkbaar.

'Krijgt u adem?'

Opnieuw een knik. Deze keer al iets sterker. Hetzelfde gold voor zijn ademhaling.

'Ik wil weten wat u van plan bent met het Midden-Oosten. Wanneer het staat te gebeuren, waar precies en wie er nog meer bij betrokken zijn. Als u het me niet vertelt, zullen we weer van voren af aan beginnen.'

Foxx gaf geen antwoord, maar staarde de president slechts aan. Vervolgens ging zijn blik tergend langzaam naar Marten.

'Wat zijn uw plannen met het Midden-Oosten?' vroeg de president opnieuw. 'Wanneer staat het te gebeuren? Waar precies? Wie zijn er nog meer bij betrokken?'

Zwijgend en roerloos staarde Foxx nog steeds naar Marten. Daarna richtte hij zijn blik op Harris en zijn lippen bewogen. 'Goed,' fluisterde hij, 'ik vertel het u.'

De president en Marten keken elkaar even aan en slikten hun emoties weg. Eindelijk. Na alles wat ze hadden meegemaakt, zouden ze nu antwoord krijgen.

'Vertel me alles, elk detail,' eiste de president. 'Wat is uw plan voor het Midden-Oosten?'

'De dood,' antwoordde Foxx zonder enige emotie.

Vervolgens beet hij met een felle blik naar Marten zijn tanden stevig op elkaar en verbrijzelde hij iets in zijn mond.

'Grijp hem!' riep Marten terwijl hij naar Foxx liep. 'Grijp hem! Doe zijn mond open!'

Marten duwde de verbluftе president Harris opzij, greep Foxx' beide kaken stevig vast en probeerde ze van elkaar te wrikken. Het was te laat. Wat het ook was, het werkte razendsnel. Merriman Foxx was al dood.

94

14.25 uur

Hap Daniels zwenkte de gehuurde kastanjebruine Audi om een touringcar en accelereerde tegen de steile weg op, in de richting van het benedictijnenklooster bij Montserrat. Zodra hij daar aankwam, zou het zoeken naar een naald in een hooiberg zijn, waarbij hij zich door een massa toeristen moest worstelen op zoek naar een toupetloze John Henry Harris en Nicholas Marten, die hij slechts één keer in levenden lijve had gezien en nog erg kort bovendien.

Tegelijkertijd zou hij zijn best doen om een aantrekkelijke jonge Franse fotograaf, ene Demi Picard, op te sporen die, volgens de manager van het Regente Majestic, kort donker haar had, een marineblauwe blazer en een donkerbruine pantalon droeg en waarschijnlijk in het gezelschap verkeerde van een zwarte Amerikaanse man van middelbare leeftijd en een oudere Europese vrouw. Tel daarbij op het feit dat hij afging op een berg informatie die waarschijnlijk wel klopte, maar daar kon hij onmogelijk zeker van zijn, en dat hij naar een plaats ging waar hij nog nooit was geweest. Dat hij op weinig meer reisde dan koffie, adrenaline en twintig minuten slaap maakte hem al niet meer uit.

Hij passeerde nog een touringcar, daarna enkele personenauto's en nam met gierende banden een scherpe bocht. Hij keek even omhoog naar de rotsen en ving een glimp op van het klooster en de berghelling waartegen het was gebouwd. Hij had geen idee hoeveel bochten er nog zouden volgen of hoe lang het nog zou duren voordat hij daar was.

Hij was zover gekomen dankzij het verhaal dat hij tegen Bill Strait had opgehangen: dat Ted Langway, de assistent-directeur van de geheime dienst, die nog steeds in Madrid zat en daar vanuit de Amerikaanse ambassade werkte, 'me de hele ochtend op mijn huid heeft gezeten met het verzoek om een gedetailleerde briefing (wat waar was). Hij belde net weer (wat niet waar was), dus ik heb verdomme geen andere keus dan hem te woord te staan. Ik ga nu naar het hotel, handel het af met hem, neem daarna een douche en ga dan echt een tukje doen, in elk geval een paar uur. Als je me nodig hebt, bel je me maar op mijn mobieltje.'

En daarmee had hij Strait officieel de leiding gegeven, had hij zich ervan vergewist dat tussen zijn detachement van de geheime dienst en dat van de vicepresident het een en ander was gecoördineerd voor de aankomst van laatstgenoemde op de luchthaven van Barcelona en was hij naar Hotel Colon gegaan, waar de geheime dienst een aantal kamers had geboekt. Eenmaal op zijn kamer had hij snel gedoucht, schone kleren aangetrokken, zijn wapen omgehangen en was hij via een zijdeur vertrokken. Een kwartier later was hij in de Audi snel de stad uit gereden, met het klooster bij Montserrat als bestemming. Op dat moment was het zeven minuten over een in de middag geweest, zeven minuten nadat de Amerikaanse vicepresident Hamilton Rogers op Barcelonese bodem was geland.

14.28 uur

'Een zelfmoordpil. Een gifcapsule die hij rechtsachter in zijn bovenkies verborgen had.' Marten wendde zich af van het lijk van Merriman Foxx en keek de president aan. 'Hij hoefde slechts één keer stevig op zijn kiezen te bijten en *krak*. Ik was eerder al bang dat hij zoiets zou doen, maar ik heb geen moment gedacht dat hij zo'n pil als vast implantaat zou hebben.'

'Mocht er ooit al twijfel zijn geweest over hoe toegewijd deze lieden zijn, dan is die nu wel verdwenen,' zei de president op grimmige toon. 'Het is zoals het geweest moet zijn in de concentratiekampen in de Tweede Wereldoorlog. Hitler, Goebbels, Himmler en de rest die maar doorramden met hun genocidekruistocht, terwijl ze dr. Mengele met zijn gruwelijke experimenten in de vernietigingskampen zijn gang lieten gaan. Wie weet wat er gebeurd zou zijn als hij ze ooit op grote schaal had ingezet.'

'Het verschil met nu is dat onze dr. Mengele dood is.'

'Maar zijn plan is niet ten einde. Noch dat van hen,' bromde Harris. 'En wij zijn er niets over te weten gekomen, verdomme. Helemaal niets.' Hij wendde zijn gezicht af en keek wat afstandelijk en zwijgend voor zich uit. Hij overpeinsde duidelijk hun volgende stap.

Marten sloeg hem gade. Hij had Foxx echt te ruw aangepakt. De president had gelijk. Hij had zich laten leiden door zijn emoties. Emoties over Caroline, over alles wat ze zo'n groot deel van zijn leven voor hem had betekend, en elk stukje van die emoties was uitvergroot door zijn woede om de moord op haar. Aan de andere kant was het duidelijk dat de Zuid-Afrikaan lange tijd bereid was geweest zichzelf van het leven te beroven, mocht hij daartoe gedwongen worden. Hij was een expert waar het om pijn ging en kon zich wel eens heel goed bewust zijn geweest van zijn eigen pijngrens, van hoeveel hij kon verdragen zonder te breken, en dat was zowel de reden als de motivatie geweest voor het implantaat; het was niet de angst voor de dood, maar de angst om informatie prijs te geven die de zaak kwaad zou doen. Dit maakte de opmerking van de president over het fanatisme van dit soort lieden des te beangstigender. Dit was niet zomaar een handjevol fanatiekelingen; ze behoorden tot een uiterst goed georganiseerde, goed gefinancierde en extreem gevaarlijke beweging.

'Meneer de president,' sprak Marten, 'volgens mij kunnen we er wel van uitgaan dat Foxx op zeker moment tegenover uw vrienden in Washington uw aanwezigheid heeft bevestigd.' Hij liep naar het BlackBerry-achtige apparaatje dat Foxx uit zijn zak had gehaald en daarna had laten vallen toen Marten hem had overmeesterd, en raapte het op. 'Ik durf te wedden dat hij contact met ze wilde leggen toen ik hem vastgreep. Ze vernemen niets van hem en zullen nu snel hier zijn. Het is wat ik al eerder heb gezegd: we moeten Miguel bellen en maken dat we wegkomen. Terug naar waar het wemelt van de toeristen en ons ergens verstoppen totdat hij komt.'

'Ik geloof niet dat ze het aan één man zouden overlaten om hun hele operatie uit te voeren,' zei de president kalm, alsof Marten zojuist helemaal niets had gezegd. 'Niet op de schaal waar zij op opereren. En ik geloof ook niet dat Foxx dat zou toestaan.'

Hij draaide zich om en liep langs de tafels naar de kooien aan het andere eind van de ruimte. 'Als deze plek als zijn hoofdkwartier fungeerde, bestaat er een goede kans dat zijn gegevens hier ergens liggen opgeslagen; alles is vermoedelijk gedigitaliseerd en in computerbestanden gezet. Als we die vinden, krijgen we misschien wel antwoord op onze vragen.'

'Verdomme, neef.' Marten begon zijn geduld te verliezen. 'Nu doet u het weer! Of u het nu wilt geloven of niet, uw "redders" zijn in aantocht. En zodra ze hier zijn, zullen ze u hoe dan ook ombrengen.'

'Meneer Marten, neef,' sprak president Harris zacht en zakelijk. 'Ik ben dankbaar voor wat u wilt doen en voor wat u al hebt gedaan. Maar hier kan wel eens informatie liggen die van onmetelijk belang is, en ik kan niet het risico nemen daar niet naar te zoeken. Als weg wilt gaan, dan begrijp ik dat. Van mij mag u.'

'Als ik weg wil?' Martens ongeduld bereikte een kritiek punt. 'Ik doe mijn best om de president van de Verenigde Staten te beschermen! Dat bent u, voor daar geval u dat was vergeten.'

'Begrijp me goed, neef. Deze president is niet van plan om te vertrekken voordat hij alles heeft gedaan wat in zijn macht ligt om erachter te komen wat deze lui van plan zijn.'

Marten staarde hem aan. Inderdaad, misschien zouden ze ergens in dit netwerk van grotten iets vinden wat Foxx' plan zou onthullen, maar het was veel waarschijnlijker dat ze niets zouden aantreffen. Alleen al naar een plek zoeken om te beginnen zou uren, zelfs dagen duren, en dat terwijl elke minuut telde. Aan de andere kant wist hij dat ze het op z'n minst moesten proberen.

Marten zuchtte. 'Wat voor dossiers Foxx hier ook zou kunnen hebben,' zei hij berustend, 'hij zou ze niet in zijn buitenkantoor hebben laten rondslingeren.'

'Mee eens.' Harris glimlachte inwendig. Marten, zo merkte hij tot zijn grote opluchting, was weer binnen boord getrokken. 'En alleen in het eerste lab en in deze ruimte staan werktafels voor experimenten.'

'Er moeten hier dus ruimtes zijn die we nog niet hebben gezien.' Marten stopte het elektronische apparaatje van Foxx in zijn zak, liep naar het lijk van de doctor, draaide het om en diepte het pasje dat Foxx had gebruikt om binnen te komen op uit diens colbertje. Hij hield het omhoog naar Harris. 'Ik betwijfel of hij de kans had om alles af te sluiten.'

95

Hetzelfde tijdstip, 14.35 uur

Voorzichtig reed Hap Daniels de gehuurde Audi het bomvolle parkeerterrein van het klooster op. Voor en boven zich zag hij de stenen gebouwen van het ministadje. Langzaam en gespannen reed hij verder. Zijn enige prioriteit nu was een parkeerplekje vinden.

Onder andere omstandigheden zou hij linea recta naar de beveiliging zijn gegaan, zichzelf hebben geïdentificeerd en om hun hulp hebben verzocht. Parkeren zou van latere zorg zijn geweest. Maar nu niet. Hij kon niemand vertellen wie hij was of wat hij hier kwam doen. Tegelijkertijd moest hij een plekje vinden voor de Audi waar deze niet zou worden weggesleept en waar hij ook snel weer kon instappen als hij met de president moest wegvluchten. Hij was dus genoodzaakt om net als iedere andere bezoeker rondjes te rijden totdat hij een vrije plek vond of iemand weg zag rijden.

Hij maakte een bocht en reed weer langs dezelfde rij als die hij net had gepasseerd toen zijn mobiele telefoon ging. Onmiddellijk nam hij op. 'Daniels.'

'Hap, met Bill.' De stem van Bill Strait knetterde door het speakertje.

'Wat is er?'

'Cropduster is gevonden.'

'Wat?' Daniels' hart bonkte in zijn keel.

'Hij is ondergebracht in de bergen buiten Barcelona, in een klooster dat Montserrat heet. Twee reddingsteams van de CIA zijn inmiddels per heli onderweg om hem op te halen. Ze landen om 15.15 uur bij het klooster.'

'Bill,' sprak Hap op dringende toon, 'van wie heb je deze informatie? Waar komt het vandaan?'

'De chef-staf in Madrid.'

'Hoe is hij dat in godsnaam te weten gekomen?'

'Dat weet ik niet.'

'Wie binnen de CIA heeft het bevel gegeven?'

'Wie precies?'

'Ja.'

'Ook dat weet ik niet. Het kwam allemaal van de ambassade in Madrid.'

'Het had eerst via ons moeten gaan.'

'Ik weet het, maar dat is niet gebeurd.'

'Twee teams, dat is niet veel.'

'Vanuit Madrid zijn er meer onderweg.'

'Nog nieuws over Cropdusters toestand?'

'Helemaal niets.'

Opeens zag Daniels een stuk of vijf parkeervakken verderop een groene Toyota achteruitrijden. Hij trapte het gaspedaal even in en de Audi schoot naar voren. Daarna remde hij snel om de weg achter hem te blokkeren en wachtte tot het plekje echt vrij was.

'Hap, onze eigen heli is ook onderweg. We hebben je nu hier nodig. Om 15.20 uur stijgen we op met bestemming Montserrat.'

'Begrepen, Bill, dank je.' Hap hing op. 'CIA?' vroeg hij zich hardop af. En slechts twee teams? Van welke CIA-tak waren ze dan precies? Gewone agenten of een speciale eenheid die functioneerde onder de vleugels van de minister van Defensie en de anderen? Hoe ver en hoe breed ging deze zaak eigenlijk? En was Bill Strait er misschien bij betrokken? Aan wiens kant stond hij eigenlijk? En hoe ging hij Bill vertellen dat hij de heli naar Montserrat niet zou halen omdat hij er al was?

Op dat moment reed de Toyota weg en kwam de parkeerplek vrij. Daniels gaf gas en stuurde naar de leeggekomen plek. Op hetzelfde moment sneed een motor met zijspan voor hem langs en eiste de plek op. Hap trapte op de rem. 'Hé! Dat is mijn plek!' riep hij door het open raampje.

'Wie het eerst komt, die het eerst maalt,' riep de motorrijder bars, en hij klauterde van de motor.

'Ik was hier eerst!'

De motorrijder negeerde hem, nam haastig zijn helm af en sloot deze op in het opbergvak van zijn motorfiets.

'Maak dat je wegkomt met dat ding, verdomme!' Hap duwde het autoportier open en stapte uit.

Maar de man liep weg en verdween al meteen in de menigte die naar het plein voor de basiliek stroomde.

Hap keek hem woedend na; hij had zijn geduld nagenoeg verloren, wat ook bijna gold voor zijn gezond verstand. 'Ik krijg je nog wel, klootzak,' vloekte hij zachtjes. 'Op een dag vind ik je en dan krijg ik je nog wel!'

96

14.50 uur

Ze zag louter kleuren en beelden, alsof ze door een droom zweefde.

Demi herinnerde zich er slechts flarden van.

'Werk aan de winkel,' had predikant Beck gezegd op het moment dat Nicholas Marten nog maar nauwelijks de privézaal in het restaurant Abat Cisneros had verlaten om de president te gaan zoeken. Binnen een paar tellen had Demi haar camera's en kleine tas opgepakt en was ze Beck en Luciana naar buiten gevolgd. Even later staken ze het plein voor de basiliek over en liepen ze naar de tandradspoorweg die langs de bergwand boven het klooster omhoogklom naar de kluizenaarshut van Sant Joan.

Op het moment dat ze het groene wagentje van de funiculaire instapten, voelde ze het: een overweldigend gevoel van euforie dat ze nooit eerder had ervaren. Bijna tegelijkertijd dienden al die kleuren zich aan en begon de werkelijkheid om haar heen – predikant Beck, Luciana, het klooster, de tandradbaan zelf en de toeristen die erin samendromden – te vervagen. Misschien was het iets in de koffie geweest. Het was slechts een kortstondige gedachte die oploste in een geruststellende, bijna psychedelische nevel van transparant karmozijnrood, vervolgens turquoise en daarna oker, gevolgd door een traag, zacht wervelend nachtblauw, geschakeerd met geel.

Het ging vergezeld van de vage herinnering dat ze langs de ruïne van een eeuwenoude kerk liep en aan de kant van een smalle bergweg een kleine zilverkleurige SUV geparkeerd zag staan. Ernaast stond een knappe jonge bestuurder terwijl predikant Beck haar op de achterbank hielp. Vervolgens kwam het besef dat de SUV optrok over een oneffen weg. Beck leek naast haar te zitten, en Luciana voorin naast de jonge bestuurder.

Al snel reden ze over een lang rotsachtig plateau, en vervolgens waadde de SUV door een kolkende bergstroom en ging het omhoog door een naaldbos; ze daalden af in een smalle vallei met hoog gras, waar een dunne mistlaag dreef. Niet lang daarna reden ze onder een hoge stenen poort door en stuitten ze op de ruïne van een andere eeuwenoude kerk, deze nabij de voet van een hoog oprijzende rotsformatie. Ze stopten en stapten uit, waarna Beck hun voorging over een steil kronkelpad.

Even later liepen ze onder een hoge rotsformatie door en over een brug van natuursteen boven een steile afgrond van vele tientallen meters diep. De overkant was in schaduwen gehuld, en al dichterbij komend zag ze dat het de toegang tot een enorme grot betrof waar enkele monniken, gekleed in een donkere pij met kap, de wacht hielden.

'*La iglesia dentro de la montaña*,' verklaarde Beck terwijl ze de grot betraden. De kerk in de berg.

Binnen bleek de grot enorm hoog te zijn en hij werd verlicht door het flakkerende schijnsel van minstens duizend offerkaarsen, zo leek het. Ook hier hielden monniken de wacht. Inmiddels betraden ze een andere ruimte, en ook hier straalde het kaarslicht, en vormden stalactieten en stalagmieten bovendien spectaculaire combinaties.

Toen ze halverwege deze grot waren, zag ze de kerk. In haar euforie leek deze plek het heiligdom te zijn dat ze had verwacht. Ze gingen er binnen, en ze zag een reeks stenen bogen die ver boven het schip oprezen en het plafond vormden. Eronder bevonden zich twee houten galerijen, aan elke zijde één en rustend op enorm grote balken, een meter of tien boven de vloer van grote, met de hand uitgehouwen tegels. Recht voor haar, aan het verre eind van het schip, stond een sierlijk verguld altaar.

Demi draaide zich om naar Beck, alsof ze hem er iets over wilde vragen, maar op dat moment zag ze een jonge vrouw in een witte, tot de enkels reikende jurk op hen af komen. Ze had opvallend bruine ogen en een volle bos zwart haar tot haar middel. Dit was misschien wel de mooiste vrouw die Demi ooit had gezien.

'Demi,' sprak de vrouw met een brede glimlach, 'ik ben zo blij dat je er bent.'

Demi bleef plotseling staan. Wie was deze vrouw die haar leek te kennen? Opeens kwam ze haar heel bekend voor. Hoe kende ze haar? En waarvan of van wanneer? Toen wist ze het ineens: Cristina. De jonge vrouw die bij hen was geweest in Café Tripoli op Malta.

'Je bent vast moe van de reis,' zei Cristina warm. 'Toe, laat me je naar de kamer brengen zodat je wat kunt uitrusten.'

'Ik...' aarzelde Demi.

'Ga maar met haar mee, Demi,' zei predikant Beck met een geruststellende glimlach. 'Je wilde alles weten over de coven van Aldebaran. Dit is een deel van het verhaal. Vanavond zul je meer zien. En morgen nog meer. Alles wat je wilde weten, zul je hier ontdekken. Alles.'

Demi nam hem aandachtig op – zijn glimlach, zijn manier van doen – zoals hij daar stond. Op bijna hetzelfde moment vervaagde het euforische gevoel, alsof de drug die haar was toegediend – wat voor spul het ook was geweest – opeens was uitgewerkt. Plotseling schoten haar de camera's en de tas met accessoires die ze eerder bij zich had te binnen. 'Mijn spullen,' zei ze tegen Beck.

'Deze bedoel je?' sprak Luciana, die achter haar verscheen. Een van de monniken vergezelde haar en droeg Demi's camera's en tas. Met een lichte buiging overhandigde hij ze aan haar.

'Dank u,' zei ze, nog steeds enigszins van de wijs door de vreemde, benevelde beelden van de tocht hier naartoe.

'Toe,' zei Cristina, en ze nam haar bij de arm, waarna ze samen door het schip liepen naar een gedeelte dat Demi nog niet had gezien. Ze keek naar de grote vloerstenen onder haar voeten. De meeste glansden van het eeuwenlange uitslijten door voeten. Ook waren in de meeste tegels namen gegraveerd; familienamen, vermoedde ze. Het vreemde was dat het geen Spaanse, maar Italiaanse namen waren.

'Dit zijn familiegraven,' sprak Cristina zacht. 'Onder deze vloer liggen de stoffelijke resten van de geëerde doden, die hier door de eeuwen heen zijn begraven.'

'Geëerde doden?'

'Ja.'

Opnieuw klonk de waarschuwing van haar vader door haar hoofd en ze zag weer het gekwelde gezicht voor zich van de geleerde Giacomo Gela, de man die geen armen meer had. Tegelijkertijd fluisterde een stem haar diep vanbinnen in dat ze een deur te veel had geopend, dat dit een plek was die ze nooit had moeten bezoeken. Met een ruk keek ze achterom, alsof ze naar een uitweg zocht.

Luciana was verdwenen en Beck stond in zijn eentje in het midden van de kerk en keek naar haar terwijl hij in een mobiele telefoon praatte. Achter hem, aan het andere eind van het schip waar de kerk eindigde en de grotten begonnen, stonden vier van de gekapte monniken op wacht. Op dat moment realiseerde ze zich dat deze monniken – en die buiten bij de stenen brug en ongetwijfeld andere die ze nog te zien zou krijgen – de bewaarders van deze plek waren en dat er naar alle waarschijnlijkheid niemand binnenkwam of vertrok zonder hun toestemming.

'Alles goed, Demi?' vroeg Cristina vriendelijk.

'Ja hoor,' antwoordde ze, 'ik voel me prima. Waarom zou dat niet zo zijn?'

97

14.55 uur

Marten en de president staarden naar het gruwelijke tafereel. Geen van beiden was in staat iets uit te brengen, was amper bij machte om adem te halen. Ze waren doorgedrongen tot het diepst in de berg verscholen laboratorium van Merriman Foxx. Het was bijna alsof de dwaze geleerde het met opzet zo had gepland, zo waren ze er gekomen. Mocht hij nog hebben geleefd, dan zou hij wel eens de brutaliteit kunnen hebben gehad om het hun zelf te laten zien. Dat hij nu dood was, deed er weinig toe. Op een of andere manier, zo leek het, had hij gewoon gewíld dat ze het zouden zien. Of beter gezegd, het zouden ervåren.

Ze hadden het gevonden, omdat ze gewoon nergens anders heen konden. Gewapend met het pasje dat Marten uit het colbertje van Foxx had gevist, konden ze slechts vooruit, en niet terug zoals ze gekomen waren. Via de stalen deuren konden ze elke ruimte, grot, schacht of vertrek binnengaan, maar ze konden niet door diezelfde deuren weer terug. Dat stond het veiligheidssysteem niet toe. De enige uitweg was steeds via zo'n zelfde deur aan de andere kant van elk vertrek; deuren die hen almaar dieper het binnenste van de berg in voerden en naar andere laboratoria.

De eerste drie waren weinig meer geweest dan goed verlichte ruimtes van gemiddelde grootte, natuurlijke grotten of door mensenhanden uit het gesteente gehouwen. Ze waren met elkaar verbonden door dezelfde druppende tunnels en plankieren als die ze al in het begin hadden gezien, waarbij elke ruimte van alle gemakken van een goed geoutilleerd biochemisch lab was voorzien. Een leek zou de indruk krijgen dat het hier apparaten voor voortgezet landbouwonderzoek betrof: er stonden machines tussen die water testten en analyseerden op diverse verontreinigende stoffen; virussen, bacteriën, zouten, metalen of radioactief materiaal.

Elk vertrek werd zorgvuldig bekeken en daarna liepen ze verder. Nergens hadden ze zelfs maar een computer, een dossierkast of een ander informatieopslagapparaat, primitief of anderszins, aangetroffen. Wat ze wel zagen, waren computerschermen, toetsenborden en muizen, die deden vermoeden dat ze allemaal in verbinding stonden met een centrale computer die ergens anders moest staan.

'Als ik nog niet claustrofobisch was, dan zou ik dat nu wel worden,' zei

Marten bij het verlaten van het laatste vertrek, toen ze werden gedwongen om een bijna zeven meter lange kruipruimte onder een platte rotsplaat te betreden.

'Niet bij nadenken,' adviseerde de president terwijl ze het einde bereikten. Hij ging rechtop staan en liep verder over een gammel plankenpad dat door een wel heel vochtig gedeelte van een flauwverlichte schacht voerde.

De tunnel liep hier steil naar beneden, vervolgens scherp naar rechts en daarna nog verder omlaag. Marten schatte dat elk gedeelte minstens honderdvijftig meter lang was, wat alles bij elkaar veruit de langste afstand tussen de grotten was. Ten slotte zagen ze aan het eind ervan opnieuw een glanzende deur. Marten gebruikte het pasje en ze betraden een smalle gang naar een verduisterde ruimte iets verderop. Deze keer raapte hij een stukje hout op dat van een van de plankieren afgebroken was en schoof het tussen de deur en het kozijn, zodat ze een kier hadden, mocht de deur achter hen dicht glijden. Het was niet veel, maar in elk geval iets als ze de deur moesten openwrikken. Tot nog toe had hij dit nagelaten, want als ze terug hadden willen gaan, dan zou dat slechts naar de vorige schacht of grot zijn geweest, waar de deur al vergrendeld was. Het zou een terugtocht naar niets zijn geweest. Ditmaal had hij het wel gedaan vanwege een angstig voorgevoel dat hem opeens had bekropen, een gevoel dat de ruimte die ze op het punt stonden te betreden in niets te vergelijken zou zijn met wat ze al hadden gezien, en dat teruggaan naar de tunnel waar ze waren geweest veel beter zou zijn dan blijven waar ze waren.

Ze liepen door het schemerige voorvertrek en stuitten halverwege op een doorzichtig gordijn van zwaar plastic. De spleet in het midden maakte het mogelijk om naar binnen te gaan. Wat zich ook aan de andere kant mocht bevinden, het was in duisternis gehuld.

'Is er ergens een lichtschakelaar?' vroeg de president.

'Niet dat ik kan zien.' Marten stapte naar het gordijn, stak voorzichtig een hand door de spleet, duwde het plastic opzij en liep verder.

Onmiddellijk werd er een sensor geactiveerd, en het vertrek baadde opeens in licht.

'O, god!' riep Marten in afgrijzen toen hij zag wat zich voor hem bevond.

Langs twee middenpaden, die zich over bijna de lengte van een voetbalveld uitstrekten tot het einde van een enorme kalkstenen grot, waren rijen menselijke lichamen of delen daarvan te zien. Ze werden bewaard in grote watertanks die gevuld waren met een of andere conserveringsvloeistof. Reservoirs die net zo goed tropische vissen of levende kreeften bevat konden hebben.

Geschrokken en vol ongeloof liepen ze zwijgend verder; het laatste werk in wording van Merriman Foxx spreidde zich hier voor hen uit. De lijken en lichaamsdelen dreven alsof ze in hun eigen droom opgesloten waren. Mannen, vrouwen en kinderen, van alle mogelijke rassen en leeftijden. Aan elke tank hing een met de hand geschreven kaartje met daarop kennelijk een specimennummer, gevolgd door een ingangs- en verwijderingsdatum. Erboven waren de data en specimennummers van vorige inwoners netjes doorgestreept. Een nadere beschouwing leerde dat de proefpersonen ongeveer drie maanden in de oplossing werden gehouden voordat ze werden verplaatst. De gegevens stonden in chronologische volgorde en gaven aan dat de vroegste experimenten zeventien jaar geleden waren begonnen. Waar de wachtperiode van drie maanden voor was, wisten ze niet; ze konden slechts aannemen dat het iets met het onderzoek van Foxx te maken had. Wat dat onderzoek ook had ingehouden, het wierp heel wat vragen op. Hoe waren deze mensen geselecteerd? Hoe waren ze hier terechtgekomen? Waar en hoe waren ze gestorven? Waar en hoe lang waren ze voor die tijd in leven gehouden, en wat was hun in die periode aangedaan? Ten slotte: wat was er na afloop met de lijken gebeurd? In al die jaren zouden het er immers honderden, zo niet duizenden moeten zijn geweest.

En dan waren er de lijken zelf. Tragisch, afgrijselijk, drijvend. Hun ogen, of wat daarvan over was, staarden wezenloos door de zilte vloeistof in het niets. Van elk lijk was de uitdrukking nagenoeg hetzelfde: getormenteerd, een helse pijn, gepaard aan een wanhoopskreet om hulp, medelijden, ingrijpen, wat dan ook om er maar een eind aan te maken.

Merkwaardigerwijs was er bij geen van hen een blik van woede of wraakzucht te zien. Dat speelde geen rol. Ze hadden duidelijk geen vermoeden gehad dat ze het slachtoffer van menselijk handelen waren of dat hun iets onnatuurlijks was aangedaan.

Halverwege bleef Marten staan en hij keek de president aan. 'Weet u wat deze mensen vertegenwoordigen?'

'De gewone man.'

'Ja. En volgens mij hadden ze geen vermoeden, absoluut geen idee dat ze proefkonijn waren. Ze waren ziek geworden, meer wisten ze niet.'

'Dat gevoel heb ik ook,' zei president Harris. Bijna onmiddellijk bekroop hem een ijzingwekkende gedachte. 'Stel dat dit het plan is? Het plan waar Foxx aan werkte en dat hij eindelijk ten uitvoer kon brengen. Ziekte. Bacteriën. Een virus. Iets van enorme omvang, wat zich snel en met dodelijke uitwerking verspreidt, iets wat volkomen natuurlijk lijkt maar onbeheersbaar is, behalve voor de makers zelf.'

'Een door de mens gecreëerde pandemie.'

'Zonder dat je aan een biologisch wapen denkt,' filosofeerde de president, kijkend naar het drijvende lijk voor hem. Een vrouw van hooguit vijfentwintig, met ogen die net als die van de anderen om hulp smeekten. Met een ruk draaide hij zich om naar Marten. 'De wereld wordt er al voor klaargestoomd. Op een of andere manier kom je het al bijna dagelijks in de media tegen. Tot nu toe worden de mensen slechts ongerust gemaakt, waarbij de geneesmiddelenfabrikanten de enigen zijn die er baat bij hebben en waarbij degenen met macht alleen maar meer macht krijgen; en fabrikanten en machthebbers verklaren dat ze er alles aan zullen doen om het te voorkomen, terwijl ondertussen het virus in gereedheid wordt gebracht.'

De president liep nogmaals langs de tanks om de slachtoffers doelbewust nog eens te bekijken, alsof hij het afschuwwekkende beeld voorgoed in zijn hoofd wilde prenten. Ten slotte wendde hij zijn hoofd af; zijn ogen stonden vol woede.

'God zegene deze mensen hier en al diegenen die hen voorgingen. En naar de hel met Merriman Foxx en al diegenen die hierbij betrokken zijn. En moge God ons allen bijstaan als wat Foxx te weten is gekomen en heeft ontwikkeld al in werking is gezet.'

'We hebben weefselmonsters nodig,' zei Marten op dringende toon. Zijn eigen woede en overtuiging dat Caroline Parsons als gevolg van deze experimenten aan haar eind was gekomen, werden onderdrukt door wat hun nu te doen stond. 'We moeten zijn dossiers zien te vinden. Aantekeningen, grafieken, alles wat we maar te pakken kunnen krijgen. We moeten weten wat dit is.'

Opeens klonk er een duidelijk hoorbaar gesis. Beide mannen keken tegelijk omhoog. Langs de rand van het plafond, over de volle lengte van de grot, hingen gassproeiers die hun eerder nog niet waren opgevallen. Naarmate meer sproeiers opengingen, werd het gesis luider.

'Gas!' riep Marten met schelle stem. 'Gif- of explosief gas, dat weet ik niet. Ik wed dat het wordt gestuurd door een timer die in werking werd gesteld toen de lampen aangingen. Neem een grote hap lucht en hou uw adem in! We moeten maken dat we wegkomen!'

'Weefselmonsters! Foxx' dossiers! Zijn aantekeningen!' De president was niet van plan zonder deze dingen te vertrekken.

'Deze keer beslis ik, neef.' Marten sloeg zijn hand over de mond en neus van de president en dwong hem ruw in de richting van het plastic gordijn. 'We smeren 'm. Nu meteen!'

98

Hetzelfde tijdstip, 15.11 uur

Hap Daniels zag hoe een helikopter over de bergtop naderde. Het toestel cirkelde een keer boven het kloostercomplex en landde op het heliplat. Hap wist wat geen van de nieuwsgierige toeschouwers kon weten: het heliplatform voor hulpdiensten en vips was zojuist een landingsplek geworden voor een geheime CIA-operatie, speciaal bevolen om de president van de Verenigde Staten op te sporen en af te voeren.

Na zijn confrontatie met de motorrijder had het Hap bijna twintig minuten gekost om vlak bij het platform een parkeerplek te vinden waarvan de wettigheid weliswaar twijfelachtig was. Als zijn vermoeden juist was en de agenten inderdaad onder bevel stonden van de groep waar de president voor op de vlucht was, dan zouden ze inmiddels al weten op welke plek binnen het enorme complex hij zich precies bevond. Hoeveel manschappen het zouden zijn, wist hij niet, maar naar alle waarschijnlijkheid zouden ze minstens vier agenten op de grond plus de piloot en vermoedelijk een copiloot hebben. Dan zou er nog een heli zijn die ergens uit het zicht rondcirkelde, met aan boord een ondersteuningsteam dat achter de hand werd gehouden voor het geval het nodig was. Of een van hen op de hoogte was van de waarheid achter hun opdracht, wie ertoe had bevolen en waarom, of dat ze buiten de geheime dienst om opereerden, maakte weinig verschil; het zouden goed getrainde agenten zijn wier plicht het was om de regering te beschermen en wier enige opdracht zou bestaan uit het redden van de president en hem daar, snel en ongezien, en met zo min mogelijk aandacht, veilig weg te krijgen. Daarna zouden ze hem naar de CIA-jet brengen die de chef-staf gereed had staan op het particuliere vliegveldje buiten Barcelona, en vandaar naar een locatie waar zelfs de geheime dienst niet van op de hoogte was gebracht. Wat er daarna zou gebeuren, daar wilde hij niet eens over nadenken.

Dit alles maakte dat Hap zelf slechts één eenvoudige opdracht voor ogen had: zien te voorkomen dat ze de president aan boord van de helikopter kregen. Op een of andere manier moest hij hem in verzekerde bewaring stellen voordat ze hem in de buurt van dat toestel hadden. Het zou een uiterst moeilijke en gevaarlijke onderneming zijn, zelfs als het hier echt de CIA betrof, omdat de veiligheid van de president vóór alles en iedereen, inclusief hemzelf, zou gaan. Iedereen die daar tussen wilde komen, liep grote kans om ter plekke doodgeschoten te worden.

Als dit team niet van de CIA was, of als het deel uitmaakte van een speciaal geheim onderdeel of zelfs een militaire eenheid vormde die in opdracht van de vicepresident en de anderen speciale operaties uitvoerde, dan zou het niet alleen lastig worden, maar bijna neerkomen op zelfmoord.

Wie ze ook waren, zijn plan moest eenvoudig zijn, en dat was het dan ook: wachten totdat ze waren geland, hen naar hun bestemming volgen, vervolgens afwachten en kijken. Pas op het moment dat ze de president naar buiten zouden brengen en ze vlak bij de helikopter zouden zijn, zou zijn werk beginnen. Met de Audi dichtbij achter de hand zou hij supersnel en uiterst resoluut moeten handelen. Onder andere omstandigheden zou er sprake zijn geweest van een specifiek protocol. Hij zou een CIA-chef bellen die hij vertrouwde en hem zeggen dat hij de naam van de POC (*point of contact*) voor deze operatie nodig had. Kreeg hij die, dan zou hij de naam van deze man roepen, met zijn penning van de geheime dienst zwaaien en zeggen dat hij de agent was die zich persoonlijk over de POTUS zou ontfermen.

Maar dit waren geen 'andere omstandigheden'. Hij was de laatste schakel tussen de president en diens mogelijke einde. Hij zou slechts één kans krijgen en die zou zich in de allerlaatste seconden aandienen, op het moment dat hij uit de menigte stapte, zijn penning in de lucht stak en brulde wie hij was; hij zou de agenten op overtuigende wijze vertellen dat er zojuist informatie binnen was gekomen over een mogelijke bedreiging van hun operatie en dat hij hen van hun missie ontlastte. Vervolgens zou hij de POTUS in veiligheid stellen en zich naar de Audi begeven. Ondertussen moest hij maar hopen dat de president het snel door zou hebben, hem zou vertrouwen en de agenten zou bevelen zich afzijdig te houden. Alles zou afhangen van vier factoren: het verrassingselement, de timing, de uitvoering en puur geluk. De foutmarge was nul.

Zijn gedachtegang werd wreed verstoord door het geluid van zijn mobiele telefoon. Hij haalde het toestelletje van zijn riem en keek naar het nummer. Het was Bill Strait. Dit betekende dat de heli van de geheime dienst zich in Barcelona gereedmaakte om op te stijgen voor de vlucht naar Montserrat, en dat Strait zich afvroeg waar hij in vredesnaam bleef.

Plotseling schoot het hem te binnen dat Strait hem had verteld dat de CIA-heli om kwart over drie bij Montserrat zou landen terwijl de heli van de geheime dienst pas vijf minuten later gereed zou zijn om in Barcelona op te stijgen voor de trip naar Montserrat. Op dat moment had hij er niet bij stilgestaan, maar vanwaar die lange vertraging? Wilde iemand er echt zeker van zijn dat de CIA eerder het klooster bereikte dan de geheime dienst? Zo ja, wie had dat dan geregeld? Iemand op de ambassade in Madrid of Bill Strait?

'Ja, Bill,' zei Hap bij het opnemen.

'Waar zit jij in godsnaam?'

'Waarom hadden we zo lang nodig om de heli in gereedheid te brengen?'

'Ze moesten eerst op de luchthaven van Barcelona nog bijtanken. Ze waren net geland toen ik ze waarschuwde. Hoezo?'

'Jij hebt ze gewaarschuwd, en niet de chef-staf?'

'Ja, ik. Jezus, Hap, we staan klaar! Waar zit je?'

'Ga maar zonder mij.'

'Wat?'

'Ik ben ergens druk mee bezig. Ik kom nog wel. Ga maar zonder mij. Dat is een bevel.'

En daarmee hing hij op. 'Verdomme,' verzuchtte hij. Was dat bijtanken gewoon een geval van slechte timing of zat er iets anders achter? Kon hij zijn directe ondergeschikte vertrouwen of niet?

15.15 uur

Een donderend geraas werd gevolgd door een storm van opvliegend stof en gruis toen de helikopter precies op schema op het heliplatform werd neergezet. Onmiddellijk werden de motoren stilgezet en de deuren geopend, waarop vier in colbert gehulde mannen met donkere brillen op naar buiten kwamen. Bukkend onder de nog draaiende rotorbladen begaven ze zich snel naar de trappen voor de basiliek.

'Daar gaat-ie dan,' zei Hap Daniels tegen zichzelf, 'vooruit met de geit.'

99

15.22 uur

Vlug baanden de agenten zich een weg door de menigte voor de basiliek om vervolgens in een golfbeweging een wandelgang in te slaan en uit het zicht te verdwijnen.

Hap ontweek een groep schoolkinderen die in een rij naar de basiliek liepen, en deed zijn best de agenten bij te houden. Even later was hij in dezelfde gang. Overal liepen toeristen. Hij vloekte zacht maar bleef lopen terwijl zijn ogen het pad afzochten, bang dat hij te ver achter was gebleven. Tien stappen verder zag hij hen een andere gang inslaan. Hij rende om twee kletsende vrouwen heen en volgde, met zijn blik gericht op degene die kennelijk het commando voerde. Deze man was niet ouder dan dertig en oogde zeer fit, met donker, kortgeknipt haar en een opvallend brede neus die eruitzag alsof die meerdere malen gebroken was geweest. Ze naderden een kruising waar meerdere gangen samenkwamen. Breedneus stopte even om zich te oriënteren. In een oogwenk had hij een beslissing genomen en ging hij de andere agenten voor door een andere gang, waar langs de muur rode en witte offerkaarsen stonden.

Hap bleef zo veel mogelijk op afstand, hen volgend zodra ze weer een hoek omsloegen, daarna nog een en ten slotte uit het zicht verdwenen. Even later liep hij dezelfde bocht om en zag hij ze weer. Ze stonden voor een zware houten deur in een stenen poort. Breedneus schoof een houten luikje open en erachter bleek een toetsenpaneeltje te zitten. Hap zag dat de man vier cijfertoetsen indrukte, het luikje dichtschoof en daarna de ijzeren deurknop omdraaide. De deur ging open en ze gingen snel naar binnen, de deur achter zich sluitend.

15.26 uur

Waar ze heen gingen of hoeveel tijd het zou kosten om de president te vinden wist Hap niet. Had hij verdorie Bill Strait en de rest van zijn team maar hier; kon hij maar contact leggen met een van de CIA-chefs zodat hij wist wie deze agenten precies waren. Toch zou hij zelfs dan niet zeker hebben kunnen weten of hij een van hen kon vertrouwen. Een situatie die hij verafschuwde, maar het was niet anders. Opeens schoot het hem te binnen dat de agenten de president wel eens via een andere uitgang, elders in het complex, naar buiten zouden kunnen brengen. In dat geval kon hij beter teruggaan en zich vlak bij het heliplat positioneren om in actie te komen zodra ze zich met de president naar de helikopter haastten.

Hij draaide om en begon terug te lopen, maar zag toen aan de andere kant van de gang opeens een bekend figuur vanuit het duister op de deur af stappen. Abrupt bleef hij staan en hij zag dat de man het luikje openschoof en vier cijfertoetsen op het paneeltje indrukte, alsof hij de code kende. Onmiddellijk daarna sloot hij het luikje en reikte naar de deurknop.

'Wat krijgen we nou?' vroeg Hap zich fluisterend af. De man was de bestuurder van de motor. Hij was duidelijk geen agent of zo, eerder een koerier die iets moest ophalen. Als de agenten de president inderdaad via deze deur naar buiten begeleidden en de motorrijder tegelijkertijd naar binnen ging, kon er echt van alles gebeuren; in dat geval zou de president gevaar lopen.

Op het moment dat de man de deur openduwde, kwam Hap in actie. Een fractie van een seconde later propte hij zijn 9mm-Sig Sauer automatisch pistool achter het oor van de man.

'Staan blijven!'

De adem van de man stokte en hij bleef waar hij was. Hap trok hem meteen weg bij de deuropening en terug het duister in waar de man zich zo-even verscholen had gehouden.

'Wie ben jij in godsnaam?' Miguel Balius staarde hem met grote ogen aan.

100

15.32 uur

'Het gaat er niet om wie ík ben,' fluisterde Hap, 'maar om wie jíj bent, en waar je in vredesnaam naartoe gaat.'

'Ik zou mijn neven hier treffen,' antwoordde Miguel behoedzaam, zich er maar al te zeer van bewust dat dit de man was wiens parkeerplekje hij had ingepikt.

'Neven?'

'Hé, rustig aan, het was maar een parkeerplek.'

'Wat is daarbinnen?' Hap knikte naar de deur die naar Foxx' kantoor leidde.

'Dat weet ik niet.'

'Je gaat daar naar binnen om je neven te treffen, maar je weet niet wat er is.'

'Ik ben hier nog nooit geweest.'

'Nee?'

'Nee,' hield Miguel vol.

Hap keek even achterom naar de openstaande deur. Tot nu toe was er niets gebeurd, althans, voor zover hij van hieruit kon zien. Hij keek Miguel weer aan. 'Nou, ik ook niet. Laten we dan samen maar een kijkje nemen.'

15.34 uur

Langzaam liepen ze door de deur een schemerige ruimte binnen. Miguel voorop als een levend schild, met de Sig Sauer van Hap tegen zijn oor gedrukt. Ze bevonden zich in een groot vertrek met hoge stoelen langs een muur, een enorme boekenkast tegen de andere en een groot houten bureau achterin. Daar vlak achter en iets naar rechts bevond zich een gewelfd schip en een gesloten deur met sierlijk houtsnijwerk. Meer niet, geen agenten, geen spoor zelfs, alleen stilte.

'Waar leidt die deur heen?'

'Dat zei ik net al. Ik heb geen idee.'

'Dan moeten we daar maar achter komen.' Hap duwde hem in de richting van de deur.

'Wie bent u?' vroeg Miguel ondertussen behoedzaam. Kennelijk ging het deze man niet om het parkeerplekje, dat was slechts toeval geweest. Dit was een professional, een Amerikaan. Maar voor wie werkte hij? Voor Foxx? De vier mannen die hij naar binnen had zien gaan? Of was hij een van de achtervolgers voor wie de 'neven' op de vlucht waren? Of was hij met iets geheel anders bezig?

In plaats van antwoord te geven wendde Hap zijn ogen af om even achterom te kijken. Het was een moment dat Miguel had kunnen benutten om hem tegen de grond te werpen en de benen te nemen. Maar hij wilde er niet vandoor gaan, zelfs niet in deze situatie. Hij was hier voor zijn 'neven'. Meer dan drie uur had hij, zonder enig bericht van hen, aan de voet van de heuvel op hen gewacht en hij was dodongerust geworden. Hij was ervan overtuigd dat ze zich in de nesten hadden gewerkt, en ze daarom niets van zich hadden laten horen. En dus had hij de limousine achtergelaten en was hij bij een oom in het nabijgelegen stadje El Borràs de motor gaan lenen, waarmee hij naar het klooster was gesneld en de parkeerplaats van deze Amerikaan had ingepikt. Daarom ook was hij naar het restaurant gegaan, waar hij van de hoofdkelner had vernomen dat de mannen die hij als zijn 'neven' beschreef een besloten ontmoeting hadden gehad met Merriman Foxx en dat de drie na afloop samen waren vertrokken in de richting van het kantoor dat Foxx daar had. Het was vanwege zijn 'neven' dat hij zich hier in die kantoorruimte bevond. Wie deze vent ook was, wapen of geen wapen, alleen over zijn lijk zou hun iets ergs overkomen.

'Wacht.' Hap bleef plotseling staan en ze luisterden. Stilte, geen enkel geluid. Hier klopte iets niet. Vier agenten waren hier naar binnen gegaan. Behalve de voordeur was die deur daarginds de enige andere uitgang, en die moesten ze dus wel hebben genomen. Hadden ze de president gevonden en kwamen ze via die deur weer naar buiten, dan moest minstens een van hen daar de wacht hebben gehouden.

Op hetzelfde moment realiseerde Hap zich dat hij een vreselijke fout had gemaakt. De agenten wisten inderdaad een andere uitweg en die namen ze nu.

'Godver!' zei hij vloekend, en hij draaide weg van Miguel en begaf zich naar de voordeur. Een doffe dreun deed het hele gebouw opeens op zijn grondvesten schudden. Het was net een aardbeving. Hap en Miguel werden tegen de vloer geworpen. Een lawine van boeken denderde uit de kolossale boekenkast, en een verstikkende wolk van stof en puin regende van het plafond naar beneden.

In een oogwenk was Hap weer overeind en vroeg zich af wat er was gebeurd. Terwijl hij zijn 9mm-Sig Sauer naar Miguel zwaaide, zocht hij houvast.

'Nee! Nee! Niet doen!' brulde Miguel verschrikt terwijl hij zijn handen in de lucht stak.

Aan de andere kant van het vertrek vloog opeens de deur open, en de agenten kwamen binnengerend, Breedneus voorop en vlak achter hem een collega met rood stekeltjeshaar en zonder jasje. Beide mannen hadden een machinepistool in de aanslag. De twee andere agenten volgden hen op de hielen. Tussen hen in trokken ze een man mee; zijn voeten sleepten over de vloer. Het jasje van Roodhaar was over zijn hoofd getrokken zodat hij niet zou worden herkend.

'Agent Daniels, geheime dienst Verenigde Staten!' riep Hap terwijl hij zijn pasje in zijn linkerhand hoog in de lucht en het 9mm-pistool laag langs zijn rechterzij hield. 'U wordt van uw missie ontheven. Ik breng de president in veiligheid.'

'Dat zal niet gaan,' zei Breedneus zonder enige emotie.

'Ik herhaal: u wordt van uw missie ontheven.' Hap bracht de Sig Sauer omhoog. 'Maak het niet moeilijker dan het al is.'

'Mijn idee.' Breedneus en Roodhaar brachten tegelijk hun machinepistolen omhoog. Hap draaide weg en wierp zich op de vloer terwijl een spervuur van kogels afketste tegen de muur waar hij zojuist had gestaan. De andere agenten haasten zich in de richting van de deur. In het voorbijgaan deed Miguel een uitval naar zijn onder het jasje verstopte 'neef'.

Verrast door deze plotselinge zet van Miguel draaiden de agenten weg, waardoor het jasje losraakte en hun prooi duidelijk te zien was; zijn lichaam was slap, zijn hoofd voorover gezakt. Maar het was niet de president. Het was Merriman Foxx.

Breedneus was inmiddels bij de deur. 'Naar buiten met hem!' brulde hij naar de agenten, waarop hij een salvo loste naar de achter het houten bureau duikende Miguel. Tegelijkertijd zwaaide Roodhaar met zijn machinepistool naar Hap. Het was al te laat. Hap vuurde vanaf de vloer omhoog.

Eén, twee, drie harde knallen.

Hap zag hoe de kogels uit zijn Sig Sauer de rechterarm van Roodhaar aan flarden reten. De gewapende man schreeuwde het uit, en Breedneus sleepte hem mee door de voordeur terwijl hij in Haps richting een salvo afvuurde. De anderen volgden snel en wierpen ondertussen onhandig het jasje over Foxx' hoofd en sleurden hem met zich mee. Terwijl ze naar buiten gingen, stelde Breedneus zich nog even in de deuropening op om zijn collega's met nog een laatste salvo dekking te geven.

101

Hap lag op de vloer, maar hij wist niet waarom. Hij kon zich vaag herinneren dat de motorrijder zich over hem heen had gebogen, zijn halsslagader had gecontroleerd en een zakdoek of een of andere lap onder zijn shirt had geduwd en stevig tegen zijn linkerschouder had gedrukt. Vervolgens had de man zich abrupt omgedraaid en was hij weggegaan. Daarna was alles vaag geworden en was hij bijna bewusteloos geraakt, of misschien wel helemaal. Hij was weer bijgekomen door het geluid van sirenes en dat van zijn mobiele telefoon, die hij iets verderop duidelijk naast de Sig Sauer op de vloer zag liggen. Langzaam ging zijn hand naar het Steyr TMP-machinepistool aan de draagband over zijn schouder, dat hij al die tijd bij zich had gedragen maar niet had kunnen gebruiken. Op dat moment was de motorrijder teruggekeerd.

'Kom op,' zei hij, 'uw linkerschouder, u liep tegen een kogel op, misschien wel twee. De politie en brandweer zijn in aantocht. Kom overeind.'

Hap staarde hem aan. 'Wie ben jij in godsnaam?'

'Ik heet Miguel Balius. Kom overeind, verdomme!'

Miguel greep Hap bij diens goede arm, trok hem omhoog en zette hem tegen de muur terwijl hij zijn mobiele telefoon en de Sig Sauer oppakte. Daarna greep hij Hap weer bij diens goede arm en leidde hij hem snel naar de deur.

De frisse lucht sloeg hen in het gezicht. De motor bleek nog buiten te staan. Miguel hielp hem in het zijspan, sprong vervolgens op de motor en startte. Het volgende moment scheurden ze de wandelweg af terwijl brandweer- en politiewagens hen tegemoet stoven. Een leger van geüniformeerde mannen en vrouwen ging alle deuren af, op zoek naar mensen die misschien gewond waren geraakt bij de aardbeving of wat het hevige schudden ook kon hebben veroorzaakt.

Miguel naderde het einde van de weg en stuurde de motor een andere kant op. Bijna tegelijkertijd klonk een zwaar dreunend geraas vanaf de achterzijde van de basiliek. Nog geen seconde later verscheen de opstijgende helikopter met daarin de agenten boven het gebouw, hij bleef daar heel even hangen en vloog toen in noordelijke richting weg.

102

Hotel Grand Palace, Barcelona, 16.10 uur

Jake Lowe en dr. James Marshall zaten samen in de speciaal in hun suite ingerichte verbindingskamer. Lowe – het colbertje uit, de mouwen opgestroopt en de stropdas losgeknoopt – ijsbeerde met een telefoon aan zijn oor door de suite. Marshall zat met zijn volle een meter negentig aan een bureau in het midden van het vertrek, met twee laptops voor zijn neus, een geel kladblok bij de hand en een headset op zijn hoofd, die op Lowes beveiligde lijn was aangesloten.

'Heren,' sprak Lowe in de telefoon, om daarna abrupt even een pauze in te lassen, alsof hij zich ervan wilde vergewissen dat het volgende helder zou overkomen.

'De situatie is als volgt,' ging hij verder. 'De agenten hebben het klooster alweer verlaten. Dr. Foxx werd dood aangetroffen in een van zijn "steriele" labs. Na een kort vuurgevecht met de geheime dienst werd zijn stoffelijk overschot geëvacueerd. De agenten hebben zichzelf of dr. Foxx niet geïdentificeerd. Zonder verdere problemen verlieten ze het klooster per burgerheli.

Er was geen spoor van de president, ik herhaal, geen spoor van de president. Eerdere communicatie met dr. Foxx had zijn aanwezigheid en die van Nicholas Marten aldaar nog bevestigd.

Het lijk van dr. Foxx werd in een diep in de berg gelegen "steriel" laboratorium aangetroffen, wat sterk het vermoeden doet rijzen dat hij met een vijandige situatie te maken kreeg. Aangezien de president noch Marten ter plekke werd aangetroffen en omdat de deuren die ze voor hun vlucht hadden kunnen gebruiken achter hen elektronisch werden vergrendeld, moeten we ervan uitgaan dat ze de enige beschikbare route hebben genomen, namelijk de tunnel naar de achterzijde van het lab waar dr. Foxx werd aangetroffen.

Zeer kort na aankomst van de agenten aldaar vond er in die tunnel een explosie plaats. Hoogstwaarschijnlijk, heren, als gevolg van mechanismen die Foxx tijdens de bouw had laten aanleggen.'

Heren...

Via dezelfde beveiligde verbinding luisterden de anderen op verscheidene plekken in Europa en de Verenigde Staten mee: vicepresident Rogers en Tom Curran, de chef-staf van president John Henry Harris, in de Amerikaanse ambassade te Madrid; minister van Buitenlandse Zaken David Chaplin in de Amerikaanse ambassade te Londen; minister van Defensie Terrence Langdon in het NAVO-hoofdkwartier te Brussel; voorzitter van de gezamenlijke chefs van staven luchtmachtgeneraal Chester Keaton in zijn thuiskantoor in Virginia.

'Moeten we aannemen dat de president dood is?' vroeg Terrence Langdon vanuit Brussel.

'Terry, dit is Jim,' kwam Marshall tussenbeide, 'volgens mij kunnen we helemaal niets aannemen. Maar op basis van informatie die we van Foxx ontvingen, is het allesbehalve zeker dat de president en Marten zich in die tunnel bevonden op het moment dat de explosie plaatsvond. In dat geval is er zeer weinig kans – laat me dat even duidelijker stellen – is er "geen kans" dat een van beiden het heeft overleefd.'

'We weten dat Foxx een opvolger heeft geregeld voor het geval hem iets zou overkomen. Zo ook leidde hij de strikt geheime programma's in de Tiende Medische Brigade. Maar laat me het volgende even op de man af vragen: kunnen we inderdaad zonder hem verder?'

'Jazeker,' antwoordde Marshall. 'Zonder twijfel. Het is gewoon een zaak van de volgende in zijn hiërarchie waarschuwen.'

'Hebben we details van wat hem is overkomen? Was de president erbij betrokken?'

'Dat weten we niet. Maar wat daarbinnen ook gebeurd is, zijn lijk mocht daar niet door anderen worden gevonden, en een onderzoek kunnen we daar ook niet gebruiken.'

'Hij moet toch gezien zijn bij het klooster.'

'Hij liep daar regelmatig in en uit. Hij had er zijn kantoor, zijn labs waar hij mensen gewoon rondleidde. Officieel zal hij direct na het verlaten van het restaurant zijn vertrokken. Dat zal geen probleem zijn.'

'De geheime dienst,' sprak generaal Keaton vanuit Virginia, 'de agenten die daar waren, zullen een rapport uitbrengen, als ze dat al niet hebben gedaan. En dan?'

Lowe keek even naar Marshall. 'Chet, er waren twee mannen,' sprak hij vervolgens in de telefoon. 'Slechts een van hen maakte zichzelf bekend als geheim agent. Het was de speciaal agent van de president, Hap Daniels. Wie die andere man was, weten we niet, en ook niet hoe ze daar kwamen. Maar Daniels werd geraakt en van hem is sindsdien niets meer vernomen. Als hij zich weer meldt, dient hij volgens orders direct naar ons te worden gebracht voor een debriefing. Zodra dat gebeurt, krijgt hij te horen dat de agenten met wie hij oog in oog kwam te staan commando's van de Zuid-Afrikaanse strijdmacht waren die het bevel hadden om dr. Foxx in het geheim naar Zuid-Afrika te repatriëren voor nieuwe hoorzittingen aangaande hemzelf en de Tiende Medische Brigade. De omstandigheden waaronder hij werd ontdekt, maakten het politiek opportuun dat hij thuis op Malta dood zou worden aangetroffen. De regering van Zuid-Afrika biedt haar verontschuldigingen aan voor elke mogelijke verwarring die tot een verwonding bij agent Daniels had kunnen leiden.'

'Het staat me niet aan.'

'Dat geldt voor ons allemaal. Maar het is niet anders. Bovendien heeft hij geen idee wie die agenten waren, en de president heeft hij duidelijk niet gevonden. En als hij beweert dat hij daarheen ging op basis van informatie van onze ambassade in Madrid, dan zal erop worden gewezen dat alle betrokkenen bij vergissing dachten dat de informatie afkomstig was van de CIA en niet van de Zuid-Afrikanen.'

'Als er in de tunnel een explosie plaatsvond, zal iemand dat gaan controleren,' bracht vicepresident Rogers nog een kopzorg te berde. 'Wat gebeurt er als ze het lijk van de president vinden?'

'Dat zal niet gebeuren,' zei Lowe met ijskoud zelfvertrouwen. 'Die tunnel voert naar lab numero zes, Foxx' gruwellab. Zoals Foxx het beschreef, was het de bedoeling dat het automatisch zou worden vernietigd als bij het betreden niet de juiste codes waren ingevoerd; tegelijkertijd zou het hermetisch worden afgesloten. Als dat is gebeurd, en daar moeten we volgens het rapport van de agenten wel van uitgaan, dan wordt die tunnel nu geblokkeerd door een honderd ton zware rotsplaat die rust tegen de deur naar Foxx' laatste kloosterlab. De andere kant van de schacht wordt geblokkeerd door een aardverschuiving van een duizendtal kubieke meters. Foxx was een perfectionist. Het zal eruitzien als een natuurlijke verzakking in een oude mijntunnel. Er zou geen reden zijn om aan te nemen dat daar nog mensen zouden zitten. Het maakt deel uit van een hele reeks tunnels waarvan de autoriteiten niet beter weten dan dat ze al tientallen jaren gesloten zijn.'

'Heren,' viel Marshall hem in de rede, 'tenzij de president zich in dat lab bevond, wat heel goed het geval kan zijn geweest, is de enige plek waar hij zou kunnen zitten de tunnel zelf. In dat geval heeft hij geen uitweg. Het zal in feite zijn graf worden, als het dat al niet is. Welke koers we officieel gaan varen met het achterhalen van wat er is gebeurd en de berging van het lijk, dat is van latere zorg. Op dit moment vormen zijn ideeën niet langer een probleem. We moeten verder, en snel ook.'

'Mee eens,' zei Chaplin vanuit Londen.

'Jim...' Het was Langdon in Brussel.

'Ik ben er nog, Terry,' reageerde Marshall.

'We hebben nog maar verrekte weinig tijd. Het groene licht voor Warschau dient nu snel te worden gegeven.'

'Ik ben het met je eens.'

'Stemmen maar,' opperde Langdon.

Zijn verzoek werd gevolgd door een onmiddellijk en unaniem koor van 'Afgesproken'.

'Tegenstemmers?'

Er volgde slechts een stilte: uit Madrid, Londen, Brussel; uit Virginia; uit de suite in Hotel Grand Palace in Barcelona.

'Dan zal de vicepresident het bevel voor Warschau onmiddellijk tekenen,' zei Lowe. 'Klopt dat, Ham? Je krabbelt niet terug?'

'Ik ga er voor de volle honderd procent voor, Jake, dat weet je. Dat weten jullie allemaal. Dat heb ik altijd gedaan. Van mijn kant geen bedenkingen,' sprak vicepresident Rogers vanuit Madrid. 'Chet, jij bevestigt de operatie Warschau zodra die startklaar is.'

'Ja, *sir*. Reken maar,' klonk de krachtige stem van luchtmachtgeneraal Chester Keaton vanaf de andere kant van de oceaan, bijna vijfduizend kilometer daar vandaan.

'Mooi,' zei Lowe, 'dan is dat afgehandeld en kunnen we door naar het volgende. Heren, ik zie u weer in Warschau. Bedankt en veel succes.'

Met deze woorden hing Lowe op en hij keek Marshall aan. 'Ik wil me opgelucht voelen, maar op een of andere manier is dat gevoel er niet.'

'Je denkt aan de president.'

'Zeker weten doen we het niet, hè? Stel dat hij nog steeds daar ergens zit, levend en wel?'

'Dan is hij nog wel eventjes bezig om zichzelf uit te graven.' Marshall nam zijn headset af, stond op en liep naar een zijtafeltje om twee glazen in te schenken. Whisky, single malt, zonder ijs. Een dubbele voor hen beiden. Hij reikte Lowe zijn glas aan.

'Nog minder dan achtenveertig uur te gaan voor Warschau. De vicepresident denkt dat-ie de touwtjes in handen heeft, de anderen accepteren het. Zelfs als Harris erin is geslaagd om ons een paassurprise te bezorgen, zou hij daar onmogelijk voldoende tijd voor hebben gehad. Maar zelfs dan nog zou de enige uitweg boven, onder of dwars door die honderd ton zware rotsplaat naar Foxx' kloostervertrekken zijn. Doet hij dat en verschijnt hij als een soort herrezen Jezus, dan zorgen wij dat-ie als de wiedeweerga wordt afgevoerd. Snel daarna sterft hij aan een hartaanval en wordt Hamilton Rogers officieel de nieuwe president. Een beetje een zenuwslopende toestand, ik geef het toe, maar we houden het hoe dan ook wel in de hand.'

Lowe staarde hem aan. 'Hebben we agenten gereedstaan voor het geval hij opduikt?'

'In Foxx' kantoor?'

'Waar dan ook.'

'Jake, dat is onmogelijk.'

'Hebben we agenten gereedstaan?' vroeg Lowe nog eens nadrukkelijk.

'Je meent het.'

'En of ik het meen, verdomme. Ik wil agenten in Foxx' kloostervertrekken en overal elders waar hij wel eens zou kunnen opdagen. Van binnen, van buiten, op z'n kop, er is daar een hele reeks mijntunnels. Stel dat hij de explosie heelhuids wist te ontvluchten en in een van die tunnels op zoek is naar een gat om naar buiten te klimmen en hem dat nog lukt ook, wat dan?'

'Dat zou een hoop levens gaan kosten.'

'Meneer de nationale veiligheidsadviseur, we zijn in oorlog, voor het geval je het nog niet doorhad.'

Een lang moment sloeg de adviseur Lowe aandachtig gade; ten slotte tikte hij met zijn drankje tegen diens glas. 'Je wilt het geregeld hebben? Geen probleem.'

Lowe stond roerloos met zijn glas in de hand.

'Je moet een beetje vertrouwen in je organisatie hebben, man,' Marshall. 'Je moet een beetje vertrouwen hebben.'

Lowe sloeg zijn glas in één teug achterover en zette het weg. 'De laatste keer dat ik vertrouwen had in iemand was het in een klootzak die John Henry Harris heet. Tweeëntwintig jaar van vertrouwen, Jim. Alles was in kannen en kruiken totdat het fout liep. Dus totdat we hem hebben of we kunnen bevestigen dat-ie dood is, weet ik verdomme helemaal niets.' Lowe sloeg zijn ogen op naar Marshall en keek hem strak aan. 'Niets.'

103

16.50 uur

Lucifers.

De lucifers die de president nog bij zich droeg van het brandje dat hij had gesticht in de stationshal in Barcelona om de Spaanse politie af te leiden. Volgens Martens telling hadden ze er nog elf over. Zeven stuks hadden ze al gebruikt om zo ver in de pikdonkere tunnel door te dringen, wat dat ook mocht betekenen. Hij hoorde de ademhaling van de president en wist dat hij ergens dichtbij even zat uit te rusten. 'Alles goed?' vroeg hij in het duister.

'Ja. En u?' klonk de stem van de president.

'Tot nu toe wel.'

Om negen minuten over drie hadden ze het gruwelijke lab van Foxx en het uit het plafond sissende gas ontvlucht en waren ze de tunnel weer in gerend waar ze doorheen waren gekomen. Het probleem was alleen dat de deur aan de andere kant op slot zat en er geen andere ingang was. Ze hadden geen andere plek om naartoe te gaan dan het lab waaruit ze zojuist waren ontsnapt. Bleef over de tunnel waarin ze zich bevonden en dan maar afwachten totdat het gas uit Foxx' lab ontsnapte en de schacht zou vullen. Op het moment dat dit vreselijke besef tot hen doordrong, voelden ze een lichte zucht frisse lucht. Ze volgden het een meter of zeven en vonden een nauwe opening in de tunnelwand die net breed genoeg was om doorheen te glippen. Aan de andere kant bevond zich een smalle zandstenen doorgang die snel naar beneden liep en algauw weinig meer was dan een kruipruimte. Marten streek nog een lucifer af, en ze zagen dat de doorgang nog eens tien meter doorliep tot hij uit het zicht verdween. Of hij daar nog verderliep of gewoonweg doodliep, viel met geen mogelijkheid te zeggen. Maar er was frisse lucht, en terug naar de hoofdtunnel durfden ze niet. Marten wurmde zich er als eerste met zijn voeten en ellebogen doorheen, en de president volgde vlak achter hem.

Tien meter verder volgde een scherpe bocht in de schacht, en moesten ze langzaam verder zien te kruipen. Zo vervolgden ze nog eens ruim dertig meter hun weg in het duister totdat de benauwde doorgang opeens uitkwam in een grotere ruimte waar ze rechtop konden staan. In het licht van een lucifer zagen ze dat ze zich in een soort oude mijntunnel bevonden waar in het midden een roestig smalspoor voor ertswagentjes liep. Kennelijk waren ze ergens halverwege de tunnel binnengekomen, dus het was gissen welke kant ze nu op moesten; ze gingen maar naar rechts en liepen het donker in, met het spoor als hun leidraad. Volgens Martens horloge was het op dat moment zes voor halfvier.

Zeven minuten later boog de tunnel af naar links en ze liepen verder. Om precies zeven over halfvier deed een harde explosie de hele berg trillen. Vijftien meter achter hen stortte het plafond in en binnen enkele seconden vulde de schacht zich met een opbollende wolk verstikkend stof.

Onmiddellijk lieten ze zich plat op de grond vallen, bang om zelfs maar adem te halen. Vervolgens kropen ze hoestend en proestend met de handen voor hun neus langs het smalspoor verder in de enige richting die ze konden gaan.

Rond tien voor vier was het meeste stof neergedaald en kwamen ze weer overeind om achter elkaar lopend hun weg te vervolgen, waarbij de achterste man de riem van de man voor hem vasthield om niet in de inktzwarte duisternis achterop te raken en om hem terug te kunnen trekken mocht de grond plotseling onder zijn voeten verdwijnen.

Om twee over halfvijf hoorden ze het geluid van druppend water en bleven ze stilstaan. Nog een lucifer: de tunnel bleek om een bocht verder te lopen en onthulde tegelijkertijd een plas grondwater op de plek waar de tunnelwand en de vloer samenkwamen. Water om te drinken en het stof uit gezicht en ogen te wassen.

'U eerst, neef,' zei de president hoestend.

Marten grijnsde. 'Natuurlijk, de koning laat de keuterboer eerst voorproeven om niet zelf te worden vergiftigd.'

Nog net voordat de lucifer doofde, zag Marten de president glimlachen. Een vergankelijk moment, maar in de afschuwelijke duisternis die erop volgde, was het ook een moment van gezamelijke humor. Het was tenminste iets.

Daarna dronken ze wat van het water, spoelden ze het stof af en gingen ze zitten om wat uit te rusten.

104

17.10 uur

Hap Daniels zat op de rand van het bed en keek toe hoe de jonge dokter zijn schouder verbond. Ze bevonden zich in de krappe slaapkamer van een kleine woning vlak bij de rivier de Llobregat en aan de rand van El Borràs, een stadje in een dal ten noordoosten van Montserrat. Miguels oom, Pau Savall, was de eigenaar. Hij was steenhouwer en huisschilder en had Miguel de motor geleend. Achter zijn huis stond de Mercedes van Limousines Barcelona verscholen.

Nog een laag verband en de dokter was klaar. Hij kwam overeind en keek Hap door zijn bril zonder montuur eens aan.

'*Usted es muy afortunado*,' zei hij op zachte toon. '*Ambas son heridas suaves del tejido fino. Descanse esta noche; usted puede ir mañana*.'

'Hij zegt dat u veel geluk hebt gehad,' zei Miguel die aan het voeteneind van het bed stond. 'U hebt twee schotwonden opgelopen, beide in het zachte weefsel. De kogels gingen er dwars doorheen. Het zal nog behoorlijk zeer doen en stijf worden, maar verder is alles goed. Hij wil dat u een nachtje uitrust, morgen mag u weer gaan.'

'U hebt veel geluk gehad, *mi amigo*,' zei de dokter in een gebrekkige mengeling van Engels en Spaans. 'Alleen God weet waarom. Daarom hebt u ook *un amigo* als hij,' zei hij knikkend naar Miguel, 'hij is Gods helper. Als u mij nu wilt excuseren, want mijn kinderen wachten op me voor het avondeten.' Hij zei nog iets in het Spaans tegen Miguel, waarop de twee samen naar de deur liepen.

Hap zag dat ze daar nog even bleven staan en dat de dokter Miguel iets overhandigde, en daarna gingen de beide mannen weg.

17.20 uur

Zuchtend haalde Hap een hand over zijn verbonden schouder en hij dacht terug aan de pijnlijke rit vanaf het klooster in de benauwde bak van Miguels zijspan. Het had een eeuwigheid geleken, maar in werkelijkheid was het slechts iets meer dan twintig minuten geweest. Nog eens twintig minuten later was de dokter gearriveerd.

Tegen die tijd had hij al een paar glaasjes van de stevige plaatselijke brandewijn achter de kiezen, had hij vernomen wie Miguel was, wie de mannen waren die Miguel zijn 'neven' had genoemd en dat Miguel hem had geholpen omdat hij zichzelf bekend had gemaakt als een agent van de geheime dienst en zijn leven op het spel zette om de man te redden van wie hij geloofde dat het de president was. Ook hoorde hij dat Miguel de bestuurder van de limousine was die de president en Marten van Barcelona naar Montserrat had gereden en hoe hij aan de code was gekomen om de werkvertrekken van Foxx binnen te gaan.

Miguel was naar het kloosterrestaurant gegaan om er zijn 'neven' te zoeken. De hoofdkelner had hen zien weggaan met Merriman Foxx en had hem aanwijzingen naar Foxx' burelen gegeven. Bijna had hij de deur weten te bereiken toen opeens de agenten waren verschenen en hij snel in het schemerduister was gestapt. Toen Breedneus de code intoetste, had hij voorzichtig meegekeken. De cijfercombinatie was 4-4-4-2. Nummers onthouden ging hem gemakkelijk af, het gevolg van te vaak meespelen in de loterij, van te veel geld uitgeven en van te veel getallen onthouden uit louter hoop.

Het was ook op dat moment geweest dat Hap had ontdekt dat de in elkaar gezakte witharige figuur tussen de agenten Foxx was geweest. Hij kende slechts de reputatie van de man en had gehoord over de geheime hoorzittingen over het terrorisme. Nooit had hij hem in levenden lijve of zelfs maar op een foto gezien tot het moment dat Miguel de agenten belaagde, denkend dat ze de president hadden, en het jasje loskwam en zijn gezicht zichtbaar werd.

Waarom de president zo veel belangstelling had voor Foxx dat hij het risico had genomen helemaal naar Montserrat te gaan, daar had hij geen idee van, totdat Miguel bevestigde wat hij ten dele al vermoedde; namelijk dat de 'vrienden' van de president in Washington een plan hadden bekokstoofd waar de president niet aan wenste mee te werken – een genocide tegen de moslimstaten – en dat Merriman Foxx het brein achter deze plannen was. De president had niet over de details beschikt en daarom waren hij en Marten naar het klooster gegaan: om Foxx te dwingen ze prijs te geven en om te proberen het plan te verijdelen. Of ze daarin waren geslaagd of niet, dat bleef de grote vraag.

17.35 uur

Met een glas water en een kleine envelop keerde Miguel terug in de kamer. 'Neem deze in,' zei hij terwijl hij Hap het water en twee witte pillen uit de envelop aanreikte. 'Tegen de pijn. De dokter gaf ze aan me. Er zitten er nog meer in.' Hij legde de envelop op het nachtkastje.

'Nadat de agenten weggingen en voordat ik bewusteloos raakte, ging je door die deur in Foxx' kantoor,' zei Hap, en hij nam een slok water maar negeerde de pijnstillers. 'Ik zou denken dat je de president ging zoeken; weliswaar tevergeefs, want anders zouden we er nu niet zo bij zitten. Zag je iets wat erop wees dat hij daar inderdaad geweest was?'

'Neem alstublieft uw medicatie in.'

'Was de president daar geweest?' drong Hap aan. 'En zo ja, waar is hij dan in godsnaam heen gegaan dat die agenten hem niet konden vinden?'

'Mijn oom zit beneden met zijn vrouw,' zei Miguel zacht. 'Alleen zij en de dokter weten dat u hier bent. Voordat ze gaan slapen komen ze nog even bij u kijken. U kunt ze vertrouwen. Als u iets nodig hebt, zorgen zij ervoor.' Miguel liep naar de deur.

'Je vertrekt?'

'Ik zie u zodra ik weer terug ben.'

'Je hebt mijn BlackBerry nog.'

'Ja.' Miguel nam de zakcomputer uit zijn binnenzak, liep even terug en gaf hem aan Hap.

'En de wapens? Het waren er twee.'

Miguel sloeg zijn jasje open, trok Haps Sig Sauer vanachter zijn broeksband vandaan en legde het vuurwapen op het kastje naast hem.

'Waar is mijn machinepistool?'

'Dat heb ik nodig.'

'Waarvoor?'

Miguel glimlachte vriendelijk. 'Ik vind u een goede man die moet uitrusten.'

'Waarvóór vroeg ik!'

'Vierde bataljon, Royal Australian Army, Special Operations Command, van mijn negentiende tot mijn vierentwintigste. Ik kan er prima mee overweg.'

Hap staarde hem aan. 'Ik vroeg niet naar je cv, ik vroeg waarom je dat machinepistool nodig hebt!'

'Welterusten, meneer.' En daarmee draaide Miguel zich om naar de deur.

'Je weet niet eens of de president daar wel was, of wel soms?' blafte Hap hem nog na. 'Je raadt er slechts naar!'

Miguel draaide zich om. 'Meneer, hij was daar.' Hij stapte naar een dressoir, pakte iets, kwam ermee naar het bed gelopen en legde het op Haps schoot. Het was Demi's grote slappe hoed.

'Toen ik afscheid van hem nam, droeg hij deze als vermomming. Ik vond hem terug in een van de laboratoria achter het kantoor waar we ons in bevonden. De deur en een deel van de muur van de laboratoria naar wat zich daar ook achter mocht bevinden, was ingestort en werd geblokkeerd door een reusachtige berg steenpuin. Vermoedelijk het gevolg van de aardbeving of wat het ook was dat ons tegen de vloer kwakte. Met een dag of twee kunnen ze zich misschien met zwaar materieel een weg banen door dat puin naar de andere kant, maar zelfs dan zou niemand precies weten wat ze daar wel eens zouden kunnen aantreffen.

Ergens aan de andere kant van die steenmassa, in het binnenste van de berg en in de bergen eromheen, lopen grotten die via oude mijntunnels met elkaar in verbinding staan nog kilometers door. Als hij nog leeft, dan zal hij in een van die grotten of tunnels zitten. Er is een storm op komst, maar voorlopig is er nog maanlicht en zijn er manieren om van bovenaf binnen te komen. En daar ga ik nu heen. Uw president en Nicholas Marten zijn als familie voor mij. Het is mijn plicht en mijn voornemen om ze te vinden, of ze nu leven of al dood zijn.'

'Je limousine, die staat achter onder een paar bomen geparkeerd?'

'Ja, en?'

'Neem je vaak mensen mee de bergen in?'

'Ja, dat doe ik best vaak.' Miguel werd ongeduldig; de tijd drong, en die werd nu verspild met al die vragen.

'Ligt er een EHBO-doos in de kofferbak?'

'Ja.'

'Een grote?'

'*Señor* Hap, ik wil nu naar uw president toe. Neemt u me alstublieft niet kwalijk.' Opnieuw begaf Miguel zich naar de deur.

'Zitten er ook van die kleine opvouwbare nooddekens in, van die weerspiegelende folie? Je weet wel, van mylar, zoals de brandweer die ook gebruikt?'

Boos draaide Miguel zich weer om. 'Vanwaar al deze vragen?'

'Geef antwoord.'

'Ja, die hebben we. Dat is bedrijfsvoorschrift. Eentje voor iedere passagier en de bestuurder. Tien in totaal.'

'Hoe staat het met voedsel? Noodrantsoenen?'

'Een paar gezondheidsrepen, meer niet.'

'Mooi, breng de hele zooi maar mee.' Hap sprong van het bed en moest onmiddellijk met een hand steun zoeken.

'Wat doet u nu?'

Hap greep de 9mm-Sig Sauer, stak hem achter zijn riem en stopte de pillen in zijn zak. 'Alleen als ik niet meer kan lopen ga jij in je eentje op stap.'

105

Hotel Best Western Aurore, Parijs, 17.45 uur

'Goedenavond, Victor.'

'Hallo, Richard. Ik wacht de hele middag al op je telefoontje.'

'Ik werd opgehouden, het spijt me.'

'Ik zag het tv-verslag van de schietpartij bij de renbaan van Chantilly. Ze hadden het over twee dode jockeys, maar veel meer was er niet.'

'Je bent toch niet door de politie benaderd, hè?'

'Nee.'

'Mooi zo.'

Victor lag in zijn ondergoed op bed; de tv stond zachtjes aan. Die ochtend was hij in Chantilly op de trein gestapt, waarna hij in Parijs op Gare du Nord een taxi had genomen naar het hotel waar hij nu zat, tegenover een ander station, Gare de Lyon. Hij had ontbijt besteld op zijn kamer, een douche genomen en tot twee uur geslapen. Daarna had hij gewacht, zoals hem was opgedragen, tot Richard zou bellen. Net als in Madrid was hij, naarmate de uren verstreken, steeds ongeruster geworden, bang dat Richard niet zou bellen, misschien wel nooit meer. Als de avond zonder nader bericht van hem verliep, zou hij zich geen raad weten. Echt niet. En eerlijk gezegd was het idee om zichzelf van het leven te beroven meer dan eens door zijn hoofd geschoten. Het was beslist een oplossing. Iets wat hij kon doen. En wat hij hoogstwaarschijnlijk ook echt zou doen als Richard niet vóór – hij bepaalde het tijdstip – acht uur de volgende morgen had gebeld. Maar toen had Richard dus toch gebeld, was alles weer koek en ei en voelde hij zich weer optimistisch, gewenst en gerespecteerd.

'Nogmaals mijn excuses voor de vertraging, Victor. De laatste voorbereidingen vergden enige tijd.'

'Laat maar zitten, Richard. Ik begrijp het. Soms kan het gecompliceerd worden, nietwaar?'

'Ja, inderdaad, Victor. Dit zijn je instructies: trein nummer 243 met bestemming Berlijn vertrekt vanavond om 20.46 uur vanaf Gare du Nord. Bij de klantenservice ligt een eersteklaskaartje voor je klaar. Je kunt die trein toch wel halen?'

'Ja.'

'Mooi. Morgenochtend om 8.19 uur kom je aan in Berlijn. Om 12.52 uur zal daar trein nummer 41 vertrekken die 's avonds om 18.25 uur bestemming Warschau zal bereiken. In Hotel Victoria is een heel mooie kamer voor je gereserveerd. Ik zal je daar voor middernacht bellen. Alles naar tevredenheid zo, Victor?'

'Ja, uiteraard. Ik doe altijd wat je van me vraagt. Daarom vertrouw je ook op mij, nietwaar?'

'Ja, Victor, je weet dat ik op je vertrouw. Goede reis dan maar, ik bel je morgen weer.'

'Dank je, Richard. En een prettige avond verder.'

'Prettige avond. En jij ook bedankt.'

106

La iglesia dentro de la montaña
De kerk in de berg, 17.55 uur

Demi's kamer leek op die in een nonnenklooster, sober en piepklein. Naast de deur stond een eenvoudige kaptafel, waarop een handspiegel en een waskom stonden. Rechts ervan stond een ladekast met een uitklapbaar bovenblad. Een blik naar het raampje vlak onder het plafond vertelde haar dat het nog steeds dag was. Het eenpersoonsbed was hard en had geen lakens, alleen een kussen en twee dekens. Ze had er haar twee camera's en kleine tas op gelegd waarin ze een plastic zakje met toiletspullen had gepakt en nog een met haar camera-accessoires – extra geheugenkaarten, een batterijlader voor de digitale Canon en twee kleurenfilmpjes voor de 35mm-Nikon. Wat ontbrak, maar waarvan ze zeker wist dat ze het bij zich had gehad toen ze die ochtend in Barcelona het Regente Majestic verliet en nog eens had gecontroleerd toen ze in Montserrat aankwam, was haar mobiele telefoon. Die was onderweg verdwenen, zodat ze van de buitenwereld was afgesneden.

Tenminste, dat zou degene die hem had weggenomen ongetwijfeld denken.

Het was een daad die haar in een eerder stadium keihard zou hebben herinnerd aan de waarschuwingen van haar vader en Giacomo Gela en die haar angst dusdanig zou hebben doen toenemen dat ze zich er, vanwege de monniken, de buitengewoon geïsoleerde ligging van de kerk en het feit dat ze voor de trip naar deze plek was gedrogeerd, gemakkelijk door had kunnen laten meeslepen.

Maar in plaats daarvan versterkte het haar vastberadenheid juist, verscherpte het haar zintuigen en bracht het haar in herinnering dat ze nu het einde naderde van wat een vreselijk lange en bijna onmogelijke reis was geweest. Een reis waaraan ze haar leven had gewijd en die ze hoe dan ook zou voltooien, zo had ze haar moeder in stilte plechtig beloofd. Angst of de dreiging van geweld zou haar niet verzwakken. Hier niet, nu niet.

Bovendien was ze niet roekeloos geweest en haar plannen waren zorgvuldig gesmeed. Onder het shirt dat ze onder haar blazer droeg en vlak boven haar taille zat een speciaal op maat gemaakte gordel die in alle opzichten leek op verfijnde onderkleding maar in werkelijkheid een lichtgewicht nylon houdertje was voor een smartphone; een telefoon/cameracombinatie met breedbandtoegang en speciale software, die ze draadloos kon verbinden met haar digitale Canon-camera om direct foto's te kunnen uploaden naar haar website in Parijs. Dat was haar in heel Europa en in de VS al gelukt, en onlangs nog in Malta en Barcelona. Of ze bereik had, was hier haar voornaamste zorg geweest, niet alleen vanwege de geïsoleerde ligging, maar ook omdat ze zich binnen in de kerk bevond. Maar toen ze Beck, staand in het schip, had zien bellen met zijn mobieltje was die vrees verdwenen. Er was dus bereik, zodat ze razendsnel foto's kon verzenden naar Parijs.

Om het uit te testen nam ze een foto van haar kamer, verzond deze naar haar website, pakte vervolgens de smartphone en toetste haar nummer in. Even later kwam de verbinding tot stand. Ze uploadde wat ze zojuist had gefotografeerd: de foto van de kamer waar ze nu in stond. Het systeem functioneerde perfect.

Net toen ze op het punt stond om voor de zekerheid nog een foto te nemen werd er opeens hard op de deur geklopt.

'Ja,' reageerde ze geschrokken.

'Ik ben het, Cristina.'

'Momentje.' Vlug liet ze de telefoon in de houder onder haar shirt glijden, liep naar de deur en deed open.

'Ben je een beetje uitgerust?' vroeg Cristina met een vriendelijke glimlach.

'Ja, dank je. Kom binnen.'

Cristina droeg nog steeds de lange witte jurk die ze ook al aan had gehad toen Demi aankwam. Over haar arm droeg ze een soortgelijke jurk, het enige verschil was de kleur, niet wit maar diep scharlakenrood. Ze gaf hem aan Demi.

'Deze is voor jou, om vanavond te dragen.'

'Vanavond?'

'Ja.'

'Wat staat er vanavond te gebeuren?'

'Het begin van de eeuwigheid.'

'Ik begrijp het niet.'

'Dat komt nog wel...' Cristina staarde haar zwijgend aan en draaide zich toen om naar de deur. 'Over een uur kom ik je halen.'

'Voordat je gaat...'

'Ja?' Cristina draaide zich weer om.

'Mag ik een foto van je maken?'

'Nu?'

'Ja.'

'Goed.'

Demi liep naar het bed en pakte beide camera's op. Drie minuten later had ze een volledig fotoverslag van Cristina, in haar witte jurk en met Demi's kamer als achtergrond. De helft was op 35mm-film geschoten met de Nikon, de rest met de digitale Canon, opgeslagen op de geheugenkaart en op hetzelfde moment doorgestuurd naar haar website.

'Was dat het?' vroeg Cristina ten slotte met opnieuw die warme, vriendelijke glimlach.

'Ja. Het is goed zo.'

Er viel even een stilte, en Cristina staarde Demi nogmaals aan; een intense, doordringende blik, alsof ze haar om een of andere zeer persoonlijke reden nauwlettend gadesloeg. Het volgende moment was de starende blik opeens verdwenen. 'Tot over een uur,' zei ze ontspannen, en weg was ze.

Demi sloot de deur achter haar en leunde er roerloos tegenaan; een akelige rilling trok door haar lichaam. Slechts één keer eerder in haar leven had ze de blik gezien die ze even daarvoor in Cristina's ogen had bespeurd.

Slechts één keer.

En wel op die ene foto van haar moeder die maar een paar dagen voor haar verdwijning was genomen; haar ogen waren net zo bruin en intens als die van Cristina, maar tegelijkertijd kalm en volkomen vredig. Cristina was drieëntwintig. Haar moeder was net zo oud geweest toen ze verdween.

107

18.18 uur

Als twee blinden vervolgden Marten en de president hun weg in het pikkedonker van de tunnel, tastend met hun voeten langs het oude smalspoor, op dezelfde wijze als ze al bijna anderhalf uur hadden gedaan.

Ze liepen vlak achter elkaar, waarbij de een nog altijd de riem van de man voor hem vasthield. Vier keer waren ze over iets gestruikeld en bijna gevallen, maar de achterste man had zich van zijn taak gekweten en hen overeind gehouden door stevig aan de riem te rukken. Eén keer waren ze samen gevallen. Marten had achteraan gelopen, en de president, in de veronderstelling dat hij een gapend gat voor hen zag, was plotseling weggedraaid waardoor Marten boven op hem was gestort en met een luide kreun hard over een van de spoorbielzen was gevallen. Daarna hadden ze elkaar wat vaker afgewisseld zodat de voorste man het niet de hele tijd het zwaarst te verduren had van het onbekende wat vóór hen lag, niet dingen begon te zien die er niet waren of bang was dat de man achter hem plotseling zou struikelen en hen allebei tegen de grond zou sleuren in plaats van zich te concentreren op waar hij liep.

18.20 uur

Andermaal wisselden ze van positie, en nu liep Marten voorop. In het afgelopen uur had de president weinig tot niets gezegd, en Marten vreesde dat hij bij de val iets had opgelopen.

'Alles goed?' vroeg hij.

'Prima. En met u?'

'Tot nu toe wel.'

'Mooi, laten we dan maar doorgaan.'

En verder spraken ze niet. Marten realiseerde zich dat de president niet gewond was, maar nadacht, en vermoedelijk al een hele tijd.

Na nog eens vijf minuten wisselden ze opnieuw van positie. Weer zes minuten later nog eens. Hun dialoog bleef steeds hetzelfde. Gaat het? Ja. Mooi. Doorgaan.

18.37 uur

'Het is nog steeds zaterdag,' zei de president opeens, met een hese stem van al het stof en de droogte. 'Op de sterfdag van mijn vrouw na is dit de langste dag van mijn leven.'

Marten wist even niet hoe hij moest reageren en zweeg daarom maar. Na een halve minuut doorbrak de president de stilte opnieuw.

'Volgens mij kunnen we veilig aannemen dat mijn "vrienden" of hun vertegenwoordigers het lijk van Foxx inmiddels hebben gevonden en zich realiseren dat de explosie een veiligheidsmaatregel van Foxx was om te voorkomen dat iemand erachter kwam wat hij in dat lab uitvoerde.

Als ze weten dat ik bij hem ben geweest – waar we al van uit zijn gegaan – dan zullen ze aannemen dat ik ergens in de schacht zit, dood of hopeloos in de val, omdat ze me niet hebben gevonden. Dit betekent dat de vicepresident spoedig de leiding zal nemen en zijn goedkeuring zal verlenen aan de Warschau-moorden, áls hij dat al niet heeft gedaan.

Zodra die moorden een feit zijn, zal het volgende onderdeel van hun plan in werking treden. Er zal bijzonder snel om Franse en Duitse verkiezingen worden verzocht. Hun pionnen, degenen die ze aan de macht willen, hoe ze dat ook hebben geregeld – en dat hebben ze, want dat is me verteld en ik geloof ze – zullen dan worden gekozen, waarmee ze zich verzekerd zullen zien van de volledige steun van beide landen in de Verenigde Naties. Daarna is het slechts een kwestie van tijd, misschien zelfs dagen, voordat de genocide tegen de moslimstaten aanvangt.

Vanmorgen op het strand heb ik u verteld over de jaarlijkse ledenvergadering van het New World Institute, die op dit moment plaatsvindt in Aragón, in de bergen niet ver van hier. En ook dat ik oorspronkelijk daar op zondag, morgen dus, tijdens de ochtenddienst als gastspreker zou optreden, en dat dat mijn bestemming was toen ik uit Madrid vertrok. Ik had me honderd procent voorgenomen om die speech zoals gepland te houden en hun de waarheid te vertellen over wat er is gebeurd en ze te waarschuwen voor wat ons allemaal nog te wachten staat. Dat voornemen heb ik nog steeds, meneer Marten.'

Marten zweeg en bleef met zijn rechtervoet tastend langs de rails hun de weg wijzen.

'Dat doel ligt niet buiten handbereik, meneer Marten. Ik heb eerder over deze bergen gevlogen; ik weet waar dat resort in Aragón ligt ten opzichte van Montserrat. In Californië heb ik vroeger vanuit de lucht gewassen besproeid, ik weet hoe dingen ervan bovenaf uitzien. Tenzij we na het betreden van deze tunnels helemaal zijn omgekeerd, wat ik niet geloof, hebben we de hele tijd vrijwel in een rechte lijn van het klooster in de richting van het resort gelopen.'

'En hoe ver zou die plek nog kunnen zijn, hemelsbreed?' vroeg Marten.

'Een kilometer of vijfentwintig, dertig. Hooguit tweeëndertig.'

'Hoe ver denkt u dat we inmiddels zijn opgeschoten?'

'Zes à zeven kilometer.'

'Meneer de president, neef...' zei Marten terwijl hij opeens bleef staan en zich naar hem omdraaide. 'Alle goede bedoelingen daargelaten, maar we hebben geen kaart, geen manier om te weten waar deze tunnels naartoe leiden. Ze kunnen een bocht maken zonder dat wij ons ervan bewust zijn, waardoor we plotseling in een heel andere richting lopen. Of wie weet gaan we helemaal niet in de richting die u denkt en bevinden we ons op een zijspoor dat naar het noorden, het zuiden, het oosten of het westen voert. Zelfs als we de goede kant op gaan kunnen we niet weten of de schacht op een aantal plekken misschien wel door instortingen geblokkeerd is. En ook al loopt hij rechtdoor en is de doorgang vrij, dan nog hebben we geen idee hoe ver het nog is. Misschien achthonderd meter, misschien wel vijfendertig kilometer. En daarna kan Aragón nog wel vijfenzestig kilometer over land zijn. En dan gaan we er dus van uit dat we er aan het eind ook uit kunnen. Als deze tunnels inderdaad zo oud zijn als ze lijken, met deze verroeste rails, zullen ze al lang geleden zijn afgegrendeld om het publiek buiten te houden.'

'Wat probeert u me nu eigenlijk te vertellen?'

'Wat we geen van beiden willen horen, laat staan over willen nadenken. Namelijk dat hoe graag u die toespraak ook wilt houden, de werkelijkheid is dat we hier misschien wel nooit meer levend uit komen. Ik heb de hele tijd geprobeerd een luchtstroom te vinden die op een opening zou duiden. Een scheur, een spleet, alles wat we maar konden openbreken of waar we ons doorheen konden wurmen naar buiten. We zijn er een paar gepasseerd, maar niet een was groot genoeg om het beetje energie dat ons nog rest aan op te offeren.

Als we het einde van deze schacht bereiken zonder iets te vinden wat ergens op lijkt, zullen we moeten omkeren en op zoek moeten gaan naar een zijtunnel die we in het donker misschien hebben gemist. Als ook dat niets oplevert, weet ik het ook niet meer. Ik wil uw hoop niet de grond in boren, meneer de president, maar in dit stadium kunt u helemaal niets betekenen voor de mensen die u wilt toespreken of ze waarschuwen voor de geplande moordaanslagen in Warschau of voor de genocide. Op dit moment is ons eigen leven het enige wat er iets toe doet, en als we geen uitweg vinden, dan is de kans groot dat we hier zullen sterven. Met wat water geef ik ons misschien tien dagen, in het gunstigste geval twee weken.'

'Strijk een lucifer af,' zei de president kortaf.

'Wat?'

'Ik zei: strijk een lucifer af.'

'Meneer de president, neef, we zullen elke lucifer nodig hebben.'

'Strijk af!'

'Ja, meneer.' Marten diepte het doosje op uit zijn zak, nam er een lucifer uit en streek hem af.

Als een toorts verlichtte het vlammetje het gezicht van de president. Zijn ogen waren strak op die van Marten gericht.

'Het is zaterdagavond, nog geen zeven uur. Zonsopgang morgenochtend is nog ver weg. Er is nog voldoende tijd om Aragón te bereiken en de vergadering daar toe te spreken. Voldoende tijd om de moorden in Warschau te verijdelen. Voldoende tijd om de genocide in het Midden-Oosten tegen te houden. Deze president zal hier niet sterven, neef. Dat kan hij niet en dat zal hij ook niet. Er staat veel te veel op het spel.'

In het flakkerende licht zag Marten een man die de uitputting nabij was; gescheurde kleren, een gehavend gezicht en een paar opengehaalde handen, bebloed en geschaafd; elke porie, van zijn stoppelbaard tot zijn hoofd, zat onder het stof, vuil en roet. Een man die verslagen had kunnen zijn, maar het toch niet was.

En als hij het niet was, dan was Marten het ook niet. 'U zult hier niet sterven, meneer de president,' sprak hij net zo hees als de president. 'Op een of andere manier zullen we een uitweg vinden en zult u die mensen toespreken.'

De president keek hem strak aan. 'Zo makkelijk komt u niet van me af.'

'Hoe bedoelt u?'

'Ik wil dat u het me belooft. Uw erewoord.'

De vlam van de lucifer werd kleiner. Wat even daarvoor nog een onwaarachtig nobele gedachte had geleken, een onmogelijke droom of niets meer dan een volslagen krankzinnige hoop waar Marten voor was gevallen, had de president opeens omgeturnd in een diep persoonlijk pact. Hiermee was alles naar een hoger plan getild, zodat de taak die voor hen lag meer was geworden dan een verbintenis van lichaam en geest; het was nu een verbintenis die hun ziel en zaligheid vereiste.

'U bent een koppige schurk,' fluisterde Marten.

'Geef me uw erewoord.'

Marten aarzelde; de lucifer was opgebrand, en opnieuw was alles in duisternis gehuld.

'Dat hebt u,' fluisterde hij ten slotte, 'u hebt mijn erewoord.'

108

El Borràs, 18.55 uur

Hap Daniels zette zich schrap in het zijspan terwijl de motor een smal onverhard pad af stuiterde en Miguel twee andere motorfietsen volgde naar de rivier de Llobregat. Miguel was de enige met een zijspan. De anderen reden op een gewone Honda. De voorste werd bestuurd door Miguels neef Amado. Op de andere zaten José en Hector, twee vrienden van Amado. Ze waren alle drie nog geen achttien, maar woonden hun hele leven al in El Borràs en kenden de bergachtige omgeving, met zijn luchtschachten, rotsspleten en ingangen tot de grotten en de oude tunnels, en de tunnels zelf, op hun duimpje. Hap had het maar niets gevonden dat de anderen meegingen, maar Miguel had hem verzekerd dat zijn jonge vrienden honderd procent betrouwbaar waren en niets zouden doorvertellen over wat ze deden of naar wie ze op zoek waren, zelfs niet als ze werden aangehouden.

'Geloof me,' had Miguel hem gerustgesteld, 'zelfs als we het geluk hebben dat we de president bereiken, zullen ze hem niet herkennen, en jij misschien ook wel niet. Voor de jongens zal hij een vermiste Amerikaanse vriend zijn die de grotten verkende en na de grote rotsverschuiving of aardbeving in de berg opgesloten raakte.'

Ze remden af en stopten bij de rivier. De Llobregat was hier zo'n meter of vijftig breed, modderbruin en snelstromend door het afvloeiende regenwater van afgelopen winter. Miguel keek naar Hap in het bakkie.

'Op de bodem ligt een dikke berg grind. Het lijkt diep, maar dat is het niet. Kijk toch uit, want je kunt voor verrassingen komen te staan.'

'Oversteken,' zei Hap zonder enige emotie op zijn gezicht.

Miguel gaf Amado een teken, waarop de voorste twee motoren aan de oversteek begonnen, Amado voorop en Hector erachter. Door de sterke stroming verloor Hector halverwege bijna de macht over het stuur, maar hij herstelde zich, gaf gas en haalde de overkant, waar hij met Amado wachtte. Meteen daarna draaide Miguel aan de gashendel, en langzaam reed de motor vooruit het water in. Het snelstromende water dreigde hen mee te sleuren, maar Haps gewicht in het zijspan hield de motor in het gareel, en met wat gestuiter en een flinke dot gas bereikten ze de andere drie. Opnieuw gaf Miguel een teken, en Amado ging hen voor over een steil grindpad.

Hoe hobbelig de rit voor Hap ook was, de motor bleek wel de juiste keuze van vervoer. Ze reden de uitlopers in en wat verderop de bergpaden op. Een auto was waardeloos in dit terrein, en te voet zou het veel te veel tijd vergen. Daarnaast had Hap nauwelijks het uithoudingsvermogen om überhaupt wat langere afstanden te lopen.

19.10 uur

De zon zakte weg achter de bergkam vlak boven hen, waardoor het onverharde pad waarover ze reden in de schaduw kwam te liggen. Hap boog zich voorover, zoekend naar een manier om de pijn in zijn gewonde schouder te verlichten terwijl de motor genadeloos over het ruige terrein stuiterde. Op dat moment ging zijn BlackBerry. Hij haalde hem uit zijn jasje, zag dat het Bill Strait was, schakelde het ding uit en zette ten slotte ook het geluid uit. Hij dacht onmiddellijk terug aan het gecodeerde tekstbericht dat Strait hem om tien over vier had verzonden.

Hap. Probeer je al uren te bereiken. Waar zit je in godsnaam? Chef-staf meldt om 16.08 uur vanuit Madrid dat Cropduster niet, ik herhaal

NIET in het klooster bij Montserrat was. CIA-agenten onder kortstondig vijandelijk vuur van onbekenden bij kloosterkantoor van ene dr. Merriman Foxx. Onze missie naar Montserrat halverwege vlucht afgebroken. Teruggekeerd naar basis bij Barcelona. CNP (Spaanse politie) en Spaanse inlichtingendienst onderzoeken vijandelijk vuur. WAAR ZIT JE IN GODSNAAM? ALLES GOED?

Hap keek even naar Miguel toen ze over een smal pad met door de regen uitgesleten geulen reden, de toenemende duisternis tegemoet. Tot een paar uur geleden had hij deze man nog nooit gezien. Inmiddels vertrouwde hij hem en drie jonge Spanjaarden zijn leven toe, en dat van de president, als die tenminste nog leefde. Het was iets waar hij Bill Strait voor zou moeten kunnen bellen; om hem op te dragen om meteen een heel contingent agenten van de geheime dienst, de CIA, de Spaanse inlichtingendienst en de Spaanse politie op te trommelen om hier de heuvels en bergtoppen uit te kammen, op zoek naar een doorgang naar de lagergelegen gebieden waar de president en Nicholas Marten volgens Miguel zouden kunnen zijn, en om tegelijkertijd een explosieventeam opdracht te geven om vanuit het kantorencomplex van Foxx het rotsgesteente op te blazen.

Tussen agenten van de geheime dienst had altijd een ijzeren band, een rotsvast vertrouwen bestaan. Dat wilde zeggen: tot nu toe, tot dit alles had plaatsgevonden. Net als de president had ook hij inmiddels geen idee hoever dit zou gaan of wie hij in godsnaam nog kon vertrouwen. Dus hoezeer hij het ook wilde, hoezeer de situatie er ook om vroeg, hij nam geen contact op met Bill Strait en reageerde niet op diens bericht.

'Verdomme,' vloekte Hap in zichzelf. Wat had hij een hekel aan wantrouwen, vooral als hij het zelf koesterde en hij niet wist wie of wat hij moest geloven.

'Hap!' riep Miguel plotseling.

'Wat is er?'

'Kijk daar.' Miguel wees naar een nog zonovergoten bergtop, een kilometer of acht in de verte.

In eerste instantie zag Hap niets, maar toen opeens wel. Vier helikopters naderden over de bergkam en scheerden omlaag in de schaduw aan deze kant van de berg.

'Wie zijn dat?'

'Dat weet ik niet precies. Vermoedelijk de Spaanse politie. Misschien wel Mossos d'Esquadra. Wie weet beide.'

'Komen ze deze kant op?'

'Lastig te zien.'

'Miguel!' brulde Amado, en hij wees achter hen.

Beide mannen keken achterom en zagen nog eens vijf helikopters. Ze waren nog ver, maar naderden in rap tempo vlak boven de grond.

Hap keek Miguel aan. 'Zorg dat we uit het zicht zijn! Amado, de andere jongens ook!'

109

19.17 uur

Miguel gaf Amado en de anderen een teken om hem te volgen en gaf een dot gas waarop de motor letterlijk de steile rotsachtige oever op vloog. De machine ronkte, bokte en sputterde, aan één stuk door losse steentjes wegschietend, maar uiteindelijk bereikten ze de top van de oever en vlakte het terrein af. Miguel stoof nog een kleine twintig meter door, zag het spelonkachtige uitsteeksel van een enorme zandstenen formatie en reed erin. Even later voegden de anderen zich bij hen.

'Motor uit,' beval Miguel in het Spaans.

Ze gehoorzaamden, hielden hun adem in en keken zwijgend achterom. Het enige wat ze zagen, was het al schemerige rotsachtige terrein van het hoge, alle kanten uitdijende plateau waarop ze zich bevonden. Een volle minuut gebeurde er niets en leek het erop dat de helikopters misschien in een andere richting waren gevlogen, maar toen verschenen ze opeens met een denderend geraas weer in zicht. Alle vijf. Over de bergrug naderden ze hun kant op en binnen enkele seconden vlogen ze over, op nog geen zeven meter boven het overhangende gedeelte waar ze zich hadden verscholen.

De voorste vier waren van de Spaanse politie; de vijfde kende Hap maar al te goed. Het was de grote Amerikaanse leger-Chinook waarmee ze vanuit Madrid naar Barcelona waren gevlogen. Het betekende dat de geheime dienst ter plekke was en dat het detachement onder commando van Bill Strait zou staan.

Direct diepte hij zijn BlackBerry weer op en zette hem aan in de hoop dat Strait een tweede tekstbericht had achtergelaten met informatie die hij nog niet had. Er was inderdaad een bericht. Het was niet wat hij hoopte, maar ook niet helemaal onverwacht.

Hap, heb opnieuw geprobeerd je te bereiken! De ambassade in Madrid heeft ons gemeld dat Cropduster misschien toch in het klooster is geweest en na een aardverschuiving mogelijk opgesloten zit in een oude mijn tunnel. Eenheden van de CNP, *de* CIA *en onze geheime dienst zijn nu onderweg.*

Meer.

Vernam dat jij het was die in Montserrat vijandelijk vuur opende op agenten en dat je geraakt kunt zijn. Waar zit je in godsnaam?

Meld locatie en toestand.

Meer.

Agenten waren niet van de CIA. *Ambassade was verkeerd geïnformeerd. Agenten waren Zuid-Afrikaanse commando's met geheime orders om dr. Foxx naar Zuid-Afrika te repatriëren.*

Zuid-Afrikaanse regering heeft zich verontschuldigd bij Buitenlandse Zaken en de ambassade in Madrid.

Meer.

Veel hiervan is niet steekhoudend. Zoals je weet is onze informatie over Cropdusters vermoedelijke aanwezigheid in Montserrat en over de missie van CIA*-agenten om hem op te halen afkomstig van de chef-staf van het Witte Huis die in de ambassade in Madrid zit. Hoe kunnen de chef-staf en het plaatselijke* CIA*-hoofd* CIA*-agenten verwarren met Zuid-Afrikaanse commando's? En ook: hoe kan de oorspronkelijke missie voor Cropduster opeens veranderen in een opdracht om de Zuid-Afrikaanse doctor te repatriëren en vervolgens op dezelfde locatie Cropduster op te sporen? Zat hij de hele tijd al in de tunnels en is hij door de aardverschuiving bekneld geraakt en wist niemand daarvan? Is dit iets op uitvoerend niveau waar wij niets van weten? Een soort ontmoeting tussen Cropduster en de Zuid-Afrikaanse doctor misschien? Heb getracht contact te leggen met assistent-directeur Langway van de Amerikaanse geheime dienst die naar verluidt nog steeds in Madrid zit. Voorlopig tevergeefs.*

Meer.

Als je ertoe in staat bent moet je onmiddellijk contact opnemen met Jake Lowe of de nationale veiligheidsadviseur Marshall voor een debriefing. Misschien dat zij je kunnen vertellen wat er aan de hand is.

Dit is een direct bevel van de VPOTUS. *Bevestig alsjeblieft.*

Meer.

Zelf zeer ongerust. Waar zit je toch in godsnaam? Ben je gewond? Heb je hulp nodig? Verdomme, Hap, reageer alsjeblieft of laat iemand het voor je doen!

Bill Straits verwarring over de informatie van de chef-staf in Madrid was heel begrijpelijk. Tenminste, als er iets van klopte, wat uiterst onwaarschijnlijk was. De agenten met wie hij bij het klooster in een vuurgevecht verwikkeld was geweest, waren echt geen Zuid-Afrikaanse commando's; die waren net zo Amerikaans als Lucky Luke. Ze hadden geweten dat de president zich daar bevond en waren voor hem gekomen. Dat gedoe met Foxx was vast bijzaak geweest, deel van iets anders.

Wat Bill Strait betrof, viel het onmogelijk te zeggen of die tussen twee vuren zat en gewoon probeerde zijn werk te doen of dat hij aan de kant van die agenten stond en bij de zaak betrokken was. Wilde hij Hap zo graag opsporen omdat die een oprecht gewaardeerde collega was, of was het misschien omdat Hap voor problemen kon zorgen en ze er zeker van wilden zijn dat hij uit beeld verdween?

Hap grimaste bij deze laatste gedachte, stopte de BlackBerry weg en keek naar de anderen, die bij elkaar onder het uitsteeksel stonden, badend in het verblindende, goudkleurige licht van de ondergaande zon, die tussen de verre bergtoppen nog een openingetje had gevonden.

'Vraag Amado hoe ver het nog is naar een rotsspleet of tunnelopening,' verzocht hij Miguel, 'en of we daar ongezien te voet heen kunnen.'

Miguel wendde zich tot zijn neef, vroeg iets in het Spaans en draaide zich weer om. 'Het is maar een van de vele luchtschachten, maar we moeten ergens beginnen. Ze hebben deze gekozen omdat ze denken dat die twee na de aardverschuiving niet veel verder kunnen zijn opgeschoten.'

'En waar is die plek?'

'Ongeveer achthonderd meter hiervandaan. Zodra de zon onder is, kunnen we gaan.'

Hap staarde Miguel nog even aan en gebaarde hem dichterbij te komen. 'Als de president en Marten daarbinnen zitten,' zei hij zo zacht dat Amado en zijn vrienden het niet konden horen, voor het geval ze toch Engels verstonden, 'dan moeten we ze zien te vinden en ze daar weghalen voordat de Spaanse politie het doet.'

'Weet ik.'

'Wat je niet weet, is dat ze agenten bij zich hebben van de CIA en de Amerikaanse geheime dienst. De meeste, zo niet alle agenten, Spaanse én Amerikaanse, denken dat ze aan onze kant staan. Dat het hun missie is om de president te redden en hem in veiligheid te brengen.'

'Je bedoelt dat ze misschien wel zullen proberen om ons te doden.'

'Nee, ik bedoel dat ze iedereen die hun in de weg loopt ook écht zullen doden. We hebben het hier wel over de president van de Verenigde Staten. Je hebt die helikopters gezien. Er zullen er nog meer komen, veel meer. We moeten het opnemen tegen een heel leger van mensen die denken dat ze het juiste doen.'

'Eén man, duizend man. Voor mij is het mijn familie die daar opgesloten zit. Voor jou geldt hetzelfde, ja toch?'

Hap zuchtte. 'Ja,' antwoordde hij ten slotte. De strijd aanbinden met clandestien opererende agenten was één ding, maar een vuurgevecht aangaan met een heel legioen agenten van de Spaanse politie, de CIA en zijn eigen geheime dienst, die hier totaal niets mee te maken hadden – en van wie er een aantal wel eens zelf clandestien zou kunnen zijn – dat was een heel ander verhaal. Toch hadden ze geen andere keus. 'En de jongens?' vroeg hij.

'Ik zal voor de jongens zorgen.'

'Heb je die EHBO-doos uit de limo bij je?'

'Ja.'

'Haal die nooddekens er maar uit. Neem er zelf drie en geef mij er vier.'

'Oké.' Miguel knikte en keek Hap nog even aan. 'Hoe is het met je schouder?'

'Doet verdomde zeer.'

'De pijnstillers.'

'Dit is geen moment of plek om onder invloed van medicijnen te raken.'

'Bloedt het nog?'

'Niet dat ik weet. Je dokter heeft goed werk verricht.'

'Kun je wel lopen?'

'Ja, ik kan lopen, verdomme!'

'Laten we dan maar gaan.' Miguel sprong overeind en liep naar de motor. Hij klapte het opbergvak open en pakte zeven kleine, opgevouwen mylardekens en een stuk of zes gezondheidsrepen uit de EHBO-doos. Vervolgens haalde hij er een met water gevulde camelpack, twee grote zaklantaarns en het Steyr-machinepistool uit. Vier van de dekens, een zaklantaarn en de helft van de repen gaf hij aan Hap, waarna hij de andere zaklantaarn achter zijn riem stak, de camelpack op zijn rug nam en het machinepistool over zijn schouder voor zijn borst hing. Ondertussen vervaagde het laatste beetje zonlicht abrupt tot het donkerpaars van de schemering toen de zon achter de bergtoppen zakte. Meteen gebaarde hij de anderen. Een fractie later begaf het vijftal zich over het plateau met zijn rotsen en struikgewas.

110

19.32 uur

Tweemaal hadden Marten en de president zich een weg over en door grote hopen aarde en steen moeten banen, het gevolg van ondergrondse aardverzakkingen. Onder alle omstandigheden zou dit lastig zijn geweest, maar hier, in het pikkedonker, viel absoluut niet te weten hoe ver de aardverzakking reikte en of ze niet slechts stenen uit een berg aan het verwijderen waren en dus kostbare tijd verspilden. Toch waren ze ermee doorgegaan, tot ze een gat hadden en verder konden.

Op een of andere manier zullen we een uitweg vinden en zult u die mensen toespreken.

Martens emotionele belofte aan de president had een versterkend effect gehad op hun inspanningen om een luchtstroom te vinden die hun naar een opening zou leiden die groot genoeg zou zijn om zich door naar buiten te wurmen, te breken of te klauteren. Daartoe hadden ze een open vlam nodig die veel langer zou branden dan een lucifer, en daarom had Marten zijn katoenen onderhemd opgeofferd en dit stevig opgerold, waarbij een losgescheurd en hangend uiteinde als een soort kousje diende. Het vergde twee kostbare lucifers om dit brandend te krijgen, maar dat was dan ook lang genoeg om een paar honderd meter verder te komen in de tunnel, waar ze stuitten op een hoop gereedschappen die hier lang geleden waren achtergelaten. De meeste waren doorgeroest of helemaal weggerot, maar drie stuks konden ze nog wel gebruiken. Een was een moker waarvan het handvat nog steeds stevig aan de kop vastzat. De andere twee waren pikhouwelen, of eigenlijk een pikhouweel en een handvat van een pikhouweel; het laatste kon dienen als een soort toorts ter vervanging van Martens hemd, dat inmiddels zo goed als opgebrand was en dat ze moesten weggooien. Vergeleken met het brandende hemd was het licht van het pikhouweelhandvat niet meer dan een gloed, maar in de ondraaglijke duisternis stelde het hun in staat de tunnel een goede vijf meter voor hen te verlichten.

Inmiddels liepen ze niet langer achter elkaar, maar zij aan zij in het midden van de rails, waarbij Marten het pikhouweel en de moker droeg en president Harris de toorts. Beide mannen hadden honger en waren de uitputting nabij, maar daar werd met geen woord over gesproken. In plaats daarvan richtte hun aandacht zich op de toorts en wachtten ze zwijgend en hopend op het moment dat de houten steel zou opgloeien, wat zou duiden op een luchtstroom.

'Ik heb geen bewijs,' zei de president plotseling. 'Helemaal geen bewijs.'

'Waarvan?'

'Nergens van.' Hij keek Marten met een ernstig gezicht aan en terwijl hij zijn gedachten onder woorden bracht, werd zijn blik steeds ernstiger. 'Zoals u weet, was mijn oorspronkelijke plan om de informatie van Foxx door te bellen naar de secretarissen-generaal van de Verenigde Naties en de NAVO en naar de hoofdredacteuren van de *Washington Post* en de *New York Times* en ze de waarheid te vertellen. In plaats daarvan zitten we hier in deze godverlaten tunnels, zoekend naar een uitweg zodat ik de vergadering in Aragón kan toespreken. Maar waarom? Om ze wát te vertellen? Dat er een grote samenzwering gaande is en dat dr. Foxx op de hoogte was van alle details?

Wat heeft dat voor zin? Foxx is dood, en daarmee zijn de details voor de genocide verloren gegaan. We kunnen ervan uitgaan dat zijn geheime lab en alles wat daar stond geheel is verwoest, omdat hij dat zo had gepland. We kunnen zeggen wat we hebben gezien, maar er bestaat niets meer van. Mijn "vrienden" zullen beweren dat ik "ziek" ben, dat ik ingestort ben en dat mijn vlucht uit de hotelkamer in Madrid plus het feit dat ik me verborgen hou dit alleen maar bevestigen.

U kunt het voor me opnemen, maar het zal geen zin hebben. President of niet, het wordt gewoon mijn woord tegen dat van de rest. Als ik ze beschuldig van plannen voor moordaanslagen in Warschau zullen ze meewarig glimlachen alsof het een bewijs is van mijn ziekte, en de plannen eenvoudigweg een tijdje uitstellen. Als ik ze beschuldig van het beramen van een genocide tegen de moslimstaten word ik voor een nog grotere gek versleten, een idioot die onzin uitkraamt.' In het flauw flakkerende schijnsel zag Marten dat de president hem strak aankeek; uit zijn ogen sprak volslagen wanhoop. 'Ik heb dus geen bewijs, meneer Marten, geen enkel bewijs.'

'Nee, dat klopt,' riposteerde Marten op krachtige toon, 'maar u kunt de lijken, de lichaamsdelen, het gezicht van de mensen die in die tanks dreven onmogelijk vergeten.'

'Ze vergeten? Die beelden staan op mijn netvlies gebrand. Maar zonder enig bewijs... hebben ze nooit bestaan.'

'Maar dat hebben ze wel.'

De president keek naar de toorts. Zwijgend en met opgetrokken schouders liep hij verder, bijna alsof hij het had opgegeven. Voor het eerst realiseerde Marten zich dat de president weliswaar dankzij zijn moed en vastberadenheid zo ver was gekomen, maar dat hij niet het type was dat zich in zijn eentje het meest op zijn gemak voelde. Hij had behoefte aan mensen om zich heen. Hij wilde feedback krijgen, de discussie aangaan, ook al was hij het misschien niet met de ander eens. Wellicht om zijn eigen gedachten helder te houden, andere standpunten te vernemen of inspiratie op te doen.

'Meneer de president,' sprak Marten resoluut, 'u moet de vergadering in Aragón toespreken en waarschuwen voor de Warschau-moordaanslagen. Over wat er is gebeurd. Over hoe, waar, wanneer en door wie het idee en vervolgens het ultimatum aan u werd gepresenteerd. Doe dat en wat u zegt zal juist blijken. Uw "vrienden" zullen geen andere keus hebben dan de aanslagen af te blazen, voorlopig althans. Doen ze dat niet, dan bewijzen ze uw gelijk. Intussen zal iedereen de oren spitsen. U bent immers nog steeds de president van de Verenigde Staten. Het volk zal luisteren. De media zullen luisteren. U kunt een onderzoek gelasten naar alles waar Foxx bij betrokken was, net zoals u een onderzoek kunt gelasten naar uw "vrienden". Toegegeven, daarmee zet u uzelf onder druk, maar niet meer dan u al gedaan hebt. Alleen al door alles in de openbaarheid te brengen zult u dat wat ze gepland hebben, ongeacht de reacties, vertragen en wie weet zelfs voorkomen.

Nee, u beschikt niet over het bewijsmateriaal dat u graag zou hebben, maar het is tenminste íéts. Je hoeft niet altijd de daad te hebben verricht om het voornemen de kop in te drukken. Mocht u verder niets bereiken, dan hebt u in elk geval het leven van de Franse president en de Duitse bondskanselier gered.'

Al lopend keek de president hem aan. In het zwakke schijnsel van de toorts zag Marten de buitengewone vermoeidheid op zijn gelaat. De last op zijn schouders, de tol die het van hem had geëist, drukte nog steeds op hem. Hij wenste dat hij een manier wist om deze last te verlichten. Konden ze verdomme gewoon maar lekker aanschuiven voor een steak en een biertje, of tien biertjes, en over honkbal of het weer praten en verder alles vergeten.

'Wilt u misschien even uitrusten?' vroeg hij zacht.

Heel even bleef het stil, maar opeens, bijna alsof hij zich weer helemaal had opgeladen, werd de blik van de president weer helder en rechtte hij zijn rug.

'Nee, meneer Marten, we gaan verder.'

19.40 uur

Bill Strait keek naar het donker wordende landschap onder hen terwijl ze nog een keer rondcirkelden en vervolgens laag over het vlakke, rotsachtige plateau scheerden. Even later landde de grote Chinook-helikopter in een wolk van opvliegend stof en droge vegetatie en zette de piloot de motoren uit. Strait wierp een blik naar Jake Lowe en nationale veiligheidsadviseur James Marshall, gespte zijn gordel los en begaf zich als eerste via het door een bemanningslid geopende luik naar buiten. Hij werd gevolgd door Lowe, Marshall en ten slotte zeventien agenten van de geheime dienst. Lowe en Marshall waren gekleed in haastig bij elkaar gezochte outfits bestaande uit kaki broeken, wandelschoenen en skiparka's. De agenten waren net als Bill Strait gewapend en droegen een spijkerbroek, windjack en bergschoenen. Allemaal waren ze uitgerust met een nachtkijker.

'Deze kant op,' zei Strait, waarna hij zich bukkend onder de nog altijd rondzwiepende rotorbladen in looppas naar een Spaanse politiehelikopter begaf die vijftig meter verderop op een rotsrichel was geland en waar hoofdinspecteur van de Spaanse politie Belinda Diaz met haar twintig man tellende team al wachtte.

Bij afwezigheid van Hap Daniels was Strait nu de *special agent in charge* van de hele missie en verantwoordelijk voor de presidentiële beveiliging. De situatie – voor zover de Amerikaanse geheime dienst, de CIA en de Spaanse politie wisten – was dat de president ergens in de tunnels vastzat na wat officieel 'een aardverschuiving' werd genoemd. Hoewel men ervan uitging dat hij in het gezelschap van een zekere Nicholas Marten verkeerde, moest men er ook van uitgaan dat er nog meer mensen konden zijn en dat de president al die tijd al het slachtoffer van misleiding was en derhalve in ernstig gevaar verkeerde. De missie was daarom een 'reddingsactie' en diende als zodanig te worden uitgevoerd totdat ze iets anders zouden vernemen.

In totaal waren er negen helikopters geland, elk op de buitenste coördinaten van een cirkel met een omtrek van ruim zestien kilometer. Met uitzondering van de Chinook waren de acht andere heli's van de CNP, de Spaanse politie. Vijf ervan bevatten elk een team van twintig zwaarbewapende agenten, die een bergtraining achter de rug hadden. De resterende drie heli's hadden elk een CIA-team van achttien man aan boord. Alle negen toestellen boden verder nog plaats aan twee geluidsexperts met hightech luisterapparatuur. Daarnaast waren nog eens drie CIA-teams van elk achttien man vanuit Madrid onderweg, en vlogen honderd agenten van de Amerikaanse geheime dienst vanuit standplaats Parijs naar de luchthaven Costa Brava in Gérona om van daaruit per CNP-helikopters hierheen te worden overgebracht. Geschatte aankomsttijd voor de CIA-teams uit Madrid was 20.20 uur. Voor de geheime dienst uit Parijs 21.30 uur.

Hoofdinspecteur Diaz keek even naar Lowe en Marshall, en ten slotte naar Bill Strait. 'Wij bevinden ons hier,' zei ze in het Engels terwijl ze met haar rechterwijsvinger een plek op de op de grond uitgevouwen kaart aanwees. De portofoon aan haar riem kraakte van de in het Spaans uitgewisselde politieberichten van de andere eenheden. Diaz was zo'n vijfendertig jaar, aantrekkelijk, vol zelfvertrouwen, bijzonder fit en, net als alle Spaanse agenten, zwaargewapend en gekleed in een camouflagejumpsuit.

'We hebben te maken met een groot bergachtig gebied dat ongeveer honderdzestig vierkante kilometer beslaat.' Ze schoof de terreinkaart opzij en vouwde een andere kaart open. Het was een kopie van een kaart uit 1922 van een ertsbedrijf, waarop de locatie van de mijnschachten te zien was. Diaz wees ze aan.

'Deze lijnen zijn de tunnels die nog in gebruik waren toen de mijn werd gesloten. Zoals u ziet, lopen de hoofdschachten hier, hier, hier en hier. De langste tunnel vanuit de richting van het klooster zou deze moeten zijn.' Ze wees naar een rode lijn. 'Iemand, of een groep, die daar wil wegkomen zou hoogstwaarschijnlijk deze lijn volgen. Dat wil zeggen, voor zover wij kunnen zeggen. Deze tunnels, deze schachten zijn heel oud en al ruim tachtig jaar niet meer gebruikt. Er zullen vaak hele delen zijn ingestort. Dit betekent dat de kaart weliswaar nuttig is, maar niet betrouwbaar.'

'Stel dat ze deze tunnel hebben genomen,' zei Strait wijzend naar de hoofdschacht, 'twee man of twintig, en dat we het tijdstip van de aardverschuiving, zeven over halfvier, als beginpunt nemen, hoe ver zouden ze dan nu zijn opgeschoten?'

'Dat zou afhangen van de gezondheidstoestand van de president. Of ze hem moeten dragen, of ze hem regelmatig moeten verzorgen. Zoals u zich misschien wel kunt voorstellen, zijn die schachten zo donker als het graf. Ook is het maar de vraag of ze juist deze tunnel hebben genomen en niet een van de tientallen andere.'

'Zouden ze een andere weg genomen kunnen hebben?'

'Tja, we zijn er niet bij. Ze kunnen allerlei redenen hebben gehad om een andere route te nemen. Deze hoofdtunnel kan versperd zijn geweest, zodat ze dus een andere namen. Wij zijn naar deze locatie gegaan, omdat het de meest directe en daarom de meest waarschijnlijke route naar buiten is, als hij niet ergens is ingestort. We bevinden ons aan de buitenste rand en zullen ons een weg banen in de richting van het klooster terwijl andere teams daarvandaan ons tegemoet zullen komen en nog weer andere de zijtunnels zullen verkennen. We...' Ze zweeg opeens om naar een voor haar bestemd radiobericht te luisteren.

'*Sí, sí,*' zei ze ten slotte in het microfoontje op haar revers. '*Gracias.*' Opnieuw keek ze even naar Lowe en Marshall om zich vervolgens weer tot Bill Strait te wenden.

'Er wordt inmiddels boorapparatuur ingevlogen. Nog even en ze gaan van bovenaf in de tunnels boren en daarna nachtcamera's laten zakken die zijn uitgerust met microfoons.'

'Mooi,' reageerde Strait, en hij keek weer naar de kaart. 'Laten we aannemen dat ze zich in deze tunnel bevinden. Hoe dicht zijn we bij een buiteningang, een rotsspleet waar we naar binnen kunnen?'

'Die vraag is heel lastig te beantwoorden. Die rotsspleten zijn niet in kaart gebracht. Die moeten we opsporen en daarom hebben we hulp gevraagd van de Agentes Rurales, de berg- en bospatrouille, die de omgeving kennen. Maar zelfs als we rotsspleten of een ingang vinden, dan valt met geen mogelijkheid te zeggen hoe groot die zijn. Of iemand in de schacht kan afzakken of dat we moeten uithakken, boren of opblazen. En nog iets anders,' zei hoofdinspecteur Diaz terwijl ze nu ook Marshall en Jake Lowe aankeek, 'heren, u moet het volgende goed begrijpen. Het is heel goed mogelijk dat die mensen daar binnen, als ze daar echt zitten, inmiddels dood zijn, inclusief uw president.'

'Inspecteur, dat is de reden waarom we hier zijn,' zei Lowe zacht. 'We gaan hem daar hoe dan ook uithalen.'

112

Gare du Nord, Parijs, 20.10 uur

'Dank u wel,' zei Victor met een glimlach, waarna hij zijn eersteklaskaartje in zijn zak stopte, zich omdraaide van de balie van de klantenservice en terugliep naar het perron. Trein 243 naar Berlijn zou om 20.46 uur vertrekken, maar pas om vier over halfnegen het station binnenlopen. Hij had dus nog iets meer dan een halfuur te doden. De laatste tien minuten zou hij dat aan boord van de trein doen om er zeker van te zijn dat hij zijn gereserveerde stoel had en dat zijn koffer veilig in het rek lag. Bijtijds je stoel opzoeken was belangrijk, want zelfs als je een reservering had, gingen mensen soms gewoon zitten waar ze wilden. En dan moest je vaak in een buitenlandse taal de confrontatie met iemand aangaan om je stoel op te eisen. Meer dan eens had hij meegemaakt dat zoiets op een verhitte discussie was uitgelopen, en een ruzie vanwege een stoel, waarbij een conducteur of de politie tussenbeide moest komen, was wel het laatste wat hij kon gebruiken. Vooral de politie, die naar zijn paspoort zou kunnen vragen en zou willen weten waar hij heen ging en waar hij geweest was, kon hij missen als kiespijn. Maar voorlopig was er nog geen trein en dus geen stoel, wat betekende dat hij nog bijna twintig minuten had om ergens te gaan zitten of om wat door het station te slenteren, wat hij allebei maar niets vond, want het leverde hem over aan de genade van het publiek. Het grote verhaal van de dag, althans, in de tabloids van Parijs, leek de moord op de twee jockeys te zijn, eerder die ochtend in Chantilly. En in de kiosks overal op het station schreeuwden de krantenkoppen de reizigers tegemoet.

QUI A TUÉ LES JOCKEYS?
DEUX AVEC UN SEUL PROJECTILE!
MEURTRE DANS LES BOIS DE CHANTILLY!

(Wie heeft de jockeys vermoord?
Twee met één kogel!
Moord in de bossen van Chantilly!)

Met de trein lag Chantilly op twintig minuten van Parijs, en Gare du Nord, waar hij nu was, was hetzelfde station als waar hij was aangekomen toen hij uit Chantilly kwam. Hoe kon hij er zeker van zijn dat iemand hem hier niet op beide plekken had gezien, iemand die hij doodgemoedereerd zou kunnen passeren, een spoorarbeider misschien of een forens met wie hij in de ochtendtrein had gezeten en die op weg was naar huis en hem opeens zou kunnen herkennen?

Met gebogen hoofd liep hij verder. Toen hij in Washington de man in het New York Yankees-jack had neergeschoten, had Richard er goed aan gedaan om hem daar te treffen en linea recta naar de luchthaven te rijden om hem aan boord van een vliegtuig te krijgen voordat het verhaal zelfs maar werd gemeld. Hier was het anders, hier was hij alleen en overgeleverd aan de mensen om hem heen, en het stond hem allerminst aan. Het enige wat hij wilde, was dat die trein arriveerde zodat hij kon instappen, zijn stoel kon opeisen en in elk geval zo veel mogelijk op de achtergrond kon blijven.

Hij droeg zijn koffer een kleine stationsrestauratie in. Aan de toonbank was een plaatsje vrij en hij ging zitten. 'Koffie graag,' zei hij tegen de buffetbediende, 'zwart, alstublieft.'

'*Café noir?*'

'*Café noir*,' beaamde Victor.

113

La iglesia dentro de la montaña
De kerk in de berg, 20.20 uur

Demi liep naast de processie van zestig monniken en fotografeerde hen terwijl ze achter elkaar met gebogen hoofd en zingend de door kaarsen verlichte spelonken verlieten en de kerk betraden. Ze gebruikte eerst haar digitale Canon, schakelde daarna over op de 35mm-Nikon en toen weer terug naar de Canon terwijl ze de smartphone verborg onder de lange scharlakenrode jurk die Cristina haar had gegeven, en ondertussen heimelijk de beelden doorzond naar haar website in Parijs.

Als een zacht gebed weergalmde het gezang van de monniken van de stenen vlakken van de tempel, waarbij de melodische lijn aanzwol en vervolgens langzaam wegzakte om daarna weer aan te zwellen. Aanvankelijk dacht Demi dat het gezang, net als de familienamen op de grote stenen boven de grafzerken op de kerkvloer, Italiaans was, maar dat was niet zo. Het was zelfs geen Spaans, maar een taal die ze nog nooit eerder had gehoord.

De monniken liepen twee keer de kerk rond en vervolgens via een hoge poort naar buiten, naar een eeuwenoud stenen amfitheater. Daar werd het vers tweemaal gezongen en daarna nog eens tweemaal terwijl ze zich in het schijnsel van drie vuren, die langs de rand van een grote ronde steen de hoekpunten van een driehoek vormden, in een halve cirkel opstelden. De steen was het middenstuk van het amfitheater en in het midden ervan was het kruis van Aldebaran gebeeldhouwd.

Behoedzaam begaf Demi zich naar een plek tegenover de vuren, vlak bij de zitplaatsen van het theater waar minstens tweehonderd toeschouwers hadden plaatsgenomen – mannen, vrouwen en kinderen – van stokoud tot baby's die in hun moeders armen werden gehouden. Allen waren gekleed in hetzelfde lange scharlakenrode gewaad als dat Demi droeg.

Achter de drie vuren zag ze de vallei waar ze op weg hiernaartoe doorheen had gereden en waar de lichte grondnevel van eerder die dag nu als een dikke mist uit zee oprees en om hen heen begon te kringelen. Boven dit alles verrezen de hoge bergpieken die de kerk haar geïsoleerde ligging gaven en waarboven een volle maan langzaam boven de donker wordende wolken klom.

Opeens hield het monnikengezang op en viel er een lange stilte. Even later weerklonk vanuit het duister achter hen een krachtige mannenstem, diep en melodisch, als een heidense oproep, een kort gebed voor de geesten, in dezelfde taal als die van de monniken.

De toeschouwers reageerden onmiddellijk en herhaalden in koor wat er was gezegd.

De stem klonk opnieuw op en droeg ver in het donker. Vervolgens stapte een in een zwarte pij met kap geklede figuur in het schijnsel van de vlammen en begaf zich naar het midden van de stenen cirkel. De man verhief zijn armen en wierp zijn hoofd naar achteren. Demi voelde hoe haar de adem werd benomen. Het was predikant Beck, en dit was de eerste keer sinds hun komst hier dat ze hem weer zag. Onmiddellijk stapte ze weg van de verzamelde menigte, de duisternis in. Ze bracht haar camera's omhoog en begon behoedzaam te fotograferen: Beck, de congregatie, de monniken, de ene en daarna de andere camera hanterend, net zoals ze eerder al had gedaan.

Met het hoofd in de nek geworpen en de armen hoog boven zich geheven bulderde Beck een gebod aan de hemel alsof hij naar de maan en verder wilde reiken om geesten vanuit de nacht aan te roepen. Meteen daarna richtte hij zich tot de duisternis tussen de vuren en opnieuw verhief hij zijn armen en sprak hij hetzelfde gebod uit. Een lang moment gebeurde er niets, maar toen verscheen er langzaam vanuit de duisternis een verschijning in wit, langs de vuren de cirkel in.

Cristina.

Beck keerde zich naar de congregatie en sprak opnieuw, waarbij hij met zijn zwaaiende rechterarm een baan om de ronde steen beschreef. De congregatie antwoordde, herhaalde zijn woorden en voegde er woorden aan toe die voor Demi slechts de klank van de namen van verre sterren hadden. Vier in totaal, snel en staccato uitgesproken, alsof ze goden aanriepen.

Demi schoot erop los met haar camera's en schuifelde voorzichtig dichterbij.

Beck stapte nu uit het vuurschijnsel. In zijn plaats dook opeens Luciana op; het gebeurde zo snel dat het veel weg had van een tovertruc. Ze droeg een goudkleurig gewaad en in haar hand hield ze een lange, robijnrode staf. Haar volle zwarte haar zat strak naar achteren in een knot. Haar al net zo donkere oogschaduw werd geaccentueerd door theatrale vegen die als bliksemschichten van haar ooghoeken tot in haar oren reikten, en aan haar vingertoppen zaten afzichtelijk lange kunstnagels, van wel twintig centimeter lang.

Gracieus als een ballerina stapte ze achter Cristina en beschreef ze met de staf een cirkel in de lucht boven haar hoofd. Vervolgens stapte ze met dezelfde souplesse opzij om de staf door te geven rond de grote stenen cirkel. Ze keek naar de congregatie. Haar houding en manier van doen waren die van de hogepriesteres, de sacerdotessa, die ze was. Plotseling riep ze vol vuur en overtuigingskracht een frase, alsof ze een toverformule uitsprak. Terwijl haar blik langs de mensen gleed, stapte ze naar de rand van de cirkel en riep ze nogmaals de spreuk.

En daarna nog eens.

En nog eens.

114

20.47 uur

'Luister!' zei Marten, en hij bleef stilstaan. Het houten handvat dat als toorts diende was inmiddels weinig meer dan een flikkering in het pikkedonker van de tunnel.

'Wat is er?' Ook de president stond nu stil.

'Weet ik niet. Het klonk alsof het van ergens achter ons kwam.'

Ze luisterden gespannen, maar hoorden niets.

'Misschien word ik wel gek...' zei Marten in de stilte. 'Ja! Hoort u dat?'

Ver achter hen klonk een hoog gepiep. Het duurde misschien twintig seconden, hield dan op, en begon daarna opnieuw.

'Er wordt geboord,' stelde de president meteen vast, 'door steen. Ik heb genoeg putten geslagen om het geluid te kunnen herkennen.'

'Uw "redders" zijn gearriveerd. Ze weten dat we hier zijn.'

'Nee, ze dénken dat we hier zijn. Maar ze zitten nog steeds ergens achter ons. Anderhalve kilometer, meer als we geluk hebben.' Zijn ogen vonden direct die van Marten. 'Zodra ze in de tunnel zijn, zullen ze microfoons laten zakken, misschien ook wel nachtcamera's. Door deze schachten draagt geluid bijna net zo ver als onder water.'

'Met z'n hoevelen denkt u dat ze zijn?'

'Daarboven, om achter ons aan te komen?'

'Ja.'

'Te veel. Voortaan fluisteren we alleen nog maar. En hou het kort.'

Marten staarde hem heel even aan en hield vervolgens de toorts weer voor zich uit. Ze liepen verder.

20.50 uur

De uitgestrekte rotsachtige vlakte die ze overstaken, was zwart als de nacht. Miguel bleef even staan en zwaaide met zijn zaklantaarn om de weg wat bij te lichten voor de achterblijvende Hap Daniels.

'Voorzichtig met dat licht, verdomme, je ziet het van kilometers ver,' snauwde Hap terwijl hij Miguel inhaalde. Zijn linkerarm hing inmiddels in een geïmproviseerde mitella, waar hij zijn stropdas voor had gebruikt, om de spanning op zijn schouder iets te verlichten.

Achter hen deed een volle maan haar best om door het dikke wolkendek, dat in de verte over de bergtoppen zakte, te breken. Er was regen op komst. Wanneer, hoe zwaar en hoeveel tijd ze nog hadden voordat het hun bereikte, kon niemand zeggen.

'Zeker weten dat je door wilt gaan?' Miguel keek Hap eens aan toen deze dicht bij hem stond. Het was duidelijk dat hij het moeilijk had en pijn leed.

'Ja, verdomme.'

'Wil je even wat uitrusten? Een pil nemen tegen de pijn?'

'Waar zijn de jongens in godsnaam?'

'Hier!' Vanuit het donker klonk Amado's stem een meter of tien voor hen. Meteen zwaaide Miguel zijn zaklantaarn in de richting van een rotsachtige afgrond zeven meter verderop.

'Godallemachtig!' Met zijn goede hand greep Hap de arm van Miguel. 'Doe uit dat ding!'

20.52 uur

Hap en Miguel tuurden in een spleet in de rotsen beneden hen. Drie meter lager zaten Hector en José ineengedoken rond een grote breuk in het gesteente; hun zaklantaarns verlichtten de weg voor Amado die al verder naar beneden klauterde. Even later verdween hij uit zicht. José volgde meteen.

'Hoe ver is het?' vroeg Miguel net hard genoeg om te worden verstaan.

'Misschien nog een meter of tien,' antwoordde Amado vanuit de diepte.

'Waar naartoe?'

'Een andere breuk in de rots.'

'Gebruik de stenen zodra je er bent. Pak maar wat je ziet.'

Miguel ademde diep in en keek Hap aan. Daarna was het wachten.

Drie volle minuten verstreken. Eindelijk hoorden ze het.

Klik, klik. Klik, klik. Klik, klik.

Beneden in de schacht sloeg Amado twee stenen tegen elkaar, een geluid dat door de rotsopeningen en hopelijk in het harde oppervlak van de tunnel eronder over een grote afstand zou dragen.

Amado tikte de stenen nog eens tegen elkaar.

Klik, klik. Klik, klik. Klik, klik.

Als één man hielden de vijf hun adem in, luisterend naar een antwoordsignaal.

Ten slotte hoorden ze Amado's stem: 'Niets.'

'Nog een keer!' beval Miguel.

'Nee! Niet meer!' zei Hap op scherpe toon. 'Zo is het wel genoeg!'

'Hoezo?' Miguel staarde hem verbaasd aan. 'Hoe moeten we ze anders vinden in een eindeloze tunnel?'

'Miguel, de Spaanse politie, de geheime dienst, de CIA. Ze zullen allerlei luister- en nachtkijkapparatuur hebben meegenomen. Als de president en Marten dat getik kunnen horen, dan zij ook. Vinden ze ons, dan is het voorbij. Voor ons allemaal, de jongens, jij, ik. En dan is de president dood.'

'Dus wat doen we?'

'We zoeken naar een ingang en lopen die tunnel in.'

'Lopen?'

'Zaklantaarns. Markeer de plek waar we binnenkomen, markeer onze route zodat we terug kunnen. Amado en zijn vrienden weten de weg in deze tunnels. Daarom zijn we hier, nietwaar?'

Miguel knikte.

'Mijn mannen kennen die schachten niet, en de Spaanse politie ook niet, durf ik te wedden.'

Miguels gezicht vertrok van angst. 'We staan met z'n vijven tegenover een overmacht. Dat wordt onmogelijk.'

'Nee, hoor. We moeten het gewoon beter, sneller en heel, heel zachtjes aanpakken.'

'Hap, jij bent nu niet in staat om naar beneden te klauteren. Blijf hier; ik ga wel met de jongens.'

'Dat kan niet.'

'Hoezo niet?'

'De exacte satellietposities ken ik niet, maar ze zullen al snel pal boven ons zijn en dan detecteren ze onze lichaamswarmte hier op de grond. De autoriteiten weten wie hun manschappen zijn, waar ze zitten en met z'n hoevelen.'

'Je bedoelt dat ze ons zullen kunnen zien.'

'Ze zien hier iedereen rondstruinen die niet bij hen hoort.'

'Dan denk ik dat je maar beter mee de schachten in kunt gaan.'

'Inderdaad.'

115

21.03 uur

Staand naast de Chinook-heli keken Jake Lowe en dr. James Marshall naar een rotsachtige vlakte waar het team van Bill Strait en de politie-eenheid van hoofdinspecteur Diaz werklampen hadden opgesteld en zich met motorzagen een weg door het zachte zandsteen baanden.

Achter hen in de Chinook trof een medisch team – twee artsen, twee verpleegsters en twee medisch specialisten – voorbereidingen om de president te kunnen behandelen als hij gewond was. Dertig meter verderop waren Bill Strait, hoofdinspecteur Diaz en een zeven man tellend team van de geheime dienst, de CIA en specialisten van de Spaanse politie bezig om een commandopost in te richten van waaruit ze de activiteiten van de teams in het veld konden coördineren.

Lowe keek even achter zich om zeker te zijn dat ze alleen waren en wendde zich tot Marshall. 'Als de president nog blijkt te leven en zijn mond opendoet, kan de Spaanse politie een behoorlijk probleem worden,' zei hij zacht.

'We kunnen ze moeilijk naar huis sturen.'

'Nee, dat kan niet.'

'Jake,' zei Marshall terwijl hij wat dichterbij stapte en nog zachter praatte, 'de politie gelooft wat iedereen gelooft, namelijk dat de president ofwel dood is, of wordt gegijzeld door Marten of door een terroristische bende, of gewoon letterlijk en figuurlijk de weg kwijt is. Als ze hem levend naar buiten brengen, zal alles wat hij zegt worden opgevat als onsamenhangend gewauwel van een man die lijdt aan een ernstig psychologisch trauma. Binnen enkele minuten zal hij hier zijn en met ons in de Chinook worden afgevoerd.'

'Toch blijft het allemaal heel hachelijk. Er kan nog zo veel misgaan.' Duidelijk verontrust wendde Lowe even zijn gezicht af, maar draaide zich toen weer om naar Marshall. 'Ik ben bijna zover dat ik wat Warschau betreft op de rem ga staan. Afblazen die hap. Ik meen het.'

'Dat kan niet, Jake, en dat weet je,' zei Marshall koeltjes. 'De vicepresident heeft zijn fiat gegeven. Er is al het een en ander in beweging gezet en iedereen is op de hoogte. Trekken we nu onze handen ervan af, dan maken we een erg zwakke indruk, niet alleen op onze mensen maar ook op onze vrienden in Frankrijk en Duitsland. Dus ontspan nou maar, alles komt in orde. Zoals ik al eerder zei: heb een beetje vertrouwen.'

Plotseling was er bij de commandopost de nodige bedrijvigheid. Bill

Strait was overeind gesprongen en praatte geanimeerd in zijn headset. De anderen, onder wie hoofdinspecteur Diaz, waren gestopt met waar ze mee bezig waren en sloegen hem gade. Lowe en Marshall liepen op een drafje naar hen toe.

'Herhaal dat laatste even, alstublieft,' zei Bill Strait met een hand tegen zijn headset om het beter te verstaan en tegelijkertijd de nerveuze onderlinge communicatie van zijn eigen teams op andere kanalen te horen. 'Mooi! Heel mooi!'

'Wat is er?' vroeg Lowe snel terwijl hij en Marshall naderbij kwamen. 'Hebben jullie techneuten iets gehoord? Geluiden opgevangen? Is hij het? De POTUS?'

'Nog niet, meneer. Een CNP-team heeft de hoofdtunnel aan deze kant van een ondergrondse landverschuiving vlak bij het klooster bereikt. Een CIA-eenheid gaat daar nu heen.'

'Agent Strait!' riep Diaz terwijl ze haar headset afnam. 'Ons team aan deze kant,' ze knikte naar het verlichte werkgebied in de verte, 'is er net doorheen gekomen. Zes man bevinden zich nu op de tunnelvloer.' Snel draaide ze zich om naar Marshall en Lowe.

'De oude kaarten gaven een tunnellengte aan van ongeveer twintig kilometer. Die lengte blijkt nu juist, wat inhoudt dat de kaarten redelijk accuraat zijn. Ongeveer halverwege heeft een team een rotsspleet gevonden waar ze nu door afzakken. Een ander team begeeft zich via een spleet naar een van de zijtunnels. Boorploegen zeven en vier zijn op vijf kilometer uit elkaar op zacht gesteente gestuit. Hoe lang het ze zal vergen om in de hoofdschacht te komen valt nog niet te zeggen. Voor de teams die al binnen zijn en voor de teams die nog volgen hangt alles af van wat ze daar aantreffen. Of de schacht het hele eind open is of dat de doorgang wordt geblokkeerd door instortingen of grondverzakkingen.'

Lowe keek Bill Strait aan. 'Hoeveel mannen hebben we nu in de tunnels?'

'Ongeveer zestig. Nog eens een stuk of dertig zodra de andere teams erdoorheen breken. En nog eens dat aantal als de rest van het team van inspecteur Diaz en onze agenten aldaar de tunnelvloer bereiken. De CIA-agenten uit Madrid zijn geland en hebben coördinaten gekregen langs de bovenkant van de hoofdschacht. Om andere ingangen te vinden worden ze geassisteerd door teams van de Agentes Rurales die de omgeving goed kennen. Pas over anderhalf uur beschikken we over een satellietverbinding en krijgen we digitale beelden van de foto- en thermische apparatuur. Met de duisternis en met dit weer zullen we aan foto's weinig hebben, maar we gaan vooral zoeken naar thermische beelden, de warmtestraling van mensen op de grond of die de schachten verlaten.'

Lowe was nu uit het lood geslagen en verhief zijn stem. 'Dus in feite is deze hele operatie overgeleverd aan de genade van een paar boormachines en een paar honderd man met microfoons, nachtkijkers, pikhouwelen en schoppen?!'

'Ik vrees dat dit gewoon een wilde klopjacht is, meneer. Je roeit met de riemen die je hebt, dus met veel man en verouderde technologie.'

'Waar zijn verdomme die honderd extra man van de geheime dienst die uit Parijs zouden komen?'

Straits blik gleed van Lowe naar Marshall. 'Die zijn inmiddels op Spaanse bodem. Geschatte landingstijd hier is 21.40 uur. Heren, alle teams hier bestaan uit professionals, zowel de CNP, de CIA als de Amerikaanse geheime dienst. Als de president daar zit, zal hij worden gevonden.'

'Daar ben ik van overtuigd. En dank u,' zei Marshall, waarna hij Lowe bij de arm nam en ze samen naar de Chinook liepen.

'Je gaat te ver, Jake,' merkte Marshall resoluut op. 'Rustig aan, hè? Doe gewoon rustig aan.'

116

Het amfitheater van la iglesia dentro de la montaña
De kerk in de berg, 21.20 uur

Demi stond aan de buitenkant van de menigte en deed haar best zo onopvallend mogelijk foto's te maken van de ceremonie in de Aldebaran-cirkel, waar de zestig monniken geknield op de buitenste rand en met gebogen hoofd in dezelfde onverstaanbare taal als zo-even verder zongen. Achter hen loeiden de drie vuren nog steeds. Gloeiende vonken dreven omhoog naar een spookachtige avondhemel; de volle maan was nagenoeg opgeslokt door de wolken van een naderende storm, die met een spectaculaire lichtshow boven het verre dal zijn hevigheid alvast aankondigde.

In haar golvende witte jurk zat Cristina als een godin op een eenvoudige houten troon in het midden van de cirkel terwijl de kinderen, ieder gekleed in een scharlakenrood gewaad, een voor een vanuit het donker langs de vuren op haar af liepen; ieder kind wachtte op zijn of haar beurt en betrad dan langzaam en eerbiedig het vuurschijnsel om haar te benaderen. Allemaal droegen ze een dier bij zich, een hond of een kat of, in het geval van een paar oudere kinderen, een uil, die als een valk was aangelijnd aan een leren kaphandschoen, om te worden gezegend.

En Cristina zegende ze met heel haar hart, en met een medelevende en liefdevolle glimlach voor ieder kind, waarna ze iets onverstaanbaars zei en hun op de ene en vervolgens op de andere wang kuste. Daarna haalde ze haar hand over het dier dat ze mee hadden genomen, en prevelde ze nauwelijks verstaanbaar en in dezelfde taal als die de monniken, Beck en Luciana eerder hadden gebezigd een kort gebed. Eenmaal klaar verdween het ene kind in de duisternis achter de vuren om plaats te maken voor het volgende. Zwijgend en gefascineerd keken de volwassenen toe terwijl beneden aan de rand van het vuurschijnsel Luciana en predikant Beck als twee goddelijke herders die toezien op hun kudde getuige waren van het hele tafereel.

Demi stond perplex. Ze vroeg zich af hoe het symbool van Aldebaran, zoals op de tekening van haar moeder en op de duim van Merriman Foxx, wijlen dr. Lorraine Stephenson, Cristina, Luciana en waarschijnlijk ook predikant Beck, zich verhield tot wat hier gebeurde. Vooral gezien deze eenvoudige en ontroerende ceremonie waarbij de honden, katten en uilen van kinderen werden gezegend. Welke geesten had Beck vanuit de duisternis opgeroepen? Wat had dit alles voor betekenis?

Misschien was het dus toch waar wat Beck had gezegd, dat de coven en haar rituelen onschuldig waren en dat ze niets te verbergen hadden. Maar waarom was ze dan tijdens de reis hiernaartoe gedrogeerd geweest? Wat had Foxx van Nicholas Marten gewild dat hiermee te maken had? Wat had het met haar moeders verdwijning te maken? En met haar vaders waarschuwing? Of die van de armloze Giacomo Gela? En waar was hij zo veel jaren geleden getuige van geweest dat zijn overmeesteraars hem zo afschuwelijk hadden verminkt? Bovendien, wat was het verband tussen het symbool van Aldebaran en de eeuwenoude cultus van Aradia Minor en haar tradities, de bloedeed, de levende offerandes, de martelingen? Waar was haar uit enkele honderden leden bestaande gehoor, de invloedrijke orde die de Onbekenden werd genoemd?

Had Gela zich vergist of was hij gewoon gek geweest, een verbitterde man van in de tachtig zonder armen die al decennialang alleen leefde en een geheime, eeuwenoude cultuur had verzonnen die hij de schuld kon geven van zijn eigen toestand? Demi zag er geen bewijzen voor. Ze zag enkel gezinnen en kinderen en dieren. Wat was hier te vrezen?

117

21.35 uur

Hector en José bevonden zich inmiddels al op de tunnelvloer en wezen met hun zaklantaarns omhoog. Ruim vijftien meter boven hen, in een krappe, scherp aflopende rotsspleet, schoot Amado zijn vriend Miguel te hulp om Hap, die uit noodzaak zijn arm uit de geïmproviseerde mitella had gehaald, voorzichtig naar beneden te krijgen. Het voortdurende geklop in Haps gewonde schouder werd enigszins verlicht door een met tegenzin ingenomen pijnstiller.

21.40 uur

Het drietal hing nog steeds een kleine zeven meter boven de tunnelvloer toen ze de aarde opeens voelden trillen. Even later hoorden ze het. Eén, twee, drie, vier en ten slotte vijf: het donderende geweld van helikopters die laag overvlogen.

Miguel keek Hap aan. 'Meer politie? CIA?'

'Geheime dienst,' stelde Hap koeltjes vast. 'Ingevlogen vanuit Parijs.'

'Hoe weet je dat?'

'Omdat ik daarvoor word betaald, verdomme!' brieste hij. Dit was wel het laatste waar ze op zaten te wachten: nog meer manschappen die hen tegenwerkten, agenten die dachten dat ze de president hielpen terwijl ze precies het tegenovergestelde deden. 'Ik zou ze zelf ook hebben opgeroepen.' Hij keek naar Amado beneden hem. 'Hoeveel verder nog?'

'Niet ver meer,' antwoordde Miguel. Hij grijnsde. 'Maar nog altijd ver genoeg om dood te kunnen vallen.'

'Neem de volgende keer een ladder mee.'

21.43 uur

'Laser!' fluisterde Marten hees terwijl hij de president in de inktzwarte duisternis tegen de tunnelwand duwde.

'Waar?'

'Voor ons.'

'Ik zag niets.'

'Hij ging aan, toen weer uit. Of het was een vergissing of ze hoopten mazzel te hebben. Het laatste wat ze willen is zichzelf verraden.'

'Luister.'

Opnieuw klonk het geluid van een boor die door steen ging.

'Het is nu dichterbij.' Ook de stem van de president was weinig meer dan een fluistering.

'Een tweede boor?'

Plotseling was het weer te horen. Dichterbij nu dan het andere geluid.

'En een derde.'

'Ze zitten ergens voor ons, met lasers,' zei Marten. 'Hoe ver weg of met z'n hoevelen, dat weten we niet. Achter ons komen ze dichterbij. En dan was er daarstraks dat geluid. Alsof er stenen tegen elkaar werden geslagen. Wat dat in vredesnaam was, weet ik ook niet.'

Plotseling bracht de president het laatste restje van de toorts omhoog. Het was weinig meer dan een gloeiende askegel. Hij bracht het omhoog en dicht bij Martens gezicht zodat hij hem goed kon zien. 'U gaf me uw woord dat we hier levend uit zouden komen en dat ik in Aragón mijn rede zou houden. We laten ons nu niet meer pakken, verdomme! Ik hou u aan uw belofte.'

'Meneer de president, haal die rotstok uit mijn gezicht,' beet Marten hem met een woedende blik toe.

President Harris staarde hem nog even indringend aan en liet vervolgens het gloeiende pikhouweelhandvat zakken. 'Het spijt me.'

Opeens schoot er weer een laserflits door de tunnel. Daarna een tweede, deze keer wat langer. Ze hoorden de verre echo van voetstappen, mannen die zich in rap tempo door de tunnel in hun richting begaven. Achter hen klonk opnieuw het gierende geluid van een boor. Tien seconden lang, daarna plotseling een hoog gepiep. Meteen daarop stopte het geluid.

'Ze zijn erdoor,' zei de president.

'Geef hier dat ding,' zei Marten vlug, en hij greep de gloeiende toorts en begon terug te lopen.

'Wat doet u nu?'

'Naar hulp zoeken, neef. Naar hulp zoeken.'

21.45 uur

Marten rende zo hard als hij in het donker durfde terug langs het spoor, met de gloeiende pikhouweel vlak boven de tunnelvloer en de president op zijn hielen. Het volgende moment had de laatste hem bijgehaald.

'Vijftig, misschien wel honderd meter terug flakkerde de toorts op,' fluisterde Marten terwijl hij doorliep. 'Een klein beetje maar. Niet genoeg om op dat moment bij stil te staan, maar er was in elk geval een beetje tocht. Misschien een spleet in de wand die groot genoeg is om ons in te verbergen totdat die lasergasten passeren, waarna wij onze weg weer kunnen vervolgen. Als zij binnen konden komen, betekent dat voor ons een uitweg.'

Achter hen schoot een bundel laserlicht langs de tunnelwanden. Voor hen hoorden ze stemmen weergalmen. Marten rende nog een meter of twintig verder en hield toen in. 'Hier ergens.' Hij bleef staan en bracht de gloeiende stok langs de tunnelvloer omhoog langs de wanden.

Niets.

Opnieuw een flits, nu langs het plafond achter hen. Vanuit de duisternis voor hen klonk het gestage gestamp van rennende mannen.

'Kom op,' verzuchtte de president.

'Niets. Misschien heb ik me vergist.'

Marten wilde net verder lopen toen de toorts opeens iets opflakkerde.

'Daar! U hebt het gevonden!' zei de president.

Marten draaide zich om en bracht de fakkel naar de wand. De vlam werd groter. Toen zagen ze het: een kleine opening van misschien een vierkante meter in de tunnelwand vlak boven de vloer, die bijna geheel aan het zicht onttrokken werd door de houten bielzen van het ertswagenspoor.

Marten zakte door zijn knieën. De vlam werd nog groter.

Achter hen schoot weer een laserflits door de tunnel. Deze keer duurde het langer, en de hele schacht werd een meter of achthonderd verderop verlicht. Vanuit de andere richting werd het geluid van mannen die hun kant op renden steeds harder.

'Kruip erin,' beval Marten. De president liet zich op handen en knieën vallen en wurmde zich door de opening. Een fractie later volgde Marten. En zo waren ze zomaar verdwenen. De tunnel waar ze net nog hadden gestaan, was zwart als steenkool. Alsof ze er nooit waren geweest.

118

21.50 uur

Marten en de president kropen nog verder naar achteren in de opening. De een schoof met ingehouden adem dicht tegen de ander. Twee mannen die als lappenpoppen in een onmogelijk krappe ruimte op elkaar gepropt zaten.

Door de tunnel hoorden ze de stormloop naderen. Het geluid werd steeds harder. Het volgende moment renden de mannen pal voor de opening langs, op slechts luttele centimeters afstand van de twee. En weg waren ze. Het waren er zeker twintig, misschien nog wel meer geweest. Over nog geen minuut zouden de anderen vanuit de tegengestelde richting op hen af komen. Ze zouden een paar kostbare seconden met elkaar overleggen en daarna zou elk team teruggaan zoals ze gekomen waren. De route die ze zo snel hadden afgelegd, zouden ze nu extra goed controleren.

'Ga! Nu!' fluisterde de president, en hij begon al naar de tunnel te kruipen.

'Nee.' Marten trok hem terug. 'Als er nog meer komen, lopen we zo in hun armen.'

'Wat doen we dan?'

'We wachten.'

'Daar hebben we geen tijd voor. Ze zullen zo weer omdraaien als ze het andere team tegen het lijf lopen. We moeten de gok wagen en toen gaan.'

'Goed.' Marten wilde al overeind krabbelen, maar stopte opeens toen de gloed van de bijna gedoofde fakkel opnieuw oplichtte. 'Wacht eens even.' Hij bracht de gloeiende steel naar de zijkant van de opening. Het schijnsel werd feller. Hij blies even en werd beloond met een vlam, bracht de toorts omhoog en keek om zich heen.

'Deze plek is met een ander soort gereedschap gemaakt dan werd gebruikt om de hoofdtunnel uit te graven. En het is bovendien geen tachtig jaar geleden.'

De president richtte zich iets op en volgde de vlam. 'Het is een luchtafvoerkanaal.'

'Waarom? En waar vandaan naar hier?'

'Geef me de toorts eens.'

Marten gaf hem, en de president kroop op een elleboog verder naar achteren.

'Wat ziet u?'

'Er zit hier een stalen ventilatiegat, zo'n zestig centimeter bij één meter. Hij zakt recht naar beneden, naar wat lijkt op een onderliggende schacht.'

'Passen we door dat gat?' vroeg Marten.

Buiten in de tunnel klonk plotseling weer geluid. Ze hoorden voetstappen naderen, korte bevelen roepen. Het zoekteam kwam in allerijl terug.

'We hebben geen keus.'

21.55 uur

De wind stak op. Uit de zware bewolking begon regen te spetteren. Een almaar zorgelijker kijkende Jake Lowe zette de kraag van zijn parka op en drong langs de Spaanse agenten die haastig een tent over de commandopost trokken. Hij bereikte Bill Strait en hoofdinspecteur Diaz en keek mee over hun schouders.

De afgelopen paar minuten had hij van een afstandje toegekeken en meegeluisterd naar de onderlinge communicatie tussen de eenheden van de CIA, de geheime dienst en de Spaanse politie in de tunnels en hun collega's die zich buiten over de rotsformaties hadden verspreid. Hij had heel wat keren naar Jim Marshall gekeken, die zich afzijdig hield en wat kletste en koffiedronk met het presidentiële medisch team, dat wachtte op het bevel om in actie te komen. Maar dat bevel was nog niet gekomen. Er leek zelfs helemaal niets te gebeuren. Toen Marshall en de medische ploeg opeens in de lach waren geschoten, was het Lowe te veel geworden en was hij naar Strait en Diaz gebeend.

Was hij soms de enige die zich zorgen maakte over wat er zou gebeuren als de president levend en wel opdook en begon te praten en weigerde om zich naar de CIA-jet te leiden? Niet alleen zouden Warschau en hun hele plan voor het Midden-Oosten in het water vallen, maar zelf liepen ze allemaal – van de vicepresident tot iedereen onder hem – het levensgrote risico te worden gearresteerd en berecht voor hun poging om de regering omver te werpen. Bij een veroordeling zouden ze de doodstraf krijgen.

'Wat gebeurt daar allemaal, verdomme?' vroeg hij Bill Strait plotseling. Het klonk eerder bevelend, verwijtend zelfs.

Even negeerde Strait hem. Ten slotte draaide hij zich om. 'Vijf teams bevinden zich in de hoofdschacht,' antwoordde hij geduldig. 'Nog eens drie zoeken de zijtunnels af. De rest staat stand-by om ze zo direct af te lossen. Het team dat vanaf deze kant gestart is, is zojuist gestuit op de eenheid die in het midden van de andere kant was begonnen. Het enige wat ze aantroffen, was een lange, donkere tunnel. Ze hebben om lampen verzocht en keren nu terug.'

'En hoe staat het met de satelliet? Waar is dat ding?'

'Nog veertig minuten voordat hij boven ons hangt, meneer.' Strait keek even naar Marshall, alsof hij wenste dat deze Lowe even terzijde zou nemen, weg van hem. 'De satelliet, de warmtebeelden, daarmee zijn we er nog niet. Die zullen ons niet laten zien wat zich onder de grond afspeelt.'

'Wanneer weten we dan wél wat zich onder de grond afspeelt?' drong Lowe aan.

'Dat kan ik niet zeggen, meneer. Het is enorm uitgestrekt daar beneden.'
'In de komende tien minuten of in de komende tien uur?'
'We zitten in de tunnels, meneer: de geheime dienst, de CIA en de CNP.'
'Ik weet verdomme heus wel wie daar zitten!'
'Misschien wilt u daar zelf even een kijkje nemen?'
Lowe sprong bijna uit zijn vel door deze insubordinatie. 'Misschien wil jij voor de rest van je loopbaan stront scheppen in Oklahoma?!'
Plotseling stapte Marshall tussenbeide en hij trok Lowe met zich mee. 'Jake, iedereen is een beetje gestrest. Aan spanning geen gebrek, dus relax, zoals ik al eerder heb gezegd. Dat zou voor iedereen beter zijn.'
Plotseling schoot Straits hand naar zijn headset. 'Wat? Waar? Hoeveel?'
Diaz keek hem aan. En ook het medisch team. Lowe en Marshall draaiden zich weer vlug om.
'Zoek het hele gebied nog een keer af. We sturen de reserveteams. Ja, lampen zijn al onderweg.'
'Wat is er verdomme aan de hand?' Lowe stond vlak voor zijn neus.
'Ze hebben stukjes gevonden van wat op een pas verbrand onderhemd lijkt. Alsof iemand het als een toorts heeft gebruikt. Ook lijken ze nogal onduidelijke voetafdrukken van twee mannen te hebben gezien. Die leiden terug door de tunnel.'
'Twee?'
'Ja, meneer, twee.'

119

22.05 uur

De tunnel was amper hoger dan een rechtop staande man en ongeveer twee keer zo breed, en werd zwak verlicht door noodlampen op batterijen, die om de dertig meter hoog aan de tunnelwanden waren bevestigd. Houten balken schraagden de wanden en het plafond, die tussen grote stukken natuursteen voorzien waren van een dunne cementen coating, vermoedelijk om ze vrij te houden van stof. Het stalen spoor door het midden was een enkele, glimmende monorail die net als de tunnel zelf in beide richtingen de duisternis in voerde.
'We wilden toch weten hoe Merriman Foxx de lichamen in vredesnaam

in en uit zijn lab kreeg?' zei de president zacht. 'Nou, hierlangs dus.'

Marten nam een moment om zich te oriënteren en tuurde links de schacht in. 'Voor zover ik kan zeggen, leidt die weg terug naar het lab van Foxx.' Hij keek naar rechts. 'Dat moet de richting zijn waar ze vandaan kwamen. De lijken werden denk ik op een slede op de monorailbaan geladen.'

'Dan gaan we deze kant op.' De president ging Marten al voor. 'Deze tunnel werd recht onder de andere uitgegraven, zodat hij niet door satellieten of surveillancevliegtuigen kon worden opgemerkt. Iedereen was op de hoogte van het bestaan van de oude tunnels, dus niemand kon vermoeden dat ze als dekmantel voor iets anders werden gebruikt. Dit is allemaal uitgedokterd door Foxx. Ik wed dat hij het idee heeft overgenomen van de geheime, ondergrondse wapenfabrieken die Duitsland tijdens de Tweede Wereldoorlog bewapenden.'

'Het is inderdaad goed aangelegd.' Marten keek omhoog. 'Het was geen toeval dat we dat luchtgat vonden, er zijn er aan deze kant in elk geval nog veel meer, waarschijnlijk eentje om de zestig meter. We hebben ze gemist omdat ze goed verstopt zitten, maar die zoekteams zullen ze nu ook gauw genoeg ontdekken.'

'En nog iets,' zei de president terwijl hij verder liep, 'naast de noodlampen zijn gassproeiers gemonteerd, groter dan die welke we in het lab zagen, veel groter. Van misschien wel een centimeter of twaalf doorsnee. Waarom de hele boel niet ook de lucht in is gegaan, begrijp ik niet.'

'U suggereert dat we in het binnenste van een bom lopen.'

'Dat ís ook zo.'

120

22.12 uur

Het gezang van de monniken galmde luid door het amfitheater. De maan was verdwenen en had plaatsgemaakt voor gestage regenval en een spektakel van bliksemflitsen tegen de bergen, zo nu en dan luister bijgezet door harde donderslagen. Maar de storm en de elementen vielen in het niet bij wat Demi aanschouwde en wat haar als aan de grond genageld hield.

Een grote levende os stond aangelijnd aan kettingen in het midden van de

Aldebaran-cirkel. Net daarbuiten hadden de zingende monniken een kring gevormd. Langzaam liepen ze tegen de klok in terwijl de kinderen een voor een vanuit het donker achter de nog altijd fel brandende vuren verschenen om eerbiedig bossen bloemen aan de poten van het dier te leggen. Toen de kinderen daarmee klaar waren, volgden hun ouders, meer dan honderd in getal, om een voor een in devote stilte nog meer boeketten voor de os neer te leggen.

Wat Demi zo verbaasde en haar zo mogelijk nog meer boeide, was dat het dier in het midden van een laaiend vuur stond. Toch leek het op zijn gemak, toonde het zich niet bang, en was het ongevoelig voor de intense hitte en vlammen dan wel zich onbewust van wat er allemaal gebeurde.

'Het is een truc noch toverij,' sprak een zachte stem achter haar. Demi draaide zich om en zag Luciana. 'Het beest is op een spirituele reis. Het voelt geen pijn, alleen maar blijdschap.' Ze glimlachte geruststellend. 'Toe maar, kom dichterbij. Fotografeer het. Daarom ben je gekomen, toch?'

'Ja.'

'Doe het dan. Leg het vast voor de eeuwigheid. Vooral zijn ogen. Leg de innerlijke rust vast, de blijdschap die alle wezens voelen zodra ze de reis aanvangen. Doe maar en je zult het zien.'

Luciana maakte een weids gebaar naar het spektakel, en Demi kwam in actie. Ze nam haar camera's en stapte door de ring van monniken in de richting van het brandende beest. Een oudere vrouw kwam aangelopen om wat lentebloemen aan de poten van het dier te leggen en om een kort gebedje te prevelen in dezelfde taal als waar de monniken in zongen.

Demi gebruikte eerst de digitale camera, de Canon die de beelden direct door zou zenden naar haar website. Ze begon met een breed shot en zoomde daarna in voor een volgende foto. Ten slotte nam ze de kop van het beest vol in beeld. Ze voelde de verzengende hitte van het vuur en zag de lucht trillen door haar lens. Opnieuw hoorde ze de woorden van Luciana in haar hoofd: 'Leg de innerlijke rust vast, de blijdschap die alle wezens voelen zodra ze de reis aanvangen. Doe maar en je zult het zien.'

Luciana had gelijk. Wat Demi in de ogen van de os zag, en wat de camera vastlegde, was een diepe innerlijke rust en, zo dieren dat al konden ervaren, pure blijdschap.

Plotseling laaiden de vlammen op, en de os werd aan het oog onttrokken. Vlug deed ze een pas naar achteren. Het volgende moment zeeg het kolossale lijf van het dier neer in het vuur, en een grote vonkenregen schoot hemelwaarts de avond in. Het gezang hield op en alles werd stil. Overal om haar heen hielden de mensen hun hoofd gebogen.

De grote reis van het beest was begonnen.

121

22.24 uur

Half rennend, half lopend probeerden Marten en de president zo veel mogelijk op de houten bielzen te blijven in een verwoede poging om geen voetsporen achter te laten. Dat de president een goede dertig jaar ouder was dan Marten maakte niet veel uit. Beide mannen transpireerden en waren afgemat, en liepen bijna letterlijk op hun laatste benen. Hun geestelijke en lichamelijke toestand werden verder ondermijnd door het besef dat het slechts een kwestie van tijd was, minuten of zelfs seconden, voordat hun achtervolgers een of meer van de luchtgaten vonden die hun naar de schacht zouden leiden waar zij nu waren.

Het beste wat ze konden doen was erop vertrouwen dat zij eerder het einde van de tunnel zouden bereiken, en dat ze dan genoeg tijd zouden hebben om een uitgang naar buiten te vinden, een weg die Foxx had gebruikt om zijn slachtoffers naar de tanks te brengen. Hoe hoopvol dat idee ook was, het wierp nog een vraag op. Stel dat dat gedeelte nog steeds werd gebruikt, wat dan? Stel dat er nog bewakers waren, of andere mensen uit Foxx' ploeg. Het was een gedachte die je de rillingen over de rug deden lopen, maar op dit moment maakte het niet uit. Ze konden maar één kant op, en dat was recht vooruit.

22.27 uur

Nationaal veiligheidsadviseur Marshall zat vastgegespt achter in de Chinook en maakte aantekeningen op zijn laptop toen de cabinedeur werd opengeschoven en Jake Lowe drijfnat van de regen binnenkwam. Voorin deed de helikopterbemanning in de cockpit een dutje. Halverwege het toestel speelde het medisch team een spelletje kaart. Ondertussen kraakte Bill Straits communicatie met de zoekteams onder de grond ononderbroken uit de speakers.

Lowe liep direct op Marshall af. 'Ik moet even met je praten,' zei hij. 'Onder vier ogen.'

Een halve minuut later stapten ze vanuit de warme en goed verlichte Chinook de donkerte en de regen weer in. Lowe schoof de cabinedeur achter hen dicht. Marshall tikte de capuchon van zijn parka omhoog.

'Landverraad,' sprak Lowe angstig, en hij wees met een vinger in de richting van de bergen, die af en toe door een bliksemschicht werden verlicht. 'Als hij levend uit die tunnels komt, gaat praten en iedereen hem gelooft. Precies wat Hap al zei, kort nadat dit alles begon, wat gebeurt er als hij opduikt? En waar hangt Hap trouwens uit, verdomme? Werd hij echt geraakt? Is hij dood? Of zit hij daar ergens en weet hij wat er aan de hand is en probeert hij in te grijpen?'

Marshall sloeg hem aandachtig gade. Wat hij zag, was een geestelijk vermoeide, almaar ongeruster Lowe die nu eindelijk de greep op de zaak begon te verliezen.

'Laten we een ommetje maken,' stelde Marshall voor, en hij liep de regen in, over een rotsachtige vlakte en weg van het licht van de Chinook. 'Jake, je bent moe,' zei hij even later. 'Paranoïde' was het woord dat hij eigenlijk had willen gebruiken.

'We zijn allemaal moe,' reageerde Lowe fel. 'Wat maakt dat nu verdomme uit? Punt is dat we Warschau moeten afblazen. Nu meteen. Voordat het te laat is en het niet meer kan worden teruggedraaid. Doen we dat, en komt hij vervolgens uit die tunnels en begint te praten, ons te beschuldigen en de Fransen en de Duitsers te waarschuwen, dan gebeurt er dus niets. Hij wordt gezien als een zot, en zal zichzelf alleen maar belachelijk maken, precies wat de hele tijd al onze bedoeling is geweest. Maar als de moordaanslagen wel plaatsvinden, dan wacht ons allen de stoel. En niet alleen wegens landverraad. Er zijn andere dingen waarvoor ze ons voor de rechter kunnen slepen, vooral als ze alles te weten komen over Foxx en waar hij mee bezig was. Het soort zaken die aan het licht kwamen door de Neurenberg-processen. Oorlogsmisdaden: het uitvoeren van medische experimenten zonder toestemming van de proefpersonen. Samenzwering tot het plegen van oorlogsmisdaden. Misdaden tegen de menselijkheid.'

Ze liepen verder door de storm. 'Ik dacht dat we het daar al over hadden gehad, Jake,' reageerde Marshall op vlakke toon. 'Afblazen, dat zit er niet in. Er zijn al te veel dingen in gang gezet.'

De regen sloeg nu harder neer. De bliksem danste over de nabijgelegen bergpieken. Lowe was onvermurwbaar.

'Je begrijpt er helemaal niets van, hè? Hij is nog steeds de godvergeten president! Als hij levend uit die tunnels opduikt en begint te praten en die moordaanslagen gewoon volgens plan plaatsvinden? Luister in godsnaam toch eens naar me! De vicepresident moet zijn bevel intrekken. Nu, vanavond nog! Doen we dat niet, dan verliezen we alles!'

Ze waren inmiddels een kleine honderd meter van de Chinook. Links van hen, en net zo ver, zagen ze het lichtschijnsel van de commandopost.

'Jij denkt dus echt dat hij levend naar buiten komt en dat wij het niet aankunnen.'

'Inderdaad, dat denk ik. We zijn helemaal niet voorbereid om dit aan te kunnen, dit is een situatie waar niemand ooit rekening mee heeft gehouden.'

Op dat moment werd het landschap kilometers in de omtrek verlicht door een enorme bliksemflits. Heel even baadde alles in een fel licht, alsof het klaarlichte dag was. Ze zagen het ruige terrein, de Chinook, de haastig opgezette tent waarin de commandopost was ondergebracht, de steile afgronden vlak langs het pad waarop ze nu liepen. Vervolgens trad de duisternis weer in en klonk er een oorverdovende donderslag.

Marshall nam Lowe bij de arm. 'Pas op waar je loopt, dit is een smal pad; hier wil je niet over de rand vallen.'

Lowe duwde Marshalls hand weg. 'Verdomme, je luistert nog steeds niet!'

'Ik luister wel, Jake, en ik geloof ook dat je gelijk hebt,' zei Marshall kalm en bedachtzaam. 'We zijn nooit op zoiets voorbereid geweest, niemand van ons. Misschien is het risico wel te groot. We kunnen niet het risico nemen om de hele zaak te verknallen, niet nu we al zover zijn.' Opnieuw een flits, en Marshall keek Lowe recht in de ogen. 'Oké, Jake. Laten we de knoop doorhakken. We vertellen ze hoe wij erover denken. En we laten de vicepresident het bevel weer intrekken. De zaak uitstellen.'

'Dat is mooi,' reageerde Lowe opgelucht. 'Echt verdomd mooi.'

122

22.37 uur

'Nee! Nee!' riep José terwijl hij zich opeens terugtrok in de nauwe rotsspleet en weigerde nog verder te gaan.

'Wat is er in godsnaam aan de hand?' vroeg Hap met een scherpe blik naar Miguel.

Ze bevonden zich vermoedelijk een meter of honderdtwintig ondergronds, in een grillig kronkelend kalkstenen kanaal dat steil omlaag liep in de richting van een benauwende duisternis die, zelfs met het licht van hun zaklantaarns, steeds onheilspellender was geworden. Bovendien was dit al de tweede rotsspleet de diepte in, ver onder de eerste waar ze eerder al doorheen waren afgedaald; ze werden allemaal steeds meer gespannen, ook de jongens.

'Zeg hem dat het niet erg is, we begrijpen het wel.' Hap zelf zag bleek, zijn schouder klopte weer van de pijn, en hij had al een tweede pijnstiller genomen. 'Zeg hem dat we ons allemaal zo voelen. Maar we moeten doorgaan.'

Miguel mompelde iets in het Spaans, maar hij had nauwelijks iets gezegd of de jongen schudde alweer zijn hoofd. '*No!*' riep hij uit. '*No más!*' Niet meer!

Bijna veertig minuten daarvoor hadden ze het gedeelte van de tunnel bereikt waar de jongens dachten dat Miguels vrienden zouden kunnen zitten, áls ze hier al ergens zaten. Amado en Hector waren er als eerste aangekomen, snel gevolgd door de anderen. Ze waren amper honderd meter opgeschoten toen ze in het donker de mannen op zich af hoorden komen. Miguel wilde dat ze omdraaiden, maar Hector had hem bij de arm genomen.

'Nee, deze kant op,' zei hij vlug, en ze waagden het erop in de richting van de naderende mannen, naar een volgende breuk in de rots, een spleet die zelfs met een lamp zo goed als onmogelijk te vinden zou zijn, tenzij je de tunnel goed kende. Het was steil en nauw en het voerde verder omlaag in een plotse kronkelende bocht, alsmaar dieper de aarde in. Hier waren ze een half minuutje door omlaag geklauterd toen ze het reddingsteam langs de verborgen opening hoorden passeren en bleven staan. En zo bleven ze zitten waar ze waren, zo goed als opgesloten nu steeds meer troepen zich bij de anderen boven hen voegden. Uiteindelijk had Amado zijn oom aangekeken.

'Dit zijn meer dan zomaar "vrienden" die vermist worden.'

'Ja.' Miguel keek even naar Hap en toen weer naar zijn neef. 'Een van hen is een functionaris van de Amerikaanse regering.'

'En deze mannen, deze politietroepen die jacht op hem maken, hebben het op hem gemunt.'

'Ze denken dat ze hem helpen, maar dat is niet zo. Zodra ze hem hebben gevonden, zullen ze hem overbrengen naar mensen die het minder goed met hem voor hebben, maar dat weten ze niet.'

'Wie is deze man?' vroeg Hector.

Hap had hun al die tijd vertrouwd en op dit moment had hij alle hulp en alle vertrouwen nodig die hij maar kon krijgen. 'De president,' antwoordde hij zonder omhaal.

'Van de Verenigde Staten?' flapte Amado er in gebroken Engels uit.

'Ja.'

De jongens lachten alsof het een grap was, maar toen zagen ze het gezicht van de twee mannen.

'Het is waar?' vroeg Amado.

'Ja, het is waar,' zei Hap. 'We moeten hem hieruit halen en hem hier weg zien te krijgen zonder dat ook maar iemand het doorheeft.'

Het laatste werd door Miguel in het Spaans vertaald. 'De man die bij hem is, is een goeie,' voegde hij eraan toe. 'Hij is een vriend van de president. Het is aan ons om ze te vinden, ze uit de buurt te houden van de politie en in veiligheid te brengen. Begrijpen jullie dat?'

'*Sí*,' antwoordden de jongens een voor een. '*Sí*.'

Hap keek op zijn horloge en vervolgens naar Miguel. 'Eerder hebben de jongens gezegd dat ze wel dachten te weten hoe ver de president ongeveer kan zijn gekomen sinds de aardverschuiving. Dat was tweeënhalf uur geleden. Ze kennen de tunnel. Waar denken ze dat hij en Marten nu zouden kunnen zijn, ervan uitgaand dat ze nog leven en ongeveer even snel opschieten?'

Miguel wendde zich tot de jongens en vertaalde de vraag.

De jongens keken elkaar aan en wisselden even van gedachten, waarna Amado zijn oom aankeek. '*Cerca*,' zei hij. '*Cerca*.'

'Dichtbij,' tolkte Miguel. 'Dichtbij.'

Opeens hoorden ze weer beroering en stemmen van de manschappen in de tunnel boven hen. Ze waren teruggekomen en klonken nu veel dichterbij. Hun stemmen galmden duidelijk omlaag naar waar zij zich bevonden. Miguel was bang dat ze zouden worden ontdekt, en Hector dwong hun verder naar beneden, langzaam verder door een rotsspleet die zich als een kronkelende slang draaide en kromde. Nog geen vijf minuten daarna had José hun tegengehouden met zijn onverwachte '*No!*' en had hij geweigerd nog verder te gaan.

'Wat is er?' vroeg Miguel hem nu in het Spaans.

'*Los muertos*' – de doden – antwoordde hij, alsof hij zich pas enkele seconden daarvoor had gerealiseerd waar hij zich bevond en waar deze rotsspleet heen voerde, en het joeg hem de stuipen op het lijf. '*Los muertos*,' herhaalde hij doodsbang. '*Los muertos*.'

Hap keek naar Miguel. 'Waar heeft hij het over?'

Er volgde een korte woordenwisseling in het Spaans. Miguel vroeg iets aan José, maar die zweeg; daarna aan Amado, wie hij eindelijk de waarheid wist te ontfutselen.

'Daar beneden,' zei Miguel terwijl hij dieper de rotsspleet in wees, 'is nog een tunnel. Met een enkelspoor. Over dat spoor heeft hij een "tram" gezien, gevuld met de doden.'

'Wat?' reageerde Hap ongelovig.

'Meerdere keren.'

'Waar heeft-ie het over?'

Miguel en Amado praatten weer even in het Spaans. Vervolgens vertaalde Miguel het.

'Een paar maanden geleden troffen José en Hector tijdens een van hun verkenningen een andere tunnel aan, de tunnel waar hij het net over had en die onder ons loopt. Die is veel kleiner en nieuwer en voorzien van een soort cementcoating. In het midden loopt een enkel stalen spoor. Er zat een gat in het plafond van de tunnel. Zo konden ze in de schacht kijken en dat deden ze ook die keer dat er beneden een soort tram passeerde. Lijken lagen er als brandhout op gestapeld. Ze werden bang, klauterden naar buiten en vertelden aan niemand wat ze hadden gezien. Twee maanden later daagden ze elkaar uit om er nog eens een kijkje te nemen. Ze daalden af, wachtten en toen zagen ze het weer. Deze keer werden lijken de andere kant op gereden. José wist zeker dat als hij daar nog eens zou afdalen, hij een van hen zou worden. Hij denkt dat het de hel is.'

Even staarde Hap ongelovig voor zich uit terwijl hij zijn best deed het tot zich te laten doordringen. Vervolgens stelde hij een eenvoudige vraag. 'Is er een manier, naast deze rotsspleet, om van die tunnel daar...' hij wees naar waar ze vandaan waren gekomen, '... naar de tunnel te komen waar hij de lijken zag?'

Miguel wendde zich andermaal tot de jongens en tolkte. Even zweeg iedereen, maar ten slotte nam Hector het woord terwijl hij met een steen twee lijnen in het zachte gesteente kraste. Miguel vertaalde wat hij zei.

'De schacht hieronder loopt vlak. Die erboven begint hoog en loopt dan schuin af naar beneden. Waar we nu zijn, zit er misschien een meter of twintig tussen. Veel verder naar beneden is het een meter of zes en er zijn overal openingen, voor lucht denkt hij, dus ja, het is mogelijk om van de ene tunnel naar de andere te komen.'

Hap luisterde aandachtig naar Miguel. Ondertussen ving hij boven hen weer geluiden op. Plotseling liepen de rillingen over zijn rug.

'Er lopen daar boven nog steeds veel lieden rond,' zei hij dringend. 'Dood of levend, als de president zich in die tunnel bevond, zouden ze hem nu wel hebben gevonden en zouden wij hun reactie hebben gehoord, óf ze zouden gewoon al weg zijn gegaan.'

Plotseling drong het tot Miguel door wat hij eigenlijk zei. 'Jij denkt dat mijn neven in de lagergelegen schacht zitten!'

'Ja, wie weet; en misschien wel dichtbij ook. Laat José maar hier blijven als hij wil, de rest gaat naar beneden om erachter te komen.'

123

22.44 uur

'Meneer, we beschikken nu over een directe satellietverbinding,' meldde een jonge communicatiespecialist van de geheime dienst vanachter zijn beeldscherm aan Bill Strait. 'Zeer duidelijke warmtebeelden van onze bovengrondse bewegingen. Voorlopig is er verder niets te zien.'

'Bill.' Strait keek op en zag Jim Marshall de commandopost binnenkomen terwijl hij de capuchon van zijn parka naar achteren trok. Hij was doornat en zag doodsbleek.

'Wat is er?' vroeg Strait.

'Jake en ik waren net op een pad in het donker. We liepen te praten. Hij was nog steeds overstuur. Hij verloor zijn evenwicht en gleed uit. Ik probeerde hem nog vast te grijpen, maar het was al te laat. Ik hoorde hem neerkomen. Hij viel een heel eind. Goeie genade, hij is vast dood!'

'Jezusmina!'

'Bill, je moet snel een paar mensen naar beneden sturen. Of hij nu leeft of al dood is, we moeten hem daar weghalen. Het mag niet gebeuren dat er straks vragen worden gesteld over wat hij hier deed. Het ongeluk zal dus ergens anders gebeurd moeten zijn, vermoedelijk de locatie waar iedereen dénkt dat we de president hebben. Hij ging in zijn eentje na een vergadering een ommetje maken, gleed uit en viel.'

'Ik begrijp het, meneer. Ik zal ervoor zorgen.'

'Ik wil direct de vicepresident op de hoogte stellen. Daarvoor heb ik een beveiligde lijn nodig.' Hij keek even naar de anderen om hen heen. 'En wat privacy.'

'Ja, meneer. Natuurlijk, meneer.'

124

22.49 uur

Het enkelspoor volgde een lange bocht in de tunnel. Marten keek nog even achterom. Dit was hun laatste ongehinderde uitzicht op de tunnel achter hen. Mochten hun achtervolgers de schacht hebben gevonden, dan was er voorlopig nog geen spoor van hen te bekennen.

'Hoeveel verder kan dit nog door lopen?' vroeg hij terwijl hij de president bijhaalde.

'Niet dus.' President Harris staarde recht voor zich uit. Een kleine vijftig meter verderop eindigde de tunnel abrupt bij een grote stalen deur.

'Wat nu?' vroeg Marten.

'Geen idee.'

Snel en stilletjes legden ze het laatste stukje naar de deur af. Het enkelspoor liep gewoon verder door een precies op maat gemaakte opening. De deur zelf hing aan weerszijden met tandwielen in een rails; het was duidelijk dat hij alleen recht omhoog openging.

'Dat ding moet wel vijf ton wegen,' zei de president. 'Met de hand krijgen we die met geen mogelijkheid open.'

'Daar,' zei Marten, en hij wees naar een klein rood lampje dat iets boven ooghoogte in de deur zat. 'Een infraroodsensor, net als bij de afstandsbediening van een tv. Foxx moet het hebben bedoeld...' Hij trok Foxx' BlackBerry-achtige apparaatje uit zijn zak, stapte voor de sensor en drukte op wat de POWER-toets leek te zijn. Er ging een lampje branden. Hij bekeek het paneeltje. Tussen de vele toetsen zag hij er eentje waarop SEND stond. Hij richtte op de sensor en drukte erop. Er gebeurde niets.

22.54 uur

'Er is vast een toegangscode,' zei Marten, en hij probeerde een cijfer/letter-combinatie uit en daarna nog een. Ten slotte probeerde hij met negen toetsen op de onderste helft van het apparaatje, waarop symbooltjes stonden, combinaties uit. Er gebeurde nog steeds niets.

'We moeten terug door de tunnel,' zei de president. 'Het lukt toch niet!'

'Waarheen dan?'

'Foxx was een militair. Hij zou zoiets niet hebben gebouwd zonder voor een uitweg te zorgen ingeval er iets fout zou gaan. Ergens zal hij een nooduitgang hebben gemaakt, ik vermoed wel meer dan een.'

'We hebben anders niets gezien.'

'Dan hebben we niet goed gekeken, meneer Marten. We hebben het gewoon gemist.'

22.57 uur

Samen rondden ze de lange bocht in de tunnel waar ze zo-even doorheen waren gekomen. Ieder voor zich zochten ze zorgvuldig het plafond en de schachtwand af waar ze het dichtst langsliepen, op zoek naar een stukje in de wand dat misschien ooit was uitgehakt en daarna was vervangen.

Opeens zag Marten het, na misschien achthonderd meter in het donker van de tunnel. Slechts heel eventjes werd het licht van een noodlampje door staal gereflecteerd.

'Ze komen eraan!' zei hij vlug.

Beide mannen verstijfden en staarden door de schacht voor hen. Het volgende moment hoorden ze in de verte het geluid van mannen die op hen af renden.

'De luchtgaten!' zei de president plotseling. 'Waar wij door naar beneden zijn gekomen. Via die gaten kunnen we weer in de andere tunnel komen!'

22.58 uur

Al rennend bereikten ze de bocht weer en ze probeerden zo snel mogelijk uit het blikveld van hun achtervolgers te komen terwijl ze boven zich, in de hoek van de tunnelwand en het plafond, naar de luchtgaten zochten.

'Ik zie ze niet,' riep Marten.

'Ze moeten hier ergens zijn. We hebben ze de hele tijd al gez...' Opeens werden zijn woorden onderbroken door een luid, splinterend gekraak in het tunneldak vlak voor hen. Het volgende moment klonk er een harde gil en plofte er op nog geen zeven meter bij hen vandaan een jonge man op de tunnelvloer.

'Wat krijgen we nou?!' riep Marten verbijsterd.

22.59 uur

Hector krabbelde overeind terwijl de twee hem bereikten.

'Ik geloof niet dat het een smeris is,' zei Marten snel terwijl hij even door de tunnel achter hen keek.

'Hij is ook geen Amerikaan!' De president keek omhoog naar het grillige donkere gat in het plafond waar Hector doorheen was gevallen. 'Als hij omlaagkwam, is er dus ook een weg omhoog!'

'Neven!' Opeens verscheen het blije gezicht van Miguel in het gat.

'Miguel!' riep de president ongelovig.

'Miguel,' pakte Marten direct de draad op, 'er zitten ons vijftig gasten op de hielen!'

'Zeg Hector dat hij ze een duwtje geeft,' blafte een andere stem vanuit de duisternis, en het gezicht van Hap Daniels verscheen in het gat. Hij keek niet naar Marten of de president, maar staarde Miguel aan. 'Nu, verdomme! Snel!'

23.00 uur

De president kwam als eerste omhoog, daarna Marten en ten slotte Hector.

23.01 uur

Ze hoorden de mannen naderen.

'Ze zullen het gat zien,' sputterde Miguel.

'Ze weten dat we hier ergens zitten,' zei de president. 'We hebben Martens hemd moeten verbranden om wat licht te hebben. Dat hebben ze vast wel gevonden.'

'Waar?' vroeg Hap.

'In de bovenste tunnel.'

Meteen gaf Hap de president zijn zaklantaarn. 'U en Marten, omhoog de rotsspleet in en snel! Het is steil en vol krappe stukken, maar het lukt jullie wel. Wij komen vlak achter jullie aan.'

De president aarzelde.

'Schiet op!' beval Hap, en de president en Marten klommen omhoog.

Meteen keek Hap Miguel aan. 'We zullen ze de jongens moeten geven.'

'Wat?'

'Amado en Hector. Zij waren de tunnels aan het verkennen. Hun zaklantaarn raakte leeg. Het was aardedonker. Ze werden bang en besloten Amado's onderhemd in de fik te steken om iets te kunnen zien. Toen dat uiteindelijk opgebrand was, raakten ze opnieuw de weg kwijt. Ook verloren ze de zaklantaarn ergens onderweg. Ze zwierven wat rond, vonden deze tunnel en daarna het gat hier. Ze braken het verder open en stonden op het punt om omhoog te klauteren. Als die gasten op zoek zijn naar twee mannen, dan hebben ze die gevonden.'

Miguel weifelde. Dit was gekkenwerk. Amado was zijn neef. Dit kon hij echt niet doen.

'Miguel, zeg het ze nu! En zeg dat ze die lui zo lang mogelijk moeten ophouden. Laat ze janken, smeken, schreeuwen van opluchting. Laat ze zeggen dat ze bang zijn dat hun moeders ze zullen vermoorden als die erachter komen. Het maakt niet uit wat. We hebben tijd nodig om de president hier weg te krijgen.'

125

23.10 uur

In de duisternis liep Demi door de kerk. Ze had de camera's over haar schouders hangen en gebruikte een kaars om zichzelf bij te lichten terwijl ze van eeuwenoude vloersteen naar eeuwenoude vloersteen stapte en naar de ingegraveerde familienamen keek. Cristina had haar verteld dat het familiegraven waren waarin de stoffelijke resten van de geëerde doden werden bewaard.

Buiten ging de storm al een beetje liggen; het onweer verdween in de verte, en het miezerde slechts nog wat. In de kerk heerste stilte; de families, de monniken, Cristina, Luciana en predikant Beck hadden zich allang in hun vertrekken teruggetrokken. Zelf had Demi dat ook gedaan, om zich om te kleden in haar gewone kloffie en om af te wachten; totdat ze het veilig genoeg achtte om haar kamer te verlaten en zich ongestoord naar het schip van de kerk te begeven.

CORNACCHI, GUARNIERI, BENICHI.

Ze las de namen op de graven en liep verder.

RIZZO, CONTI, VALLONE.

Ze wandelde verder over de vloer.

MAZZETTI, GHINI.

'De naam die je zoekt, is Ferrara,' klonk opeens een stem vanuit de duisternis.

Demi schrok op en tilde haar kaars op om beter in het donker te kunnen turen. 'Wie is daar?'

Even zag ze niets, maar toen stapte Luciana in het schijnsel van de kaars.

Ze werd vergezeld door een monnik met een kap. De goudkleurige jurk die ze eerder had gedragen, was verruild voor een zwarte pij zoals ook de monniken die droegen. Haar afzichtelijk lange kunstnagels waren verdwenen, maar de donkere oogschaduw met de theatrale lijnen zat er nog. De uitwerking van haar onverwachte verschijning hier in de donkere kerk, in gezelschap van een eenzame monnik, was op z'n zachtst gezegd, luguber.

'Kom,' zei ze, gebarend met een hand, 'de graftombe is hier.'

FERRARA.

'Kom maar dichterbij met je kaars, zodat je de naam duidelijk kunt lezen.'

Demi las het.

'Zeg het. Zeg de naam hardop,' drong Luciana aan.

'Ferrara,' gehoorzaamde Demi.

'Je moeders naam. Je familienaam.'

'Hoe weet u dat?' vroeg Demi, verbijsterd over de onthulling.

'Het is de reden van je aanwezigheid hier, waarom je bevriend bent geraakt met predikant Beck en daarna met dr. Foxx. Je wilde de geheimen van Aldebaran ontsluieren. Daarom ook had je een ontmoeting met de onfortuinlijke Giacomo Gela, die jou vervolgens vertelde over Aradia Minor.'

Demi hield de kaars dichter bij Luciana en de monnik. 'Ik wil weten wat er met mijn moeder is gebeurd,' zei ze. Ze had eigenlijk bang moeten zijn, maar dat was ze niet. Dit ging over het lot van haar moeder, over niets anders.

Luciana glimlachte. 'Laat het haar zien.'

De monnik nam de kaars over van Demi, knielde naast de grafsteen, trok deze weg en onthulde daarmee een eeuwenoude bronzen kist. Op het deksel stonden zevenentwintig data gegraveerd. De vroegste dateerde van 1637, de laatste was van precies achttien jaar geleden. Het jaar dat haar moeder was verdwenen.

'Je moeders naam was Teresa,' zei Luciana.

'Ja.'

'Verwijder het deksel,' beval Luciana op zachte toon.

De monnik sloeg het deksel van de kist open en hield de kaars er vlak boven. Demi zag rijen zilveren urnen, elk gezet in een bronzen vierkant en elk met een ingegraveerde datum.

'De as van de geëerde doden. Net zoals de grote os afgelopen avond. Net zoals Cristina morgen.'

'Cristina?' Demi was geschokt.

'Vanavond hebben de kinderen haar geëerd zoals ze ook de os hebben geëerd. Ze is blij. Haar familie ook. Net als de kinderen en de anderen.'

'Wat probeert u me eigenlijk te vertellen?' Langzaam maakte Demi's trotserende houding plaats voor angst.

'Het ritueel was om hen te eren die op het punt staan om aan de grote reis te beginnen.'

'Zij werden geëerd?' Demi keek weer naar de urnen.

'Ja.'

'Mijn moeder?'

'Ja.'

'In deze urnen zit de as van alle vrouwen uit mijn familie?' Demi begreep er niets van.

'Tel ze maar.'

Demi telde en keek vervolgens op. 'Het zijn er achtentwintig. Maar op het deksel zijn slechts zevenentwintig data gegraveerd.'

'Kijk naar de datum op de laatste urn.'

'Waarom?'

'Kijk nu maar.'

Demi gehoorzaamde weer. De verwarring viel van haar gezicht te lezen.

'Maar dat is morgen.'

'Een datum die nog niet op de kist gegraveerd is, omdat de urn nog geen as bevat,' verduidelijkte Luciana terwijl er langzaam een glimlach op haar gezicht verscheen; haar blik was van een onpeilbare duisternis. 'Er is één vrouw in je familie die nog niet werd meegeteld.'

'Wie dan?'

'Jij.'

126

23.30 uur

James Marshall had plaatsgenomen aan een klaptafeltje achter in de tent van de commandopost. Hij zat alleen, met de privacy waarom hij had verzocht, en beschikte via zijn headset over een beveiligde telefoonverbinding.

Op diezelfde lijn zaten tevens vicepresident Rogers, Tom Curran, David Chaplin, Terrence Langdon, en Chester Keaton die zich aan boord van een CIA-jet met bestemming Madrid bevond.

'Ze hebben twee knullen uit een naburig dorp opgepakt die zeiden dat ze verdwaald waren in de tunnels. Nog altijd geen spoor van de president noch van Marten. De jongens worden voor verhoor hierheen gebracht. Niemand weet precies wat er aan de hand is.' Marshall wierp een vluchtige blik om zich heen, om er zeker van te zijn dat niemand van het verbindingspersoneel van Bill Strait of hoofdinspecteur Diaz in de buurt was, draaide zich om en begon te fluisteren.

'We moeten aannemen wat we steeds al hebben vermoed, namelijk dat beide mannen opgesloten zitten in de tunnel buiten Foxx' lab, óf daar binnen zaten toen de boel ontplofte en nu dood zijn óf rechtstreeks naar mij worden gebracht als ze toch nog in leven blijken te zijn; in het laatste geval krijgen ze een kalmerend middel toegediend en worden ze direct naar een gereedstaand CIA-vliegtuig gevlogen. Als we het anders aanpakken, gaan we net zo denken als Jake Lowe, en dat heeft geen nut. We kunnen ons geen zwakke schakels permitteren. Niet één.

Ik herinner jullie eraan dat het hier gaat om iets met een lange en invloedrijke historie, eentje waarin we lange tijd hebben geloofd en die we trouw hebben gezworen. Dit is niet de eerste keer dat haar standvastigheid op de proef is gesteld. Het zal ook niet de laatste keer zijn. Van meet af aan is het onze opdracht geweest om het welslagen van de ophanden zijnde operatie te garanderen. Is dat voor iedereen duidelijk, heren?'

'Zeker, Jim,' antwoordde vicepresident Rogers zacht. 'Mocht iemand het hier niet mee eens zijn, spreek je dan nu uit.'

Er volgde een eendrachtige stilte.

'Mooi,' zei de vicepresident. 'Chet, jij hebt actuele informatie over Warschau?'

'Morgen om 15.30 uur, kan niet misgaan.' Generaal Keaton bezigde dezelfde rustige, zelfverzekerde toon als de vicepresident.

'Mooi. Dank u, dr. Marshall. U hebt dit heel goed aangepakt. Heren, tot morgen, veel succes en God zegene u.'

127

23.42 uur

In een donkere kromming van de rotsspleet, tien meter onder het punt waar deze samenkwam met de bovenste tunnel, zaten de president, Marten, Hap en Miguel bijeengekropen.

Drie maal eerder waren ze, met ingehouden adem en bonzend hart, in het donker gestopt. De eerste keer was toen een aantal redders van beneden in de rotsspleet klommen nadat ze Amado en Hector hadden aangetroffen. Ze hadden de twee horen praten en hadden overlegd of de jongens inderdaad alleen waren geweest, zoals ze hadden beweerd, en of er niemand anders was. Ze moesten hebben besloten dat de jongens de waarheid hadden gesproken, want al na een paar minuten waren ze teruggegaan. De tweede keer waren ze gestopt om even te rusten en om de president en Marten wat water uit Miguels camelpack en iedereen twee repen uit de EHBO-doos van de limousine te geven. De derde keer was geweest toen ze iemand omlaag hadden horen komen. Hap had de president en Marten direct achter hen geduwd, en vervolgens hadden hij en Miguel, ieder gewapend met een pistool, de klauteraar opgewacht. Een lichtbundel van een zaklantaarn was langs de wand van het gesteente gegleden. Met de Sig Sauer omhooggericht had Hap op het punt gestaan zich bekend te maken toen opeens José opdook. Hij had geluisterd of ze al in aantocht waren en was toen naar beneden geklauterd om hun tegemoet te gaan.

'Dit zijn de Amerikanen over wie ik je heb verteld,' zei Miguel toen ze even later tegenover elkaar zaten. José had hun heel even aangestaard, vervolgens achter hen de rotsspleet in gekeken en naar Amado en Hector gevraagd.

'Die helpen nu,' vertelde Miguel hem in het Spaans.

'Waar?'

'Ze zijn bij de politie.'

'De politie?'

'Ja. Nu is het jouw beurt; breng ons alsjeblieft terug naar boven.'

Tien minuten later naderden ze de top. Hap liet iedereen opnieuw stoppen en verzocht Miguel om José het laatste stukje vooruit te sturen om te kijken of de tunnel boven hen verlaten was en of het wel veilig was om de kleine honderd meter af te leggen door de rotsspleet waarin ze aanvankelijk waren afgedaald en die ze nu zouden gebruiken om naar buiten te klimmen.

Dat was drie minuten daarvoor geweest, en tot dusver was hij nog niet teruggekeerd.

Totdat ze hier waren gestopt, was de communicatie beperkt gebleven tot enkele korte opmerkingen, vooral commando's of waarschuwingen. Alles nauwelijks harder dan op fluistertoon.

Al wachtend realiseerde Miguel zich dat er nog iets aan de orde moest worden gesteld en gauw ook: Haps vrees dat de president hem aanvankelijk, en misschien nog steeds, wantrouwde. Het was een onderwerp dat hij besloot zelf aan te snijden.

Hij schoof achteruit en kroop dicht bij de president. 'Neef,' begon hij, 'Hap heeft er begrip voor dat u onder de omstandigheden niet wist op wie u kon vertrouwen, hemzelf inbegrepen. Maar voor hem gold hetzelfde toen hij het een en ander te weten kwam. Dat was heel lastig, want hij wist niet eens zeker of hij zijn eigen collega's binnen de geheime dienst wel kon vertrouwen. Als gevolg daarvan werd hij zelfs beschoten.'

'Beschoten?'

'Twee kogels in de schouder, toen hij in het kloosterkantoor van Foxx naar u ging zoeken. We brachten hem naar een dokter, maar hij heeft nog steeds veel pijn. Hij moet eigenlijk in bed liggen, maar in plaats daarvan banjerde hij door al deze bergtunnels om u te vinden. Dus denk vooral niet langer dat u hem niet kunt vertrouwen.'

De president wendde zich af van Miguel en keek Hap aan. 'Je hebt helemaal niets gezegd over dat je gewond was geraakt.'

'Er viel weinig te zeggen.'

'Je hebt je om mij anders heel wat op de hals gehaald.'

'Dat staat nu eenmaal in mijn taakomschrijving.'

De president glimlachte. 'Dank je.'

'Geen dank, *sir*.'

De reactie van de president – het plagerijtje, de glimlach, het bedankje – betekende alles. Het hield in dat de band, de vriendschap en het hoogstnoodzakelijke vertrouwen tussen de president en zijn voornaamste veiligheidsfunctionaris waren hersteld.

'Er is iets wat je nog niet weet, Hap,' vervolgde de president, en daarmee was het persoonlijke aspect verdwenen. 'De vicepresident, de minister van Defensie, de chef-staf, al die lieden die er die avond in Evan Byrds woning in Madrid bij waren, zijn van plan om de president van Frankrijk en de bondskanselier van Duitsland tijdens de Warschau-top te laten ombrengen. Het maakt deel uit van een veel grotere samenzwering, waar ook Merriman Foxx bij betrokken was. Ik heb geen moment de gelegenheid gehad om iemand te waarschuwen zonder mijn positie te verraden. En ook jij kunt het niet doen, niet nu.'

Hap boog zich voorover. 'Meneer de president, het is nog geen maandag. Ik ben van plan u hieruit te krijgen en daarna zo snel mogelijk de berg af naar het huis van Miguels neef, waar de limo staat. Daarna gaan we weg uit dit oververhitte zoekgebied en zijn we hopelijk rond dageraad bij de Franse grens. Daar kunnen we het er wel op wagen om de Franse en Duitse regering op de hoogte te brengen over Warschau. Maar om dat te doen moeten we ons eerst buigen over wat zich zo direct zal afspelen.

Zodra ze Hector en Amado weten te breken, en geloof me, dat gaat ze lukken,' zei Hap terwijl hij Miguel even aankeek. 'Het spijt me, Miguel, we moesten iets doen.' Hij keek weer naar de president. 'Zodra ze hen dus aan het praten krijgen, weten ze zeker dat u nog leeft en hier zit. Het zal geen barst uitmaken of ze erachter komen dat ik bij u ben of niet. Hongerig naar hun prooi zullen ze al deze tunnels uitkammen. Buiten zal het al niet veel anders zijn. Ze zullen meer manschappen en meer materieel aanvoeren. Binnen een uur zitten we hier met een concentratie van lucht- en satellietsurveillance zoals de wereld die nog nooit heeft meegemaakt. Tot tachtig kilometer in de omtrek zal elke weg versperd zijn.'

'En je denkt nog steeds dat we hier weg kunnen komen?'

'We hebben weinig tijd voordat ze het zeker zullen weten en de volle aanval losbarst, tijd die we met de twee jongens hebben gewonnen. Toch wacht ons daar buiten nog altijd een enorme macht. Hun probleem is dat ze erg verspreid zitten en zich concentreren op wat zich onder de grond afspeelt. Met voorzichtigheid en wat geluk, en met José die de weg kent, hebben we in het donker misschien wel een kans om langs hen te glippen. Op één ding na.'

'Wat bedoel je?'

'Ze zullen intussen een grote satelliet pal boven ons hoofd hebben hangen. Aan de digitale fotobeelden zullen ze 's nachts weinig hebben, maar wél aan thermische beelden. Zodra we buiten zijn, worden we een warmtebron die ze ogenblikkelijk zullen herkennen.'

'Waarom denk jij dan dat we weg kunnen komen?'

'Het is meer hopen dan denken, meneer de president, maar daar hebben we deze dingen voor.' Hij trok een van de kleine, opgevouwen nooddekens uit zijn jas. 'Sla hem open en je hebt een dunne deken zo groot als een kleine tent. De ene zijde is van mylar. Knip er een paar gaten voor je ogen uit, trek hem over je hoofd en knoop hem om je lijf en met een beetje geluk weerkaatst het "koud" terug naar de warmtesensor van die satelliet. Als we laag bij de grond blijven en bosjes en heuvels met bomen als dekking gebruiken, zouden we er wel eens mee weg kunnen komen.'

Miguel grinnikte. 'Je bent een slimme vent.'

'Zolang het werkt.'

De president keek even naar Marten en vervolgens naar Miguel. 'Hoe ver is het nog naar het resort van Aragón, over land?'

'Een kilometer of vijftien à twintig. Er lopen paden, maar het is toch vooral ruig terrein.'

'Kunnen we er te voet voor zonsopgang zijn?'

'Misschien wel. José zou wel weten hoe.'

'Aragón?' vroeg Hap ongelovig. 'In het donker over de bergpaden? Dat zou vier of vijf uur vergen, wie weet nog langer. Zelfs als het met deze dekens al zou lukken, is dat te veel tijd. Er zullen buiten te veel manschappen, te veel materieel zijn. De kans dat we zelfs maar halverwege komen zonder te worden gepakt, is gewoon nul.'

'De andere oplossing is geen haar beter, Hap,' zei de president. 'Die wegen naar de Franse grens zijn bekend en zullen inderdaad versperd zijn. Als we daar worden aangehouden, kunnen we echt geen kant meer op; en ongeacht wat ik te melden heb, ik zal al snel onder de hoede van mijn "vrienden" zijn en Warschau zal doorgaan zoals gepland. Gaan we over land, te voet door het woeste terrein en in het donker, dan hebben we in elk geval nog een kans.

Bovendien is Aragón meer dan een toevluchtsoord alleen. Zoals je wel weet, zou ik morgenochtend de New World-vergadering toespreken, en dat ben ik nog steeds van plan. Ten overstaan van al die mensen, vooral zo'n groep, zal niemand me daar wegplukken. Zodra ik ze de feiten voorleg, zal de situatie in Warschau zich vanzelf oplossen.'

'Meneer de president, de beveiliging voor die conventie is een gigantische operatie. Ik kan het weten, want ik heb eraan meegewerkt. Zelfs al komen we zo ver, dan nog zouden we er niet langs komen. Proberen we het toch, dan zal iedereen die u uit de weg wil ruimen precies weten waar u zich bevindt. Ze zullen de beveiliging opdragen om u meteen af te voeren. U weet dit nog niet, maar de chef-staf heeft op een vliegveldje buiten Barcelona al een CIA-jet gereedstaan. Ze brengen u aan boord en het is gedaan met u.'

Een lang ogenblik zei de president geen woord en het was wel duidelijk dat hij alles nog eens overdacht; ten slotte sloeg hij zijn ogen op naar Hap. 'We gaan proberen Aragón te bereiken. Ik weet wel dat het je niet aanstaat, maar het is mijn beslissing. Wat de beveiliging betreft: jij bent op de hoogte van de hele situatie daar: de omgeving, de gebouwen, de kerk waar ik moet spreken. Je hebt alles van tevoren verkend.'

'Ja, meneer.'

'Dan vinden we vast wel een manier om binnen te komen. Ik zal volgens planning als verrassing de vergadering toespreken. En réken maar dat het een verrassing zal zijn, voor iedereen.'

Van boven drongen geluiden binnen. José verscheen behoedzaam om de hoek en keek Miguel aan. 'Er zijn patrouilles,' zei hij in het Spaans, 'maar ze liepen door. Ik weet niet of er nog meer komen. Voorlopig is het veilig.'

Miguel tolkte, en de president keek iedereen beurtelings aan: Marten, Hap, Miguel en José.

'Daar gaan we,' zei hij.

ZONDAG 9 APRIL

128

0.02 uur

In wat niet meer was dan een monnikscel probeerde Demi al ijsberend zo min mogelijk aan de verschrikking te denken die Luciana haar voor de dag van 'morgen' in het vooruitzicht had gesteld, de dag die zich feitelijk al twee minuten geleden had aangediend.

Op de kleine, roestvrijstalen brits lagen een dunne matras en een deken. Alsof ze de slaap kon vatten, of zich daar zelfs maar toe kon zetten. Ernaast waren een wastafel en een toilet. En dan was er nog een kapelletje, midden in de kamer, ingebouwd in een alkoof en verlicht door wel honderd offerkaarsen, zo leek het. Achterin stond een marmeren altaartje, zo'n negentig centimeter breed en zestig centimeter diep, met daarop iets wat aanvankelijk op een bronzen beeldje leek. Maar toen ze wat beter keek, leek het meer op twee letters die met elkaar verbonden waren.

א μ

Opeens herinnerde ze zich waar Giacomo Gela het destijds over had gehad: een Hebreeuwse *A*, gevolgd door een Griekse *M*. Dit waren niet zomaar twee karakters, dit was het teken van Aradia Minor, de geheime orde binnen de op zich al geheime boschetto van Aldebaran. Het betekende dat alles waar hij haar voor had gewaarschuwd inderdaad klopte, dat de orde al de hele tijd had geweten wie Demi was en dat men haar gewoon haar gang had laten gaan om te zien hoeveel ze wist en wie er verder nog bij betrokken zou zijn. Dáárom had Beck haar op Malta, na de confrontatie tussen Foxx en Nicholas Marten, uitgenodigd hem naar Barcelona achterna te reizen: met de opzettelijke bedoeling om uit te vinden wie haar misschien zou volgen. Precies wat Nicholas Marten had gedaan. Het bezoek van Beck en Luciana aan de kathedraal, samen met Demi, was niet om aldaar een bijeenkomst in Montserrat te plannen, maar was wederom bedoeld om te kijken door wie Demi mogelijk zou worden geschaduwd. En ook nu weer was dat Nicholas Marten geweest. Vandaar ook dat Beck had ingestemd met het plan om haar uit te nodigen naar het klooster te komen om de rituelen van de coven bij te wonen, wetende dat Marten nu aan Foxx kon worden uitgeleverd. Met dat laatste had Demi ook zichzelf uitgeleverd, zoals belichaamd door de os die door het vuur werd verteerd: het verschrikkelijke lot dat haar nu zelf wachtte. Daarna hadden ze haar gewoon in deze cel opgesloten.

Wat die oude Aradia Minor-cultus nu precies behelsde, daarvan had ze geen idee, maar ze wist zeker dat Gela opzettelijk was verminkt om als levend voorbeeld te dienen van wat al te nieuwsgierigen te wachten stond. Jarenlang hadden ze Gela om die reden in de gaten gehouden, om te kijken wie vastberaden genoeg was om hem op te sporen, om welke reden, en uit te vinden wie verder op de hoogte konden zijn. Ze vroeg zich af hoeveel mensen, die door de eeuwen heen dezelfde weg hadden bewandeld als zij, aan dezelfde onbeschrijfelijke verschrikking ten prooi waren gevallen.

Dezelfde allesverzengende hel die ook zij spoedig zou ondergaan. Hetzelfde lot dat haar moeder en nog zesentwintig andere vrouwen uit haar familie had getroffen. Net als de moeders, dochters, tantes, zussen en nichten uit andere Italiaanse families die door de eeuwen heen waren geselecteerd. Net als vandaag, en dat gold niet alleen voor haar, maar ook voor Cristina.

Opeens hield ze op met ijsberen en liep ze terug naar het altaar. In de kerk en onder het kille toeziend oog van Luciana, hadden de monniken haar haar camera's afgenomen, hadden ze haar geblinddoekt en was ze via een uitzonderlijk lange trap weggevoerd. Kort daarna was ze op een of ander snel voortbewegend transportwagentje gezet dat, zo wist ze zeker, zich ondergronds verplaatste. Ten slotte hadden ze haar in de monnikscel opgesloten waar ze nu zat, waarna ze zonder ook maar een woord te zeggen weer waren weggegaan.

Maar daar was het dan ook bij gebleven. Ze hadden niet de moeite genomen om haar kleding te doorzoeken, niet in de kerk en ook niet in deze cel nadat ze haar van haar blinddoek hadden ontdaan. Het betekende dat ze nog steeds over de smartphone met ingebouwde fotocamera beschikte, die ze goed had weggeborgen en waarmee ze foto's naar haar website had geüpload. Het gaf haar hoop, ze beschikte over iets waarmee ze met de buitenwereld kon communiceren, hoewel het na twee vruchteloze pogingen wel duidelijk was dat ze hier, in dit kloostercomplex, te diep was weggestopt om het signaal ongehinderd te kunnen verzenden. Maar toch, ze beschikte in elk geval over haar telefoon annex fotocamera. De telefoon zou ze op een ander moment hoe dan ook proberen te gebruiken, hopelijk zodra men haar naar een betere plek zou brengen en ze op een onbewaakt moment het Europese alarmnummer 112 kon bellen om zo de politie te waarschuwen. De fotocamera zou ze nu als afleiding gebruiken, om maar niet te hoeven denken aan wat haar de komende uren te wachten stond.

Ze knielde voor het kleine altaar en fotografeerde het afgodsbeeldje, het symbool van Aradia Minor. Gedreven fotografeerde ze erop los, vanuit elke denkbare hoek. Terwijl ze zo bezig was, drong het geleidelijk aan tot haar door dat dit meer was dan iets om haar gedachten af te leiden. Het was ook een laatste, wanhopig verlangen om op een of andere manier een brug naar gene zijde te vinden en contact te leggen met de ziel van haar overleden moeder, de geest van de moeder die zij ooit was geweest en die ze wat Demi betrof nog steeds was. Hiermee kon ze niet alleen de belofte aan haar moeder in vervulling laten gaan, maar ook eeuwige liefde en verlossing vinden.

129

0.07 uur

Hector en Amado baadden in het felle licht van de commandopost. Ze waren smerig, zaten vol schrammen. Ze waren weliswaar bang, maar tot dusver niet door de knieën gegaan. Niet voor de agenten van de Amerikaanse geheime dienst en Spaanse politie die hen in de tunnel gevangen hadden genomen. Noch voor de CIA-agenten die daarna met hen hadden gepraat. Of de stuk of vijf Amerikaanse en Spaanse soldaten die hen door de bergspleten omhoog hadden gehesen en door de regen naar de commandopost hadden afgevoerd. Beide jongens weken niet af van hun verhaal: ze waren die ochtend de tunnels gaan verkennen, en waren verdwaald.

'Hoe laat?' vroeg hoofdinspecteur Diaz in het Spaans.

'Rond halftien,' was het antwoord dat ze samen hadden afgesproken, pal voordat de soldaten hen in de kraag hadden gegrepen.

'Waar woon je?' vroeg Diaz.

Bill Strait en nationale veiligheidsadviseur James Marshall stonden achter haar, niet van zins om ook maar iets te missen.

'El Borràs, aan de rivier,' antwoordde Amado.

'Jullie tweeën? Meer niet? Was er verder niemand bij?'

'Ja. Ik bedoel: nee. Alleen wij tweeën.'

Hoofdinspecteur Diaz keek de jongens nog even aan en liep toen naar een agent van de Spaanse politie. 'Laten we ze afzonderlijk verhoren,' stelde ze voor en ze liep terug naar de twee jongens.

'Wie van jullie is Hector?'

Hector stak zijn hand op.

'Mooi. Jij blijft bij mij. Amado gaat achter in de tent zitten waar iemand hem verder zal ondervragen.'

Hector keek Amado na terwijl deze door twee Spaanse agenten werd weggeleid.

'Goed, Hector,' vervolgde hoofdinspecteur Diaz haar ondervraging. 'Jij woont dus in El Borràs.'

'Ja.'

'Vertel me eens hoe jullie hierheen zijn gekomen, naar deze bergtop. Vanaf de rivier.'

0.12 uur

Hector keek toe toen hoofdinspecteur Diaz even later opstond en naar een van de agenten van de politie liep die Amado had ondervraagd. Nerveus keek hij even naar Bill Strait en de ongewoon lange, gedistingeerde heer die bij hem stond. Het waren duidelijk Amerikanen. Voor het eerst werd hij zich bewust van de mensen en de apparatuur om hem heen. Radio's en computers kende hij weliswaar uit films, maar vergeleken bij dit alles hier, stelde dat weinig voor. Ook het voortdurende radiocontact tussen de mensen hier en ginds was voor hem iets unieks. Om maar te zwijgen van de ernstige sfeer die hier hing.

Hij zuchtte wat nerveus toen hij hoofdinspecteur Diaz weer naar hem toe zag lopen. Ze bleef halverwege de tent even staan om iets tegen Bill Strait en de andere man te zeggen, waarna het drietal gezamenlijk zijn kant op liep.

'Er lijkt sprake te zijn van een discrepantie, Hector,' sprak Diaz kalm. 'Je hebt me verteld dat jullie vanaf de rivier zijn komen lopen. Maar volgens Amado zijn jullie op de motor gekomen.'

'Hector,' sprak Bill Strait terwijl hij de jongen aankeek, 'we weten dat jij en Amado niet de enige twee waren, daar beneden.' Hij liet Diaz even vertalen.

'Wél,' protesteerde Hector. 'Wie zou er verder bij geweest zijn dan?'

'De president van de Verenigde Staten.'

'Nee,' antwoordde hij ferm. Hier had hij geen tolk voor nodig. 'Nee.'

'Hector, luister even goed. Als wij de president hier vinden, dan weten we dat jullie gelogen hebben. Dat betekent dat jullie lange, lange tijd achter de tralies verdwijnen.'

De vertaling door hoofdinspecteur Diaz klonk alsof Bill Straits mededeling al een voldongen feit was en dat een rechter hen tot een gevangenisstraf van twintig of dertig jaar had veroordeeld.

'Nee,' hield Hector vol. 'We waren met z'n tweeën. Amado en ik. Verder niemand. Vraag het maar aan uw eigen mensen. Ze hebben gezocht, maar niemand gevonden.'

Plotseling bespeurde Hector enige beweging en hij keek op. Amado kwam naar hem toe gelopen, geflankeerd door twee agenten van de Spaanse politie. Hij zag lijkbleek en de tranen stonden in zijn ogen. Woorden waren overbodig. Het was maar al te duidelijk wat er was gebeurd.

Hij had de waarheid opgebiecht.

130

0.18 uur

De klim vanuit het lagere rookkanaal naar de hoofdtunnel was relatief gemakkelijk gegaan, en ook de daaropvolgende honderd meter lange wandeling was soepel verlopen, zelfs ondanks de duisternis. Daarna had José de toegang naar de schacht erboven gevonden, het kanaal waardoor Hap, Miguel, Amado en hij – dagen zo niet weken geleden, zo voelde het – ook waren afgedaald.

Tijdens de klimtocht naar boven begon Hap plotseling te kreunen, waarna hij stopte. Miguel richtte de smalle bundel van zijn zaklantaarn op hem. Hap zag lijkbleek en hij transpireerde hevig. Snel gaf Miguel hem wat water uit zijn camelpack en hij stond erop dat Hap nóg een pijnstiller nam.

Stilletjes rustten ze even, totdat de pijnstiller begon te werken. In een andere situatie zouden ze hem misschien hebben achtergelaten en zou hij de anderen zijn zegen hebben gegeven, maar dat was nu onmogelijk. Slechts enkele weken daarvoor had Hap ter voorbereiding van het presidentiële bezoek de hele Aragónregio te voet verkend en hij kende het gebied zoals alleen iemand met zijn opleiding en ervaring dat kon. Wilden ze het overleven, dan konden ze niet zonder hem. Niemand die kon zeggen of deze kleine rustpauze voldoende zou zijn.

0.23 uur

'De "*football*", meneer de president...' sprak Marten opeens in het donker, en om geen enkele andere reden dan dat hij er opeens aan moest denken. '... die zwarte tas die je een militair staflid in het bijzijn van de president altijd ziet dragen? Ik neem aan dat daar echt de lanceercodes in zitten voor kernkoppen?'

'Klopt.'

'Neem me niet kwalijk dat ik het vraag, maar waar is die tas nu?'

'Ik neem aan dat mijn "vrienden" die nu hebben. Het zou wat lastig zijn geweest om die tas bij mijn ontsnapping mee te nemen.'

'Uw "vrienden" hebben hem nu?'

'Dat maakt verder toch niets uit.'

'Hoe bedoelt u in hemelsnaam?'

'Er zijn er meer,' mengde Hap zich plotseling in het gesprek.

'Wat?'

'De president heeft er één voor zijn buitenlandse reizen. Een tweede is veilig opgeborgen in het Witte Huis, een derde staat ter beschikking van de vicepresident voor het geval de president niet kan functioneren. Zoals nu.'

'U bedoelt dus dat ze die tas in feite toch al hebben.'

'Inderdaad... Verder nog vragen?'

'Fijn.'

Hap duwde zich plotseling overeind. 'Laten we voortmaken, voordat onze "redders" arriveren.'

0.32 uur

Een meter of drie voor de uitgang van de schacht stopten ze en lieten ze José voorgaan naar boven, precies zoals ze eerder hadden gedaan.

0.36 uur

Even later kwam José weer naar beneden en bracht in het Spaans verslag uit aan Miguel. 'Er hangt lage bewolking en het regent,' vertaalde deze snel. 'Hij heeft verder niets verdachts gehoord en geen lichten gezien. Zodra we buiten zijn, volgen we hem over een open rotsterrein. Daarna krijgen we meteen een steil pad dat al snel door wat struiken weer afloopt, over zo'n achthonderd meter verder kronkelt en bij een beek uitkomt. We lopen langs de beek tot aan de oversteekplaats. Aan de overzijde aangekomen gaan we verder via een smal paadje dat ons een dikke drie kilometer door het bos voert voordat we een open plek bereiken.'

‘En dan?’ vroeg de president.

‘Dat zien we dan wel weer,’ was Haps simpele antwoord. ‘Vanwege het weer zal het niet meevallen om warmtebronnen te detecteren, maar dit is iets wat we stapje voor stapje moeten aanpakken. Als we bijna vijf kilometer onopgemerkt in het donker en de regen kunnen afleggen, dan is dat heel wat. Maar niet onmogelijk, hoop ik.’

‘Kun je het aan?’ vroeg de president, oprecht bezorgd over Haps conditie.

‘Als u er klaar voor bent, ben ik het ook, meneer de president.’

131

0.38 uur

Het had Jim Marshall bijna twintig minuten gekost om de vicepresident te vinden en hem een beveiligde telefoonlijn te bezorgen. Het gerucht dat de president nog altijd in leven was en dat hij een uur geleden in gezelschap van iemand die voldeed aan het signalement van Nicholas Marten, in een schacht was gezien, was voor de vicepresident minder aangenaam nieuws, maar het bracht zowel hem als Marshall niet uit evenwicht. Voor hen was er geen verschil met eerder, toen de president in Madrid plotseling onvindbaar bleek en daarna in Barcelona werd gelokaliseerd: hij was of Martens gijzelaar of geestelijk uit balans. In zekere zin was de huidige situatie iets beter, aangezien ze nu zeker wisten waar hij zat. Honderden manschappen waren in het gebied neergestreken, met nog meer onderweg. Het was slechts een kwestie van tijd – uren, misschien slechts minuten – voordat hij zou worden gevonden, waarna de president weer onder hun hoede zou zijn, op weg naar hun afgelegen, geheime locatie in Zwitserland.

‘Je zit er nu bovenop, Jim. Niemand die er beter voor kan zorgen dat alles verloopt zoals het hoort,’ sprak de vicepresident hem moed in.

‘U informeert de anderen?’

‘Meteen. Laat het me direct weten zodra je hem hebt en je bent opgestegen.’

‘Doe ik,’ antwoordde Marshall en hij hing op. Onmiddellijk daarna ging hij op zoek naar Bill Strait die, samen met hoofdinspecteur Diaz, koortsachtig bezig was met het coördineren van de manschappen die nog ondergronds waren, terwijl hij tegelijkertijd de logistiek in gereedheid bracht voor de golf van nieuwe manschappen die inderhaast waren gealarmeerd.

Marshall nam Strait even terzijde. Ze verruilden de verwarrende drukte van de commandopost voor de regen, buiten, waar ze even alleen konden zijn.

'Zodra hij is gevonden, moeten hij en Marten direct van elkaar worden gescheiden. Draag Marten meteen over aan onze mensen, vlieg hem naar de ambassade in Madrid en isoleer hem daar voor verdere ondervraging.

Geen vragen voor de president. Van niemand. Er wordt niet met hem gepraat, behalve als hij medische zorg nodig heeft. Hij zal naar de Chinook worden gebracht, waarna we meteen opstijgen. Klaar. Mocht er kritiek zijn, dit is een direct bevel van de vicepresident. Zorg ervoor dat iedereen op de hoogte is. Jouw mensen, de CIA, hoofdinspecteur Diaz en haar mensen, iedereen.'

'Ja, meneer.'

132

0.43 uur

Ze leken wel een stel spoken.

Met de nooddekens over hun hoofd getrokken, met de glimmende mylarkant naar buiten, en losjes om hun heen geknoopt, volgde het viertal José vanuit de rotsspleet naar een smal en steil paadje tussen de hoge rotsformaties. Na een paar stappen bleven ze staan om te luisteren. Stilte. Slechts het geluid van de wind en het zachte getik van de regen op het mylar.

Miguel knikte en José liep verder, gevolgd door Marten, de president, Hap en ten slotte Miguel. Hap hield het 9mm-Sig Sauer automatisch pistool vlak onder zijn nooddeken om zo Miguel te dekken, die op zijn beurt zijn vinger aan de trekker van het Steyr-machinepistool hield.

0.49 uur

Ze bevonden zich aan de rand van de rotsformatie en daalden af via een steil, kiezelig, zandstenen pad dat tussen de struiken door liep. In het donker en de regen viel het onmogelijk vast te stellen of ze sporen achterlieten. Ook de mylardekens waren een gok. Op dit moment kon niemand weten of de satelliet op god mocht weten hoeveel kilometer hoogte hun als 'koud' zou detecteren of dat ze inmiddels al als 'warm' waren opgemerkt en dat zwaarbewapende troepen hen elk moment konden onderscheppen.

Marten tuurde omhoog in de regen, hopend dat hij de bergkam boven hen kon zien. Maar de oogspleetjes die hij in het mylar had gemaakt, beperkten zijn blikveld. Hij wilde weer voor zich kijken, maar opeens zag hij een fel licht boven de heuveltop verschijnen.

'Allemaal liggen!' riep hij snel.

Als één man liet iedereen zich op de grond vallen en zochten ze al kruipend dekking in het struikgewas. Een paar seconden daarna vloog er een helikopter over, gevolgd door nog eens twee achter elkaar. Hun felle zoeklichten gleden over de helling vlak boven hen. Daarna waren ze weg.

'De versterkingen zijn inmiddels gearriveerd,' zei Hap in het donker. 'Er zullen er nog veel meer komen. Ze zochten niet naar ons, maar naar een plek om te landen. Het betekent dat ze er voor dit moment nog van uitgaan dat we ondergronds zitten.'

'Dan werken die mylardekens dus toch,' concludeerde Miguel.

'Of iemand zit niet op te letten. Of de satelliet doet het niet, of die heeft zijn coördinaten nog niet bereikt,' wierp Hap tegen. 'Elke seconde die we winnen, is er één.' Meteen stond hij op. 'Oké, vooruit! Lopen!'

0.53 uur

Hoofdinspecteur Diaz tikte Bill Straits arm even aan. Hij draaide zich om.

'Een van de Spaanse helikopterpiloten heeft iets reflecterends gezien op de grond, zo'n vijf kilometer van waar hij is geland,' meldde ze. 'Hij weet niet zeker wat het was, misschien wat metaal of mogelijk zelfs wat restanten van een kampeerplek. Toen hij het zag, leek het hem niet echt belangrijk, maar hij vond dat hij het toch even moest melden. De piloot van de tweede heli heeft niets gezien.'

'U hebt de coördinaten?'

'Ja, meneer.'

'Stuur die heli's er weer op af. Laat ze poolshoogte nemen. Ik wil het zo snel mogelijk weten.'

'Eh, pardon, meneer, maar midden in de nacht? In de regen, tussen deze bergen? De piloten hebben geen zicht. Het is al gevaarlijk genoeg om hier nog meer manschappen heen te brengen.'

'Ik waardeer uw zorg, hoofdinspecteur, maar dit is onze president, niet de uwe. Ik zou het fijn vinden als u uw piloten er nogmaals op uit stuurt.'

Diaz aarzelde.

'Zou u zich er beter bij voelen als het bevel van uw superieuren in Madrid kwam?'

'Ja, meneer.'

'Ik ook. Stuurt u ze er alstublieft weer op uit.'

Ze knikte aarzelend, draaide zich om en gaf het bevel door via haar headset.

Allemachtig, dacht Strait bij zichzelf, *zíj* kunnen het toch niet zijn? Hoe zijn ze in godsnaam uit die tunnels ontsnapt zonder dat we het hebben gemerkt?

Meteen liep hij naar de jonge agent van de geheime dienst, die bezig was met de satellietverbinding. 'Toon me de warmtebeelden,' beval hij. 'Eens kijken wat onze hoogvlieger daarboven allemaal oppikt.'

De technicus schoof iets op zodat Strait een blik kon werpen op het computerscherm. Met een stuk of tien muisklikken toverde hij het complete zoekgebied tevoorschijn. Overal gloeiden kleine speldenprikjes op. 'Onze eigen mensen, meneer,' verduidelijkte de technicus. 'Niets nieuws onder de zon. Regen en duisternis helpen niet echt, maar we zijn wel het een en ander gewend.'

'U hebt er nu een nieuwe sector bij. Hoofdinspecteur Diaz zal u de coördinaten geven.'

'Goed, meneer.'

'Bill.' Het was James Marshall, die zich langs de agenten van de geheime dienst en de technici van de Spaanse politie een weg in zijn richting baande. 'Ik was erbij toen een van jouw agenten die Amado ondervroeg, die jongen die heeft bekend. Hij heeft ons niet alles verteld. Er waren nog twee mannen bij: zijn oom, chauffeur van een limousine, en iemand die aan het signalement van Hap voldoet. Hij is degene die de twee onze kant op stuurde met het verhaal dat ze waren verdwaald.'

'Hap is daar ook?'

'Ik weet even niet of hij daar nu wel of niet zit, of wat er in werkelijkheid allemaal precies aan de hand is. Ik wil dat al zijn communicatiemiddelen worden afgeluisterd. Zijn mobieltje, zijn BlackBerry, alles.'

'Dat bevel heb ik al gegeven, meneer. Al meteen nadat hij werd vermist.'

'Als hij daar beneden zit, kan hij pas met iemand communiceren als hij weer buiten is. Zodra hij gevonden is, moet hij direct hierheen worden gebracht. Hij mag met niemand praten, behalve met mij. Als hij daar inderdaad zit, samen met de president, dan zijn we klaar. Dan gaan ze de Chinook in, en hup, linea recta naar het CIA-toestel. Kunnen we eindelijk een punt achter deze hele toestand zetten.'

133

1.05 uur

Nog steeds overweldigd door het verschrikkelijke lot dat haar te wachten stond, lag Demi languit op de stalen brits. Ze wilde bovenal slapen, zodat het allemaal verdween, maar ze wist dat dit daarmee het laatste dutje van haar leven zou worden en dat zodra ze weer wakker was, haar slechts nog het onbeschrijfelijke restte: vanuit haar cel naar het amfitheater dan wel een andere ruimte, om daar levend te worden verbrand, misschien wel samen met Cristina, als onderdeel van een of ander oeroud ritueel waarbij, o ironie – kon ze er maar om lachen – het ditmaal de héksen waren die de brandstapel zouden aansteken.

Het gegeven dat ze er de volgende dag om deze tijd niet meer zou zijn, riep de gedachte op dat, afgezien van de paar artikelen en de foto's van haar hand, er niets was wat haar leven verdere invulling had gegeven: geen echte wapenfeiten, geen bijdragen aan de samenleving, geen man, geen kinderen. Helemaal niets. Het enige wat ze op haar conto kon schrijven, was een rits van minnaars door de jaren heen, zonder dat ze daarbij werkelijk ook maar om iemand had gegeven, of die ze zelfs maar in haar herinnering had gekoesterd, laat staan dat ze om hem had gehuild. Vanaf haar achtste had haar leven slechts om een paar dingen gedraaid: overleven, de zoektocht naar haar moeder en achterhalen wat er met haar was gebeurd. Dat was alles. Inmiddels had ze van dat laatste vernomen, een lot dat nu ook het hare was geworden.

Opeens dacht ze aan Nicholas Marten en president Harris, en haar angst en afschuw werden nog eens verergerd door een alles verterend schuldgevoel. Als ze in dezelfde val waren gelopen als zij, dan kon alleen God hen nog bijstaan. Het leek wel een soort bijbelse vereffening waarbij de onschuldigen met hun leven betaalden voor de zelfzucht van anderen. En ze kon niets uitrichten, alleen maar roepen: 'Wat heb ik gedáán?' en om vergiffenis vragen.

Ze sloot haar ogen in de hoop dat alles zou verdwijnen, wat eventjes ook gebeurde. Het was pikkedonker voor haar ogen, en ze hoorde het geluid van haar eigen ademhaling. Daarna, heel in de verte, meende ze het gezang van de monniken op te vangen. Langzaam werden de stemmen luider, werd het gezang intenser. Ze opende haar ogen. Op het plafond boven haar hoofd prijkte nu een afbeelding. Het leek een grote foto van haar moeder. Dezelfde foto als die ze lang geleden in de koffer van haar moeder had gevonden en die ze haar hele leven had gekoesterd. De foto van enkele dagen voordat ze opeens verdween. Ze was toen nog jong en mooi, zoals ze ook geweest moest zijn toen de heksen haar verbrandden.

Meteen daarna barstte het plafond in vlammen uit en verdween de foto.

Demi gilde het uit en sprong in doodsangst van de brits. Met bonkend hart keek ze weer naar het plafond, maar inmiddels was dat weer net zo wit als zo-even. Het was slechts een droom geweest, wist ze. Maar waar kwam dat gezang van die monniken dan vandaan? Een geluid en een gezang dat nog steeds het kleine kamertje vulde.

Plotseling gloeide het icoon van Aradia Minor felrood op in het kleine kapelletje in de alkoof van de monnikscel. Tegelijkertijd werden de stemmen luider en werd de hele muur verlicht met beelden van haar moeder. Ze was van dichtbij te zien, blootsvoets terwijl ze een nauwsluitende witte jurk droeg, dezelfde als Cristina, en ze vastgebonden was aan een paal op een surrealistisch ogend podium. De camera ging omlaag naar de vloer onder haar voeten. Een grote, ringvormige gasbrander vloog opeens aan en de camera bewoog zich naar achteren terwijl de vlammen alsmaar hoger reikten. Langzaam zoomde de camera weer in, dichter en dichterbij totdat alleen de ogen van haar moeder zichtbaar waren. Daarin ontwaarde Demi niet de rust die ze in de ogen van de os had gezien, maar een onversneden angst om levend te verbranden. Ze zag hoe haar moeder tegen het touw om haar armen en benen vocht, ze zich probeerde los te rukken, de glimp van haar mond die zich vervormde tot de akelige schreeuw die diep vanuit haar binnenste oprees. Vliegensvlug sloten de vlammen haar in en werd ze door het vuur verteerd.

Opnieuw gilde Demi het uit en wendde ze zich af. Maar het had geen zin. Elk stukje muur, plafond, vertoonde dezelfde beelden, telkens opnieuw. Alsof ze duizendmaal getuige moest zijn van haar moeders helse dood. Ze sloot haar ogen, drukte haar handen tegen haar oren, zwaaide met haar hoofd heen en weer, alles om het gezang maar te doen stoppen. Maar dat ging gewoon door, luider en luider totdat het haar hele wezen doordrong.

Niet-aflatend. Secondelang, minutenlang, urenlang…

Opeens hield het gezang op en maakte de stilte zich weer van het kamertje meester. Voorzichtig opende ze haar ogen en bad dat het eindelijk voorbij was.

Niet helemaal.

Met de absolute stilte kwam ook het tweede bedrijf: elke foto die ze na haar aankomst op Malta met de digitale Canon-camera had gemaakt en stiekem naar haar website had geüpload, verscheen nu op de muren.

De ene na de andere. Elke foto.

Van Merriman Foxx, van Nicholas Marten, Cristina, predikant Beck, Luciana, Foxx' klooster in Montserrat, hun tafeltje in het restaurant waar Beck met Marten was verschenen, haar aankomst bij de 'kerk in de berg', de kamer waar Cristina haar de jurk had gebracht, de processie van de monniken naar het amfitheater, de kinderen, hun families, de dieren, de uilen, de dood van de os.

En ook haar laatste foto's.

De foto's die ze zo-even nog had verzonden, die van de icoon van Aradia Minor, in de alkoof pal tegenover haar; de icoon die ze zo hartstochtelijk vanuit alle mogelijke hoeken had gefotografeerd en waarmee ze zo wanhopig in contact had willen komen met de ziel van haar moeder. Ze waren allemaal te zien, van de eerste tot en met de laatste.

Niet alleen hadden ze al de hele tijd geweten wie ze was, maar ook wat ze in haar schild voerde, en hoe.

134

1.22 uur

Hap, ben je daar ergens? Is de POTUS *bij je?*
Dit is uiterst dringend! Reageer alsjeblieft onmiddellijk!
Bill

Zo snel als hij kon zette Hap de BlackBerry uit om het elektronisch detectiesysteem, waarvan hij wist dat Bill dat had bevolen, te slim af te zijn.

Waar Straits bericht op neerkwam, was dat de jongens door de knieën waren gegaan en het ware verhaal hadden opgebiecht. Nu werd geprobeerd te achterhalen of ze zich inmiddels buiten de tunnel bevonden. Vandaar dat zo-even twee heli's laag over waren gescheerd en met hun zoeklichten de vallei hadden beschenen. Inmiddels waren ze het pad afgelopen en bevonden ze zich al bij de beek. Aan het geluid te horen, hoe ver dit ook klonk, wist hij zeker dat de toestellen weer aan de grond stonden, wat inhield dat er waarschijnlijk meer manschappen het veld in waren gestuurd.

Nacht of geen nacht, regen of geen regen, de jacht was nu definitief geopend.

Met een ruk draaide hij zich om naar Miguel. 'Ik weet niet of we sporen hebben achtergelaten, maar we moeten snel het water in. Een stroompje, plasjes, als het maar iets is wat geen voetsporen achterlaat.'

Miguel knikte en liep verder om José in te halen.

1.25 uur

Hoofdinspecteur Diaz draaide zich om naar Bill Strait. 'Het detachement van de Spaanse politie. Ze hebben verse afdrukken gevonden, maar die zijn te vaag om zeker te weten dat ze van mensen zijn.'

'Wat denken ze zelf?' vroeg James Marshall, wiens aandacht meteen getrokken was.

Diaz zei in het Spaans iets in haar headset en keek Marshall weer aan. 'Twee mensen, misschien meer. De regen heeft het meeste vervaagd. Dus ze kunnen ook van dieren zijn.'

'Hoeveel manschappen hebben we daar zitten?' wilde Marshall weten.

'Twintig. Twee eenheden van elk tien man.'

Marshall richtte het woord tot Bill Strait. 'Verviervoudig dat zo snel mogelijk. Zowel van de geheime dienst als van de CIA.'

'Ja, meneer.'

'Nog steeds niets van de satelliet?'

'Nee, meneer. Nog steeds "koud". Zonder deze regen en de duisternis zouden we er stukken beter voor staan.'

'Zonder deze hele toestand, zul je bedoelen.'

1.44 uur

Ze stonden tot aan hun knieën in een snelstromend beekje dat normaliter droog stond maar nu een meer dan drie meter brede afwateringsrivier vormde. De duisternis en de onzichtbare bodem maakten dat ze maar langzaam opschoten. De mylardekens leken tot dusver te werken, maar bemoeilijkten de ademhaling, en het zicht door de kijkgaatjes zou zelfs bij daglicht slecht zijn geweest. Bovendien begonnen zowel de jonge José als de anderen zwaar vermoeid te raken.

Afwezig reikte Marten in zijn jaszak en voelde even aan het beveiligingspasje van Merriman Foxx en diens BlackBerry-achtige apparaatje dat hij nog steeds bij zich droeg. Beide waren zeg maar bewijsmateriaal, de reden waarom hij ze bij zich had gestoken, en hij vreesde dat het water de elektronica zou beschadigen, maar hij kon verder niets doen om ze te beschermen. Opzettelijk liet hij zich wat terugvallen naar de president.

'Meneer de president, we moeten even rusten. Wij allemaal, José ook. Zo raken we hem nog kwijt en dan zijn we gewoon vier mensen die in het donker rondzwerven.'

De president wilde antwoorden, maar zijn woorden werden overstemd door het dreunende, klapwiekende geraas van een militaire aanvalshelikopter die opeens, de beek volgend, door de vallei kronkelde en recht op hen af vloog. Het zoeklicht, met een sterkte van twintig miljoen kaars, zwaaide heen en weer om de piloot op zijn weg bij te lichten, en de beschenen plekken op de grond beneden leken te baden in daglicht, zo fel.

'Liggen!' riep Marten.

Vlak voordat de heli overvloog, lieten de vijf zich in het water ploffen.

'Heeft hij ons gezien?' vroeg de president terwijl hij zijn hoofd boven water hield.

'Dat weet ik niet!' riep Hap.

'De bomen!' riep José in het Spaans. 'Op de rechteroever staan bomen.'

'Miguels vertaling werd naar de anderen geroepen.

'Eropaf!' riep Hap. Er werd snel gehandeld. De een na de ander ploeterde een steile heuvel op en verborg zich in het coniferenbos.

1.53 uur

'En nu?' vroeg Miguel terwijl hij omkeek naar de beek en naast de anderen hurkte.

'Dat zien we over zo'n twintig seconden,' antwoordde Hap kalm en hij keek de president aan. 'Woody.'

'Ik weet het,' reageerde Harris.

'Wie of wat is Woody?' wilde Marten weten.

'Majoor George Herman Woods. De piloot van de Marine One, de presidentiële helikopter. Een ex-gevechtsofficier. Hij vindt zichzelf een echte piloot. En dat is-ie ook. Helaas.'

Haps twintig seconden werden er slechts twaalf. Ditmaal hoorden ze het zware gedreun van de rotorbladen al voordat ze het toestel zagen. Opnieuw volgde de heli dezelfde zigzagroute door de vallei en net zo snel als dat hij was verschenen, was hij alweer verdwenen, weg over een steile heuvel, met zijn rode knipperende staartlicht.

'Als hij ons zonet al had gezien, zou hij zijn omgekeerd en boven de plek zijn gaan hangen,' zei Miguel.

'Nee,' zei Hap. 'Hij vloog exact dezelfde route als net. Hij filmde, dacht dat hij de eerste keer iets had gezien. Nu bekijken ze elke passage en vergelijken ze de beelden.'

'Miguel,' vroeg de president plotseling, 'hoe laat komt de zon op?'

'Even voor achten. Om zeven uur is het ochtendgloren.'

De president keek José aan. 'Hoe ver nog naar Aragón? Hoeveel kilometer en hoelang nog?' vroeg hij in het Spaans.

'Zoals we nu lopen, onder de bomen en zonder sporen achter te laten, een kleine dertien kilometer. Nog drie uur lopen.'

Eventjes viel er een stilte. Het geruis van het water in de beek en het getik van de regendruppels die van de bladeren vielen, vormden het enige geluid. Omringd door de duisternis nam Miguel het woord.

'José,' sprak hij op kalme toon in het Spaans, 'de president z'n Spaans is behoorlijk goed. Kun jij in je eentje met ze verder?'

'Hoezo?' vroeg de president.

'Wie weet wat die helikoptercamera allemaal heeft gefilmd. Misschien niets, misschien alles. Of ze kunnen er geen wijs uit worden. Als één man van hieruit vertrekt en genoeg sporen achterlaat die de aandacht trekken, en de anderen vervolgen hun eigen weg over de rotsen, waar geen sporen te zien zullen zijn…' klonk het peinzend. 'Wie weet naar hoeveel man ze zoeken, maar in feite willen ze slechts één van ons vinden: de president. Dankzij Hector en Amado hebben we tijd kunnen winnen. Misschien dat ik dat op deze manier opnieuw kan doen.'

'Miguel, we weten helemaal niets,' zei de president.

'Volgens mij kunnen we het een en ander wel gissen, neef,' zei Miguel. Snel sprong hij overeind en trok het Steyr-machinepistool onder zijn mylardeken vandaan. 'Dit ding heb ik niet nodig. Als ze zien dat ik gewapend ben, worden ze misschien nerveus.' Hij gaf het wapen aan Hap. 'Volg José. Ik zie jullie weer als de tijd daar is. Succes, allemaal.' En na deze woorden draaide hij zich resoluut om, oriënteerde zich even en liep weg zonder nog een woord te zeggen.

De anderen keken hem een moment na, waarna Hap zich tot de president richtte. 'Meneer de president, zeg tegen José dat hij ons voorgaat.'

135

2.00 uur

'Hier beginnen we onze eerste passage door het ravijn,' zei majoor George Herman 'Woody' Woods, vijfendertig jaar, piloot van de Marine One, de presidentiële helikopter. Hij diende bij het Amerikaanse korps mariniers en had zich vrijwillig gemeld als piloot van een van de zes aanvalshelikopters die waren ingezet voor de nachtelijke verkenningsvluchten in de zoektocht naar de president. Staand in het centrum van de commandopost, in gezelschap van Bill Strait, nationale veiligheidsadviseur James Marshall en hoofdinspecteur Diaz, bekeek Woody de twee beeldopnamen die hij vanuit de helikopter in het verraderlijke ravijn boven de snelstromende bergbeek had gemaakt.

'We komen nu boven het water. Laat maar zien, alstublieft,' beval Woods. De technicus van de geheime dienst die het afspeelapparaat bediende, vertraagde de beeldsnelheid. 'Dit deel hier. Het zoeklicht zit er een beetje naast, maar... Hier. Stop.'

De technicus deed wat hem werd gevraagd. In het water leken stukjes reflecterend materiaal te liggen.

'Draai de band nu langzaam verder,' beval Woods. De technicus gehoorzaamde. 'Daar ziet u een boomtak. Die hangt stil. En ook dat wat in het water ligt, beweegt niet. Die stroming is behoorlijk sterk. Als dit vuilniszakken of zo waren, dan zouden ze worden meegesleurd. De tweede opname graag, van hetzelfde stukje.'

De technicus tikte wat op een toetsenbord waarna de beelden van Woody's tweede scheervlucht werden vertoond. 'Langzamer, langzamer,' zei Woods toen de helikopter hetzelfde stukje boven de beek naderde. Ditmaal was het zoeklicht gericht op de plek waar het reflecterende materiaal zo-even was waargenomen. 'Stop.' Het stukje van de beek waarin zojuist nog reflecterend materiaal was waargenomen, was nu pikzwart. Niets dan water. 'Zonet was hier nog iets te zien, en nu is het opeens verdwenen.'

'Uitvergroten,' beval Strait en hij keek Woods aan. 'Wat denk jij ervan?'

'Ik denk dat we als de wiedeweerga terug moeten.'

'Woody, er is iets wat je moet weten,' zei Strait. 'Er bestaat een gerede kans dat Hap Daniels de president vergezelt.'

'Wat?'

'Iemand die aan zijn signalement voldoet, bevond zich ondergronds met de president. Ik heb geprobeerd hem mobiel te bellen en hem met mijn BlackBerry uit de tent te lokken. Niets. We hebben geen idee wat daar speelt.'

'Denk je dat hij iets op het spoor is?'

'Woody, we weten het gewoon niet. Spoor hem op. Wees alleen verdomd voorzichtig. De president is ons voornaamste doel.'

'Begrepen.'

136

2.22 uur

Het viertal had zich tegen een steile helling tussen een dichte groep bomen verschanst toen ze de drie aanvalshelikopters zagen. Ze naderden van grote hoogte, doken plotseling omlaag en uit het zicht aan de andere kant van de beek, een dikke anderhalve kilometer van waar het viertal zich bevond. Na een minuut stegen de heli's weer op en volgden ze langzaam achter elkaar de loop van de beek terwijl hun zoeklichten het terrein afzochten.

'Ze hebben manschappen ingevlogen,' zei Hap.

Meteen richtte de president zich in het Spaans tot José. 'Hoe gaan we verder?'

'Over deze heuvel en dan zo'n twintig minuten lang naar beneden. Daarna steken we de beek weer over.'

'Dan zijn we dus bij dat open terrein waar je het eerder over had.'

'Ja.'

'Hoe breed?'

'Een kleine tweehonderd meter. Daarna volgen rotspartijen en bos, dat omlaag voert naar onze bestemming.'

'Hoe ver dus nog?'

'U wilt voortmaken?'

'Ja.'

'Oké, dan gaan we via een steile schacht tussen de rotsen. Een *couloir*, zoals de Fransen het noemen. Het is er glad, met veel schalie, en erg steil, maar op deze manier snijden we dik drie kilometer af en winnen we bijna veertig minuten. En de rotsformaties boven ons zullen het de heli's behoorlijk lastig maken.'

De president keek Marten en Hap aan, en vertaalde. 'Wagen we het erop, in het donker, via die *couloir*?' vroeg hij vervolgens.

'U beslist,' zei Marten.

De president keek Hap aan. 'Hoe is het met je schouder?'

'Ik red me wel. We nemen de schacht.'

'Nog een pijnstiller?'

'Nee.' Dan: 'Eh, ja... graag.'

'Meneer de president,' sprak Marten zacht, 'we hebben nog niet kunnen rusten. We beginnen moe te raken. Niet alleen Hap maar wij allemaal. We moeten de gok nemen en eerst wat rusten, want anders bereiken we helemaal niets.'

'U hebt gelijk.' De president keek Hap aan. 'Jij bent onze klok. Zodra je er klaar voor bent, zeg je het maar.'

2.32 uur

'Klaar,' zei Hap en meteen kwam hij overeind. De anderen volgden, gereed om verder te gaan.

Marten hield de mannen nog even tegen. 'Hap, met het risico dat ik me met jouw taken bemoei, maar het is zaak ervoor te zorgen dat de president Aragón bereikt om daar zijn verhaal te kunnen doen. Maar het is aan jouw helikoptervriend Woody en al die anderen die ze hebben opgetrommeld om hem op te sporen en hem zo snel mogelijk af te voeren.'

'Wat wil je daarmee zeggen?' was Haps vraag.

'Jij hebt een 9mm-Sig plus een machinepistool. Geef me een van de twee.'

Hap aarzelde maar reikte achter zijn broekriem onder zijn nooddeken, trok de 9 mm-Sig Sauer tevoorschijn en gaf hem aan Marten.

'Je weet hoe je ermee om moet gaan?'

'Ja, dat weet ik.'

137

Trein 243 van Parijs naar Berlijn, 2.48 uur

Victor leunde achterover in zijn stoel, niet in staat de slaap te vatten. Tegenover hem zat een jonge vrouw te lezen. Haar verfijnde gezicht baadde in het schijnsel van het lampje boven haar hoofd. Hij keek even de coupé rond. Afgezien van hier en daar een brandend leeslampje was het donker. Het handjevol passagiers lag te slapen.

De jonge vrouw tegenover hem sloeg een bladzij om en las verder, zich kennelijk niet bewust van het feit dat hij haar gadesloeg. Ze was blond, niet zozeer aantrekkelijk, maar op haar eigen manier – haar leeshouding, de manier waarop ze met één vinger de bladzij omsloeg – toch intrigerend. Hij schatte haar rond de vijfentwintig, misschien wat ouder. Er viel geen trouwring te bekennen, en hij vroeg zich af of ze was getrouwd en gewoon geen ring wilde dragen, of dat ze ongebonden was, of misschien wel gescheiden. Hij bekeek haar nog even en wendde zijn hoofd af om wat afwezig in het halfduister te staren.

Hij had expres zijn hoofd afgewend, want hij was bang dat als ze het zou merken het haar misschien nerveus zou maken. Toch kon hij zijn gedachten niet van haar af houden. Over ongeveer vijf uur zouden ze Berlijn bereiken. En dan? Had ze vrienden of familie die haar zou opwachten? Of was ze alleen? En zo ja, had ze daar dan een baan, of een huis? In elk geval een plek?

Opeens werd hij bevangen door een overweldigende behoefte om haar te beschermen. Alsof ze zijn vrouw, zijn zus, ja zelfs zijn dochter was. Pas nu realiseerde hij zich voor het eerst waarom hij hier zat en waarom hij eropuit was gestuurd. Om haar, en mensen als haar te beschermen vóórdat er iets gebeurde. Hij was een 'preventiemacht'.

Daarom had hij in Washington gedaan wat ze van hem hadden verlangd; had hij op Richards verzoek in Madrid door station Atocha geslenterd, de plek van de bomaanslag; had hij de twee jockeys op de renbaan van Chantilly gedood en had Richard hem op deze trein gezet, met als bestemming Berlijn en daarna Warschau, waar hij het allerbelangrijkste moment van zijn leven zou beleven, zo had Richard hem beloofd. De plek waar, als hij zijn aanwijzingen tenminste goed opvolgde, een eerste, belangrijke stap zou worden gezet om de verspreiding van het terrorisme een halt toe te roepen. De situatie zou complex, ja zelfs gevaarlijk zijn, maar hij was niet bang of nerveus. Integendeel, hij voelde zich vereerd, wetend dat als hij slaagde hij daarmee overal ter wereld de levens van vele onschuldige mensen zou beschermen. Mensen als deze jonge vrouw tegenover hem, verdiept in haar boek.

138

3.03 uur

Iets meer dan anderhalve kilometer lang hadden ze een glibberig en gevaarlijk pad omlaag gevolgd voordat ze een glooiing bij de beek hadden bereikt waar ze nu wachtten terwijl José langs de oever verder liep, op zoek naar een plek waar ze het snelstromende water goed konden oversteken. Tot dusver hadden ze nog geen glimp van de grondtroepen opgevangen en ze gingen ervan uit dat die zich nog altijd in de heuvels achter hen bevonden, hoewel niemand dat zeker wist.

Tien minuten eerder waren de aanvalshelikopters plotseling van hun stroomopwaarts gelegen zoekgebied weggevlogen en in zuidwestelijke richting gegaan. Het vermoeden bekroop hen dat Miguel misschien gevonden was en dat hij er alles aan deed om tijd te winnen, aangezien de heli's nog niet waren teruggekeerd.

Marten liep even een stukje over de oever om te kijken of hij José in het donker kon ontwaren. Dit was niet het moment voor hun gids om een misstap te maken en door het snelstromende water te worden meegesleurd. Bijna had hij de jonge Spanjaard bereikt toen de wind zich plotseling even liet gelden. Heel even schoven de wolken opzij en de maan bescheen het landschap. Op dat moment zag hij schaduwen over de heuvel achter hen. Vóór hen, aan de overkant van het water, zag hij het tweehonderd meter brede open stuk dat José had beschreven. Daarna schoven de wolken weer voor de maan en vervaagde het licht.

Snel liep hij naar José. 'Achter ons dalen manschappen de heuvel af. We moeten snel de beek over en het open veld zien te bereiken voordat de maan zich weer laat zien.'

3.07 uur

Met z'n vieren vormden ze een menselijke keten om aan de overkant van de beek te komen. Onder normale omstandigheden was zoiets al lastig genoeg, maar nu ze zich, verscholen onder hun mylardekens schrap zetten tegen de sterke stroming, leek het bijna onmogelijk. De volgorde was weer zoals eerder: eerst José, dan Marten, daarna de president, en ten slotte Hap.

'Kijk,' zei Marten toen stroomopwaarts iets boven op de hoge bergkam zijn aandacht trok. Onmiddellijk daarna scheerde het zoeklicht van een aanvalshelikopter langs de bergwand, omlaag, langs de beek en recht op hen af. De lichtbundel belichtte de heuvel waar ze hadden gezeten en waar ze nu een stuk of tien mannen in uniform naar het water zagen rennen.

'José, snel, snel!' riep de president.

Als een steen uit een katapult schoot de jongen door het water. In een oogwenk had hij de overzijde bereikt en hielp hij de anderen op de oever. Daarna draaiden ze zich om, renden ze dwars over het open veld en wisten ze vlak voordat de heli de plek bereikte waar ze waren overgestoken nog net tussen de bomen weg te glippen. Meteen trok het toestel op, zwaaide het zoeklicht over het open terrein en in de richting van de bomen waar ze zaten, en ten slotte terug naar de beek en de heuvel waar ze zich hadden schuilgehouden. Verder stroomopwaarts zagen ze de tweede en derde heli de beek afspeuren. De bundels van de zoeklichten dansten over het water en langs de rotsachtige heuvels aan beide kanten.

3.13 uur

Verscholen in het dichte bos klommen ze verder over de steeds steilere en lastiger rotsformaties. José wierp een blik achterom en wachtte even totdat de anderen bij waren. Iedereen was aan het eind van zijn Latijn. De benen werden slap en allemaal hijgden ze zwaar onder de dunne mylardekens, vechtend om zelfs maar in beweging te blijven.

3.15 uur

Ze hurkten bij de massieve voet van een enorm rotsblok dat aan het zicht werd onttrokken door een stokoude, dode boom die er schuin tegenaan stond. Meteen daarna scheerde een aanvalshelikopter over. Het zoeklicht bescheen de rotsformaties en wierp enorme schaduwen tussen de bomen. Een tweede helikopter volgde in zijn kielzog, gevolgd door een derde.

3.17 uur

'*¿Esta manera!*' Deze kant op, riep José. Hij week abrupt af van zijn pad en wurmde zich door een nauwe spleet aan de voet van twee torenhoge zandstenen pilaren. De anderen volgden meteen zijn voorbeeld.

'Dit hier heet "De duivelsglijbaan". Het is hier erg hoog en erg steil. Doe net alsof dit een behendigheidsspelletje is en je geblinddoekt bent. Richt je op mijn geluid en glij er gewoon achteraan!' instrueerde José de anderen in het Spaans, en rap vertaald door de president.

'*Okay*?' vroeg hij in het Engels.

'Hup,' maande de president hem.

'*Sí.*' Meteen sprong de jongen het donker in en was hij verdwenen. Ze konden hem horen terwijl hij op het gladde schalie omlaag roetsjte. In de verte zwol het zware geklapwiek van de heli's aan.

'Nu jij, Hap,' beval de president.

'Ja, meneer,' zei Hap, en met nog even een blik naar Marten stapte hij over de rand.

Met een lichte glimlach keek Marten de president aan. 'Ik heb me aan mijn belofte gehouden. U hebt die tunnel overleefd.'

'En ook hier gaan we het overleven.' Nu was het aan de president om te glimlachen. 'Hoop ik.'

'Ik ook. Neef, na u. Hup!'

De president knikte, draaide zich resoluut om en gleed weg in het pikkedonker. Marten wachtte even totdat het beneden weer vrij was, haalde even diep adem en volgde.

3.19 uur

Het was alsof ze een liftschacht in waren gestapt. Het was precies zoals José het had beschreven: zeer steil en zeer diep. Steiler en dieper nog dan ze zich allemaal hadden voorgesteld. Recht omlaag zo het zwarte gat in. Degenen die volgden bekogelden hun voorgangers met stukjes vallend schalie.

José, Hap, de president, en ten slotte Marten. In het pikkedonker omlaagsuizend. Dansend van de ene voet op de andere terwijl ze uit alle macht hun evenwicht probeerden te bewaren en de grond onder hun voeten voorbijraasde. En ondertussen maar hopen dat ze hun voorganger niet inhaalden.

Marten viel hard tegen een onzichtbare rotswand rechts van hem, en hapte naar lucht. Hij duwde zichzelf weer omhoog en schoof wat naar links, in de hoop dat hij nu in het midden van deze glijbaan zou blijven.

Onder hem hoorde hij de president een zware kreun slaken toen ook hij ergens tegenaan botste. Marten wilde iets roepen om te weten of de president niets was overkomen, maar daarvoor gleed hij te snel. Opeens vreesde hij dat als de president werkelijk gewond was geraakt hij hem in het donker ongemerkt zo voorbij zou glijden. De gedachte dat hij de bodem zou bereiken om daarna weer omhoog te moeten klimmen, was geen prettige, want dat zou immers onmogelijk zijn. De schalie bood totaal geen grip. Opeens hoorde hij de president opnieuw een kreet slaken toen hij tegen iets opbotste, waaruit Marten concludeerde dat deze zich nog steeds onder hem bevond.

Even later bleef zijn rechtervoet ergens achter haken waardoor hij met het hoofd vooruit en met duizelingwekkende snelheid de heuvel afgleed. Wanhopig sloeg hij eerst zijn ene arm en daarna ook zijn andere opzij in de hoop zichzelf te kunnen afremmen. Zijn rechterarm omhelsde een dik uitsteeksel. Hij greep het vast en gleed niet langer verder. Alles duizelde voor zijn ogen en hij hapte naar lucht. Opeens zag hij de zoeklichten van de helikopters weer die boven hem de beboste rotsformaties afspeurden. De angst bekroop hem dat de piloten zouden beseffen wat er gebeurd was en ze plotseling omlaag zouden duiken om het gehele terrein te belichten, terwijl ze tegelijkertijd een half leger aan de grond zetten om de jacht op hen te openen. Of erger nog, dat ze al klaarstonden om hem zo meteen op te wachten zodra hij de grond bereikte, aangenomen dat hem dit zou lukken. Nog even een zucht en hij stond op en stapte de duisternis weer in.

139

3.24 uur

Met de armen over elkaar stond Miguel in de commandopost. Hoofdinspecteur Diaz stond tegenover hem, met naast hem Bill Strait en James Marshall. Hector en Amado stonden iets verderop in de tent, bewaakt door twee agenten van de Spaanse politie. Tot Miguels grote opluchting leek iedereen hier net zo uitgeput als hij. Het betekende dat hoe meer tijd hij kon rekken, hoe langer het zou duren voordat men in actie kwam.

Eerder had Hap Daniels de president, Marten en zichzelf al de broodnodige extra tijd bezorgd door Hector en Amado op te geven. Miguel had daar nog wat tijd aan toegevoegd door in zijn eentje zijn weg te vervolgen en vanaf de heuveltop de zoekbewegingen van de helikopters in de gaten te houden. Toen hij zag dat de heli's hun zoektocht stroomafwaarts vervolgden, had hij zijn mylardeken afgedaan en zich aldus zichtbaar gemaakt voor de warmtedetectie van de satelliet. Met bijna onmiddellijk resultaat. In een oogwenk waren de drie heli's gekeerd en recht op hem af gevlogen. Nog geen minuut later werd hij verblind door het licht van de zoeklampen. Daarna waren de heli's geland en waren gewapende mannen op hem af gerend.

Terwijl hij onder schot werd gehouden, had hij zijn verhaal verteld, en dit aan boord van een heli nog eens herhaald tegen de agenten van de Spaanse politie en die van de Amerikaanse geheime dienst. En ook nu was hij vastberaden niet van zijn verhaal af te wijken. Tijd winnen, daar ging het om.

'Luister,' legde hij geduldig op zijn met Australische tongval doordrenkte Spaans-Engels uit, 'ik zal proberen het u nog een keer uit te leggen. Ik ben Miguel Balius. Ik ben chauffeur van een limousine en ik kom uit Barcelona. Ik was op bezoek bij mijn neef in El Borràs. Maar hij bleek niet thuis en zijn vrouw was in paniek omdat mijn neefje Amado en zijn vriend Hector nergens te vinden waren. Die daar,' hij wees even naar zijn neef, 'is Amado. En die daar, dat is Hector. Ze bleven de hele dag weg, kwamen niet naar huis voor het avondeten en niemand weet waar ze nu uithangen. Iedereen is bezorgd. Maar ik weet waar ze zitten. Nou ja, dat denk ik. Namelijk op een plek waar ze eigenlijk niet mogen zijn, in de oude mijnschachten, op zoek naar goud dat daar helemaal niet te vinden is, hoewel iedereen daar anders over denkt. In deze bergen zit geen goud, maar niemand wil dat geloven. Maar goed, ik zei niets en ben stilletjes met de motor van mijn neef hierheen gereden. Ik tref hun motoren aan op de plek waar ze die altijd achterlaten. Dan begint het te regenen. Ik ga op zoek. Uiteindelijk vind ik iets wat op voetsporen lijkt. Ik volg ze. Het begint al laat te worden. Ik ben nat en ik heb het koud. En opeens, pats! Felle lampen uit de hemel en dan die helikopters. Mannen met geweren springen naar buiten. Ze willen weten waar de president van de Verenigde Staten is. Ik antwoord: "Dat schijnt een aardige man te zijn." "Wat weet je nog meer?" vragen ze me. Ik zeg dat ik op het nieuws heb gezien dat hij vanwege een terreurdreiging midden in de nacht uit Madrid is weggevoerd. En nu zit ik hier en ben ik blij dat Amado en Hector in veilige handen zijn.'

'U zat daar met de president. Daar, op die berg,' reageerde Bill Strait onomwonden.

'De president van de Verenigde Staten zit daar op die berg?'

'Waar ís hij?'

'Ik kwam hier na Amado en Hector.'

'Wat moest u met een mylardeken?' Strait was kil en onvermurwbaar en zijn toon werd allengs beschuldigender.

'Ik trok in mijn eentje de bergen in, in de kou, in de regen en in het donker. Ik nam dus iets mee om me te beschermen. Meer had ik niet.'

'De bescherming die u zocht was speciaal bedoeld om niet door een satelliet te worden opgemerkt.'

Miguel lachte. 'Ik huppel hier rond in het donker en u laat een satelliet naar me speuren? Nou, dank u wel. Dat is heel behulpzaam van u.'

'Waar is de president?' vroeg Strait ongeduldig. 'Wie is er verder nog bij hem?'

'Ik zei net dat ik naar Amado en Hector op zoek was.'

'Waar ís hij?!' Straits kille ogen schoten vuur, en hij staarde Miguel indringend aan.

'De president?'

'Ja.'

'U bedoelt, nu?'

'Ja. Nu.'

Opeens hield Miguel op met zijn gescherts en keek Bill Strait recht in de ogen. 'Ik zou het echt niet weten.'

140

3.30 uur

Ze zaten op een plat stuk van het met rotsblokken bezaaide pad aan de voet van de schacht. Rillend, buiten adem, geschaafd en gebutst, bebloed en uitgeput. Maar ze hadden het gehaald. Alle vier. Allemaal hadden ze iets gezegd om te kijken of ze nog goed bij zinnen waren en allemaal waren ze dolblij dat ze de grond levend hadden bereikt.

Hoog boven hen zagen ze de heli's nog steeds heen en weer vliegen terwijl de piloten de zoeklichten over de hoge toppen en de dennenbossen beneden lieten dansen. Het betekende dat hun spoor en hun helse val naar de diepte om maar te kunnen ontsnappen tot dusver onopgemerkt was gebleven.

De president haalde diep adem en keek naar José. 'Jij bent een heel bijzonder iemand,' sprak hij in het Spaans. 'Ik wil je namens mijzelf en de anderen bedanken. Ik wil je graag mijn vriend kunnen noemen.' Hij reikte de jongen zijn hand.

José aarzelde een beetje, keek de anderen even aan en daarna de president. Een verlegen maar trotse glimlach verscheen op zijn gezicht toen hij dan toch de president de hand schudde.

'*Gracias, sir. Usted es mi amigo*,' José keek de anderen aan, en knikte. '*You es todos mis amigos*.' Dank u, meneer. U bent mijn vriend. Jullie zijn allemaal mijn vrienden.

De president stond op. 'Hoe lopen we verder?' 'Daarheen,' zei José, die nu ook opstond en in de richting van een smal paadje knikte dat door een rotsachtig ravijn voerde. Precies op dat moment weken de wolken voldoende uiteen voor de maan, die nu het hele gebied bescheen, van de diepte van het ravijn waarin ze zich bevonden tot de rots- en bergpieken hoog boven hen, als een zilveren maanlandschap. Ze konden de verticale schacht duidelijk zien, hoe dodelijk steil en smal die in werkelijkheid bleek en ook hoe hoog. Onder gewone omstandigheden zou het idee dat een volwassen man, laat staan vier man, hier uit vrije wil zich omlaag liet glijden, compleet gestoord zijn, zo niet suïcidaal. Maar het betrof hier dan ook bepaald geen normale situatie.

De president keek José aan. '*Vamanos*.' Laten we gaan.

José knikte en ging ze snel voor in de richting van het ravijn.

141

5.20 uur

Staand in de deuropening van een stenen bijgebouwtje met een golfplaten dak aan de rand van de wijngaard van Aragón, een gebouwtje dat Hap Daniels zich nog had herinnerd van toen hij een maand eerder ter voorbereiding van het presidentiële bezoek het gebied had verkend, en eindelijk bevrijd van zijn mylardeken knabbelde Nicholas Marten op wat gedroogde dadels die ze in een zak op een plank hadden aangetroffen. Haps 9mm-Sig Sauer zat achter zijn broekriem. Het weer was nu helder, met de maan net onder de hoge pieken in het westen. Over een halfuur zou de zonsopgang beginnen, met nog een uurtje te gaan voordat de horizon ging verbleken. Over twee uur zou het volledig licht zijn.

Zo bleef hij nog even staan terwijl hij zich het zigzagspoor probeerde voor te stellen dat ze na de glijpartij door de schacht hadden gevolgd. Tot nu toe had hij niets gezien of gemerkt wat erop wees dat men hun sporen had gevonden en dat de achtervolging was ingezet. Met een beetje geluk zouden majoor George Herman 'Woody' Woods en de andere helikopterpiloten hun zoektocht tot na zonsopgang tot het berggebied beperken. Wat ze daarna zouden doen, was niet echt relevant, want als alles uitpakte zoals Hap had bedacht, zouden ze de beveiliging rond Aragón al hebben bereikt en zou de president allang bij de kerk op de heuvel zijn gearriveerd om daar voor zijn zeer prestigieuze gehoor, de leden van het New World Institute, de toespraak van zijn leven te geven.

5.23 uur

Marten draaide zich om en liep naar binnen. Pal achter de deur lag José opgekruld op de vloer te slapen. Op nog geen meter daarnaast lag Hap volledig uitgeteld, met zijn Steyr-machinepistool in een arm. Ook president Harris, naast Hap en op veilige afstand van de deur, lag te slapen.

Marten trok de Sig Sauer vanachter zijn broekriem vandaan en liet zich in de deuropening zakken. Iets voor halfvijf hadden ze het bijgebouwtje bereikt, vijf minuten nadat Hap had vastgesteld dat de kust veilig was. Daarna hadden ze aan de zijkant van het gebouwtje een tuinslang gevonden, en binnen een zak met dadels. Alle vier hadden ze wat gegeten en gedronken, waarna de vermoeidheid bijna meteen als een loden deken over hen was neergedaald. Marten stelde voor de eerste wacht voor zijn rekening te nemen. Om kwart voor zes diende hij Hap wakker te maken om dan zelf een kleine veertig minuten zijn ogen te kunnen sluiten waarna ze om halfzeven weer zouden vertrekken om, zo hoopten ze, nog voor zonsopgang de twaalfhonderd meter langs de wijngaard naar de op de heuvel gelegen dienstgebouwen te kunnen overbruggen.

Hoopten ze.

Tot dusver hadden ze geen weerstand ondervonden. De reden, volgens Hap, was het tijdstip van de dag, het feit dat het een afgelegen gebied was en dat ze de beveiligingsring, die een dikke anderhalve kilometer verderop begon, nog niet hadden bereikt. Het betrof hier een grindweg die de wijngaard bijna doormidden sneed en waarbij het binnenste deel tegen het resort aan schurkte. Dit werkpad vormde de eerste ring waar beveiligingspersoneel kon worden aangetroffen, een ring rondom het gehele Aragón-complex, een terrein van enorme afmetingen: wijngaarden, de achttien holes tellende golfbaan, parkeerplaatsen, tennisbanen, wandelroutes door de bossen, de achttien hoofdgebouwen en bungalows en ten slotte hun doel, de oude kerk op de heuvel daarachter.

De beveiligingsmacht telde vijfhonderd man, geformeerd uit agenten van de lokale en landelijke politie die onder bevel stonden van de Spaanse geheime dienst, zoals de president al had vermoed. Op het moment dat die zijn toespraak zou gaan houden, zou Hap volgens het oorspronkelijke plan deze beveiligingsmacht met nog eens honderd agenten van de Amerikaanse geheime dienst hebben versterkt. Maar na de 'feitelijke' gebeurtenissen in Madrid, waarbij de president naar de welbekende 'geheime' locatie was overgebracht, was van dit plan afgezien. Dat hij de ochtenddienst bij zonsopgang niet zou bijwonen, zou door chef-staf van het Witte Huis Tom Curran vanuit de ambassade in Madrid inmiddels formeel aan de directie van het New World Institute zijn overgebracht. Precies de situatie waar Hap op gokte, want hij wist dat de beveiliging daarna minder scherp zou zijn.

In deze tijd van het jaar, en vooral op een vroege zondagmorgen, zou er slechts een handjevol mensen op de wijngaard zijn, als er al iemand was. Het gebouwencomplex omvatte niet alleen de machines en het gereedschap en materiaal voor het onderhoud van de wijngaard, de golfbaan en de gazons, maar ook de grote wasserette, waar onder meer de uniforms van het personeel werden gewassen en bewaard. Stap één van Haps plan was om deze gebouwen ongedeerd en ongezien te bereiken. Daarna werd het een stuk lastiger: eerst een dikke anderhalve kilometer langs de wijngaard, daarna omhoog tegen de beboste helling achter het complex om zo de vier eeuwen oude kerk te bereiken waar het New World Institute bij zonsopgang de ochtenddienst zou houden.

Marten mocht dan misschien bewondering hebben voor Haps kennis van logistieke details, in feite was het overbodig: het hoorde gewoon bij Haps werk, maakte deel uit van het voorbereidende werk dat de geheime dienst doorgaans uitvoerde bij een ophanden zijnd presidentieel bezoek. Hij hoopte alleen maar dat Haps kennis van zaken inderdaad zo goed was en dat de Spaanse beveiligingsmensen in de tussentijd geen nieuwe, onverwachte veiligheidsmaatregelen van stal hadden gehaald.

142

5.40 uur

Nog vijf minuutjes en hij zou Hap wakker maken. Uitgeput als Marten was, wist hij dat hij meteen weer in slaap zou vallen als hij niet uitkeek en dat als ze wilden, ze allemaal dagenlang konden doorslapen. In plaats daarvan liet hij alles in gedachten nog eens de revue passeren om zichzelf wakker te houden. Hij dacht aan zijn werk als tuinarchitect bij Fitzsimmons and Justice in Manchester, het meer dan urgente maar nog onvoltooide Banfield-project; aan Demi, waar ze uithing, wat de ware reden was waarom ze hem en de president in Montserrat aan Merriman Foxx had uitgeleverd. Hoe het ook zij, één ding was zeker: ze kon echt niets hebben afgeweten van wat er werkelijk allemaal speelde, met Foxx, zijn experimenten, de vijanden van de president. Hij had haar voor het laatst in het restaurant van het klooster gezien, in gezelschap van Foxx, Beck en Luciana. Maar toen hij samen met de president was teruggekeerd, was Foxx alleen geweest. Zij moest dus samen met de anderen zijn weggegaan. Maar waarheen, en waarom? Het enige wat hij kon bedenken, was dat ze dus toch niet had gelogen over haar zus en dat de zoektocht naar haar, of op z'n minst de zoektocht naar de waarheid over wat er met haar zus gebeurd was, voor Demi het allerbelangrijkste in haar leven moest zijn.

5.44 uur

'Neef.'

Marten schrok even en keek op. President Harris stond voor hem. Met zijn stoppelbaard leek hij vermoeider dan ooit.

'Ik weet dat Hap de tweede wacht had,' zei hij zacht. 'Maar hij is bekaf. Laat hem maar slapen. En doe zelf ook een dutje.'

'Zeker weten?'

'Zeker weten.'

'Wilt u deze nog hebben?' Marten hield zijn automatisch pistool omhoog.

'Ja.'

Hij gaf Harris het wapen. 'Bedankt.'

De president glimlachte. 'Zo verspil je nog je kostbare dutje.'

'Niet in slaap vallen, hoor.'

'Geen tijd voor. Ik moet een toespraak voorbereiden.'

143

6.30 uur

Het was amper licht genoeg om iets te kunnen zien toen de president het automatisch pistool teruggaf aan Marten en de vier het bijgebouwtje verlieten. Ze liepen tegen een lange glooiende heuvel op die modderig was van de regen en begroeid met rijen pas ontluikende wijnranken. Marten voorop, gevolgd door de president, daarna Hap en ten slotte José.

Kort daarvoor had de president José bedankt voor zijn moed en durf, en had hem aangeraden naar huis te gaan voordat het misschien uit de hand zou lopen. Maar de jongen had geweigerd met de mededeling dat hij wilde blijven om indien nodig te kunnen helpen. Ook Hap had liever dat de jongen bleef. Hij kwam niet alleen uit deze streek, en zou dus gemakkelijk een gesprek kunnen aanknopen met iemand van de wijngaard, mochten ze die tegen het lijf lopen, maar er speelde nog iets anders: als hij naar huis ging, dan kon hij erop rekenen dat de geheime dienst, de CIA of de Spaanse politie, allemaal ingeseind door Bill Strait, hem daar zouden opwachten. Adamo, Hector, of beiden zouden zijn naam en adres hebben opgebiecht. Als ze José te pakken kregen en hij wist waar de president was, dan zouden ze niet lang nodig hebben om hem aan het praten te krijgen waarna, god verhoede, de manschappen in een oogwenk in volle sterkte zouden opduiken.

6.35 uur

Marten naderde de heuveltop, bleef opeens staan, liet zich op een knie vallen en gebaarde de anderen hetzelfde te doen. De dienstgebouwen lagen iets verderop. Het waren vier grote houten gebouwen die wel wat weg hadden van een stal rondom een binnenplaats. Pal rechts, vlak achter drie rijen wijnranken liep de grindweg die de wijngaard doorkliefde en waar de eerste beveiligingsposten zouden zijn.

'Wat is er?' vroeg de president op fluistertoon.

'Luister,' zei Marten terwijl hij met geheven hoofd naar de gebouwen keek.

'Wat?' Hap verscheen naast hem.

'Liggen!' zei Marten.

Meteen daarna passeerden twee geüniformeerde agenten op hun motoren. Beiden speurden links en rechts de wijngaard af en reden langzaam verder over de grindweg.

Marten keek Hap aan. 'Denk je dat er nog meer zijn?'

'Ik weet het niet.'

'Daar kom ik wel achter,' zei José in het Spaans tegen de president.

Voordat ze hem konden tegenhouden, rende hij al naar de vier schuren rondom de binnenplaats. Daar verdween hij uit het zicht.

6.43 uur

'Verder geen mens te zien,' meldde José even later in het Spaans toen hij terugkeerde en naast hen knielde. 'Kom snel.'

In een oogwenk ging hij de anderen voor langs de wijnranken en naar de grindweg. Daarna zetten ze het op een lopen, en schoten ze als schimmen in het bleke licht naar de gebouwen. Nog vijftig meter, nog dertig. Twintig, tien, en ze waren er. José trok een zijdeur open en ze gingen naar binnen.

6.48 uur

Het was een enorme schuur, de hoofdgarage voor het rollend materieel van het complex. Er stonden vier pick-ups, vier tractoren, zes kleine driewielers met platte laadbak, vier grote golfbaangrasmaaiers en vier elektrische golfkarretjes met open dak die achter elkaar geparkeerd stonden. Achter in de schuur, tegen een gesloten schuifdeur, stond een met stof bedekt vaalgroen Toyota bestelbusje achteruit geparkeerd. De wagen zag eruit alsof er in geen maanden meer in was gereden.

'Hou de deur in de gaten,' zei Hap en hij liep naar het rijtje golfkarretjes, hopend dat bij een ervan een sleuteltje in het contactslot zat.

'Hier,' zei Marten, die naast een kantoordeur een kastje had opengetrokken waarin de sleutels van alle voertuigen netjes naast elkaar hingen. Ze hadden drie minuten nodig om ze te sorteren en het sleuteltje van het voorste golfkarretje te vinden. Meteen stapte Hap achter het stuur en stak hij de sleutel in het contactslot. Het verklikkerlampje van de motor lichtte groen op, wat neerkwam op een volledig opgeladen accu.

Een halve minuut later staken ze behoedzaam over naar het gebouw met de wasserette. Het was inmiddels een stuk lichter. De sluier van de duisternis waar ze zo lang op hadden kunnen vertrouwen, had plaatsgemaakt voor de opkomende dageraad.

Ze lieten José achter bij de deur en betraden de hoofdruimte van de wasserette. Drie reusachtige, kuipvormige wasmachines van roestvrij staal stonden in het midden, met tegen de achterste muur een rij van eveneens roestvrijstalen drogers. Aan de overzijde bevond zich een groot raam dat uitkeek op de overige gebouwen. Vlak daarachter stonden de strijkpersen en daar weer achter de kledingrekken die volhingen met Aragón Resort-uniforms, de meeste aan hangers en op maat gesorteerd; een noodzakelijk gemak voor een exclusief vijfsterrenpark als dit, met meer dan tweehonderd man personeel dat, zo wist Hap, te allen tijde er met netjes gestreken uniforms bij moest lopen.

'*Un hombre está viniendo.*' Er komt een man aan, waarschuwde José vanuit de deuropening en snel dook hij weg. De president gebaarde naar Hap en Marten en de drie verscholen zich achter de strijkpersen. Met ingehouden adem trok Hap het Steyr-machinepistool tevoorschijn terwijl Marten zijn Sig Sauer omhoogbracht.

Even later verscheen een grote man met krullen en gekleed in een witte broek en een wit T-shirt in de wasserette. Hij knipte de plafondlampen aan, liep naar een paneel en drukte een reeks knoppen in. Bijna onmiddellijk begonnen de wasmachines zich met water te vullen. Daarna regelde hij de temperatuur, liep naar de wasmachines en wierp er even een blik in. Tevreden draaide hij zich om en ging weg.

Hap wachtte nog een halve tel, liep naar het raam en tuurde naar buiten. Hij zag de wasseretteman naar een gebouw verderop lopen, naar binnen gaan en de deur achter zich sluiten. Meteen draaide Hap zich om naar de anderen.

'Hij komt zo terug. We moeten snel handelen.'

144

7.00 uur

Dr. James Marshall keek toe terwijl hoofdinspecteur Diaz en een van Bill Straits Spaanssprekende agenten in een afgezonderd deel achter in de commandopost Miguel ondervroegen. De vragen gingen van het Spaans naar het Engels naar het Spaans en weer terug naar het Engels. Geboeid, en nerveuzer dan hem lief was, zaten Hector en Amado op een klapstoeltje nog geen meter bij hem vandaan, met opzet getuige van Miguels verhoor en geflankeerd door agenten van de Spaanse politie. Als die niet door de knieën ging, dan waarschijnlijk een van de andere twee wel, zo wedde men.

Marshall keek Bill Strait aan. 'Hij laat helemaal niets los.'

'O jawel, of anders vertelt een van deze jongens hier ons nog wel wat meer. Maar dat heeft tijd nodig, dus reken niet op een plotselinge openbaring.'

Marshall was moe, kwaad en gefrustreerd. Bovendien raakte hij tot zijn ongenoegen met de minuut bezorgder. Hij voelde zich net Jake Lowe. 'We zitten met een Spaanse chauffeur met een Australisch accent en twee jonge jongens uit de buurt. Dan hebben we nog een vent die eruitziet als Hap – wie weet ís het Hap wel – die samen met de president en die Nicholas Marten daarginds ergens rondhangt. We hebben de modernste apparatuur, een heel leger aan manschappen en heli's in de lucht en inmiddels ook nog eens daglicht, en nog steeds zijn ze onvindbaar. Rara, hoe kan dat?'

'Misschien zitten ze nog steeds ergens in die schachten,' opperde Strait. 'Of misschien zitten ze hier helemaal niet.'

'Wat bedoel je daar nu weer mee?'

Strait liep naar een kaart van het gebied. 'Dit,' zei hij terwijl hij met een hand over de bergtoppen streek, 'is waar we hebben gezocht. Hier...' hij bewoog zijn hand naar rechts, 'is het Aragón Resort, waar de president deze ochtend zijn toespraak had moeten houden.'

Marshall spitste de oren. 'Je denkt dat hij daar naartoe is?'

'Dat weet ik niet. Maar wel dat we hem hier níét hebben gevonden. We weten dat hij in de schachten was, en Hap of geen Hap... maar als hij er op een of andere manier in is geslaagd om daar weg te komen en zich in deze bergen te verschuilen...' Strait aarzelde even. 'Ik kan niet in zijn hoofd kijken, maar ik weet wel dat dit resort echt bestaat, dat hij het kent en weet dat zich daar belangrijke mensen bevinden met wie hij kan praten, en van wie hij er een stel persoonlijk kent. Hoe hij dat wil aanpakken, weet ik niet. Ik denk alleen maar hardop.'

Marshall draaide zich om, liep naar hoofdinspecteur Diaz bij Miguel en de twee jongens, en nam haar terzijde. 'Zou de president,' vroeg hij haar, 'op een of andere manier vanuit de bergen het Aragón Resort kunnen bereiken?'

'Zonder dat de satelliet hem oppikt?'

'Stel dat hij ook zo'n mylardekentje heeft, net als de chauffeur. Stel dat we dat op de helikoptervideobeelden hebben gezien: de president, Hap Daniels, Marten en de chauffeur.'

'Daarmee suggereert u dus dat hij de rest te voet heeft afgelegd, in de regen en in het donker.'

'Ja.'

Hoofdinspecteur Diaz glimlachte. 'Dat is hoogst onwaarschijnlijk.'

'Is het mogelijk?' benadrukte Marshall woord voor woord.

'Als hij gek was en een of ander plan had voor hoe hij daar kan komen, tja, dan denk ik dat het wel mogelijk zou zijn.'

145

7.03 uur

Ze waren gekleed als terreinknechten. Donkergroen overhemd met daaronder een pantalon van een lichtere groene kleur. Met op de linkerborstzak in witte gecursiveerde letters het klassieke opschrift *The Resort at Aragón* gestikt. Hun eigen kleren lagen verborgen in een afvalcontainer achter de grote schuur waarin het rijdend materieel stond. Van de vier was de president de enige die één persoonlijk voorwerp bij zich had gehouden en dat veilig in zijn overhemd had opgeborgen, het betrof iets wat hij zou dragen zodra hij de delegatie van het New World Institute zou toespreken, iets wat hem ondanks zijn bedrijfskleding en zijn groeiende stoppels voor alle aanwezigen direct herkenbaar zou maken: zijn toupet.

José stond bij de deur en tuurde naar buiten. Behoedzaam reed Marten het golfkarretje tot vlak achter de gesloten schuurdeur. De president zat naast hem en Hap achterin, met zijn machinepistool in de hand en omringd door een hele verzameling noodzakelijke attributen: harken, bezems, plastic vuilcontainers en nog iets wat hij had meegenomen, gewoon omdat hij meende dat het misschien wel eens van pas kon komen, namelijk een verrekijker, die lag op een tafeltje dat waarschijnlijk het bureau van een opzichter was.

'Heb je hem al gezien?' vroeg de president in het Spaans.

José schudde zijn hoofd, maar antwoordde opeens: '*Sí*' en keek achterom. 'De man in het wit liep net weer naar de wasserette,' meldde hij in het Spaans en de president vertaalde het.

'Daar gaan we,' zei Hap.

José duwde de schuurdeur open, Marten reed voorzichtig naar buiten en wachtte op José die de schuurdeur weer sloot. Tien seconden later sprong hij naast Hap op het golfkarretje en daar gingen ze. Stilletjes gleden ze langs de schuren en draaiden de grindweg op die hen achter langs het golfterrein zou voeren en vervolgens via een anderhalve kilometer lang, kronkelend dienstpaadje dwars door het donkere bos naar de kerk.

7.12 uur

Boven op de heuvel aangekomen stopten ze onder de beschutting van een grote conifeer. Voor het eerst konden ze over de wijngaard heen het golfterrein en het resort zien liggen. Aan de voorzijde van het elegante witgepleisterde hoofdgebouw stonden zeven glimmend zwarte touringcars met donkergetinte ramen geparkeerd. Het waren de bussen waarmee de delegatie van het NWI die vrijdag vanaf de luchthaven van Barcelona hierheen waren gebracht en waarmee men na de kerkdienst van deze ochtend terug zou rijden.

Daar vlakbij stonden een stuk of tien grote zwarte SUV's, voertuigen van de Spaanse geheime dienst, die de delegatie naar de kerk en daarna naar de luchthaven zouden escorteren. Iets verderop zagen ze een groot aantal politieauto's die vanaf de snelweg de hoofdweg blokkeerden, met op de dienstweg die de wijngaard in tweeën deelde om de ongeveer vierhonderd meter nog meer surveillancewagens. Alles en iedereen stond op zijn plek, precies zoals Hap al wist.

Hoog boven het resort zelf, aan het eind van een lange slingerende asfaltweg, konden ze nog net de ouden stenen en rode dakpannen van de romaanse *Iglesia de Santa Maria* zien, de kerk van de Heilige Maria.

'Daar is het?' vroeg de president.

'Ja, meneer,' bevestigde Hap.

De president slaakte een zucht. Zo dichtbij waren ze dus al gekomen.

146

7.17 uur

De dienstweg voerde hen langs de verste randen van het golfterrein en steil omlaag naar een bebost, moerassig terrein, vervolgens weer steil omhoog en slingerend tussen volle coniferen naar de kerk. Net toen Marten een bocht wilde nemen en over hun volgende stap wilde nadenken zodra ze de achterkant van de kerk en de dienstingang die hun doel was zouden bereiken, gooide Hap, die door zijn verrekijker de heuvel in de gaten hield, plotseling roet in het eten.

'Surveillanceauto komt onze kant op gereden. Ga van de weg af,' beval hij snel.

Marten reed nog zo'n tien meter door, stuurde het golfkarretje met een haakse bocht van de weg af en tussen een paar bomen door en stopte achter een laag, stenen muurtje.

Hap pakte zijn machinepistool, Marten trok de Sig Sauer tevoorschijn en vervolgens keken ze naar de naderende surveillanceauto. Die minderde vaart, en remde nog wat verder af. Ze konden zien dat er vier geüniformeerde mannen in zaten, die allemaal hun kant opkeken.

'Nee, er valt hier niets te zien. Doorrijden maar,' fluisterde Marten gespannen.

De surveillanceauto reed zelfs nog wat langzamer, en heel even wisten ze zeker dat hij zou stoppen. Maar dat gebeurde niet. De bestuurder reed gewoon stapvoets langs.

'Goed zo, jongens,' zei Marten.

'Geef ze nog een minuutje totdat ze echt uit de buurt zijn,' zei Hap terwijl hij zijn machinepistool liet zakken, zijn verrekijker weer pakte en zich omdraaide om de surveillanceauto te volgen die langzaam heuvelaf verder reed.

'Dit is aangelegd,' sprak de president zomaar opeens terwijl hij om zich heen keek. 'Deze aarde, deze grond. Ik zit er al de hele tijd naar te kijken. Hoe hoger we komen, hoe duidelijker het wordt. Dit is allemaal aangelegd. Kijk om je heen. De meeste bomen zijn nog jong. Vijftien jaar, hooguit twintig.'

'Meneer de president, het resort is nauwelijks twintig jaar oud,' reageerde Hap, die nog steeds door zijn verrekijker tuurde. 'Waarschijnlijk hebben ze alles geëgaliseerd en herbeplant.'

'Behalve één ding: de kerk. Hoe zet je nu een vier eeuwen oude kerk op een nieuw stuk aanleg?'

'Je breekt hem af, nummert de stenen en je bouwt hem opnieuw op,' opperde Marten.

'Maar waarom? En waar stond hij dan eerst?'

'O, o,' onderbrak Hap hen plotseling.

'Wat is er?' vroeg de president terwijl hij zich omdraaide in de richting waarin Hap keek.

'Nog meer beveiliging.'

Een tweede SUV was heuvelop gereden. De surveillanceauto van zo-even was ernaast gestopt en de bestuurders kletsten even met elkaar.

'Wat nu?' vroeg de president.

'Niets. Zodra we ervandoor gaan, zien ze ons.'

'Dus we blijven hier?'

'Ja, meneer. We blijven hier.'

147

7.25 uur

Vier monniken, gehuld in een zwarte pij, haalden Demi uit haar cel en begeleidden haar door een lange, kale en schemerige gang. Ze droeg alleen een paar sandalen en de scharlakenrode jurk die Cristina haar had gegeven om tijdens de rituele ceremonies te dragen. Dat ze zich ten overstaan van de monniken eerst had moeten uitkleden, was onbelangrijk.

Hoe kon dat ook? Ze zouden haar immers naar haar dood leiden.

7.28 uur

De monnik die vooropliep haalde een pasje door de elektronische sleuf naast een stalen deur, die vervolgens opengleed. Ze betraden een lange gang. Links en rechts waren deuren geopend waarachter zich medische onderzoekskamers leken te bevinden. Ze waren klein en identiek aan elkaar, met matglazen kastjes tegen de muur, het soort dat werd gebruikt om röntgenfoto's en prints van scans te bestuderen. In het midden van elk kamertje stond een kille, roestvrijstalen onderzoekstafel.

7.29 uur

Ze liepen door een beveiligde deur en betraden een kamer vol met roestvrijstalen britsen, dezelfde als in haar eigen cel. Het enige verschil was dat deze hier links en rechts vierhoog waren opgestapeld, met in het midden een gangpad. Ze boden met gemak plaats aan tweehonderd man.

De volgende gang. Hier zag ze gemeenschappelijke toiletruimtes en douches, met daarachter een ruimte die leek op een kleine restaurantkeuken, met ernaast een zaaltje met roestvrijstalen tafels met zitbankjes eraan vast. Het zou een eetzaal kunnen zijn. Deze zalen waren verlaten, net als de ruimtes die ze zo-even had gezien, alsof het hier ooit een drukte van belang was geweest en men halsoverkop de benen had genomen.

7.31 uur

De monniken voerden haar door vijf zware, beveiligde deuren die elkaar op nog geen drie meter volgden. Daarna betraden ze een lange, verduisterde tunnel met een monorailbaan in het midden. Iets verderop stond een lang, sledeachtig voertuig met drie rijen bankjes en zonder dak. Vier monniken namen schouder aan schouder plaats op het achterste bankje. Vóór hen nam nog een vijfde monnik plaats. Demi huiverde toen ze haar zag: Cristina.

Ze droeg hetzelfde witte gewaad als de vorige avond en glimlachte vriendelijk, ja zelfs vrolijk, toen ze Demi zag.

Meteen werd Demi naast haar gezet, en een monnik nam snel plaats aan haar andere zijde. De overige monniken namen het voorste bankje. Negen monniken die twee vrouwen naar de eeuwigheid escorteerden.

Met een schokje zette de slede zich in beweging en begon hij snel en stilletjes vaart te maken. Eén, twee seconden gleden voorbij. Cristina keek opzij naar Demi en toonde haar de meest ijzingwekkende glimlach die Demi ooit had gezien. IJzingwekkend omdat hij zo warm, oprecht en kinderlijk was.

'We gaan de os achterna,' klonk het opgetogen, alsof ze op het punt stonden een of ander geweldig avontuur te gaan beleven.

'Nee,' fluisterde ze. 'We moeten een uitweg bedenken.'

'Nee!' Cristina deinsde terug en uit haar glanzende donkere ogen straalde iets onheilspellends. 'We moeten gaan. Wij allebei. Het staat al vanaf het begin der tijden in de sterren geschreven.'

De monorail begon af te remmen, en Demi zag dat ze het eind van de tunnel naderden. Het voertuig stopte. De monniken stapten uit en leidden de twee vrouwen naar een platform ernaast. Meteen gleed een grote deur open. Ze werden naar een ruime kamer gevoerd waar in het midden een soort uit zijn krachten gegroeide smeltoven leek te staan.

Demi huiverde toen ze besefte wat het was: een bakstenen oven met een stalen front. Dit was een crematorium, de plek waar alles ophield.

'De os wacht bij het vuur,' zei Cristina glimlachend, waarna vier van de monniken haar wegleidden.

Even later werd Demi door de andere monniken naar een ander vertrek gebracht. Toen ze binnen was draaide een vrouw zich naar haar om. Het was Luciana. Ze was gekleed in een lang, zwart priestergewaad, en haar zwarte haar zat nog altijd, net als de avond ervoor, in een strakke knot. De theatrale lijnen die als bliksemschichten vanuit haar ooghoeken naar haar oren liepen accentueerden nog altijd haar donkere make-up en ze had ook nu weer dezelfde afzichtelijk lange nagels.

'Ga zitten,' zei ze en ze gebaarde naar een stoel in het midden van de kamer.

'Waarom?'

'Omdat ik dan je haar kan doen en je kan opmaken.'

'Mijn haar doen en me opmaken?' Demi kon haar oren niet geloven.

'Ja.'

'Waarom?'

'Omdat je mooi moet zijn.'

'Om te sterven?'

Luciana glimlachte wreed. 'Dat schrijft de traditie voor.'

148

7.48 uur

Met de Sig Sauer in zijn schoot overbrugde Marten behoedzaam de laatste anderhalve kilometer. De grindweg slingerde met een grote S-bocht door een dichte groep coniferen. Erdoorheen konden ze nog net de kerk zien met daarvoor het kleine met bomen omzoomde parkeerterrein bij de achteringang. Hap keek even achterom. Niets te zien. Ze hadden lang moeten wachten totdat de twee surveillanceauto's weer waren weggereden. Toen Hap daarna Marten het signaal gaf om verder te rijden had hij voortdurend argwanend achteromgekeken. De politie mocht dan wel weg zijn, maar deze weg viel duidelijk onder hun verantwoordING, wat betekende dat ze elk moment weer konden, en waarschijnlijk zouden verschijnen.

De eerste zonnestralen raakten de bergtoppen achter hen toen Marten het parkeerterrein opreed en naast drie bestelbusjes van de kerk stopte.

'Die busjes zijn vast van de predikanten en de koster die zich voorbereiden op de mis,' zei Hap terwijl hij naar de drie busjes keek. 'Ze zitten nu waarschijnlijk in de kerk.' Snel keek hij even om zich heen en gaf het teken. De vier stapten uit en wekten de indruk alsof ze hier al hun hele leven werkten. Ze pakten hun harken, bezems en vuilnisbakken en zetten deze bij de achteringang alsof ze zo meteen aan het werk zouden gaan.

Het was hier steiler dan aan de voorzijde, waar de hoofdingang was, en ze hadden een goed zicht op het grote centraal gelegen parkeerterrein en de lange slingerweg die vanuit het glooiende resort en de wijngaarden omhoog voerde.

'Hou de deur in de gaten,' zei Hap tegen Marten. Hij pakte zijn verrekijker en liep een heuveltje op waar hij naast een boom hurkte. Turend door de verrekijker kon hij de geüniformeerde agenten en de politievoertuigen zien die de omliggende wegen bewaakten. Op het grote parkeerterrein zag hij dat de SUV's van de Spaanse geheime dienst zich voor en achter de gestroomlijnde zwarte bussen opstelden waar de delegatie van het New World Institute nu aan het instappen was. Verbaasd fronste hij zijn voorhoofd en hij keek even naar de anderen.

'De mensen die nu instappen zijn in avondkledij. Allemaal. De mannen en de vrouwen.'

'Wat?' De president liep naar hem toe en Hap gaf hem de verrekijker. 'Avondkleding voor een niet confessionele ochtenddienst?'

'Is jou dit tijdens de briefing meegedeeld?'

'Nee,' antwoordde Hap.

De president schudde zijn hoofd. 'Ik begrijp er niets van.'

'Ik ook niet.'

7.50 uur

Ze lieten José buiten de wacht houden. Die begon als een terreinknecht een bloembed op te schonen. Voorzichtig stapten de anderen via de achterdeur de kerk binnen.

Hap ging hen voor door een smalle kalkstenen gang. Rechts bevond zich een soort vergaderkamer, met daarachter een trap die naar wat de president vermoedde de eigenlijke kerkruimte moest zijn. Na zes meter sloeg Hap links af en ze liepen een stenen trap af die naar een voorraadkelder voerde. Hier, vermoedde hij, was het veilig genoeg om te wachten totdat de dienst begon.

Ergens halverwege maakte de trap een grote, halve bocht, alsof deze om een ronde toren of iets groots liep. Een merkwaardig fenomeen voor een kerk zo oud als deze, opnieuw opgebouwd of niet. Zelfs de president viel het op.

'Een rechthoekig gebouw als dit behoort helemaal geen ronde muren te hebben,' sprak hij op bijna geheimzinnige toon.

'Wat het ook mag voorstellen, het stond niet op de plattegrond die de directie ons gaf. En ook de Spaanse geheime dienst heeft ons er niet op gewezen,' zei Hap.

De president peinsde nog even, maar liet het daar bij toen ze de voet van de trap hadden bereikt en ze hun weg vervolgden door een gang met links en rechts openstaande deuren, en eentje waar 'wc' op stond, die dicht zat.

'Vergaderkamers, leslokalen, toilet,' somde Hap op. Bij een gesloten deur aangekomen bleef hij staan en trok deze open. 'Hierin,' zei hij en hij drukte op een lichtschakelaar op de muur. De ruimte baadde in het licht, en ze betraden de kleine voorraadkamer waarover hij zo-even had gesproken. Links en rechts waren de planken gevuld met schoonmaakspullen en papiervoorraden. Normaal gereedschap – hamers, moersleutels, tangen, blikscharen, schroevendraaiers, handboren, werklampen en verscheidene vaak gebruikte zaklantaarns – hingen netjes aan een rekje boven een werktafel achterin. In een van de hoeken stonden een stuk of tien dozen opgestapeld, voorzien van een labeltje: *Biblias Santas*. Bijbels.

Hap sloot de deur en keek op zijn horloge. 'Het is nu vier voor acht,' zei hij terwijl hij de president aankeek. 'Ik heb geen idee of uw vriend rabbijn Aznar nog altijd aan de dienst zal deelnemen, maar deze zou zo rond tien over acht moeten beginnen. De Spaanse geheime dienst zal de kerk eerst willen inspecteren voordat ze mensen binnenlaten. Ik zie het niet zitten om gewoon maar naar boven te gaan en in de gang te wachten totdat iedereen op zijn plek zit en de deuren dichtgaan. Misschien dat we die Spanjaarden kunnen overtuigen, maar ik denk van niet, vooral niet als hun orders uit Madrid komen. Ze zullen precies zo denken als de anderen, namelijk dat ze goed werk verrichten als ze u hier weg kunnen voeren. Dus boven wachten is te gevaarlijk. Zodra de dienst is begonnen, zullen ze wat minder alert zijn. Dat is het moment om naar boven te gaan.'

'Hoe weten we wanneer het zover is? We kunnen moeilijk iemand boven laten posten. Zelfs José niet.'

'Achter in de gang is de videokamer van de kerk. Daar staan de beeldschermen die verbonden zijn met twintig volautomatische beveiligingscamera's die verspreid hangen door de kerk en over het parkeerterrein, buiten, en die allemaal in verbinding staan met de controlekamer van het resort. Het vervelende is alleen dat die kamer op slot zit. Maar als ik jullie daar binnen kan krijgen, dan kunnen we alles zien wat zich in en om de kerk afspeelt. Waar ik me zorgen om maak, is dat het wel even kan duren voordat ik die deur open heb, als me dat al lukt. Als er opeens iemand verschijnt, ons ziet en de beveiliging waarschuwt, dan kan het er wel eens heel snel heel slecht uitzien voor ons.'

'Hap, als er iemand langskomt, lijk ik precies op jullie twee en op José buiten,' zei de president met een lichte glimlach terwijl hij op het embleempje op zijn overhemd wees. 'Gewoon een bijna kale vent die hier toevallig werkt.'

7.58 uur

De stalen deur naar de videokamer bevond zich vijftien meter verderop in de gang en zat op slot. Ernaast was een elektronisch toetsenbordje gemonteerd met daarin een sleuf voor een elektronisch pasje.

Met zijn rug naar de muur en de Sig Sauer in de aanslag hield Marten de wacht. Hap legde zijn hand op de deurknop en draaide. Er gebeurde niets.

'Zulke sloten hebben vaak een opheffingscode, een speciale code die monteurs gebruiken om zelf binnen te kunnen komen. Je moet hem alleen zien te vinden.'

Hij toetste een code in en pakte de deurknop. Geen resultaat. Hij probeerde een andere code. Opnieuw geen resultaat. Een derde code. Niets. Weer een andere cijferreeks. Niets. En nog een. Nog steeds niets. Ten slotte schudde hij zijn hoofd en keek de president aan. 'Dit gaat niet lukken. We zullen die deur niet open krijgen. We moeten terug naar de voorraadkamer en zullen op ons gevoel moeten bepalen wanneer de dienst begint.'

'Neef.' Marten keek de president aan. 'Toen we hier bij de kerk aankwamen keek ik even achterom naar de weg die we hadden afgelegd. Je kunt van hieruit het hele dal overzien, tot voorbij de dienstgebouwen en de bergen waar we gisteravond zaten.

Ik trok een denkbeeldige lijn van de grote deur waar de monorail de tunnel in ging tot hier. Die liep dwars door de wijngaard, door de dienstgebouwen zo naar deze kerk. Een bijna kaarsrechte lijn. Als Foxx die tunnel heeft laten graven in de periode dat het resort werd aangelegd, dan zou hij de vrijgekomen grond toch ergens hebben moeten storten. Die tunnel loopt eerst zestien kilometer door de berg, dan nog eens een dikke twaalf kilometer of meer tot aan de kerk, stel dat hij zo ver gekomen is. Hoe je het ook bekijkt, je zit met heel wat grond en gesteente. U zei vanochtend dat alles hier kunstmatig was aangelegd. Misschien komt die grond wel daar vandaan.'

'Ik begrijp het niet.'

'Als ik gelijk heb, dan zijn de laboratoria, de tunnel met de monorail, deze kerk, zelfs het resort allemaal het werk van Foxx. Het idee, het ontwerp, de constructie, alles.'

'En als dat inderdaad zo is?'

'Misschien heeft hij deze elektronische sloten met hun codes voor anderen bedoeld, maar waarom zou hij het zichzelf zo moeilijk maken en zichzelf met een stuk of tien van deze codes opzadelen als hij er aan één genoeg heeft?' En met deze woorden trok hij Merriman Foxx' pasje uit zijn jasje, liep naar de deur en haalde het pasje door de sleuf naast de deur, precies zoals hij hen toegang had verschaft tot het proeflab onder het klooster.

Er klonk een harde klik. Marten draaide aan de knop, en de deur zwaaide open.

'Het lijkt erop dat de belangen van dr. Foxx een stuk groter waren dan we dachten.'

149

8.00 uur

De videokamer was voorzien van tapijt. De betonnen, bunkerachtige muren waren in een metallic donkergrijze kleur geschilderd. Een hypermoderne bureaustoel stond voor een bedieningsconsole waarboven twintig beeldschermen waren gemonteerd die een gesloten tv-circuit vormden. Aan de ene kant was een smal paneel of iets dergelijks in de muur verzonken, gemaakt van staal en in dezelfde kleur geschilderd als de muren. Het was een deurtje, eentje met verzonken scharnieren en twee boven elkaar gemonteerde, verzonken sloten. Waar deze deur voor diende, of waar hij heen voerde, kon Hap niet zeggen. De enige informatie die hij had, was afkomstig van de plattegrond die de directie van het resort aan de geheime dienst had gegeven. De kamer waarin ze zich nu bevonden was ontworpen als 'videokamer' en het paneel was omschreven als 'noodtoegang elektronica'. Tijdens zijn eerdere verkenningen had hij de videokamer al bezocht, maar hij had niemand gevraagd het paneel te openen aangezien dit als mogelijke bergplaats voor een bom of als tijdelijke schuilplek voor iemand die een aanslag op de president beraamde, zeker zou zijn geïnspecteerd door de geheime dienst, in de uren vlak voor de komst van de president.

'Wat voor belang zou Foxx hierbij hebben gehad? Het resort als een soort pretentieuze dekmantel voor zijn onderzoek?' vroeg de president zich af terwijl ze hun aandacht op de monitoren richtten.

'Ik zou het niet weten,' zei Marten. 'Als u niet over de kunstmatige aanleg was begonnen, ik mijn denkbeeldige lijn niet had getrokken en dit pasje deze kamer niet had ontsloten, zou ik geen enkel verband hebben gezien.'

'Kijk, daar komen de bussen.' Hap keek naar de monitoren, waarop een colonne van zwarte bussen te zien was die vanuit het resort in de richting van de kerk reden. Ander monitoren pikten beelden op van de Spaanse geheime dienst in hun zwarte SUV's die de touringcars escorteerden. Weer andere vertoonden het interieur van de kerk vanuit meer dan tien verschillende posities.

Een van de camera's was gericht op het middenpad vlak achter de deuren van de hoofdingang, waar een stuk of tien monniken in zwarte pijen stonden te wachtten. Op een andere monitor was het altaar te zien. Een andere camera filmde de koorbanken links en rechts. Verder de kansel, de deur daarachter en de deur aan de zijkant waardoor de president de kerk had moeten betreden. Weer een ander beeldscherm toonde een lange, verlaten gang. Verder waren de zitplaatsen van de kerk te zien. Hier geen kerkbanken maar eerder banken als in een amfitheater.

Een ander beeldscherm toonde een plek naast het altaar, waar opeens een deur openging en er wederom een in het zwart geklede monnik verscheen, gevolgd door twee mensen in priestergewaad.

'Eerwaarde Beck,' constateerde de president verrast toen ze de eerste persoon binnen zagen komen. Daarna kwam ook de tweede in zicht. Een vrouw.

'Luciana, de heks,' zei Marten.

'Congrespredikant Rufus Beck?' Hap Daniels was al even verbaasd als de president.

'*Señor*?' Opeens werd er op de deur geklopt. '*Señor*?'

'Dat is José,' zei Marten.

Met zijn machinepistool in de aanslag liep Hap naar de deur en trok deze voorzichtig open.

'Ik kon u niet vinden. Er komen helikopters aan,' meldde José opgewonden in het Spaans aan de president. 'Daar vandaan,' wees hij. 'Vanuit de bergen.'

Harris vertaalde het snel.

'Jezus!' riep Hap geschrokken. 'Ze zijn erachter gekomen. We moeten ervandoor, meneer de president. Nu meteen. Als ze ons hier te pakken krijgen, dan zijn we er geweest. Allemaal!'

8.06 uur

Buiten konden ze het zware gedreun van de naderende helikopters al horen. Hap liep behoedzaam voorop, met zijn machinepistool in de aanslag. Achter hem volgden José, president Harris en Marten met zijn Sig Sauer. Hap liep voor hen uit naar het golfkarretje, maar trok de andere drie plotseling achter een van de kerkbusjes. Een politie-SUV kwam hen over de grindweg tegemoet.

Het moment daarop verschenen de helikopters boven het terrein. Het waren er twee en ze waren identiek, beide donkergroen en wit, met vlak boven de cabinedeuren de Amerikaanse vlag. Het waren toestellen van het Amerikaanse Marine Squadron, helikopters van de marine die de president en andere hoge regeringsfunctionarissen overal naartoe brachten.

'De Marine Two,' constateerde Hap verbaasd toen de heli's boven het parkeerterrein cirkelden en plotseling daalden om te landen. De helikopter werd met Marine One aangeduid als de president aan boord was. En met Marine Two als het om de vicepresident ging.

'Daar gaat uw toespraak,' zei Marten toen de twee heli's landden en onmiddellijk werden omringd door glanzend zwarte SUV's. Meteen gingen de portieren open en een groepje agenten van de geheime dienst stapte uit. Er werd even gewacht totdat het lawaai van de motoren was verstomd. De agenten liepen naar de heli's en de grote deuren werden opzijgeschoven waarna de inzittenden uitstapten.

Vicepresident Rogers, Terrence Langdon, David Chaplin, Chester Keaton, Tom Curran en ten slotte Evan Byrd. Van het groepje dat in opstand was gekomen tegen de president ontbraken alleen Jake Lowe en dr. James Marshall.

'Godallemachtig,' fluisterde de president.

'Hap,' waarschuwde Marten met een knikje in de richting van de bomen en de naderende politie-SUV.

Hap keek even op, en richtte zijn aandacht toen weer op de twee helikopters en de agenten van de geheime dienst die de 'vrienden' van de president omringden.

'We gaan terug naar binnen. Schiet op!' Hap greep president Harris bij de arm en trok hem haastig mee naar de kerkdeur waardoor ze enkele ogenblikken geleden naar buiten waren gelopen.

150

8.10 uur

De monniken sleurden Demi nog dieper haar nachtmerrie in, als dat al mogelijk was.

De ruimte was als een podium, halfrond en met ongeveer tien meter boven haar een verduisterd plafond. De wanden rondom waren van glimmend staal. De vloer, zo-even nog zichtbaar, was nu bedekt met een kunstmatig opgewekte nevel die tot kniehoogte reikte en die van onderaf werd belicht door verborgen lampjes in allerlei tinten: rood, groen, paars en oranje. In het midden stond een eenvoudige zwarte troon waarop Cristina als een vorstin had plaatsgenomen. Haar prachtige lange zwarte haar stak fel af tegen haar nauwsluitende witte gewaad. Het decor en de belichting maakten haar tot de sterattractie van de voorstelling, wat die ook mocht behelzen. Er stond duidelijk iets op het programma, en het zou niet lang meer duren voordat het publiek zou arriveren. Een publiek, zo stelde Demi zich voor, dat zou bestaan uit wat Giacomo Gela had omschreven als 'een jaarlijkse rite bijgewoond door enkele honderden leden van een machtige orde genaamd de Onbekenden', toen hij haar over de Tradities vertelde.

Zwijgend leidden de monniken haar naar het midden van het podium. Voor hen rees een levensgrote versie van het ballenkruis, het symbool van Aldebaran, op uit de vloer. Meteen bonden de monniken haar voeten aan het kruis en sloegen een band om haar keel. Daarna spreidden ze haar armen en bonden die vast aan de dwarsbalken. Binnen een paar seconden was ze een levende crucifix geworden, vastgebonden aan een heidens icoon.

Cristina keek naar haar en glimlachte. 'De os wacht.'

'Nee!'

'Ja.'

Op dat moment doemde uit de nevel een monnik op die op Cristina af liep. Hij gaf haar een zilveren kelk met rode wijn. Ze nam hem aan, glimlachte en opende voorzichtig haar mond waarna de monnik een hostie op haar tong legde. Ze bracht de kelk naar haar mond, dronk en slikte de hostie door. Het was een onderdeel van de ceremonie, wist Demi. En ze realiseerde zich ook dat ze hier getuige was van een onechte eucharistie. Jezus en het laatste avondmaal vormden geen onderdeel van deze rite. De hostie en de wijn waren hier niet het symbool voor Zijn lichaam en Zijn bloed. De vorige avond had de os zich kalm en vredig door het vuur laten verteren en was er in zijn ogen geen spoortje angst of pijn te bespeuren geweest. Het dier moest wel iets zijn toegediend, en ze was ervan overtuigd dat dit nu ook bij Cristina het geval was. Maar ze wist ook dat hoewel het gedrogeerde dier vredig was gestorven, dat enkel voor de show was geweest, voor de kinderen en de anderen en om Cristina te laten geloven dat dit ook haar vredige lot zou zijn. Maar dat was een leugen. Ze had immers de beelden van haar moeders offerdood gezien, en de hare zou daar niet van verschillen. Cristina mocht dan nu misschien gedrogeerd zijn, maar dat zou snel zijn uitgewerkt. Wie deze mensen ook waren, hun ritueel was gebaseerd op het afschuwelijke, martelende einde van een mensenleven. Ook wist ze dat hoewel het offeren van Cristina het hoofdonderdeel van de rite vormde, zij zelf de bijkomende, politiek getinte toegift was, en dat haar eigen marteldood een waarschuwing moest zijn voor al die Onbekenden die misschien heimelijk overwogen om tegen de Orde in opstand te komen.

Maar er speelde nog iets: de heldere herinnering aan de videobeelden en hoe die aan haar waren gepresenteerd. Deze lieden waren meer dan verdorven. Ze waren wreed en wraakzuchtig bovendien. Het was alsof haar gruwelijke einde op zich niet goed genoeg was: de macht van de Orde, hun waakzaamheid, hun alwetendheid, het moest en zou hier worden gedemonstreerd. Wee degene in het hiernamaals die misschien gereïncarneerd zou worden en hen probeerde uit te dagen.

Niet meer in staat haar gedachten nog langer te verdragen wendde Demi haar hoofd af. Op dat moment doemde er opnieuw een afzichtelijk beeld op. Als uit een middeleeuws graf rezen nog eens drie ballenkruisen op uit de nevel. Op elk was een mensenhoofd gespietst.

151

8.15 uur

Terug in de kerk restte hen nog maar één veilige plek: de beveiligde videokamer. Een plek die tegelijk nuttig en gevaarlijk was. De kamer lag diep weggestopt en kon van binnenuit worden afgesloten, maar dat betekende ook dat als ze werden gevonden, ze geen kant meer op konden. Dan zou de president vóór middernacht al dood zijn, net als de rest van hen.

'Misschien,' zei de president, terwijl hij zich in de stoel liet zakken en naar de beeldschermen keek, 'gaan deze beelden ons vertellen wat Foxx voor ons verzweeg.'

Marten ging naast Hap staan en samen keken ze over de schouder van de president mee. Hij had bewondering voor de manier waarop de president dingen kon categoriseren en een nadeel in een voordeel kon veranderen. Van de omstandigheden leek hij zich verder weinig aan te trekken.

'José.' President Harris draaide zich even om naar de jongen, die met zijn rug tegen de deur aanstond. Hij had zich voor de volle honderd procent gegeven, had alles gedaan wat er van hem was verlangd, en meer nog dan dat. Maar nu, opgesloten in deze kamer, was hij duidelijk bang. De presidentiële helikopters, het legertje agenten van de geheime dienst, de rij hypermoderne monitoren, het werd hem allemaal wat te veel.

'Maak je geen zorgen,' stelde de president hem gerust. 'Kom maar bij ons staan. Je bent een echte vent. Kijk maar naar wat er gebeurt. Misschien dat jij kunt uitleggen wat er...'

'Daar zijn de bussen,' onderbrak Marten hem, en de president keek weer naar de monitoren. Op vijf beeldschermen was te zien dat de colonne zwarte bussen het parkeerterrein bereikte. Ze stopten, de deuren gingen open en de New World-gasten, prachtig uitgedost in avondkledij, stapten uit en liepen naar de ingang van de kerk. Mensen glimlachten en hier en daar werd er hartelijk gekletst. Iedereen leek totaal op zijn gemak bij de aanwezigheid van de zware bewaking.

'Ik ken niet alle leden van het New World Institute persoonlijk, maar toch wel minstens de helft, en sommigen daarvan zelfs zeer goed,' zei de president, die duidelijk bezorgd was. 'Ze vertegenwoordigen een aantal van de meest invloedrijke instituties ter wereld. Hebben ze enig idee van wat hier speelt? Of zijn ze er deelgenoot aan?'

Precies op dat moment begonnen de klokken te luiden. Gek genoeg was dit niet het gebeier dat normaliter hoorde bij de oproep tot de mis. Dit was het deuntje van de Londense Big Ben, de zogenaamde Westminster Quarters, dat overal ter wereld bekend was en dat op het uur werd geslagen.

'Waarom op het kwartier?' vroeg de president zich af. 'Het is niet op het hele uur. Heeft dit iets te betekenen?'

'Meneer de president, Marten, monitor zeven, middelste rij,' onderbrak Hap hem.

Een camera van het parkeerterrein, die op de toegangsweg naar de hoofdgebouwen van het resort was gericht, pikte in de verte een rij aanvliegende helikopters op. Vier stuks en daarna nog een, een Chinook van het Amerikaanse leger.

'Wie kan dat zijn?' vroeg de president zich af terwijl hij aandachtig toekeek.

'Ik denk dat het Woody is,' zei Hap, 'gevolgd door de politie. Waarschijnlijk zitten Bill Strait, dr. Marshall en Jake Lowe in de achterste, de Chinook. Met die heli zijn we vanuit Madrid naar Barcelona gevlogen. Ik had niet gedacht dat de situatie nog erger kon worden, maar kennelijk dus wel.'

8.16 uur

Majoor Woody Woods van het U.S. Marine Corps zette zijn aanvalshelikopter neer op de negende fairway van het golfterrein van het resort, meteen daarna gevolgd door de drie helikopters van de Spaanse politie en ten slotte de Chinook. Meteen werden de cabinedeuren opengetrokken. Bill Strait stapte als eerste uit, gevolgd door dr. James Marshall en een stuk of tien agenten van de Amerikaanse geheime dienst. De tweede, derde en vierde helikopter waren van de Spaanse politie, met hoofdinspecteur Diaz in de voorste. Hun opdracht: doorzoek het terrein vanaf de dienstweg door de wijngaard naar de periferie terwijl de grondeenheden en de agenten van de geheime dienst, de CIA en de Spaanse politie het deel tussen de wijngaarden en de bergen afspeuren. Dit was de route waarvan men vermoedde dat de president en zijn metgezellen die hadden afgelegd, een groepje waartoe ook Nicholas Marten en Hap Daniels zouden behoren.

Op bevel van de vicepresident viel het terrein van de dienstweg langs het resort tot aan de kerk onder toezicht van zijn eigen groepje agenten, die van de Spaanse geheime dienst en politie, die al een tijdje ter plaatse was. Als de president zich binnen deze ring bevond, dan zou hij gevonden worden. De buitenste ring werd het zoekterrein van Bill Strait en hoofdinspecteur Diaz.

Daartussenin stond de Chinook gereed, klaar om de president zo snel mogelijk weg te voeren.

152

8.24 uur

Op het beeldscherm had president Harris gezien dat zijn goede vriend rabbijn Aznar voor de verzamelde leden van het New World Institute een kort gebed opgezegd. Daarna had de rabbijn vicepresident Rogers de hand geschud en was hij aan de zijde van predikant Beck links van het kerkpodium af gestapt.

Nog geen halve minuut later pikte een van de buitencamera's hem weer op terwijl hij door twee van de monniken naar het parkeerterrein werd vergezeld. Daar werd hij door agenten van de geheime dienst in een van de zwarte SUV's geholpen waarna deze wegreed. Meteen liepen de monniken de kerk weer in en sloten ze de deuren achter hen.

'Wat gebeurt er?' vroeg de president toen er opeens geen beeld meer was. Meteen daarna kwam het antwoord. Op de schermen verschenen computergestuurde mededelingen:

Entree 1: gesloten. Vergrendeling bevestigd.
Entree 2: gesloten. Vergrendeling bevestigd.
Entree 3: gesloten. Vergrendeling bevestigd.

Zo ging de lijst verder, van nummer vier tot en met nummer tien. Daarna volgde de laatste mededeling:

Vergrendeling voltooid.

'Dat zijn de deuren van de kerk, meneer de president,' legde Hap kalm uit. 'Het zijn er in totaal tien. Deur nummer tien is de ingang die wij hebben gebruikt. Dit is een "niemand erin, niemand eruit"-situatie. Zodra iemand hierheen komt om de monitoren te bekijken, is het gedaan met ons.'

'Neef,' zei Marten plotseling, 'als ik gelijk heb, als dit alles inderdaad het werk van Foxx is, dan vormde ook deze kerk onderdeel van zijn constructieplan. Dus als de monorail helemaal tot hier doorloopt, dan moet die dus ergens onder ons liggen. Als dat klopt en we kunnen hem bereiken, dan hebben we een uitweg.

Ik stel voor dat we José eropuit sturen. Als hij iemand tegenkomt, dan hoeft hij alleen maar uit te leggen dat hij een terreinknecht is, dat dit zijn eerste werkdag is en dat hij opgesloten raakte toen de deuren werden vergrendeld. Hij is gewoon op zoek naar een uitweg. Zou u hem willen vragen of hij dat wil doen?'

Tien seconden later liet Hap José naar buiten met de instructie drie keer te kloppen zodra hij terug was.

8.30 uur

'En nu?' vroeg de president terwijl hij naar de monitoren staarde die opeens weer op zwart waren gegaan. Maar toen floepten de beelden opeens weer aan.

Alle tweehonderd eminente gasten van het New World Institute hadden hun zitplaats verlaten en werden naar een stuk of tien verschillende plekken in de kerk geleid, met iedereen close in beeld. Vicepresident Rogers was de eerste, waarna de anderen een voor een volgden. Men deed een stap naar voren, vermeldde zijn of haar naam, geboorteplaats en -datum, bracht een hand omhoog en drukte de linker- of rechterduim tegen een klein stalen doosje.

Onmiddellijk daarna verscheen een uitlezing op het gelaat van de desbetreffende gast:

Lid 2702. DNA gescand: DNA bevestigd.
Lid 4481. DNA gescand: DNA bevestigd.
Lid 3636. DNA gescand: DNA bevestigd.

'Wat dit in hemelsnaam ook mag betekenen, deze beelden krijgt de beveiliging niet te zien,' concludeerde Hap die aan het beeldscherm gekluisterd zat.

De stoet ging verder. De leeftijden van de leden varieerden van achtentwintig tot drieëntachtig en de afkomst was al even divers: Basel, Zwitserland; Salinas, Brazilië; New York; Berlijn; Yokohama, Japan; Ottawa, Canada; Marseille, Frankrijk; Tampico, Mexico; Antwerpen; Cambridge; Brisbane, Australië.

Telkens als een lid zich officieel present had verklaard, veegde een monnik het apparaat schoon met iets wat op een steriel wattenstaafje leek, voor de volgende gast.

'Godallemachtig,' stamelde de president geschokt toen een vrouw voor het oog van de camera verscheen.

Ze gaf haar naam: 'Jane Dee Baker', en haar geboorteplaats en -datum. Ze deed een stap naar voren voor de DNA-check.

'De voorzitster van de Subcommissie voor inlichtingen en contraterrorisme,' stelde Marten verbaasd vast, en ook hij voelde een koude rilling over zijn rug trekken.

'Een Democrate uit Maine, lid van de subcommissie waarin Mike Parsons zitting had,' maakte de president de zin af. 'De commissie waarvoor Merriman Foxx heeft getuigd.'

'Dat is waarom Mike, zijn zoon en ook Caroline nu dood zijn,' sprak Marten zonder een spoor van emotie. 'Mike ontdekte wat er aan de hand was, of gedeeltelijk in elk geval.'

'En nog iets,' merkte de president op. 'Allemaal gebruiken ze hun linkerduim voor de DNA-verificatie. Vanuit deze hoek valt het niet te zien, maar ik durf de begroting van het Congres voor het komende jaar erom te verwedden dat ze allemaal zijn getatoeëerd met het symbool van Aldebaran.'

153

8.35 uur

Het zachte melodische gepsalmodieer van de monniken vulde de kerk terwijl de leden van het New World Institute hun plaats weer opzochten. Daarna werden de lichten gedimd, alsof het hier een theater betrof en er een voorstelling ging beginnen. Wat ook gebeurde.

'Cristina!' riep Marten opeens toen ze de vloer aan de voorzijde van het altaar plotseling zagen openschuiven en er als een bizar Las Vegas-spektakelstuk een donker podium, compleet met kronkelende mistflarden en een geheimzinnige belichting, uit de vloer oprees. In het midden zat Cristina als een vorstin op een bijna onzichtbare troon. Een felle spot scheen vanuit de hoogte op haar neer alsof ze een verheven godin was. Een tweede spot, dichter bij de rand van het podium, lichtte langzaam op en bescheen drie afgehakte hoofden, nephoofden zo leek het. Ze zaten boven op de kruisen gespietst die het symbool van Aldebaran voorstelden.

Alsof het allemaal van tevoren was geprogrammeerd scheerden de automatische camera's over het publiek, dat gefascineerd naar voren boog. Dit was duidelijk de reden waarom ze hier waren, dit was het doel van hun komst. Het straalde van hun gezicht af.

'Die Cristina, wie is dat?' vroeg de president zacht terwijl hij duidelijk zo rationeel mogelijk probeerde te doorgronden wat zich hier afspeelde.

'Ze was samen met Beck en Merriman Foxx op Malta,' antwoordde Marten.

Een van de camera's gleed langzaam over de toneelmist naar de drie afgehakte hoofden op de kruisen.

'Maar, meneer de president,' fluisterde Hap nauwelijks hoorbaar, 'die hoofden zijn écht!'

Ineens gingen tien van de twintig monitoren op zwart, waarna ze opeens weer aanfloepten terwijl een andere camera inzoomde en de hoofden een voor een van dichtbij filmde. Onder elk hoofd was een verklarende tekst aangebracht.

Het eerste hoofd behoorde toe aan een zeer oude, kale man.

Het onderschrift luidde: GIACOMO GELA. ONTSLUIERDE GEHEIMEN VAN 'א μ'. DOEL BEREIKT. GEËLIMINEERD.

Het tweede hoofd was dat van een vrouw. 'Lorraine Stephenson!' fluisterde Marten onthutst en vol afschuw en ongeloof.

Het onderschrift luidde: LORRAINE STEPHENSON. ARTS. LABIEL. ZELFMOORD.

Daarna volgde het laatste hoofd.

'O, nee, nee!' riep Marten toen hij het bekende, volle gezicht zag, en ook het grijze haar en het getrimde grijze baardje. Twee levenloze ogen staarden in het niets.

Het onderschrift luidde: PETER FADDEN. JOURNALIST, *WASHINGTON POST*. GEVAARLIJK. GEËLIMINEERD.

De psalmen van de monniken zwollen aan, en ze zagen de mannen door de nevel op het podium verschijnen terwijl ze met gebogen hoofd verder zongen. Het waren er op z'n minst vijftig, misschien wel meer. Wat ze ook zongen, het was in elk geval speciaal bedoeld voor Cristina.

De president keek opzij naar Marten. 'Zie hier uw Machiavelli Verbond,' zei hij ernstig en gedempt.

'Ja, ik weet het,' antwoordde Marten hees en woedend. 'Precies zoals Demi het beschreef. Het enige wat er sinds de zestiende eeuw is veranderd, is de techniek. Het omslachtige tekenen van de presentielijst dat voorheen met de hand gebeurde, met een handtekening die in een angstvallig bewaard boekwerk werd neergeschreven, vergezeld van een bloederige duimafdruk, is nu vervangen door een digitale foto en een DNA-scan. De aanwezigheid van de participant tussen het publiek vormt onderdeel van de videobeelden van de ceremonie. Het bevestigt je aanwezigheid en je participatie. De formele avondkledij is een sfeervolle toevoeging. Het betekent dat je het een eer vond om erbij te zijn.'

'Ik begrijp er niets van,' zei Hap verwonderd.

'Deze mensen zijn hier bijeen om een rituele moord bij te wonen.'

'Moord?'

'Ze gaan die jonge vrouw vermoorden,' sprak de president zacht.

'Hoe dan?'

'Dat weet ik niet.'

'Maar waarom?' vroeg Hap ongelovig.

'Dit is een zeer exclusieve club, Hap.' Martens blik gleed eventjes naar de beeldschermen en toen weer terug naar Hap. 'De regels van het lidmaatschap vereisen niet alleen rijkdom en macht, maar ook medeplichtigheid aan moord zodat iedereen zich aan de hoofdregel houdt.'

'En die luidt?'

'Het vergaren van nóg meer macht en rijkdom.'

'Om wereldwijd tot in de eeuwigheid te blijven heersen. Ik denk dat dit een betere omschrijving is,' meende president Harris hardop denkend terwijl hij aandachtig de beeldschermen stuk voor stuk bekeek om zo de activiteiten en mensen te koppelen aan wat Marten hem over het Verbond had verteld en wat hij zelf als student aan de universiteit van Rhodes had geleerd. 'Dit is een internationaal en zeer divers broederschap van uiterst invloedrijke figuren die regelmatig verreikende deals met elkaar sluiten, een groot deel clandestien, zou ik denken. Een orde die misschien al bijna vijf eeuwen bestaat en daarmee een van de belangrijke pijlers in de geschiedenis zal zijn geweest. Een gezelschap dat enkel uit eigenbelang meehielp aan de expansie van koninkrijken door heimelijk oorlogen, aanslagen, politieke en religieuze veranderingen te steunen, en zelfs – denkend aan dr. Foxx' rol hier – genocide.'

De president wendde het hoofd even af van de beeldschermen en keek Marten en Hap aan. 'De gedachte dat één groep mensen al zo'n lange tijd tot zulke omvangrijke, afschuwelijke en verregaande zaken in staat is, grenst aan het onmogelijke, zo niet het absurde. Wat mij betreft is vooral het laatste het geval, ware het niet dat wat we nu op deze beeldschermen kunnen aanschouwen wel degelijk de waarheid is en dat deze lieden, met name degenen die ik persoonlijk ken, wereldwijd belangrijke pionnen zijn op het gebied van bankieren, verzekeringen, wetgeving, transport, defensieopdrachten, productie, farmacie, energie, media en politiek. Kortom, alles waarop een samenleving dagelijks drijft. Je zou kunnen beweren dat veel van hen elkaar in feite beconcurreren en elkaars tegenstander zijn, maar als groep beheersen ze hoe dan ook een groot deel van de wereldhandel.

Het doel van dit weekend – de seminars, het golfen en het tennissen, de dineetjes en de cocktailparty's – is, denk ik, hoe er voor het komende jaar het beste zaken kunnen worden gedaan. Met name hoe men moet reageren op wat er na de moordaanslagen in Warschau zal gebeuren en op de catastrofe die zich in het Midden-Oosten zal voltrekken zodra het plan van Merriman Foxx in werking treedt. Het ritueel dat zo meteen op het podium zal worden voltrokken, zal hen direct binden aan wat voor afspraken er ook zijn gemaakt.' Hij keek weer naar de beeldschermen. 'Het is een van die grote samenzweringen waarvan iedere theoreticus, schrijver, filmbons en de gewone burger op straat, waar ook ter wereld, het bestaan ervan maar wat graag wil geloven. Nou, het bestaat en waarschijnlijk al eeuwenlang. Het bewijs zien we hier pal voor onze neus.'

154

8.44 uur

Het gezang van de monniken hield plotseling op en het werd stil in de kerk. Flarden toneelmist wervelden over het podium waar Cristina blij en verrukt wachtte op het moment dat het vuur zou komen en haar reis, net als die van de os, zou beginnen.

Opeens doemde achter haar, als een personage uit een toneelstuk van Shakespeare, een schim op. Een volgende spot floepte aan en lichtte predikant Beck uit, gekleed in priestergewaad. Hij liep naar de rand van het podium en pakte een draadloze microfoon.

'Hamilton Rogers,' sprak hij terwijl zijn ogen het publiek afzochten en zijn stem door het hypermoderne geluidssysteem door de kerk schalde. 'Meneer de vicepresident, waar bent u?'

8.45 uur

Onder luid gejuich vanuit het publiek zoomden vijf camera's in op vicepresident Hamilton Rogers, die opstond van zijn zitplaats, naar het middenpad liep en door enkele monniken naar voren werd begeleid. Na een kwiek sprongetje op het podium omhelsde hij predikant Beck alsof het een evangelische bijeenkomst betrof.

'Hamilton Rogers,' sprak Beck tot de congregatie. 'De nieuwe president van de Verenigde Staten!'

Er volgde een donderend applaus.

Opnieuw omhelsden Beck en Rogers elkaar hartelijk, ze draaiden zich naar het publiek, pakten elkaar bij de hand en hieven hun armen in de lucht. Het ene applaus na het andere golfde door de kerk en de revival meeting werd opeens een politiek spektakel.

8.46 uur

Marten keek president Harris aan. 'Als er nog twijfels waren over wat ze met u van plan zijn, dan zijn die nu wel de wereld uit.'

'Waar het om gaat,' reageerde de president, 'is dat het niet langer enkel "mijn vrienden" zijn. Ze zijn er allemaal bij betrokken. Ze weten allemaal wat er speelt. Het laat zien hoe ongelooflijk geïndoctrineerd en verstrengeld ze zijn. Dit zijn geen gewone mensen. Ze vormen een heel ander slag: een slag mensen wier ideologie vervuld is van ongebreidelde arrogantie.'

8.47 uur

Hamilton Rogers gebaarde om stilte. Het publiek gehoorzaamde meteen. Beck overhandigde Rogers de microfoon en de vicepresident liep naar voren. Kijkend naar de congregatie begon hij een lijst namen van nieuwe leden op te noemen om hen welkom te heten. Een voor een stonden ze even op: een jong directielid van een Taiwanees exportbedrijf, een sterk liberaal politica van middelbare leeftijd uit Midden-Amerika, een tweeënvijftigjarige Australische beleggingsbankier, een zevenenzestigjarige kernfysicus en Nobelprijswinnaar uit Californië, een zeventigjarige welbekende conservatieve mediamagnaat uit Italië, en nog een, en nog een. Allemaal werden ze beloond met overweldigend applaus. Links, rechts of in het midden van het politieke spectrum, het leek allemaal niets uit te maken.

Daarna richtte de vicepresident het woord tot de overige aanwezigen, niet de nieuwe leden maar de 'oude vrienden', zo zei hij. 'Lieve, lieve vrienden, leden van het eerste uur die hier voor deze monumentale gelegenheid aanwezig zijn: congreslid Jane Dee Baker, minister van Buitenlandse Zaken David Chaplin, minister van Defensie Terrence Langdon, generaal van de luchtmacht en hoofd van de gezamenlijke chefs van staven Chester Keaton, chef-staf van het Witte Huis Tom Curran, vertrouwensman van de president Evan Byrd.'

Opnieuw een luid applaus. Een applaus dat uitgroeide tot een ovatie toen iedereen opstond om, vervuld van trots en patriottisme, degenen toe te juichen die door Rogers speciaal waren genoemd.

155

8.53 uur

Bij de eerste klop op de deur draaide Marten zich als door een wesp gestoken om. Onmiddellijk bracht hij zijn automatisch pistool in de aanslag. Hap stelde zich voor de president op en ook hij hield zijn machinepistool gereed.

Er werd ongeduldig opnieuw geklopt: één, twee, drie keer.

'Het is José,' stelde Marten vast.

Hap knikte, Marten liep naar de deur en trok deze voorzichtig open. José stond in zijn eentje op de gang. Zijn blik was intens en hij stond er verkrampt bij. Marten liet hem binnen en deed de deur weer op slot.

'Wat is er?' vroeg de president.

'Ik ben zo ver mogelijk in de kerk afgedaald,' bracht hij in het Spaans verslag uit. 'Als je door de deur gaat, zie je een grote, brede trap en daarna een grote stalen deur. En ook een lift, geloof ik. Maar alles zit op slot. Er is niemand te bekennen. Als er beneden inderdaad een tunnel is, dan kunnen we die niet bereiken.'

'*Gracias, José. Muchas gracias,*' bedankte de president hem oprecht, en glimlachte. '*Está bien, relaja.*' Geen zorgen, ontspan je.

Meteen daarna vertaalde hij het voor Marten en Hap.

'Ons rest niets anders dan hier te blijven en maar te hopen dat er niemand binnenkomt,' zei Hap met een knikje naar de monitoren. 'Ik neem aan dat als de ceremonie voorbij is, het podium weer zal zakken, de oorspronkelijke vloer terug zal schuiven en de monniken de deuren zullen ontgrendelen. Daarna zullen alle gasten zich naar buiten begeven en in de bussen stappen alsof er niets aan de hand is. Dat is het moment waarop wij moeten handelen. Doen we dat niet, dan kunnen we het wel vergeten, want zodra de gasten het terrein hebben verlaten, zal de Spaanse geheime dienst de kerk uitkammen en die hermetisch afsluiten.'

'En Cristina dan?' vroeg Marten kwaad. 'Ze gaan haar vermoorden!'

Hap keek hem indringend aan. 'We kunnen niets ondernemen zonder de president in gevaar te brengen. Begrijp dat en probeer haar uit je hoofd te zetten.'

'Ik begrijp het, maar het zint me totaal niet.'

'Mij ook niet. Maar het is niet anders.'

Marten staarde hard terug, maar gaf zich ten slotte gewonnen. 'Oké, we ontsnappen. En dan?' vroeg hij op zachte toon. 'Waar kunnen we heen? Daarbuiten zit vijfhonderd man, van wie de meesten de kerk en de mensen daarbinnen in de gaten houden.'

'We ontsnappen,' herhaalde Hap kalm. 'We pakken het golfkarretje weer en rijden terug naar de plek waar we ons eerder verborgen hielden. Zodra de gasten zijn vertrokken, zal het beveiligingsteam nog geen uur daarna het terrein verlaten. Daarna komen wij.'

'Hap, jouw mensen zitten daar nog steeds samen met de Spaanse politie. Als ze ons daar op die berg niet vinden, dan komen ze deze kant op. Misschien zijn ze hier al. Ze gaan niet eerder weg voordat ze de president in handen hebben.'

'Marten, we kunnen hier niet blijven.'

'Woody,' zei de president opeens terwijl hij Hap aankeek.

'Woody?'

'Laten we de gok nemen dat hij niet corrupt is. Zodra we buiten zijn en je een goede verbinding hebt, stuur je hem een sms'je. Vertel hem waar we zitten en beveel hem om ons als de wiedeweerga met zijn helikopter op te pikken. Alleen hij en de heli, niemand anders. Met al die lui die aan het vertrekken zijn, zal zo'n marinehelikopter niet opvallen. Hij landt op het parkeerterrein aan de achterzijde van de kerk waar we het golfkarretje hebben achtergelaten. Met een halve minuut zijn we aan boord en weg van hier.'

'Meneer de president, zelfs als dat plan slaagt – hij landt hier en pikt ons op – dan weten we nog niet wat hij vervolgens zal doen. Wie weet vliegt hij ons linea recta naar het klaarstaande vliegtuig van de CIA. En dan hebben we dus opeens te maken met wel twintig figuren die van hogerhand het bevel hebben gekregen om u weg te voeren, zonder dat wat u of ik verder te vertellen hebben ook maar iets zal uitmaken.'

'Hap...' de president slaakte een zucht om wat te kalmeren, 'er dient zich een moment aan waarop we op iemand zullen moeten vertrouwen. Ik waardeer majoor Woods om allerlei verschillende redenen, en dat is nooit anders geweest. Wat ik je hier geef, is een bevel.'

'Ja, meneer.'

Plotseling galmde de stem van predikant Beck door de luidsprekers en hij was nu op alle beeldschermen te zien. Terwijl hij in zijn draadloze microfoon sprak en rode, groene en oranje spots hem vanuit de vloer belichtten, liep hij, omringd door toneelmist, over het donkere podium. Wat hij ook te zeggen had, het was in elk geval in een taal die geen van hen ooit eerder had gehoord. Weer zei hij iets, het klonk als een versregel uit een lofdicht. Als een koor antwoordden de leden van het New World Institute in dezelfde taal, precies zoals de avond ervoor de families in het amfitheater dat hadden gedaan.

Beck sprak nog wat woorden, zweeg en reikte Cristina de hand. Ze baadde nog altijd in het licht terwijl om haar heen alles donker was. Trots glimlachte ze terwijl Beck weer het woord nam. Een andere spot volgde hem terwijl hij zich wegdraaide van Cristina en de congregatie toesprak waarbij hij met zijn rechterhand een kring boven het podium beschreef, precies zoals hij ook in het amfitheater had gedaan. Het was bedoeld als een tegenzang, die door de congregatie dan ook werd opgepikt. Enthousiast werden zijn woorden door de leden in koor herhaald. Plotseling zwaaiden de spots van Beck naar Luciana, die met het haar in een strakke knot en haar felle make-up zo de belichaming leek van de magische, onheilspellende en spookachtige heksenwereld.

Met een robijnrode staf in haar hand ging ze achter Cristina staan en met het stafje beschreef ze boven haar hoofd een cirkel. Haar ogen vonden het publiek en ze riep enkele woorden. Ze straalde een en al beheersing en zelfverzekerdheid uit. Ze herhaalde de woorden en terwijl de camera's haar volgden, liep ze over het nevelige podium. Nu was ze op wel tien beeldschermen te zien terwijl ze intens naar iets onzichtbaars staarde. Daarna lieten de camera's zien wat het was.

Demi, vastgebonden aan een levensgroot kruis dat het symbool van Aldebaran voorstelde. Haar van angst opengesperde ogen zeiden alles. Ze was een levend wezen, balancerend op de drempel van een onontkoombare en afschuwelijke dood.

'Mijn god!' riep Marten geschokt en verbijsterd uit.

Luciana stelde zich vóór haar op, en de monniken hieven hun gezang weer aan. De stemmen zwollen aan tot een crescendo, daalden, en zwollen opnieuw aan. Verheven en vol verachting keek ze naar Demi, die haar ogen opsloeg en verbeten terugstaarde, de heks trotseerde, haar niets gunde. Maar Luciana glimlachte wreed en richtte zich tot de congregatie.

'Ze zou ons net zo hebben verraden als deze drie hier dat hebben gedaan!' riep ze in het Engels en ze wees met haar robijnrode staf naar de hoofden op de drie kruisen. Vervolgens rolden er in dezelfde taal waarin ze zo-even had gesproken drie duidelijk gearticuleerde woorden over haar lippen. Onmiddellijk daarna schoten blauwrode vlammen vanuit de gasbranders in de vloer omhoog naar de drie hoofden. De congregatie juichte.

Op de beeldschermen was te zien hoe de mensen zich op hun stoel vooroverbogen om maar niets te hoeven missen. In een oogwenk stonden de hoofden in vuur en vlam. Een half minuutje later verschroeide de huid als vlees op een barbecue.

Meteen daarna vertoonden vijf beeldschermen het gezicht van Demi. Ze schreeuwde en gilde aan één stuk door. Vier andere monitoren toonden Cristina, die haar geschrokken aankeek, alsof de drugs die haar eerder waren toegediend inmiddels waren uitgewerkt en ze geleidelijk aan besefte wat er werkelijk aan de hand was. Opeens sperden haar ogen zich open toen twee monniken uit de mist en de duisternis opdoemden en haar stevig aan haar troon vastbonden, om daarna weer net zo snel uit het zicht te verdwijnen. Ondertussen zoomden de camera's nog steeds in op de brandende hoofden en op Luciana en Beck, gevolgd door wat snelle shots van de mensen tussen het publiek, met ten slotte wat close-ups van de nieuwe leden.

Meteen daarna verschenen de 'lieve, lieve vrienden' van de vicepresident in beeld: Jane Dee Baker, David Chaplin, Terrence Langdon, Chester Keaton, Tom Curran en Evan Byrd.

President Harris had gelijk gehad met zijn commentaar dat deze mensen van een geheel andere orde waren. Dit waren niet slechts medeplichtigen aan moord of getuigen van een executie. Dit was vele malen erger. Net als de Romeinen bij de barbaarse spektakels in de colosseums van het oude Rome waren deze mensen daar om de show, om de intense bevrediging die het hun gaf.

'Dit is nog maar het begin,' waarschuwde de president. Zijn stem klonk hees van walging. Het was een onvoorstelbare situatie die nog eens duizendmaal werd verergerd door het feit dat ze volkomen machteloos stonden.

'Nu zullen deze vrouwen worden verbrand.'

156

'Niks daarvan. Geen van beiden,' zei Marten die al naar de deur liep.

Hap greep hem net op tijd beet en duwde hem hard tegen de muur. 'Als jij ze te hulp schiet, verraad je de president! Ze weten dat hij bij jou is. Ze weten dat hij hier in de kerk is. Ik heb je al gewaarschuwd: zet het uit je hoofd. Zo liggen de kaarten nu eenmaal, verdomme!'

'Nee! Zo liggen ze niet! Ik sta niet toe dat die vrouwen levend worden verbrand!' Woedend keek hij de president aan. 'Zeg tegen hem dat hij me loslaat. En wel meteen!'

'De president heeft hier geen stem in,' zei Hap terwijl hij Marten nog steeds stevig tegen de muur gedrukt hield. 'Ik heb gezworen dat ik de regering, inclusief de president, zal blijven beschermen en over haar voortgang zal waken. Niemand in deze kamer gaat ook maar ergens heen zonder mijn toestemming.'

Het gezang zwol weer aan, en de monniken stelden zich in een grote acht op. Daarna volgde een nauwkeurig gechoreografeerde dans, zo leek het, waarbij eerst Cristina en vervolgens Demi werd omcirkeld, en daarna nog een keer terwijl het gezang aanzwol en weer zachter werd; een macaber timbre dat zowel meeslepend als angstaanjagend klonk.

'Hap, jij kent de plattegrond van dit gebouw,' opperde de president voorzichtig. 'De weg naar de kerkzaal, naar de deur achter het altaar, waar ik het podium had moeten betreden. Hoe lang zal Marten nodig hebben om bij die deur te komen?'

'Zonder tegenslag denk ik zo'n veertig seconden. Hoezo?'

'Daar zit namelijk de elektronica,' zei hij en hij gebaarde even naar de gesloten, smalle deur. 'We geven Marten veertig seconden de tijd om de stroom af te sluiten. Wie weet springt hier en daar de noodverlichting aan, maar afgezien van de vlammen zal het overal donker worden. In de voorraadkamer, waar we net zaten, hingen zaklantaarns. Marten pakt er twee mee, stopt er een achter zijn broekriem, en gebruikt de andere om zijn weg naar de deur bij het altaar te kunnen vinden. Zodra hij daar is, loopt hij rustig met de zaklantaarn in zijn hand het podium op. Hij heeft nog steeds zijn terreinknechtuniform aan. Het is donker. Geen hond die weet wat er aan de hand is. Hij schijnt wat in het rond alsof hij als onderhoudswerker het probleem komt verhelpen. Daarna zet hij de brandende zaklantaarn op het podium. Op vragen geeft hij geen antwoord. Hij loopt kalm achter de vrouwen om, alsof hij daar iets wil repareren, snijdt ze los en voert ze weg via de altaardeur. Met zijn andere zaklamp vindt hij de weg via de trap terug naar de gang, vlak bij de deur waardoor we binnen zijn gekomen. Daar wachten we ze op en gaan we met z'n allen naar buiten. Alles bij elkaar zou het niet langer dan vier à vijf minuten moeten duren. Zes, op z'n hoogst.'

'Neef, alle buitendeuren zitten elektronisch op slot,' wees Marten hem erop.

'Ik vermoed dat zodra de stroom uitvalt de sloten automatisch openspringen. Ze kunnen het immers niet riskeren dat al die vips in zo'n geval hier opeens opgesloten zitten. Als de brandweer de boel moet forceren om ze te bevrijden, zou hun hele opzet wel eens aan het licht kunnen komen.' Hij keek Hap aan. 'Mee eens?'

'Meneer de president, vergeet het maar!'

'Mee eens, Hap?!' vroeg de president nogmaals nadrukkelijk.

'Wat betreft die sloten, ja. De rest, daar geloof ik helemaal niets van.'

President Harris negeerde zijn bezwaar. 'Het zal een schok zijn als ze ontdekken dat de vrouwen zijn verdwenen. Iedereen zal op zijn achterste benen staan, maar ze zullen meer dan een paar minuten nodig hebben om uit te vinden wat er precies aan de hand is. Alleen, dan zijn wij al buiten, in het golfkarretje, terug de heuvel af. Of met de noorderzon vertrokken omdat Woody ons met de helikopter heeft opgepikt.'

'Meneer de president, we kunnen toch niet riskeren dat...'

'Hap, we hebben maar één kans,' hield de president vastberaden vol. Het was zijn gebruikelijke manier van doen wanneer hij in iets geloofde maar tegelijkertijd de mening van een ander op prijs stelde. Is het haalbaar, zeg het dan. Zo niet, wees dan ook zo eerlijk om dat te zeggen. Kan Marten het aan?'

'De plotselinge stroomuitval, het verrassingselement, snel toeslaan en wegwezen. Tja, misschien wel in teamverband. Maar voor één man, die zijn doelgebied alleen kent van een paar beeldschermen en die snel en in het donker moet toeslaan...? En niet zomaar een man. Zodra Marten in de gloed van die gasvlammen opdoemt, zal Beck hem herkennen. Die monniken zullen onmiddellijk toeslaan en dan staat hij er helemaal alleen voor. Bovendien zullen ze dan weten dat wij hier ergens zitten. Het is een gigantisch risico, meneer de president. Een kans van een op negenennegentig.'

'Marten en ik zaten in ons eentje in het donker in die schachten. Ook daar namen we een enorm risico, en niemand die ons ook maar een kans gaf. Hap, de stroom valt weg en de deuren ontgrendelen zich automatisch. Daarmee kunnen wij dus het moment bepalen wanneer we in actie komen en ontsnappen. Wij allemaal, de vrouwen inbegrepen.'

Hap wierp een blik op Marten, zuchtte en gaf zich gewonnen. 'Oké,' antwoordde hij. 'Oké.' Hij haalde een hand door zijn haar en wendde zich af. Het was niet alleen vanwege de twee vrouwen of de krachtige persoonlijkheid van de president, maar ook vanwege de situatie. Hij had zich om dezelfde reden gewonnen gegeven als toen de president had geëist dat ze Woody zouden waarschuwen en hem bevelen hen hier vanuit de lucht op te pikken: een geschikte kans.

De president had gelijk gehad toen hij op een gegeven moment zei dat ze 'verdomd snel' iemand in vertrouwen moesten nemen en dat hij, ondanks zijn eigen wantrouwen ook Woody zou nemen, al was het maar vanwege diens vliegkunst. Hij kon vlak boven de boomtoppen komen aanscheren, de heli op het kleine parkeerterrein achter de kerk aan de grond zetten en hen hier sneller en veiliger weg krijgen dan wie dan ook. Als daarna het doemscenario juist bleek en hij inderdaad op weg was om hen naar het CIA-vliegtuig te brengen, dan konden ze hem nog altijd dwingen om te landen waar zij dat wilden, aangezien Hap en Marten gewapend waren.

Hier was de situatie nijpender. Ze zouden hoe dan ook het parkeerterrein proberen te bereiken en vandaar Woody een sms'je sturen om hen te komen redden. Door de stroom af te sluiten, waardoor de deuren inderdaad ontgrendeld zouden worden, konden ze zelf bepalen wanneer ze in actie kwamen zonder eerst te moeten wachten totdat de ceremonie ten einde was om daarna te zijn overgeleverd aan wat er op dat moment ook mocht gebeuren. Daar kwam nog eens bij dat Martens poging de vrouwen te redden in de kerk grote onrust teweeg zou brengen. Zodra hij de kerk betrad, zouden de gebeurtenissen elkaar snel opvolgen, en hoofdzakelijk in het donker. De vicepresident, Beck, Luciana, de monniken, alle aanwezigen zouden volledig worden verrast. Wie weet konden Marten en de vrouwen ontsnappen, wie weet ook niet. Hoe dan ook, de verwarring zou totaal zijn. Dat laatste beschouwde Hap dan ook als de beste kans om de president hier levend weg te krijgen.

'Ik.' Opeens stapte José naar voren. Hij keek de president aan. 'Ik begrijp een beetje wat u zegt,' zei hij in het Spaans. 'Ik doe mee met meneer Marten. Dan zijn we samen Haps "team".'

President Harris staarde hem aan, en glimlachte. '*Gracias*,' zei hij, en snel vertaalde hij Josés voorstel.

'Wat kan hij in hemelsnaam uitrichten behalve ons voor de voeten lopen?' wierp Hap tegen.

'De boel afleiden,' antwoordde Marten snel. 'Hij is Spaans, verkleed als terreinknecht. Hij is zo meteen de aandachttrekker op het podium, met zijn zaklantaarn. Als iemand hem iets vraagt, antwoordt hij dat de stroom is uitgevallen of zo en dat hij komt kijken of hij de boel kan fiksen.' Marten zweeg even. 'Het geeft mij tijd om te handelen, Hap. Dertig seconden, misschien een minuutje als iedereen hem zit aan te gapen en ik me achter op het podium naar de twee vrouwen begeef.'

'Goed,' zei Hap. Het was een extra troef die ze in de verduisterde kerk konden uitspelen waardoor het plan een stuk ondoorzichtiger werd en ze meer kans hadden de president weg te krijgen.

Meteen knikte Harris naar het smalle deurtje in de muur. 'Openmaken, zou ik zeggen. Dan kunnen we die elektronica eens bekijken. Schiet die sloten anders maar kapot, de tijd dringt.'

Marten haalde de Sig Sauer achter zijn broekriem vandaan, trok zijn overhemd uit en wikkelde die om de loop waarmee hij over een geïmproviseerde geluiddemper beschikte.

Op dat moment zwol het gezang van de monniken weer aan. Het klonk krachtig en indringend, alsof het de prelude vormde van wat komen ging. Opeens schoot een muur van blauwrode vlammen door de toneelmist omhoog. De congregatie slaakte een luide kreet toen de vlammen eerst Demi en vervolgens Cristina omcirkelden.

'O, god, nee!' riep president Harris met een zucht terwijl hij aandachtig de beelden bekeek.

Op wel tien monitoren was te zien hoe Demi met al haar kracht tegen de banden vocht die haar stevig aan het Aldebarankruis vastgebonden hielden. Maar het was een vergeefse strijd, en dat wist ze. Met de ogen opengesperd van angst staarde ze naar de vlammen die haar insloten, en daarna naar Cristina.

'De os was een leugen!' gilde ze. 'Een truc! Ze hebben je voor de gek gehouden! Je familie is voor de gek gehouden! Alle families zijn honderden jaren lang bedrogen! En jij maar denken dat dit bij een diepzinnig, heilig geloof hoorde!' Haar ogen schoten naar de congregatie. 'Ja! Maar het is hún geloof, niet het jouwe!'

Ze zagen hoe Luciana triomfantelijk glimlachte, naar voren stapte en als de grootse actrice die ze was haar armen spreidde en iets in hun rituele taal zei. Massaal werden de woorden herhaald. Opnieuw sprak ze de woorden. Haar ogen straalden. Haar frasering was helder en krachtig, alsof ze goden uit de oudheid probeerde aan te roepen. Plotseling liet ze haar armen langs haar zij vallen, stapte achteruit en verdween in de toneelmist.

Op dezelfde plek verscheen een andere gestalte, gekleed in een donker gewaad en met een kap over het hoofd. Hij liep naar voren en hief zijn hand.

Beck.

Langzaam hief hij de armen naar de aanwezigen, en met zijn melodieuze stem begon hij in dezelfde taal waarin Luciana had gesproken een indrukwekkende redevoering te houden. Toen deze eindelijk afgelopen was, gaf de congregatie tegenzang. Vervolgens nam Beck weer het woord, en zo ging het een tijdje door. Met elke ademhaling werd zijn zinderende aanhef steeds heftiger, alsof hij de hemelen op aarde wilde laten neerdalen.

Telkens gaf de congregatie tegenzang, en telkens zette Beck zijn woorden nog meer kracht bij. Zijn passie, meeslependheid en intensiteit, ze sleurden de toehoorders mee als een op hol geslagen trein die recht op de hellepoort af raasde. Een kolossale, minutieus georkestreerde voorstelling, bedoeld om de gemoederen tot het kookpunt te brengen en van dit uiterst besloten samenzijn een ongeëvenaarde, emotionele gebeurtenis te maken. Beck bleef doorgaan, net zolang totdat het leek alsof de kerk letterlijk onder de kracht van zijn stemgeluid zou bezwijken.

Dit had net zo goed het oude Rome kunnen zijn.

Of nazi-Duitsland.

157

Pop! Pop!

Met de Sig Sauer vuurde Marten twee schoten af en de sloten van het toegangsdeurtje naar de ruimte met alle elektronica vlogen in stukken uiteen. Meteen rukte Hap de deur open waarna hij, Marten en de president de kleine ruimte in liepen. Pal voor hen bevond zich een groot elektrisch paneel met een stuk of twintig zekeringen, met in het Spaans de vermelding voor welk deel van de kerk deze waren. Bovenaan bevonden zich twee grotere schakelaars met pal daarboven het opschrift ALIMENTACIÓN EXTERIOR – externe stroomvoorziening – in dikke zwarte letters. Dit waren de schakelaars die de president zocht.

'Er zullen misschien nog andere panelen zijn, maar deze twee zouden de hele boel moeten platleggen.'

'Die deur waardoor we net zijn binnengekomen,' zei Hap terwijl hij opeens om zich heen keek, 'is niet zozeer een nooddeur naar deze kamer. Het is de énige deur. Iemand wilde dat niemand hier zou komen zonder zijn medeweten.'

'Foxx,' concludeerde Marten. Iets trok zijn aandacht: een andere smalle stalen deur die achter in de ruimte in een van de betonnen muren was ingebouwd. Ook deze deur had verzonken scharnieren, maar verder geen uitsteeksels, zoals een deurknop en een duidelijk slot. Wat echter niet ontbrak, was een infraroodsensor in de muur er vlak boven, van hetzelfde type dat hij naast de enorme stalen deur aan het eind van de monorailtunnel had gezien.

Marten kwam wat dichterbij en keek naar de muur die de elektronicaruimte scheidde van de videokamer. De twee muren stonden haaks op elkaar, wat normaal was. Het verschil was alleen dat de muur van de elektronicaruimte minstens negentig centimeter dieper naar binnen stak dan de kant die de muur van de videokamer vormde.

Een koude rilling trok over zijn rug, en hij draaide zich om naar de president. 'Al die beeldschermen, al die camera's met hun geautomatiseerde bewegingen en omschakelingen, het lijkt allemaal vooraf geprogrammeerd. Ik durf te wedden dat er aan de andere kant van die deur een soort elektronisch regieapparaat staat opgesteld, een computer of zoiets, of misschien iets anders. Ze leggen alles vast: de namen van de aanwezigen, hun persoonsgegevens, de close-ups van hun gezicht, hun DNA-monsters, en ook de ceremonie zelf. Alles op masterdisk, harddisk of allebei. Het is in elk geval een equivalent van hun oude "angstvallig bewaarde boekwerk". Het beschermt hen tegen zichzelf.

Deze twee afgezonderde kamers zijn naast elkaar gebouwd, net als twee bunkers. Ook dit is het werk van Foxx geweest, net als al het andere. De kamers zijn brandwerend, waarschijnlijk zelfs bomvrij, en zo ontworpen dat niemand hier zonder zijn medeweten of toestemming binnen kan komen. Alle elektronica is perfect op elkaar afgestemd om de voortgang permanent vast te leggen zonder dat er ook maar iemand een vinger hoeft uit te steken; zonder dat er iemand bij de knoppen kan om de boel te verpesten. U zei dat u geen bewijzen had, meneer de president. Maar als ik gelijk heb, dan ligt er achter deze deur een schat aan informatie verborgen.'

Het gezang van de monniken werd weer luider en schalde door de videokamer. De drie liepen terug om de beelden te volgen. Even later deed Beck een verkondiging. Het gezang zwol aan. Weer schoot een zee van vuur door de nevel omhoog, en als kronkelende serpenten hielden de vlammen de vrouwen gevangen. Inmiddels was de eerste binnenring ontstoken. Een prikkelend schouwspel dat iets weg had van een langzame striptease, alleen was dit geen stripshow, maar een gruwelijk georkestreerde moord, bedoeld om de slachtoffers zo veel mogelijk te laten lijden.

Een derde ring van vuur schoot uit de vloer omhoog, nóg dichter bij de slachtoffers. Cristina gilde het uit toen de vlammen de voet van haar troon bereikten. In paniek keek ze naar Demi om hulp, maar er kwam geen hulp. Voor beiden niet.

Marten keek even naar José in de deuropening, en daarna naar Hap. 'Schiet de scharnieren kapot. Lukt het niet om de deur open te krijgen, probeer dan de sensor erboven.' Uit zijn jaszak diepte hij Foxx' BlackBerry-achtige apparaatje op en gooide het naar Hap. 'Deze was van Foxx. Ik heb geprobeerd om te kijken of-ie werkte, maar het is me niet gelukt. Jij bent getraind om met dit soort dingen om te gaan, dus misschien heb jij meer succes.' Hij richtte zich tot de president. 'We gaan. Over veertig seconden sluiten jullie de stroom af.'

'Succes,' wenste president Harris hem toe.

Heel even vonden hun ogen elkaar, en beiden beseften dat dit wel eens een definitief afscheid kon zijn. 'U ook.'

'Marten, nog even twee dingen,' zei Hap. 'Ik geef je een minuut extra.'

'Waarom?'

'Eén: om bij die vrouwen te komen, moet je door het vuur. Zodra je de deur met "wc" tegenkomt, ga dan even naar binnen en maak je kleren en je haren nat. Daar zul je die extra minuut voor nodig hebben. En twee, ik durf te wedden dat die monniken wapens bij zich dragen, verborgen onder hun pij. Zodra er ook maar iemand naar je toe komt, knal je hem overhoop. Reken maar dat de anderen zich rot zullen schrikken.'

'Ik hoop het.' Marten keek even naar José en weer naar Hap. 'Laat ons er maar uit.'

158

Nog een minuut en achtendertig seconden te gaan

Achter Marten en José viel de deur met een klik in het slot. Marten trok de Sig Sauer achter zijn broekriem vandaan en samen liepen ze de gang door.

Nog een minuut en tweeëndertig seconden

Ze bereikten de voorraadkamer en stapten naar binnen.

Nog een minuut en achtentwintig seconden

Marten pakte twee zaklantaarns van een plank bij de werktafel, gaf er een aan José en haalde vervolgens een blikschaar van het bord aan de muur.

Nog een minuut en vierentwintig seconden

Marten sloot de deur van de voorraadkamer achter zich en ze vervolgden hun weg door de gang naar de wc.

Nog een minuut en twintig seconden

José hield de deur in de gaten terwijl Marten zijn uniform uittrok. Eerst zijn overhemd, daarna zijn broek, die hij allebei in de toiletpot propte. Toen die flink nat waren, trok hij ze weer aan en maakte hij boven het fonteintje zijn haren nat.

Precies een minuut later verlieten ze de wc.

Nog negentien seconden

Ze hadden de trap bereikt en gingen naar boven, Marten voorop. Hij had de blikschaar en de zaklantaarn achter zijn broekriem, de Sig Sauer in zijn hand en zijn gedachten waren al bij het podium, het altaar daarachter en de deur die ze door zouden moeten om beide te bereiken. En ook bij de noodverlichting die zou aanspringen zodra de stroom werd afgesneden. Waar de lampen precies hingen en hoe fel ze zouden zijn.

Marten had de blikschaar meegenomen om de vrouwen te kunnen bevrijden, maar nu vroeg hij zich af met wat voor materiaal ze eigenlijk vastgebonden zaten. Als de blikschaar niets uithaalde, zou hij de boel alleen nog kunnen losschieten. Riskant, ongeacht de situatie, want het zou snel en heel precies moeten gebeuren, donker of niet. Bij Demi zou het zelfs nog lastiger zijn, want niet alleen haar handen en voeten waren vastgebonden, ook haar hals was gefixeerd. Misschieten zou in dit geval fataal kunnen zijn.

Nog veertien seconden

Ze stonden nu boven aan de trap en zagen de zijgang die Hap had beschreven. Snel liet Marten José voorgaan.

Nog tien seconden

Het eind van de gang. En daar was de deur. Plotseling vreesde Marten dat hij op slot zat. Hij draaide aan de deurknop. Met een klein klikje ging het slot open. Uiterst behoedzaam gaf hij een duwtje en langzaam gleed de deur op een kier. Snel trok hij hem dicht.

Nog zes seconden

Hij keek naar José. De jongen glimlachte en knikte. '*Gracias*, José. *Gracias*.'

José glimlachte nogmaals en gaf hem een stompje op de schouder. Ook Marten glimlachte en deed hetzelfde bij José. Deze knaap was geweldig. Hij had zichzelf meer dan bewezen.

Nog twee seconden

Eén! Op de gang werd alles donker.

159

9.16 uur

Marten en José betraden de duisternis. Zes meter vóór hen zagen ze het nevelige podium, met in het midden de gasringen van waaruit de vlammen omhoog raasden die rechts Demi en links Cristina omcirkelden. Gelukkig had het vuur hen beiden nog niet bereikt.

Voor zover Marten kon zien, restte er nog één gasring die nog moest ontvlammen, pal onder de voeten van beide vrouwen. Zodra het gas begon te stromen en vlam vatte, zouden beide vrouwen in brand vliegen en zou het gegil beginnen. Dit helse cabaret van het Verbond was duidelijk bedoeld voor flink wat opwindende voorpret voordat de eigenlijke moordpartij plaatsvond. Hoe verdorven het ook mocht zijn, door dit martelende voorspel waren de twee vrouwen nog steeds in leven.

'Nu!' fluisterde Marten, en in het donker slopen ze naar de rechterzijde van het altaar. Vanaf die plek konden ze de leden van de congregatie net aan onderscheiden, die verbaasd door elkaar heen praatten over deze plotselinge stroomuitval. Gezamenlijk vormden ze een reeks schimmen die slechts vaag werden beschenen door het daglicht dat door de glas-in-loodramen naar binnen viel, en door de zachte gloed van een stuk of zes noodlampjes boven de hoofduitgangen. Afgezien daarvan overheerste de duisternis.

Marten nam José bij de arm en gebaarde hem met een halfcirkelvormige handbeweging naar voren te gaan. Het betekende dat hij eerst naar de rand van het podium moest lopen en daarna naar het midden, om daar vervolgens eventjes te wachten, zijn zaklantaarn aan te knippen en zich voor te doen als onderhoudsmonteur.

9.17 uur

'Wat is er aan de hand?' vroeg Luciana aan Beck. In de duisternis vlak naast het podium was hij in conclaaf met drie monniken.

'We hebben geen idee. We hebben net nog de twee zekeringpanelen achter naast het middenschip bekeken. Alles was in orde,' antwoordde Beck boos. 'Hou de deuren in de gaten,' beval hij een van de monniken plotseling. 'Er mag niemand in of uit. Zet zes man op het vak waar de vicepresident zit. We hebben geen idee wat dit te betekenen heeft.'

9.18 uur

'Waar en wat precies?' vroeg hoofdinspecteur Diaz op hoge toon in het Spaans aan een lange man met krullen die gekleed was in een witte broek en een wit T-shirt. De twee stonden pal tegenover elkaar in het midden van de wasserette van het resort en ze werden vanaf ongeveer een meter afstand gadegeslagen door Bill Strait, dr. James Marshall en drie agenten van de Spaanse politie.

Vier terreinknechtuniformen ontbreken,' antwoordde de man van de wasserette haastig in het Spaans. 'Degene die 's ochtends de gebouwen ontgrendelt controleert altijd de inventaris, en dat gebeurt ook weer door degene die 's avonds afsluit. Maar omdat het zondag is en er maar weinig bewaking is, heb ik pas tien minuten geleden de uniformen geteld.'

Diaz keek Strait en Marshall aan. 'Vier terreinwerkersuniformen ontbreken. Hij ontdekte het iets na negenen.'

Hetzelfde tijdstip

De oude schroevendraaier schoot weg uit het sleufje van de laatste van de acht schroeven en Hap vloekte luid. Inmiddels hadden ze al buiten moeten zijn om Woody om hulp te sms'en. In plaats daarvan zaten ze nog steeds in de binnenbunker van Merriman Foxx terwijl ze de behuizing van de twee met elkaar verbonden computers probeerden te verwijderen om de harddisks te kunnen bemachtigen. Harddisks, zo hield de president vol en verwijzend naar Martens woorden, die heel goed het DNA-profiel van de orde en 'een schat aan belangrijke informatie' konden bevatten. Ondanks Haps protesten en het verstrijken van de minuten had hij vastberaden geweigerd om te vertrekken zonder dat ze eerst alles hadden gedaan om de harddisks te bemachtigen. Hap restte geen andere keus dan zich hierin te schikken en hij had hen de vier à vijf minuten gegeven die hij ook Marten had geschonken om de twee vrouwen te bevrijden.

Inbreken in de bunker was het gemakkelijkst geweest. De twee gerichte schoten op de sloten hadden zelfs geen deukje in het staal achtergelaten. Bleef over Foxx' BlackBerry-achtige apparaatje. 'Jij bent getraind om met dit soort dingen om te gaan,' had Marten tegen Hap gezegd, en daarin had hij gelijk. Voordat hij als beschermofficier voor de president was gaan werken, had hij de leiding over de taskforce voor elektronische misdaadbestrijding die onderdeel was van de geheime dienst in Miami, en gold hij als expert op dit vlak. Terwijl hij Foxx' handzame apparaatje bestudeerde, zag hij al snel dat dit eerder een computer was dan een eenvoudig communicatiemiddel. Nadere bestudering leek erop te wijzen dat het hier om een soort miniatuur superprocessor ging die gebruikmaakte van perfecte synthetische diamanten die bijna geen warmte afgaven en een dergelijk klein apparaatje toch superkrachtig maakten. Al eerder had hij met soortgelijke prototypes gewerkt en volgens hem week Foxx' versie daar maar weinig van af. Hij had gelijk gekregen. Al na zeven pogingen had hij Foxx' code weten te kraken om de deur van de bunker open te krijgen.

'Eindelijk, verdomme,' zei hij opgelucht toen hij ook het laatste schroefje verwijderde en de behuizing naar achteren duwde. Op het eerste gezicht oogde het binnenwerk van de twee computers behoorlijk complex, maar de twee harddisks waren duidelijk goed bereikbaar. Toch knaagde er iets.

'Meneer de president, ik weet zeker dat die twee harddisks met een wachtwoord zijn beveiligd. Als ik ze zomaar lostrek, dan is de kans groot dat ik ze permanent beschadig, en misschien wel wis. De tijd dringt. Ik kan ze nu lostrekken, en de gok wagen, of we laten ze zitten en gaan er meteen vandoor. U mag het zeggen.'

'Trek ze los, Hap,' beval de president. 'Nu meteen.'

160

9.19 uur

José had het midden van het podium bijna bereikt. Links achter zich zag hij dat Marten zich naar de twee vrouwen begaf. Opeens versteende hij. Beck kwam het podium op en liep recht op hem af. Meteen deed José een stap terug, waarop Beck bleef staan en de aanwezigen toesprak.

'Vrienden,' sprak hij in het Engels, 'we hebben een kleine stroomstoring, meer niet. Heb even nog wat geduld terwijl we het probleem proberen op te lossen.'

Een luid en bezorgd geroezemoes vulde de kerk.

'Hé, jij daar!' riep een mannenstem in het Spaans. Met een ruk draaide José zich om en zag twee monniken in hun zwarte pij het podium op springen en op hem af lopen.

'Wie ben jij?' blafte de voorste monnik in het Spaans. 'Wat kom je hier doen?'

José keek even opzij en zag Beck zijn kant op kijken. Meteen knipte hij zijn zaklantaarn aan.

'Ik ben van onderhoud,' antwoordde hij in het Spaans. 'Ik probeer het probleem te vinden.'

'Wie heeft je gestuurd? Hoe ben je binnengekomen?'

Met in de ene hand zijn machinepistool en in de andere de blikschaar en met nog steeds natte haren en kleren sloop Nicholas Marten als een schim achter de vlammen over het podium. Twee seconden, drie seconden, en hij was bij de vrouwen. Demi was nog geen twee meter van de buitenste rand van het vuur verwijderd, en Cristina op dezelfde afstand links daarvan. De hitte was bijna ondraaglijk en beide vrouwen leken bedwelmd, van de wereld.

Hij zag José voor aan het podium met de monniken in gesprek. Beck liep naar de jongen toe. Maar opeens bleef hij staan, draaide zich om naar de vrouwen en keek dwars door de vlammen in zijn richting. Het moment daarop staarden beide mannen elkaar recht in de ogen en Marten zag hoe de totale verbijstering zich op het gezicht van de predikant aftekende. Maar al meteen maakte deze plaats voor herkenning, waarna Beck zich snel omdraaide en in het donker verdween.

Marten richtte zijn aandacht weer op de vrouwen. Hij haalde diep adem, hield de lucht vast, bracht ter bescherming tegen de vlammen een arm voor zijn gezicht en stapte door het vuur.

9.20 uur

Beck liep snel van het podium af en repte zich naar een gang aan de zijkant van het schip, vastberaden deze minutieus voorbereide procedure naar behoren af te werken.

'Eerwaarde!' hoorde hij Luciana hem naroepen.

Hij draaide zich om. Ze stond ongeveer drie meter achter hem. 'Vertel de congregatie dat de dienst ten einde is,' beval hij. 'Door de stroomuitval zullen de deuren zijn ontgrendeld. Iedereen moet het gebouw verlaten en zich onmiddellijk naar de bussen begeven. Laat de monniken erop toezien dat niemand van buitenaf binnenkomt.'

'Wat is er aan de hand?'

'Twintig plus vijf,' zei hij, hij draaide zich weer om en haastte zich verder de gang door.

Twintig plus vijf. Nu wist Luciana wat er aan de hand was en wat zich zo meteen zou voltrekken. Twintig plus vijf: vijfentwintig jaar, zo had Foxx hun verteld; vanaf de dag dat de bouw van start ging – het resort, de schachten, de monorail, de ondergrondse laboratoria, de kerk, alles – tot en met de dag dat alles weer zou worden vernietigd.

Precies vandaag waren die vijfentwintig jaar verstreken en zou alles ophouden. Wat haar betrof een goed besluit. De komst van Demi Picard was het signaal geweest. Haar onaantastbare liefde voor haar moeder had zich geopenbaard als een vloek. Een vloek die veel erger was dan ze zich allemaal hadden kunnen voorstellen. Luciana wist het al vanaf het moment dat ze Demi had gezien.

9.21 uur

'Demi! Demi!' fluisterde Marten terwijl hij haar uit haar shocktoestand probeerde te halen. Hij zag haar oogleden trillen. 'Niet bewegen!' Hij zette de blikschaar op de dikke leren band die haar hals aan het kruis ketende. Zijn handen en zijn gezicht waren nat van het zweet, en de hitte was bijna niet te verdragen. Ondertussen probeerde hij zijn adem zo veel mogelijk in te houden. 'Niet bewegen!' commandeerde hij met een zucht en hij kneep in de blikschaar. Er gebeurde niets. Hij probeerde het nog een keer en het materiaal gaf zich gewonnen. Demi's hoofd viel voorover en ze kwam bij. Verbijsterd keek ze hem aan.

'Meneer Marten!' riep José ergens vanaf de rand van het podium. Hij keek op en zag Luciana naar het midden van het podium lopen om de aanwezigen iets mee te delen.

Daarna zag hij tussen de vlammen door twee monniken op hem af lopen. Ze liepen achter elkaar en hadden beiden een machinepistool in de aanslag.

Marten loste twee schoten met zijn Sig Sauer. Het hoofd van de voorste monnik spatte uiteen, en hij viel achterover in de nevel.

Marten vuurde nogmaals. Ook de andere monnik zeeg neer in het donker.

Hij hoorde hoe de congregatie als één man een gil slaakte.

'José! José!' riep hij en snel sneed hij de banden om Demi's polsen en voeten door. Terwijl hij haar van het kruis lostrok, wankelde ze even. Met een hand om haar middel probeerde hij haar overeind te houden. Nu verscheen José binnen de ring van vuur. Zijn haar en overhemd waren geschroeid.

Plotseling ratelde er een machinepistool. Een kogel schampte Martens oor, een tweede zijn wang. Nog een stuk of vijf kogels raakten het kruis waar Demi zo-even nog aan vastgeketend had gezeten.

In het wilde weg vuurde Marten terug door de vlammen, maar het geratel ging gewoon door. Een helse salvo vloog hen dwars door de vlammen tegemoet.

Weer vuurde Marten terug en het schieten hield op. Hij draaide zich om en duwde Demi in Josés handen.

'Rennen!' riep hij. 'Weg, weg, weg!'

Eventjes zag hij nog dat José haar dwars door het vuur naar het podium achter hen worstelde. Daarna draaide Marten zich snel om om Cristina te bevrijden. Dat was het moment waarop de binnenste gasbrander ontbrandde en hij plotseling werd omringd door een ziedende vuurzee. Met een luide schreeuw zocht hij met zijn blikschaar in het wilde weg naar de banden die Cristina vastgebonden hielden.

Opeens versteende hij.

Haar gezicht was bijna helemaal verdwenen, weggeschoten door de kogels uit een machinepistool. Nu vloog haar mooie gitzwarte haar in de brand. Een moment lang aanschouwden zijn ogen een hels tafereel. Daarna, met zijn eigen rokende haren en met schroeiplekken op zijn handen en gezicht, draaide hij zich om en bracht hij zichzelf met een sprong door het vuur in veiligheid.

161

9.23 uur

De kamer bevond zich achter aan een verduisterde gang. Net als de video- en elektronicaruimte beneden was het weinig meer dan een betonnen bunker. Via twee afzonderlijke deuren had Beck de ruimte weten te bereiken. De voorste deur was van hout en vereiste net als de andere deuren een pasje en een toegangscode die moest worden ingetoetst. De achterste deur, slechts een meter daarachter, was gemaakt van dik staal en ook deze vereiste een code waarna in een sleuf erboven een speciale sleutel kon worden gestoken die Foxx hem gegeven had. Eenmaal binnen nam hij plaats aan een bijna twee meter breed controlepaneel dat net zo goed uit het vluchtleidingscentrum van de NASA kon komen, zo modern als het eruitzag. Het was uitgerust met een reeks beeldschermen, schakelaars, draaiknoppen en metertjes die veel weg hadden van de meetapparatuur die in gemeentelijke gasbedrijven werd gebruikt, wat aardig in de buurt kwam van de functie die deze ruimte had. Dat in de rest van de kerk de stroom was uitgevallen, viel hier niet te merken. Alle lampjes, beeldschermen, schakelaars, draaiknoppen en meters werkten perfect. Het gehele systeem werd gevoed door zware accu's van Chinese makelij.

Hij haalde even adem en bestudeerde de reeks nauwkeurig gelabelde metertjes vóór hem.

Deze behelsden onder meer:

Detector cilinderdruk
Centrifugaalschommeling en trillingdemping
Trillingsdemping pijpleidingen

Optimalisatie pijpleidingconfiguratie
Lekkagedetectie
Compressortrillingen

Gerustgesteld door de waarden keek hij omlaag en zette een voor een vijf schakelaars om. Daarna pakte hij een tweede sleutel, stak deze door een gaatje in het paneel en draaide hem om. Meteen verkleurden een stuk of vijf meters van rood naar felgroen. Een digitale timer begon met het aftellen van zestig minuten. Beck zette de timer op vijftien. 'Twintig plus vijf,' fluisterde hij. 'Twintig plus vijf.'

In een ketelhuis ergens diep beneden in de schachten dreef een tweeduizend pk-dieselmotor een gasturbine aan die als centrifugaalcompressor werkte. De afgelopen twee uur had de machine uiterst explosief aardgas door de grote, vijftig centimeter dikke pijpen en vijftien centimeter dikke sproeiers geperst om zo de oude mijnschachten, monorailtransporttunnels, Foxx' laboratoria, werkruimten en gevangenencellen te verzadigen. De kerk zou het laatst aan de beurt zijn, zodra het hydraulische podium naar de verborgen ruimte eronder was teruggezakt, de oorspronkelijke vloer weer op zijn plek geschoven was, en de agenten van de geheime dienst het gebouw hadden geïnspecteerd en waren vertrokken.

Maar Martens aanwezigheid had daar verandering in gebracht. Geheel volgens de nauwkeurig opgestelde regels van het Verbond ging bij afwezigheid van Foxx de leiding over in handen van Beck. En hoewel het dit jaar aan de Verenigde Staten de beurt viel om als roulerend gastland het jaarprogramma in goede banen te leiden, was de bescherming van het Aragón-project, gezien Foxx' overlijden, nu officieel de verantwoording van Beck. Het betekende dat de lang geplande vernietiging geheel in zijn handen lag.

Hij bekeek de meters en de beeldschermen nog eens. Tevreden wierp hij een blik op de timer. Zodra die begon te lopen, zouden de sproeiers worden geactiveerd en zouden de kelder en de kerk zich met gas vullen. Een kwartier later zou het gas het niveau van de gasbranders op het podium bereiken. Daarna zou het gebouw en alles daarbinnen de lucht in vliegen. Tegelijkertijd zouden ook de ontstekers in de tunnels worden geactiveerd, waarna een vuurbal van minstens tweeënhalfduizend graden door de ondergrondse gangen zou razen. 'Een accumulatie van methaan dat zich over tientallen jaren heeft opgebouwd,' zouden de autoriteiten concluderen, waarmee de explosie die een dag eerder de grond onder het klooster van Montserrat had doen dreunen zou zijn verklaard. Het zou een vuurzee zijn waarbij niet zou worden ingegrepen, en het zou nog weken, zo niet maanden duren voordat het vuur uit zichzelf zou zijn gedoofd. Uiteindelijk zouden er nog slechts een paar ingestorte tunnels en wat bergen gloeiend hete as overblijven.

Dertig jaar eerder was de orde het eens geworden over een verreikende strategie voor het Midden-Oosten, waarna een recentelijk geïnitieerd lid, Merriman Foxx, de opdracht had gekregen hiervoor een plan uit te broeden. Drie jaar later had hij zijn plan gepresenteerd. In precieze bewoordingen schetste hij wat er moest gebeuren en waar, hoeveel het ging kosten, hoe lang het ging duren en wat daarna de gevolgen zouden zijn. Het plan werd aanvaard en in werking gezet. Twee jaar later werd het terrein gekocht en kon de bouw van het 'Aragón-project', beginnen. Nu, op de dag af vijfentwintig jaar later, had Beck geheel volgens de statuten de leiding op zich genomen en de laatste minuten in gang gezet.

'Twintig plus vijf,' herhaalde hij nog eens, als een laatste eerbetoon aan de bedenker van het plan en diens trouw aan het Verbond, en hij schakelde de timer in. Meteen daarna richtte hij zijn aandacht op een kleine computer daarnaast, diepte een ThumbDrive op uit een van zijn zakken en stopte deze in de USB-poort. Hij sloeg zijn ogen op naar het beeldscherm waarop een verzoekregel verscheen die hem om een wachtwoord vroeg. Zijn handen gleden naar het toetsenbord en zijn vingers tikten tweemaal het wachtwoord in. Even later schoof hij de cursor naar de C-drive, klikte, en sleepte de complete inhoud naar de USB-poort. Even later verzocht hij de computer om de USB-stick te verwijderen. Vervolgens trok hij de ThumbDrive uit de machine en liet hem weer in zijn zak glijden. De stroomuitval had het hele complex lamgelegd, behalve deze kamer plus de noodaccu's voor de hoofdcomputer in de bunker onder hem waar de archiefbestanden van het Verbond werden bewaard en bijgewerkt. De twee machines waren met elkaar verbonden, dus wat er ook gebeurde, de informatie werd hoe dan ook dubbel opgeslagen. En het waren precies deze bestanden die Beck veilig naar de ThumbDrive had gekopieerd.

Hij stond op en keek nog een keer om zich heen. Hij stelde tevreden vast dat alles in orde was, verliet de kamer en deed de deur op slot. Het was precies vijf voor halftien in de ochtend. Om tien over halftien zou het gas de branders op het podium bereiken, en zou het inferno losbarsten.

162

9.27 uur

Gespannen, en met zijn machinepistool in de hand, leidde Hap de president de trap op en de gang door naar de uitgang aan de achterzijde van de kerk. De vier minuten die hij Marten en José had gegeven om de vrouwen te bevrijden en met hen te ontsnappen, waren reeds verstreken en dat stond hem niet aan. Dat hij de twee harddisks van Foxx' hoofdcomputers in zijn broekzak had zitten, bood weinig soelaas. Zijn vrees dat ze wel eens onbruikbaar konden zijn nu ze verzuimd hadden om vóór het verwijderen eerst het wachtwoord in te tikken, was niet afgenomen sinds hij de president daarvoor had gewaarschuwd. Nutteloze harddisks in ruil voor het leven van de president. Het sloeg nergens op, maar het was niet anders. Het enige wat ze nu nog konden doen, was wegwezen, en dat deden ze.

Tien meter verderop bevond zich de achterdeur naar het parkeerterrein waar ze het elektrische golfkarretje hadden achtergelaten. Hap haalde de BlackBerry tevoorschijn waarin hij van tevoren al het sms-bericht had ingetikt die hij, zodra hij het gebouw uit was en een goede verbinding had, naar Woody zou versturen.

Nog drie meter en hij zag de president bezorgd opkijken toen ze de trap passeerden die Marten en José hadden gebruikt om de kerk in te gaan. Het was donker en stil en hij wist wat er in het hoofd van de president omging: wie weet hadden ze de vrouwen weten te bevrijden en stonden ze al buiten te wachten. Maar net als voor de harddisks gold, was ook dit ijdele hoop. De situatie in de kerk was veel te gecompliceerd voor twee mannen, of eigenlijk een man en een jongen, om die met succes het hoofd te kunnen bieden. Inmiddels was hij er zeker van dat Marten en José dood waren. Net als de vrouwen.

'Hap!' hoorde hij Martens stem opeens achter hen roepen. Snel draaiden ze zich om en zagen ze Marten en José beneden aan de trap met Demi tussen hen in. Ze zag lijkbleek. Haar hoofd hing op haar borst en haar haren en scharlakenrode jurk smeulden nog na. Ze leek half bewusteloos en snikte onophoudelijk.

'Marten, mijn god!' riep de president en hij daalde snel de trap af. Maar Hap greep hem bij de arm.

'Nee, verdomme! We gaan ervandoor, meneer de president. Nu meteen!'

'En de andere vrouw?' vroeg de president terwijl hij Marten nog steeds aankeek.

Marten schudde van nee en duwde de andere twee vooruit. Zijn haar was geschroeid, zijn handen en zijn gezicht waren beroet en zaten vol brandplekken. José zag er al niet veel beter uit.

Ze hadden de deur bereikt. Hap hield de anderen even tegen en trok behoedzaam de deur op een kier open. Daarna liep hij in zijn eentje naar buiten, bracht de BlackBerry omhoog en verzond de sms naar Woody.

163

9.30 uur

Hap draaide zich om om weer naar binnen te gaan. Zijn plan was om iedereen gedurende de zes à acht minuten die Woody nodig zou hebben om met de heli te landen nog even binnen te houden. Hij had nog geen twee stappen gezet of hij hoorde het onmiskenbare geluid van een startende helikopter aan de voorzijde van de kerk. Meteen daarna klonk het schrille gejank van nog een startende helikopter. Hij wierp een blik op de deur, draaide zich om en sloop naar het heuveltje dat ze bij hun aankomst hadden beklommen om zich te oriënteren. Zo'n veertig meter verderop zag hij dat de Marine Two en de andere, identieke heli met geopende deuren klaarstonden om op te stijgen. Daarachter stroomden de leden van het New World Institute in hun avondkledij vanuit de kerk naar de zwarte bussen. Overal krioelde het van de agenten van de geheime dienst. Had hij maar een idee van wat er in de kerk aan de hand was. Waren de gasbranders dichtgedraaid? Had men het podium weer laten zakken en afgedekt met de oorspronkelijke vloer? En hoe stond het met die andere vrouw, Cristina? Afgaand op Martens blik en de manier waarop hij zo-even nee had geschud, moest ze wel dood zijn. Wat was er met haar lijk gebeurd? En wat was de rol van de monniken nu? Waren de busjes van de kerk die hier aan de achterzijde geparkeerd stonden hun eigendom? Waren ze daarmee gearriveerd? Zo ja, dan zouden ze elk moment vanuit de kerkzaal via de trappen afdalen naar de deur waar de president en de anderen zich nu verborgen hielden.

Opeens zag hij Roley Sandoval, de man die over de veiligheid van de vicepresident waakte en die een groepje agenten van de Amerikaanse geheime dienst voorging die de vicepresident, de ministers van Buitenlandse Zaken en Defensie en de overige vipgasten, onder wie zich ook congreslid Jane Dee

Baker bevond, naar de Marine Two escorteerden.

Wat er ook was gebeurd, wat er op dit moment ook aan de hand kon zijn, alles draaide nu om tijd. Zodra de heli's waren vertrokken en de bussen klaarstonden om weg te rijden, zou de Spaanse politie het gebouw doorzoeken en hermetisch afsluiten. En dan waren er de monniken nog. Het betekende dat ze, wachtend op Woody, zich nergens verborgen konden houden, behalve misschien tussen de bomen die het parkeerterrein omzoomden.

De cabinedeuren van beide helikopters werden dichtgetrokken, waarna de Marine Two met oorverdovend geraas opsteeg, hoogte won en in zuidelijke richting wegvloog. Meteen daarna volgde de andere marinehelikopter. In een oogwenk waren beide machines uit het zicht verdwenen.

9.34 uur

Hap keek naar de bussen. Mensen waren al bezig in te stappen. Hoe lang zou het nog duren voordat de monniken naar buiten kwamen en de Spaanse geheime dienst het gebouw zou gaan doorzoeken? Hij wilde de president het liefst binnenhouden, en uit het zicht, maar dat was niet langer een optie. Hij moest de anderen uit de kerk en onder de beschutting van de bomen zien te krijgen, of anders een vuurgevecht met de monniken riskeren of de kans lopen dat ze door de Spaanse geheime dienst in de kraag werden gevat, of beide.

Zijn besluit stond vast en hij maakte aanstalten om weer naar binnen te gaan. Maar opeens klonk er een oorverdovend gedreun. Een helikopter van de Spaanse politie scheerde over de boomtoppen. Meteen maakte het toestel een bocht en vloog terug. Hap dook snel weg onder een grote boom en keek toe hoe de heli heel langzaam dichterbij kwam. Het toestel hing nu stil in de lucht boven het parkeerterrein. Hij zag dat de piloot opgewonden via zijn headset communiceerde. Daarna steeg het toestel naar ongeveer zestig meter en bleef het zo hangen.

Hap tuurde langs de helikopter de lucht in. Waar was Woody in hemelsnaam? Had hij de boodschap niet ontvangen? Of had hij de Spaanse politie gewaarschuwd en was dat de reden waarom die politieheli hier nu was? Achter hem kon hij zien dat de bussen in colonne begonnen weg te rijden.

'Verdomme,' verzuchtte hij. 'Verdomme!' Hij kon niets doen zonder dat de piloot hem zou zien en hij de schuilplaats van de president zou verraden. Aan de andere kant kon hij ook niet blijven wachten totdat de monniken dan wel de Spaanse geheime dienst de gang zouden bereiken waar de president en de anderen zich nu verborgen hielden.

Hij keek op zijn horloge. Het was bijna vijf over halftien. Waar was Woody, verdomme? Zou hij nog wel komen?

164

De timer die Beck in de controlekamer had geactiveerd, was inmiddels exact op vijf minuten aanbeland.

En vervolgens klikte hij naar 4.59.

Het gas had de benedenruimten van de kerk al gevuld en vond zijn weg nu snel naar boven. Het was in feite hoofdzakelijk methaan, gewoon aardgas, net als in Foxx' gruwellab, maar dankzij Foxx was dit gas ontdaan van mercaptaan, waardoor de karakteristieke aardgaslucht ontbrak. Iedereen die zich nu nog in de kerk bevond, zou geen moment doorhebben dat het dodelijke gas zich door het gebouw aan het verspreiden was.

Timerstand: 4.58

Een Spaanse politiehelikopter steeg op vanaf het golfterrein. Hoofdinspecteur Diaz zat naast de piloot. Achter haar zaten zes agenten van Bill Straits eenheid. Op korte afstand volgde een andere helikopter met daarin nog eens een stuk of tien Amerikaanse agenten van de geheime dienst. Op een hoogte van honderd voet zwenkte de heli met daarin Diaz opeens naar links en vloog recht op de kerk af, op de voet gevolgd door de andere helikopter.

'Dit is hoofdinspecteur Diaz,' sprak ze in het Spaans in haar headset. Ze stond in verbinding met alle eenheden van de Spaanse politie en de Spaanse geheime dienst. 'Doelwitten waarschijnlijk bij de achteringang van *La Iglesia de Santa Maria.* Aan de politie: eenheden zeven tot en met twaalf dienen nu in actie te komen! Eenheden van de geheime dienst ter plekke dienen behoedzaam en naar eigen inzicht te handelen.'

Met zijn machinepistool verborgen onder zijn overhemd verliet Hap de beschutting van de bomen en liep hij behoedzaam terug naar de kerk. Snel keek hij omhoog naar de Spaanse politiehelikopter, bleef even staan om de hark op te pakken waarmee José de bladeren uit de bloembedden had weggeharkt en legde hem achter in het golfkarretje.

'U daar, in dat terreinknechtuniform!' riep iemand in het Spaans door de luidspreker van de helikopter. 'Politie. Verroer u niet!'

Haps doortastendheid vloeide voort uit het plotselinge besef dat hij, net als José, Marten en de president, nog altijd gekleed was in het uniform van de terreinwerkers van het resort. Inmiddels was het heel goed mogelijk, zo niet waarschijnlijk, dat men had ontdekt dat er uniformen, dan wel een golfkarretje of beide opeens uit de dienstgebouwen ontbraken. In dat geval zou de Spaanse politie, en hoogstwaarschijnlijk ook Bill Strait en de CIA-agenten, hiervan op de hoogte zijn en speurden ze uit alle macht het omvangrijke terrein af naar het golfkarretje en de terreinknechten. Als dat zo was, dan maakte hij het hen expres wel heel gemakkelijk. Bovendien won hij op deze manier tijd, hopende dat Woody elk moment met zijn heli zou verschijnen om op het parkeerterrein te landen. Het zou iedereen in verwarring brengen en hen de seconden bieden om snel aan boord te springen.

Hap keek op, stak zijn handen in de lucht en wees naar de kerkdeur waarachter de president en de anderen zich verborgen hielden. Daarna bracht hij snel zijn handen omlaag en liep hij kalm naar de deur. Ondertussen zag hij een stuk of vijf politie-SUV's bumper aan bumper in volle vaart heuvelop naar de kerk scheuren.

In de controlekamer ging de door Beck handmatig geactiveerde timer door met aftellen:

04.08

04.07

Snel dook Hap de kerk in. Hij verwachtte dat de president, Marten, José en Demi, ongeacht haar mentale toestand, al klaar zouden staan. Maar dat bleek niet het geval. José lag op de grond. Hij was half bewusteloos, zijn overhemd was opengescheurd en Martin zat over hem heen gebogen terwijl hij zijn aandacht op diens borstkas richtte. Overal zat bloed. De president hield de nog altijd snikkende en bijna hysterische Demi op een afstandje zodat Marten de ruimte had.

'Wat krijgen we nou?' vroeg Hap verbijsterd.

'José is geraakt. Niemand die het merkte, totdat hij in elkaar zakte. Ergens boven in zijn borstkas,' legde de president snel uit.

'Meneer de president, we hebben geen tijd meer! De Spaanse politie heeft de kerk omsingeld, de geheime dienst is in aantocht. Als Woody nog komt, dan kan hij elk moment verschijnen. We moeten nu meteen naar buiten!'

'We kunnen ze niet achterlaten.'

'We hebben geen keus!'

'Marten, kunnen we José overeind krijgen?' vroeg de president kortaf.

'Ik denk van wel.'

De president keek Hap aan, en vervolgens Demi. 'Neem Demi. Demi, jij gaat met Hap mee!' Meteen liep hij naar Marten en samen tilden ze José overeind. Daarna keek hij om naar Hap.

'Wegwezen. Wegwezen. Schiet op!'

In de controlekamer ging de timer door met aftellen:

03.12

03.11

De achterdeur van de kerk vloog open. Hap rende als eerste naar buiten. Zijn gouden penning van de Amerikaanse geheime dienst had hij op zijn kraag gespeld en zijn rechterhand rustte op het machinepistool onder zijn overhemd. Hij had zijn linkerarm om Demi geslagen en half trekkend, half dragend voerde hij haar met zich mee. Daarna volgden de president en Marten, met tussen hen in José, die zijn goede arm over Martens schouder had geslagen terwijl hij door de president aan zijn broekriem overeind werd gehouden.

'Blijf staan waar u bent!' beval een Spaanse stem door een luidspreker. 'Verroer u niet!' sprak dezelfde stem daarna in het Engels.

De Spaanse politie-SUV's stonden pal voor hen opgesteld en blokkeerden de geparkeerde kerkbusjes, het golfkarretje en de weg naar beneden. Twintig geüniformeerde, zwaarbewapende agenten staarden hen aan. De helikopter van de Spaanse politie hing inmiddels op een hoogte van ongeveer vijfhonderd voet en kreeg gezelschap van de heli met daarin hoofdinspecteur Diaz, op zijn beurt gevolgd door de andere politiehelikopter. 'Ik zie ze,' zei Diaz met een gebaar naar de andere helikopterpiloot, waarna ze zakten naar tweehonderd voet en daar bleven hangen.

Links van hem zag Hap ten minste twintig agenten van de Spaanse geheime dienst vanaf de voorzijde van de kerk naderen.

'Amerikaanse geheime dienst!' riep Hap, en hij herhaalde het. Niemand bewoog.

'Wat nu?' vroeg de president zacht.

'Vertel ze dat we van de Amerikaanse geheime dienst zijn en we met een gewonde zitten die onmiddellijk medische hulp nodig heeft,' fluisterde Hap hem toe.

De president deed een kleine stap naar voren. 'Wij zijn agenten van de Amerikaanse geheime dienst! Deze man is zwaargewond. Hij heeft onmiddellijk een dokter nodig!' riep hij op luide toon in het Spaans. 'Haal zo snel mogelijk een dokter!'

Becks timer vervolgde zijn onverbiddelijke mars naar de nul.

02.17

02.16

02.15

Hoofdinspecteur Diaz keek even over haar schouder naar de agent van de Amerikaanse geheime dienst pal achter haar. 'Ze zeggen dat ze uw mensen zijn. Herkent u iemand?'

'Die daar lijkt op het hoofd presidentiële beveiliging, maar van hieruit gezien, en met dat uniform, weet ik het niet zeker. De vrouw is voor mij een verrassing. Verder herken ik niemand.'

Diaz draaide zich weer om. 'Aan alle grondeenheden, ga over tot actie,' beval ze in haar headset.

Het moment daarop liepen vier gewapende agenten van de Spaanse politie langzaam naar voren. De commandant gebaarde de agenten van de Spaanse geheime dienst op afstand te blijven.

'Verdomme, Woody!' vloekte Hap binnensmonds. 'Waar zit je in godsnaam? Op de golfbaan soms?'

Alsof God had meegeluisterd, werd de zon opeens verduisterd door een reusachtige schaduw en kwam de enorme Chinook-legerhelikopter met oorverdovend geraas vlak boven de boomtoppen aan gescheerd. De dubbele rotors deden stof en gruis opwaaien en de agenten van de Spaanse politie en de geheime dienst renden weg om dekking te zoeken. De Chinook schoot onder de heli met aan boord hoofdinspecteur Diaz door en benam haar aldus het zicht.

'Woody!' riep de president.

'Vier minuten geleden stond dat ding nog aan de grond. Wat heeft dit in hemelsnaam te betekenen?' Door zijn helmvizier keek de piloot Diaz met grote ogen aan. 'Wat moet ik doen?'

'Inspecteur Diaz, dit is Bill Strait, presidentiële beveiliging,' meldde hij zich via haar headset. 'De Chinook heeft toestemming om te landen. Blijf alstublieft op afstand.'

Eventjes zei ze niets. 'Blijf zo hangen,' beval ze haar piloot. 'Aan alle eenheden, de Chinook heeft toestemming om te landen. Hou afstand,' sprak ze daarna in haar headset.

Met grote ogen keek Hap toe terwijl de Chinook daalde. 'Hij krijgt dat gevaarte nooit aan de grond. Er is gewoon te weinig ruimte!'

Met de rotorbladen meegerekend mat de Chinook dertig meter, van kop tot staart. Het met bomen omzoomde parkeerterrein bood aan alle kanten misschien zo'n drie meter speling. Als Woody hier zonder ongelukken wilde landen, dan vereiste dat vaardigheid, geluk, groene zeep en een schoenlepel.

In de kerk tikte Becks timer door.

01.51

01.50

01.49

De Chinook zakte nog meer. Nu konden ze Woody in de cockpit zien zitten, druk om zich heen nog meer kijkend naar de bomen alsof hij bezig was een truck met oplegger te parkeren op een plek die voor een personenauto was bedoeld. Opeens klonk er achter het toestel een luid geknars toen de staartrotor een grote conifeer kortwiekte. Takken vlogen in het rond. Met een zware dreun zette de Chinook de wielen aan de grond.

'Rennen!' riep Hap. 'Rennen!'

Marten en de president duwden José vooruit. Hap volgde met Demi.

De cabinedeur werd opzijgeschoven en Bill Strait en twee hospikken verschenen in de deuropening. Vijf seconden, tien, en ze hadden de heli bereikt waarna ze naar binnen werden geholpen. Nog eens tien seconden later werd de cabinedeur weer dichtgeschoven. Meteen steeg er een oorverdovend geraas op Woody vol vermogen gaf. Even later kwamen ze los van de grond en stegen ze op. In een oogwenk hingen ze al boven de bomen. Al even zo snel draaide de machine honderdtachtig graden en vloog in oostelijke richting weg.

165

'Hier spreekt hoofdinspecteur Diaz,' klonk het krakend in alle headsets. 'Aan alle eenheden: ingerukt. Keer terug naar uw onderdeel. Ik herhaal: ingerukt. Keer terug naar uw onderdeel.'

In de kerk tikte de timer door.

00.31

00.30

00.29

'Ik kom straks wel aan de beurt!' riep de president tegen de twee artsen en hospikken boven het lawaai van de motoren uit. 'Hij eerst.' Hij keek naar José. 'Hij is geraakt en heeft flinke brandwonden opgelopen. En ook mevrouw Picard heeft dringend hulp nodig. Ze heeft brandwonden en ze verkeert in een shock. En meneer Martens brandwonden moeten ook worden behandeld.'

'Goddank bent u veilig.'

Bij het horen van deze maar al te bekende stem draaide president Harris zich plotseling om.

Vanuit het cockpitgedeelte liep veiligheidsadviseur dr. James Marshall naar hem toe. 'Ik wilde u zo min mogelijk voor de voeten lopen,' sprak hij op meer dan oprechte toon. 'U hebt een behoorlijke beproeving achter de rug.'

00.05
00.04
00.03

'Wat doe jij hier?' vroeg Harris hem recht op de man af en met toegeknepen ogen van woede. De toon waarop hij het zei, had het vriespunt bereikt. 'Waarom zit je verdomme niet bij de anderen?'

Ergens achter en onder hen hoorden ze opeens een zware doffe dreun die leek op een enorme explosie.

'Wat was dat?' vroeg Marten terwijl hij door een raampje naar buiten keek. Meteen daarna bereikte de schokgolf het toestel. De Chinook werd opzij geworpen en viel als een baksteen omlaag. Woody greep in, gaf meer vermogen en al huiverend kreeg de heli snel weer hoogte.

Ook de president verscheen achter het raampje, net als Hap en Bill Strait. In de verte, vanaf de heuveltop waar de kerk had gestaan zagen ze vuur en rook van de heuveltop opbollen.

'Woody, omkeren!' riep de president.

'Begrepen, meneer.'

De Chinook maakte een scherpe bocht en vloog terug in de richting van de vuurzee en de opbollende rookwolken op de plek waar zo-even nog de kerk had gestaan. Op dat moment voltrok zich de rest van Foxx' destructieplan. Zoiets hadden ze nog niet eerder meegemaakt. De dienstgebouwen vlogen met één klap in duizend stukken uiteen. Daarna zagen ze een lint van stof dat zich over de wijngaard bewoog alsof een of andere reusachtige ondergrondse slang zich duchtig roerde. De lijn van stof trok verder over een reeks lage voetheuvels en omhoog naar de bergketen waar ze de vorige avond hadden gebivakkeerd, en raasde verder in de richting van het klooster te Montserrat. Zo nu en dan schoten vlammen uit de rotsspleten omhoog.

'Foxx,' concludeerde Marten. 'Hij heeft de kerk, de dienstgebouwen, de hele monorailtunnel, alles opgeblazen. Wie weet zaten de monniken nog binnen.'

'De sproeiers in de monorailtunnel,' stelde president Harris vast. 'Hij heeft het allemaal lang van tevoren bedacht. Niemand zal ook maar een spoortje van zijn werk terugvinden. Helemaal niets.' Plotseling draaide president Harris zich weg van het raampje en hij keek Marshall aan. 'Gaat het klooster ook de lucht in?"

'Ik weet niet wat u bedoelt.'

'O, nee?'

'Nee, meneer.'

'Het zal het klooster niet bereiken,' zei Marten zacht. 'Daar heeft hij al zijn spullen al opgeblazen. Geen bewijs meer te vinden. De explosies zullen niet verder gaan dan het eindpunt van de monorail.'

De president richtte zich tot Hap. 'Laat de Spaanse politie het klooster alarmeren. Dan zijn ze in elk geval gewaarschuwd.'

'Ja, meneer.'

'Majoor, hebben we voldoende brandstof?' vroeg hij vervolgens aan Woody.

'Ja, meneer.'

'Wat is onze actieradius, twaalfhonderd mijl?'

'Iets meer, meneer de president.'

'Goed. Verlaat het Spaanse luchtruim, majoor, en zorg voor een corridor naar Duitsland.'

'Ik heb opdracht om u naar een vliegveld even buiten Barcelona te brengen, meneer de president. De chef-staf heeft daar een toestel van de CIA klaarstaan.'

Marten en Hap wisselden een blik uit. Daarna reikte Hap in zijn terreinknechtoverhemd en trok zijn machinepistool tevoorschijn.

'Majoor, die opdracht heb ik herroepen,' sprak de president kalm. 'Ik heb u verzocht om een veilige corridor naar Duitsland. Zorg daar alstublieft voor. Zodra we daar zijn, zal ik u de exacte bestemming laten weten.'

'Dat kan hij niet, meneer de president.' Het was Marshall, die op hem af liep. 'Het is voor uw eigen veiligheid. Alles is al gepland.'

'Geachte veiligheidsadviseur, ik denk dat u best begrijpt wat ik bedoel als ik zeg dat de plannen zijn gewijzigd. Nog even en dan zullen u, de vicepresident en de rest van mijn "vrienden" worden gearresteerd en wegens hoogverraad worden aangeklaagd. Ik raad u aan daar plaats te nemen. Hap zal u graag naar uw plek escorteren.' Een lang moment staarde de president Marshall aan. Ten slotte wendde hij zich tot Woody.

'Majoor, u verandert nú van koers. Dit is een direct bevel van de opperbevelhebber van de Amerikaanse strijdkrachten.'

Woody keek naar Marshall alsof hij niet helemaal wist wat hij moest doen.

'Majoor,' sprak Marshall vastberaden, 'u kent uw opdracht. De president heeft onder zware druk gestaan. Hij heeft totaal geen idee wat hij zegt. Het is aan ons om hem te beschermen. En aan Hap. En aan Bill Strait. Daarom zijn we hier.'

Woody keek hem nog even aan en draaide zich weer om in zijn stoel.

'Het heeft geen zin, Jim. Het is afgelopen met je,' sprak de president. 'Het Verbond is ten einde.'

'Het Verbond?' Vol ongeloof staarde Marshall hem aan.

'We weten er alles van, Jim. En ook wie erbij hoorde. We hebben het allemaal zien gebeuren; Hap, meneer Marten, ik, en zelfs José. Wij allemaal.'

'U bent ziek, meneer de president. Ik heb echt geen idee waar u het over hebt.' Hij keek naar Woody. 'U kent uw opdracht, majoor. Wijk niet af van uw koers. Wijk niet af.'

De president en Marten wierpen een blik op Woody. Met zijn machinepistool in de aanslag liep Hap naar de cockpit.

Meer had Marshall niet nodig. In twee stappen had hij het middendeel van de helikopter bereikt en hij trok de cabinedeur open. Een enorm geraas en een harde windvlaag vulde de cabine.

'Grijp hem!' riep de president.

Maar het was al te laat. Ze vlogen op tweeduizend voet. De deuropening was leeg. Marshall was verdwenen.

MAANDAG 10 APRIL

166

Luchtmachtbasis Spangdahlem, Duitsland, 3.15 uur

Half slapend rolde Marten zich heel voorzichtig om om de druk op het verband dat de brandwonden op zijn linkerarm en zijn hals bedekte zo veel mogelijk te verlichten. Iets verderop in de gang van de officiersvertrekken, waar ook Hap Daniels en Bill Strait sliepen, had hij zijn eigen kamer toegewezen gekregen, met de president in de kamer ernaast.

Onaangekondigd waren ze op de Amerikaanse luchtmachtbasis gearriveerd. Normaliter zouden ze onder presidentiële vlag op luchtmachtbasis Ramstein zijn geland, maar ditmaal niet. Niet onder deze omstandigheden. De bevelhebber van de basis en een aantal van zijn generale stafleden waren op de hoogte, maar zij waren dan ook de enigen. De artsen die hen aan boord van de Chinook hadden vergezeld, hadden de president gezond verklaard en hem laten rusten. Een niet-herkende, anonieme vip onder zware bewaking.

José, Demi, Marten en Hap waren naar de ziekenboeg gebracht. Voor zover Marten wist, lagen José en Demi daar nog steeds en zouden ze daar de komende dagen nog wel blijven. Josés familie was ingelicht, en Miguel en Josés vader waren inmiddels onderweg vanuit Barcelona en zouden snel arriveren.

Miguel. In het donker moest Marten even glimlachen. Waar hij als gewone limousinechauffeur toch allemaal in verzeild was geraakt. En wat een dappere vent en een goede vriend was hij in korte tijd geworden. En ook de drie jongens, Amado, Hector en vooral José, de jongste die doodsbang was om nog verder in die schacht af te dalen naar de monorailtunnel omdat hij dacht dat hij op weg was naar de hel. Hoe kon hij weten wat voor hel hem daarna te wachten stond, een hel die hij vrijwillig wenste te ondergaan? En dan de hel waar Hector, Amando en Miguel doorheen gingen toen ze door de Spaanse politie en de Amerikaanse geheime dienst werden ondervraagd en hun best deden om voor de president zo veel mogelijk tijd te winnen.

Toen de Chinook eenmaal het Europese luchtruim doorkruiste had de president zich eigenlijk weinig meer met Marten bemoeid. Vanuit de Pyreneeën waren ze het Franse luchtruim doorstoken en vervolgens via Luxemburg bij Trier het Duitse luchtruim binnengevlogen, om kort daarna op Spangdahlem te landen. Begrijpelijk, want president Harris had dringender zaken te bespreken. Als eerste, en belangrijkste, volgde een persoonlijk gesprek met de Duitse bondskanselier en de president van Frankrijk, gevolgd door een conferentie met hun tweeën. Alle drie waren ze het erover eens dat het lang van tevoren geplande NAVO-overleg dat die middag om een uur gepland stond, gewoon door moest gaan, maar dat er om veiligheidsredenen voor een andere locatie gekozen moest worden. Dankzij de enorme inspanning van de diverse ministeries van Buitenlandse Zaken stemden de zesentwintig lidstaten unaniem in om Warschau te verruilen voor een speciale plek die door de president van Amerika persoonlijk was uitgekozen: het voormalige nazivernietigingskamp Auschwitz in Zuid-Polen. Daar zou hij een korte toespraak geven waarin hij onder meer zijn plotselinge verdwijning uit Madrid, een week eerder, en de al even zo plotselinge verhuizing van Warschau naar Auschwitz zou toelichten.

Als tweede stap bracht de president de persattaché van het Witte Huis, Dick Greene – die met de persmensen al in het vliegtuig naar Warschau zat – op de hoogte van de nieuwe onderhandelingslocatie. Met de toevoeging dat er een fikse regeringscrisis op de loer lag en dat er wat dit onderwerp betrof een persembargo zou gelden.

President Harris was inmiddels door Bill Strait op de hoogte gebracht van Jake Lowes dodelijke 'ongeluk', en met de beelden van dr. Jim Marshalls zelfmoordsprong vanuit de Chinook naar het hiernamaals en die van de gifcapsule die Merriman Foxx tussen de tanden geklemd hield nog vers op het netvlies verzocht hij Hap Daniels om Roley Sandoval te bellen, de agent van de geheime dienst die over vicepresident Hamilton Rogers diende te waken, met de opdracht stilletjes wat extra agenten op Rogers en diens entourage te zetten om elke poging tot 'zelfverwonding' te voorkomen.

Meteen daarna zocht hij telefonisch contact met achtereenvolgens vicepresident Hamilton Rogers, minister van Buitenlandse Zaken David Chaplin, minister van Defensie Terrence Langdon, hoofd van de gezamenlijke chefs van staven Chester Keaton en presidentiële chef-staf Tom Curran. De gesprekken waren kort en bondig. Binnen het uur, zo eiste president Harris, dienden al deze regeringsleden per fax hun ontslag in te dienen bij de voorzitter van het Huis van Afgevaardigden. Zo niet, dan werden ze onmiddellijk uit het ambt gezet. Verder eiste hij dat ze zich vóór de volgende dag rond het middaguur bij de ambassade in Londen zouden melden waar ze wegens hoogverraad tegen de regering en de bevolking van de Verenigde Staten zouden worden gearresteerd. Als laatste belde hij de chef van de FBI in Washington om hem op de hoogte te brengen en hem op te dragen om congreslid Jane Dee Baker, die met de vicepresident een reis door Europa maakte, en de uitgeweken Amerikaanse staatsburger Evan Byrd uit Madrid op beschuldiging van hetzelfde vergrijp in het geheim te arresteren, en ervoor te waken dat de twee geen zelfmoord pleegden.

Daarna was hij naar het achterste gedeelte van de Chinook gelopen om van de artsen te vernemen hoe het met José en Demi gesteld was, had hij nog even wat met de twee gepraat, en had hij met Hap en Marten een kop koffie gedronken. Ten slotte had hij zijn brits opgezocht – niet meer dan een brancard – om wat te slapen, en had hij alvast wat vooruitgelopen op de toespraak die hij in Auschwitz zou geven. Wat hij precies zou zeggen, wat de inhoud zou zijn, wist hij nog niet, maar het moest, zo hoopte hij, net zo illustratief zijn voor wat er allemaal was gebeurd en wat ze hadden ontdekt als de historische plek die hij voor deze toespraak had gekozen. Bijna direct na aankomst op Spangdahlem had hij zich op zijn kamer teruggetrokken om zijn toespraak voor te bereiden.

Marten draaide zich nog eens om. In de verte hoorde hij het geraas en gedreun van opstijgende straaljagers, iets wat dag en nacht doorging en waar je waarschijnlijk vanzelf aan wende. Dit was de thuisbasis voor de 52ste Fighter Wing die dag en nacht de vliegbewegingen van Amerikaanse jagers boven heel Europa coördineerde.

Demi.

Iets meer dan een uur nadat ze in de Chinook waren opgestegen, was ze naar hem toe gekomen. De artsen hadden haar brandwonden behandeld en haar een licht kalmerend middel toegediend, haar in een ziekenhuisjapon gehesen en haar aangeraden wat te slapen. In plaats daarvan had ze gevraagd of ze even bij hem mocht zitten. Lange tijd had ze slechts voor zich uit gestaard. Ze huilde niet langer, maar haar ogen waren nog altijd betraand. Tranen, zo leek hem, die niet langer door angst en afschuw werden opgeroepen, maar die eerder het resultaat waren van opluchting, ja, zelfs ongeloof dat het dus toch allemaal voorbij was.

Waarom ze bij hem had willen zitten, wist hij niet, en ze legde het hem ook niet uit. Hij vermoedde dat ze wilde praten maar niet echt de juiste woorden kon vinden. Of misschien was het lichamelijk gewoon te inspannend voor haar. Uiteindelijk had ze zich naar hem toe gedraaid en hem aangestaard.

'Het was mijn moeder, niet mijn zus. Ze verdween uit de straten van Parijs toen ik acht was. Al heel snel daarna stierf mijn vader,' had ze hem op nauwelijks verstaanbare fluistertoon gezegd. 'Sindsdien heb ik mijn hele leven geprobeerd om uit te vinden wat er met haar is gebeurd. Nu weet ik dat ik heel veel van haar hield en... dat ze... ook van... mij hield...' Tranen welden op in haar ogen en rolden over haar wangen. Hij wilde iets zeggen, maar ze hield hem tegen. 'Alles goed met je?'

'Ja.'

Ze wilde glimlachen. 'Het spijt me heel erg hoe ik je heb behandeld. En ook de president.'

Hij bracht een hand naar haar gezicht en veegde voorzichtig de tranen weg. 'Het is allemaal voorbij,' fluisterde hij geruststellend. 'Het is allemaal voorbij. We zijn nu veilig. Wij allemaal.'

Op dat moment had ze zijn hand vastgepakt en deze zo vastgehouden. Met zijn handen in de hare had ze zich achterover laten zakken en had hij gezien hoe de uitputting zich van haar meester maakte. Even later had ze haar ogen gesloten en was ze in slaap gevallen.

Hij had haar nog even bekeken en had daarna zijn hoofd afgewend, wetend dat als hij dat niet deed, hij zijn eigen tranen ook niet meer de baas zou zijn. Dit was niet alleen een emotionele ontlading van wat ze hadden meegemaakt. Het was meer dan dat.

Onder het genot van een glaasje cava en de lunch in Els Quatre Gats in Barcelona had Demi hem gevraagd naar Caroline en waarom hij Foxx achterna was gereisd, eerst naar Malta en daarna naar Spanje. Toen hij antwoord had gegeven, had ze een beetje geglimlacht en gezegd: 'Dan heeft de liefde u dus hierheen gebracht.'

Nu besefte hij dat ze daarmee net zoveel naar zichzelf als naar haar moeder had verwezen. Ze hadden allebei uit liefde gehandeld.

Dat was wat hem had aangegrepen nadat ze, lichamelijk en emotioneel volkomen uitgeput, gekleed in een ziekenhuisjapon en met zijn hand in de hare, in slaap was gevallen. De intimiteit, het dicht bij elkaar zijn, het was een bijna onverdraaglijke herinnering aan Caroline, in het ziekenhuis in Washington, slapend met haar hand in de zijne terwijl de laatste uren van haar leven voorbijgleden.

Demi kende hij amper een week. Van Caroline had hij bijna zijn hele leven gehouden.

En dat deed hij nog steeds.

167

6.10 uur

Een klop op zijn deur rukte Marten uit een diepe slaap. Een tweede klopje bracht hem bij zijn positieven.

'Ja?' reageerde hij zonder ook maar een idee te hebben wie dit kon zijn.

De deur ging open en de president stapte de kamer binnen en sloot de deur achter zich. 'Sorry dat ik u wakker maak,' verontschuldigde hij zich zacht.

'Wat is er?' vroeg Marten terwijl hij op een elleboog leunde. 'Neef Jack' stelde het nog altijd zonder zijn toupet en droeg nog steeds de eenvoudige leesbril die hij in Madrid had gekocht om hem wat onherkenbaarder te maken. Tot op dit moment zou niemand hem als John Henry Harris, president van de Verenigde Staten, hebben herkend, tenzij hij of zij van zijn nieuwe uiterlijk op de hoogte was gebracht. Dat hij bovendien een geleende en slecht passende lichtblauwe pyjama aanhad, hielp ook niet.

'Over een uur vertrekken we voor de NAVO-top in Auschwitz. Met de Chinook.'

Marten sloeg de dekens van zich af en stapte uit bed. 'Dan wordt dit dus het formele afscheid.'

'Niks afscheid. Ik wil dat u met me meegaat, dat u erbij bent als ik mijn toespraak hou.'

'Ik?'

'Ja.'

'Meneer de president, dat is uw pakkie-an, niet het mijne. Ik was van plan om naar huis te gaan, naar Manchester. Ik heb heel wat werk in te halen. Tenminste, als ik niet al ontslagen ben.'

De president glimlachte. 'Ik schrijf wel een briefje. "Nicholas Marten kon vorige week niet op zijn werk zijn omdat hij de wereld moest redden".'

'Meneer de president, ik...' Marten aarzelde, opgelaten over wat hij de president duidelijk moest maken, niet wetend welke woorden hij moest gebruiken, maar ook niet hoe ze zouden overkomen. 'Ik kan niet naast u in de openbaarheid treden. Te veel mensen, te veel camera's. Het gaat niet alleen om mij. Ik heb een zus in Zwitserland. Ik mag haar niet in... gevaar brengen.' Zijn stem stierf weg.

De president keek hem aandachtig aan. 'Iemand is naar u op zoek?'

'Ja.'

'Dat wat Foxx zei, dat u ooit bij de politie werkte, klopt dat?'

Marten aarzelde. Bijna niemand wist wie hij werkelijk was, maar als hij deze man hier niet kon vertrouwen, wie dan wel? 'Ja,' antwoordde hij ten slotte. 'Bij de politie van Los Angeles. Ik was rechercheur Moordzaken. Ik raakte betrokken bij een situatie waarbij bijna mijn hele team werd vermoord.'

'Waarom?'

'Mij was bevolen een arrestant te doden. Ik weigerde. Het druiste in tegen het credo van het team. Een paar doorgewinterde rechercheurs zinden op wraak. Ik veranderde mijn naam, mijn identiteit en ook die van mijn zus. Ik wilde niets meer te maken hebben met wetshandhaving en geweld. We verlieten de Verenigde Staten en begonnen een nieuw leven.'

'Dat moet dus ongeveer zes jaar geleden zijn,' rekende de president uit.

Marten was verbijsterd. 'Hoe weet u dat?'

'Qua tijd klopt het wel zo'n beetje. Red McClatchy.'

'Wat?' Marten was een en al aandacht.

'De baas van het legendarische 5-2 team. Van alle burgers in Californië wist de helft wie hij was en wat voor team dit was. Als senator heb ik hem ooit ontmoet. De burgemeester heeft me toen uitgenodigd om bij zijn begrafenis aanwezig te zijn.'

'Ik was zijn collega toen hij werd vermoord.'

'De rechercheurs geven u de schuld.'

'En ook van alle andere dingen die er zijn gebeurd. Daarna werd het 5-2 opgeheven.'

'Dus nu weet niemand hoe u heet, waar u woont en wat u doet.'

'Op internet zetten ze de speurtocht voort. Ze hebben hun eigen website, speciaal voor agenten. Ten minste één keer per maand kunnen bezoekers melden of iemand me heeft gezien, alsof ik een vriend ben die ze uit het oog zijn verloren en wiens adres ze graag willen hebben. Geen hond die weet wat hun ware bedoelingen zijn, behalve zij en ik. Het is voor mij al erg genoeg, maar ik wil niet dat ze ook nog eens achter mijn zus aan gaan.'

'U zei dat ze in Zwitserland woont?'

'Ze heet Rebecca. Ze werkt als gouvernante voor een rijke familie in een stadje vlak bij Genève,' vertelde Marten met een kleine glimlach. 'Ik zal u haar verhaal nog wel eens vertellen. U zult ervan opkijken.'

De president keek hem nog even aandachtig aan. 'Ga mee naar Auschwitz. Ik hou u weg van de camera's, dat beloof ik. Daarna kunt u naar huis.'

'Ik...' aarzelde Marten.

'Neef, u hebt het zelf allemaal meegemaakt. U zag wat ik zag. Zodra ik begin te stotteren, ik aan mijn eigen woorden ga twijfelen, hoef ik alleen maar naar u te kijken om me de waarheid weer te herinneren.'

'Ik begrijp u even niet.'

'Ik ga daar een paar dingen zeggen die diplomatiek gezien nogal gevoelig zullen liggen, wat me wereldwijd hoogstwaarschijnlijk bepaald niet in dank zal worden afgenomen. Maar toch ga ik het niet uit de weg, want we hebben nu het moment bereikt waarop regeringsleiders de waarheid dienen te spreken tegen degenen door wie ze gekozen zijn, of ze dat nu leuk vinden of niet. Niemand van ons kan nog langer op de oude politieke voet verder gaan.' President Harris zweeg even. 'En ik sta er niet alleen voor, Nicholas. Ga alsjeblieft mee. Ik verlang... kan niet zonder jouw aanwezigheid, jouw morele steun.'

'Is het zo belangrijk?'

'Ja, zo belangrijk is het.'

Marten glimlachte. 'En dan schrijft u voor mij dat briefje dat ik mijn werk heb verzuimd omdat ik de wereld moest redden?'

'Je mag het inlijsten.'

'En daarna mag ik naar huis.'

'En daarna mogen we allemaal naar huis.'

168

Hotel Victoria, Warschau, Polen, 6.20 uur

'Goeiemorgen, Victor. Goed geslapen? Al ontbeten?'

Victor zette de tv uit, pakte zijn mobiele telefoon en begon in zijn boxershort door de kamer te ijsberen. 'Ja, Richard, om halfzes. Ik heb geen oog dichtgedaan. Je hebt me gisteravond niet gebeld, zoals je had beloofd. Ik had geen idee wat er aan de hand kon zijn. Ik was bang dat er iets was misgegaan.'

'Het spijt me, Victor. Mijn excuses. Het is hier wat hectisch geweest, vandaar dat het even duurde. De plannen zijn ietwat gewijzigd.'

'Hoezo gewijzigd? Wat is er aan de hand?' De paranoïde achterdocht die hem al urenlang in de greep hield, maakte hem bijkans gek. Ze hadden opeens bedenkingen, hij wist het gewoon. In de allerlaatste minuut twijfelden ze over zijn vaardigheden en hadden ze besloten een ander in te schakelen.

Richard stond op het punt hem aan de dijk te zetten, klaar. Hem te vertellen dat hij zijn biezen kon pakken. En hij had niet eens een vliegticket voor zijn terugreis naar Amerika.

'Victor, ben je daar nog?'

'Ja, ik ben er nog. Wat bedoel je precies met dat... met dat "ietwat gewijzigd"? Je wilt dat ik uit Warschau vertrek, hè?'

'Ja.'

'Waarom? Ik kan het aan. Je weet dat ik het aankan. Ik had die man in Washington, ik had die twee jockeys, of niet soms? Wie kan er verder zo goed schieten? Wie, Richard? Vertel het me! Nee, wacht, ik zal het jou vertellen: niemand, namelijk. Niemand is zo goed als ik.'

'Victor, Victor, rustig. Ik heb alle vertrouwen in je. Ja, ik wil dat je uit Warschau vertrekt, maar dat heeft alleen te maken met het gewijzigde plan waar ik het net over had. Niets aan de hand. Alles is in orde. Zodra je er bent, zal alles voor je klaarstaan, zoals altijd.'

Victor slaakte een zucht van verlichting en rechtte trots zijn rug. Hij voelde zich al een stuk beter. 'Wat is de bestemming?'

'Een korte treinreis. Nog geen drie uur.'

'Eersteklas?'

'Uiteraard. Met treinstel nummer 13412 naar Krakau. Je vertrekt vanochtend om 8.05 uur en je arriveert om 10.54 uur. Ga direct naar de taxistandplaats en meld je bij taxi 7121. De chauffeur zal je verdere instructies geven en je naar je bestemming rijden, een ritje van ongeveer drie kwartier.'

'Drie kwartier? Waar naartoe?'

'Naar Auschwitz.'

169

Auschwitz, Polen, 11.40 uur

Omringd door veiligheidsagenten en met een tiental cameraploegen in zijn kielzog leidde de lange, eminente Roman Janicki, president van Polen, de zesentwintig vertegenwoordigers van de deelnemende NAVO-landen door de grimmige gangen van het voormalige nazivernietigingskamp.

Zo-even waren ze onder een grauwe hemel de beruchte toegangspoort met zijn smeedijzeren motto ARBEIT MACHT FREI gepasseerd, en had Janicki zijn gezelschap langs de met onkruid overwoekerde, roestige spoorbaan geleid waar de treinen de ongeveer anderhalf tot vier miljoen joden hadden afgezet die hier en in de naburige kampen, met name in Auschwitz II en Birkenau, werden vergast. Vlak daarna waren ze zwijgend de voormalige gaskamers en crematoria gepasseerd – met daarin de ovens en de ijzeren karren waarop destijds de lijken werden gestapeld – en waren ze langs de restanten van de houten barakken gelopen waarin de gevangenen hadden gebivakkeerd, bewaakt door de sadistische en gevreesde *Schutzstaffel*, de SS.

Met de toupet op het hoofd, zonder bril op zijn neus, gekleed in een donkerblauw pak en aldus volledig herkenbaar als de president van de Verenigde Staten, liet John Henry Harris zich, met Hap Daniels aan zijn zijde, vergezellen door de Duitse bondskanselier Anna Bohlen en de Franse president Jacques Geroux. Zijn gedachten waren bij de toespraak die hij zo meteen, buiten voor de gevangenenbarakken op een inderhaast gefabriceerd podium, zou geven.

11.50 uur

Een taxi reed langs een afgezet deel van het terrein waar een leger van zendwagens stond opgesteld naar het persgedeelte. Een portier ging open en een man van middelbare leeftijd, gekleed in pak, stapte uit waarna de taxi wegreed. Meteen begaf hij zich naar het streng bewaakte persgedeelte, waar een stuk of tien zwaarbewapende Poolse commando's samen met agenten van de Poolse en Amerikaanse geheime dienst op de komst van de president wachtten.

'Victor Young, Associated Press. Mijn naam staat op de lijst,' zei hij kalm terwijl hij zijn perskaart en zijn Amerikaanse paspoort tevoorschijn haalde.

Een agent van de Amerikaanse geheime dienst bestudeerde beide identiteitsbewijzen en gaf ze aan een vrouw in een hokje van kogelvrij glas. Ze nam ze aan, keek op een lijst, drukte op een knop en maakte een foto van hem.

'In orde,' zei ze en ze gaf de identiteitsbewijzen terug, samen met de speciale perskaart die hij om zijn nek hing.

'Even de handen boven uw hoofd, graag,' verzocht een andere agent, en Victor gehoorzaamde. Even later hadden ze hem gefouilleerd.

'Loopt u maar verder, meneer.'

'Dank u,' zei hij en doodgemoedereerd liep hij verder. In zekere zin stond hij versteld van zichzelf. Hoe enorm gespannen en nerveus hij toch telkens weer was wanneer hij op een telefoontje van Richard wachtte, en hoe rustig en ontspannen hij werd wanneer hij de confrontatie met de vijand aanging. Natuurlijk wisten ze dat: dit was nu juist de reden waarom ze hem, afgezien van zijn talent als scherpschutter, hadden ingehuurd en hem niet inruilden.

11.52 uur

Het was iets voor twaalven. Ze naderden het tijdstip waarop de president zijn toespraak zou houden, en van een afstandje keek Nicholas Marten toe. Overal waren vertegenwoordigers van de wereldpers aanwezig. Ook indrukwekkend was het grote aantal genode gasten die met de veiligheidsagenten vlak voor het lange, plankierachtige podium om een plekje vochten waarop de wereldleiders plaats zouden nemen om naar de president te luisteren.

In zijn toespraak, zo had de perschef van het Witte Huis, Dick Greene, de media eerder laten weten, zou de president onder andere opheldering geven over de plotselinge verhuizing van de NAVO-top van Warschau naar Auschwitz en ingaan op de 'terreurdreiging' die de geheime dienst had genoodzaakt hem midden in de nacht vanuit zijn hotel in Madrid naar de 'geheime locatie' te brengen waar hij tot die ochtend vroeg was gebleven.

Dat de toespraak wereldwijd door alle grote tv-zenders zou worden uitgezonden, plus de belofte dat de president persoonlijk zou ingaan op de gebeurtenissen van de afgelopen dagen, was zowel intrigerend als beangstigend, wat maakte dat een toch al bezorgde wereld nog bezorgder toekeek. Daarnaast was er iets wat de gebeurtenis nog acuter en actueler maakte. Eerder die ochtend had de president het Congres tot een 'speciale zitting' bijeen geroepen die om 7.00 uur lokale tijd in Washington moest plaatsvinden. Daar zou de Auschwitz-toespraak live op een groot scherm te volgen zijn. Deze speciale zitting, het vroege uur, het feit dat wat de president te zeggen had niet kon wachten tot na zijn terugkeer in de Amerikaanse hoofdstad, maakte de situatie nog pregnanter.

11.55 uur

Net als de president was Marten gekleed in een donkerblauw pak dat inderhaast was geregeld en dat redelijk goed zat, compleet met een wit overhemd en een donkere stropdas. Zoals iedereen droeg ook hij een speciaal toegangspasje om zijn nek. Om onherkenbaar te blijven voor het publiek en niet per ongeluk door een van de talloze camera's te worden gefilmd, had hij een 'security-stekeltjeskapsel' en droeg hij de verplichte zonnebril waarmee hij helemaal het uiterlijk, zo niet de uitstraling, van een agent van de Amerikaanse geheime dienst had.

Hij liep naar het podium en keek toe op de laatste voorbereidingen.

Overal om zich heen voelde hij de spanning groeien terwijl de klok verder tikte en iedereen op de komst van de president en de NAVO-vertegenwoordigers wachtte, die hier hun plaats zouden innemen. Bij de achterste rij van de ongeveer twintig rijen met klapstoeltjes voor het podium bleef hij staan om even te kijken naar de tv-ploegen die de camera's inspecteerden en de microfoons testten. Een kleine honderd meter verderop kon hij het persgedeelte en het achterliggende terrein zien waar de satellietwagens geparkeerd stonden. Poolse veiligheidsagenten patrouilleerden met honden over het hele terrein.

Hij bracht even een hand boven zijn ogen om ze af te schermen tegen de felle gloed van de zon achter de hoge, dunne bewolking en keek op. Vlakbij stonden een paar oude gebouwen met één verdieping. Op de daken hielden twee teams van elk twee scherpschutters het terrein in de gaten. Pools of Amerikaans, misschien van de NAVO, hij had geen idee. Overal waren de veiligheidsmaatregelen streng.

Hij draaide zich om en liep verder. Een verontrustende gedachte schoot door zijn hoofd. Voor zover hij kon overzien was het plankier in drie stukken opgedeeld: het podium waarop de Poolse president Janicki president Harris zou introduceren; vervolgens een verhoogd plankier meteen daarachter, waarop de president zich samen met de Duitse bondskanselier en de president van Frankrijk zou opstellen; met daarachter weer een hoger niveau, waar de overige NAVO-vertegenwoordigers zouden staan, met daarachter de zesentwintig vlaggen van de lidstaten.

Op zich prima, op één ding na. Zodra de Poolse president zijn openingstoespraak zou houden, zouden Harris, de Duitse bondskanselier en de Franse president in een rechte lijn schouder aan schouder achter hem staan. Het was deze rechte lijn die Marten dwarszat, want het deed hem denken aan de twee jockeys op de renbaan van Chantilly even buiten Parijs, die slechts enkele dagen daarvoor met één kogel beiden door het hoofd waren geschoten.

De president had hem verteld dat het Verbond van plan was geweest de Duitse kanselier en de Franse president tijdens het NAVO-overleg om te brengen. Maar ook herinnerde hij zich de woorden van de president vlak na Foxx' dood: 'Maar zijn plan is niet ten einde. Noch dat van hen!'

De president had alles overleefd om op deze dag hier te kunnen zijn. Bovendien was hij van het plan voor de aanslagen op de hoogte. Als een scherpschutter zich in de bossen kon verbergen en hij met één schot van honderd meter afstand twee jockeys tegelijk op hun aanstormende paarden kon neerschieten, waarom zou hem dat dan hier niet lukken? En in plaats van twee, kon hij nu drie slachtoffers maken. Vooral als die gedurende de drie minuten die de Poolse president voor zijn introductierede nodig zou hebben netjes schouder aan schouder stonden.

Marten keek snel om zich heen. Het terrein werd omsloten door oude gebouwen en bosschages. Met daarachter nog meer bomen, precies als het bos rondom de renbaan van Chantilly. Opeens herinnerde hij zich het wapen dat er was gebruikt, een M14: hetzelfde type als waarmee de man op Union Station in Washington was vermoord. Beide keren was het wapen gewoon achtergelaten. De M14 was niet alleen een krachtig en uiterst precies wapen, zelfs op honderd meter afstand, maar waarschijnlijk ook een van de gemakkelijkst verkrijgbare typen. Hij keek op zijn horloge. Het was zes voor twaalf.

'Jezus!' verzuchtte hij. Hij moest zo snel mogelijk Hap zien te vinden.

170

11.56 uur

Marten betrad de commandopost van de Amerikaanse geheime dienst en bracht Bill Strait op de hoogte. Die trommelde onmiddellijk Hap Daniels op, die zich bij de president bevond.

Twee minuten later overlegden Hap, Marten en Bill Strait samen met een stuk of tien agenten en specialisten en drie commandanten van de Poolse geheime dienst. Niemand kon weten of Martens angst gegrond was, en zo ja, naar wat voor iemand ze moesten zoeken: een man, een vrouw, van middelbare leeftijd of oud? En hoe deze persoon een M14 of een ander type geweer langs de zware beveiliging naar binnen had kunnen smokkelen. Maar één ding stond vast: wie deze persoon ook was, aangenomen dat Martens angst gegrond was, moest deze wel over een toegangspasje beschikken. Zonder pasje kwam niemand het terrein op. Daar was iedereen van overtuigd.

12.00 uur

Het oppikken van de M14 was een eitje geweest. Aanvankelijk verborgen in een zendwagen, letterlijk onzichtbaar weggestopt tussen bergen zendapparatuur, in een lange, zwarte kokervormige koffer waarin normaliter camerastatieven werden opgeborgen, lag deze diep weggemoffeld tussen andere cameraspullen buiten naast de wagen. Victors perskaart verschafte hem eenvoudig toegang tot het mediaterrein en het leger van zendwagens. De statiefkoffer met daarin het geweer lag linksonder in de berg spullen en was slechts gemerkt met een stukje lichtblauwe tape. Het enige wat Victor hoefde te doen, was de koffer eruit pakken en zich verschuilen tussen de nabijgelegen bomen, zoals uitgelegd in het instructiepakket dat de chauffeur van taxi nummer 7121 hem had overhandigd toen hij hem op het station in Krakau had opgepikt.

12.10 uur

In de commandopost van de geheime dienst tuurden Marten, Hap en Bill Strait aandachtig naar de computerschermen met daarop een foto van iedereen die een toegangspasje had ontvangen en bij de ingang was gefotografeerd, alle 672 personen, met inbegrip van de deelnemende staatshoofden, hun gezin en hun gevolg, de overige speciale gasten, alle veiligheidsagenten en alle mediamensen.

Marten zat erbij omdat Hap hem dat had gevraagd, aangezien hij na Barcelona voortdurend in de buurt van de president was geweest en misschien terloops iemand zou hebben gezien die hij op een van deze foto's kon herkennen. Wie weet een van Foxx' medewerkers uit Montserrat of iemand die hij samen met Foxx, Beck of Demi op Malta had gezien of zelfs maar op de monitoren in de kerk in Aragón. Het bleef een gok, maar in elk geval was het beter dan niets.

'Verdomme,' vloekte Hap terwijl de foto's voorbijflitsten, 'we hebben geen idee naar wie we zoeken.'

'Ik hoop maar dat ik het mis heb,' zei Marten. 'Dat er helemaal niets gebeurt.'

'Hap,' onderbrak Bill de twee plotseling, 'bij iedereen die is binnengelaten is een antecedentenonderzoek afgenomen, want anders zouden ze geen pasje hebben gekregen. Negentig procent was al vóór Warschau uitgenodigd, wat betekent dat ze reeds uitvoerig waren doorgelicht. De overige tien procent zijn hier enkel vanwege het feit dat er op het allerlaatste moment van locatie is veranderd. Hun achtergrond zal minder uitvoerig zijn gecontroleerd vanwege het gebrek aan tijd.'

'Je hebt gelijk. Laten we die zestig à zeventig mensen eerst eens afzonderlijk bekijken.'

12.20 uur

Vlot wandelde Victor langs een rij oude stenen gebouwen naar een rijtje jonge bomen die gedeeltelijk de restanten van een lange rij betonnen paaltjes afschermden, die er op hun beurt uitzagen alsof ze ooit de kenmerkende prikkeldraadmuur van dit vernietigingskamp hadden gevormd.

12.30 uur

Foto na foto trok aan Haps, Martens en Bills ogen voorbij. Tot dusver waren ze nog niet op iemand gestuit die de nodige argwaan wekte of die ze misschien ooit eerder hadden gezien. Toch restte hen geen andere keus dan door te gaan. Over een halfuur zou de president het podium betreden. Als iemand het hier op zijn leven had gemunt, dan moesten ze hem vinden.

12.35 uur

Victor sloop door het hoge gras naar een klein vijvertje, zo'n twintig meter verderop.

'Test, één, twee. Test, één, twee.'

In de verte hoorde hij de stem van een geluidstechnicus die de microfoons testte.

'Test, één twee. Test, één, twee.'

Hij glimlachte toen hij om de rand van de vijver heen liep. Gek genoeg had hij helemaal niets gevoeld, tot nu toe. Doodkalm was hij uit Warschau vertrokken. Doodkalm was hij geweest toen hij door de beveiliging ging en langs de zendwagen was gelopen om daar de statiefkoffer met daarin de M14 te bemachtigen. Doodkalm was hij ook toen hij door een paar gewapende veiligheidsagenten met honden staande was gehouden. Hij had meteen zijn pasje getoond en een van de honden zelfs een klopje op zijn kop had gegeven, en even later had hij eveneens doodkalm de statiefkoffer opgepakt en was ermee in de richting van de bomen gelopen. Pas nu, terwijl hij in de verte hoorde dat het geluidssysteem werd getest, voelde hij de adrenaline opkomen. Daarom had hij zo-even geglimlacht. Dit was niet alleen gevaarlijk, het was ook spannend.

171

De Amerikaanse ambassade, Londen, 11.45 uur
(12.45 uur in Auschwitz)

Drie grote zwarte SUV's, voorzien van ramen van getint glas, sloegen vanuit Park Lane Grosvenor Road op om even later op het terrein van de ambassade aan Grosvenor Square te stoppen.

Onmiddellijk werden de auto's omsingeld door een gewapend team van Amerikaanse mariniers in vol tenue. Even later werden de portieren van de voorste en achterste escortevoertuigen geopend en een stuk of vijf agenten van de Amerikaanse geheime dienst stapten uit. Meteen openden ze de portieren van de derde SUV waarna geheim agent Roland Sandoval uitstapte, gevolgd door vicepresident Hamilton Rogers, minister van Buitenlandse Zaken David Chaplin, hoofd gezamenlijke chefs van staven Chester Keaton en ten slotte de presidentiële chef-staf, Tom Curran.

Omsingeld door mariniers en agenten van de geheime dienst betrad het groepje het ambassadegebouw. Even later vielen de deuren achter hen dicht en verlieten de SUV's het terrein. De hele operatie had in totaal nog geen minuut geduurd.

Commandopost Amerikaanse geheime dienst, Auschwitz, 12.47 uur

'Deze man, hier!' riep Bill Strait plotseling hardop.

Hap en Marten draaiden zich tegelijkertijd om naar het computerscherm. Daarop prijkten de foto en de Associated Press-perskaart van ene Victor Young. 'Hij zat in het Ritz, in Madrid, op de avond dat de president verdween,' vertelde Strait. 'Hij wilde naar de derde verdieping. Het leek een vergissing. Hij zei dat hij een toerist was die op iemand wachtte. We hadden hem op onze beveiligingscamera's en we hebben de beelden nog bestudeerd, maar hij leek ons geen echt risico.'

'Weet je zeker dat hij het is?' vroeg Hap.

'Niet honderd procent, maar het komt verdomd dicht in de buurt.'

'Ik heb hem ook gezien,' zei Marten terwijl hij naar het scherm staarde. 'Hij reed me op straat voorbij, op de avond dat dr. Stephenson zichzelf doodschoot.'

'Zeker weten?'

'Ja, ik weet het zeker.'

'Zorg dat alle veiligheidsteams die foto krijgen!' beval Hap een agent van de geheime dienst achter hem. 'We komen meteen in actie!'

12.48 uur

Onopgemerkt door de gasten of de media verspreidden de tweehonderd Poolse, Amerikaanse, Franse en Duitse agenten van de geheime dienst zich zo onopvallend mogelijk over het terrein, op zoek naar ene Victor Young, een mogelijke sluipschutter met een M14.

12.50 uur

Samen met de leiders van de overige drieëntwintig NAVO-landen schaarden president Harris, bondskanselier Bohlen, de Franse president Geroux en de Poolse president Roman Janicki zich bijeen in de grote tent van waaruit ze nog geen zeven minuten later hun publieke opwachting zouden maken.

'Meneer de president...' Het was Hap, die snel kwam aangelopen. 'Kan ik u heel even spreken, alstublieft?'

De president excuseerde zich.

'Meneer de president, we hebben een beveiligingsprobleem. Eén man, waarschijnlijk een sluipschutter. Ik wil even wat uitstel.'

'Een sluipschutter?'

'Ja, meneer.'

'Maar je weet het niet zeker.'

'Niet honderd procent, nee.'

'Hap, de hele wereld kijkt toe. Het Congres is in speciale zitting bijeen voor ons. We zijn al van locatie veranderd omwille van veiligheidsredenen. Als we dit uitstellen, laten we de hele wereld zien hoe kwetsbaar we zijn, zelfs onder deze verstikkende veiligheidsmaatregelen. Hap, daar kunnen we niet aan beginnen. Ik moet erop vertrouwen dat jij die man vindt, dan wel ontdekt dat je je hebt vergist en er helemaal niets aan de hand is.' President Harris keek op zijn horloge. 'Over vier minuten stappen we naar buiten, Hap.'

'Meneer de president, laat me u dan verzoeken om een compromis. De live-verslaggeving is al begonnen. Laat mij om 12.55 uur meedelen dat we een technisch probleempje hebben en dat alles even zal moeten wachten totdat dit verholpen is. Ondertussen kunnen de tv-presentatoren wat improviseren of de videobeelden van uw eerdere rondgang door het kamp uitzenden. Gun ons alstublieft wat tijd.'

'Je denkt dus echt dat die persoon hier rondloopt?'

'Ja, meneer, dat denk ik.'

'Goed, je krijgt je compromis.'

12.55 uur

Op zijn buik kroop Victor door het hoge gras naar de rand van de vijver, hij bracht het geweer omhoog en tuurde door het vizier. Vierhonderd meter verderop, tussen de bomen door, kon hij het podium zien. Precies zoals het in zijn instructies beschreven stond.

Die vermeldden tevens dat de president van Polen drie minuten het woord zou krijgen en dat tijdens die drie minuten de Duitse bondskanselier, de president van de Verenigde Staten en die van Frankrijk zich schouder aan schouder achter de Poolse president zouden opstellen, wat een gelukje was, want de bondskanselier was iets kleiner dan de twee mannen. Vanaf zijn positie, hier op de grond, zou de kogel een opwaarts traject beschrijven en Anna Bohlen in de onderkaak treffen alvorens president Harris vlak onder zijn rechteroor zijn schedel te doorboren, en ten slotte het hoofd van de Franse president.

Hij kroop nog iets naar voren om wat beter zicht te hebben, en wachtte. Het was nog slechts een kwestie van een paar minuten, seconden eigenlijk, voordat iedereen naar buiten kwam en zijn plaats opzocht. Eén schot, en hij was klaar. Daarna zou hij het wapen gewoon achterlaten en weglopen, zich weer tussen de persmensen voegen, nog wat rondhangen, het mediaterrein verlaten en de lange rij geparkeerde auto's langs de weg aflopen naar de taxi die daar op hem wachtte.

Honden. Waarom hoorde hij honden?

172

12.57 uur

Met bonkend hart liet Victor zich weer in het gras vallen. De honden blaften en kwamen ergens vanaf de andere kant van de vijver zijn kant op. Door de luidsprekers hoorde hij iemand iets in het Engels en vervolgens in het Pools omroepen.

'Vanwege technische problemen is er een klein oponthoud. Graag nog even geduld.'

Technische problemen? O, nee! Ze hadden hem ontdekt!

Geschrokken keek hij om zich heen, maar het enige wat hij zag, was het oude prikkeldraadhek en de bomen daarachter. Het geblaf werd luider. Vóór hem lag de vijver, met rechts ook weer een hekwerk dat een geheel vormde met de bomen en schier oneindig leek. Links van hem stond het oude crematorium. Daartussenin lag een vlak terrein van zo'n honderd meter breed. Hem restte geen andere keus dan naar rechts te gaan. Maar opeens herinnerde hij zich een noodplan dat ook in de instructies vermeld stond die de taxichauffeur hem had overhandigd. Op ongeveer vierhonderd meter achter het hoge gras aan de overzijde van de vijver stonden de restanten van de oude barakken, nu nog slechts een kerkhof van betonnen funderingen en overgebleven schoorstenen. Ertussenin stond echter een vervallen gebouwtje van hout en baksteen waar de nazi's de karretjes hadden gestald waarmee de doden naar de crematoria werden vervoerd. In een hoek, verborgen onder wat planken, lag wat eten en water, een mobiele telefoon en een automatisch pistool. Als alles mislukte, kon hij zich daar verbergen, waar men weer contact met hem zou opnemen.

Het geblaf werd allengs luider en fanatieker. De honden waren hem op het spoor. Ergens vanuit de verte ving hij het geluid op van een startende helikopter.

'Laat dat geweer maar liggen. Verlos je van je geur, en van je kleren,' sprak hij hardop. Hij sprong overeind en liep op een drafje door het hoge gras naar de beschutting van de vijver.

Even later had hij de waterkant bereikt. Een mollige man van middelbare leeftijd die zich ontdeed van zijn schoenen en sokken en daarna ook de rest van zijn kleren op de grond wierp, inclusief zijn toegangspasje en AP-perskaart.

In een oogwenk lag hij in het water en zwom hij naar de overkant. Waar was Richard? Wie wás Richard eigenlijk? Het maakte allemaal niets uit. Dit was het einde, hij wist het. Hij had geen enkele kans meer.

13.03 uur

'We hebben het wapen en zijn kleren gevonden,' meldde een veiligheidsagent via zijn portofoon aan al zijn collega's.

Marten rende mee met de andere agenten, met in zijn hand een 9mm-Sig Sauer die Hap hem had toegeworpen op het moment dat ze de commandopost verlieten. Verderop zagen ze de vijver met langs de kant de blaffende en jankende honden. Bill Strait liep voorop. Met een machinepistool stevig in de hand rende hij zo hard hij kon. Plotseling dook hij naar rechts en liep hij om de vijver in de richting van iets wat leek op de restanten van wat oude barakken.

Marten volgde Strait, weg van het groepje agenten dat voor hem liep. Strait was nu alleen. Als hij in de problemen kwam, stond hij er alleen voor.

Zo'n vijftig meter vóór hem sprong Strait over een slootje en rende verder. Met brandende longen rende Marten achter hem aan. Ook hij had het slootje bereikt en sprong eroverheen. Eventjes verloor hij Strait uit het oog, daarna zag hij hem weer, rennend over een overwoekerd grindpad in de richting van de barakken.

Strait keek even achterom, zei iets in zijn headset en spurtte er weer vandoor.

Nog altijd zo'n vijftig meter achter hem bereikte ook Marten het grindpad. Op dat moment gleed hij uit, viel, sprong overeind en rende verder. Hij liep in. Veertig meter, dertig.

Iets verderop zag hij Strait stilstaan bij een vervallen, uit hout en bakstenen opgetrokken gebouwtje. Met het machinepistool in de aanslag, maakte hij aanstalten om behoedzaam door een gedeeltelijk openstaande deur naar binnen te gaan.

'Bill, wacht!' riep Marten.

Strait hoorde hem niet, of negeerde hem, want meteen daarna glipte hij door de deur naar binnen en verdween hij uit het zicht.

Twee, drie seconden later had ook Marten het gebouwtje bereikt. Binnen klonk een korte, abrupte woordenwisseling, gevolgd door het doffe geratel van een machinepistool.

'Jezus...' zei Marten verschrikt. Met de Sig Sauer voor zich uit sloop hij gebukt naar binnen.

Meteen richtte Strait zijn machinepistool.

'Niet schieten!' riep Marten.

Hijgend en zwetend staarde Strait hem een lang moment aan, hij liet vervolgens zijn machinepistool zakken en gaf een knikje in de richting van de achtermuur. Tegen de stenen fundering rustte het lijk van een naakte man van middelbare leeftijd. Een .45 automatisch pistool lag in zijn hand. De rest van zijn lichaam was een door kogels doorzeefde massa van vlees, bloed en botten.

'Victor Young,' stelde Strait vast. 'Is hij degene die jij in Washington hebt gezien?'

Marten liep naar het lijk en hurkte neer terwijl een stuk of tien veiligheidsagenten kwamen binnenstormen. Hij bekeek het lijk even aandachtig, stond op en keek Strait aan.

'Ja,' antwoordde hij. 'Ja, dat is 'm.'

Strait knikte en rommelde wat met zijn headset. 'Hap, met Bill,' meldde hij zich. 'We hebben hem te pakken. Ik denk dat het nu wel verantwoord is om de toespraak te laten beginnen.'

173

Marten gaf de Sig Sauer aan Bill Strait en liep langs de veiligheidsagenten naar buiten. Af en toe scheen de zon tussen de wolken door en schilderde het landschap in een buitengewoon zacht, wit licht. Het leek volkomen misplaatst om een omgeving als deze als 'prachtig' te omschrijven, maar nu niet. Het gaf Marten het gevoel dat ondanks wat er zojuist was gebeurd, en met deze grote, diverse groep van toehoorders, de weg naar harmonie zich misschien wel definitief had aangediend.

In de verte hoorde hij door de luidsprekers de stem van de Poolse president galmen, die aan zijn welkomstrede begon en daarna president Harris introduceerde.

Snel baande Marten zich een weg langs een stoet van Poolse en Amerikaanse veiligheidsagenten naar de rij zitplaatsen vlak voor het podium. De president wilde hem dicht in de buurt hebben, op een plek waar hij Marten goed kon zien. Hij begon wat sneller te lopen. Terwijl hij de vijver passeerde, viel zijn oog opeens op het kilometers lange prikkeldraadhekwerk dat ondanks deze mooie dag nog net zo onheilspellend leek als het zeventig jaar geleden moest zijn geweest. Misschien had hij het mis, misschien was er nog helemaal geen sprake van een weg naar harmonie.

'President Janicki, geachte bondskanselier, meneer de president...' De versterkte woorden van president Harris dreven over het veld '... mijn collega NAVO-vertegenwoordigers, geachte gasten, leden van het Congres in Washington, en u allen die over de hele wereld via de tv nu naar ons kijken. Ik sta hier als een van u, als een wereldburger. En in deze hoedanigheid zie ik het als mijn plicht om – als burger én als de president van de Verenigde Staten – enkele feiten aan u mede te delen die de laatste paar dagen en uren aan het licht zijn gekomen.

Zoals u weet had dit topoverleg tussen de NAVO-lidstaten in Warschau moeten plaatsvinden. Vanwege gevaar voor mijn veiligheid werd aanvankelijk geadviseerd om het overleg in zijn geheel af te gelasten. Na overleg met de lidstaten werd besloten alsnog zoals gepland bijeen te komen. Deze nieuwe locatie was mijn idee, en na overleg gingen ook de overige lidstaten akkoord. De keuze voor Auschwitz komt niet zomaar uit de lucht vallen. Dit is de plek waar miljoenen mensen tegen hun wil heen werden gevoerd om door een van de meest abjecte, genocidegerichte regimes uit de moderne geschiedenis te worden afgeslacht.'

Marten sloeg een hoek om en liep tussen de oude stenen gebouwen door. In de verte kon hij de president op het podium zien staan, met de NAVO-vertegenwoordigers op het verhoogde podium daarachter en de vlaggen van de zesentwintig lidstaten wapperend in de bries. De scherpschutters waren nog altijd goed zichtbaar op de daken. Poolse commando's met hun kogelvrije vesten en automatische geweren bewaakten de omgeving terwijl op het terrein zelf honderden agenten van de geheime dienst in burger de gasten observeerden.

'De afgelopen week,' vervolgde de president zijn toespraak – zijn woorden klonken steeds helderder door de luidsprekers – 'is een terroristische organisatie, al even abject en genocidegericht als die destijds onder leiding van Adolf Hitler, ontmaskerd en vernietigd.'

Inmiddels had Marten het podium bereikt en zocht hij een plekje onder een boom vlak vooraan. Op dat moment zag hij dat de president even zweeg, zijn kant op keek en bijna onmerkbaar knikte. Marten knikte terug.

'Deze groep, die we tijdelijk simpelweg als het Verbond zullen aanduiden, vertegenwoordigt niet één bepaald land, ras of religie, behalve haar eigen aanhang. Ze bestaat uit zeer bevoorrechte criminelen, afkomstig uit politieke en militaire kringen, internationale economische instituties en, mochten onze vermoedens kloppen, al eeuwenlang. Dit klinkt misschien raar, uit de duim gezogen, ja, zelfs absurd. Maar ik verzeker u, dat is het niet. De afgelopen dagen ben ik persoonlijk getuige geweest van hun gruweldaden, heb ik de resultaten van hun experimenten op mensen zelf kunnen aanschouwen; heb ik in Spanje, in geheime laboratoria, verborgen in oude mijntunnels en schachten, de lijken en lichaamsdelen kunnen zien. Ik heb gezien hoe de diepste geloofsovertuigingen van mensen werden gemanipuleerd om enkel het eigenbelang na te streven, in de vorm van afschrikwekkende rituelen waarbij mensen levend werden verbrand als heksen op de brandstapel, dit als onderdeel van een omvangrijke ceremonie die het hoogtepunt vormde van hun zogenaamde "jaarlijkse bijeenkomst".

De afgelopen week zou ik omwille van veiligheidsredenen vanuit mijn hotel in Madrid naar een "geheime" locatie zijn gebracht vanwege een "zeer ernstige terreurdreiging". In zekere zin was dat waar: er was inderdaad sprake van zo'n dreiging, maar die was afkomstig uit mijn eigen gelederen; van enkelen van de hoogste functionarissen binnen de Amerikaanse regering, van mensen die ik beschouwde als mijn beste vrienden en op wier adviezen ik al jarenlang vertrouwde. Zij eisten dat ik de Amerikaanse wet en mijn eed schond. Dat weigerde ik. Nee, ik ben nooit naar deze geheime locatie overgebracht; ik ben mijn eigen mensen ontvlucht. Niet alleen omdat bij hen mijn leven gevaar liep, maar ook omdat in Europa en elders in de wereld hun handlangers klaarstonden om een massale, ongeëvenaarde genocidecampagne in het Midden-Oosten te lanceren.

Gisteren heb ik het aftreden van de volgende functionarissen bevolen: vicepresident van de Verenigde Staten Hamilton Rogers, minister van Buitenlandse Zaken David Chaplin, minister van Defensie Terrence Langdon, luchtmachtgeneraal en hoofd gezamenlijke chefs van staven Chester Keaton, en chef-staf van het Witte Huis Tom Curran. Inmiddels is mij meegedeeld dat al deze mensen het afgelopen uur op de Amerikaanse ambassade in Londen aan de autoriteiten van de Amerikaanse regering zijn overgedragen en zijn aangeklaagd wegens vermeend lidmaatschap van een terroristische organisatie en wegens hoogverraad jegens de bevolking en de regering van de Verenigde Staten.

Daarnaast is mij meegedeeld dat ook in Duitsland en Frankrijk arrestaties te verwachten zijn. Op dit moment is het nog te vroeg om daarover verdere mededelingen te doen, behalve dan de verwachting uit te spreken dat ook in andere landen sleutelfiguren zullen worden gearresteerd.

Voor ons allemaal is dit een verpletterende en onverwachte onthulling geweest die ons met afschuw vervult. De Duitse bondskanselier, de president van Frankrijk en ik ervaren dit bovendien als een persoonlijk verraad door dierbare vrienden op wie we vele jaren hebben vertrouwd.

Slecht nieuws komt altijd te vroeg. De feiten zijn pijnlijk en naargeestig, maar de onderliggende waarheid is vele malen erger. De komende dagen en weken zullen we meer te weten komen, en daarvan zult u op de hoogte blijven. Ondertussen kunnen we het lot slechts danken voor het feit dat we fortuinlijk genoeg waren om het monster te vinden en het te elimineren voordat het aan zijn grote slachting begon.

Hier, in Auschwitz, hoeven we alleen maar om ons heen te kijken om te worden herinnerd aan de afschuwelijke prijs van het fanatisme. We zijn het aan onszelf, onze kinderen en kleinkinderen, en aan al diegenen die hier wegkwijnden, verschuldigd om deze vorm van kanker voorgoed uit te bannen. Het is iets wat we met z'n allen kunnen klaarspelen…

Dank u voor uw aandacht.'

De president keek zijn publiek nog even aan alvorens zich naar bondskanselier Anna Bohlen, de Franse president Jacques Geroux en ten slotte de Poolse president Roman Janicki om te draaien en hen de hand te schudden. Vervolgens daalden de vertegenwoordigers van de NAVO-lidstaten een voor een het trapje af om hem te bedanken en hem plechtig de hand te drukken.

Net als bijna alle aanwezigen – de gasten, de veiligheidsmensen, de media – keek ook Marten nog een lang ogenblik verbluft toe. De toespraak van de president was bepaald geen veer op eigen hoed geweest, en ook geen politieke handdruk. Hij had de waarheid gesproken, precies zoals hij Marten had beloofd. Wat voor reacties ze konden verwachten en waar en wanneer – een uitbarsting van woede en protesten in het Midden-Oosten en moslimenclaves over de gehele wereld; aantijgingen als zou de president geestelijk labiel zijn, niet in staat zijn ambt te vervullen; furieuze ontkenningen en tegenaanvallen door de gearresteerden dan wel hun volgelingen, die zichzelf aldus zouden verraden – het liet zich allemaal onmogelijk voorspellen. Maar ze konden erop rekenen dat er reacties zouden komen, zoals de president al van meet af aan had voorspeld.

'Ik ga daar een paar dingen zeggen die diplomatiek gezien nogal gevoelig zullen liggen,' had hij Marten verteld, 'wetende dat dit me wereldwijd hoogstwaarschijnlijk bepaald niet in dank zal worden afgenomen. Maar toch ga ik ze niet uit de weg, want we hebben nu een moment bereikt waarop volksleiders de waarheid dienen te spreken tegen degenen door wie ze gekozen zijn, of ze dat nu leuk vinden of niet. Niemand van ons kan nog langer op de oude politieke voet verder gaan.'

De president had hem gevraagd om, als morele steun, zijn toespraak bij te wonen, maar eigenlijk had hij die niet nodig gehad. Hij koesterde zijn eigen, heldere visie over wie hij was en welke zware verantwoording er op zijn presidentiële schouders rustte. Omdat hij nimmer vijanden maakte, hadden zijn 'vrienden' hem het presidentschap bezorgd. Ze beschouwden hem als soft, als iemand die ze konden kneden al naar gelang ze wensten. Maar daarmee hadden ze hem helemaal verkeerd ingeschat, en dat was hen duur komen te staan.

Marten wierp nog één blik naar de president en de NAVO-vertegenwoordigers die om hem heen stonden. Dit was Harris' wereld, de wereld waar hij thuishoorde. Nu was het voor Marten tijd om zijn eigen wereld weer op te zoeken. Hij draaide zich om en wilde weglopen, maar een bekende stem riep opeens zijn naam. Hij keek op en zag Hap Daniels op zich af komen.

'We vertrekken. De Marine One staat gereed. Over tien minuten zijn we in de lucht,' deelde hij mee. 'Over vijftig minuten precies stijgen we op met de Air Force One. De president heeft verzocht om een tussenlanding in Manchester. Om je daar af te zetten.' Hij glimlachte even. 'Je eigen privéjet, zeg maar.'

Marten grijnsde. 'Ik heb al een gewone vlucht geboekt, Hap. Bedank de president maar namens mij, en zeg hem dat ik even niet op alle aandacht zit te wachten. Hij begrijpt wel wat ik bedoel. Misschien dat we met z'n allen een keer bij elkaar moeten komen voor een hapje en een drankje. Hij, jij, Miguel en ik. En de jongens ook, natuurlijk. Vooral José.'

'Kijk maar uit, want hij is ertoe in staat.'

Marten glimlachte en reikte Hap de hand. 'Ik wacht de uitnodiging wel af.'

Ze schudden elkaar de hand, maar Hap werd weer weggeroepen. Marten keek hem na, draaide zich om en begaf zich naar de uitgang. Even later bereikte hij de poort en hij keek omhoog naar het oude, smeedijzeren opschrift.

ARBEIT MACHT FREI.

Galgenhumor van de nazi's. Maar afgezien van henzelf waren er maar weinig mensen die erom konden lachen. Uitgeput als hij was, raakten de woorden hem gek genoeg opeens op een manier die hij nauwelijks had kunnen bedenken. Ze toverden zowaar een kleine glimlach om zijn mond en maakten dat hij even het hoofd schudde nu de onderliggende ironie duidelijk werd.

Zou hij zelf nog wel werk hebben?

EPILOOG

I

Landgoed Banfield, Halifax Road, Manchester, maandag 12 juni, 8.40 uur

Het was tot op de dag af twee maanden geleden dat Marten afscheid had genomen van Hap en dat hij Auschwitz uit was gelopen. Mocht hij zich toen ongerust hebben afgevraagd of hij nog wel een baan had bij Fitzsimmons and Justice, dan had hij zich die zorgen kunnen besparen. Toen hij die avond weer thuis was in Manchester, stonden er zes berichten op zijn voicemail. Vier waren van zijn baas Ian Graff, die vroeg of hij terug wilde bellen zodra hij thuis was. De andere waren van Robert Fitzsimmons en Horace Justice. De eerste kende hij goed van kantoor. Justice, de zevenentachtigjarige oprichter van het bedrijf, die met pensioen was en in het zuiden van Frankrijk woonde, had hij nog nooit ontmoet. Maar goed, alle drie hadden ze hem het allerbeste toegewenst en de hoop uitgesproken dat hij zich de volgende ochtend zou melden.

De voornaamste reden?

De president, zo scheen het, had vanuit de Air Force One met alle drie persoonlijk gebeld en hun gezegd hoe dankbaar hij was voor Martens hulp tijdens de afgelopen dagen en dat hij erop vertrouwde dat diens afwezigheid hem niet kwalijk genomen zou worden. En zo geschiedde. Marten werd onmiddellijk weer fulltime op de Banfield-klus gezet, die door het geruzie en de bedenkingen van het echtpaar Banfield met meer mijnenvelden bezaaid leek te zijn dan alles wat hij samen met de president had moeten overwinnen. Toch had hij zich er gretig op geworpen en had hij doorgezet. Nu begon alles dan eindelijk goed te lopen. Het egaliseren van het terrein was gedaan, het sproeisysteem lag ingegraven, aan de beplanting werd begonnen en de Banfields waren weer eensgezind. Dat laatste was voornamelijk te danken aan het feit dat mevrouw Banfield in blijde verwachting was van een tweeling en daarom haar tijd, opvattingen en energie was gaan wijden aan het aan kant krijgen van de woning. Gelukkig volgde meneer Banfield haar voorbeeld, als hij even niet met zijn carrière als beroepsvoetballer bezig was. Zo kon Marten ongestoord toezien op de rest van het werk. Ondertussen stond na de toespraak van de president de hele wereld op zijn kop.

De president had gelijk gehad met zijn opmerking dat zijn woorden hem 'hoogstwaarschijnlijk bepaald niet in dank afgenomen zouden worden'. De reacties waren inderdaad van meet af aan akelig geweest, en nog steeds.

In de Verenigde Staten, en in Washington in het bijzonder, heerste vierentwintig uur per dag een mediachaos. Tv, radio, tijdschriften en kranten verkeerden in de ban van politieke praatprogramma's. Internet raakte welhaast overbelast door bloggers die meenden dat de president in het diepe was gesprongen en een idioot was, dat hij diende te worden opgenomen of afgezet of allebei. Samenzweringstheoretici hadden de mond vol van 'Ik heb het toch gezegd?' De politiek – rechts, links, het midden – iedereen wilde weten wat dit raadselachtige Verbond precies behelsde en wie ertoe behoorde; naar welke religie de president had verwezen; wie er tijdens ceremoniële rituelen levend waren verbrand; hoe de gerenommeerde leden van het New World Institute betrokken konden zijn geweest bij hetgeen zijn beschuldigingen hadden gesuggereerd; waar waren de bewijzen?

In het Midden-Oosten en in moslimenclaves in heel Europa en rond de Stille Oceaan was het niet anders. Burgers en regeringen wilden de details weten over deze 'genocide'. Welke landen zouden doelwit zijn geweest en wanneer? Om hoeveel doden zou het zijn gegaan? Wie zouden hun land hebben bezet? Wat zou er verder nog zijn gebeurd? Wat was de achterliggende gedachte, het doel? Wat hadden de leden van deze organisatie gehoopt te bereiken? Was de dreiging echt achter de rug? En ten slotte, was dit een zoveelste arrogante zet van een Amerikaanse president, bedoeld om ongekende angst te zaaien in de islamitische wereld door na terroristische aanslagen in Amerika, Europa en de Stille Oceaan te gaan dreigen met de nachtmerrie van de totale vernietiging?

Bij het uitblijven van antwoorden reageerde de islamitische gemeenschap kordaat. In heel het Midden-Oosten vonden grote, gewelddadige demonstraties plaats tegen Amerika en tegen Europa. Frankrijk werd geteisterd door al net zo gewelddadige straatgevechten en autoverbrandingen, gepleegd door jonge, doorgaans arme moslims die werden opgezweept door radicale imams die er volgens de autoriteiten 'twijfelachtige bedoelingen' op na hielden. Minder gewelddadige demonstraties werden gehouden in Engeland, Nederland, Duitsland, Italië en Spanje. In de Verenigde Naties klonk de eis om een nadere verklaring en specifieke details, maar die werden vooralsnog niet verwacht omdat er omtrent Foxx' meesterplan nog geen bijzonderheden waren aangetroffen.

De verhoren van vicepresident Rogers, minister van Buitenlandse Zaken Chaplin, minister van Defensie Langdon, voorzitter van de chefs van staven en luchtmachtgeneraal Keaton en chef-staf Curran van het Witte Huis hadden evenmin informatie opgeleverd; na terugkeer in Washington en aangeklaagd door een magistraat hadden ze volhard in hun onschuld en waren ze overgedragen aan Amerikaanse politiecommandanten op de luchtmachtbasis Andrews.

Ook de verhoren van de leden van het New World Institute, die in Aragón aanwezig waren geweest, hadden hoegenaamd geen nieuwe feiten onthuld; ze waren inmiddels aangehouden en werden op verdenking van lidmaatschap van een terroristische organisatie en samenzwering tot massamoord op diverse locaties vastgehouden.

Ook was er door de ECSAP-eenheid van de geheime dienst (Electronic Crimes Special Agent Program), belast met het onderzoek van de harddisks die Hap en de president uit de computer in de kerk van Aragón hadden gehaald, niets officieel bekendgemaakt. Begrijpelijk, want dit was een onderzoek dat zich met een slakkengang voortsleepte en met uiterste zorg werd verricht, niet alleen vanwege het achterhalen van de informatie op de schijven maar ook omdat de inhoud wel eens doorslaggevend bewijs kon bevatten dat in de rechtbank zou worden gebruikt.

Intussen werkten internationale veiligheidsdiensten achter de schermen nauw samen om alle beetjes informatie aan elkaar te knopen om zo te komen tot een duidelijk bewijs van samenzwering. Hierbij werden met name politieke partijen in Frankrijk en Duitsland onder de loep genomen, waar 'onze mensen', zoals Jake Lowe de president in de woning van Evan Byrd in Madrid had laten weten, voorheen 'nog niet in positie waren. Nu zijn ze dat wel. Vrienden op wie we kunnen vertrouwen, die het kunnen weten, hebben dit ons verzekerd.'

'Wat voor vrienden?' had de president geriposteerd. 'Waar hebben jullie het over?'

Die 'vrienden' bleken precies de lieden te zijn die wereldwijd werden gezocht. In Duitsland werd een onbeduidende politieke partij, Das Demokratische Bündnis, de partij van civiel ingenieur Klaus Melzer, Martens Peper-en-Zoutschaduw in Barcelona, doelwit van onderzoek; alle leden stonden onder zware surveillance, inclusief telefoontaps, inzage van e-mails, bankrekeningen en reisgegevens. Het was een onderzoek dat algauw een zusterorganisatie in Frankrijk aan het licht bracht: Nouveau Français Libre. Deze nieuwe partij voor een vrij Frankrijk had haar hoofdkantoor in Lyon en beschikte over lokale afdelingen van Calais tot Marseille.

De brand die na de enorme explosie was ontstaan in de kerk en de kilometers lange oude mijntunnels die vanonder het Aragón-resort wegleidden naar La iglesia dentro de la montaña, de eeuwenoude kerk aan de andere kant van de bergen, en bijna helemaal tot aan het klooster bij Montserrat woedde nog steeds voort.

Autoriteiten en mijndeskundigen waren het erover eens dat het nog weken, zo niet maanden zou duren voordat het vuur vanzelf zou doven en alles voldoende afgekoeld zou zijn om er veilig verkenners op af te sturen. De bron van de explosies was, net als die van amper een dag daarvoor vlak bij het klooster bij Montserrat, toegeschreven aan een decennialange opbouw van dodelijk methaangas in de lang afgesloten tunnels. Het was een verklaring die al direct tot opgetrokken wenkbrauwen leidde en de vraag opwierp hoe iemand een dergelijke verwoesting bewust kon hebben gepland.

Ondanks alles waren er toch bewijzen. President Harris en Nicholas Marten waren in het geheim gehoord over wat ze in de tunnels en laboratoria en elders hadden gezien. Zo ook Demi Picard, Hap Daniels, Miguel Balius en de Spaanse tieners José, Hector en Amado. Andere getuigen – agent Bill Strait van de Amerikaanse geheime dienst, helikopterpiloot majoor George Herman 'Woody' Woods en het medische team en de bemanning van de Chinook – bevestigden de zelfmoord van de nationale veiligheidsadviseur dr. James Marshall. Officieel werd het als een tragisch ongeval bekendgemaakt. De dood van politiek adviseur Jake Lowe werd voorgeschoteld als mogelijke doodslag, vooral na een vertrouwelijke getuigenis van de Spaanse hoofdinspecteur Belinda Diaz en nadere ondervraging van agent Strait over dr. Marshalls melding van het incident.

Tegelijkertijd deden de staatsjuristen van de vicepresident, de minister van Buitenlandse Zaken, de minister van Defensie en de anderen – de aanmatigende woede-uitbarstingen en beweringen van volledige onschuld ten spijt – al hun best om de aanklacht van hoogverraad af te zwakken tot 'bedreigingen tegen de president'.

Dit alles gaf de president hoop dat de waarheid waarover hij in zijn toespraak in Auschwitz had gesproken niet de politieke zelfmoord was waar velen haar voor hadden gehouden, maar gewoon iets wat je deed als je de mensen de waarheid wilde vertellen; want hij was van mening dat er op dit breekbare moment in de geschiedenis geen andere manier was.

Marten zorgde ervoor dat hij wat op afstand bleef en dat zijn naam en gezicht uit de publiciteit werden gehouden. Ondertussen hield hij het nieuws in de gaten en zijn aandacht gericht op het Banfield-project.

Vervolgens werd hij op 21 mei, op een vrijdagochtend, door Robert Fitzsimmons op diens werkkamer ontboden, waar hem werd verzocht om naar

Londen te vliegen om kennis te maken met een bijzondere cliënt, ene dr. Norbert Holmgren, een vooraanstaand chirurg die om de hoek van Hyde Park woonde en op het platteland buiten Manchester een groot landgoed bezat waar hij de boel eens grondig op de schop wilde nemen.

Toen Marten daar aankwam, bleek dr. Holmgren niet thuis te zijn, maar hij werd toch binnengelaten. Bij het betreden van de zitkamer trof hij daar twee mensen die hem hadden opgewacht: Hap Daniels en president Harris; de laatste was in het geheim naar Londen gegaan voor een privéonderhoud met de Britse premier Jack Randolph. Martens eerste reactie was een brede grijns en een vrolijke, stevige omhelzing van beide mannen. Maar meteen daarna ging er een alarmbelletje rinkelen in zijn hoofd en deed hij een stap naar achteren.

'En wat nu?' vroeg hij.

Het betrof strikt geheime informatie die de president aan hem had willen vertellen.

'Aradia Minor,' zo had de president gezegd, waarna hij had uitgelegd dat Demi in Parijs was ondervraagd door de FBI en had verteld over haar decennialange zoektocht naar haar moeder en over wat ze te weten was gekomen over de eeuwenoude en geheime coven van Italiaanse heksen, Aradia geheten, die het Aldebarankruis als herkenningsteken gebruikte, en over wat Giacomo Gela had onthuld over de nog geheimzinniger orde binnen die heksencoven, Aradia Minor. Een orde waarnaar in schrift simpelweg met de letter A gevolgd door de letter M werd verwezen en geschreven in een combinatie van het Hebreeuwse en Griekse alfabet: 'א μ'. Het was Aradia Minor, een diep religieuze cultus van oprechte gelovigen die door de eeuwen heen waren gemanipuleerd om het Verbond 'heksen' te offeren.

Later had Demi verteld over haar gevangenschap en over de afschuwelijke beelden van haar in vlammen omgekomen moeder, die ze telkens weer hadden afgedraaid. Ten slotte had ze verteld over wat ze ondergronds had gezien toen ze haar via de monorail naar de kerk hadden gebracht: de lege proeflaboratoria, de lang geleden verlaten en op barakken lijkende vertrekken en tot slot, onder de kerk zelf en aan het eind van het enkele spoor, de grote verbrandingsoven.

'Zo ontdeed Foxx zich dus van de lijken.' Terwijl Marten het zei, voelde hij de rillingen over zijn rug lopen.

'Ja,' zei de president. 'Kijk hier eens naar.' Hij knikte even naar Hap, die een laptop open klapte.

'De geheime dienst is nog steeds druk bezig met die harddisks, maar er is al wat informatie van afgehaald. Kijk maar eens.'

Marten keek naar het computerscherm en zag een reeks foto's, genomen in een kamer in een van de hoge gebouwen van het kloostercomplex van Montserrat, met uitzicht op het grote plein voor de basiliek. Foto's van Foxx die kennelijk door Foxx zelf waren gemaakt met de zelfontspanner, en waarop een kleine kantoorachtige ruimte, een telescoop en een videorecorder te zien waren. Daarna foto's die met een telelens waren gemaakt, alsof ze door de telescoop zelf waren genomen, met close-ups van mensen op het plein.

'Zo selecteerde hij zijn "patiënten",' zei de president, 'een voorraad waar geen einde aan kwam. Het was de "gewone man" naar wie hij zocht. Op de foto gezette, handgeschreven aantekeningen doen vermoeden dat hij de monniken attendeerde op de mensen die hij had uitgekozen, en zij vervolgens aan de slag gingen. Niet ter plekke, maar ze volgden de slachtoffers naar waar ze vandaan waren gekomen en ontvoerden ze dan later.'

'Die schoft had alles goed doordacht,' zei Marten kwaad, en hij keek de beide mannen aan. 'Is er niets gevonden over zijn plan voor het Midden-Oosten of aantekeningen over zijn experimenten?'

'Nee. Tenminste, nog niet.'

'En Beck en Luciana?'

'Geen spoor. Of ze zijn ontkomen of ze zaten vast toen de kerk de lucht in ging. Ze staan nog steeds op de opsporingslijst.'

'Dus dat is het dan? Totdat er meer bekend wordt van wat er op die harddisks staat, of wat het lopende onderzoek aan het licht zou kunnen brengen.'

'Min of meer, ja,' reageerde Hap zacht, en hij keek naar de president.

'Een eenvoudige lijst in een dagboek dat werd bijgehouden door mijn vriend en adviseur Jake Lowe,' zei de president. Hij aarzelde, en Marten zag dat hij door emoties werd overmand.

'Wat is er?'

'Je wist dat mijn vrouw joods was?'

'Ja.'

'Je wist ook dat ze enkele weken voor mijn verkiezing overleed aan een hersentumor?'

'Ja.'

'Ze wilden wel de joodse stemmen, maar geen jood in het Witte Huis. Als zij stierf, zo dachten ze, zou ik niet slechts dankzij het medeleven van de joden maar ook dankzij dat van het grote publiek flink stijgen in de polls.'

Opnieuw liepen Marten de rillingen over de rug. 'Foxx vermoordde haar met iets wat een hersentumor simuleerde...'

'Ja,' zei de president. Hij beefde en probeerde de tranen uit zijn ogen te knipperen. 'Het lijkt erop,' zei hij geëmotioneerd, 'dat we allebei iemand hebben verloren van wie we intens hielden.'

Marten liep naar de president en omhelsde hem. Een lang ogenblik hielden de twee mannen elkaar stevig vast. Tot in het diepst van hun vezels wist de een wat de ander voelde.

'Meneer de president, we moeten gaan,' zei Hap ten slotte.

'Ik weet het,' reageerde hij, 'ik weet het.'

De mannen keken elkaar aan, en de president glimlachte. 'Zodra alles een beetje tot rust is gekomen, kom jij naar mijn ranch in Californië en zullen we samen genieten van die steak en dat biertje. Iedereen. Jij, Hap, Demi, Miguel en de jongens.'

Marten grijnsde. 'Dat hebt u van Hap.'

Nu was het Haps beurt. 'Ik wou het voorstellen, maar hij was me voor.'

Marten stak zijn hand uit. 'Succes, meneer de president.'

De president nam de hand in de zijne, omhelsde hem nogmaals en deed een stap naar achteren. 'Jij ook succes, neef, en God zegene je.'

Daarna draaide hij zich om en liep weg. Hap drukte Marten de hand en knikte zoals alleen mannen die zij aan zij hebben gevochten en het hebben overleefd dat kunnen. Hij knipoogde, glimlachte en volgde de president naar buiten.

2

Manchester, nog steeds maandag 12 juni, 23.48 uur

Marten lag in het donker in zijn zolderappartement met uitzicht op de rivier de Irwell. Zo nu en dan dansten de koplampen van een voorbijrijdende auto, buiten op straat, over het plafond. Of ving hij de stemmen op van voorbijgangers op het trottoir. Maar het was toch vooral stil, zo laat aan het einde van een lange zomerdag.

Hij zette zijn gedachten aan het Banfield-project en aan de herinneringen aan het Verbond uit zijn hoofd. Hij wilde slapen, geen gedachten oproepen waarvan hij wist dat hij weer hyper en klaarwakker zou worden.

Even dacht hij terug aan toen hij voor het eerst vanuit Los Angeles in Engeland aankwam en net zijn naam van John Barron had veranderd in Nicholas Marten en heel erg zijn best deed om woonruimte te vinden waar hij in de anonimiteit kon verdwijnen, uit zicht van iedereen bij de politie van Los Angeles die jacht op hem zou kunnen maken. Tegelijkertijd wilde hij zijn zus Rebecca helpen om van een verschrikkelijk psychisch trauma te herstellen.

Haar herstel en verhuizing naar Zwitserland, en haar verhaal naderhand, zoals hij heel even aan de president had laten doorschemeren, waren opmerkelijk, zo niet fantastisch geweest. Veel was mogelijk gemaakt door de meest onnavolgbare persoon die hij ooit had gekend: de sexy en schunnige 'Lady Clem'. Lady Clementine Simpson, van adellijken bloede, was enig kind van de graaf van Prestbury, en Marten had overwogen haar te huwen tot ze hem op een dag doodgemoedereerd had verteld dat ze zich net had verloofd met de pas aangestelde Britse ambassadeur in Japan en daarom meteen van Manchester naar Tokyo zou verhuizen. En dat had ze gedaan. Voor zover hij wist, was ze nu nog steeds getrouwd en zat ze ook nog steeds in Japan, want in bijna zes jaar tijd had hij nog niet eens een ansichtkaart of een e-mailtje van haar ontvangen.

Rebecca's ervaring met haar genezingsproces en haar ontvankelijkheid voor wat een herstel inhield, maakten dat ze zich vrijwillig aanbood om wat tijd door te brengen met Demi, die, zoals Marten haar had verteld, een zwaar psychologisch trauma had waar ze volgens de specialisten in Parijs nog wel eens jaren voor nodig zou kunnen hebben om van te herstellen. Met verlof van haar werk bij Agence France-Presse was ze naar Zwitserland gegaan om bij Rebecca in te trekken; ze stond haar inmiddels bij in haar werk als gouvernante van drie snel opgroeiende kinderen, en heel langzaam kon ze de herinneringen aan haar moeder en Merriman Foxx, Luciana, predikant Beck, Cristina en het vuur loslaten.

Dinsdag 13 juni, 1.20 uur

Marten was nog steeds wakker. En hij wist wel waarom. Op zijn netvlies stond een indringend beeld gebrand, dat van een naakte man van middelbare leeftijd, liggend tegen de oude stenen fundering van een schuur in Auschwitz, met een .45 automatisch pistool in de hand en zijn lijf uiteengereten door een salvo kogels. Victor Young, de man die hij in Washington langs had zien rijden op de avond dat hij dr. Lorraine Stephenson had opgewacht en ze op de stoep pal voor hem zelfmoord had gepleegd; diezelfde man van wie hij zich later herinnerde dat hij hem twee dagen daarvoor had gezien toen hij vlak na Carolines overlijden, overmand door verdriet, urenlang door de regen vlak bij het Witte Huis had gelopen. Young, of hoe de man ook echt mocht heten, had aan het stuur gezeten van de auto die hem op die donkere, bijna verlaten boulevard langzaam had gepasseerd. Twee maal had hij Young duidelijk gezien, en hij vroeg zich af of Foxx of Beck of beiden toen al argwaan voelden vanwege Caroline en ze iemand hadden gestuurd om hem in de gaten te houden.

Maar er was meer.

De geheime dienst had Victors gangen nagetrokken van Washington naar Berlijn, naar Madrid, naar Parijs en vervolgens naar Chantilly, waar hij de avond voor de dubbele moord op de jockeys een hotelkamer had genomen. Daarna was hij teruggereisd naar Parijs en daar op de trein naar Warschau gestapt, waar de NAVO-top aanvankelijk zou zijn gehouden. Toen deze werd verplaatst naar Auschwitz, was hij per trein daarheen gereisd en arriveerde hij een uur voor de geplande toespraak van de president bij de persingang, met het juiste pasje van het persbureau AP op zak, zijn naam op de door de geheime dienst gescreende lijst en een M14-geweer verstopt in een statiefkoffer, die aan boord van een zendwagen binnen was gesmokkeld.

Hoe hij van de locatiewijziging had gehoord om zelf bijtijds naar Warschau te kunnen reizen, hoe hij aan zijn perskaart was gekomen en hoe hij zijn naam op de lijst had gekregen, en hoe en door wie het geweer naar binnen was gesmokkeld, dat alles was onduidelijk en werd nog onderzocht. Wat wel duidelijk was, was dat hij de president al vanaf Berlijn bij zo'n beetje elke tussenstop op diens Europese rondreis had achtervolgd en dat hij zelfs zover was gegaan om de beveiliging van het Ritz in Madrid op de proef te stellen.

En dat laatste was wat Marten nu uit zijn slaap hield, wat al enige tijd aan hem had geknaagd, maar waar hij pas nu enige lijn in begon te ontdekken. Of Victor in zijn eentje werkte of voor het Verbond of voor heel iemand anders, dat deed er niet zoveel toe. De M14 was het bewijs dat hij de president had willen ombrengen, of deze nu in Warschau of in Auschwitz sprak. Het was heel goed mogelijk dat hij ook de Duitse bondskanselier en de Franse president had willen doden, en dat was nu juist het probleem. Achteraf gezien was het te voor de hand liggend. Te bedacht. Het spoor dat hij had achtergelaten, was te mooi om waar te zijn.

Hoe goed Victor ook was als scherpschutter, hij was geen beroeps, en als het Verbond met al zijn middelen en connecties – van het leger tot de minister van Defensie en de nationale veiligheidsadviseur – een of alle drie de regeringsleiders had willen vermoorden, en daar had het alle schijn van, in elk geval tot aan hun ondergang in Aragón, dan zouden ze ongetwijfeld een professional of een team van professionals hebben gebruikt. Victor, daar was Marten van overtuigd, was hun zondebok. Een Lee Harvey Oswald. Als hij de kogels afvuurde en het doelwit uitschakelde, prima; zo niet, ook prima. Hij had een spoor achtergelaten en zichzelf zo kwetsbaar gemaakt dat hij kon worden geëlimineerd als er iets misging. En dat was dan ook gebeurd, niet alleen vanwege het fiasco in Aragón, maar ook omdat Marten zich de moorden in Washington en Chantilly had herinnerd en de noodklok had geluid.

En dat zat hem op dit moment zo dwars en hield hem uit zijn slaap. De hele zaak was ogenschijnlijk in de doofpot gestopt. Het Verbond was een halt toegeroepen, alles werd onderzocht en als de informatie op de harddisks nog nieuwe feiten opleverde, zouden ze over volledige jaaroverzichten beschikken van de bijeenkomsten en de identiteiten van de aanwezige leden, met mogelijk belastende onthullingen die afhankelijk van de inhoud naar jaren, zelfs decennia, misschien zelfs eeuwen terug zouden kunnen leiden.

Toen Marten op weg naar huis in Londen een tussenstop had moeten maken, had hij een paar uur over gehad om de stad in te gaan. Daar had hij de Big Ben horen luiden, precies zoals in steden en dorpen overal ter wereld het uur werd geslagen, door klokken die de Westminster Quarters speelden, een bekende deun die de halve wereldbevolking uit het hoofd kende. Diezelfde Westminster Quarters hadden geklonken – en nog wel zo volkomen misplaatst – bij de kerk van Aragón toen de leden van het New World Institute deze betraden. Hij vroeg zich af of het misschien een universeel signaal van het Verbond was, bedoeld voor zijn geheime leden overal ter wereld, ten teken dat het, ongeacht wat er gebeurde, nog altijd springlevend was. En dat nog eeuwenlang zou blijven. Mocht dit zo zijn, dan was het Verbond helemaal geen halt toegeroepen, maar had het er net zoals Foxx' geplande vernietiging van Aragón eenvoudigweg voor gekozen om een tijdje, misschien wel decennialang, ondergronds te gaan. En als dat zo was, dan liepen er nog steeds leden rond van wie niemand afwist of het zelfs maar kon vermoeden.

Het was de reden waarom hem nu weer te binnen schoot wat er bij Auschwitz was gebeurd nadat hij Hap op het gevaar van een mogelijke sluipschutter had geattendeerd. Vergeet die perskaart of de door de geheime dienst gescreende lijst of het verborgen geweer maar. Victor was door iemand anders verlinkt. Bill Strait was degene die Victors persfoto op het scherm had getoverd om hem te identificeren als de man die hun beveiliging in Madrid had uitgeprobeerd. Toen ze hem even later op de hielen zaten, met de andere agenten en de honden en hun verzorgers in hun kielzog, was het Strait geweest die plotseling, voor Marten uit en weg van de anderen, van koers was veranderd en om de vijver was gerend om bijna in een rechte lijn naar het gebouwtje te spurten waar Victor zich verschool, alsof Strait precies wist waar hij zou zitten.

En toen Marten hem achterna had gezeten en naar Strait had gebruld om te wachten totdat hij er was, had Strait hem genegeerd en was hij alleen naar binnen gegaan. Pas toen Marten uiteindelijk de schuur bereikte, had hij hun korte woordenwisseling opgevangen, die uit slechts twee woorden bestond.

'Victor,' had Strait duidelijk gezegd.

'Richard?' had Victor vervolgens vragend gereageerd, alsof hij plotseling was verrast door iemand wiens stem hij maar al te goed kende, maar die hij nooit had gezien.

Onmiddellijk daarna had het doffe, harde geratel van Straits machinepistool geklonken.

Met wijdopen ogen rolde Marten zich nog een keer om. Bill Strait. Haps vertrouwde collega-agent, maar korte tijd in Barcelona, toen Hap het zich, net als de president, niet kon veroorloven om ook maar iemand te vertrouwen, absoluut niet 'vertrouwd'. Stel dat Strait de man was die voor het Verbond in de geheime dienst was geïnfiltreerd en die was ingedeeld bij het presidentiële detachement? Het was een volmaakte dekmantel die toegang bood tot alle zaken die zich diep binnen de Amerikaanse regering afspeelden.

Marten vroeg zich af of er nog iemand anders was die dit wist of zelfs maar hetzelfde vermoeden had als hij. Waarschijnlijk niet, want hij was de enige die er tot het eind bij was geweest, die Straits rechtstreekse route naar de schuur had gezien, die hem Victors naam had horen noemen en ten slotte Victors verbaasde reactie had gehoord: 'Richard?'

Als hij gelijk had, dan was hij inderdaad de enige die het wist, of het vermoedde. En dat betekende dat Bill Strait dit zich op een gegeven moment, misschien wel eerder vroeg dan laat, ook zou realiseren.

2.22 uur

Marten lag op zijn rug en sloot zijn ogen. Als rechercheur van de LAPD had hij jarenlang zo nu en dan nauw samengewerkt met mensen van de Amerikaanse geheime dienst. Hij wist dat hun motto, *'worthy of trust and confidence'*, niet licht werd opgevat en dat alle agenten toegang hadden tot uiterst geheime informatie, en dat de vrijheid van de meeste nog verder ging. Bovendien was de organisatie veel te gerespecteerd, veel te professioneel en veel te veel een hechte broederschap om op zo'n manier door iemand te worden geïnfiltreerd.

Dus misschien, waarschijnlijk zelfs, had hij het wat Bill Strait betrof wel bij het verkeerde eind. Misschien, waarschijnlijk zelfs, piekerde hij gewoon te veel. Misschien dat hij…

Plotseling werd er hard op zijn deur geklopt.

Noot van de uitgever

Als je meer wilt weten over Nicholas Marten, zijn levensverhaal en dat van zijn zus Rebecca, lady Clementine Simpson en over de beruchte 5-2 Squad van de LAPD: het wordt uitvoerig verteld in *Dag van vergelding*.

Dankwoord

Voor alle technische informatie en adviezen ben ik met name dank verschuldigd aan Anthony Chapa; aan Ron Nessen, voormalig persattaché van het Witte Huis en collega-auteur; Emma Casanova en Josep Maria Cañadell, *Policia – Mossos d'Esquadra*, Barcelona; Paul Tippin, voormalig rechercheur Moordzaken bij de politie van Los Angeles; kolonel buiten dienst John R. Power, Amerikaanse leger; Kirk Stapp, Amerikaanse Special Forces; Alan Landsburg; Andrew Robart; Stanley Mendes; en dr. Norton Kristy.

Voor suggesties en correcties van het manuscript ben ik Robert Gleason erg dankbaar. Ook ben ik dank verschuldigd aan Robert Gottlied en John Silbersack voor hun goede raad en steun, en aan Tom Doherty en Linda Quinton voor hun steun en vertrouwen in dit boek.

Ten slotte een bijzondere dankbetuiging aan mijn vrienden binnen de Amerikaanse geheime dienst.